ANTONIO GARRIDO

DER TOTEN LESER

rütten & loening

ANTONIO GARRIDO

DER TOTENLESER

ROMAN

Aus dem Spanischen
von Julika Brandestini und Enno Petermann

rütten & loening

Die Originalausgabe unter dem Titel
El lector de cadáveres
erschien 2011 bei Espasa, Barcelona.

MIX
Papier aus verantwortungsvollen Quellen
FSC® C083411

ISBN 978-3-352-00841-2

Rütten & Loening ist eine Marke der Aufbau Verlag GmbH & Co. KG

1. Auflage 2012

Einbandgestaltung: Büro Süd, München
Gesetzt aus der Bembo durch Greiner & Reichel, Köln
Druck und Binden: CPI – Clausen & Bosse, Leck
Printed in Germany

www.aufbau-verlag.de

»Der von der Präfektur beauftragte Rechtsmediziner findet sich am Ort des Verbrechens innerhalb von vier Stunden nach Bekanntgabe ein.

Erfüllt er diese Aufgabe nicht, delegiert er seine Pflicht, bestimmt er die tödlichen Wunden nicht mit Sicherheit oder falsch, so wird er des mangelnden Sachverstandes für schuldig befunden und zu zwei Jahren Sklaverei verurteilt.«

Aus dem Strafrechtskodex der Song-Dynastie:
»Über die Pflichten der Richter«, Artikel Vier des Songxingtong.

PROLOG

Im Jahr 1206, zu Zeiten der Song-Dynastie, in der ostchinesischen Provinz Fujian, auf den Ländereien der Subpräfektur Jianyang.

Shang wusste nicht, dass er sterben würde, bis er den Geschmack des Blutes wahrnahm, das aus seiner Kehle hervorquoll. Er stammelte etwas Unverständliches, während er versuchte, die Wunde mit den Händen zu verschließen, doch bevor er sie berührte, öffneten sich seine Augen weit, und die Beine gaben unter ihm nach wie die einer leblosen Marionette. Gerade wollte er den Namen seines Mörders aussprechen, als dieser ihm einen Lumpen in den Mund stopfte.

Während Shang im Schlick kniend sein Leben aushauchte, spürte er den lauwarmen Regen auf seiner Haut und sog den Geruch der nassen Erde ein, der ihn sein ganzes Leben begleitet hatte. Im nächsten Augenblick stürzte er mit blutverschmiertem Hemd in das Schlammloch, wo ihn seine Seele verließ.

ERSTER TEIL

I

An diesem Morgen war Ci früh aufgestanden, um ein Zusammentreffen mit seinem Bruder Lu zu vermeiden. Die Augen fielen ihm ständig zu, doch auf dem Reisfeld würde er keine Müdigkeit zeigen dürfen.

Er setzte sich auf und rollte die Schlafmatte zusammen. Das Aroma des Tees, den seine Mutter jeden Morgen zubereitete, erfüllte das bescheidene Haus. Als er den großen Raum betrat, grüßte er sie mit einem Kopfnicken, sie antwortete ihm mit einem versteckten Lächeln, das er erwiderte. Er liebte die Mutter beinahe genauso sehr wie seine jüngste Schwester Mei Mei, deren Name ebendies bedeutete, ›kleine Schwester‹. Die beiden anderen Schwestern, Eins und Zwei, waren früh gestorben, an einer Familienkrankheit. Mei Mei war die Einzige, die noch lebte, und auch sie war krank.

Bevor er etwas aß, ging er hinüber zu dem kleinen Altar, den sie im Gedenken an seinen Großvater in der Nähe eines Fensters aufgestellt hatten. Er öffnete die Fensterläden und atmete tief ein. Draußen drangen die ersten schüchternen Sonnenstrahlen durch den Nebel. Der Wind schüttelte die Chrysanthemen, die im Krug für die Opfergaben standen, und blies Rauchspiralen ins Wohnzimmer, die von den Duftstäbchen aufstiegen. Ci schloss die Augen, um Fürbitte zu halten, doch in seinem Kopf formte sich nur ein einziger Gedanke: »Geister des Himmels, erlaubt uns, nach Lin'an zurückzukehren.«

Er erinnerte sich an die Zeit, als seine Großeltern noch lebten. Damals war das Dorf für ihn ein Paradies gewesen, und sein Bruder Lu ein Held, dem jedes Kind nacheiferte. Lu war wie der große Krieger in den Legenden, die sein

Vater erzählte, stets bereit, ihn, den Jüngeren, zu verteidigen, wenn andere Kinder versuchten, ihm sein Stück Obst zu klauen, oder die unverschämten Burschen zu verjagen, die es auf seine Schwestern abgesehen hatten. Lu hatte Ci beigebracht, mit Händen und Füßen zu kämpfen, um seine Gegner zu besiegen, hatte ihn mit zum Fluss genommen, um zwischen den Booten zu planschen und Karpfen und Forellen zu fangen, die sie dann stolz nach Hause trugen. Und er hatte ihm gezeigt, wo die besten Verstecke waren, um heimlich die Nachbarinnen zu beobachten. Doch mit zunehmendem Alter wurde Lu eitel. Seit seinem fünfzehnten Geburtstag hörte er gar nicht mehr auf, mit seiner Kraft zu prahlen, und jede andere Gabe, die nicht zum Ziel hatte, als Gewinner aus einem Zweikampf hervorzugehen, schien ihm minderwertig. Er begann, Katzenjagden zu organisieren, um vor den Mädchen anzugeben, er betrank sich mit Reislikör, den er aus den Küchen stahl, und er brüstete sich, der Stärkste der Gruppe zu sein. Seine Eitelkeit ging so weit, dass er sogar den Spott der Mädchen als Schmeichelei interpretierte und nicht bemerkte, dass sie ihn in Wirklichkeit mieden. Allmählich wurde Ci der Angeberei seines Bruders müde und empfand für das große Idol seiner Kindheit mit der Zeit nur noch Gleichgültigkeit.

Allerdings hatte sich Lu mit seinem Verhalten nie in ernsthafte Schwierigkeiten gebracht, abgesehen von ein paar blauen Augen nach Raufereien und von der Geschichte mit dem Dorfbüffel, den er als Einsatz bei einem Schwimmwettkampf missbraucht hatte. Als der Vater ihm seine Absicht mitteilte, in die Hauptstadt Lin'an zu gehen, weigerte sich Lu rundheraus, ihn zu begleiten. Er war bereits sechzehn, er fühlte sich wohl auf dem Land und dachte nicht daran, das Dorf zu verlassen. Er sagte, im Dorf habe er alles, was er brauche:

das Reisfeld, seine Gruppe von Kraftmeiern und zwei oder drei Prostituierte aus der Umgebung, die über seine Sprüche lachten. Obwohl sein Vater damit drohte, ihn zu verstoßen, ließ er sich nicht beirren. In jenem Jahr trennten sich die Wege von Lu und Ci. Lu blieb im Dorf, während die übrige Familie in die Hauptstadt zog, auf der Suche nach einer besseren Zukunft.

Die erste Zeit in Lin'an war schwer für Ci. Jeden Morgen stand er bei Sonnenaufgang auf, um nach seiner Schwester zu schauen, ihr Frühstück zu machen und sich um sie zu kümmern, bis seine Mutter vom Markt zurückkam. Dann schlang er schnell eine Tasse Reis hinunter und ging in die Schule. Dort blieb er bis mittags, dann eilte er in das Schlachthaus, in dem sein Vater arbeitete, um ihm für den Rest des Tages zur Hand zu gehen. Abends, wenn er die Küche geputzt und die Gebete für seine Vorfahren gesprochen hatte, paukte er die konfuzianischen Lehren, die er am nächsten Morgen in der Schule aufsagen musste. So ging es mehrere Monate lang, bis sein Vater einen Posten als Buchhalter in der Präfektur von Lin'an bekam. Er unterstand Richter Feng, einem der weisesten Justizbeamten der Hauptstadt.

Von da an wurde alles besser. Die Einkünfte der Familie stiegen, und anstatt im Schlachthaus zu arbeiten, konnte Ci sich vollkommen auf die Schule konzentrieren. Nach vier Jahren Oberschule bekam Ci, dank seiner außergewöhnlichen Begabung, eine Assistenzstelle im Referat von Richter Feng. Am Anfang wurden ihm einfache Büroarbeiten aufgetragen, aber die Hingabe und Sorgfalt, mit der Ci seine Aufgaben erledigte, blieben dem Richter nicht verborgen. Schon bald beschloss er, den siebzehnjährigen Jungen unter seine Fittiche zu nehmen.

Und Ci enttäuschte ihn nicht. Nach einigen Monaten befreite Feng ihn von Routineaufgaben, damit er dem Richter bei Befragungen von Verdächtigen half und beim Säubern und Präparieren der Leichen, deren Todesursache es festzustellen galt. Durch seine Geschicklichkeit erwies sich Ci binnen kürzester Zeit als unverzichtbare Stütze für den Richter, der nicht zögerte, ihm immer mehr Verantwortung zu übertragen. Schließlich zog er Ci auch für die Untersuchung von Verbrechen und Rechtstreitigkeiten zu Rate, was Ci erlaubte, die Grundsätze der Rechtssprechung kennenzulernen und sich zugleich ein Basiswissen in Anatomie anzueignen.

Während seines zweiten Universitätsjahres nahm Ci, ermutigt von Feng, an einem Präparationskurs der medizinischen Fakultät teil. Dem Richter zufolge waren die Beweise, die ein Verbrechen aufklären konnten, häufig in den Wunden verborgen, und um sie zu finden, musste man die Wunden kennen und genau untersuchen – nicht wie ein Richter, sondern wie ein Chirurg.

So ging es, bis Cis Großvater plötzlich erkrankte und eines Nachts starb. Nach der Beerdigung musste der Vater den Posten als Buchhalter und die Wohnung in Lin'an aufgeben, um die traditionelle Trauerzeit zu begehen. Ohne Arbeit und ohne Dach über dem Kopf kehrte die Familie – zu Cis großem Unglück – ins Dorf zurück.

Sein Bruder Lu hatte sich verändert. Er hatte Land gekauft, lebte inzwischen in einem neuen, großen Haus und beschäftigte mehrere Tagelöhner. Als sein Vater, gezwungen durch die Umstände, an seine Tür klopfte, nötigte Lu ihn zu einer Entschuldigung, bevor er seinen alten Herrn eintreten ließ und ihm ein kleines Zimmer anbot, anstatt ihm das eigene zu überlassen. Ci behandelte er zunächst mit der gewohnten Gleichgültigkeit, doch als er bemerkte, dass der jüngere Bruder nicht mehr spurte wie ein treues Hündchen, und dass sein ganzes Interesse den Büchern galt, begann er, all seinen Zorn auf Cis Rücken zu entladen. Nur auf dem Feld zeige sich der wahre Wert eines Mannes. Dort würden weder seine Texte noch seine Studien helfen, Reis oder Bauern herbeizuzaubern. Für Lu war sein kleiner Bruder nur ein zwanzigjähriger Nichtsnutz, den er ernähren musste – und das ließ er ihn spüren. Cis Leben verwandelte sich in eine einzige Serie von Erniedrigungen, was dazu führte, dass ihn mit seinem Dorf ein immer tieferer Hass verband.

Ein frischer Windstoß holte Ci in die Gegenwart zurück.

Lu war inzwischen aufgestanden, er saß neben der Mutter und schlürfte geräuschvoll seinen Tee. Als er Ci erblickte, spuckte er auf den Boden aus und setzte die Tasse mit Schwung auf dem Tisch ab. Ohne ein Wort zu sagen und ohne auf den Vater zu warten, griff er nach seinem Bündel und verließ grimmig das Haus.

»Er sollte mal lernen, sich zu benehmen«, murmelte Ci, während er den Tee aufwischte, den sein Bruder verschüttet hatte.

»Und du solltest lernen, ihn zu respektieren, schließlich leben wir in seinem Haus«, sagte seine Mutter, ohne den Blick vom Feuer abzuwenden. »Ein starkes Heim …«

Ja, ein starkes Heim war eines, in dem ein mutiger Vater, eine kluge Mutter, ein gehorsamer Sohn und ein zuvorkommender Bruder lebten. Das musste ihm niemand mehr vorbeten. Es reichte, dass Lu ihn jeden Morgen daran erinnerte.

Obwohl es eigentlich nicht seine Aufgabe war, breitete Ci die Bambusmatten aus und stellte die Schälchen auf den Tisch. Die Krankheit, die Mei Mei in der Brust saß, hatte sich verschlimmert, und es machte ihm nichts aus, seiner Schwester ihre Pflichten abzunehmen. Sorgsam achtete er darauf, dass die Anzahl der Schälchen eine gerade Ziffer ergab, den Ausguss der Teekanne richtete er zum Fenster hin aus, damit er auf keinen der Tischgenossen zeigte. In der Mitte platzierte er den Reiswein und den Milchbrei, daneben die Karpfenklößchen. Sein Blick fiel auf die rußgeschwärzte Kochstelle und das Waschbecken voller Sprünge. Dieser Ort glich eher einer alten Schmiede als einem behaglichen Heim, dachte Ci missmutig.

Kurz darauf erschien hinkend sein Vater, sein Anblick versetzte Ci einen Stich. Wie alt er geworden war! Fast schien es, als sei seine Gesundheit gleichzeitig mit der von Mei Mei gewichen. Mit unsicheren Schritten und gesenktem Blick wankte der Alte an den Tisch, sein spärlicher Bart hing ihm in dünnen Fäden vom Kinn. Kaum ein Funken mehr des geschäftigen und gewissenhaften Beamten war zurückgeblieben, der Ci die Liebe zur Methodik und zur Genauigkeit weitergegeben hatte. Müde betrachtete der Vater seine groben und schwieligen Hände, die früher stets außerordentlich gepflegt gewesen waren. Sicher vermisste er die Tage, an denen er sie gebraucht hatte, um Justizakten zu studieren. Am Tisch ging er schwerfällig in die Knie, stützte sich dabei auf seinen Sohn und lud die anderen mit einer Geste ein, Platz zu nehmen. Ci folgte dem Wunsch des Familienoberhauptes, und die Mutter setzte sich an die Seite des Tisches, die der Küche am nächsten war. Die Frau schenkte Reiswein ein. Mei Mei gesellte sich nicht zu ihnen an den Tisch, zu matt war sie vom Fieber, wie schon die ganze Woche.

»Bist du heute zum Abendessen da?«, fragte die Mutter. »Nach so vielen Monaten wird es Richter Feng sicher freuen, dich wiederzusehen.«

Um nichts auf der Welt hätte Ci sich das Treffen mit Feng entgehen lassen. Ohne erkennbaren Grund hatte sein Vater offenbar beschlossen, die Trauerzeit vorzeitig zu beenden und nach Lin'an zurückzukehren – in der Hoffnung, dass Richter Feng ihn wieder einstellen würde? Er wusste nicht, ob Feng aus diesem Grund ins Dorf kam, aber das war es, was sie alle im Stillen herbeiwünschten.

»Lu hat mir aufgetragen, den Büffel hoch auf die neue Parzelle zu bringen, und dann wollte ich Kirschblüte besuchen, aber zum Essen bin ich wieder da.«

»Kaum zu glauben, dass du zwanzig Jahre alt bist. Dieses Mädchen verdreht dir vollkommen den Kopf«, sagte sein Vater. »Wenn du dich weiterhin so häufig mit ihr triffst, kannst du sie bald nicht mehr sehen.«

»Kirschblüte ist das einzig Gute, das dieses Dorf zu bieten hat. Außerdem darf ich daran erinnern, dass ihr selbst unsere Hochzeit vereinbart habt«, gab Ci zurück, während er den letzten Bissen herunterschluckte.

»Nimm die Süßigkeiten mit, dafür habe ich sie gemacht«, bot ihm die Mutter an.

Ci erhob sich und verstaute die Süßigkeiten in seinem Beutel. Bevor er hinausging, verabschiedete er sich von Mei Mei, die im Dämmerschlaf lag, küsste ihre heißen Wangen und strich ihr eine Haarsträhne aus dem Gesicht. Das Mädchen blinzelte. Er zog die Süßigkeiten hervor und schob sie unter ihre Decke.

»Lass das die Mutter nicht sehen«, flüsterte er ihr ins Ohr. Sie lächelte stumm, zu schwach, um etwas zu erwidern.

* * *

Der Regen spornte Ci zur Eile an, während er durch den Schlick des Reisfeldes stapfte. Er zog das durchnässte Hemd aus, und seine Arme spannten sich, als er die Peitsche auf den

Büffel hinabsausen ließ, der nur langsam vorankam, so als spürte er, dass auf diese Furche nur eine weitere folgen würde, und auf diese immer noch eine weitere.

Sein Bruder hatte ihm aufgetragen, einen Kanal auszuheben, um das neue Feld trockenzulegen, doch die Arbeit am Feldrain erwies sich als äußerst mühsam wegen der Steindämme, die die Felder voneinander trennten. Erschöpft ließ Ci seinen Blick über das überflutete Reisfeld wandern, es glich einem einzigen Schlammloch. Seufzend trieb er den Büffel an, sich weiter durch den Schlick zu arbeiten. Plötzlich blieb der Pflug stecken.

»Schon wieder eine Wurzel«, fluchte Ci.

Unbarmherzig prasselte der Regen auf Herr und Tier nieder. Ci versuchte, den Büffel rückwärts aus dem Schlamm zu bugsieren, doch der Pflug bewegte sich keinen Millimeter. Resigniert sah er auf.

»Ich habe keine Wahl.«

In vollem Bewusstsein des Schmerzes, den er dem Tier zufügte, riss er an dem Metallring, den es in der Nase trug, und zog gleichzeitig die Zügel an. Der Büffel machte einen Satz nach vorn, und der Pflug ließ ein knirschendes Geräusch vernehmen. In dem Augenblick wurde Ci klar, dass er erst die Wurzel hätte ausreißen müssen.

»Verdammt, wenn ich den Pflug kaputtgemacht habe, setzt es eine ordentliche Tracht Prügel von meinem Bruder.«

Er holte tief Luft und versenkte die Arme in den Schlamm, bis er die harten Wurzelstränge spürte. Energisch riss er daran, doch nach einigen vergeblichen Versuchen gab er auf und beschloss, das Sägemesser, das er in der Satteltasche mit sich führte, zu Hilfe zu nehmen. Er kniete sich wieder auf den Boden und begann, unter Wasser zu arbeiten. Er zog ein paar Stümpfe hervor, die er weit von sich schleuderte, und begann an den größeren herumzusägen. Als er mit dem dicksten beschäftigt war, spürte er ein Ziehen im Finger.

Bestimmt habe ich mich geschnitten, fuhr es ihm durch den Kopf. Obwohl er keinerlei Schmerz spürte, untersuchte er seinen Finger aufmerksam. Schuld war diese eigenartige Krankheit, mit der die Götter ihn seit seiner Geburt gestraft hatten, und die ihm an jenem Tag bewusst geworden war, als seine Mutter mit einem Topf in der Hand stolperte und ihn versehentlich mit kochend heißem Öl begoss. Er war damals erst vier Jahre alt gewesen, und er hatte nicht mehr gespürt als beim Waschen mit lauwarmem Wasser. Allein der Geruch von verbranntem Fleisch hatte ihm signalisiert, dass etwas Schlimmes geschehen sein musste. Sein Oberkörper und seine Arme sollten für immer von den Verbrennungen gezeichnet bleiben, seit dem Tag erinnerten die Narben ihn daran, dass sein Körper anders war als der der übrigen Kinder und dass er, obwohl er sich glücklich schätzte, keine Schmerzen zu empfinden, besonders darauf achten musste, sich keine Wunden zuzufügen. Da er weder Schläge spürte noch Schmerzen nach extremer physischer Anstrengung ihn anzufechten vermochten und er sich bis zum Umfallen ausbeuten konnte, übertrat er oft genug unbemerkt die Grenzen seines Körpers und wurde krank.

Er erschrak, als er seine Hand aus dem Wasser zog – sie war blutüberströmt. Der Schnitt musste sehr tief sein, alarmiert riss er ein Tuch aus der Satteltasche. Als er die Hand jedoch getrocknet hatte, entdeckte er nichts weiter als einen kleinen blauen Fleck.

Erstaunt, aber nicht beunruhigt machte er sich wieder an die Arbeit, dort, wo die Pflugschar sich verfangen hatte. Er bog die Wurzeln zur Seite, und dabei bemerkte er, wie sich das schlammige Wasser rot zu färben begann. Er lockerte das

Geschirr, um die Pflugschar zu lösen, und trieb seinen Büffel zur Seite. Dann blieb er reglos stehen und beobachtete das Wasser. Sein Atem ging schneller. Der Regen trommelte auf das Reisfeld und erstickte jedes andere Geräusch. Hin und her gerissen zwischen Staunen und Furcht näherte er sich langsam dem kleinen Krater, den der Pflug an der Stelle gegraben hatte, wo er steckengeblieben war. Sein Magen zog sich zusammen, als er Luftbläschen aus dem Krater aufsteigen sah, die sich mit den Blasen vermischten, die der Regen auf der Wasseroberfläche bildete. Er war drauf und dran, kehrtzumachen, doch er beherrschte sich. Vorsichtig ging er in die Hocke und näherte sein Gesicht dem Wasser. Ein neuerlicher Schwall blutiger Blasen stieg auf. Plötzlich regte sich etwas unter der Wasseroberfläche. Unwillkürlich fuhr Ci zurück, doch als er sah, dass es sich nur um einen aufgeregten kleinen Karpfen handelte, atmete er erleichtert auf.

»Dummes Tier.«

Er wollte einen Schritt zurücktreten, doch er rutschte aus und fiel in einem Strudel aus Schlamm, Schmutz und Blut ins Wasser, mit dem Gesicht auf einen harten Knoten aus Wurzelsträngen. Erschreckt riss er die Augen auf – was er sah, ließ ihm den Atem stocken: Vor ihm im Gestrüpp trieb, mit einem Knebel im Mund, der abgetrennte Kopf eines Mannes.

Er zitterte am ganzen Leib und schrie, bis er heiser wurde, doch niemand kam ihm zur Hilfe. Erst nach einer Weile fiel ihm ein, dass die Parzelle seit einiger Zeit nicht bewirtschaftet wurde und dass sich die Bauern auf der anderen Seite des Berges konzentrierten. Er setzte sich einige Schritte vom Pflug entfernt auf den Boden und schaute sich um. Nichts. Niemand. Als das Zittern nachließ, überlegte er, ob er den Büffel alleine zurücklassen und hinunter ins Dorf gehen sollte, um Hilfe zu holen. Die andere Möglichkeit war, im Reisfeld darauf zu warten, dass sein Bruder wieder auftauchte. Keine der beiden Optionen überzeugte ihn wirklich, doch da Lu bald kommen musste, entschied er sich zu warten. An diesem Ort wimmelte es von Raubtieren, und ein ganzer Büffel war tausendmal mehr wert als ein verstümmelter menschlicher Kopf.

Während er wartete, befreite er die Pflugschar von den übrigen Wurzeln. Das Gerät schien keinen Schaden genommen zu haben, und mit etwas Glück würde Lu ihm nur den Verzug bei der Arbeit vorwerfen. Seufzend machte er sich wieder an seine Arbeit. Er versuchte, eine Melodie zu pfeifen, um sich ein wenig abzulenken, doch in seinem Inneren hallten die Worte seines Vaters wider: ›Probleme löst man nicht, indem man ihnen den Rücken kehrt.‹

Er pflügte zwei Schritte, bevor er den Büffel zum Stehen brachte, um an die Stelle seines schrecklichen Fundes zurückzukehren. Eine Zeitlang beobachtete er unentschlossen, wie der abgetrennte Kopf auf dem Wasser schaukelte. Dann wagte er, ihn genauer zu untersuchen. Die Wangen waren eingedrückt, als hätte jemand wütend darauf herumgetrampelt. Auf der blau verfärbten Haut entdeckte er zahlreiche kleine Bisswunden, die ihm die Karpfen zugefügt haben mussten. Die Augen waren weit aufgerissen, die Lider geschwollen. Aus dem halbgeöffneten Mund ragte der eigentümliche Lumpen, mit dem der Tote geknebelt worden war.

Es war grauenvoll. Ci schloss die Augen und übergab sich. Er hatte erkannt, wer der Tote war: Der abgeschlagene Kopf gehörte dem alten Shang. Dem Vater von Kirschblüte, dem Mädchen, das er liebte.

Als er sich wieder einigermaßen gefasst hatte, zwang er sich, den Toten noch einmal anzublicken: Die Gesichtszüge des alten Shang hatten sich zu einer grotesken Fratze verzogen. Vorsichtig zog Ci an dem Lappen, der sich immer weiter entfaltete und immer länger wurde. Als würde man ein Garnknäuel entwirren. Ci verstaute ihn in seinem Ärmel und versuchte, den Kiefer des Toten zu schließen, doch das Gelenk war ausgehakt und ließ sich nicht bewegen.

Mit zitternden Händen wusch er sich das Gesicht mit dem schlammigen Wasser. Er musste den Leichnam finden, und wenn er Tage damit zubringen würde, ihn zu suchen.

Er fand ihn schließlich am Mittag, nur wenige *Li* von der Stelle entfernt, an der der Büffel ins Straucheln geraten war. Den Rumpf schmückte noch die gelbe Schärpe über dem Kittel mit den fünf Knöpfen, die Shang als ehrenwerten Mann auszeichnete. Doch keine Spur von dem blauen Barett, das er immer getragen hatte.

Es war Ci unmöglich, weiterzuarbeiten. Er setzte sich auf das Steinmäuerchen, das die Parzelle begrenzte, und starrte eine Weile ins Leere. Dann kaute er lustlos auf einem trockenen Stück Reisbrot herum, das er kaum hinunterbekam. Immer wieder betrachtete er den enthaupteten Leichnam des ehrenhaften Shang, den jemand im Schlamm zurückgelassen hatte wie einen hingerichteten Kriminellen. Er fragte sich, welche seelenlose Kreatur einem so respektablen Menschen wie Shang das Leben genommen haben konnte. Shang, der die Seinen liebte, der Traditionen und Riten in Ehren hielt. Wie sollte er das bloß Kirschblüte beibringen?

* * *

Es war bereits Nachmittag, als sein Bruder Lu das Feld erreichte. Er kam in Begleitung von drei Tagelöhnern, die mit Setzlingen beladen waren. Das bedeutete, dass Lu es sich anders überlegt hatte und den Reis pflanzen wollte, ohne darauf zu warten, dass das Gelände trockengelegt war. Ci ließ den Büffel los und lief ihm entgegen. Als er bei ihm anlangte, verbeugte er sich zur Begrüßung.

»Bruder, du wirst nicht glauben, was passiert ist …« Ci schlug das Herz vor Aufregung bis zum Hals.

»Wie sollte ich es nicht glauben, wo ich es doch mit eigenen Augen sehe«, donnerte Lu und deutete auf das weitgehend ungepflügte Feld.

»Ich habe etwas gefunden, eine …«

Der Hieb gegen seine Stirn kam unerwartet, er fiel hintenüber in den Schlamm.

»Verdammter Nichtsnutz«, fauchte Lu wütend und spuckte aus.

Ci hob die Hand an seine Augenbraue, wo aus einer pochenden Wunde Blut quoll. Es war nicht das erste Mal, dass sein Bruder ihn schlug, aber Lu war der Ältere und die konfuzianischen Regeln verboten es Ci, sich zu wehren. Er konnte das Auge kaum öffnen, dennoch entschuldigte er sich.

»Tut mir leid, Bruder. Ich habe mich verspätet, weil …«

»Weil dem feinen Herrn Studenten der Mumm in den Knochen fehlt!«, unterbrach ihn Lu. »Weil der feine Herr Student denkt, dass der Reis sich von alleine pflanzt!« Er trat Ci unbarmherzig in die Seite. »Weil der feine Herr Student ja seinen Bruder Lu hat, der für ihn schuftet!« Ärgerlich klopfte Lu sich die Hosen ab, dann erst gestattete er Ci, sich zu erheben.

»Ich ha… be eine Lei… che gefunden«, stammelte Ci.

Lu zog erstaunt eine Augenbraue hoch. »Eine Leiche? Was meinst du damit?«

»Da drüben …«, sagte Ci leise.

Lu wandte sich zu der Stelle, an der sich bereits einige geschäftig pickende Krähen versammelt hatten. Grimmig zog er seinen Rohrstock hervor und ging hinüber, ohne weitere Erklärungen abzuwarten. Entsetzt beobachtete Ci, wie sein Bruder gegen den Kopf trat.

»Verdammt«, fluchte Lu lautstark. »Und du hast ihn hier gefunden?« Er packte den Kopf an den Haaren und hob ihn vom Boden auf. Angewidert streckte er ihn von sich. »Beim Barte des Konfuzius! Ist das nicht Shang? Wo ist der übrige Leichnam?«

»Dort … Neben dem Pflug«, sagte Ci matt.

Lu wandte sich an seine Tagelöhner. »Ihr zwei, schafft die Leiche fort von hier, na los, worauf wartet ihr noch! Und du, lad die Setzlinge ab und leg den Kopf in einen der Körbe. Verdammt seien die Götter! Wir kehren ins Dorf zurück.«

Ci ging hinüber zu dem Büffel, um ihm das Geschirr abzunehmen.

»Darf man erfahren, was zum Teufel du da machst?«, erkundigte sich Lu.

»Hast du nicht gesagt, dass wir ins Dorf …«

»Wir schon«, erklärte Lu barsch. »Du allerdings lässt dich dort erst wieder blicken, wenn du deine Arbeit getan hast. Verstanden?«

2

Den Rest des Nachmittags verbrachte Ci damit, den Gestank einzuatmen, den das schaukelnde Hinterteil des Büffels verströmte, während er darüber nachgrübelte, welches Verbrechen der alte Shang begangen haben mochte, um so zu enden. Soweit er wusste, hatte Shang zeit seines Lebens keine Feinde gehabt und war allseits respektiert gewesen. Das Schlimmste, das er sich hatte zuschulden kommen lassen, war, dass er zu viele Mädchen gezeugt hatte, weshalb er schuften musste wie ein Sklave, um für jede eine Mitgift zusammenzutragen, die sie attraktiv machte … Unvorstellbar, dass es ein Mörder auf Shang abgesehen haben könnte.

Als er aus seinen Grübeleien auftauchte, ging bereits die Sonne unter. Außer dem Pflügen hatte Lu ihm aufgetragen, den Berg aus schwarzem Schlamm zu verteilen, der am Feldrand aufgehäuft war. Missmutig verteilte er einige Schaufeln der Mischung aus menschlichen Exkrementen, Lehm, Asche und pflanzlichen Überresten, die sie üblicherweise als Dünger verwendeten, auf das Reisfeld. Was sich danach noch am Rand häufte, ebnete er ein, damit es aussah, als habe er seine Arbeit erledigt. Schließlich trieb er den Büffel rückwärts vom Feld, sprang auf den Rücken des schwerfälligen Tiers und kehrte ins Dorf zurück.

Auf dem Weg sann Ci über vergleichbare Mordfälle nach, die ihm während seiner Zeit in Lin'an begegnet waren. Er hatte Richter Feng bei der Untersuchung unzähliger Gewaltverbrechen assistiert, sogar brutale Ritualmorde von Sekten waren dabei gewesen, doch niemals war ihm ein derart grausam verstümmelter Körper untergekommen. Zum Glück befand sich der Richter zurzeit im Dorf, und Ci hatte keinen Zweifel, dass es ihm gelingen würde, den Verantwortlichen ausfindig zu machen.

Kirschblüte lebte mit ihrer Familie in einer Hütte, die sich kaum auf ihren wurmstichigen Holzpfeilern hielt. Als Ci sich dem Haus näherte, packte ihn die Angst. Er hatte sich einige Sätze zurechtgelegt, wie er das Vorgefallene berichten könnte, doch in diesem Augenblick überzeugte ihn keiner mehr recht. Es regnete in Strömen, doch er verharrte reglos vor der Tür. Zögernd hob er seinen zitternden Arm, ließ ihn jedoch gleich wieder sinken. Er biss sich verzweifelt auf die

Unterlippe – was sollte er Kirschblüte bloß sagen? Schließlich nahm er seinen Mut zusammen und klopfte an. Die einzige Antwort, die aus dem Haus zu ihm drang, war Stille. Nach dem dritten Versuch musste er einsehen, dass niemand aufmachen würde. Niedergeschlagen gab er sein Vorhaben auf und kehrte nach Hause zurück.

Sein Vater empfing ihn mit Vorwürfen wegen der Verspätung, kaum dass er die Tür geöffnet hatte. Richter Feng war zum Abendessen gekommen, und sie warteten bereits seit einer Weile auf ihn. Beim Anblick des Gastes faltete Ci die Hände vor der Brust zusammen und verbeugte sich entschuldigend.

»Bei allen Dämonen!« Der Richter begrüßte seinen einstigen Schützling mit ehrlichem Erstaunen. »Was geben sie dir hier bloß zu essen? Letztes Jahr warst du noch ein Kind!«

Mit seinen zwanzig Jahren war Ci tatsächlich nicht mehr der schmächtige Junge, über den sich ganz Lin'an lustig machte. Die Feldarbeit hatte seinen Körper gestärkt, es war ein sehniger junger Mann aus ihm geworden. Ci lächelte schüchtern, dabei entblößte er eine perfekte Zahnreihe. Der alte Richter hatte sich kaum verändert. Sein ernstes, von feinen Falten überzogenes Gesicht war wie gewohnt von einem gepflegten grauen Bart umsäumt. Seinen Kopf krönte eine zweiflügelige Seidenkappe, die seinen Rang anzeigte.

»Ehrenwerter Richter Feng«, brachte Ci hervor. »Entschuldigt meine Verspätung, aber …«

»Mach dir keine Gedanken, mein Sohn«, sagte Feng. »Komm rein, du bist ja völlig durchnässt.«

Ci eilte in sein Zimmer und kam gleich darauf mit einem kleinen Päckchen zurück, das in ein edles rotes Papier eingeschlagen war. Seit einem Monat wartete er auf diesen Moment. Seit er wusste, dass Richter Feng sie nach so langer Zeit wieder einmal besuchen würde. Wie es Sitte war, lehnte Feng das Geschenk zunächst drei Mal ab, bevor er es schließlich annahm.

»Das wäre doch nicht nötig gewesen.« Der Richter betrachtete das Päckchen, ohne es auszuwickeln, denn sonst würde es bedeuten, dass er dem Inhalt mehr Bedeutung beimaß als der Geste des Schenkens an sich.

»Er ist gewachsen, das ja, aber wie Ihr seht, ist er genauso verantwortungslos wie immer«, sagte Cis Vater.

Ci zögerte. Die Regeln der Höflichkeit verboten, dass er den Gast mit Dingen belästigte, die nichts mit seinem Besuch zu tun hatten, doch vielleicht erlaubte ein Mordfall, sich ausnahmsweise über diese Regeln hinwegzusetzen. Er sagte sich, dass der Richter schon Verständnis haben würde.

»Verzeiht die Unhöflichkeit«, platzte es aus Ci heraus, »aber ich muss Euch etwas Schreckliches erzählen. Man hat Shang ermordet! Er wurde geköpft!«

Sein Vater betrachtete ihn ernst.

»Ja, dein Bruder Lu hat uns davon erzählt. Jetzt setz dich, wir essen. Wir wollen unseren Gast nicht länger warten lassen.«

Ci konnte nicht fassen, mit welcher Gelassenheit sein Vater und Feng das Geschehene zur Kenntnis nahmen. Shang war der beste Freund seines Vaters gewesen, und trotzdem saß er seelenruhig mit dem Richter beisammen und aß, als wäre nichts passiert. Ci versuchte es ihnen gleichzutun, doch wollte ihm das Mahl nicht schmecken. Das entging seinem Vater nicht.

»Wir können nichts mehr tun, Ci«, sagte er. »Lu hat Shangs Leichnam den Behörden übergeben, und seine Familie hält bei ihm Totenwache. Du weißt doch, dass Richter Feng in dieser Subpräfektur nicht zuständig ist, also können wir nur darauf warten, dass man einen Justizbeamten schickt, der den Fall untersucht.«

Das wusste Ci in der Tat, doch er wusste auch, dass der Mörder bis dahin über alle Berge sein konnte. Und was ihn am meisten irritierte, war die Ruhe seines Vaters. Feng schien seine Gedanken zu lesen.

»Ich habe mit den Angehörigen gesprochen«, sagte der Richter. »Morgen werde ich die Leiche untersuchen.«

Den übrigen Abend sprachen sie über andere Dinge, während der Regen wütend auf das Schieferdach trommelte. Im Sommer wurde die Gegend oft überraschend von Taifunen heimgesucht, und diesmal schien es Lu erwischt zu haben. Vollkommen durchnässt kam er nach Hause, nach Likör stinkend und mit trüben Augen. Beim Eintreten stolperte er ungeschickt, grüßte den Richter knapp mit einer unverständlichen Formel und verschwand direkt in sein Zimmer.

»Ich glaube, für mich ist es an der Zeit, aufzubrechen«, sagte Feng und strich sich über den Bart. »Ich hoffe, du denkst nach über das, was wir besprochen haben«, fügte er an den Vater gewandt hinzu. »Und was dich betrifft, Ci, wir sehen uns morgen zur Stunde des Drachens, beim Haus des Dorfvorstehers, wo ich wohne.«

Als sich die Tür hinter Richter Feng schloss, sah Ci seinen Vater forschend an. Sein Herz klopfte erwartungsvoll.

»Hat er zugestimmt? Hat er gesagt, wann wir zurückkommen können?«, wagte er schließlich zu fragen.

»Setz dich, mein Sohn. Noch eine Tasse Tee?«

Der Vater goss sich die Tasse bis obenhin voll, dann schenkte er seinem Sohn ein. Traurig sah er Ci erst an, dann senkte er den Blick.

»Es tut mir leid, Ci. Ich weiß, wie gerne du nach Lin'an

zurück willst …« Geräuschvoll nahm er einen Schluck Tee. »Aber manchmal laufen die Dinge anders, als man sie plant.«

Ci ließ seine Tasse in der Luft schweben. »Das verstehe ich nicht! Ist etwas passiert? Hat Feng Euch den Posten nicht angeboten?«

»Doch. Das hat er gestern getan.« Der Vater nahm einen weiteren Schluck.

»Und?« Ungeduldig stand Ci auf.

»Setz dich, mein Sohn.«

»Aber Vater … Ihr habt es versprochen … Ihr habt gesagt …«

»Setz dich, bitte, habe ich gesagt!«

Ci musste schlucken, doch er gehorchte.

»Mein Sohn, es gibt Dinge, die du nicht verstehen kannst.«

Der Junge verstand nicht, was es da zu verstehen gab. Sollte er weiterhin jeden Tag die Verachtung seines Bruders Lu über sich ergehen lassen? Sollte er hinnehmen, dass seine Zukunft an der Universität von Lin'an zerstört wurde?

»Und was wird aus unseren Plänen, Vater? Und was wird aus unseren …«

Wie eine Sprungfeder schnellte der Vater vor und gab ihm eine Ohrfeige.

»Unsere Pläne? Seit wann hat ein Sohn Pläne?« Seine Augen funkelten zornig. »Wir werden hier bleiben, im Haus deines Bruders! Und zwar so lange, bis ich sterbe!«

Ci verstummte, und sein Vater zog sich zurück.

»Und Eure kranke Tochter Mei Mei?«, rief Ci ihm nach. Seine Wut ließ ihn kühn werden. »So wenig kümmert Euch, was aus ihr wird?«

Als er sich später auf das Bett legte, das er mit seiner Schwester teilte, spürte er sein Herz vor Verzweiflung pochen. Von dem Moment an, als sie wieder im Dorf angekommen waren, hatte er von der Rückkehr nach Lin'an geträumt. Wie jede Nacht schloss er die Augen, um sich in sein altes Leben zurückzuversetzen. Er dachte an die ehemaligen Kameraden und an die Wissenswettbewerbe, aus denen er oft als Sieger hervorgegangen war; an seine Professoren, die er wegen ihrer Disziplin und ihrer großen Bildung bewunderte. Er rief sich den Tag in Erinnerung, an dem Richter Feng ihn als Assistent für die Voruntersuchungen eingestellt hatte. Cis größter Wunsch bestand seither darin, so zu sein wie Feng, auch er wollte eines Tages die Kaiserliche Prüfung ablegen und einen Posten als Richter bekleiden – und sich nicht wie sein Vater nach vielen Jahren eifrigen Bemühens mit einer Anstellung als einfacher Beamter begnügen müssen.

Er fragte sich, warum sein Vater nicht zurückkehren wollte. Er hatte doch gesagt, Feng habe ihm den Posten angeboten, den er sich gewünscht hatte. Wieso hatte er dann über Nacht und ohne erkennbares Motiv radikal seine Meinung geändert? Konnte sein Großvater der Grund sein? Das glaubte er nicht. Die Asche des Verstorbenen konnte man mitnehmen, um auch in Lin'an weiter die familiären Riten für ihn zu vollziehen.

Mei Meis Husten ließ Ci hochfahren. Die kleine Schwester lag an seiner Seite im Halbschlaf, zitterte leicht und atmete schwer. Er streichelte ihr liebevoll übers Haar. Mei Mei hatte sich als widerstandsfähiger erwiesen als Erste und Zweite, denn sie war bereits sieben Jahre auf der Welt, doch genau wie ihre Schwestern würde sie wohl nicht über das zehnte Lebensjahr hinauskommen. Das war das Schicksal, das ihre Krankheit für sie bereithielt. Vielleicht hätte man in Lin'an die richtigen Heilmittel für sie zur Verfügung gehabt.

Er schloss die Augen und drehte sich auf die andere Seite. Er dachte an Kirschblüte, die er heiraten durfte, sobald er die staatlichen Prüfungen hinter sich gebracht hatte. Im Augenblick war sie sicher wegen ihres Vaters am Boden zerstört … Ob der schreckliche Tod von Shang ihre Hochzeitspläne in Frage stellte? Er schämte sich ein wenig, dass er solch egoistische Gedanken anstellte.

Seit dem unerwarteten Tod seines Großvaters waren sechs Monate vergangen … Er unterbrach seine Gedanken, da die Hitze nun doch begann, ihm zuzusetzen. Er stand auf, um sich zu entkleiden. In der Tasche seiner Jacke fand er wieder den blutigen Lumpen, von dem er den armen Shang befreit hatte. Er betrachtete ihn nachdenklich, dann legte er ihn neben sein Nachtlager. Durch das Fenster drang ein Stöhnen aus dem angrenzenden Haus, das Ci seinem Nachbarn Peng zuschrieb, einem kleinen Gauner, dem seit Tagen seine Backenzähne zu schaffen machten. Es war nun schon die zweite Nacht in Folge, in der er keine Ruhe fand.

* * *

Bereits im Morgengrauen verließ Ci das Haus. Er hatte zugesagt, sich mit Feng bei der Residenz von Bao-Pao zu treffen – wo alle Regierungsbeamten wohnten, die das Dorf besuchten –, um ihm bei der Untersuchung der Leiche zur Hand zu gehen. Als er die Tür hinter sich zuzog, drang aus dem Nebenzimmer Lus lautes Schnarchen zu ihm. Wenn der Bruder aufwachte, wäre er schon fort, dachte Ci erleichtert.

Es hatte aufgehört zu regnen, doch die Hitze der Nacht ließ die Feuchtigkeit der Felder als Wasserdampf aufsteigen, und jeder Atemzug legte sich schwer auf seine Lungen. Mit schnellen Schritten durchmaß Ci das Labyrinth aus kleinen Gässchen, aus denen das Dorf bestand. Gleichförmige, rechteckige Hütten mit wurmzerfressenen Balken standen da wie unachtsam hingeworfene Dominosteine. Hie und da leuchtete eine Papierlaterne vor einer offenen Tür, der Duft von Tee lag in der Luft, während Ci wie ein geisterhafter Schatten vorüberzog. Das Dorf wirkte zu dieser Stunde noch recht verlassen, und kein anderes Geräusch war zu hören als das Jaulen der Hunde.

Als er die Residenz von Bao-Pao erreichte, war es taghell. Feng stand in der Vorhalle, bekleidet mit einer kohlschwarzen Robe aus Sackleinen und einem Hut in derselben Farbe. Sein Gesicht verriet keine Regung, doch seine Hände trommelten ungeduldig. Nach der vorschriftsmäßigen Verbeugung drückte Ci ihm seinen Dank aus.

»Ich werde nur einen kurzen Blick auf den Toten werfen können, also spar dir deine langen Worte«, sagte Feng. Als er Cis Enttäuschung bemerkte, fügte er freundlicher hinzu: »Ci, es ist nicht mein Amtsbereich … Aber es würde mich doch wundern, wenn sich die Sache nicht schnell aufklären ließe. In so einem kleinen Dorf den Schuldigen zu finden sollte nicht schwieriger sein, als einen Kieselstein aus dem Schuh zu schütteln.«

Ci folgte dem Richter bis zu einem angrenzenden Schuppen. Vor dem Eingang trafen sie auf einen schweigsamen Mann mit mongolischen Zügen, der sich als der persönliche Assistent von Feng herausstellte. Im Inneren wartete der Dorfvorsteher Bao-Pao, zusammen mit der Witwe und den männlichen Nachkommen des Verstorbenen. Als Ci den geschändeten Leichnam Shangs erblickte, krampfte sich sein Magen zusammen. Die Familie hatte den Toten auf einen Holzstuhl gesetzt: aufrecht und den Kopf mit einigen geflochtenen Schilfhalmen am Rumpf befestigt saß Shang da, ganz so, als sei er noch lebendig. Obwohl er gewaschen, parfümiert und bekleidet worden war, glich er einer blutüberströmten Vogelscheuche. Richter Feng bezeugte den Familienmitgliedern seinen Respekt, nahm sie einen Moment beiseite und bat sie um Erlaubnis, den Leichnam zu untersuchen. Nachdem der Erstgeborene es ihm gestattet hatte, trat Feng neben den Toten.

»Erinnerst du dich, was du tun musst?«, fragte er Ci.

Ci nickte eifrig. Er zog ein Blatt Papier aus der Tasche, seinen Tintenstein und seinen besten Pinsel. Dann kniete er sich neben den Leichnam auf den Boden. Feng fluchte leise darüber, dass sie den Leichnam gewaschen hatten, dann begann er mit der Arbeit.

»Zweiundzwanzigster Mond im Monat der Lotusblüte, Jahr zwei der Kaixi-Ära, Vierzehntes Regierungsjahr unseres geliebten Nin Zong, Sohn des Himmels und ehrenwerter Kaiser der Song-Dynastie. Mit ausdrücklicher Genehmigung der Angehörigen führe ich, Richter Feng, eine behelfsmäßige Voruntersuchung vor der offiziellen Untersuchung durch, die innerhalb von vier Stunden nach der Bekanntgabe des Richters erfolgen muss, den die Präfektur Jianningfu erwählt. Ich führe sie durch in Gegenwart von Li Cheng, dem ältesten Sohn des Toten, seiner Witwe Frau Li, den beiden anderen männlichen Nachkommen Ze und Xin sowie von Bao-Pao, dem Oberhaupt des Dorfes, und meinem Gehilfen Ci, der den Leichnam aufgefunden hat.«

Ci schrieb auf, was Feng diktierte, und wiederholte dabei jedes Wort laut. Feng fuhr fort.

»Der Tote mit Namen Li Shang, Sohn und Enkel von Li, der nach Aussage des Erstgeborenen zum Zeitpunkt seines Dahinscheidens achtundfünfzig Jahre zählte und von Beruf

Buchhalter, Bauer und Schreiner war, wurde vorgestern Mittag zum letzten Mal gesehen, nachdem er seine Arbeit im Lagerhaus von Bao-Pao, in dem wir uns augenblicklich befinden, beendet hatte. Sein Sohn sagt aus, dass der Verstorbene keine weiteren Krankheiten hatte als die üblichen Beschwerden seines Alters und der Jahreszeiten und dass nichts über eventuelle Feinde bekannt sei.«

Feng schaute hinüber zum ältesten Sohn, der sich beeilte, die Angaben zu bestätigen, und dann zu Ci, als Aufforderung, das Geschriebene noch einmal vorzulesen.

»Aus Unkenntnis der Familienangehörigen ist der Körper gewaschen und bekleidet worden«, fuhr Feng mit tadelnder Stimme fort. »Sie selbst bezeugen, dass sie in dem Moment, als ihnen der Leichnam übergeben wurde, keine weiteren Verletzungen als den grausamen Schnitt erkennen konnten, der seinen Kopf vom Körper trennte und der zweifellos die Todesursache darstellt. Der Mund des Toten steht weit offen …« Feng versuchte vergeblich, ihn zu schließen. »… und das Kiefergelenk ist versteift.«

»Werdet Ihr ihn nicht entkleiden?«, wunderte sich Ci.

»Das ist nicht nötig.« Feng deutete auf den Schnitt in der Kehle und schaute fragend zu Ci.

»Doppelschnitt?«, vermutete der Junge.

»Ein Doppelschnitt … wie bei einem Schwein.«

Ci betrachtete die Wunde eingehend. Unter der Stelle, an der einmal der Adamsapfel gesessen hatte, war ein glatter horizontaler Schnitt zu erkennen – ein Schnitt, wie man ihn bei Schweinen ausführte, um sie ausbluten zu lassen. Von dort lief ein weiterer Schnitt einmal um den Hals, unregelmäßiger, wie von einer Schlachtersäge. Er wollte seine Beobachtung gerade formulieren, als Feng ihn bat, zu erzählen, wie und wo er die Leiche gefunden hatte. Ci gehorchte und berichtete alles so detailliert, wie es ihm in Erinnerung geblieben war. Als er geendet hatte, blickte Feng ihn ernst an.

»Und das alte Stück Stoff?«

Der Lumpen, natürlich! Wie hatte er den nur vergessen können!

»Du enttäuschst mich, Ci, ganz entgegen deiner Gewohnheit …« Der Richter schwieg einen Augenblick. »Wie du wissen solltest, ist der offene Mund weder Zeichen eines Hilferufs noch eines Schmerzensschreis, er hätte sich sonst durch die Muskelentspannung nach dem Tod geschlossen. Jemand muss ihm also vor oder unmittelbar nach seinem Tod irgendein Objekt in den Mund gesteckt haben, das dort verblieben ist, bis die Muskeln sich zusammenzogen. Was das Material des Objekts betrifft, tippe ich auf Leinen, zumindest deuten darauf die blutigen Textilreste hin, die noch zwischen seinen Zähnen hängen.«

Ci war betroffen. Noch vor einem halben Jahr wäre ihm ein solcher Fehler nicht unterlaufen, aber die fehlende Übung hatte ihn ungeschickt und langsam werden lassen. Er biss sich auf die Lippen und griff in seinen Ärmel.

»Ich hatte vor, ihn Euch zu geben«, entschuldigte er sich und reichte Feng das graue Stück Stoff.

Der Richter untersuchte es gründlich. Der Stoff ähnelte in Form und Größe den Kopftüchern der Kaiserlichen Beamten und wies zahlreiche Blutflecke auf. Zufrieden markierte Feng den Lappen als Beweisstück.

»Beende das Diktat und setze mein Siegel darunter. Dann fertige eine Abschrift für den zuständigen Richter an.«

Mit diesen Worten verabschiedete sich Feng und verließ den Schuppen. Es hatte wieder begonnen zu regnen. Ci beeilte sich, ihm zu folgen, er holte ihn am Eingang zu den Gemächern ein, die Bao-Pao ihm zur Verfügung gestellt hatte.

»Die Dokumente«, stammelte er.

»Leg sie da hin, auf den Tisch.«

»Richter Feng, ich …«

»Gräm dich nicht, Ci. In deinem Alter konnte ich noch nicht einmal einen Tod durch Erschießen von einem Tod durch Erhängen unterscheiden.«

Das tröstete Ci nur wenig, denn er wusste, dass es nicht stimmte. Er bewunderte den Scharfsinn dieses Mannes, seine Redlichkeit und sein Wissen. Von ihm hatte er alles gelernt, und er wünschte sich nichts sehnlicher als ihn weiter als Meister zu haben – doch wie sollte er das erreichen, wenn er in diesem Bauerndorf gefangen blieb?

Vorsichtig erkundigte sich Ci nach der Anstellung seines Vaters, doch der Richter winkte ab.

»Das ist eine Angelegenheit zwischen deinem Vater und mir.«

Unschlüssig wanderte Cis Blick umher. »Es ist nur, mein Vater … Gestern Abend habe ich mit ihm gesprochen, und er hat mir gesagt … Ich dachte, wir würden nach Lin'an zurückkehren, aber jetzt heißt es …«

Feng sah Ci an, der Junge kämpfte mit den Tränen. Er seufzte und legte seinem einstigen Schützling die Hand auf den Arm.

»Ci, ich weiß nicht, ob ich dir das sagen sollte …«

»Bitte, sagt es mir«, flehte Ci.

»In Ordnung, aber du musst mir versprechen, mit niemandem darüber zu reden.« Ci nickte eifrig, während Feng sich setzte, und tief Luft holte. »Ich habe diese Reise nur euretwegen unternommen. Dein Vater hatte mir vor einigen Monaten geschrieben und mir seine Absicht mitgeteilt, wieder auf seinen Posten zurückzukehren. Doch jetzt, nachdem er mich die ganze Reise hat machen lassen, will er nichts mehr davon wissen. Ich habe versucht, ihn zu überzeugen, ich habe ihm eine bequeme Arbeitsstelle und einen großzügigen Lohn versprochen, sogar ein eigenes Haus in der Stadt … Aber er hat abgelehnt – aus mir unerklärlichen Gründen.«

»Dann nehmt mich mit! Wenn Ihr zögert, weil ich den Lumpen vergessen habe, verspreche ich, dass ich hart arbeiten werde. Ich arbeite bis zum Umfallen, und ich werde Euch nie wieder enttäuschen! Ich …«

»Ehrlich gesagt, Ci, du bist nicht das Problem. Du weißt, wie sehr ich dich schätze. Du bist loyal, und ich würde mich freuen, dich wieder als Assistenten zu haben. Darum habe ich mit deinem Vater über dich und deine Zukunft gesprochen, aber ich bin gegen eine Mauer gelaufen. Ich weiß nicht, was mit ihm los ist, aber es war nichts zu machen. Es tut mir leid.«

»Ich … ich …« Ci wusste nicht, was er sagen sollte.

In der Ferne war ein Donnergrollen zu hören. Feng tätschelte ihm den Rücken.

»Ich hatte große Pläne für dich, Ci. Ich hatte dir sogar einen Platz an der Universität von Lin'an reserviert.«

»An der Universität von Lin'an?« Cis Augen weiteten sich. Es war sein großer Traum, an die Universität zurückzukehren.

»Hat dir dein Vater das nicht gesagt? Ich dachte, das hätte er dir erzählt.«

Mit einem Mal wich alle Farbe aus Cis Gesicht, ihm wurden die Knie weich, und er verstummte. Er fühlte sich betrogen, betrogen um seine Zukunft, betrogen von seinem eigenen Vater.

3

Richter Feng teilte Ci mit, dass er einige Nachbarn vernehmen würde, also trennten sich ihre Wege bis zum Nachmittag. Ci nutzte die Pause, um nach Hause zurückzukehren. Er wollte Kirschblüte besuchen, doch zuvor musste er seinen Vater um Erlaubnis bitten, dafür die Arbeit zu versäumen.

Nachdem er sein Schicksal in die Hand der Götter gelegt hatte, betrat er das Haus. Er überraschte seinen Vater dabei, wie er in einigen Dokumenten blätterte, die ihm bei Cis Anblick aus der Hand fielen. Rasch sammelte er sie wieder ein und verstaute sie in einer rotlackierten Kiste.

»Darf man erfahren, was du hier machst? Du solltest beim Pflügen sein!«, rief er. Er verschloss die Kiste und schob sie unter das Bett.

Ci erzählte ihm von seiner Absicht, Kirschblüte zu besuchen, doch der Vater zeigte sich nicht begeistert.

»Bei dir kommt immer das Vergnügen vor der Arbeit«, sagte er.

»Aber Vater …«

»Sie wird auch morgen noch da sein, glaub mir. Ich weiß nicht, warum ich auf deine Mutter gehört habe, dich mit einem Frauenzimmer zusammenzubringen, das mehr Unruhe stiftet als ein Wespennest.«

Ci schluckte.

»Ich bitte Euch, Vater. Nur einen Moment. Danach pflüge ich fertig und helfe Lu beim Mähen.«

»Danach, danach … Sogar der Büffel deines Bruders ist arbeitswilliger als du. Danach … Wann soll das sein, ›danach‹?«

»Warum sprecht Ihr so zu mir, Vater? Warum seid Ihr so ungerecht?«

Der Vater antwortete nicht. Wie alle wusste auch er nur zu gut, dass in den letzten sechs Monaten Ci es gewesen war und nicht Lu, der bei der Reisernte geschuftet hatte. Dass Ci sich um die Pflege der Setzlinge in den Gewächshäusern gekümmert hatte, dass seine Hände voller Schwielen waren vom Ernten, Dreschen, Sieben und Sortieren, dass er es gewesen war, der von Sonnenauf- bis Sonnenuntergang gepflügt, planiert, umgepflanzt und gedüngt hatte und der sich im Schweiße seines Angesichts an den Pumpen abgemüht und die Säcke hinunter zum Fluss und zu den Booten getragen hatte. Alle in diesem verdammten Dorf wussten, dass er sich auf den Feldern abgearbeitet hatte, während Lu sich mit seinen Huren betrank.

Er verfluchte sein Gewissen, das ihm gebot, seinem Vater zu gehorchen, und ging seine Sichel und seinen Beutel holen. Er fand die Hülle, aber die Sichel war verschwunden.

»Nimm meine, Lu hat deine mitgenommen«, erklärte der Vater.

Ci widersprach nicht. Er steckte sie in seinen Sack und machte sich auf zum Feld.

Ci prügelte den Büffel, bis er schrie, doch Ci kannte an diesem Tag keine Gnade. Er klammerte sich am Pflug fest, um ihn so tief wie möglich in den Boden zu drücken, während sich aus einem Sturmhimmel ein unendlicher Regenschleier auf das Feld ergoss. Auf jede Furche folgte eine Serie von Verwünschungen, Mühen und Hieben. Ci spürte die Kühle des Regens nicht, der immer dichter fiel. Erst als es donnerte, hielt der Junge einen Moment inne. Der Himmel war so schwarz wie der Schlamm, in dem er stand. Das Grollen wurde immer bedrohlicher, und auf jeden Donnerschlag folgte ein Blitz. Und noch einer. Der Büffel machte einen ängstlichen Satz nach vorn, doch der Pflug blieb in der Furche stecken, und das Tier stürzte. Ci versuchte, den verzweifelt strampelnden Büffel zum Aufstehen zu bewegen, doch es gelang ihm nicht. Er ließ die Zügel los und versetzte ihm einige Hiebe, doch das Tier hob nur den schweren Kopf. Da entdeckte Ci, dass es einen offenen Bruch am Hinterbein hatte.

»Oh, ihr Götter, was habe ich getan, um euch zu erzürnen?«

Er zog einen Apfel aus seinem Beutel und hielt ihn dem Büffel unter die Schnauze, doch der wehrte ihn mit den Hörnern ab und stöhnte schmerzvoll. Als er sich wieder beruhigt hatte, drückte Ci seinen Kopf seitlich auf die Erde. Er schaute dem Tier in die panisch aufgerissenen Augen und redete ihm gut zu. Die Nüstern weiteten sich und zogen sich wieder zusammen wie ein Blasebalg. Seufzend streichelte Ci dem Tier die Schnauze, ihm war klar, dass dieser Büffel nicht mehr aufstehen würde.

Plötzlich spürte er, wie jemand ihn an den Schultern packte. Als er sich umdrehte, erblickte er den wutschnaubenden Lu, der einen Stock über dem Kopf schwenkte.

»Du verdammter Nichtsnutz, ist das dein Dank für meine Mühe?«

Ci versuchte den Stock abzuwehren, der im nächsten Moment auf ihn niedersauste. Ein Brennen breitete sich auf seinem Gesicht aus.

»Steh auf, Elender.« Lu schlug erneut zu. »Ich werde dir den Verstand schon einprügeln.«

Ci versuchte aufzustehen, da packte Lu ihn an den Haaren und schleifte ihn durch den Schlamm, bis unter das Geschirr.

»Weißt du, wie teuer ein Büffel ist? Nein? Dann wirst du es jetzt zu spüren kriegen.«

Er ließ den jüngeren Bruder los und trat ihn in die Seite, immer wieder.

»Hör auf!«, schrie Ci.

»Es ekelt dich an, auf dem Feld zu arbeiten, was? Du kannst es nicht aushalten, dass unser Vater mich bevorzugt …« Lu versuchte, das Geschirr an ihm festzumachen.

»Vater würde dich niemals bevorzugen, nicht mal, wenn du ihm die Stiefel lecktest«, gab Ci zurück.

»Wenn ich mit dir fertig bin, wirst du mir die Stiefel lecken.«

Ci funkelte seinen Bruder wütend an. Wie es die Regeln vorschrieben, hatte er ihm nie etwas entgegengesetzt, doch jetzt war der Moment gekommen, ihm zu zeigen, dass er nicht sein Sklave war. Er rappelte sich auf die Beine und schlug Lu mit aller Kraft in den Magen. Damit hatte Lu nicht gerechnet, überrascht taumelte er unter dem Schlag. Doch dann holte er gleich zum Gegenschlag aus – Ci fiel zu Boden. Lu war schwerer und größer als Ci, das Einzige, in dem er den jüngeren Bruder nicht übertraf, war der Hass, der mit einem Mal in Ci brodelte. Lu begann auf ihn einzutreten, doch Ci spürte keinen Schmerz. Seine Schläfen pochten, sein ganzer Körper brannte, Regen wusch ihm das Blut aus dem Gesicht. Er glaubte zu hören, wie sein Bruder ihn als Aussätzigen beschimpfte, dann wurde ihm schwarz vor Augen, und er verlor das Bewusstsein.

* * *

Feng betrachtete nachdenklich den toten Shang, als Ci auftauchte. Der Junge sah aus wie ein Gespenst, das sich nur mit Mühe auf den Beinen halten konnte.

»Bei allen Göttern, Ci! Was ist denn mit dir passiert?« Entsetzt streckte der Richter seine Arme aus und half seinem Schützling, sich auf eine Matte zu legen. Ci konnte ein Auge kaum öffnen, auf der Wange klaffte eine Wunde.

»Man hat dich gezeichnet wie ein Maultier«, bemerkte Feng, während er Cis Brust freilegte. Er erschrak, als er das Hämatom auf dem Brustkorb sah. Die Rippen schienen jedoch nicht gebrochen. »War das Lu?«

Ci verneinte, nur mehr halb bei Bewusstsein.

»Lüg nicht. Dieser verdammte Mistkerl! Dein Vater hat gut daran getan, ihn auf dem Land zurückzulassen.«

Der Richter entkleidete Ci vollständig und inspizierte die übrigen Verletzungen. Er seufzte erleichtert, als er feststellte, dass der Puls seines Schützlings regelmäßig war, trotzdem schickte er seinen Assistenten nach dem örtlichen Heiler. Kurze Zeit später tauchte ein zahnloser Alter auf, der Kräuter und einige Medizinfläschchen bei sich trug. Das Männlein untersuchte Ci eingehend, rieb ihn mit Salben ein und flößte ihm einen Trank ein. Als er mit seiner Behandlung fertig war, zog er Ci trockene Kleidung an und verordnete absolute Ruhe für den Patienten.

Nach einer Weile kam Ci wieder zu sich. Mühsam richtete er sich auf und schaute sich im Halbdunkel um. Mit einem leichten Schaudern stellte er fest, dass er den Raum mit dem toten Shang teilte. Draußen regnete es, doch die Hitze hatte ihr Zersetzungswerk an dem Leichnam bereits begonnen – der Gestank, der von dem Toten ausging, war unerträglich, und ein Schwarm Fliegen kreiste geschäftig über dem getrockneten Blut an Shangs Kehle.

»Wie geht es dem Auge?«, fragte Feng.

Ci fuhr zusammen. Er hatte Fengs Gegenwart nicht gespürt, der nur einige Handbreit von ihm entfernt auf dem Boden saß.

»Ich weiß nicht. Ich spüre nichts.«

»Es scheint, als würdest du es gut überstehen. Du hast keine Brüche und …« Ein naher Donnerschlag unterbrach die Worte des Richters. »Bei der Großen Mauer! Die Götter des Himmels sind wirklich wütend!«

»Auf mich sind sie das schon lange«, klagte Ci.

Feng half ihm auf die Beine, während der Donner erneut durch den Raum grollte.

»Bald wird Shangs Familie mit den Alten des Dorfes eintreffen. Ich habe sie zusammengerufen, um ihnen die Ergebnisse meiner Untersuchungen mitzuteilen.«

»Richter Feng, ich kann nicht in diesem Dorf bleiben. Bitte, nehmt mich mit nach Lin'an.«

»Ci, verlange nichts Unmögliches von mir. Du musst deinem Vater gehorchen und …«

»Aber mein Bruder wird mich umbringen …«

Die Ankunft der Angehörigen Shangs ließ Ci verstummen. Auf den Schultern trugen sie einen mit Zeichnungen geschmückten Holzsarg. Der Vater führte die Prozession an, ein alter Mann, am Boden zerstört über den Verlust seines Sohnes, der doch ihn nach seinem Tod hätte in Ehren halten sollen. Dem Alten folgten die übrigen Verwandten und einige Nachbarn. Sie stellten den Sarg neben dem Leichnam ab und stimmten einen Klagegesang an. Als sie geendet hatten, postierten sie sich zu den Füßen des Verstorbenen, anscheinend unberührt von dem Gestank, den er verströmte.

Feng begrüßte sie, und jeder Einzelne verneigte sich. Der Richter räusperte sich und verscheuchte die Fliegen, die um Shangs Kehle kreisten, doch die Insekten kehrten immer wieder zu ihrem Festgelage zurück, sobald der Mann aufhörte zu wedeln. Schließlich ordnete Feng an, dass die Wunde mit einem Tuch abgedeckt werden solle. Dann nahm er in dem Sessel Platz, den sein mongolischer Assistent hinter einem schwarzlackierten Tisch für ihn bereitgestellt hatte.

»Verehrte Mitbürger, wie ihr bereits wisst, wird an diesem Nachmittag der Richter eintreffen, den die Präfektur von Jianningfu schickt. Trotzdem und in Übereinstimmung mit den Wünschen der Familie wurde ich gebeten, erste Untersuchungen in dem Fall anzustellen. Ich werde mir die protokollarischen Formalitäten daher sparen und direkt zur Sache kommen.«

Ci hielt sich ein wenig im Hintergrund und lauschte den Worten des Richters. Er bewunderte Fengs Wissen und die Weisheit, mit der er es einsetzte.

»Wie allgemein bekannt ist«, fuhr Feng fort, »hatte Shang keine Feinde, und trotzdem wurde er brutal ermordet. Was kann das Motiv sein? Für mich handelt es sich, ohne Zweifel, um einen Raubmord. Seine Witwe, eine als ehrenwert und gesetzestreu geachtete Frau, bestätigt, dass der Verstorbene im Augenblick seines Verschwindens dreitausend Qian bei sich hatte, aufgefädelt auf eine Kordel, die er am Gürtel trug. Der junge Ci, der uns bereits heute Morgen eine Kostprobe seines Scharfsinns gegeben hat, indem er die Schnitte am Hals des Ermordeten identifizierte, sagt aus, dass Shang, als er ihn fand, kein Geld bei sich trug.« Feng stand auf und verschränkte die Arme, während er vor den Bauern auf und ab ging, die seinem Blick auswichen. »Ci, von dessen Ehrlichkeit ich überzeugt bin, und der nach meiner Weisung arbeitet, war auch derjenige, der den Stoff, mit dem der Tote offenbar geknebelt worden war, sicherstellte. Ich habe den Lumpen als Beweisstück klassifiziert und nummeriert.« Er zog den Stoff aus einem Kästchen und entfaltete ihn vor den Augen der Anwesenden.

»Gerechtigkeit für meinen Mann!«, rief die Witwe zwischen erstickten Schluchzern.

Feng nickte stumm. Nach einem kurzen Schweigen setzte er seine Ausführungen fort.

»Auf den ersten Blick mag es den Anschein haben, als handle es sich um ein gewöhnliches blutbeflecktes Leintuch … Aber wenn wir die Flecke eingehender betrachten, bemerken wir, dass alle einem auffälligen runden Muster folgen.«

Die Anwesenden begannen darüber zu tuscheln, was diese Entdeckung wohl zu bedeuten hatte. Auch Ci stellte sich diese Frage, doch bevor er eine Antwort darauf fand, sprach Feng weiter.

»Ich möchte euch nun den Weg zu den Schlüssen darlegen, die ich gezogen habe.« Er rief seinen Assistenten herbei. »Ren!« Der junge Mongole trat vor, in den Händen hielt er ein Küchenmesser, eine Sichel, ein Gefäß mit gefärbtem Wasser und zwei Tücher. Er beugte sich vor und stellte die Objekte vor Feng ab. Der Richter nahm das Küchenmesser zur Hand und tauchte es in das gefärbte Wasser, um es dann mit einem der Tücher zu trocknen. Dasselbe wiederholte er mit der Sichel. Dann präsentierte er das Ergebnis.

Ci beobachtete die Demonstration aufmerksam. Die Spuren, die das Messer auf dem Tuch hinterlassen hatte, unterschieden sich deutlich von den Flecken, die nun beim Trocknen der Sichel entstanden und deren Muster sich als identisch mit dem auf dem blutigen Lumpen erwies. Die Waffe musste also eine Sichel gewesen sein.

»Aus diesem Grund«, erläuterte Feng, »habe ich meinen Assistenten beauftragt, alle Sicheln des Dorfes zu konfiszieren, eine Aufgabe, die er unter Mithilfe der Männer von Bao-Pao den Vormittag über fleißig erledigt hat. Ren!«

Der Assistent schleifte eine Kiste voller Sicheln und Sägen herbei, während Feng an den Leichnam herantrat.

»Der Kopf wurde mit einer Schlachtersäge vom Rumpf getrennt, einer Säge, die Bao-Paos Männer auf der Parzelle gefunden haben, wo man Shang ermordet hat.« Er zog eine Säge aus der Kiste und legte sie auf den Boden. »Doch der tödliche Schnitt ist mit einem anderen Werkzeug ausgeführt worden … Zweifellos mit einer Sichel wie dieser.«

Ein Raunen ging durch die andächtige Stille.

»Die Sichel weist keine besonderen Merkmale auf«, sprach Feng weiter. »Ein gewöhnliches Gerät aus Eisen mit Holzgriff. Doch glücklicherweise ist in jeden Griff der Name des Besitzers eingraviert. Wenn wir also die Sichel identifizieren, mit der Shang getötet wurde, haben wir auch den Schuldigen.« Feng gab Ren ein Zeichen.

Der Assistent öffnete die Tür des Schuppens, davor wartete eine Gruppe von Bauern, die von Bao-Paos Männern festgesetzt worden waren. Ren forderte sie auf, einzutreten. Feng fragte Ci, ob er sich in der Lage fühle, ihm ein wenig zu helfen. Der Junge nickte eifrig und erhob sich mühsam, während Feng ihm seine Instruktionen ins Ohr flüsterte. Dann nahm er ein Heft und einen Pinsel zur Hand und folgte dem Richter zu der Kiste mit den Sicheln. Feng begutachtete die Werkzeuge eingehend, legte eine Klinge nach der anderen auf die Blutspuren des Lumpens, hielt sie gegen das Licht. Dabei diktierte er Ci seine Beobachtungen, und wie Feng es ihm aufgetragen hatte, tat der so, als ob er geschäftig mitschriebe.

Ci fragte sich, was Feng mit diesem Vorgehen bezweckte. Solange eine der Sicheln nicht zufällig eine einzigartige Zahnung aufwies, konnte daraus schwerlich eine beweiskräftige Information gewonnen werden. Doch plötzlich begriff er, dass Feng eine Finte anwendete. Da das Strafgesetzbuch kategorisch die Verurteilung eines Angeklagten ohne vorheriges Geständnis verbot, und der Richter offenbar keine Beweise hatte, versuchte er nun den Schuldigen einzuschüchtern.

Feng beendete seine vorgeblichen Untersuchungen und gab vor, Cis nicht existierende Notizen zu lesen. Langsam drehte er sich zu den Bauern um und strich sich nachdenklich durch den Bart.

»Ich sage es nur einmal!«, rief er über das Wüten des Sturms hinweg. »Die Blutflecke, die auf diesem Lumpen gefunden wurden, entlarven den Schuldigen eindeutig. Die Spuren können nur von einer einzigen Sichel stammen, auf deren Griff, wie ihr wisst, ein Name eingraviert ist.« Er musterte die ängstlichen Gesichter der Arbeiter. »Ich weiß, dass ihr alle die Strafe für ein so abscheuliches Verbrechen kennt. Was ihr jedoch nicht wisst, ist Folgendes: Wenn der Schuldige jetzt nicht gesteht, wird seine Hinrichtung auf der Stelle durchgeführt, und zwar durch *Lingchi*«, donnerte er.

Die Bauern schwiegen entsetzt, in ihren Gesichtern spiegelte sich nackte Angst. Auch Ci sah verstört zu dem Richter hinüber. *Lingchi*, der Tod durch tausend Schnitte, war die blutigste Strafe, die man sich vorstellen konnte. Der Verurteilte wurde entkleidet, an einen Pfahl gefesselt, und dann wurden seine Gliedmaßen langsam in Stücke geschnitten, als wollte man Filets daraus machen, und vor ihm ausgebreitet. Man hielt den armen Teufel so lange wie möglich am Leben, bis man ihm schließlich eines der lebenswichtigen Organe herausnahm.

Feng trat dicht vor die Bauern und musterte jeden Einzelnen mit durchdringendem Blick. »Da ich in dieser Subpräfektur nicht der zuständige Richter bin, werde ich dem Schuldigen eine einmalige Möglichkeit einräumen.« Er blieb vor einem jungen Kerl stehen, der leise wimmerte. »In meiner übergroßen Güte werde ich gegenüber dem Schuldigen Barmherzigkeit walten lassen, die er selbst mit Shang nicht hatte. Ich gebe ihm die Möglichkeit, ein Quäntchen Ehre zurückzuerlangen, indem er sein Verbrechen gesteht, bevor er angeklagt wird. Nur so kann er der Schmach und der schlimmsten Todesart von allen entgehen.«

Der Regen trommelte aufs Dach. Kein weiterer Laut war zu hören. Wie ein Tiger auf der Jagd, in höchster Anspannung und äußerst wachsam schritt Feng die Reihe der Bauern ab. Die Männer schwitzten, die Kleidung klebte ihnen auf der Haut.

»Zeig dich, Elender! Es ist deine letzte Chance!«, zischte der Richter. Doch niemand rührte sich.

Feng ballte die Fäuste, ging entschlossen auf Ci zu, riss ihm das Blatt mit den Aufzeichnungen aus der Hand und tat so, als studierte er sie noch einmal. Dann wanderte sein Blick wieder zu den Bauern. Ci fürchtete, dass Feng jeden Augenblick enttarnt werden würde. Umso mehr wunderte er sich über die Bestimmtheit, mit der er vorging.

»Verdammte Blutsauger«, zischte der Richter und verscheuchte den Schwarm Fliegen, der über der Schlachtersäge schwirrte.

»Blutsauger …«, wiederholte er gedankenvoll. Auf einmal schien er eine Eingebung zu haben. Hastig wedelte er die übrigen Insekten hinüber zu den Sicheln und beobachtete triumphierend, dass es eine Klinge gab, die alle Fliegen besonders zu interessieren schien. Die Sichel schien sauber und nichts Außergewöhnliches an sich zu haben. Feng nahm sie in die Hand und hielt sie dicht unter eine Funzel. Das Werkzeug war nur nachlässig geputzt worden, es waren immer noch Reste von Blut darauf zu erkennen. Dann leuchtete der

Richter auf den Griff, der den Besitzer verriet. Als er die Inschrift las, zuckte er unwillkürlich zusammen. Das Werkzeug, das in seinen Händen lag, gehörte Cis Bruder Lu.

4

Vorsichtig betastete Ci die Wunde auf seiner Wange. Vielleicht war sie nicht schlimmer als andere, die er sich während der Arbeit auf dem Reisfeld zugezogen hatte, doch würde sie für immer Spuren hinterlassen. Er trat von dem Bronzespiegel zurück und senkte den Kopf.

»Mach dir nichts draus, Junge. Die Wunde wird vernarben, und du wirst sie mit Stolz zur Schau tragen«, tröstete ihn Richter Feng.

»Was geschieht mit ihm?«, fragte Ci tonlos.

»Du meinst, mit deinem Bruder? Du solltest froh sein, dieses Ungeheuer los zu sein«, sagte Feng und deutete auf die Reisküchlein, die man ihm gerade in seine Gemächer gebracht hatte. »Bitte, bediene dich.«

Ci lehnte ab.

»Werden sie ihn hinrichten?«

»Beim Gott der Berge, Ci, es würde mich nicht verwundern. Du hast selbst gesehen, wie er den Toten zugerichtet hat.«

»Er ist mein Bruder …«

»Und ein Mörder.« Feng seufzte. »Ci, ich weiß tatsächlich nicht, wie der zuständige Richter in diesem Fall urteilen wird. Ich gehe aber davon aus, dass er ein vernünftiger Mann ist. Ich werde ihn gern um Milde bitten, wenn dies dein Wunsch ist.«

Ci nickte hoffnungsvoll.

»Ihr wart großartig«, bemerkte er dann. »Die Fliegen auf der Klinge … das getrocknete Blut … Nie im Leben wäre ich darauf gekommen!«

»Es war eine spontane Eingebung. Als ich die Fliegen wegscheuchte, setzten sich alle auf eine ganz bestimmte Sichel. Da wurde mir klar, dass ihr Flug nicht vom Zufall gelenkt war, sondern dass sie sich auf diese Klinge setzen, weil noch Reste trockenen Blutes daran klebten, und dass es sich um die Sichel handeln musste, die dem Mörder gehörte.«

»Darf ich meinen Bruder besuchen?«, fragte Ci leise.

Feng überlegte. »Ich denke schon. Allerdings muss es uns zunächst gelingen, ihn zu fassen …«

Ci verließ die Gemächer des Richters und lief ziellos durch die kleinen Gassen, ohne darauf zu achten, dass alle Fenster sich schlossen, wenn er vorüberging. Ihm fiel auf, dass einige Nachbarn seinen Gruß nicht erwiderten, und als er den Weg Richtung Fluss einschlug, rief man ihm Beleidigungen hinterher. Die vom Regen aufgeweichten Wege waren ein Spiegel seiner Seele, er fühlte sich leer und hoffnungslos. Missmutig blickte er auf die Überreste einiger vom Wind abgedeckter Dächer, auf die terrassenförmigen Reisfelder, die sich die Berghänge hinaufzogen, auf die Barkassen der Schiffer, die verlassen auf dem Fluss vor sich hin schaukelten. Er hasste dieses Dorf. Und er hasste seinen Vater – dafür, dass er ihn betrogen hatte. Er hasste seinen Bruder für seine Brutalität und seine Einfältigkeit, er hasste die Nachbarn, die ihm durch die Wände ihrer Häuser hinterherspionierten, und er hasste den Regen, der ihn Tag für Tag innerlich und äußerlich durchweichte. Er hasste die seltsame Krankheit, die seinen Körper mit Brandwunden überzogen hatte, und sogar seine Schwestern hasste er, dafür, dass sie gestorben waren und ihn alleine mit der kleinen Mei Mei zurückgelassen hatten. Doch vor allem hasste er sich selbst. Denn wenn es etwas Unwürdigeres gab als Grausamkeit und Mord, wenn es ein Verhalten gab, das nach den konfuzianischen Regeln als schändlich und verachtenswert galt, dann war es wohl der Verrat an der eigenen Familie. Und nichts anderes hatte er getan, indem er unwillkürlich zur Verhaftung seines Bruders beigetragen hatte.

Der Regen wurde stärker. Ci drückte sich unter den niedrigen Vordächern an den Häuserfassaden entlang, und als er um eine Ecke bog, stieß er beinahe mit einem Menschenzug zusammen, der von einem Kuli angeführt wurde, der auf sein Tamburin eindrosch wie ein Verrückter. Ihm folgte ein zweiter, der ein Schild vor sich her trug, auf dem stand: »Hüter der Weisheit – Richter von Jianningfu«. Dahinter schleppten acht Träger eine geschlossene Sänfte, die mit einer feinen Jalousie verhängt war. Das Ende des Zuges bildeten vier schwerbeladene Sklaven, die das persönliche Hab und Gut des Richters von Jianningfu transportierten. Ci verneigte sich respektvoll und blickte dem Pulk mit einem mulmigen Gefühl nach. Doch dann vergaß er für einen Moment seinen Kummer und folgte dem Zug entschlossen bis zum Anwesen von Bao-Pao. Dort postierte er sich an einem der Fenster, um beobachten zu können, was im Innern vor sich ging.

Der Dorfvorsteher empfing den Hüter des Gesetzes devot und ehrfürchtig, als handelte es sich um den Kaiser höchstpersönlich. In der Zwischenzeit trugen die Bediensteten von Bao-Pao das Gepäck ins Haus. Der Dorfvorsteher trieb sie ungeduldig an, indem er in die Hände klatschte, und informierte seinen Gast über die neuesten Vorgänge und die Anwesenheit Fengs im Dorf.

»Ihr sagt, dass dieser Lu bisher nicht gefasst wurde?«, hörte Ci den Richter aus Jianningfu fragen.

»Das verdammte Unwetter macht es den Hunden schwer, Witterung aufzunehmen, aber wir werden ihn bald finden. Seid Ihr hungrig?«

»Natürlich!« Der dicke Mann ließ sich auf dem kleinen Schemel am Kopf des Tisches nieder. »Sagt, ist der Angeklagte nicht der Sohn des Staatsbeamten?«

»Lu? Ja, in der Tat. Euer Gedächtnis ist nach wie vor phänomenal.«

Bao-Pao war gerade dabei, seinem Gast Tee nachzuschenken, als Feng den Saal betrat.

»Man hat mich eben erst informiert«, entschuldigte sich Feng mit einer Verbeugung. Als der Hüter der Weisheit bemerkte, dass er nach Alter und Rang unter Feng stand, erhob er sich, um ihm seinen Platz anzubieten. Doch Feng lehnte ab, nahm neben Bao-Pao Platz und begann, die Ergebnisse seiner letzten Untersuchungen darzulegen.

»Vorzüglich. Diese Karpfen sind wirklich vorzüglich«, unterbrach ihn der Hüter der Weisheit schmatzend.

Feng hob die Augenbraue. »Wie gesagt, die Angelegenheit ist heikel. Der Beschuldigte ist der Sohn eines ehemaligen Mitarbeiters von mir, und unglücklicherweise war es dessen Bruder, der den Leichnam entdeckte.«

»Das hat Bao-Pao mir erzählt«, bestätigte der Hüter. »Was für ein dummer Junge.« Ungeniert schob er sich einen weiteren Bissen in den Mund.

Ci wusste schon jetzt, dass er diesen gefräßigen Dickwanst niemals mögen würde.

»Wie dem auch sei, ich habe einen detaillierten Bericht vorbereitet, den Ihr vermutlich vor Eurer Inspektion studieren wollt«, sagte Feng.

»Wie bitte? Ah, ja. Wenn er so detailliert ist, warum dann überhaupt eine zweite Untersuchung, noch dazu wenn man so köstliche Speisen vor sich hat?« Er lachte dümmlich.

Feng erkundigte sich, ob man Ci befragen wolle, doch der Hüter winkte bloß ab. Nach einer Weile hörte er endlich auf, zu kauen, und sah Feng an.

»Lassen wir die Bürokratie beiseite und verhaften diesen Bastard.«

Noch vor dem Abend hatte ein Schnüfflertrupp von Bao-Paos Männern Lu auf einem Berg im Wuyi-Gebirge ausfindig gemacht, auf dem Weg nach Wuyishan. Der Gesuchte trug dreitausend Qian an seinem Gürtel bei sich und er wehrte sich wie ein in die Enge getriebenes Tier gegen seine Häscher. Als sie ihn endlich in ihrer Gewalt hatten, war er bereits halb tot.

* * *

Die Verhandlung sollte am selben Tag nach Sonnenuntergang stattfinden. Diese Nachricht wurde Ci und seiner Familie übermittelt, als Ci gerade versuchte, seinem Vater zu erklären, was geschehen war.

»So etwas würde Lu niemals tun!«, schluchzte der Vater. »Und du, wie konntest du dabei helfen, ihn anzuklagen?«

»Aber Vater, ich wusste doch nicht, dass Lu …« Ci senkte den Kopf. »Feng wird uns helfen. Er hat mir versprochen, dass …«

Doch der Vater war untröstlich. Wortlos nahm er Mei Mei auf den Arm und verließ zusammen mit seiner Frau das Haus.

Ci folgte ihnen traurig in einem gewissen Abstand. Er war erstaunt über die Dringlichkeit der Einberufung. Vor jedem

Mordprozess mussten nacheinander zwei Untersuchungen durch verschiedene Richter angestellt werden, doch wie es schien, hatte der Hüter der Weisheit es eilig, in seine Präfektur zurückzukehren.

Das Erste, das Ci in den Blick fiel, als er den Saal erreichte, der für die Anhörung vorbereitet worden war, war die Gerichtsstandarte der Präfektur. Davor flankierten zwei Seidenlaternen ein Pult und einen leeren Sessel.

Sie mussten nicht lange warten, bis Lu eintraf. Er erschien, eskortiert von Bao-Paos Männern, mit Fuß- und Handfesseln und in ein schweres Holzjoch gespannt, was ihm das Aussehen eines geprügelten Esels verlieh und demonstrierte, dass es sich um einen gefährlichen Kriminellen handelte. Kurz darauf betrat auch der Hüter der Weisheit den Raum, bekleidet mit einer schwarzen Robe und der zweiflügeligen Kappe, die ihn als Richter auswies.

Der beisitzende Beamte verlas die Anklageschrift gegen Lu.

»Wenn der Kläger einverstanden ist, signiere er das Verlesene«, sagte der Hüter.

Der älteste Sohn des Verstorbenen kniete zum Zeichen seiner Ergebenheit nieder und schlug mit der Stirn auf den Boden, darauf reichte ihm der Gerichtsdiener die Anklageschrift zur Signatur. Der Mann befeuchtete einen Finger am Tintenstein und drückte einen roten Fingerabdruck oben auf das Papier. Der Gerichtsdiener bestätigte die Authentizität des Abdrucks mit seiner Unterschrift. Dann reichte er das Dokument dem Hüter.

»Zu Ehren unseres mächtigen Kaisers Nin Zong, Erbe des Himmlischen Reiches, und in seinem verehrten und gelobten Namen erkläre ich – sein bescheidener Diener, Hüter der Weisheit aus der Präfektur Jianningfu und Vorsitzender dieses Gerichts – nach dem Vortrag der Anklagepunkte, die den niederträchtigen Kriminellen Song Lu als Mörder seines Mitbürgers Li Shang belasten, den er ausraubte, tötete, schändete und köpfte, sowie nach den Gesetzen unseres tausendjährigen Strafgesetzbuches, des *Songxingtong*, alle Schlussfolgerungen für bewiesen, die sich aus dem Bericht des ehrenwerten Richters Feng ergeben. Nachdem dies feststeht, übergebe ich das Wort an den Beschuldigten und gebe ihm die Gelegenheit zum Schuldeingeständnis.«

Der Gerichtsdiener stieß Lu so grob an, dass er mit den Knien auf dem Boden aufschlug. Lus Augen lagen tief in den Höhlen, und er sah den Hüter verständnislos an.

»Ich … habe diesen Mann nicht umgebracht«, stammelte er schließlich.

Ci biss sich auf die Lippe. Seinem Bruder fehlten mehrere Zähne, er glich einem geprügelten Hund.

»Überleg dir gut, was du sagst«, warnte der Hüter Lu. »Meine Männer sind sehr geschickt mit den verschiedenen Instrumenten …«

Lu schien die Drohung nicht zu verstehen. Ci vermutete, dass er betrunken war. Eine der Wachen zwang ihn, den Boden zu küssen.

Der Hüter der Weisheit seufzte gekünstelt und hob an, Fengs Notizen vorzulesen. Als er geendet hatte, sah er Lu forschend an.

»Der Angeklagte hat gewisse Rechte. Noch ist seine Schuldigkeit nicht vollständig nachgewiesen. Geben wir ihm also die Möglichkeit zu sprechen. Sag mir, Lu, wo befandest du dich im vorletzten Mond zwischen Sonnenaufgang und Mittag?«

Lu antwortete nicht, also wiederholte der Hüter seine Frage, lauter und sichtlich irritiert.

»Ich habe gearbeitet«, antwortet Lu schließlich.

»Gearbeitet? Wo?«

»Ich weiß nicht. Auf dem Feld«, stammelte er wenig überzeugend.

»Zwei deiner Bauern sagen aber etwas anderes. Es sieht so aus, als wärst du an diesem Morgen nicht auf dem Reisfeld erschienen.«

Lu schaute ihn verständnislos an. Er hatte Mühe, aufrecht stehen zu bleiben.

»Auch wenn du dich nicht erinnerst – Lao, der Wirt, mit dem du die Nacht zuvor bis in die frühen Morgenstunden getrunken hattest, hat es nicht vergessen. Er sagt, ihr habt gewürfelt, du hast dich betrunken und viel Geld verloren«, fuhr der Hüter fort.

»Das ist unmöglich. Ich habe noch nie viel Geld besessen«, erwiderte Lu mit aufflammendem Trotz.

»Er sagt, du habest alles verloren.«

»So ist das eben, wenn man würfelt.«

»Trotzdem hing an deinem Gürtel eine Kordel mit dreitausend Qian, als du gefasst wurdest.« Der Hüter der Weisheit sah ihn streng an. »Erlaube mir, deine Erinnerung ein wenig aufzufrischen. Heute Nachmittag, als du nach dem Mord auf der Flucht warst …«

»Ich war nicht auf der Flucht …«, unterbrach Lu den Hüter wagemutig. »Ich war auf dem Weg zum Markt in Wuyishan. Ich wollte einen neuen Büffel kaufen, weil mein nichtsnutziger Bruder …«, er deutete auf Ci, »weil der da dem einzigen, den ich hatte, das Bein gebrochen hat.«

»Mit dreitausend Qian? Genug der Lügen! Jeder weiß, dass ein Büffel vierzigtausend kostet!«, rief Feng scharf dazwischen.

»Ich wollte nur eine erste Rate bezahlen«, verteidigte sich Lu.

»Klar, mit dem geraubten Geld. Du hast gerade selbst gesagt, dass du alles verloren hattest, was du besaßest, und dein eigener Vater bestätigt, dass du verschuldet bist.«

»Diese dreitausend Qian habe ich von einem Kerl gewonnen, nachdem ich die Taverne verlassen hatte.«

»Ah. Und wer war das? Ich vermute, dass diese Person das bezeugen kann?«

»Nein … ich weiß nicht … ich hatte ihn nie zuvor gesehen. Ein Betrunkener, der anbot, zu spielen, und dann verlor. Er war es auch, der mir erzählt hat, dass in Wuyishan günstig Büffel verkauft werden. Was sollte ich denn tun? Ihm den Gewinn zurückgeben?«

Richter Feng trat vor den Tisch, der als Podest diente, und bat den Hüter der Weisheit um Erlaubnis, zu sprechen. Er ging hinüber zu Lu und band die Kordel mit den Münzen los, die noch immer an seinem Gürtel hing, um sie dem Sohn des Verstorbenen zu zeigen.

»Die gehörte meinem Vater«, bestätigte der Sohn mit Blick auf die Kordel. Da sich die Räuber üblicherweise mit der kompletten Schnur aus dem Staub machten, hatte sich unter den Bauern die Gewohnheit verbreitet, die Kordeln, auf denen die Münzen aufgezogen waren, individuell zu kennzeichnen, um sie im Falle eines Raubes identifizieren zu können. Der Hüter nickte Feng zu und ging noch einmal seine Unterlagen durch.

»Sag, Lu, erkennst du diese Sichel?« Er gab einen Wink, damit der Gerichtsdiener sie ihm reichte.

Der Gefangene betrachtete sie ohne erkennbare Regung.

»Ist das deine?«, beharrte der Hüter.

Lu nickte.

»Wie es in dem Bericht heißt«, fuhr der Justizbeamte fort, »bringt Richter Feng diese Sichel unzweifelhaft mit dem

Mord in Verbindung, und obwohl diese Tatsache und das Geld bereits ausreichende Beweise wären, um dich zu verurteilen, schreibt das Gesetz vor, dass ich dich zum Geständnis bringen muss.«

»Ich sage Euch noch einmal …« Lu stockte und starrte ins Leere.

»Verdammt noch mal, Lu«, brach es aus dem Hüter heraus, als Lu nichts weiter vernehmen ließ. »Aus Respekt vor deinem Vater habe ich dich noch nicht foltern lassen, aber wenn du dich weiterhin so aufführst, sehe ich mich gezwungen … Ich verliere allmählich die Geduld!«

Lu lachte wie ein Schwachsinniger. Ein Bambusstock sauste auf ihn nieder. Der Hüter winkte zwei Gerichtsdiener zu sich, die den Angeklagten dann in eine Ecke schleiften.

»Was machen sie mit ihm?«, erkundigte sich Ci ängstlich bei Feng.

»Der Maske des Schmerzes wird er kaum widerstehen.«

5

Ci zitterte am ganzen Leib, als der beisitzende Beamte mit einer unheimlichen Holzmaske wieder im Anhörungssaal erschien. Auf ein Zeichen hielten zwei Diener Lu fest, der sich wehrte wie ein Tier, als sie ihm die Maske aufsetzten und dann mit Lederriemen festzurren wollten. Lu schrie und strampelte wie ein Irrer. Einige Frauen versteckten sich furchtsam hinter ihren Männern, doch als es schließlich ruhig wurde und Lu nunmehr mit grässlicher Fratze auf seinen Platz zurückkehrte, klatschten auch sie.

»Gestehe!«, herrschte der Hüter der Weisheit den Angeklagten an. Als die Antwort ausblieb, bohrte er Lu einen

Stock in den Mund. »Gestehe, und du kannst wieder Reis kauen.«

»Nehmt mir dieses verdammte Ding ab, ihr Affen!«

Der Hüter der Weisheit nickte dem Gerichtsdiener grimmig zu, der sich sogleich anschickte, die Maske enger um Lus Kopf zu spannen. Lu brüllte vor Schmerz, während sich die Metallverstärkungen der Maske mit jeder Umdrehung tiefer in seine Schläfen gruben.

Ci rang um Atem. Wenn Lu nicht sofort gestand, würden sie sein Gehirn zerquetschen wie eine Nuss im Mörser.

»Jetzt leg schon ein Geständnis ab, Bruder«, flüsterte er verzweifelt.

Doch Lu schwieg eisern, nur seine Schmerzensschreie wurden immer lauter. Ci hielt sich die Ohren zu.

»Bitte, gestehe!«, stammelte er, als er sah, wie ein Rinnsal Blut die Stirn des Bruders hinablief.

Der Gerichtsdiener zog noch fester an den Lederriemen der Maske, ein knirschendes Geräusch und gleich darauf ein unmenschliches Geheul erfüllten den Raum. Ci schloss die Augen. Als er sie wieder öffnete, sah er, dass Lu zusammenbrach.

Sofort befahl der Hüter der Weisheit den Gerichtsdienern, die Maske zu lockern und die Folter zu stoppen.

»Ich ge… stehe«, keuchte Lu.

Sogleich stürzte sich der Sohn des Ermordeten auf Lu und trat auf ihn ein wie auf einen Hund. Lu stöhnte, ihm fehlte die Kraft, zu schreien oder gar sich zu rühren. Die Gerichtsdiener eilten herbei, um den Rasenden von Lu fortzuzerren, dann richteten sie Lu auf und setzten seinen Fingerabdruck unter das Schuldgeständnis.

Schließlich verkündete der Hüter der Weisheit das Urteil.

»Im Namen des allmächtigen Sohnes des Himmels erkläre

ich Song Lu zum geständigen Mörder des ehrenwerten Li Shang. In Anbetracht der Brutalität des Verbrechens ordne ich nach den ehrenwerten Regeln des *Songxingtong* den Tod Song Lus durch Enthauptung an.«

Der Hüter der Weisheit stempelte mit Rot das Urteil und beauftragte die Gerichtsdiener, den Verurteilten in den Lagerraum des Dorfvorstehers zu bringen und streng zu bewachen. Der Prozess war beendet. Ci versuchte, mit seinem Bruder zu sprechen, doch die Wachen verboten es ihm.

Als er aus dem Gebäude heraustrat, sah er seinen Vater auf allen vieren vor den Angehörigen Shangs sitzen und um Vergebung betteln, doch die Waisen schubsten ihn zur Seite wie einen Aussätzigen. Ci wollte seinem Vater aufhelfen, doch der alte Mann wehrte die Geste ab. Als er sich schließlich selbst hochgerappelt hatte, klopfte er sich den Staub aus der Kleidung und ging wortlos davon. Ci ließ sich niedergeschlagen zu Boden sinken, noch nie hatte er sich einsamer und verlassener gefühlt, begleitet nur von Bitterkeit.

Es verging eine Weile, bis Kirschblüte sich ihm vorsichtig näherte. Das Mädchen hatte sein Gesicht unter einer Kapuze verborgen, um sich für einen Augenblick von ihrer Familie zu entfernen.

»Verzweifle nicht«, flüsterte sie. »Früher oder später wird meine Familie einsehen, dass ihr anderen nicht seid wie Lu.«

»Lu hat uns entehrt«, sagte Ci.

»Auf allen Feldern gibt es Plagen. Jetzt muss ich gehen. Bete zu den Göttern für uns.« Traurig lächelnd strich sie ihm über das Haar und verschwand.

Auf eine Art, die er selbst nicht recht verstand, fühlte Ci sich seinem Bruder gegenüber schuldig. Vielleicht, weil Lu ihn in seiner Kindheit immer beschützt hatte, vielleicht, weil er trotz seiner Grobheit immer hart für die Familie gearbeitet hatte. Angesichts dieser Tragödie verblassten in diesem Augenblick die unzähligen Male, die Lu ihn beschimpft und misshandelt hatte. Lu war sein älterer Bruder, und die konfuzianische Lehre lehrte, den älteren Bruder zu respektieren und ihm zu gehorchen.

* * *

Bei Sonnenaufgang regnete und gewitterte es immer noch. Es war alles wie am Tag zuvor, abgesehen von Lus Abwesenheit.

Ci hatte die ganze Nacht nicht geschlafen. Rasch zog er sich an und machte sich auf den Weg zu Feng. Er musste herausfinden, was mit seinem Bruder nun geschehen würde. Ob es eine Möglichkeit gab, das Urteil anzufechten?

Er traf Feng bei den Ställen an, wo er mit seinem mongolischen Diener das Gepäck für die Abreise vorbereitete. Als er Ci sah, legte er alles aus der Hand und ging auf ihn zu. Er sagte, dass sie über Land nach Nanchang reisen würden, wo sie eine der Reisschaluppen besteigen wollten, die in Richtung Yangtse fuhr. Er musste in einer dringenden Mission zur nördlichen Grenze, die ihn mehrere Monate lang beschäftigen würde.

»Aber Ihr könnt uns doch nicht so zurücklassen, kurz vor der Hinrichtung meines Bruders.«

Feng legte ihm väterlich den Arm um die Schulter und erklärte ihm, dass in Fällen der Todesstrafe das Hohe Kaiserliche Gericht in Lin'an das Urteil bestätigen musste, was bedeutete, dass Lu in ein Staatsgefängnis verlegt wurde, bis das endgültige Urteil gesprochen war.

»Und das wird nicht vor dem nächsten Herbst geschehen«, schloss er.

»Das ist alles? Und was ist mit einer Anfechtung des Urteils? Wir könnten eine Wiederaufnahme des Falls fordern. Ihr seid der beste Richter und …«, bettelte Ci.

»Ehrlich gesagt, Ci, hier ist nicht mehr viel zu tun. Der Hüter der Weisheit hat in dieser Angelegenheit die volle Befugnis, und ich würde seine Ehre verletzen, wenn ich mich einmischte.«

Er reichte seinem Diener einen Packen, dann wandte er sich seufzend wieder an Ci.

»Ich kann höchstens versuchen zu empfehlen, dass man deinen Bruder nach Sichuan im Westen des Landes verlegt. Ich kenne den Vorsteher, der die Salzminen leitet, und durch ihn weiß ich, dass man dort die Verurteilten, die fleißig arbeiten, länger am Leben lässt.«

»Richter Feng … Es gibt keine Beweise«, rief Ci flehend. »Kein normaler Mensch würde für dreitausend Qian töten …«

»Du sagst es selbst: Kein normaler Mensch …« Feng schüttelte den Kopf. »Versuche nicht, eine rationale Erklärung für das Verhalten eines jähzornigen Betrunkenen zu finden, denn das wird dir nicht gelingen.«

Ci senkte den Kopf. »Werdet Ihr mit dem Hüter sprechen?«

»Ich habe dir gesagt, dass ich es versuchen werde.«

»Ich … weiß nicht, wie ich Euch danken soll.« Ci ließ sich vor dem Richter auf die Knie sinken.

»Du bist beinahe wie ein Sohn für mich, Ci.« Feng zog ihn wieder auf die Füße. »Der Sohn, den der Gott der Fruchtbarkeit mir verwehrt hat … Die Kleinlichen dürsten nach Besitz, Geld oder Vermögen, dabei ist der größte Reichtum der, den eine Nachkommenschaft dir schenkt, die dich im Alter pflegt und im Jenseits ehrt.« Ein Donnergrollen unterbrach seine Rede. »Verdammtes Gewitter! Das war ganz schön dicht … Jetzt muss ich mich auf den Weg machen. Grüß deinen Vater von mir.« Feng fasste Ci bei den Schultern. »In ein paar Monaten, wenn ich nach Lin'an zurückkehre, kümmere ich mich um die Revision.«

»Danke, ehrenwerter Feng«, sagte Ci leise, ging erneut in die Knie und berührte mit der Stirn den Boden, um seine Bitterkeit zu verbergen. Als er wieder aufblickte, war der Richter verschwunden.

* * *

Ci versuchte, mit seinem Vater zu sprechen, doch es gelang ihm nicht. Der Mann hatte sich in sein Zimmer zurückgezogen und die Tür von innen verriegelt. Die Mutter bat Ci, den Vater nicht zu belästigen. Im Übrigen sei Lu ein erwachsener Mann, und alles, was sie für ihn zu tun versuchten, würde seine Schmach nur vergrößern. Ci nickte stumm. Er musste sich also allein um die Angelegenheit kümmern.

Mittags bat er um eine Audienz beim Hüter der Weisheit, er wollte erfahren, ob Fengs Bemühungen Früchte getragen hatten. Der Justizbeamte empfing Ci überaus freundlich und bot ihm etwas zu essen an.

»Feng hat nur Gutes von dir erzählt. Eine Schande, das mit deinem Bruder … Sag mir, was ich für dich tun kann.«

Seine Freundlichkeit hörte nicht auf, Ci zu erstaunen.

»Richter Feng sagte mir, dass er mit Euch über die Minen von Sichuan sprechen wollte«, gab Ci zur Antwort, nachdem er sich verbeugt hatte. »Er sagte, Ihr könntet meinen Bruder dorthin schicken.«

»Ach ja, die Minen …« Der Hüter der Weisheit tat sich an einem Stück Kuchen gütlich und fuhr laut schmatzend fort: »Schau, mein Junge, im Altertum waren viele Gesetze überflüssig, denn es reichten fünf Beobachtungen: Man betrachtete die Vorfahren, das Minenspiel und die Gestik, hörte auf die Atmung und lauschte den Worten des Angeklagten. Nichts weiter war nötig, um eine schwarze Seele zu erkennen.« Er nahm einen weiteren Bissen. »Aber heute stehen die Dinge anders. Heute kann ein Richter die Vorfälle nicht mehr … sagen wir, mit derselben Leichtfertigkeit interpretieren«, sagte er. »Verstehst du, was ich sagen will?«

Ci nickte, obwohl er nichts verstand. Der Hüter fuhr fort.

»Du möchtest also, dass Lu in die Minen von Sichuan verlegt wird …« Er wischte sich die Hände an einem Tuch ab und stand auf, um ein Dokument zu holen. »Mal sehen … ah, hier ist es. Es ist tatsächlich so, dass unter bestimmten Umständen die Todesstrafe in eine Verbannung umgewandelt werden kann, wenn ein Angehöriger als Gegenleistung die nötige Summe aufbringt.«

Ci spitzte die Ohren.

»Leider gibt es im Fall deines Bruders keinen Zweifel. Lu hat sich des schlimmsten aller Verbrechen schuldig gemacht.« Der dicke Mann hielt einen Moment inne, um seinen nachfolgenden Worten Gewicht zu verleihen. »Und du solltest dankbar sein, dass ich die Enthauptung Shangs im Verfahren nicht als Teil irgendeiner familiären Magie betrachtet habe, denn dann würde nicht nur Lu den Tod der tausend Schnitte sterben, sondern auch du und deine Familie, ihr würdet lebenslänglich von hier verbannt.«

Ci wurde flau im Magen. In der Tat besagte das Gesetz, dass die Angehörigen des Schuldigen, auch wenn sie des Verbrechens selbst unschuldig waren, mit dem Verbrecher doch dieselbe böswillige Natur teilten und in die Verbannung geschickt werden durften. Doch warum kam der Hüter der Weisheit darauf zu sprechen, was bezweckte er damit?

Als der Justizbeamte Cis Verwunderung bemerkte, wurde er deutlicher.

»Bao-Pao hat mir erzählt, dass deine Familie Ländereien besitzt. Ländereien, für die er deinem Vater einst eine faire Summe geboten hat.«

»Das ist richtig«, stammelte Ci.

»Und Feng sagte mir, dass es unter diesen Umständen besser wäre, wenn ich mit dir redete statt mit deinem Vater.« Er erhob sich und kontrollierte, ob die Tür gut verschlossen war. Dann kam er zurück an den Tisch und setzte sich.

»Entschuldigt, aber ich verstehe nicht …«

»Sieh mal, Ci, es geht darum, dass wir uns vielleicht über die Summe einig werden könnten, die deinen Bruder vor der Folter rettet.«

* * *

Ci verbrachte den Rest des Nachmittags damit, über den Vorschlag des Hüters der Weisheit nachzudenken. Vierhunderttausend Qian schienen ihm eine maßlos hohe Summe, doch gleichzeitig vollkommen nichtig, wenn sie dazu diente, das Leben seines Bruders zu retten. Als er zu Hause ankam, überraschte er seinen Vater beim Studieren von Dokumenten. Der Alte hustete linkisch und stopfte sie schnell in die rote Truhe. Dann drehte er sich zu Ci um.

»Nun störst du mich schon zum zweiten Mal. Beim dritten Mal wird es dir leid tun.«

»Ihr habt ein Strafgesetzbuch, nicht wahr?« Der Vater antwortete nicht auf das, was er für eine Ungezogenheit hielt, doch Ci fuhr fort: »Ich muss dort etwas nachsehen. Vielleicht kann ich Lu helfen.«

»Wer hat das gesagt? War das Feng, der Schuft? Beim Großen Buddha, vergiss deinen Bruder, der hat uns wahrhaft genug Ärger gemacht.«

Die harten Worte seines Vaters irritierten Ci.

»Wer es mir gesagt hat, ist nebensächlich. Das Wichtige ist, dass unsere Ersparnisse Lu retten könnten.«

»Unsere Ersparnisse? Seit wann hast du Ersparnisse? Vergiss deinen Bruder und halte dich fern von Feng.«

»Aber Vater … Der Hüter der Weisheit hat mir versichert, dass, wenn wir ihm vierhunderttausend Qian geben …«

»Schlag dir das aus dem Kopf! Weißt du, wie viel wir haben? In sechs Jahren als Buchhalter habe ich nicht einmal hunderttausend verdient. Die Hälfte habe ich dafür ausgegeben, uns zu unterhalten, und die andere Hälfte für dich. Von heute an sind wir auf uns gestellt, also spar dir deine Energie für die Feldarbeit auf, denn da wirst du sie ab sofort brauchen.« Er bückte sich und deckte die Truhe mit einem Tuch ab.

»Vater, an diesem Verbrechen gibt es etwas, das ich nicht verstehe. Ich muss herausfinden, was tatsächlich geschehen ist.«

Der Alte hob drohend die Hand gegen Ci. Was, um Himmels willen, war in seinen Vater gefahren? Auf unerklärliche Weise hatte er sich vom ehrenhaften Familienoberhaupt in einen grauhaarigen Alten verwandelt, der in diesem Augenblick zitternd vor Wut und mit zusammengekniffenen Lippen vor ihm stand und ihn offenbar schlagen wollte. Ci wandte sich fassungslos ab und verließ das Haus. Er würde später selbst nach dem Strafgesetzbuch suchen.

Ci lief durch den Regen, bis er das Haus der Familie von Kirschblüte erreichte. Davor stand ein kleiner Totenaltar, den der Regen in einen Haufen umgefallener Kerzen und zerpflückter Blumen verwandelt hatte. Er stellte alles auf und schlich um die Eingangstür herum zu dem Zimmer, in dem seine Verlobte zu ruhen pflegte. Dort schützte das Vordach ihn vor dem Regen. Wie üblich klopfte er mit einem Kieselstein an einen der Holzbalken und wartete auf ihre Antwort. Es schien ihm wie eine Ewigkeit, bis schließlich ein leises Geräusch verriet, dass sich das Mädchen auf der anderen Seite befand.

Sie konnten nur selten miteinander sprechen, die strengen Regeln der Verlobungszeit machten es beinahe unmöglich. Alle Ereignisse und Feste, zu denen sie sich sehen durften, waren festgelegt, doch von Zeit zu Zeit gelang es ihnen, eine zufällige Begegnung auf dem Markt zu arrangieren. Dann berührten sich ihre Hände kurz unter dem Fischstand, oder sie warfen sich Blicke zu, um sich ihrer Zuneigung zu versichern.

Er verzehrte sich nach ihr. Oft schwelgte er in der Vorstellung, sanft über ihre weiße Haut zu streichen, über ihr rundes Gesicht und ihre wohlgeformten Hüften. Er träumte von ihren Füßen, die immer verhüllt waren und die er sich klein und grazil vorstellte wie die seiner Schwester Mei Mei. Füße, die Kirschblütes Mutter ihr von klein auf eingebunden hatte, damit sie aussahen wie die Füße der Frauen von hoher Abstammung.

Das Trommeln des Regens riss ihn aus seinen Phantasien zurück in eine Nacht, in der nicht einmal die Hunde draußen schliefen. Es regnete, als hätten die Götter die Staudämme des Himmels eingerissen, und nur das sporadische Aufleuchten von Blitzen am Horizont durchbrach die Dunkelheit. Trotzdem rührte er sich nicht. Er wurde lieber nass wie eine Ratte, als dass er nach Hause zurückkehrte und sich erneut der unverständlichen Raserei seines verblendeten Vaters aussetzte. Er wusste nicht, was er tun sollte. Durch die Ritzen der

Balken flüsterte er Kirschblüte zu, dass er sie liebte, und sie klopfte einmal zur Antwort. Konnten sie auch nicht sprechen, da sie womöglich ihre Familie weckten, so spürte er doch wenigstens ihre Nähe. Er kauerte sich gegen die Wand und richtete sich ein, die Nacht unter dem Vordach zu verbringen, geschützt vor dem Wüten des Unwetters. Bevor er einschlief, dachte er an seine Unterhaltung mit dem Hüter der Weisheit. Er durchschaute den schändlichen Egoismus, der sich hinter dem Vorschlag des Hüters verbarg – und dennoch schien ihm der Handel die einzige Möglichkeit, Lu vor dem grausamen Tod der tausend Schnitte zu bewahren.

6

Ci schlief wie ein Stein unter Kirschblütes Fenster, bis ein furchtbarer Knall ihn hochfahren ließ. Benommen rieb er sich die Augen und versuchte zu begreifen, was geschehen war. Dann hörte er lautes Geschrei und lenkte seinen Blick in die Richtung, aus der es kam. Sein Herz setzte einen Schlag aus. Am nördlichen Rand des Dorfes stieg eine breite Rauchsäule auf, genau dort, wo das Haus seiner Familie stand. Von Furcht getrieben, schloss er sich dem Strom von Dorfbewohnern an, die aus ihren Häusern krochen wie Mäuse aus ihren Löchern. Dann rannte er wie ein Verzweifelter los, schob die Schaulustigen beiseite, rannte immer schneller, und mit jedem Schritt wuchs seine Angst.

Schwer legten sich die Rauchschwaden auf seine Lunge, als er sich dem Haus näherte. Wehklagende Menschen irrten umher, er stieß mit einem blutüberströmten Jungen zusammen, dessen Augen vor Schreck geweitet waren. Es war sein

Nachbar Chun. Als er ihn an den Armen fassen und fragen wollte, was geschehen war, brach der Junge zusammen. Verstört sah Ci sich nach Hilfe um, doch als er sich über Chun beugte, wusste er, dass jede Hilfe zu spät kommen würde – der Junge war tot.

Ci kämpfte sich durch den Haufen aus Schutt und Holzbalken, die den Lehmboden der Straße übersäten. Chuns Haus war vollkommen zerstört. Fassunglos starrte er auf das Nachbargrundstück. Dort, wo einmal das Haus seiner Familie gestanden hatte, lagen nur noch die Trümmer des Infernos, das hier gewütet hatte. Ein Friedhof aus Steinen, glühenden Balken und eingestürzten Wänden bot sich ihm dar. Ein scharfer Geruch durchdrang alles, Panik schnürte ihm die Luft ab – wer unter diesen Trümmern begraben war, lag bereits in seinem eigenen Grab.

Unwillkürlich stürzte er sich auf den Haufen aus Dachbalken und kaputtem Hausrat, der sich vor ihm auftürmte, und während er blindlings Steine und Holz beiseite warf und über die eingestürzten Mauern kletterte, rief er immer wieder die Namen seiner Eltern und seiner Schwester.

»Barmherzige Götter, tut mir das nicht an! Tut mir das nicht an!«

Wie ein Irrer schaufelte er die Überbleibsel seines Zuhauses von hier nach dort, seine Fingernägel brachen im Lehm und an Pfeilern, er verletzte sich an scharfen Ziegelsteinen und glühendem Holz, doch das klopfende Herz in seiner Brust ließ ihm keine Pause zum Nachdenken. Plötzlich entdeckte er zwei Hände neben den seinen. Er schrie auf, doch dann sah er durch den dichten Rauch, dass jemand an seiner Seite im Schutt wühlte. Mehrere Nachbarn waren damit beschäftigt, die Ruine zu durchwühlen wie Grabräuber.

Schließlich hob er mit letzter Kraft einen Balken an und

ließ ihn sogleich entsetzt wieder fallen: Zerquetscht unter dem Schutt lagen die fürchterlich zugerichteten Leichen seiner Eltern. Ci verlor den Halt und schlug irgendwo mit dem Kopf auf. Plötzlich war nichts mehr als Rauch und Dunkelheit um ihn.

* * *

Als Ci wieder zu sich kam, begriff er nicht gleich, wo er sich befand, warum er mitten auf der Straße zwischen lauter Unbekannten auf dem Boden lag. Seine Kehle war trocken, er musste etwas trinken. Als er versuchte, sich aufzurichten, hielt ein Nachbar ihn zurück. Da erst bemerkte er, dass jemand seine Tagelöhner-Lumpen gegen frische weiße Wäsche ausgetauscht hatte: die Farbe des Todes und der Trauer. Was war geschehen? In seinem Kopf wirbelten Traum und Realität durcheinander.

»Was … was ist passiert?«, brachte er mühsam hervor.

»Du bist gestürzt und mit dem Kopf aufgeschlagen«, gab der Nachbar knapp zurück.

»Und hier … Was ist hier geschehen?«

»Das wissen wir nicht. Wahrscheinlich war es ein Blitzschlag.«

»Ein Blitzschlag?«

Allmählich kehrte Cis Erinnerung zurück. Ein lauter Knall hallte in seinem Kopf wider, derselbe, der ihn in der Nacht zuvor aufgeweckt hatte. Verzweifelt schaute er sich um.

»Das kann nicht wahr sein«, schluchzte er. »Das ist alles nur ein böser Traum.«

Mühsam raffte er sich auf und schleppte sich zu der kleinen Menschentraube, die sich am Rande der Trümmer versammelt hatte. Ein scharfer, beißender Geruch lag in der Luft, ein intensiver Gestank, der sich mit dem des verbrannten Holzes mischte – es roch nach Tod. Und da erblickte er die auf dem Boden aufgereihten Toten: den verstümmelten Körper des jungen Chun und die versengten Leichname seiner Eltern.

Er begann am ganzen Leib zu zittern, bevor er sich auf die Knie fallen ließ und weinte, bis er keine Tränen mehr hatte und nur noch eine schmerzhafte Leere spürte.

Wie aus weiter Ferne hörte er dem Bericht der Dorfbewohner zu. Ein Blitz sei gleich hinter dem Haus seiner Familie eingeschlagen, erzählten sie ihm, und der Brand habe vier Häuser zerstört und insgesamt sechs Menschenleben gefordert. Seine Schwester aber habe man gerettet.

»Sie haben sie zusammengekauert unter den Trümmern gefunden«, erzählte einer der Umstehenden. »Sie hat nichts weiter abbekommen als eine Verstauchung.«

Ci nickte abwesend. Trotz der Erleichterung, die er bei dieser Neuigkeit verspürte, zerfraßen ihn Kummer und Reue angesichts des Schicksals seiner Eltern. Er bereute es, mit seinem Vater gestritten zu haben, und er bereute das trotzige Vorhaben, das ihn dazu gebracht hatte, nicht im Haus zu schlafen. Wenn er seinem Vater gehorcht hätte, anstatt sich aufzulehnen, wenn er sich gefügt hätte und bei ihnen geblieben wäre, vielleicht wären sie dann noch am Leben. Oder wenigstens wäre er mit ihnen gestorben.

Er fragte sich, welch schrecklichen Plan der Himmel mit ihm hatte: Nach der Ermordung Shangs und der Verurteilung seines Bruders nun dieses fatale Gewitter und der Tod seiner Eltern … Doch die kleine Mei Mei lebte! Vielleicht hatte deshalb auch er überlebt. Damit er sich um sie kümmerte.

Dieser Gedanke weckte neue Kraft in ihm, und nachdem er erfahren hatte, dass der alte Ohne Zähne sie bei sich aufgenommen hatte, lief er Hals über Kopf zu ihm. Ohne Zähnes Frau hatte Mei Mei mit einer Leinendecke zugedeckt und ihr eine Lumpenpuppe geliehen, die das Mädchen im Schlaf fest umklammert hielt. Ci dankte den Alten für ihre Fürsorge und bat sie, auf die Kleine achtzugeben, während er die Totenwache für seine Eltern abhalten würde. Ci verabschiedete sich und kehrte zu der Ruine zurück, die einmal sein Haus gewesen war.

Die Leichen seiner Eltern waren inzwischen in den Schuppen gebracht worden, den Bao-Pao bereitgestellt hatte. Dort hielt Ci bis zum Mittag Totenwache. Als er anschließend wieder den Unglücksort aufsuchte, um unversehrte Wertsachen zwischen den Trümmern zu suchen, waren die Aufräumarbeiten in vollem Gange.

Zahlreiche Nachbarn halfen mit, doch als sie ihn erblickten, hielten sie feindselig inne und entfernten sich nach und nach. Sie machten keinen Hehl daraus, dass sie ihn, den Bruder des ehrlosen Lu, als den Schuldigen der Tragödie betrachteten.

Ci biss die Zähne zusammen, krempelte die Ärmel hoch und begann mit der Arbeit.

Stundenlang räumte er Bretter und Steine beiseite und legte zerschmetterte Möbelstücke und zerrissene Kleidung frei. Er stieß auf ein in tausend Scherben zersprungenes weißes Porzellangeschirr, das seine Mutter geliebt hatte. Er sammelte alle Stücke ein, die er finden konnte, und wickelte sie sorgsam in ein Tuch. Er fand auch die Pinsel seines Vaters, säuberte sie und legte sie zu den Scherben. Er stellte Eisentöpfe zur Seite und legte ein paar verbogene Messer dazu, die sich problemlos reparieren ließen. Die kunstvoll gefertigten Bretter der Fenstersimse und des Dachstuhls häufte er in einer Ecke auf, sie würden nur noch als Feuerholz für den

Winter dienen. Zwischen einer Bank und einem Tischbein entdeckte er außerdem einige Bogen konfuzianischer Texte, die erstaunlicherweise unversehrt geblieben waren.

Plötzlich hörte Ci Gelächter in seinem Rücken. Er wandte sich um, erhaschte jedoch nur noch einen flinken Schatten, der sich hinter ein Mäuerchen duckte. Ci war alarmiert und lief rasch zu dem Mäuerchen. Hastig sprang der Nachbarsjunge Peng auf die Beine, ein Fratz von sechs Jahren, der Ci nicht einmal bis zum Gürtel reichte. Ci bot ihm ein paar Nüsse an, die er in dem Schutt gefunden hatte, doch das Kind lachte ihn frech aus und zeigte seine Zahnlücken. Als Ci die Hand zurückzog, kam der kleine Kerl näher.

»Willst du sie?«

Der Junge grinste verlegen und nickte.

»Du bekommst sie, wenn du mir erzählst, was passiert ist.« Ci vermutete, dass der Junge in der letzten Nacht wegen seiner Zahnschmerzen wieder nicht geschlafen hatte. Aus den Augenwinkeln warf der Kleine unruhige Blicke hinter sich, als hätte er Angst, dass man ihn beim Bonbonklauen erwischte.

»Es hat ein Blitz eingeschlagen, und der Berg ist verrutscht.« Peng griff nach den Nüssen. Doch Ci war schneller und zog seine Hand zurück.

»Bist du sicher?«

»Ich habe ein paar Männer gesehen …«

»Ein paar Männer?«

Der Junge wollte weitersprechen, doch da unterbrach ihn ein Schrei. Es war seine Mutter, die ihm befahl, ins Haus zu kommen, und der Junge rannte, als wäre der Teufel hinter ihm her. Ci seufzte, schüttelte den Kopf und machte sich wieder an die Arbeit.

Am späten Nachmittag ließ Ci sich seufzend auf den Boden sinken. Er hatte immer noch nicht die Truhe mit dem Geld gefunden, das sein Vater für die Rückkehr in die Hauptstadt gespart hatte, das Geld, das er brauchte, um den Hüter zu bestechen. Er atmete tief durch und überlegte verzweifelt, dass er ohne Hilfe nicht weiterkommen würde. Doch gerade, als er aufgeben wollte, entdeckte er plötzlich eine Kante der Truhe, die aus einem Steinhaufen herausragte.

»Und wenn es das Letzte ist, was ich tue«, schwor er sich grimmig. »Ich werde diese Steine beiseiteräumen.«

Beharrlich räumte er Stein um Stein fort, bis nur noch ein letzter schwerer Brocken ihn von der Truhe trennte. Er nahm eine dicke Holzlatte zu Hilfe, um sie als Hebel zu benutzen, und platzierte sie zwischen Stein und Truhe. Dann stemmte er sich mit aller Kraft auf das Holz, doch der Stein bewegte sich keinen Millimeter. Er versuchte es noch ein paar Mal, bis er einsah, dass er die Latte an einer anderen Stelle ansetzen musste. Er legte noch einige Keile darunter, um die Hebelwirkung zu verstärken, dann suchte er mit den Füßen Halt und wiederholte die Prozedur. Seine Muskeln begannen zu zittern. Beim dritten Versuch rollte der Stein schließlich in einer Staubwolke den Hang hinunter. Ci wischte sich den Schweiß von der Stirn und wartete, bis sich der Staub gelegt hatte. Da bemerkte er, dass das Schloss der Truhe aufgesprungen war. Ungeduldig riss er den Deckel auf und förderte Stoffe und Tücher zutage – jedoch keinen einzigen Qian. Fassungslos starrte er auf seinen Fund.

»Es tut mir leid, meine Frau hat gesagt, dass wir sie nicht bei uns behalten können«, hörte er plötzlich eine Stimme in seinem Rücken sagen. Ci fuhr herum und stieß beinahe mit Ohne Zähne zusammen. Hinter dem Alten stand mit gesenktem Kopf Mei Mei, die Lumpenpuppe fest an sich gedrückt.

»Wie?«, fragte Ci entgeistert.

Ohne Zähne deutete auf die Puppe. »Wenn sie möchte, kann sie sie behalten.«

Ci biss sich auf die Lippen. Dass ihn nun sogar diejenigen ablehnten, die Freunde seines Vaters gewesen waren, erschütterte ihn. Er legte die Fäuste vor der Brust zusammen, um sich für die Puppe zu bedanken. Ohne Zähne nickte stumm und verschwand ebenso geräuschlos, wie er gekommen war.

Mei Mei schaute den großen Bruder erwartungsvoll an. Ci dachte, dass sie wunderschön war. Krank, aber wunderschön. Eine Welle von Traurigkeit überspülte ihn. Seufzend strich er ihr über das Haar und griff dann nach ihrer kleinen Hand.

Gemeinsam gingen sie die Straße hinunter ins Dorf, wo Ci eine Ration gekochten Reis für Mei Mei kaufte, für die er das Doppelte des normalen Preises bezahlte. Er selbst begnügte sich mit einem Schluck frischen Wassers.

Bevor es dunkel wurde, kehrten die Geschwister zur Ruine ihres Hauses zurück. Ci suchte Bretter und trockene Zweige zusammen, aus denen er ein provisorisches Dach und ein Bett für Mei Mei errichtete. Er erklärte ihr, dass ihre Eltern eine Reise in den Himmel unternommen hätten und dass von nun an er auf sie aufpassen würde. Bald aber werde er ein neues großes Haus für sie beide bauen mit einem Garten voller Blumen und einer Holzschaukel. Dann küsste er sie auf die Stirn und wartete, bis sie eingeschlafen war.

Kaum war Mei Mei eingeschlafen, machte Ci sich wieder an die Arbeit. Im letzten Dämmerlicht hob er Körbe und Holzplanken auf, bis ihn Kraft und Mut verließen – das Ersparte blieb unauffindbar. Schließlich streckte er sich neben seiner Schwester auf dem Boden aus und schloss die Augen. Er befand sich in einem unlösbaren Dilemma: Wenn sein Vater in sechs Jahren Arbeit nur hunderttausend Qian zusammengebracht hatte, woher sollte er die vierhunderttausend nehmen, die der Hüter der Weisheit verlangte, um seinen Bruder zu befreien?

7

Ein neuerlicher Wolkenbruch weckte Ci kurz vor Anbruch des nächsten Tages. Er verdammte alle Gewittergötter und suchte hastig alle Habseligkeiten zusammen, die er aus den Ruinen gerettet hatte: Die Bücher seines Vaters, zwei Eisentiegel, verschiedene Töpfe, Decken aus halb verkohlter Wolle, einige Kleidungsstücke, zwei Klingen mit verbranntem Griff und eine schartige Sense. Er schätzte, dass er für all das gerade einmal zweitausend Qian auf dem Markt bekommen würde. Falls überhaupt jemand die Dinge kaufen wollte. Er hatte außerdem einen Sack Reis gerettet, einen Beutel voller Teeblätter, eine Dose Salz und Mei Meis Medizin, dazu einen wertvollen geräucherten Schinken, den seine Mutter gekauft hatte, um Richter Feng zu bewirten. Mit diesen Lebensmitteln, vierhundert Qian in Münzen und einem Wechsel, der noch einmal fünftausend Qian wert war, konnten sie fürs Erste überleben. Wenn er auch noch das Brennholz für einen vernünftigen Preis loswerden würde, belief sich der Wert ihrer Besitztümer auf gut siebentausend Qian. Immerhin – mit dieser Summe würden sie ein paar Monate über die Runden kommen.

Er lachte bitter auf. Bislang – bis zu dem schrecklichen Fund der Leiche von Shang – hatte seine einzige Sorge darin bestanden, jeden Morgen früh aufzustehen, sich über die Felder zu beklagen, die er pflügen musste, und seiner Zeit in der Universität nachzutrauern. Er hatte ein Dach über dem Kopf gehabt und eine Familie, die ihn beschützte.

Jetzt beschränkten sich seine Besitztümer auf wenige Lebensmittel, Überreste eines Hausstandes und ein paar Münzen. Er trat hilflos einen Stock beiseite und dachte an seinen Vater. Was hatte den Mann in den letzten Tagen getrieben? Er war stets ein zuvorkommender und redlicher Mann gewesen. Vielleicht ein bisschen streng, aber ehrlich und vernünftig wie kaum ein Zweiter.

Nachdenklich schnitt er eine Scheibe von dem geräucherten Schinken herunter, aß sie und verspürte gleich darauf Appetit auf eine weitere. Dann weckte er seine Schwester. Gleich nachdem sie die Augen aufgeschlagen hatte, fragte sie nach ihrer Mutter. Ci erinnerte sie daran, dass die Eltern eine lange Reise unternommen hatten.

»Aber sie wachen über dich, also benimm dich wie eine kleine Dame.«

»Und wo sind sie?«

»In diesen Wolken da. Nun iss ein wenig Schinken, sonst grämen sie sich. Und du weißt ja, wie Vater sein kann, wenn er sich grämt.«

»Aber unser Haus ist ja kaputt«, sagte Mei Mei, während sie an dem Fleisch knabberte.

Ci nickte. Das war in der Tat das größte Problem. Er suchte nach einer Antwort.

»Es war schon alt. Aber ich werde ein größeres bauen. Und dabei musst du mir helfen. In Ordnung?«

Die Kleine schluckte und nickte tapfer. Ci knöpfte ihr die Jacke zu, und sie sang das Lied, das ihre Mutter ihr jeden Morgen gesungen hatte.

»Fünf Knöpfe für fünf Tugenden, die ein braves Mädchen vereint: Lieblichkeit, ein gutes Herz, Respekt, Sparsamkeit und Gehorsam.«

Ci fügte noch die Fröhlichkeit hinzu.

»Das singt Mama aber nicht.«

»Sie hat es mir gerade ins Ohr geflüstert.«

Er lächelte und küsste Mei Mei auf die Wange. Dann setzte er sich an ihre Seite und dachte an den Reisherrn. Vielleicht war er die Lösung all seiner Probleme.

* * *

Vierhunderttausend Qian zusammenzubringen konnte problematischer sein, als einen Berg zu versetzen, doch in der Nacht hatte Ci einen Plan ausgearbeitet, der vielleicht funktionieren würde.

Er griff nach dem Strafgesetzbuch, das er aus den Trümmern geborgen hatte, und las die Kapitel, die sich mit der Verurteilung wegen Mordes und der Umwandlung von Strafen beschäftigten. Der Text war vollkommen klar. Dann bot er seinen verstorbenen Eltern eine Scheibe Schweinefleisch auf einem improvisierten Altar dar. Als er seine Fürbitte beendet hatte, bat er seine Geister um Wohlwollen und machte sich mit Mei Mei auf den Weg zum Gut des Reisherrn, dem beinahe alle Felder des Dorfes gehörten. An der Mauer zum Eingang des Grundstücks trat ihm ein hünenhafter Mann mit tätowierten Armen entgegen, doch als Ci ihm den Grund für sein Kommen verriet, begleitete er ihn bereitwillig durch die Gärten bis zu einem reichgeschmückten Pavillon, von dem aus man die Reisterrassen in den Bergen überblicken konnte, und führte ihn zu einem mürrisch dreinblickenden Alten auf einem Tragsessel, dem eine Konkubine Luft zufächelte. Der Mann blickte verächtlich auf, als Ci vor ihm stand. Erst als der Wachmann ihm den Grund seines Besuches mitteilte, veränderte sich sein Ausdruck.

»Du willst also Lus Land verkaufen.« Der Reisherr lud ihn ein, auf dem Boden Platz zu nehmen. »Ich habe das von deiner Familie gehört, mein Beileid. Doch es ist keine gute Zeit für Geschäfte.«

Ci verbeugte sich und schickte Mei Mei zum Spielen an den Ententeich.

»Ich habe viel von Eurer Intelligenz reden hören.« Ci setzte sich ohne Eile. Seine Antwort hatte er im Kopf bereits formuliert. »Doch mehr noch von Eurer Geschäftstüchtigkeit.«

Der Alte lächelte zufrieden.

»Ihr wisst zweifellos, dass meine Situation mich dazu zwingt, den Besitz meines Bruders unter Wert zu verkaufen«, sagte Ci. »Aber ich bin nicht hergekommen, um Euch etwas zu schenken, sondern um Euch ein Angebot von unschätzbarem Wert zu unterbreiten.«

Der Reisherr schnappte nach Luft. Ci war sich nicht sicher, ob er zu weit gegangen war, ob der Alte nicht überlegte, ihn auf der Stelle auspeitschen zu lassen. Doch stattdessen bedeutete er ihm, fortzufahren.

»Ich weiß, dass Bao-Pao seit einiger Zeit in Verhandlungen mit meinem Bruder stand«, log Ci. »Er hatte offenbar ein Auge auf diese Ländereien, noch bevor Lu sie kaufte.«

»Ich sehe nicht, warum mich das interessieren sollte. Ich besitze so viel Land, dass ich zehn ganze Dörfer versklaven müsste, um es zu bewirtschaften«, antwortete der Reisherr abschätzig.

»Das stimmt. Und darum bin ich hier und nicht bei Bao-Pao.«

»Junge, du strapazierst meine Geduld. Erkläre dich, oder ich lasse dich hinauswerfen.«

»Ihr besitzt mehr Ländereien als Bao-Pao. Ihr seid reicher

als er, aber nicht mächtiger. Er ist der Dorfvorsteher. Ihr dagegen, mit allem Respekt, seid nur ein Grundherr.«

Der Mann schnaufte unwillig. Ci wusste, dass er ins Schwarze getroffen hatte, und wagte sich weiter vor.

»Alle im Dorf wissen von dem Interesse, das Bao-Pao an Lus Ländereien hat. Der Vorbesitzer hatte sich jedoch stets geweigert, sie ihm zu verkaufen, wegen einer uralten Feindschaft ihrer Familien.«

»Und das hat dein Bruder ausgenutzt und sie in einer Spielnacht gewonnen. Glaubst du, ich kenne die Geschichte nicht?«

»Auch mein Bruder weigerte sich, an Bao-Pao zu verkaufen, da der Bach gleich an dem Grundstück vorbeifließt, was eine Wasserversorgung sogar in Zeiten garantiert, wenn das Wasser niedrig steht. Die Parzelle ist also von unschätzbarem Wert. Ihr selbst besitzt die darunterliegenden Felder, die ebenfalls vom Wasser des Flusses versorgt werden … Die Grundstücke Bao-Paos hingegen befinden sich hoch oben in den Hügeln, wo das Wasser nur durch ein fußbetriebenes Pumpensystem hinaufgelangt, welches über Lus Ländereien verlegt werden musste.«

»Na und? Ich begreife immer noch nicht recht, warum ich mich für dein elendes Stück Land mehr als für einen einzelnen Sack Reis interessieren sollte.«

»Um zu verhindern, dass ich an Bao-Pao verkaufe. Denkt daran, wenn ich das täte, verfügte der Dorfvorsteher nicht nur über die Macht, sondern auch über das Wasser, das durch ebenjenen Fluss fließt, der auch Eure Felder versorgt.«

Der Grundherr musterte Ci von oben bis unten.

»Ich verstehe, mein Junge, dass du in Not bist. Aber dein Grundstück hat für mich keinen Wert«, sagte er dann. »Wenn Bao-Pao es will, dann verkaufe es ihm.«

Er will es haben, dachte Ci, ich weiß es. Er will es allerdings geschenkt haben.

»Mei Mei! Komm, lass die Enten!«, rief Ci und erhob sich. »Ja, Ihr habt recht. Schließlich ist es normal, dass ein Dorfvorsteher erreicht, was er möchte, und ein einfacher Grundherr nicht in der Lage ist, es ihm zu verwehren.«

»Hüte deine Zunge«, fauchte der Reisherr.

Ci antwortete nicht auf die Drohung. Er wandte sich um und schickte sich zum Gehen an.

»Zweihunderttausend!«, rief der Reisherr. »Zweihunderttausend Qian für dein jämmerliches Grundstück.«

»Vierhunderttausend«, entgegnete Ci ruhig.

»Machst du Witze?« Er lachte höhnisch. »Jeder weiß, dass das Gelände nicht mal die Hälfte dessen wert ist, was ich dir biete.«

»Bao-Pao hat mir dreihundertfünfzigtausend geboten«, log Ci. »Ihn zu demütigen kostet Euch fünfzigtausend Qian zusätzlich.«

»So weit kommt es noch, dass ich mir von einem Grünschnabel vorschreiben lasse, wie viel ich für ein Grundstück zu bezahlen habe!«, sagte der Reisherr.

»Wenn Ihr es vorzieht, in Zukunft Bao-Paos reiche Ernten zu bewundern …«

»Dreihunderttausend«, fiel der Grundbesitzer ihm ins Wort. »Und wenn du deinen Preis noch um ein einziges Reiskorn erhöhst, wird dich deine Unverschämtheit teuer zu stehen kommen.«

Ci musste sich beherrschen, nicht sofort einzuschlagen. Dreihunderttausend Qian war der doppelte Preis dessen, was das Land tatsächlich wert war. Er gab sich zögernd, während der Reisherr den Handel auf der Stelle festschreiben wollte.

Schließlich willigte Ci ein. Bevor sie den Kaufvertrag unterschrieben, vergewisserte sich der Alte, dass Ci das Land auch wirklich gehörte.

»Macht Euch keine Gedanken. Das Gesetz ist auf meiner Seite. Da mein Bruder verurteilt ist, gelte ich als Stammhalter«, versicherte Ci.

»Eine letzte Sache noch«, sagte der Reisherr und blickte Ci scharf an, während er ihm das Geld zuschob. »Ich werde das Gelände bis auf den letzten *Mu* nachmessen. Und wenn ein einziges Körnchen fehlt, wird es dir schlecht bekommen.«

* * *

Am Mittag machte sich Ci auf zum Markt, beladen mit den wenigen Besitztümern, die Mei Mei und ihm geblieben waren. Sie in zweitausend Qian zu verwandeln erwies sich als schwieriger, als einen Stein zum Schmelzen zu bringen. Schließlich gelang es ihm, die Summe vollzumachen, indem er auch den kleinen Schmortopf aus Eisen zum Verkauf anbot, ein Utensil, das er eigentlich zum Kochen hatte behalten wollen. Die Bücher erregten kein größeres Interesse, denn kaum jemand im Dorf konnte richtig lesen, aber immerhin nahm ein Mann sie ihm als Brennstoff ab, im Tausch gegen Obdach in einem leerstehenden Getreidespeicher.

Ci behielt nur die Lebensmittel und das Strafgesetzbuch seines Vaters, das ihm wertvoller sein würde als das Nichts, das man ihm dafür anbot. Er wickelte seine karge Habe in ein altes Tuch und ging mit Mei Mei zu dem Getreidespeicher, in dem sie nun für eine Weile Unterschlupf finden konnten. Bevor er selbst noch einmal aufbrach, um sich um die Bestattung seiner toten Eltern zu kümmern, trug er der kleinen Schwester auf, den Schinken gut zu bewachen.

»Vor allem vor den Katzen. Und wenn jemand kommt, dann schreist du. Verstanden?«

Mei Mei nahm artig Haltung vor dem Schinken ein, und Ci musste unwillkürlich lächeln. Er verriegelte die Tür des Speichers und lief zur Scheune Bao-Paos, wo die Opfer des Unwetters geborgen lagen.

Der Sarg seines Vaters war schon seit einiger Zeit gezimmert, wie es der *Li Ji*, das Buch der Riten, vorschrieb. Sobald man das sechzigste Lebensjahr vollendet hatte, mussten der Sarg und das Totengewand einmal im Jahr überprüft werden; nach dem siebzigsten Lebensjahr einmal im Vierteljahr, mit über achtzig einmal im Monat und ab neunzig einmal pro Tag. Sein Vater war zweiundsechzig geworden, seine Mutter hingegen nicht einmal fünfzig. Für sie musste er also einen Sarg kaufen.

Er traf den Schreiner vor der Scheune an, im Gespräch mit den Angehörigen der anderen Opfer. Ci musste schlucken, als er den Preis hörte, den der Schreiner für seine Arbeit verlangte – aber er hatte keine Wahl.

Er trat in den Schuppen und verbeugte sich vor den Leichnamen seiner Eltern. Dann wusch er ihre Körper mit Wasser und Stroh, beträufelte sie mit einem Tropfen Parfüm, das er sich heimlich von einem der Nachbarn borgte, und zog ihnen das Totengewand an. Er hatte keine Kerzen und keinen Weihrauch, doch er wollte glauben, dass seine Eltern dem keine Bedeutung beigemessen hätten. Traurig betrachtete er die Leichname, und während er für ihre Seelen betete, schwor er ihnen zugleich, sich um seine Schwester zu kümmern. Er blieb bei ihnen, bis die Frist, die ihm der Hüter für die Begnadigung seines Bruders gesetzt hatte, beinahe verstrichen war. Dann verabschiedete er sich still und verließ mit schwerem Herzen den Schuppen.

Ein Diener führte Ci in die Privatgemächer des Hüters der Weisheit. Als der Hüter Ci sah, zog er eine Augenbraue hoch und befahl dem Dienstpersonal, sich zurückzuziehen.

»Ein pünktlicher junger Mann.« Er lächelte falsch. »Nun, was bringst du für Neuigkeiten?«

»Ich würde gern mit Euch noch einmal über meinen Bruder sprechen. Eure Weisheit hat mir garantiert, dass seine Todesstrafe umgewandelt wird, wenn ich das Bußgeld bezahle …«

»Ich habe gesagt, dass ich es versuchen würde … Hast du das Geld dabei?«

»Dreihunderttausend. Mehr besitze ich nicht.« Er legte die Scheine neben eine Schale mit Reisküchlein, gierig griff der Hüter der Weisheit nach dem Bündel und zählte.

»Wir hatten vierhunderttausend ausgemacht«, bemerkte er kühl und steckte die Scheine ein.

»Werdet Ihr dafür sorgen, dass er freikommt?«

»Dass er freikommt? Davon war niemals die Rede, ich werde mich bemühen, ihn nach Sichuan zu verbannen.«

»Vielleicht habe ich es nicht richtig verstanden, aber ich ging davon aus, dass die Summe mit dem vorgeschriebenen Ablösebetrag übereinstimmte«, hielt Ci zaghaft dagegen.

»Dem Ablösebetrag?« Der Hüter tat überrascht. »Ich bitte dich, mein Junge: Die Skala, von der du da sprichst, beginnt bei ganz anderen Summen. Eine Strafumwandlung kostet zwölftausend Silberunzen, dagegen ist das, was du mir gebracht hast, geradezu jämmerlich.«

Ci nickte. Zum Glück hatte er sich vorbereitet. Er zog ein Papier aus seinem Beutel, auf das er einige Klauseln aus dem Strafgesetzbuch übertragen hatte, und breitete es vor dem Hüter aus.

»Zwölftausend Unzen, falls es sich bei dem Delinquenten

um einen höheren Staatsbeamten handelt, der den vierten Grad übersteigt. Fünf- und viertausend für die von viertem, fünftem und sechstem Rang.« Seine Stimme wurde fester. »Zweitausendfünfhundert für die siebten Grades, niedere Beamte und Doktoren der Literatur. Zweitausend für Akademiker und eintausendzweihundert Silberunzen für einen Privatmann wie meinen Bruder.«

»So«, höhnte der Hüter. »Du meinst also, die Gesetze besser zu kennen als ich. Allerdings steht es mit deinen Rechenkünsten wohl nicht zum Besten … Eintausendzweihundert Silberunzen entsprechen achthundertfünfzigtausend Qian.«

»Ja, auf die Summe bin ich auch gekommen.« Ci ließ sich nicht einschüchtern. »Und aus diesem Grund verstand ich, dass Ihr nie vorhattet, die Strafe umzuwandeln. Ihr habt einfach eine Summe festgelegt, von der Ihr annahmt, dass ich sie nicht zusammenbringen würde.«

»Ach, was du nicht sagst … Du hältst dich also für besonders schlau.« Seine Stimme wurde hart. »Mal sehen, wenn du so klug bist, dann weise mir doch einwandfrei nach, dass du und deine Schwester nichts mit dem Verbrechen zu tun hatten.«

Ci erschrak, sofort änderte er seine Strategie.

»Entschuldigt, ehrbarer Richter, ich weiß schon nicht mehr, was ich sage. Die Ereignisse der letzten Tage lassen mich nicht mehr richtig denken.« Er verbeugte sich. »Erlaubt mir dennoch den Hinweis, dass die Summe, die ich Euch soeben übergeben habe, die im Strafgesetzbuch festgesetzte überschreitet.«

Der Hüter sah Ci scharf an. »Lass mich dir etwas erklären, Junge: Dein Bruder hat dieses Verbrechen begangen, und dafür darf es keine Erlösung geben. In der Tat hätte ich das Urteil bereits vollstrecken sollen, wie mich die Familie des Toten bat. Ich tue bereits sehr viel, wenn ich ihn nach Sichuan schicke. Davon abgesehen liegt die Macht, eine solche Umwandlung zu akzeptieren, nicht bei mir, sondern in der Gnade des Kaisers.«

»Ich verstehe.« Ci schluckte, dann fasste er all seinen Mut zusammen. »Dann gebt mir das Geld zurück und erlaubt, dass ich das Urteil anfechte.«

Der Hüter der Weisheit blinzelte nervös.

»Anfechten? Auf welcher Grundlage? Dein Bruder hat gestanden, und alle Beweise sprechen gegen ihn.«

»In dem Fall dürfte es Euch nichts ausmachen, wenn das hochgelehrte Kassationsgericht das Urteil überprüft. Gebt mir das Geld zurück, und sie sollen darüber entscheiden.«

Der dicke Justizbeamte erhob sich. »Ich sage dir, was wir machen: Ich vergesse deine Unverschämtheit, und du vergisst diese Unterhaltung. Ich verspreche dir, dass ich alles tun werde, was in meiner Macht steht.«

»Ich bitte Euch«, presste Ci hervor. »Bestätigt die Umwandlung der Strafe oder gebt mir mein Geld zurück. Tut Ihr das nicht, sehe ich mich gezwungen, die Anfechtung bei Euren Vorgesetzten in der Provinzpräfektur einzureichen.«

Der Hüter musterte ihn von oben bis unten, als betrachtete er eine Küchenschabe.

»Und wenn ich auf der Stelle anordne, dass sie deinen Bruder enthaupten? Glaubst du wirklich, dass ein Trottel wie du mich bedrohen kann, ohne irgendwelche Konsequenzen?«

Ci zitterte. Die Sache entglitt ihm vollends. Wie hatte er nur so dumm sein können, das Geld im Voraus zu bezahlen!

»Ich möchte mich noch einmal entschuldigen, ich bedaure jedes eitle Wort, das Euch beleidigt haben könnte, aber ich brauche mein Geld, weil …«

»Dein Geld?«, unterbrach ihn eine Stimme aus dem Hintergrund. Sie gehörte Bao-Pao, der plötzlich aufgetaucht war. »Du meinst die Summe, die du für den Verkauf eines Grundstücks erhalten hast?«

Ci wandte sich um. Gerade noch sah er den tätowierten Wachmann des Reisherrn aus dem Raum verschwinden. Man hatte ihn verraten!

»So ist es«, antwortete Ci.

»Dann sprechen wir also von meinem Geld«, fuhr der Dorfvorsteher fort.

»Wie …?«, stammelte Ci.

»Oh, hatte ich das gar nicht erwähnt?«, flötete der Hüter mit der Scheinheiligkeit eines Viehhändlers. »Heute Morgen habe ich Lus Strafe umgewandelt und eine kleine Klausel hinzugefügt, die die Enteignung all seines Grundbesitzes beinhaltet.«

»Aber … ich habe bereits verkauft …«

»Ein Grundstück, das mir nun großzügig zur Bewirtschaftung überlassen worden ist«, fügte Bao-Pao hinzu.

Ci wurde blass. Bao-Pao und der Hüter der Weisheit hatten sich zusammengetan, um ihn nach Belieben zu manipulieren. Wenn er gewollt hätte, hätte der Hüter das Grundstück schon während der Verhandlung enteignen können, doch er hatte gewartet, bis Ci die Strafe zahlte, damit Bao-Pao das Geld und das Grundstück bekam. Er musste sich etwas einfallen lassen, und zwar schnell.

»Nun gut, dann werdet Ihr nicht in den Genuss der zweiten Rate kommen«, improvisierte er.

»Zweite Rate? Was meinst du damit?«, fragte der Hüter der Weisheit argwöhnisch.

»Der Reisherr war sehr interessiert daran, diese Grundstücke zu erwerben. Er wusste von Eurem Interesse, und um sich den Kauf zu sichern, hat er mir eine zweite Rate von dreihunderttausend Qian in Aussicht gestellt, wenn der Zustand des Grundstücks und die Legalität des Verkaufs überprüft wären. Ich bin bereit, Euch dieses Geld zu überlassen, wenn Ihr Euer Versprechen haltet.«

»Noch mal dreihunderttausend?«, wunderte sich Bao-Pao.

Den Hüter der Weisheit jedoch lockte der Köder. »Und wann, sagst du, würde er zahlen?«

»Sobald ich ihm den Eigentumsnachweis und eine Kopie des Urteilsspruches vorlege, aus dem hervorgeht, dass das Grundstück nicht belastet ist.«

»Ohne die Klausel der Enteignung …« Der Hüter tat, als dächte er nach. Schließlich rief er einen Schreiber herbei und trug ihm auf, eine Kopie des Originalurteils anzufertigen.

»Mit dem Datum von heute«, forderte Ci.

Der Justizbeamte presste die Lippen zusammen. »Mit dem Datum von heute«, bestätigte er.

Erleichtert atmete Ci auf, als man ihm das signierte Dokument überreichte. Er hielt nun den Beweis für die Legalität der Transaktion mit dem Reisherrn in Händen. Doch als er sich nach dem Zeitpunkt der Freilassung seines Bruders erkundigte, wurde der Hüter seltsam schmallippig.

»Ich empfehle dir, dein Glück nicht zu sehr zu strapazieren. Bring mir das Geld, und ich verspreche dir, dass ich ihn freilassen werde.«

Ci wusste, dass der Hüter ihn anlog, doch er gab sich gutgläubig.

»Ich danke Euch sehr. Zuvor muss ich mich allerdings um die Bestattung meiner Eltern kümmern.«

»In Ordnung, aber denke auch daran, dass du eine Schwester hast, der etwas zustoßen könnte.«

* * *

Die Beerdigung wurde ein schneller und einfacher Abschied. Zwei Diener Bao-Paos fuhren die beiden Särge, jeden auf einem Wagen, bis zum Berg der Letzten Ruhe, wo die Toten des Dorfes üblicherweise bestattet wurden. Ci wählte einen Ort für das Elterngrab, wo früh die Morgensonne schien und der Wind in den Bäumen wisperte. Als die letzte Schaufel Erde die Särge vollständig bedeckte, wusste Ci, dass seine Zeit im Dorf abgelaufen war. Unter anderen Umständen hätte er versucht, das Haus wieder aufzubauen, hätte sich als Hilfsarbeiter im Reisfeld verdingt, und nach Ende der Trauerzeit hätte er Kirschblüte geheiratet. Nach ein paar Jahren, wenn seine Kinder und seine Ersparnisse es ihm erlaubt hätten, wäre er nach Lin'an zurückgekehrt, um an der Kaiserlichen Prüfung zum Richter teilzunehmen und um einen guten Ehemann für Mei Mei zu suchen. Doch augenblicklich war Flucht seine einzige Option. Im Dorf erwartete ihn nichts weiter als der Zorn des Reisherrn und der Hass der Dorfbewohner.

Er verneigte sich ein letztes Mal vor dem Grab seiner Eltern und bat ihre Geister, ihn und Mei Mei auf ihrem weiteren Weg zu begleiten. Dann verabschiedete er sich von den Dienern Bao-Paos und gab vor, sich auf den Weg zum Reisherrn zu machen. Kaum waren die Getreuen des Dorfvorstehers jedoch außer Sichtweite, machte er kehrt und folgte ihnen in sicherem Abstand bis zu dem Lagerraum, in dem sein Bruder gefangen gehalten wurde.

Als sie sich in Richtung des Hauptgebäudes von Bao-Pao entfernten, wagte er einen Rundgang um den Lagerraum. Er zählte nur eine Wache, und doch wusste er nicht, wie er an dem Posten vorbeikommen sollte. Zusammengekauert in seinem Versteck, übermannte ihn die Verzweiflung. Die Zeit arbeitete gegen ihn, er musste mit seinem Bruder sprechen, bevor er floh. Wie viele Beweise Lu auch belasteten, er wollte nicht glauben, dass er ein Mörder war.

Ci blickte um sich. Die Luft war rein, bis auf diesen einen verflixten Wachmann. Wenn er versuchte, ihn zu bestechen, riskierte er, dass man ihn festnahm. Sollte er vielleicht ein Feuer legen, um die Aufmerksamkeit des Mannes abzulenken? Doch er hatte weder Zunder noch Feuerstein bei sich, und selbst wenn er beides auftrieb, könnte ein Feuer auch den gegenteiligen Effekt haben und noch mehr Menschen herbeilocken. Während er sich den Kopf zerbrach, ließ er den Lagerraum nicht aus den Augen. Plötzlich merkte er auf: Er hatte ein kleines vergittertes Fensterchen an der Längsseite des Lagers entdeckt, das ihm bisher nie aufgefallen war und das der Wachposten nur im Blick haben konnte, wenn er sich von der Tür wegbewegte – was er mit großer Wahrscheinlichkeit nicht tun würde. Unbemerkt schlich er sich an die Seite des Gebäudes heran und kletterte auf ein herumstehendes Fass. Er spannte die Arme und zog sich an den Gittern des Fensters hoch. Dahinter lag ein Raum, in dem allerlei Gegenstände herumstanden, die Ci zunächst nicht identifizieren konnte. Erst nach und nach gewöhnten sich seine Augen an das Halbdunkel, und er machte eine zusammengekrümmte Gestalt in einer Blutlache aus. War das ein Mensch? Ci wurde schwarz vor Augen, er verlor den Halt und fiel zu Boden. Mühsam rappelte er sich hoch und rannte fort. Doch nach wenigen Minuten wurden ihm die Knie weich, und er musste sich übergeben. Diese Bastarde hatten seinen Bruder auf bestialische Weise gefoltert und getötet. Es war nichts mehr von ihm übrig. Nur die Wut, die noch in seiner Seele nisten musste.

Es war höchste Zeit, das Dorf zu verlassen. Der Reisherr würde ein Grundstück von ihm fordern, das ihm nicht mehr gehörte, oder Geld, das er ebenfalls nicht mehr besaß. Weder er noch der Hüter der Weisheit würden mit sich reden lassen.

Verzweifelt lief er zu Kirschblüte, um ihr von seiner Absicht zu erzählen und sie zu bitten, auf ihn zu warten. Doch die Antwort des Mädchens war eindeutig: Niemals würde ihre Familie es zulassen, dass sie einen Flüchtigen ohne Beruf und ohne Ländereien heiratetete.

»Ist es wegen meines Bruders? Dann musst du dich nicht mehr sorgen …«, sagte Ci bitter. »Sie haben ihn hingerichtet. Hörst du? Er ist tot. Tot!« Niedergeschlagen wartete Ci jenseits des verschlossenen Fensters auf eine Antwort.

Doch sie blieb aus, und er sollte Kirschblütes Stimme nie wieder hören.

ZWEITER TEIL

8

Er fand Mei Mei genau so vor, wie er sie verlassen hatte: Tapfer wachte die Kleine über den Schinken. Zur Belohnung schnitt Ci ihr eine dicke Scheibe ab. Während das Mädchen aß, wechselte Ci seine weiße Trauerkleidung gegen einen Anzug aus grobem Leinen, der seinem Vater gehört hatte. Er war schmutzig, aber wenigstens würde man ihn nicht gleich erkennen. Dann schnürte er einen Beutel mit Kleidung, den übrigen Lebensmitteln und Münzen – und dem Strafgesetzbuch. Den Wechsel über fünftausend Qian steckte er in eine Tasche, die er unter der Kleidung Mei Meis versteckte, schließlich warf er sich das Bündel über die Schulter und nahm die Kleine bei der Hand.

»Hast du Lust, Boot zu fahren?« Er kitzelte sie, ohne ihre Antwort abzuwarten. »Du wirst schon sehen, dass es dir gefällt.«

Sie gingen auf einem Umweg zur Anlegebrücke. Cis erster Gedanke war gewesen, auf dem nördlichen Landweg nach Lin'an zu reisen, doch weil es die gängigste Verbindung war, beschloss er, sie zu meiden. Auf dem Wasserweg waren sie zweifellos sicherer, wenn es auch umständlicher schien.

Zur Erntezeit legten zahlreiche Reisbarkassen in Richtung zum Meerhafen von Fuzhou ab, ebenso wie kleine, mit wertvollen Hölzern beladene Lastkähne. Eines von diesen Booten mussten sie finden. Wenn sie das östliche Meer erst erreicht hätten, führen sie ein *Etmal* weiter die Küste hinauf zur Hauptstadt.

Da Ci befürchtete, Bao-Pao könnte schon Alarm geschlagen haben, vermied er die Hauptanlegestelle und ging stattdessen zum südlichen Ende des Landeplatzes, wo die Feldarbeiter mit dem Ausladen beschäftigt waren. Ein Alter mit fleckiger Haut balancierte auf einer halb versunkenen Schaluppe und sah zu, wie seine Bootsmänner sich an den Tauen zu schaffen machten. Ci hörte, wie einer von ihnen rief, dass sie bald aufbrechen müssten, wenn sie pünktlich in Lin'an sein wollten, also wartete er ab, bis der Alte wieder auf dem Festland stand, um ihn darum zu bitten, sie mitzunehmen. Der Mann war erstaunt, denn üblicherweise verhandelten die Dorfbewohner direkt mit der Schifffahrtsgesellschaft.

»Ich schulde dem Reeder Geld, das ich jetzt nicht bezahlen kann«, sagte Ci und bot ihm eine Handvoll Münzen an, die der Alte mit einem Kopfschütteln ablehnte.

»Das ist nicht genug. Außerdem ist das Boot klein, und du siehst ja, wie beladen es ist.«

»Herr, ich bitte Euch. Meine Schwester ist krank, und sie braucht Medizin, die man nur in Lin'an bekommt.«

»Dann fahr mit der Kutsche nach Norden.«

»Bitte … Die Kleine wird die Reise auf dem Landweg nicht überstehen.«

»Das ist hier kein Armenhaus. Wenn du an Bord willst, musst du noch mal in deinem Beutel wühlen.«

Ci versicherte ihm, dass er ihm alles böte, was er besäße, doch der Alte wurde nicht weich. Allein, den Wechsel erwähnte er nicht.

»Ich werde den ganzen Tag arbeiten.«

»Mit diesen Händen?«

»Lasst Euch nicht von meinem Aussehen täuschen … Ich werde hart arbeiten, und wenn nötig, bezahle ich den Rest, wenn wir an Land gehen.«

»In Lin'an? Und wer wartet da auf dich? Der Kaiser mit einem Sack voll Gold?« Der Alte sah skeptisch von der kleinen Mei Mei zu dem Jungen in dem zerlumpten Anzug.

Die beiden würden seinen Männern keine große Hilfe sein. Schließlich spuckte er den Reis aus, den er die ganze Zeit im Mund herumgeschoben hatte, und fluchte.

»Verdammt sei Buddha! Einverstanden, Junge. Du wirst tun, was ich sage, und wenn wir in Lin'an ankommen, wirst du alles ganz alleine ausladen, bis auf den letzten Stamm. Verstanden?«

Ci dankte ihm, als schuldete er ihm sein Leben.

Einmal an Bord, half Ci den beiden Bootsmännern, mit Bambusstangen die Barkasse aus dem Schlamm herauszumanövrieren, während Wang, der Bootsführer, unter Rufen und Verwünschungen das Steuer bediente. Und endlich glitt das vollkommen überladene Boot auf den Fluss hinaus und brachte sie für immer fort aus dem Dorf.

Cis Arbeit beschränkte sich zunächst darauf, mit einem Stock die Zweige abzuhalten, die das Boot auf seinem Weg passierte, und mit Hilfe eines geliehenen Angelhakens zu fischen. Von Zeit zu Zeit kontrollierte der Bootsmann im Bug die Tiefe der Fahrrinne, während der im Heck die Barkasse mit der Stange vom Grund abstieß, sobald die Strömung schwächer wurde. Als die Sonne unterging, warf der Bootsführer in der Mitte des Flusses den Anker aus, zündete eine Papierlaterne an, die einen Schwarm Mücken anzog, und verkündete, dass sie bis zum Sonnenaufgang ruhen würden. Ci baute ein Schlaflager zwischen zwei Säcken für Mei Mei und setzte sich neben sie. Sie aßen ein wenig gekochten Reis zu Abend, den die Besatzung zubereitet hatte, und ehrten die Geister ihrer Eltern. Bald war nur noch das Plätschern des Wassers zu hören. Doch die Stille der Nacht verhinderte nicht, dass Ci von Angst und Sorge überwältigt wurde. Wie sollten Mei Mei und er sich in Lin'an durchschlagen?

Er schloss die Augen und versuchte sich zu beruhigen, indem er sich einredete, dass die guten Geister der Eltern doch weiter in ihrer Nähe blieben und für sie sorgten. Von klein auf hatte er gelernt, den Tod als ein natürliches und unvermeidliches Ereignis zu sehen: Mütter starben bei der Geburt ihrer Kinder, Kinder wurden tot geboren oder ertränkt, wenn die Eltern nicht genügend besaßen, um sie zu ernähren, die Alten starben auf den Feldern, erschöpft, krank und verlassen. Überschwemmungen radierten ganze Dörfer von der Landkarte, Taifune und Stürme ließen ihre Wut an den Unvorsichtigen aus. Die Minen verlangten ihren Tribut, ebenso wie die Flüsse und Meere, es gab Hungersnöte, Krankheiten, Morde … Der Tod war so allgegenwärtig wie das Leben, und trotzdem haderte er mit dem einen wie mit dem anderen. Obwohl er wusste, dass alles, was auf Erden geschah, Konsequenz und Strafe menschlichen Verhaltens war, fand er keine passende Erklärung für seine Situation, die seine schmerzende Seele beruhigte.

Mit dem ersten Licht des anbrechenden Tages kehrte wohltuende Geschäftigkeit auf das Boot zurück. Inzwischen bevölkerten Dutzende Passagier- und Fischerboote den Fluss wie eine Plage. Wang holte gerade den Anker ein und rief seinen Männern Befehle zu, als eine Schaluppe, die von einem alten Fischer gesteuert wurde, gegen die Bordwand stieß. Zu spät bemerkte Wang, dass der Alte ihr Boot beschädigt hatte.

»Verdammte Nichtsnutze! Die sollten alle ersaufen!«, fluchte er und untersuchte kopfschüttelnd die Seitenwand. »Diese Missgeburt hat ein Loch reingeschlagen! Das müssen wir reparieren, oder wir verlieren die Fracht.«

Glücklicherweise befanden sie sich wenige *Li* vor Jianningfu, dem Hauptkreuzungspunkt der Kanäle der Präfektur, wo sie das nötige Material zum Reparieren des Lecks finden würden. Bis dahin würden sie sich dicht am Ufer halten, obwohl sie damit das Risiko eingingen, von Banditen überfallen zu werden, die plündernd umherstreiften. Aus diesem Grund beauftragte Wang Ci und seine Männer, die Augen offenzuhalten und Alarm zu schlagen, falls sich jemand der Barkasse näherte.

Die Anlegebrücke von Jianpu glich einem Wespennest aus Händlern, Viehhändlern, Bauern aller Art, improvisierten Krämern, Dschunkenbauern, Fischern, Bettlern, Prostituierten und Gaunern, die sich auf eine Art durcheinandermischten, dass es beinahe unmöglich war, Erstere von Letzteren zu unterscheiden. Der Gestank von vergammeltem Fisch überlagerte den ranzigen Schweißgeruch und die Gerüche, welche die an den Ständen ausgelegten Lebensmittel verströmten.

Gleich nachdem sie angelegt hatten, kam ein Männlein mit zerlumpter Kleidung und Ziegenbart herbeigelaufen, um die Anlegegebühren zu kassieren, doch der Bootsführer jagte ihn mit Fußtritten fort und rief ihm nach, dass er nicht nur keine Waren ausladen werde, sondern dass sein Halt dem Zusammenstoß mit einem Unfähigen geschuldet war, der mit Sicherheit von diesem Steg abgelegt hatte.

Während Wang an Land ging, um einige Einkäufe zu machen, beauftragte er Ze, den ältesten der Besatzungsmitglieder, Bambus und Hanf für die Reparatur zu kaufen, und den jüngsten, zusammen mit Ci bis zu seiner Rückkehr in der Barkasse zu bleiben.

Der jüngere Bootsmann murrte, Ci jedoch freute sich, Mei Mei nicht aufscheuchen zu müssen, die zusammengerollt zwischen zwei Reissäcken schlief. Sie zitterte wie ein Welpe, also deckte Ci sie mit einem leeren Sack zu, um sie vor der

Brise zu schützen, die von den Bergen herüberwehte. Er holte einen Eimer Wasser und begann die wenigen freiliegenden Planken des Schiffes zu putzen, während der Bootsmann sich die Zeit damit vertrieb, die Prostituierten zu beobachten, die auf und ab stolzierten. Nach einer Weile spuckte der Bootsmann die Wurzel aus, auf der er herumgekaut hatte, und sagte zu Ci, dass er an Land gehen und eine Runde drehen wolle. Ci nickte und wischte unbekümmert weiter.

Plötzlich trat eine junge Frau in einer roten Tunika an den Kahn. Ihre enganliegende Kleidung betonte ihre wunderschöne Figur, und als sie Ci anlächelte, entblößte sie eine Reihe perfekter Zähne. Ci errötete, als das Mädchen ihn fragte, ob das Boot ihm gehöre.

»Nein … Ich … Ich passe nur darauf auf«, stotterte er.

Das Mädchen griff sich an den Dutt, wie um ihn zurechtzurücken. Sie schien sich für ihn zu interessieren, und das verunsicherte ihn, denn außer mit Kirschblüte und den zwei Kurtisanen, mit denen er und Richter Feng sich in den Teesalons angefreundet hatten, hatte er nie mit fremden Frauen gesprochen. Das Mädchen ging weiter am Landungssteg auf und ab. Nach einer Weile blieb sie erneut vor der Barkasse stehen.

»Reist du allein?«, fragte sie.

»Ja … das heißt, nein!«

»Also ich sehe außer dir niemanden«, meinte sie kokett.

»Das stimmt«, stammelte Ci. »Die anderen sind an Land gegangen, um Werkzeuge zu kaufen.«

»Und du? Gehst du nicht an Land?«

»Ich muss auf die Fracht aufpassen.«

»Oh! Wie gehorsam!« Sie verzog das Gesicht. »Und sag, haben sie dir auch verboten, mit den Mädchen zu spielen?«

Ci wusste nicht, was er antworten sollte, und starrte sie weiter an. Das Mädchen war eine Dirne, aber sie war wunderschön.

»Ich habe kein Geld«, sagte er.

»Das ist kein Problem.« Das Mädchen lächelte unaufhörlich. »Du bist ein hübscher Junge, und hübsche Jungen bekommen Sonderangebote. Möchtest du einen heißen Tee? Meine Mutter würde dir sicher einen zubereiten, mit Pfirsichblüte.« Sie deutete auf eine nahe gelegene Hütte. »Pfirsichblüte, so nennt man übrigens auch mich.« Sie warf verführerisch den Kopf in den Nacken.

»Ich darf das Boot nicht alleine lassen, Pfirsichblüte.«

Das Mädchen schien nicht viel darauf zu geben. Lächelnd marschierte sie in Richtung der Hütte davon. Kurz darauf kam sie mit zwei Tassen und einer Teekanne zurück. Sie ähnelte Kirschblüte überhaupt nicht, doch löste sie ein Verlangen in ihm aus, das er sich nicht erklären konnte.

»Steh nicht da wie eine Statue. Hilf mir mal, oder es fällt noch was runter!«, rief sie frech und machte Anstalten, das Boot zu besteigen.

Ci bot ihr seinen Arm an, dabei achtete er darauf, dass die Verbrennungen an seiner Hand unter dem Ärmel versteckt blieben. Sie hielt sich an ihm fest, und mit einem Satz war sie auf dem Schiff. Ohne abzuwarten, dass Ci sie dazu aufforderte, setzte sie sich auf einen Reissack und schenkte Tee ein.

»Nimm schon. Du musst nichts dafür bezahlen.«

Ci gehorchte. Er wusste, dass es eine beliebte Strategie der *Blumen* war – so nannte man die Prostituierten –, Tee anzubieten. Doch er wusste auch, dass man eine Tasse Tee annehmen konnte, ohne irgendwelche Verpflichtungen einzugehen. Er setzte sich vor die junge Frau auf den Boden und betrachtete sie. Ihre bemalten Augenbrauen stachen deutlich aus dem mit Reispulver gepuderten Gesicht hervor. Er nahm einen Schluck Tee, der stark und würzig schmeckte. Die Wärme des Getränks beruhigte ihn. Das Mädchen stimmte ein Lied an, während sie mit den Händen den Flug eines Vogels simulierte.

Die Melodie schwebte durch die Luft und bemächtigte sich nach und nach seiner Sinne. Ci nahm einen weiteren Schluck und dann einen weiteren, ein wohliger Schauer fuhr über seinen Rücken. Jeder Schluck war wie die Umarmung eines geliebten Menschen, ein Wiegenlied, das ihn streichelte und einhüllte. Seine Lider gaben der Erschöpfung der vergangenen Nacht nach und schlossen sich halb. Er genoss das angenehme Gefühl, sich mit den Wellen im Boot zu wiegen. Ein Gefühl ungeahnter Entspannung ergriff Besitz von ihm. Und dann wich alles Wohl und alles Leid einer vollkommenen Schwärze.

* * *

Ci erwachte, als ein Eimer Wasser in seinem Gesicht landete.

»Verdammter Faulpelz! Wo ist das Boot?«, brüllte Wang, während er ihn vom Boden des Landungsstegs hochzerrte.

Ci schaute sich um, er wusste nicht, wie ihm geschah. Seine Ohren dröhnten, während der Alte ihn rücksichtslos schüttelte. Ci brachte kein Wort heraus.

»Hast du dich betrunken, du Nichtsnutz?« Er trat dicht an Ci heran, um seinen Atem zu riechen. »Wo ist der andere Bootsmann? Und wo zum Teufel ist mein Boot?«

Es folgte ein weiterer Eimer Wasser, und Ci schüttelte sich wie ein Hund. Ihm drehte sich alles, vor seinem inneren Auge zogen eine Reihe beunruhigender Ereignisse vorbei: die Landung an der Mole, der Landgang des Bootsführers und der Besatzung, das attraktive Mädchen, die Tasse Tee – und dann das Nichts. Er hatte sich von der Dirne hereinlegen lassen, sie hatte ihn betäubt, um das Boot und die Ware zu stehlen. Doch was ihm viel mehr zusetzte, war, dass Mei Mei zusammen mit der Ware verschwunden war. Wang interessierte das wenig, mürrisch kehrte er ihm den Rücken und schwor, dass er ihn und seinen jüngeren Bootsmann in Stücke reißen werde, sollte die Barkasse nicht wieder auftauchen.

9

Ci richtete sich auf, noch immer benommen, und folgte Ze und Wang, die sich bereits im Gewühle von Fischern und Händlern verloren, von einem Boot zum nächsten liefen, auf der Suche nach einem Kahn, mit dem sie die Verfolgung aufnehmen konnten. Überall fragte Wang nach, ob jemand den Vorfall beobachtet habe, ob jemand beobachtet habe, in welche Richtung sein Boot unterwegs sei.

Nach langer Diskussion erklärten sich schließlich zwei Fischer, die auf einer Schaluppe faulenzten, bereit, sie Wang für eine Schnur voll Münzen zu überlassen. Wang verhandelte, dass in diesem Preis auch die beiden Burschen selbst als Hilfskräfte eingeschlossen wären, doch als sie erfuhren, dass Wang Banditen verfolgen wollte, zogen sie letzteres Angebot zurück.

»Elende Feiglinge!«, schimpfte Wang und zahlte ihnen widerwillig den vereinbarten Preis für die Schaluppe.

Er ging mit Ze an Bord. Als Ci es ihnen gleichtun wollte, versperrte der zähe Alte ihm den Weg.

»Wieso sollte ich dich mitnehmen?«

»Meine Schwester ist auf Eurem gekaperten Boot, und wenn Ihr mich nicht mitnehmt, werde ich Euch eigenhändig umbringen«, zischte Ci gefährlich und ließ keinen Zweifel daran, dass er seinen Worten Taten folgen ließe.

Wang zögerte nur kurz.

»Einverstanden, aber wenn wir meine Ware nicht zurückbekommen, garantiere ich dir, dass du mit deinem Blut bis auf die letzte Bohle meines Kahns bezahlen wirst. Macht das Boot klar und holt die Netze ein, während ich uns Waffen besorgen gehe.«

»Waffen?«, fragte Ci besorgt.

»Bei allen Kriegsgöttern! Irgendwann werde ich dir die Zunge rausschneiden und sie als Festtagsbraten verspeisen. Wie denkst du wohl, dass wir die Banditen aufhalten? Indem wir ihnen eine Tasse Tee anbieten?«

»Wir wissen nicht einmal, wie viele sie sind«, verteidigte sich Ci. »Und auch nicht, ob sie bewaffnet sind. Aber wenn ihr Geschäft der Raub ist, dann wissen sie sicher besser zu kämpfen als zwei Alte und ein Reisbauer. Wenn wir sie mit Bogen und Pfeil angreifen, mit denen wir nicht umgehen können, werden sie uns durchlöchern.«

»Ich weiß nicht, ob du von Natur aus einfältig bist oder ob das an dem Tee liegt, den man dir eingeflößt hat, aber diese Kerle werden uns im Guten weder mein Boot noch deine Schwester zurückgeben.«

»Während wir hier diskutieren, vergrößert sich ihr Vorsprung«, mischte sich der Bootsmann ein.

»Ze, halt den Mund!«, donnerte Wang. Dann wandte er sich wieder an Ci: »Und was dich betrifft, tu, was ich sage, oder verschwinde von meinem Schiff.«

»Wenn wir uns beeilen, holen wir sie in weniger als einer

Stunde ein«, beharrte Ze. »Sie werden anhalten müssen, um auszuladen. Das tun sie sicher flussabwärts ... Es wird leicht sein, sie zu schnappen.«

»Zum Teufel, bist du jetzt auch noch Hellseher?«

»Herr, warum sollten es sich diese Räuber unnötig schwer machen? Hier ist die Strömung stark, und flussaufwärts zu fahren hieße, langsam voranzukommen. Außerdem sind sie mit Holz beladen, eine Ware, die flussaufwärts nichts wert ist, in Fuzhou hingegen eine wahre Goldgrube.«

»Und was war das mit weniger als einer Stunde?«

»Vergesst nicht das Leck. Das Boot wird immer tiefer sinken.«

Wang brummte zustimmend. »Ja, und wenn sie das Problem erkennen, sind sie gezwungen, an irgendeiner Seite anzulegen. Aber die Frage ist: an welcher?«

»Das weiß ich nicht, Herr, aber sie werden die erste Biegung oder Mündung nutzen, die sie vor neugierigen Augen schützt. Wenn Ihr eine kennt, die in Frage käme ...«

»Beim Gott des Wassers, natürlich! Los, wir gehen an Bord!«

Ci lud die Bambusstangen und das Material zur Reparatur auf, das sie auf dem Markt gekauft hatten. Jeder griff sich eine Stange, und zu dritt trieben sie das Boot hinter den Banditen her.

* * *

Wie Ze vorausgesagt hatte, entdeckten sie den Kahn noch vor Ablauf einer Stunde. Er driftete langsam und dicht am Ufer, in Schieflage wie ein verwundetes Tier auf der Suche nach einem geschützten Ort, an dem es sich niederlegen konnte. Wie viele Männer sich auf dem Boot befanden, konnten sie noch nicht erkennen, aber nur einer ruderte mit der Stange, was Ci Hoffnung schöpfen ließ.

Sie hatten verschiedene Pläne ausgearbeitet, wie sie vorgehen würden. Die Idee, den Kahn sofort zu entern, verwarfen sie schnell. Sie beschlossen, zu warten, bis die Banditen ausluden. Doch als sie nun feststellten, dass die Räuber nur zu dritt waren, gewann Cis Plan die Oberhand, sich als kranker Händler auszugeben.

»Sie werden mit allem rechnen, aber nicht damit, dass zwei Alte und ein Kranker sich auf sie stürzen. Wir stoßen sie mit den Stangen ins Wasser, das heißt, wir müssen sie einholen, bevor sie an Land gehen«, fügte er hinzu.

Wang pflichtete ihm ausnahmsweise bei, dass sie an Land kaum Chancen hätten. Sie näherten sich dem Kahn auf zehn Bootslängen. Dann versteckten sie Ci unter einer Decke, zusammen mit einer Bambusstange. Als sie auf der Höhe der Barkasse angekommen waren, grüßte Wang fröhlich zu den drei Banditen und der Prostituierten hinüber, die Ci beschrieben hatte.

Von seinem Versteck aus hörte Ci, wie Wang sie um Hilfe bat für den vermögenden Händler, der unerwartet krank geworden sei. Unterdessen ruderte Ze ihr Boot parallel an die Barkasse heran. Ein übler Gestank nach vergammeltem Fisch wehte Ci an, während er den scheinbar endlosen Erklärungen Wangs lauschte. Er spürte, wie sein Herz immer schneller klopfte. Wo blieb das verabredete Zeichen? Plötzlich wurde es still.

Irgend etwas stimmt da nicht, dachte Ci besorgt. Er umklammerte die Bambusstange und überlegte, ob er aufspringen sollte. Mei Mei konnte in Gefahr sein. Doch Wang kam ihm zuvor.

»Jetzt«, rief der Bootsführer.

Ci schoss hervor wie eine Sprungfeder und fackelte nicht lange: In Sekundenschnelle hatte er den ersten Mann an Deck des Nachbarbootes mit seiner Bambusstange ins Wasser befördert. Wang überrumpelte derweil den Burschen im Heck, der kurz darauf ebenfalls über Bord ging. Ze hingegen hatte Schwierigkeiten, den dritten Mann zu überwältigen, der mit einem Dolch bewaffnet war. Ci wusste, dass es nur eine Frage der Zeit war, bis die beiden anderen wieder an Bord geklettert kamen. Sie mussten den Letzten erledigen, oder es war alles verloren. Wang schien seine Gedanken zu lesen, denn beide stürzten Ze gleichzeitig zu Hilfe, und schon im nächsten Augenblick fand sich auch der Dolchstecher im Wasser wieder.

Wang sprang hinüber auf die zurückeroberte Barkasse.

»Pass du gut auf die Frau auf«, befahl er Ze.

Ci folgte Wang. Der Bootsführer hatte ihm aufgetragen, zu verhindern, dass die Räuber sich den Booten näherten, doch erst musste er sich vergewissern, dass es Mei Mei gutging. Er lief hinüber zu den Säcken, zwischen denen sie geschlafen hatte, doch dort fand er sie nicht. Ihm blieb beinahe das Herz stehen. Er begann wie ein Irrer die Packen herumzuräumen und rief panisch ihren Namen, immer wieder, bis er plötzlich ein Stimmchen hörte, das vom anderen Ende des Bootes kam. Während Wang und Ze mit den Rudern hantierten, um die Banditen fernzuhalten, hastete er in die Richtung, aus der die Stimme seiner Schwester kam. Zusammengekauert unter einer Decke fand er sie schließlich: klein, schutzlos, fiebrig und verängstigt, an ihre Lumpenpuppe gedrückt.

* * *

Als Ci den Bootsführer bat, die Prostituierte als Passagier mitzunehmen, fasste der Mann sich an den Kopf. Aber Ci ließ nicht locker.

»Sie haben sie gezwungen, mitzumachen. Sie war es, die meine Schwester gerettet hat.«

»Das stimmt«, ließ sich Mei Meis Stimmchen hinter seinem Rücken vernehmen.

»Und das glaubst du? Wach auf, Junge! Diese *Blume* ist so verdorben wie der Rest des Gartens. Bitter und voller Dornen. Sie würde alles sagen, um ihren hübschen Hintern zu retten.« Er bohrte Pfirsichblüte seine Bambusstange in den Rücken. Sie hatten gerade den Seitenkanal verlassen und waren zum anderen Ufer des breiten Flusses hinübergefahren, die Schaluppe, die sie gekauft hatten, an Wangs Kahn gebunden. Schwimmend würden die Banditen den Fluss niemals überqueren können.

Als sie das Ufer erreicht hatten, brachte Ci noch einmal die Rede auf Pfirsichblüte.

»Aber was macht es Euch schon aus? Sie kann Euch keinen Schaden zufügen, und sie hier auszusetzen würde bedeuten, sie Räubern und Zuhältern auszuliefern.«

»Sie sollte sich dankbar zeigen. Sie sollte für uns tanzen, damit wir sie nicht ins Wasser werfen. Aber guck sie dir an: mürrisch und verkniffen wie saure Milch.«

»Wie soll sie auch schauen, wenn Ihr vorhabt, sie ihrem Schicksal zu überlassen, anstatt sie der Justiz zu übergeben?«

»Der Justiz? Dass ich nicht lache! Sie wird sicher froh sein, nicht vor einem Richter irgendwelche Erklärungen abgeben zu müssen. Frag sie nur. Außerdem, warum sollte ich so etwas tun?«

»Das habe ich Euch bereits gesagt. Zum Henker, Wang! Sie

hat meine Schwester gerettet! Außerdem hat sie sich nicht verteidigt, als wir den Kahn überfallen haben.«

»Das wäre ja auch noch schöner gewesen! Nein, mein Junge, ich werde mit ihr machen, was ich schon mit dir hätte tun sollen: sie hier aussetzen als Räuberin, Giftmischerin, Lügnerin, Schlange und wer weiß, was noch alles ... Na los, hilf mir mit diesen Hölzern!«

Ci betrachtete Pfirsichblüte, wie sie zusammengesunken dasaß, und musste an einen streunenden Hund denken, der von allen geprügelt wurde, bis er lernte, den Menschen zu misstrauen und beim Erstbesten zubiss, der ihm zu nahe kam. Er glaubte an ihr gutes Herz, doch Wang wiederholte unbeirrt, dass Pfirsichblüte sich nur um seine Schwester gekümmert hatte, um sie später an ein Bordell zu verkaufen.

»Dann werde ich eben für ihre Fahrt bezahlen«, verkündete Ci.

»Habe ich richtig gehört?«

»Ich denke schon, wenn Ihr nicht ebenso schwerhörig wie hartherzig seid.« Er bat Mei Mei, ihm den Wechsel über fünftausend Qian zu geben, der unter ihren Kleidern steckte. »Das sollte bis nach Lin'an reichen.«

Wang musterte Ci von oben bis unten, dann spuckte er aus. »Hattest du nicht gesagt, du seiest abgebrannt? Egal. Es ist dein Geld ... Dein Geld, deine Verantwortung für diese Harpyie.« Er schnaufte verächtlich. »Aber wenn sie dir die Augen auskratzt, will ich keine Klagen hören.«

* * *

Am späten Nachmittag erklärte Wang die Reparatur der Barkasse für erledigt. Sie hatten das Leck mit Bündeln aus Binsengras gestopft und mit einem improvisierten Dichtungsmittel aus Fasern und Pech verschmiert. Wang trank einen Schluck Reislikör, bevor er Ze ebenfalls einen anbot. Inzwischen pumpte Ci das Wasser aus dem Boot, da sonst das aufgeschichtete Holz zu verderben drohte. Er hatte seine Arbeit beinahe beendet, als Wang auf ihn zutrat.

»Hör mal, Junge … Ich müsste das nicht tun, aber trotzdem, danke.«

Ci wusste nicht, was er antworten sollte.

»Das habe ich nicht verdient, Herr. Ich habe mich übertölpeln lassen wie ein Dummkopf und …«

»Das war ja nicht allein deine Schuld. Ich habe dir befohlen, an Bord zu bleiben, und das hast du getan … Es war der andere Lümmel, der die Fracht aus den Augen gelassen hat. Und sieh es mal so: Mich hat die Geschichte von einem unnützen Bootsmann befreit, wir haben das Boot wieder und haben uns ein ganzes Stück Rudern erspart.« Er lachte.

»Ja. Diese Räuber haben uns ein gutes Stück Arbeit abgenommen.« Jetzt lachte auch Ci.

Wang untersuchte die Reling. »Wir sollten uns nach Möglichkeit nicht zu lange in Xiongjiang aufhalten«, meinte er dann besorgt. »Dort gibt es nichts zu gewinnen. Höchstens ein blaues Auge oder eine durchgeschnittene Kehle.« Er zog seine Jacke hoch und entblößte eine Narbe, die quer über seinen Bauch lief. »Räuber und Huren! Ein schlechter Ort für eine Pause, hoffen wir, dass die Dichtung hält und wir schnell wieder aufbrechen können.«

Nachdem sie eine Schüssel gekochten Reis mit Karpfen verschlungen hatten, legten sie ab in Richtung der »Stadt des Todes«, wie Wang Xiongjiang getauft hatte. Wenn die Flicken hielten, meinte er, würden sie einen bis anderthalb Tage dorthin brauchen.

Während der Überfahrt dachte Ci an Richter Feng und

daran, was er ihm bedeutete. Feng war sein Vorbild, stets hatte Ci seine Weisheit und sein Wissen bewundert. Er wollte so sein wie der Richter, und in Lin'an hoffte er, dieses Ziel zu erreichen. Wang sagte, dass es in Lin'an so viele Möglichkeiten gebe wie Fliegen in einem Misthaufen, und Ci hoffte inständig, dass der alte Bootsführer damit recht behielte.

In diese Gedanken mischte sich die schmerzhafte Erinnerung an seine Eltern. Seufzend ließ er sich auf einen Reissack sinken und versuchte, seine Trauer zu verbergen, doch Mei Mei bemerkte sie und kuschelte sich besorgt an ihn. Als das Mädchen ihn fragte, was ihm Kummer bereitete, schob Ci seine Niedergeschlagenheit auf das fehlende Essen. Er schnitt eine Scheibe Schweinefleisch herunter, um den Schein zu wahren, und bot auch seiner Schwester eine an. Dann strich er ihr über die Wange und begleitete sie ins Vorschiff.

Ci starrte gedankenvoll auf das Wasser, als sich die Prostituierte zu ihm gesellte. Wie zufällig berührte sie seine Hände, doch er zog sie schnell zurück, weil er sich seiner Verbrennungen schämte.

»Ich habe gehört, wie du mich vorhin verteidigt hast …«

»Täusche dich nicht. Das habe ich für meine Schwester getan.«

»Glaubst du immer noch, dass ich dich betrogen habe?«

»Sogar einem Kind könntest du nichts vormachen«, erwiderte er bitter.

»Weißt du«, sie erhob sich mit herausforderndem Blick, »einen Moment habe ich geglaubt, du wärst anders als die anderen. Dass du etwas in mir erkannt hättest. Aber offenbar machst du dir ebenso wenig eine Vorstellung davon, was eine Frau wie ich erdulden muss. Ich arbeite, seit ich auf der Welt bin, und alles, was ich habe, ist dieser Körper … Und selbst der gehört eigentlich nicht mir.« Pfirsichblüte standen die Tränen in den Augen, doch Ci ließ sich nicht rühren. Ihre Nähe machte ihn unsicher. Er stand auf und ging zu Wang hinüber, der genussvoll die Abendluft einsog. Von diesem sicheren Posten aus warf er Pfirsichblüte immer wieder heimlich scheue Blicke zu. Je öfter er sie anschaute, desto mehr faszinierte ihn ihr Anblick, ihre Grazie, ihre mandelförmigen Augen. Ein Schauer durchlief ihn, als ihre Blicke sich kreuzten. Es war, als beleuchte ein flammender Blitz die Dunkelheit und seine Beschämung. Pfirsichblüte hingegen hielt seinem Blick unerschrocken stand.

Langsam und mit aufreizendem Gang näherte sie sich ihm, dann nahm sie seine Hand und entführte ihn in die leere Schaluppe. Sie sah ihn fest an, als sie ihre sanften Hände unter seinem Hemd verschwinden ließ. Cis Herz tat einen Sprung, Pfirsichblüte lächelte verführerisch, und schon wanderten ihre zauberhaften Hände abwärts und umfassten sein pulsierendes Geschlecht. Er stöhnte leise. Dann legte sie ihre Lippen auf seine, zog ihn zu sich herunter, und zusammen ließen sie sich auf den Holzboden gleiten. Ihr Körper aus duftendem Honig brachte Ci um den Verstand, ihn plagte die Angst, während er sich gleichzeitig danach sehnte, sich in ihr zu verlieren. Mit der Gier eines Verhungernden presste er sie an sich, mit der Sehnsucht eines Bedürftigen küsste er sie und trank von ihrem Gift, diesem berauschenden Likör, der jeden Widerstand in ihm brach und seine Begierde entfachte.

»Nein«, flüsterte Ci und ließ sie doch gewähren, als sie begann, ihn vollständig zu entkleiden.

Er glaubte zu sterben, als Pfirsichblüte sich rittlings auf ihn setzte und ihre Hüften gleichmäßig hin- und herbewegte. Dabei griff sie nach seinen Händen und legte sie auf ihre kleinen Brüste. Ci fühlte sich in eine unbekannte Welt entführt, in der sich aller Schmerz in einem unbeschreiblichen Gefühl der Wonne auflöste.

Ci suchte mit dem Mund ihren Nacken, atmete den Duft ihrer Haare, umschlang ihren nackten Körper. Pfirsichblüte bewegte sich immer schneller, schlängelte sich atemlos auf ihm, als hätte sie keinen einzigen Knochen im Leib. Ci wünschte, sie zu verschlingen, er umklammerte sie, als sei er dem Tode nahe, und gemeinsam explodierten sie.

Am nächsten Tag fand ihn Ze schlafend und völlig nackt in der Schaluppe. Der Alte lachte und schüttelte ihn.

»Dafür wolltest du sie also, du Gauner! Los, wach auf und schwing dich ans Ruder. Die Stadt des Todes erwartet uns.«

10

Als er die ersten Häuser der Stadt sah, wurde Wang zusehends unruhig. Für ihn war die Stadt des Todes wie ein gefährliches Glücksspiel, in dem er, abgesehen davon, dass er die schlechtesten Karten hatte, mit gebundenen Händen setzte. Die Stadt war ein Nest von Kriminellen, Verbannten, Schwarzhändlern, Spekulanten, Zockern und Prostituierten, die sich bereithielten, jeden Fremden auszubeuten, der von Bord ging. Daran erinnerte ihn seine Narbe am Bauch jeden Morgen. Doch diesmal schien das übliche Geschrei am Hafen von einer eigenartigen Stille verschluckt. Die Mole war verlassen, Hunderte Barkassen lagen vertäut da wie Gespenster im Nebel. Das einzige Geräusch war das Plätschern der Wellen, die die Barkassen in einem düsteren Tanz wiegten.

»Seid wachsam«, warnte Wang.

Der Kahn glitt zwischen den verlassenen Booten in Richtung des Landungsstegs. Im Vorbeischippern entdeckte Ci einen Toten an Bord einer Schaluppe, der in einer Pfütze aus Blut lag. Kaum hatte er entsetzt aufgeschrien, als er in der Ferne weitere Leichen im Wasser treiben sah.

»Das ist die Plage«, vermutete Ze. Die Angst stand dem Bootsmann ins Gesicht geschrieben.

Wang nickte stumm. Ci setzte sich fassungslos neben seine Schwester, Pfirsichblüte hielt sich ein wenig abseits.

»Wir fahren weiter flussabwärts«, entschied Wang. »Du, nimm eines der Ruder«, befahl er der Prostituierten.

Doch Pfirsichblüte dachte nicht daran, den Befehlen des Alten zu gehorchen. Stattdessen packte sie plötzlich Mei Mei und drohte, sie ins Wasser zu stoßen.

»Was ist in dich gefahren?«, rief Ci entgeistert.

Mei Mei begann zu weinen.

»Das Geld«, keifte Pfirsichblüte. Ihr hübsches Gesicht nahm mit einem Mal harte Züge an. »Das Geld, oder ich werfe sie rein.«

»Verdammt seist du! Lass sofort meine Schwester los!« Ci wollte sich auf Pfirsichblüte stürzen, doch Wang ging dazwischen.

»Nicht, Ci. Es ist das giftige Wasser«, warnte der Alte.

Ci blieb stehen. Er hatte von der schrecklichen Krankheit gehört, die das Wasser des Flusses verursachte.

»Werft mir das Geld rüber. Sofort!« Pfirsichblüte machte einen Schritt zurück. »Ich versichere dir, dass ich sie sonst reinwerfe.«

Ci sah zu Wang hinüber, doch der Alte rührte sich nicht. Er schien nicht vorzuhaben, auf Pfirsichblütes Forderungen einzugehen.

»Pass mal auf, du kleines Biest«, sagte Wang zu Pfirsichblüte. »Lass das Kind los und hau ab, oder ich selbst werde dich ins

Wasser stoßen, und zwar mit einer Stange zwischen deinen Hinterbacken!«

Blitzschnell griff Wang nach einer Bambusstange und holte zu einem seitlichen Hieb aus, der die Prostituierte am Kopf traf. Vor Schreck ließ sie Mei Mei los, erwischte sie jedoch am Bein, als die Kleine zu ihrem großen Bruder flüchten wollte, und warf sie ins Wasser. Ci wurde vor Entsetzen blass. Mei Mei konnte nicht schwimmen, sie würde untergehen wie ein Stein. Er holte tief Luft und sprang ohne zu zögern hinterher. Er tauchte in dem trüben Wasser, bis ihm die Lunge zu platzen drohte – ohne jedoch einen Zipfel seiner Schwester zu entdecken. Verzweifelt kam er wieder an die Wasseroberfläche und schnappte nach Luft. Er spuckte Wasser und rief ihren Namen. Nichts. Doch plötzlich sah er, wie sie ein paar Körperlängen entfernt an die Oberfläche kam und gleich wieder unter eine der Schaluppen sank. Panisch schwamm Ci zu der Stelle hinüber, die Angst um seine kleine Schwester ließ ihn sein Ziel in Rekordgeschwindigkeit erreichen.

Mei Mei trieb bewusstlos unter der Wasseroberfläche, ihre Kleider hatten sich am Rumpf des Bootes verhakt. Blasen stiegen aus ihrer Nase auf. Verzweifelt riss Ci ihr die Bluse vom Leib und brachte sie an die Oberfläche. Das Mädchen atmete nicht. Er schüttelte sie, während er ihren Namen rief.

»Bitte, stirb nicht. Du darfst nicht sterben!«

Er spürte eine Stange an seinem Rücken. Es war Wang, der ihm an Bord helfen wollte. Ci ergriff mit der einen Hand die Stange, und mit seinem freien Arm schob er Mei Mei hinauf zu Wang. Der Bootsführer nahm die Kleine entgegen, hielt sie kopfüber an den Beinen und schüttelte sie.

»Diese verdammte Hure … Bring mir eine Decke!«

Wang schüttelte das Mädchen weiter, drückte immer wieder auf ihren Rücken, setzte sie auf und legte sie nieder, tätschelte ihre Wangen und wischte ihr Gesicht trocken. Ci versuchte zu helfen, doch Wang schob ihn fort. Plötzlich hustete Mei Mei einmal, und noch einmal, bis sie sich schließlich erbrach. Dann weinte sie bitterlich. Als Ci sie in die Arme schloss, konnte er nicht anders, als es ihr gleichzutun.

Wang räusperte sich und berichtete, dass Pfirsichblüte geflohen sei. Sie hatte die Verwirrung der Situation genutzt, um die Schaluppe loszumachen und an der Mole an Land zu gehen.

»Ich weiß nicht, was dieses Weibsstück heute Nacht mit dir angestellt hat«, fluchte Wang. »Ihre Dienste hat sie sich jedenfalls teuer bezahlen lassen.«

»Und was ist mit ihm passiert?«, fragte Ci und deutete auf Ze. Der Bootsmann lag auf den Planken und wand sich vor Schmerz. Wang seufzte. »Als er versucht hat, sie aufzuhalten, ist er mit dem Bein im Anker hängengeblieben«. Er riss einen Streifen Stoff von einem Tuch und reichte es Ze. »Los, verbinde dir die Wunde, sonst verteilst du dein Blut noch über mein ganzes Boot. Und du, Ci, zieh dich um, bevor die Feuchtigkeit dir in die Lungen kriecht.«

»Kein Problem, es geht mir gut«, log Ci.

Er wechselte die Hose, das Hemd jedoch behielt er an, aus Sorge, Wang könnte seine Verbrennungen sehen. Er dachte an Kirschblüte und an Pfirsichblüte. Nie wieder wollte er einer Frau vertrauen.

»Hast du gehört, Ci? Zieh dir ein anderes Hemd an!«, rief Wang.

Ci widersprach nicht, zog sich jedoch auch nicht um. Während sie weiter flussabwärts fuhren, dachte er erschöpft über die Zukunft nach. Mei Mei und er waren in das giftige

Wasser gefallen. Was, wenn einer von ihnen starb? Er betete still, dass die Götter sie vor der Krankheit beschützten.

Plötzlich riss ein gellender Schrei Ci aus seinen Grübeleien. Als er sich umdrehte, sah er Ze wimmernd auf dem Boden liegen. Hatte er bis gerade eben nicht noch kräftig gerudert? Bei dem Versuch, einen Packen zur Seite zu heben, musste er gestolpert und hingefallen sein. Ci tat einen Satz, um Ze aufzuhelfen. Erschrocken wurde er gewahr, wie schwer der Bootsmann sich tatsächlich verletzt hatte, als er sich Pfirsichblüte in den Weg stellen wollte. Offenbar hatte der Bootsmann seine Schmerzen verschwiegen, um niemandem zur Last zu fallen. Die Binde hatte den Schnitt nicht geschlossen, sondern nur dazu gedient, ihn zu verstecken. Nachdem Ci den Verband vollständig abgewickelt hatte, wurde die tiefe Wunde sichtbar, die vom Knie bis etwa zum Knöchel reichte und dort Teile des Knochens offenlegte.

»Ich werde weiterrudern, Herr«, entschuldigte sich Ze.

Wang schüttelte den Kopf und protestierte, während er sich mit zusammengebissenen Zähnen daran machte, die Verletzung zu untersuchen.

»Er hat Glück, dass die Sehnen nicht betroffen sind. Aber der Schnitt ist tief. Die Wunde muss genäht werden«, erklärte Ci.

»So. Und wie sollen wir das anstellen, Herr Doktor? Sie mit einer Schnur zusammenbinden?«, knurrte Wang.

»Wie weit ist es bis zum nächsten Dorf?«, fragte Ci unbeirrt.

»Wenn du da einen Wunderheiler aufsuchen willst, vergiss es. Ich traue diesen Quacksalbern nicht.«

Ci nickte. Er wusste, dass die Bauern den Heilern misstrauten, die ihren Beruf vom Vater erbten wie einen alten Korb. Besser angesehen, wenngleich viel schwieriger zu finden waren Ärzte, die nicht nur mit Pflanzen, Tees und Salben arbeiteten, sondern sich auch auf die Akupunktur und die Moxa-Therapie verstanden. Erst wenn sie einen Kranken für unheilbar erklärten, begab man sich in die Hände eines Heilers – eines Alchemisten, Hellsehers und Scharlatans, wie böse Zungen sagten, dessen rudimentäre Kenntnisse der Chirurgie in Konflikt mit den konfuzianischen Regeln standen, die das Aufschneiden eines Körpers kategorisch untersagten. Die Wenigen, die sich in das Gebiet der Chirurgie vorwagten, wurden darum als »Schänder« stigmatisiert. Trotzdem hatte Ci in den Jahren der Zusammenarbeit mit Feng gelernt, dass sich die Eingeweide, die Knochen und das Fleisch eines Menschen nur wenig von denen des Schweins unterschieden.

Als Ci die Wunde öffnen wollte, um sie zu untersuchen, hielt Wang ihn zurück.

»Vorsicht! Hinkend ist er mir lieber als tot!«

»Im Dorf habe ich die Wunden unseres Büffels versorgt«, beruhigte ihn Ci. »Ze ist ein großer, kräftiger Mann, der Unterschied wird nicht allzu groß sein …«

Mit einem Stöhnen ermunterte Ze ihn, weiterzumachen. Er wusste, dass er bis Fuzhou keine andere Hilfe bekam als die, die Ci ihm leisten konnte.

Ci säuberte die Wunde mit abgekochtem Tee und entfernte die Fasern der Hose, die noch in der Wunde klebten. Der Schnitt verlief vom Knie parallel zum Schienbein bis etwa eine Handbreit über dem Knöchel. Es beunruhigte ihn, wie tief der Schnitt war und wie stark Ze blutete. Als er die Wunde fertig gespült hatte, bat er Wang, ans Ufer zu fahren.

»Das ist alles? Bist du schon fertig?«

Ci schüttelte den Kopf. Er hatte weder Nadel noch Seidenfaden zur Hand, doch einmal hatte er der Untersuchung eines Toten beigewohnt, dessen Wunden mit Hilfe von Großkopfameisen zugenäht worden waren. Er erklärte Wang, was er vorhatte.

»Sie leben im Schilf und sind leicht zu finden«, sagte Ci.

Wang spitzte die Lippen. Alles, was er von diesen Biestern wusste, war, dass ihr Biss einen Toten zum Leben erwecken konnte.

Obwohl er Ci nicht ganz traute, willigte er ein, die Barkasse zum Ufer zu lenken.

An einem gelblichen Flussdelta warfen sie den Anker aus, an einem Zufluss, der sich wand wie eine Schlange im Todeskampf. Der ockerfarbene Schlamm hob sich deutlich vom Grün der Binsengräser ab, die wie ein dichter Wald wucherten.

Ci ging von Bord, und bald hatte er die kleinen Hügel aus trockenem Lehm ausgemacht, die versteckt im Binsendickicht die Nähe eines Ameisenhaufens verrieten. Er kniete sich neben die ersten Insekten, die schon gegen sein Bein anstürmten, und versenkte seinen Arm vollständig in einem der Hügel. Lehmbeschmiert und bedeckt mit Ameisen, die ihre übergroßen Kiefer wütend in den Arm bohrten, der ihre Ruhe gestört hatte, zog er ihn wieder heraus. Ci freute sich ausnahmsweise einmal, dass er den Schmerz nicht spürte. Er sammelte die Insekten eins nach dem anderen ein und setzte sie vorsichtig in eine Flasche, die er mit einem Tuch abdeckte, bevor er zur Barkasse zurücklief.

Wang deutete auf Cis Unterarm, auf dem immer noch einige Ameisen herumirrten, und versuchte sie wegzuwischen.

»Bei allen Drachen, Junge! Spürst du denn nicht, wie sie beißen?«

»Doch, natürlich«, log Ci. »Sie beißen wie wild.«

Mit der Zeit hatte er sich daran gewöhnt, seine seltsame Gabe vor Fremden zu verstecken. Als er klein war, hatte seine Unempfindlichkeit gegen Schmerzen die Bewunderung der Nachbarn erregt, und sie hatten an seiner Wiege Schlange gestanden, um mit eigenen Augen zu sehen, wie er den Kniffen in seine Pausbacken und den Verbrennungen der Moxa-Therapie klaglos widerstand. Doch in der Schule änderte sich alles. Die Lehrer wunderten sich, was für Schläge er einstecken konnte, ohne einen einzigen Schmerzenslaut, und die anderen Kinder beneideten diese eigenartige Fähigkeit, die ihn auszeichnete. Nach und nach versuchten sie zu beweisen, dass auch dieses Kind sich beschweren würde, wenn man es nur genug quälte. Die Spiele wurden immer brutaler, erst ohrfeigten sie ihn nur, später schlugen sie ihn regelrecht zusammen. Mit der Zeit lernte Ci zu simulieren, und sobald er die kleinste Berührung spürte, jaulte er und schrie, als habe man ihm den Kopf mit einem Stein eingeschlagen.

Er schüttelte die Ameisen zurück auf den Flaschenboden, die versuchten, aus der Flasche zu fliehen, und sah Ze an.

»Bist du bereit?«

Der Bootsmann nickte.

Ci nahm das erste Insekt zwischen Zeigefinger und Daumen der rechten Hand und führte es vorsichtig an den Rand der Wunde heran, die er gleichzeitig mit der linken Hand zusammenpresste. Ze verzog das Gesicht vor Schmerz, verfolgte Cis Manöver jedoch mit einiger Verblüffung. Beim Kontakt mit der Haut biss die Ameise zu und verschloss damit die beiden Wundränder. Sofort riss Ci ihr den Hinterleib ab, so dass nur der Kopf stecken blieb, und fischte nach einem zweiten Insekt. Die nächste Ameise setzte er etwas weiter unten an. Er wiederholte diesen Vorgang auf der ganzen Länge der Wunde.

»Fertig!«, rief er schließlich zufrieden. »In zwei Wochen reißt du die Köpfe heraus. Das ist ganz einfach. Bis dahin wird die Wunde vernarbt sein und …«

»Dieser Trottel soll das selbst machen?«, mischte sich Wang ein. »Und wie stellst du dir das vor?«

»Na ja … Er muss nur eine Messerschneide benutzen.«

»Nicht im Traum, Junge. Du wirst ihn jetzt nicht alleinlassen.«

»Ich … verstehe nicht … Ihr sagtet doch, Ihr würdet uns im ersten Dorf absetzen.«

»Wenn ich das gesagt habe, dann vergiss es. Und glaub ja nicht, dass du als Gast mitfährst. In seinem Zustand kann Ze nicht rudern, und ich allein kann das Boot nicht fahren, also wirst du seinen Platz einnehmen, bis wir Lin'an erreichen.«

»Aber Herr, ich …«

»Keine Widerrede. Verstanden?«

Ci nickte, während der Bootsführer kehrtmachte und seinen Platz am Steuer einnahm. Trotz seines mürrischen Gebarens wusste Ci, dass der alte Wang Mei Mei und ihm soeben das Leben gerettet hatte.

* * *

In der kommenden Woche trennte sich Ci keinen Moment von seiner Schwester. Trotz seiner Gebete bekam sie Fieber, und obwohl die Arznei Erleichterung brachte, fürchtete er, dass sie ausgehen könnte. Sobald sie in Lin'an ankämen, würde er sich als Erstes mit genug Medizin eindecken, um sie gesundzupflegen.

Wenn er nicht neben Mei Meis Lager saß, arbeitete er hart. Er ruderte kräftig, putzte das Deck und sicherte die Fracht, geschützt durch ein Paar dicke Handschuhe, die Ze ihm geliehen hatte, um die Dielen anzupacken. Ab und zu bat Wang ihn, die Tiefe des Flusses zu prüfen oder einen Ast aus dem Weg zu räumen, doch er brauchte ihn nicht oft, da die Strömung die Barkasse vorantrieb. Eines Tages putzte er gerade das Deck, als Wang nach ihm rief.

»Vorsicht, Junge!«, zischte er und deutete auf einen Frachtkahn mit zwei Männern und einem großen Hund, die sich von der Seite her näherten. »Deck das Mädchen zu und halt den Mund!«

Ci hörte sofort auf zu putzen, warf seiner Schwester eine Decke über und nahm das Ruder.

»Ist jemand mit Namen Song Ci an Bord?«, rief einer der Männer. Sein Gesicht war von Narben durchzogen.

»Ci? Was ist das denn für ein blöder Name?« Wang lachte.

»Beschränk dich darauf, zu antworten, oder du wirst meinen Stock zu spüren bekommen!« Der Mann zeigte das Abzeichen, das ihn als Gerichtsfahnder auswies. »Mein Name ist Kao. Wer ist bei euch an Bord?«

»Ich bedaure«, entschuldigte sich der Bootsführer. »Ich heiße Wang, geboren in Zhunang. Der Hinkende ist Ze, mein Bootsmann. Wir fahren mit einer Ladung Reis nach Lin'an, die …«

»Es interessiert mich nicht, wohin ihr fahrt. Wir suchen einen Jungen, der aus Jianyang kommt. Wir glauben, dass er ein krankes Mädchen bei sich hat …«

»Ein flüchtiger Verbrecher?« Wang tat besorgt.

»Er hat Geld gestohlen. Und wer ist das?« Kao deutete mit dem Kopf auf Ci.

Wang zögerte einen Moment, bevor er antwortete. Ci fasste das Ruder fester und bereitete sich darauf vor, sich zu verteidigen.

»Das ist mein Sohn. Warum?«

Der Beamte musterte ihn abfällig von oben bis unten. »Geh zur Seite. Ich komme an Bord.«

Ci biss sich auf die Lippen. Wenn sie den Kahn inspizierten, würden sie Mei Mei finden, aber wenn er versuchte, es zu verhindern, wäre sein Schicksal ebenfalls besiegelt. Er musste sich etwas einfallen lassen.

Im nächsten Augenblick krümmte er sich mit schmerzverzerrtem Gesicht. Überrascht versuchte Wang ihn aufzufangen, doch plötzlich wurde Ci von Husten geschüttelt, er riss die Augen weit auf, schlug sich auf die Brust und spuckte eine Pfütze Blut. Dann streckte er eine Hand nach dem Beamten aus, der wie vom Donner gerührt das Blut anstarrte, das Ci aus dem Mund lief.

»Das Wasser … Bitte, helft mir …« Ci kroch näher.

Schockiert wich der Fahnder zurück. Ci hatte ihn beinahe erreicht, als er strauchelte, das Gleichgewicht verlor und hart auf dem Boden aufschlug, wobei er einen Sack Reis auf dem Deck verschüttete. Wang eilte zu ihm, drehte ihn auf den Rücken und sah in das angstvoll verzerrte, mit Blut, Reis und Speichel verschmierte Gesicht Cis.

»Die Krankheit des giftigen Wassers!«, rief Wang entsetzt.

»Das … giftige Wasser …!«, stammelte Kao und wurde kreidebleich. Er tat einige Schritte rückwärts, bis seine Absätze an die Bordwand des Kahns stießen. Ohne den Kopf zu wenden, sprang er mit einem Satz hinüber auf den Frachtkahn und befahl seinem Gehilfen, sich zu entfernen.

»Ich habe gesagt, du sollst rudern!«, schrie er wie ein Verrückter.

Der Gehilfe begann zu rudern, als hinge sein Leben davon ab. Schnell entfernte sich das Boot flussabwärts, bis es sich in der Ferne verlor.

Wang schüttelte verständnislos den Kopf und schien sich

zu fragen, was eigentlich geschehen war, als Ci sich plötzlich völlig unversehrt erhob.

»Aber … wie hast du das gemacht?«, stotterte der alte Bootsführer. Der Junge schien so gesund wie ein frisch aufgeschnittener Apfel.

»Ach, das?« Ci zog die Handschuhe aus und spuckte einen Rest Blut aus. »Na ja, angenehm war es nicht, als ich mir auf die Wangen gebissen habe, aber bei dem Gesicht, das der Kerl gemacht hat, hat sich das Theater gelohnt!«

»Du kleiner Schurke!«

Sie lachten, selbst Ze vergaß für einen Moment sein schmerzendes Bein. Wang warf einen Blick auf den winzigen Punkt in der Ferne, zu dem das Boot des Gerichtsdieners zusammengeschmolzen war, dann drehte er sich mit verändertem Gesichtsausdruck um zu Ci.

»Sie fahren sicher nach Lin'an. Ich weiß nicht, was du getan hast, und ehrlich gesagt interessiert es mich auch nicht, aber lass dir gesagt sein: Wenn wir an Land gehen, solltest du deine Augen weit aufmachen, auch die Hühneraugen! Dieser Kao hat den Blick eines Jagdhundes. Er hat dein Blut gerochen, und er wird nicht eher ruhen, als bis er es gekostet hat.«

DRITTER TEIL

11

Seit Monaten hatte Ci davon geträumt, nach Lin'an zurückzukehren, doch als er die Hauptstadt mit den Bergen im Hintergrund erblickte, fühlte sein Magen sich an wie ein zusammengepresster Blasebalg. Er half Wang, das Tau des Schiffes loszubinden, das sie von Fuzhou die Küste herauf geschleppt hatte.

In Lin'an erwartete ihn das Leben.

Schwerfällig drang der Kahn durch den Dunst in das Totenbett des Zhe vor, in die riesige Mündung, wo die verseuchten Wassermassen des großen Flusses zum Stillstand kamen, den Unrat des Westsees aufnahmen und mit ihrem unerträglichen Gestank vom Reichtum und Elend dieser Königin unter den Städten kündeten. Vor ihnen lag Lin'an, das einstige Hangzhou, Metropole der zentralen Präfektur und Mittelpunkt der Welt.

Eine zaghafte Sonne beschien Hunderte von Barkassen, die auf dem Wasser schaukelten. Unzählige *Sampans* und Dschunken reckten ihre starren Segel in den Wind, um den mächtigen Handelsschiffen, den schweren Lastkähnen und den schwimmenden Häusern auszuweichen.

Stück für Stück lenkte Wang seinen Kahn durch das Gewimmel auf dem Fluss, bis auch er die Geduld verlor und um die Vorfahrt stritt wie ein Hund um einen Knochen. Es herrschte ein irrsinniges Chaos, Warnrufe und wüste Beleidigungen gingen von einem zum anderen Boot, Schiffsrümpfe stießen aneinander. Ci bemühte sich, Wangs Befehle rasch auszuführen, denn der alte Bootsführer war so erregt, dass er ihn sonst sicher ohne Zögern über Bord geworfen hätte.

»Verdammt noch mal! Wo hast du nur rudern gelernt?«,

brüllte Wang zu Ci hinüber. »Und du, was gibt es da zu lachen?«, fauchte er seinen verletzten Gehilfen an. »Mir ist egal, wie es deinem Bein geht. Hör auf, an die Huren zu denken, und reiß dich am Riemen. Wir legen weiter vorn an, nicht bei den Lagerhäusern.«

Ze gehorchte widerstrebend, während Ci gar keine Antwort gab. Er war vollauf damit beschäftigt, die Ruderstange ordentlich festzuhalten, damit sie ihm nicht entglitt.

Als das Gedränge ihnen eine Atempause erlaubte, sah Ci zur Uferstraße hinüber. Nie zuvor hatte er Lin'an vom Fluss aus betrachtet, und die Pracht dieses Anblicks überwältigte ihn. Und je näher sie dem Kai kamen, desto deutlicher kehrte seine Erinnerung an die Stadt zurück, die ihn freudig in Empfang zu nehmen schien wie ein entfernter Verwandter.

Unerschütterlich und stolz lag sie da, an der Westflanke durch die bewaldeten Hügel geschützt und offen nach Süden hin, dort, wo der Fluss an ihr Ufer spülte. So erklärten sich der breite, flutbare Graben und die gewaltige Mauer aus Stein und Erde, die den Zutritt von der Wasserseite her verwehrten.

Unbarmherzig riss Wang ihn aus seiner Träumerei. »Hör auf zu glotzen und rudere lieber.«

Seufzend wandte er sich wieder seiner Aufgabe zu. Mehr als eine Stunde brauchten sie, um weit entfernt vom Hauptkai anzulegen, genau vor einem der sieben großen Tore, durch die man vom Fluss aus in die Stadt gelangte. Wang hatte entschieden, dass Ci und Mei Mei dort an Land gehen sollten.

»Das ist am sichersten. Falls dich jemand erwartet, wird er es am Reismarkt tun oder an der Schwarzen Brücke im Norden, wo die Waren ausgeladen werden.«

Ci dankte dem alten Bootsmann aufrichtig für seine Hilfe. Während der dreiwöchigen Reise hatte dieser Mann mehr für ihn getan als alle Nachbarn zu Hause im Dorf. Er dachte, dass Wang trotz seiner scheinbaren Gefühlskälte und seiner demonstrativ schlechten Laune die Art von Mensch war, der man bedenkenlos seinen Hof anvertraute. Wang hatte ihn nach Lin'an mitgenommen und ihm auf der Fahrt Arbeit gegeben. Und alles, ohne eine einzige Frage zu stellen.

Ci wusste, dass er ihn niemals vergessen würde.

Er trat zu Ze, um sich zu verabschieden und einen letzten Blick auf die Wunde an seinem Bein zu werfen. Befriedigt stellte er fest, dass sie gut verheilte und unter dem Druck der Ameisenkiefer bereits vernarbte.

»In ein paar Tagen reißt du die Köpfe ab. Aber deinen lässt du dran, verstanden?«, meinte Ci und klopfte Ze auf den Rücken.

Beide lachten.

Dann nahm er seine Schwester bei der Hand und warf sich das Bündel mit seinen Habseligkeiten über die Schulter.

»Halt«, rief Wang und hielt ihm ein Säckchen hin. »Dein Lohn … Und ein letzter Rat: Ändere deinen Namen. ›Ci‹ wird dir Probleme bringen.«

Unter anderen Umständen hätte Ci das Geld abgelehnt, doch er wusste, dass er selbst den Beutel, in dem es steckte, brauchen würde, um die ersten Tage in Lin'an zu überstehen. Er fädelte die Münzen auf eine Schnur und band sie sich um den Bauch.

»Ich …«, begann er, dann brach er ab. Er zog den Knoten fest und ließ das Hemd darüberfallen.

* * *

Es fiel ihm schwer, sich von dem Alten zu trennen. In den Tagen der Reise hatte ihn dessen mürrischer Charakter an seinen Vater erinnert, und nun, da sie Abschied nahmen, hörte er in seinem Kopf die rätselhaften Worte widerhallen, die Wang auf dem Boot gesagt hatte: »Dieser Fahnder hat dein Blut gerochen, und er wird nicht eher ruhen, als bis er es gekostet hat.«

Wie ein Welpe zitterte er vor der hohen, weißgetünchten Mauer mit dem Großen Tor in der Mitte. Das Maul des Drachen, es war die letzte Hürde, die er überwinden musste, um seinen Lebenstraum zu verwirklichen. Und jetzt, da dieser zum Greifen nah war, befiel ihn eine unbekannte Furcht.

Denk nicht nach, denk einfach nicht darüber nach, beschwor er sich.

»Komm«, sagte er zu Mei Mei, und inmitten der brodelnden Menge, die sich wie eine Springflut in die Stadt ergoss, durchquerten sie das Große Tor.

Hinter der Mauer war alles noch genau so, wie er es in Erinnerung hatte: dieselben Elendshütten der Uferzone, der penetrante Fischgeruch, das Durcheinander der Händler und Trödler. Dazu der Lärm der Karren, die schwitzenden Knechte, die gegen ihre störrischen Tiere ankämpften, die roten Lampions über den Eingängen der Werkstätten, die Geschäfte für Seide, Jade und Kleinkram, die unzähligen bunten Läden, dicht gedrängt wie achtlos durcheinander gewürfelte Kacheln, das Gewühl der Marktstände, das Gebrüll der Verkäufer, die Kunden anlocken oder Kinder verjagen wollten, die Bottiche voller Speisen und Getränke.

Sie liefen ohne festes Ziel umher, bis Mei Mei plötzlich beharrlich an seiner Hand zerrte. Er folgte ihrem Blick, der sehnsüchtig auf der Auslage eines besonders einladenden Süßwarenstands haftete, dessen Besitzer eine Art Wahrsager war, wenn man dem pompösen bunten Schild Glauben schenkte, das an seinem klapprigen Tischchen lehnte. Mei Mei tat ihm leid, ihr Gesicht war voller Hoffnung, aber er konnte das wenige Geld, das er von Wang bekommen hatte, nicht für Süßigkeiten ausgeben. Er wollte ihr das gerade erklären, als der Wahrsager ihm zuvorkam.

»Drei Qian.« Und er hielt dem Kind zwei Bonbons hin.

Ci musterte das Männchen, das seine Ware vor Mei Meis Augen in der Luft schwenkte und verschlagen grinste, wobei es seine zahnlosen Kiefer entblößte. Der Mann war mit einem alten Eselsfell bekleidet, das seinem Aussehen eine abstoßende, doch auch extravagante Note verlieh, ebenso wie die seltsame Mütze aus trockenen Zweigen und kleinen Windmühlen, die auf seinem Kopf saß und unter der ein Knäuel grauer Haare hervorlugte. Noch nie hatte Ci jemanden gesehen, der so sehr einem Affen glich.

»Drei Qian«, wiederholte der Mann und grinste weiter.

Mei Mei wollte die Bonbons nehmen, aber Ci hinderte sie daran.

»Das geht leider nicht«, flüsterte er seiner Schwester ins Ohr. Mit drei Qian könnten sie eine Portion Reis kaufen, die ihnen Nahrung für den ganzen Tag böte.

»Aber mir reichen die Bonbons«, entgegnete Mei Mei mit ernster Miene.

»Die Kleine hat recht«, mischte sich der Verkäufer ein, dem nichts entging. »Hier, nimm. Probier mal.« Er reichte ihr ein in leuchtend rotes Papier eingewickeltes Stück Konfekt.

»Hör auf zu quengeln. Wir haben kein Geld.« Ci schob ihre Hand weg. »Komm, gehen wir.«

»Aber der Mann ist ein Hellseher«, jammerte Mei Mei, während sie sich entfernten. »Wenn wir die Bonbons nicht kaufen, verhext er uns.«

»Der Mann ist ein Schwindler. Wäre er tatsächlich ein Hellseher, wüsste er, dass wir sie nicht kaufen können.«

Mei Mei senkte die Stirn. Sie räusperte sich und hustete. Ci blieb abrupt stehen. Dieser Husten war ihm nur zu bekannt.

»Geht es dir gut?«, erkundigte er sich besorgt.

Die Kleine hustete wieder, nickte aber. Doch Ci glaubte ihr nicht.

Auf dem Weg zur Allee des Kaisers blickte Ci sich um. Er kannte die Gegend gut, all die Arbeitssuchenden, Faulpelze, Puppenspieler, Bettler, Marktschreier und Diebe, die dort herumwimmelten – und er kannte die Tricks, mit denen sie sich durchzuschlagen versuchten. Als er für Richter Feng gearbeitet hatte, war kein Tag vergangen, an dem sie nicht zur Aufklärung irgendeines Verbrechens in dieses Viertel am Stadtrand gekommen waren. Wegen seiner Lage am Hafen zwischen der inneren – der ursprünglichen – und der äußeren Stadtmauer galt es als das ärmste und gefährlichste Viertel von Lin'an. Mit Schrecken dachte er daran zurück: Frauen hatten sich an den Ecken verkauft und vom Alkohol zerstörte Männer auf der Straße gelegen. Ein unvorsichtiger Blick konnte einen das Leben kosten, und es kam vor, dass man wegen einer falschen Bewegung seine Knochen im Kanal wiederfand. Aber es war auch der Ort, wo die Informanten hausten, allein deshalb hatte es den Richter und ihn immer wieder hierhergeführt.

Aus all diesen Gründen beunruhigte es Ci, nicht zu wissen, wo sie die Nacht verbringen würden.

Er verfluchte das Gesetz, das die Staatsdiener dazu zwang, ihre Aufgabe in einer fremden Stadt auszuüben und nicht in ihrem Geburtsort. Die Maßnahme war ergriffen worden, um Vetternwirtschaft, Amtsmissbrauch und Bestechung vorzubeugen, wie sie in der Regel zwischen Mitgliedern einer Familie und sich nahestehenden Personen auftraten. Die Kehrseite dessen war jedoch, dass die Beamten dadurch von ihren Angehörigen getrennt wurden. Deshalb hatten Ci und seine Schwester niemanden in Lin'an. Und auch nirgendwo sonst. Ihre Verwandten väterlicherseits waren in den Süden gezogen und bei einem Taifun, der die Küste verwüstet hatte, ums Leben gekommen. Von der Familie seiner Mutter wusste er nichts.

Sie mussten sich beeilen, wenn sie vor Einbruch der Dämmerung einen Unterschlupf finden wollten.

Mei Mei klagte über Hunger, und das mit Recht. Schon seit geraumer Zeit ertrug sie das Knurren ihres Magens, ohne zu murren. Unwillig setzte sie sich auf die Erde.

»Ich will etwas essen!«

»Wir haben jetzt keine Zeit. Steh auf, oder ich schleife dich hinterher.«

»Wenn wir nichts essen, sterbe ich, und dann musst du mich für immer hinter dir her schleifen.« Ihr Gesichtsausdruck verriet Entschlossenheit.

Ci blickte sie zerknirscht an. Obwohl sie dringend eine Unterkunft brauchten, wurde ihm bewusst, dass sie auch eine Pause machen mussten. Er suchte ringsum nach einem Stand mit Essen, aber alle kamen ihm unverschämt teuer vor. Endlich fand er einen, der von Bettlern umlagert war. Voller Ekel trat er näher und erkundigte sich nach den Preisen.

»Du hast Glück, Junge. Heute verschenken wir unser Essen.« Der Mann roch genauso widerlich wie die Speisen, die er anbot.

Das Geschenk in Gestalt einer Portion Nudeln sollte zwei Qian kosten. Ci empfand das als Diebstahl. Trotzdem war es die Hälfte dessen, was an den anderen Ständen verlangt wurde, so dass er eine Portion kaufte, die der Mann auf ein schmutziges Stück Papier häufte, um sie ihm nicht in die bloßen Hände zu geben.

Mei Mei runzelte die Stirn. Sie mochte keine Nudeln, nur die Barbaren aus dem Norden aßen so etwas.

»Dir wird nichts anderes übrigbleiben, als sie zu essen«, erklärte Ci.

Die Kleine nahm ein paar Nudeln mit den Fingern und steckte sie sich in den Mund, um sie gleich darauf angeekelt wieder auszuspucken.

»Sie schmecken nach altem Lappen!«, beschwerte sie sich.

»Und woher weißt du, wie alter Lappen schmeckt?«, entgegnete Ci vorwurfsvoll. »Hör auf zu meckern und iss, so wie ich.«

Ci steckte sich eine Handvoll in den Mund, doch wie seine Schwester spuckte und spie er.

»Beim bösen Dämon! Was ist denn das für ein Dreck?«

»Hör auf zu meckern und iss«, gab Mei Mei befriedigt zurück.

Ci kippte die verdorbenen Nudeln auf die Erde und konnte gerade noch rechtzeitig zurückweichen, um nicht von zwei Bettlern umgerissen zu werden, die sich auf die Reste stürzten. Als er sie die Nudeln verschlingen sah, bereute er, sie weggeworfen zu haben. Schließlich kaufte er schimpfend für einen Wucherpreis an einem anderen Stand zwei Schälchen gekochten Reis. Er wartete, bis Mei Mei mit ihrer Portion fertig war, und als er merkte, dass sie immer noch Hunger hatte, überließ er ihr seine eigene.

»Und was isst du?«, fragte das Mädchen mit vollen Backen.

»Ich hab zum Frühstück schon eine Kuh verzehrt.« Er rülpste demonstrativ.

»Lügner.« Sie lachte.

»Doch, das stimmt. Während du geschlafen hast.« Ci grinste und langte gierig in das Schälchen mit Reis, wobei er so tat, als wollte er ihn nur kosten.

Mei Mei lachte wieder, aber dann wurde sie von einem Hustenanfall geschüttelt. Schützend legte Ci seine Arme um sie. Die Anfälle wurden immer stärker und häufiger. Er hatte Angst, dass die Kleine so enden könnte wie ihre Schwestern. Langsam ließ der Husten nach, doch in Mei Meis Gesicht las man noch den Schmerz.

»Gleich geht es dir wieder besser, du wirst sehen.«

Hastig durchwühlte er den Sack, ohne dass seine zitternden Hände das Medikament fanden. Er schüttete den Inhalt aus, verteilte ihn auf dem Boden und fischte ein paar trockene Wurzeln heraus. Es war die letzte Dosis des Heilkrauts, gerade noch ein paar Fädchen. Weit kämen sie damit nicht mehr. Er steckte Mei Mei die kümmerlichen Reste in den Mund und sagte, sie solle die Wurzeln gut kauen und dann schlucken. Kurz darauf legte sich der Husten.

»Das kommt vom zu schnellen Essen«, versuchte Ci die Sache herunterzuspielen.

»Entschuldige«, sagte sie.

Ihm zog es das Herz zusammen.

* * *

Ci musste einen Ort finden, wo er sich um die Kleine kümmern konnte, und so machten sie sich auf den Weg zum Hügel des Phönix, dem Viertel am südlichen Stadtrand, in dem sie bis zu ihrer Rückkehr ins Dorf gelebt hatten. Natürlich würden sie nicht in demselben Haus unterkommen, denn die Wohnungen, die die Präfektur ihren Beamten zur Verfügung stellte, bekam nur, wer noch im Dienst stand. Aber Ci wollte Großvater Yin, einen damals mit seinem Vater befreundeten Nachbarn, bitten, sie einige Tage bei sich aufzunehmen.

Allmählich wichen die fünfstöckigen Gebäude, welche die mit Steinen gepflasterte Allee des Kaisers säumten, einzelnen Palästen mit geschwungenen Dächern und perfekt gepflegten Gärten. Der Lärm der verstopften Straßen rückte in den Hintergrund, der Gestank von Schweiß und halb verdorbenen Speisen verwandelte sich in Jasminduft, und statt der unzähligen Warenballen, die an Tragestangen aus Bambus und auf Maultierrücken vorüberschaukelten, sah man nun Gefolge mit Dienern und prächtigen Sänften, in denen Edelleute und feine Damen saßen. Einen Augenblick lang fühlte Ci sich wieder als Teil einer Welt, der er einmal angehört hatte.

Als er an die verzierte Tür klopfte, dämmerte es bereits. Großvater Yin hatte die beiden Kinder immer wie seine eigenen Enkel behandelt, doch jetzt öffnete seine zweite Ehefrau die Tür, eine hochmütige und unfreundliche Person. Als sie Ci und seine Schwester erkannte, verzog sich ihr Gesicht.

»Was sucht ihr hier? Wollt ihr uns ruinieren?«

Ci brachte kein Wort heraus. Sie hatten sich lange nicht gesehen, doch die Frau wirkte nicht überrascht, sie schien ihren Besuch erwartet zu haben. Bevor sie ihnen die Tür vor der Nase zuschlagen konnte, fragte Ci nach Großvater Yin.

»Er ist nicht da«, gab sie abweisend zurück. »Und er wird auch nicht mit euch reden«, fügte sie hinzu.

»Bitte. Meine Schwester ist sehr krank …«

Skeptisch musterte die Frau Mei Mei.

»Ein Grund mehr für euch, zu verschwinden.«

»Wer ist dort?«, ließ sich die Stimme von Großvater Yin im Hintergrund vernehmen.

»Ein Bettler. Er geht gerade.« Die Tür hinter sich zuziehend, trat sie entschlossen in den Garten hinaus, packte das Mädchen am Arm und zerrte es zur Straße, Ci blieb nichts anderes übrig, als ihr zu folgen. »Und jetzt hört mir zu«, sagte sie. »Dies ist ein anständiges Haus, verstanden? Wir brauchen hier keine Diebe, die unseren guten Namen beschmutzen.«

»Aber …«

»Und tu bitte nicht so unschuldig!« Sie biss sich auf die Lippen, bevor sie fortfuhr: »Heute Morgen ist ein Ermittler mit einem riesigen Köter durch das Viertel gezogen. Sie haben im ganzen Haus herumgeschnüffelt. So eine Schande! Er hat uns erzählt, was du in deinem Dorf getan hast. Alles hat er uns erzählt … Und er sagte, du würdest bestimmt hier auftauchen. Pass auf, Ci, ich weiß zwar nicht, warum du mit diesem Geld abgehauen bist, aber ich schwöre dir, wenn wir deinen Vater nicht so geachtet hätten, würde ich dich auf der Stelle zur Präfektur bringen und anzeigen.« Sie ließ Mei Meis Arm los und stieß die Kleine von sich. »Wage es also nicht, wieder herzukommen, denn wenn ich dich noch einmal auch nur einen *Li* von unserem Haus entfernt erwische, werde ich jeden Gong der Stadt Alarm schlagen lassen, und es wird keinen Ort in Lin'an mehr geben, wo du dich verstecken kannst.«

Ci nahm seine Schwester an die Hand und trat taumelnd den Rückzug an. Es gab keinen Zweifel: Der Hüter der Weisheit musste die Drohung, ihn in den Mord an Shang zu verwickeln, wahr gemacht haben, oder aber der Reisbaron hatte ihn wegen des Raubes jener dreihunderttausend Qian angezeigt, die der hohe Würdenträger selbst eingesteckt hatte. Und der Fahnder Kao, dem er auf dem Fluss begegnet war, führte die Befehle dieser Schurken aus.

Ci vermutete, dass der Ermittler auch die übrigen Nachbarn informiert hatte, und so machten sie sich vorsichtshalber wieder auf den Weg in Richtung Stadtmauer. Sie mussten wohl oder übel versuchen, in einer der Herbergen in Hafennähe unterzukommen. Er hatte diese Gegend der Stadt meiden wollen, aber zumindest waren die Zimmer dort billig, und niemand würde sie dort suchen.

Es war bereits stockdunkel, als er vor einem halb verfallenen Gebäude stand, das mit seinen preiswerten Quartieren warb. Die schiefen Wände der Pension schlossen an ein Restaurant an, aus dem abscheuliche Gerüche drangen. Ci schob den Eingangsvorhang aus einer zerschlissenen Decke beiseite und näherte sich dem Angestellten, einem grobschlächtigen Kerl, der in Alkoholdunst gehüllt vor sich hin döste. Ohne ihn eines Blickes zu würdigen, streckte der Mann die Hand aus und verlangte fünfzig Qian Vorauszahlung. Das war alles, was sie hatten. Ci versuchte, einen Rabatt auszuhandeln, doch der Betrunkene spuckte bloß gleichgültig auf den Boden. Während Ci seine Münzen abzählte, hustete Mei Mei wieder. Verzweifelt sah er zu seiner kleinen Schwester. Wenn er die Summe akzeptierte, konnte er ihre Medizin nicht mehr kaufen. Es gab nur eine Lösung: Er musste auf dem schnellsten Weg eine Arbeit finden.

Nachdem er sich vergewissert hatte, dass sie ihre Fäkalien aus dem Fenster schütten durften, bezahlte er das Zimmer und erkundigte sich, ob es über eine Tür verfüge.

»Denkst du, die Leute, die hier absteigen, besitzen etwas so Wertvolles, dass sie eine Tür brauchen? Das Zimmer ganz hinten, dritter Stock. Ach, und noch eins, Junge …« Ci blieb stehen, und der Mann grinste feist: »Mir ist es schnuppe, ob du die Kleine da vögelst, aber wenn sie stirbt, dann sieh zu, dass du mit ihr verschwindest, bevor ich etwas davon mitkriege. Ich will keinen Ärger mit dem Gesetz.«

Das wollte Ci ebenso wenig, und so machte er sich nicht

die Mühe, zu antworten. Er ignorierte die Stimmen und das Gelächter hinter den Vorhängen entlang des Ganges und stieg eine baufällige Treppe hinauf, die in ein finsteres Loch zu führen schien. Ihm wurde übel, so sehr stank es nach Urin und altem Schweiß. Ein müde flackerndes Licht erleuchtete den Raum spärlich, der zum Glück jedoch auf den Fluss hinausging, den man durch die zum Ausbessern der Ziegelwand verwendeten Binsengräser erblicken konnte. Am Boden lud eine fleckige Strohmatte zu allem anderen als zum Hinlegen ein, weshalb er sie mit einem Fußtritt zur Seite stieß und ein Tuch aus seinem Bündel zog. Mei Meis Husten unterbrach ihn. Verdammt, er musste unbedingt die Medizin besorgen!

Er sah sich um. Das Zimmer war so niedrig, dass man kaum aufrecht gehen konnte. Außerdem schien es als Abstellkammer benutzt worden zu sein, denn auf dem Boden lagen Dutzende Bambusstangen herum, wie sie bei Reparaturarbeiten Verwendung fanden. Er nahm sie und errichtete aus ihnen an der Wand ein kleines Gerüst, das er mit der Matte abdeckte, so dass eine Art Verschlag entstand. Erschöpft ließen sie sich auf ihre improvisierte Schlafstätte sinken.

Als sie am nächsten Morgen erwachten, sah Ci seine Schwester ernst an.

»Mei Mei, hör gut zu, was ich dir jetzt sagen werde. Es ist sehr wichtig.« Das Mädchen riss die Augen auf und nickte verängstigt. »Ich muss weg, aber ich komme bald zurück. In der Zwischenzeit … Erinnerst du dich, wie du dich versteckt hast, als unser Haus eingestürzt ist? Ich möchte, dass du dasselbe hinter diesen Bambusstangen machst. Und dass du nicht sprichst, nicht hinausguckst und nicht hinausgehst, bis ich wieder da bin. Hast du mich verstanden? Wenn du das machst, bekommst du die Bonbons, die wir bei dem Wahrsager gesehen haben.«

Mei Mei nickte. Ci wollte glauben, dass sie ihm gehorchen würde. Er hatte ohnehin keine andere Wahl.

Während er ihr half, sich zu verstecken, betete er zu seinen Ahnen, sie zu beschützen. Dann suchte er unter den wenigen Habseligkeiten, die ihnen geblieben waren, etwas, das er verkaufen konnte. Allein das *Songxingtong*, das Strafgesetzbuch, das er von seinem Vater geerbt hatte, besaß einen gewissen Wert. Sofern er jemanden fand, der es kaufen wollte.

Ihm fiel ein, dass die besten Bücher unter den Bäumen am Sommerpavillon des Orangengartens angeboten wurden, und so schlug er ohne Umwege die Richtung zum Kaiserlichen Kanal ein. Dort erkaufte er sich als Ruderer eine Freifahrt in einem der nach Norden steuernden Lieferkähne – das Schiff war eindeutig das schnellste Mittel, um sich durch Lin'an zu bewegen.

Glücklicherweise erreichte er genau zur richtigen Zeit den Büchermarkt, nämlich als die Studenten ihre Lehrveranstaltungen verließen, um einen Tee zu trinken und in den neuen, frisch aus den Druckereien von Hionha eingetroffenen Bänden herumzustöbern. Inmitten von Dutzenden junger Beamtenanwärter, fein ausstaffiert in ihren schwarzen Hemden, sah Ci sich selbst, wie er noch ein Jahr zuvor durch ebendiesen Park geschlendert war und nach forensischen Texten Ausschau gehalten hatte, mit denen er seinen Wissensdurst stillen konnte. Obwohl er durch Richter Feng von der Existenz einiger einschlägiger Werke wusste, hatte er doch nie eines davon entdeckt. Während er sich den auf Rechtsthemen spezialisierten Ständen näherte, lauschte er voller Neid den an sein Ohr dringenden Gesprächen, die ihm seine eigenen Tage an der Universität in Erinnerung riefen: Diskussionen über die Bedeutung des Wissens, über die Gefahr durch die Invasionen im Norden oder über die neuesten Strömungen des Neokonfuzianismus. Mit schlechtem Gewissen überraschte er sich dabei, wie er Träumen nachhing, statt den Verkauf seines Buches voranzutreiben. Er ließ die Stände, an denen Poesie feilgeboten wurde, hinter sich und lenkte seine Schritte hin zu den Verkäufern juristischer Titel. Zufrieden beobachtete er, dass das Strafgesetzbuch ein gefragtes Werk war. Allerdings ging damit einher, dass es ein breites Angebot zu beinahe lächerlichen Preisen gab. Sein Blick fiel auf ein prachtvoll in purpurfarbene Seide gebundenes Exemplar des *Songxingtong*, jenem ganz ähnlich, das er eingewickelt unterm Arm trug. Er trat zu dem Buchhändler und zeigte darauf.

»Wie viel kostet das?«

Der Mann erhob sich von seinem Schemel und trat langsam näher, bis er mit der Hand nach dem Buch greifen konnte. Nachdem er sich den Staub von den Händen geklopft hatte, zeigte er ihm die Innenseiten, als liebkoste er eine schöne Frau.

»Ich sehe, dass du ein echtes Kunstwerk zu schätzen weißt«, schmeichelte er. »Ein handgeschriebenes *Songxingtong* in der zarten Kalligraphie des Meisters Hang. Das ist etwas anderes als diese billigen, massenhaft hergestellten Holzschnittkopien.«

Ci gab ihm recht.

»Wie viel?«, wiederholte er.

»Zehntausend Qian. Und das ist ein Geschenk.« Er hielt ihm das Buch hin, damit er es bewundern konnte.

Freundlich lehnte Ci ab. Er hatte vergessen, dass alles in Lin'an ein Geschenk war, aber den vornehmen Leuten nach zu urteilen, die sich die anderen Bücher anschauten, mussten die Ausgaben in den Holzkisten des Händlers wahre Kostbarkeiten sein. Da bemerkte er einen älteren Herrn mit gezwirbeltem Schnurrbart, der sich für jenes Gesetzbuch interessierte, das der Verkäufer ihm gerade gezeigt hatte. Der Mann trug eine glänzende rote Toga und eine dazu passende Flügelkappe, die typische Kleidung eines großen Lehrmeisters. Vorsichtig blätterte er in dem Band. Seine Augen leuchteten, während er mit dem langen Nagel seines kleinen Fingers sanft über den Text glitt. Er fragte den Händler nach dem Preis und verzog bei der Antwort das Gesicht. Zweifellos erschien es ihm teuer, doch statt das Buch zurückzugeben, untersuchte er es weiter. Bevor er es wieder an seinen Platz stellte, hörte Ci ihn sagen, dass er Geld holen werde, um es zu kaufen. Ci zögerte keinen Moment.

»Verzeiht meine Kühnheit, ehrenwerter Herr«, sprach er ihn an, während sie sich von dem Stand entfernten. Der Gelehrte musterte ihn erstaunt.

»Leider habe ich es eilig. Wenn du in die Akademie aufgenommen werden willst, musst du mit meinem Sekretär reden«, sagte er, ohne seine Schritte zu verlangsamen.

»Nein. Entschuldigt bitte, aber ich habe gesehen, dass Ihr Euch für eine alte Ausgabe interessiert habt, und zufällig bin ich im Besitz eines ähnlichen Exemplars, das ich Euch viel günstiger verkaufen würde …«

»Wirklich? Du besitzt ein handgeschriebenes *Songxingtong*?«, fragte er misstrauisch.

»Für fünftausend Qian könnt Ihr es haben.«

»Bedauere, junger Mann, aber ich kaufe nicht von Dieben.«

»Ihr täuscht Euch, mein Herr.« Ci wurde rot. »Das Buch hat meinem Vater gehört, und Ihr könnt mir glauben, dass ich es nicht verkaufen würde, wenn ich nicht das Geld bräuchte.«

»Nun gut. Und wer ist dein Vater?«

Ci presste die Lippen zusammen. Da er wusste, dass er gesucht wurde, wollte er seine Identität nicht enthüllen. Der Alte betrachtete ihn von Kopf bis Fuß und zog die Augenbrauen hoch. Er gab ihm das Buch zurück und drehte sich um.

»Mein Herr, ich schwöre Euch, dass ich nicht lüge.« Der Mann ging weiter, doch Ci lief ihm hinterher und hielt ihn fest. »Ich kann es Euch beweisen!«

Verärgert blieb der Gelehrte stehen. War es schon eine Beleidigung, einen Fremden ohne seine Zustimmung anzusprechen, so erst recht, ihn festzuhalten. Ci fürchtete schon, dass der Mann die auf dem Markt patrouillierende Streife herbeirufen könnte, doch zum Glück tat er es nicht. Erneut richtete der Alte seinen prüfenden Blick auf ihn.

»Einverstanden. Ich bin gespannt.«

Ci räusperte sich. Er brauchte das Geld, also musste er diesen Mann überzeugen. Ihm blieb nur diese eine Chance. Er schloss die Augen und konzentrierte sich.

»Das *Songxingtong*. Erste Abteilung: Von den gewöhnlichen Strafen.« Er holte Luft und fuhr fort: »Die leichteste der Strafen besteht darin, dass der Verurteilte mit dem dünnen Ende des Bambus geschlagen wird; sie soll Scham für seine Verfehlungen in ihm wecken und ihm eine nützliche Richtlinie für sein künftiges Verhalten geben. Die nächste Strafe wird mit dem dicken Ende des Bambusstabes ausgeführt und zielt darauf ab, stärkere Schmerzen zuzufügen und ein deutlicheres Beispiel der Abschreckung darzustellen. Die dritte Strafe bedeutet die befristete Verbannung über eine Entfernung von fünfhundert *Li*, sie wird mit der Absicht eingesetzt, dass der Schuldige Reuegefühle entwickelt, die ihn zu einer Änderung seines Verhaltens veranlassen. Die vierte Strafe hat die endgültige Verbannung in ein mindestens zweitausend

Li entferntes Gebiet zum Inhalt, und sie wird auf jene Straftäter angewendet, die, obwohl sie eine Gefahr für das Gemeinwesen darstellen, noch nicht die Höchststrafe verdient haben. Die fünfte Strafe schließlich ist die Hinrichtung der Verbrecher durch Enthaupten oder Erhängen.«

Ci erwartete, dass der Gelehrte ihm Beifall spendete.

»Du kannst mich nicht beeindrucken, Junge. Den Trick habe ich schon öfter gesehen.«

»Den Trick?« Ci begriff nicht.

»Ihr lernt ein paar Absätze auswendig und gebt euch als Studenten aus, aber ich bin nicht erst seit gestern Professor. Und nun verschwinde von hier, bevor ich die Wache rufe.«

»Fragt mich! Fragt mich, was immer Ihr wollt, mein Herr!«, bettelte Ci und reichte ihm das Buch.

»Wie bitte?«

»Was immer Ihr wollt«, wiederholte er trotzig.

Der Mann schüttelte den Kopf, doch weckte Ci offenbar Neugier in ihm. Er schlug den Band zufällig auf einer Seite auf, las und hob den Blick.

»Schön, du Schlaumeier. Von der Einteilung der Tage …«

Ci holte tief Luft. Seit Monaten hatte er diesen Abschnitt nicht mehr gelesen. Komm schon, erinnere dich, mahnte er sich selbst.

Der Gelehrte wippte ungeduldig mit dem Fuß. Gerade wollte er ihm das Buch zurückgeben, als Ci loslegte.

»In Übereinstimmung mit dem Kaiserlichen Kalender ist der Tag in sechsundneunzig Einheiten unterteilt. Ein Arbeitstag umfasst die sechs Stunden zwischen Sonnenaufgang und Sonnenuntergang. Die Nacht nimmt weitere sechs Stunden ein, so dass jeder Tag insgesamt zwölf Stunden misst. Ein gesetzliches Jahr besteht aus dreihundertsechzig ganzen Tagen, doch das Alter eines Menschen rechnet man nach der

Anzahl der seit der Eintragung seines Namens und seiner Geburt ins Melderegister vergangenen Jahre des jeweiligen Zyklus …«

»Aber wie …?«, unterbrach ihn der Professor verblüfft.

»Ich betrüge Euch nicht, mein Herr. Das Buch gehört mir. Doch für fünftausend Qian kann es Euch gehören.« Er sah, dass der Lehrmeister unschlüssig war. »Meine Schwester ist krank, ich brauche das Geld. Bitte.«

Der Mann betrachtete das sorgfältig gebundene Werk, jeder Pinselstrich von Hand gemalt wie bei einem schönen Bild. Der Stil der Zeichen war schwungvoll, rührend, poetisch. Er seufzte, als er es zuklappte, und gab es Ci zurück.

»Ich bedauere. Es ist wirklich großartig, doch ich kann es dir nicht abkaufen.«

»Aber warum? Wenn es am Preis liegt, gehe ich damit herunter. Ich gebe es Euch für viertausend, für dreitausend Qian, mein Herr.«

»Lass es gut sein, Junge. Wenn ich es vorher gesehen hätte, hätte ich es sicher gekauft, aber ich habe mich bereits dem Händler gegenüber verpflichtet. Und mein Wort ist mehr wert als jeder Nachlass, den du mir anbieten könntest. Außerdem wäre es nicht in Ordnung, deine Notlage auszunutzen und dich dieses Kunstwerks zu berauben.« Als er Cis enttäuschtes Gesicht sah, überlegte er einen Moment. »Ich weiß, was wir machen: Nimm diese hundert Qian und behalte dein Buch. Man merkt, dass es dir weh tut, es zu verkaufen. Und was das Geld angeht, sei nicht gekränkt. Betrachte es als ein Darlehen. Du gibst es mir wieder, wenn du deine Probleme gelöst hast. Ich heiße Ming.«

Ci wusste nicht, was er sagen sollte. Obwohl er sich schämte, nahm er die Münzen und fädelte sie auf die Schnur um seinen Bauch. Dabei versprach er, den Betrag vor Ablauf einer Woche mit Zinsen zurückzuzahlen. Der Alte nickte lächelnd und setzte seinen Weg fort.

Ci steckte das Buch ein und eilte zur Großen Apotheke von Lin'an, der einzigen öffentlichen Einrichtung, wo er das benötigte Medikament für weniger als einhundert Qian bekommen konnte. Die Große Apotheke befand sich im Stadtzentrum und besaß nicht nur das umfassendste Sortiment, sondern spendete den Bedürftigen auch Almosen. Allerdings musste man nachweisen, dass man das Medikament wirklich benötigte.

Das war das Problem. Wenn der Kranke nicht persönlich in der Apotheke erschien, musste der Familienangehörige, der ihn vertrat, entweder ein ärztliches Rezept vorlegen oder den vollen Preis des Medikaments bezahlen. Aber wenn er schon kein Geld für die Medizin hatte, wie zum Henker sollte er dann die Honorare eines Arztes aufbringen? Trotzdem blieb er bei seinem Plan, denn er wollte nicht gemeinsam mit seiner Schwester erscheinen und Gefahr laufen, von einem der Angestellten erkannt zu werden.

Vor der Großen Apotheke stieß er auf einen Haufen empörter Familien, die sich über die schlechte Behandlung beklagten. Ci nahm nicht den normalen Eingang, sondern steuerte auf die Almosenausgabe zu, wo die Kranken sich in zwei Gruppen drängten. Die eine bestand aus Krüppeln, die andere aus Wanderarbeitern und ihren herumwimmelnden Kindern.

Ci hatte sich gerade der zweiten Gruppe zugesellt, als sein Herz einen Schlag aussetzte. Nur wenige Schritte von ihm entfernt inspizierte ein von einem riesigen Hund begleiteter Justizbeamter mit pockennarbigem Gesicht die Leute und überprüfte nacheinander die Eltern und ihre Kinder. Es war Kao, der Fahnder, der ihn suchte. Zweifellos wusste er über die Krankheit seiner Schwester Bescheid und erwartete ihn hier. Wenn der ihn entdeckte, würde er nicht noch einmal das gleiche Glück haben wie auf dem Boot.

Noch bevor er den Rückzug antreten konnte, sah Ci, wie sich der Hund näherte, um an ihm zu schnuppern. Es mochte Zufall sein, aber es war auch möglich, dass er ihn mit Hilfe eines aus dem Dorf mitgenommenen Kleidungsstücks aufgespürt hatte. Vergeblich bemühte er sich, den Atem anzuhalten, doch die Bestie knurrte. Ci verfluchte sie. Es war nur eine Frage der Zeit, dachte er, bis der Fahnder aufmerken würde. Der Hund knurrte wieder, umkreiste ihn und berührte mit der Schnauze seine Hand. Ci wollte sie wegziehen und davonrennen, aber in diesem Moment merkte er, dass das Tier seine Finger leckte.

Er atmete auf und ließ den Hund gewähren, bis er das Interesse verlor. Dann wechselte Ci unauffällig zur Gruppe der Verkrüppelten hinüber. Er hatte es fast geschafft, als eine Stimme ihn zusammenzucken ließ.

»Halt!«

Er gehorchte sofort, das Herz klopfte ihm bis zum Hals.

»Wenn die Medizin für ein Kind ist, reihen Sie sich wieder auf der anderen Seite ein!«, tönte es durch das allgemeine Geschrei.

Ci beruhigte sich. Es war ein Angestellter gewesen, der längst wieder in eine andere Richtung sah. Doch als er sich erneut umwandte, blickte er direkt in Kaos flammende Augen. Ci flehte innerlich, dass er ihn nicht erkannte.

Es verging eine unendliche Sekunde, bis der Fahnder losbrüllte.

Als der Hund zum Sprung auf seine Kehle ansetzte, ergriff Ci die Flucht. Panisch rannte er aus der Apotheke und hetzte durch das Gedränge die Straße hinunter, wobei er so viele

Hindernisse wie möglich zu Boden riss, um dem Tier die Verfolgung zu erschweren. Er musste den Kanal erreichen, sonst war alles aus. Einigen Karren ausweichend, rannte er über die Brücke. Ein Speiseölverkäufer, mit dem er zusammenstieß, ließ bittere Flüche auf ihn niederprasseln, weil sich seine gesamte Ware über den Boden ergoss. Zum Glück rutschte der Hund auf dem Öl aus, so dass Ci einen Vorsprung gewann. Doch als er sich schon fast in Sicherheit glaubte, stolperte er und fiel hin. Das Buch seines Vaters entglitt ihm. Er wollte danach greifen, aber wie aus dem Nichts tauchte ein Ganove auf, packte es und verschwand blitzschnell in der Menge. Ci machte Anstalten, ihm zu folgen, doch das Gebrüll des Fahnders brachte ihn von diesem Vorhaben ab. Rasch setzte er seine Flucht fort. An einem Stand für Ackergeräte ließ er eine Hacke mitgehen und rannte weiter auf den Kanal zu, den er bereits zum Greifen nah vor sich sah. Er rannte zu einem leeren Boot, um es zur Flucht zu benutzen, aber als er das Seil lösen wollte, holte der Hund ihn ein und stellte ihn vor einer Mauer. Außer sich vor Wut fletschte das Tier die Zähne und schnappte nach ihm. Ci war gefangen. Er drehte sich um und sah Kao kommen. Noch einen Augenblick, dann hatte er ihn gefasst. Ci hob die Hacke und ging in Abwehrbereitschaft. Das Tier spannte die Muskeln. Ci schloss die Finger fest um den Stiel und tat einen ersten Hieb, dem der Hund auswich. Wieder hob er die Hacke, doch die Bestie stürzte sich auf sein Bein und schlug ihm die Zähne in die Wade. Ci sah, wie die Reißzähne in das Hosenbein drangen, aber er spürte keinen Schmerz. Mit aller Kraft ließ er die Hacke herabsausen, und der Schädel des Hundes knirschte. Ein zweiter Treffer bewirkte, dass das Tier seine Beute losließ. Entsetzt blieb Kao stehen. Ci lief zum Kanal, ließ die Hacke fallen und sprang, ohne zu überlegen, in das faulige Wasser. Er tauchte unter einem leck geschlagenen Frachtkahn hindurch und klammerte sich keuchend auf der anderen Seite an den Holzrand des Bootes. Er sah, dass der Fahnder die Hacke in der Hand hielt und ihn zu erreichen suchte. Ci tauchte abermals unter und schwamm zum Bug des Kahns. Lange konnte er dieses Spielchen nicht aushalten. Früher oder später würde Kao ihn erwischen. Plötzlich vernahm er die Alarmrufe, die vor dem Öffnen der Schleusen warnten, und er dachte daran, wie gefährlich es war, im Wasser zu bleiben, wenn die Tore aufgingen. Und doch war dies seine einzige Chance.

Ohne zu zögern, löste er die Hände von seinem Halt und ließ sich von der Strömung mitreißen. Das Wasser schoss auf die Schleuse zu, ein unwiderstehlicher Sog erfasste ihn, wirbelte ihn herum wie eine Nussschale, zog ihn hinab und schleuderte ihn wieder hoch an die Oberfläche. Nachdem er das erste Tor heil hinter sich gelassen hatte, drohte er nun zwischen den in das Becken hereingespülten Booten zerquetscht zu werden. Verzweifelt schwamm Ci in Richtung des anderen Tores. Als die Flutwelle gegen die Schleuse klatschte, gelang es ihm, sich an einem losen Tauende, das von der Staumauer herabhing, festzuhalten. Während die Boote im Becken gegeneinanderdrängten und ihn allmählich einkeilten, stieg der Wasserspiegel rasch an. Mit Hilfe des Seils versuchte Ci, die Staumauer zu erklimmen. Doch sein rechtes Bein versagte ihm den Dienst.

Die Bissverletzungen waren offenbar schwerwiegender, als er vermutet hatte.

»Verdammtes Vieh!«, entfuhr es ihm.

Er stützte sich mit dem linken Bein ab und schob sich die Einfassungsmauer hoch. Als er oben angelangt war, erblickte er Kao, der wild gestikulierend am anderen Ende der Schleuse stand und fluchte.

»Du kannst dich verstecken, wo du willst. Hörst du? Ich werde dich kriegen, lebendig oder tot! Und wenn es das Letzte ist, was ich auf dieser Welt mache!«

Ci zog es vor, sich nicht mit einer Antwort aufzuhalten. Verwundert sahen ihm die Leute nach, wie er sich völlig durchnässt und hinkend entfernte und ins Gewühl eintauchte.

12

Während er sich durch die weniger frequentierten Nebengassen schleppte, fluchte Ci über sein Unglück. Um die Medizin zu kaufen, musste er nun einen der privaten Kräuterläden aufsuchen, wo man ihm mit Sicherheit das letzte Geld abnehmen würde. Vor dem ersten, der sich auftat, blieb er stehen. Es war ein dunkles, auf den Handel mit Wurzeln und medizinischen Heilmitteln spezialisiertes Geschäft. Obwohl sonst keine Kundschaft da war, musterten die Inhaber ihn von oben bis unten, als wäre er ein Stadtstreicher. Ci kümmerte sich nicht weiter darum. Nachdem er das Medikament verlangt hatte, tuschelten die beiden Männlein untereinander und ließen sich dann über dessen Seltenheit und die Schwierigkeiten der Beschaffung aus. Schließlich teilten sie ihm mit, dass der Preis für eine Handvoll gemahlenes Pulver volle achthundert Qian betrage.

Ci versuchte zu feilschen, denn sein gesamtes Kapital beschränkte sich auf die hundert Münzen, die ihm der alte Professor auf dem Büchermarkt gegeben hatte. Er band den Gürtel auf.

»Ich brauche keine Handvoll. Ein Viertel davon reicht mir«, sagte er und legte die Schnur mit den Münzen auf den Verkaufstisch, der förmlich überquoll von Wurzeln und Blättern, getrockneten Pilzen, Samen, Schoten, zerschnittenen Keimlingen und Mineralien.

»Das wären dann zweihundert Qian. Und hier sehe ich nur hundert«, antwortete einer der beiden ablehnend.

»Das ist alles, was ich habe. Aber es sind immerhin einhundert Qian.« Er sah sich um und tat, als überlegte er. »Ihr Laden scheint nicht so gut zu laufen. Besser, Sie verdienen etwas als gar nichts.«

Die Männer blickten sich ungläubig an.

»Davon abgesehen, dass ich das Mittel in der Großen Apotheke umsonst bekommen könnte«, fügte Ci angesichts ihrer Gleichgültigkeit hinzu.

»Sieh mal, mein Junge«, sagte der etwas kräftiger gebaute, während er das Medikament nahm und wegräumte, »der Trick ist älter als das Kaiserreich. Wenn du diese Wurzel für weniger Geld besorgen könntest, hättest du es längst getan. Also: Entweder du rückst die zweihundert Qian raus oder du verschwindest wieder dahin, wo du hergekommen bist.«

Ci machte einen letzten Versuch. Er zog die Schuhe aus.

»Hier, die sind aus gutem Leder. Hundert Qian plus die Schuhe. Mehr habe ich nicht.«

»Wirklich, Junge. Glaubst du, dass wir solche Latschen brauchen? Ich bitte dich! Hau ab!«

Einen Augenblick lang erwog Ci, das Medikament zu schnappen und wegzurennen, aber sein verletztes Bein hielt ihn davon ab. Als er den Kräuterladen verließ, war er derart verzweifelt, dass er auf die Frage nach seiner Zukunft geantwortet hätte, diese sei zusammen mit seinen Eltern unter den Trümmern ihres Hauses begraben worden.

* * *

In den übrigen Kräuterläden wurde er ähnlich behandelt. Im letzten, den er aufsuchte, einer heruntergekommenen Bude in der Nähe des Hafenmarktes, wollte man ihn mit einem Pulver aus gemahlenem Bambus übers Ohr hauen. Zum Glück hatte er das Mittel oft gekauft und kannte seinen herben Geschmack und seine schmierige Konsistenz, so dass er es nur kosten musste, um die Betrugsabsicht zu erkennen. Er spuckte die Probe aus und nahm sein Geld wieder an sich, bevor die Ladenbesitzer es einstecken konnten, doch selbst dann musste er überstürzt vor ihnen fliehen, weil sie ihn des Vertragsbruchs bezichtigten.

Niedergeschlagen ging er weiter. Er hatte das Gefühl, dass die Welt um ihn herum in Stücke zerfiel.

Obwohl er wusste, dass er nur mit Reis bezahlt werden würde, verbrachte er den Rest des Tages damit, Arbeit zu suchen. Bei mehreren Ständen in der Nähe fragte er nach einer Anstellung, doch alle wiesen ihn ab, sobald sie sein mittlerweile recht verwahrlostes Aussehen und den Zustand seines Beines bemerkten. Und als er die Wunde endlich verbinden wollte, waren die meisten Läden bereits geschlossen. Er versuchte es auch an den Kais, aber alle waren überfüllt mit Hilfsarbeitern, die sich als Tagelöhner verdingen wollten. Er suchte Arbeit als Bote, als Straßenverkäufer, als Diener, als Kanalreiniger, als Ruderer und als Lastträger. An den meisten Stellen teilte man ihm jedoch mit, dass er zuerst die Genehmigung der die freien Plätze vergebenden Zünfte einholen müsse, deren Amtsstuben sich auf den Bergen am Westsee und rings um den Hügel des Phönix befänden.

Die Zeit lief, und Mei Mei wurde immer schwächer.

Die Verzweiflung schnürte Ci den Atem ab. Inzwischen dachte er sogar daran, jemanden zu berauben, oder seinen Körper unter einer der Kanalbrücken zu verkaufen, wie es die Kranken und Obdachlosen taten, aber selbst das wurde kontrolliert -- von der Unterwelt, von verbrecherischen Organisationen mit festgelegten Betätigungsfeldern, die von der Erpressung junger Herren über kleine Straßengaunereien und Taschendiebstähle bis hin zum Wettbetrug reichten. Ci kannte sich damit aus, denn Richter Feng hatte diese Leute jahrelang verfolgt.

In seine Grübeleien versunken, meinte Ci in der Ferne die Gestalt des Süßwarenhändlers zu erkennen, den sie tags zuvor getroffen hatten. Der Mann trug noch immer dasselbe abgewetzte Eselsfell, hatte jedoch den Wahrsagerschemel gegen ein Podest getauscht, von dem aus er alle zu sich rief, die etwas Geld verdienen wollten. Anscheinend hatte er ein Opfer gefunden, und dieses beobachtete nun aufmerksam die seltsamen Bewegungen, die er vollführte. Gleichzeitig lockte das Männlein weitere Neugierige an. Bald versammelte sich eine ganze Traube um seine Lockrufe, und auch Ci erlag seiner Neugierde.

Er versuchte, dichter an das Geschehen heranzukommen.

Als ihn nur noch wenige Schritte von dem Gaukler trennten, dachte Ci, dass dieser Mann nicht allein wegen seiner Aufmachung ungewöhnlich war, sondern, der Schlange von Interessenten nach zu urteilen, auch ein erstklassiger Betrüger sein musste.

Außer dem Süßigkeitenstand vor ihm hatte er hinter sich eine Bühne mit einem roten Vorhang aufgebaut, vor der allerlei Krimskrams baumelte: alte Schildkrötenpanzer, wie man sie beim Wahrsagen verwendete, kleine, schlecht bemalte Buddhas aus Ton, ausgestopfte Vögel, Papierfächer mit kunstlosem Dekor, Drachen aus Bambus und Seide, Weihrauchstäbchen von zweifelhafter Qualität, zerknitterte Tücher, Ringe und Gürtel, Haarnadeln aus Knochen, schadhafte Schachteln und Näpfe, einzelne Sandalen, die unterschiedlichsten Käfige, Halsketten aus Perlen und Muscheln, Broschen, Armbänder, Sandelholz und Gewürze, heilkräftige Wurzeln, alte Münzen, Pinsel, farbige Tinten, Papierlampions, Skelette von Fröschen und Schlangen und unzählige weitere Dinge, die Ci nicht identifizieren konnte. Es war, als hätte der Mann den Abfall und das Gerümpel einer ganzen Müllhalde vor diesem Vorhang drapiert.

Außerdem hatte er ein hölzernes Spielbrett bereitgestellt, auf dem eine Reihe labyrinthisch verlaufender Bahnen von den Rändern zur Mitte führten. Bei genauerer Betrachtung stellte Ci fest, dass es sechs ausgehöhlte Wege gab, die jeder mit einer anderen Farbe gekennzeichnet waren. Offensichtlich handelte es sich um eine Rennstrecke für Grillen, ein System aus Gängen, durch die die Tierchen laufen mussten, um den in der Mitte liegenden Zucker zu erreichen. Und die Männer in der Schlange warteten darauf, auf ihren Favoriten zu setzen.

Energisch schob sich Ci ganz nach vorn.

»Die letzte Gelegenheit! Eure letzte Chance, dem Elend zu entrinnen und zu leben wie die Reichen!«, rief der Wahrsager. »Rafft euch auf, ihr Hungerleider! Wenn ihr gewinnt, könnt ihr so viele Frauen heiraten, wie ihr wollt, und, wenn ihr dann noch Kraft habt, mit all denen herumhuren, die ihr begehrt.«

Die Aussicht auf frisches Fleisch reizte ein paar Unentschlossene, und sie legten ihre letzten Münzen in eine Schachtel mit Fächern, die die Wetten und die Einsätze anzeigte. Die Grillen, die zum Wettkampf antreten sollten, krabbelten unterdessen unruhig in ihren Startnischen herum, den Rücken in derselben Farbe bemalt wie die entsprechende Bahn.

»Keiner sonst? Hat keiner sonst den Mumm, sich mit mir zu messen?«, krakeelte der Wahrsager. »Ihr Feiglinge! Habt ihr etwa Angst, dass meine Grille euch alle in die Tasche steckt? Nun gut … Heute setze ich alles aufs Spiel. Die Götter mögen euch vergeben, weil ihr einen armen Irren ausnutzt, aber heute habt ihr Glück.« Er nahm seine Grille, die durch einen Klecks gelbe Farbe gekennzeichnet war, und riss ihr ein Vorderbein aus. Danach ließ er das Tier durch das Labyrinth humpeln und forderte die Anwesenden erneut heraus. »Und jetzt? Meint ihr, dass ihr mich besiegen könnt? Dann zeigt es, wenn ihr die Eier dazu habt …«

Von seinem Wahnsinn überzeugt, stapelten die letzten Zweifler Münzen in die Fächer. Ci zog sich der Magen zusammen. Das war die Gelegenheit, die er suchte, ein Weg, um an das Geld für die Medikamente zu kommen. Trotzdem warnte ihn eine innere Stimme, er solle die Finger davon lassen.

Es fiel ihm schwer, sich zu entscheiden. Als die Wetten bereits geschlossen wurden, löste er doch noch die Schnur mit den Münzen und legte sie in das blaue Fach.

»Einhundert Qian, acht zu eins!«, rief er und betete inständig, dass die guten Geister ihn beschützen mochten.

»Die Wetten sind geschlossen. Und jetzt tretet zurück!«

Der Wahrsager richtete seine verstümmelte Grille auf, die sich in ihrer Startnische auf der linken Seite liegend im Kreis drehte. Weitere fünf unterschiedlich gefärbte Nischen am Rand des Labyrinths beherbergten die entsprechenden farbig markierten Grillen. Anschließend deckte der Mann das Labyrinth mit einem hauchdünnen Seidennetz ab, damit die Insekten nicht davonspringen konnten.

Nach einem Gongschlag spannte der Wahrsager die Fäden der Türchen, welche die Grillen zurückhielten.

»Seid ihr bereit?«, schrie er.

»Mach du dich bereit«, antwortete einer der Herausforderer. »Meine rote Grille wird deine in Stücke reißen und sie danach genüsslich verspeisen.«

Der Wahrsager schüttelte grinsend den Kopf und schlug abermals den Gong, um den Beginn des Spektakels anzukündigen.

Kaum waren die Klappen geöffnet, stürzten die Grillen sich frenetisch in ihre Bahnen. Bis auf die Grille des Wahrsagers, der es nur mit Mühe gelang, den Ausgang zu überwinden.

»Los, du Schlafmütze!«, rief er ihr zu.

Das hinkende Insekt schien ihn zu hören und setzte sich in Bewegung, während die übrigen Tiere unter dem ohrenbetäubenden Geschrei der Wettenden rasch vorrückten. Gelegentlich hielten die Insekten an und versetzten ihre Eigentümer damit in Hysterie, die sich noch steigerte, wenn die Tiere in den über das Labyrinth verteilten Unterführungen und Tunneln verschwanden. Ci beobachtete, dass die rote Grille wie ein Pfeil auf den in der Mitte wartenden Leckerbissen zuschoss. Es fehlte weniger als eine Handbreit bis zum Ziel, als sie stockte und die Menge zum Verstummen brachte. Das Insekt zögerte einen Moment, als stände vor ihm eine unsichtbare Wand, und trat trotz des Gefuchtels seines Besitzers den Rückzug an. Dagegen hatte die Grille des Wahrsagers nach dem ersten Tunnel einen irrsinnigen Sprint begonnen, mit dem sie ihre Konkurrentinnen bald überholen würde.

»Verdammtes Vieh! Lauf weiter, oder ich mache dich platt!«, kreischte der Eigentümer der roten Grille, als das Tier die Wand hochklettern wollte, statt in seiner Bahn zu marschieren.

Doch der Grille genügte es nicht, ihren Herrn zu Schreien und Fausthieben zu reizen, sie kletterte weiter, bis sie in die Nachbarrinne fiel. Als Lohn für ihr Ausscheiden erntete sie eine Flut von Beschimpfungen. Ci staunte noch immer über die Geschwindigkeit, mit der die Grille des Wahrsagers sich jetzt fortbewegte. Sie holte die Grille eines hünenhaften Kerls ein, als diese gerade in den Tunnel zum letzten Streckenabschnitt schlüpfte. Dahinter hielten beide Tiere zögernd an.

»Beweg deinen Arsch!«, brüllte der Hüne, dass es nur so dröhnte.

Ci heftete den Blick auf die beiden Grillen. Die mit dem gelben Fleck wirkte weiterhin verstört, während die blaue, auf die auch er gesetzt hatte, einen leichten Vorsprung gewann. Doch als die blaue Grille schon von allen zum Sieger erklärt worden war, rückte die Favoritin des Hellsehers auf einmal mit ungewöhnlichem Tempo vor, überholte die andere und erreichte das Ziel schließlich als Erste.

Die Versammelten rieben sich erstaunt die Augen.

»Du Hundesohn! Du hast uns hereingelegt!« brüllte der Hüne schließlich.

Obwohl der Riese drohte, ihm den Schädel einzuschlagen, blieb der Wahrsager unbeeindruckt. Er nahm die gelbe Grille und hielt sie ihm unter die Nase. Ihr fehlte tatsächlich ein Vorderbein.

»Und jetzt verschwindet von hier, oder ich rufe den Wachmann«, fauchte er und hob die Hand zum Pfiff.

Der Hüne ließ sich von dem Männlein nicht einschüchtern und versetzte ihm einen Stoß, bei dem die Grille zu Boden fiel, und bevor sie fliehen konnte, zertrat er sie mit dem Fuß. Dann spuckte er aus, schwor dem Wahrsager, dass er sich seinen Verlust zurückholen werde, und entfernte sich unter Drohungen. Die übrigen Teilnehmer nahmen ihre Grillen und gingen ebenfalls fort. Allein Ci blieb neugierig neben dem Verkaufstisch stehen, als wartete er darauf, dass irgendetwas ihm half, das Rätsel zu lösen. Wie hatte der Gaukler das nur angestellt?

»Und du, verschwinde auch«, sagte das Männlein.

Ci rührte sich nicht. Er brauchte das Geld dringend und war überzeugt, dass es bei dem Spiel nicht mit rechten Dingen zugegangen war. Obwohl er ganz deutlich gesehen hatte, wie der Wahrsager der Grille das Bein ausgerissen hatte, mussten seine Augen ihn doch getrogen haben. Und genauso verwunderte es ihn, dass der Wahrsager nicht wutentbrannt gewesen war, als der Hüne seine siegreiche Grille zerquetschte, sondern recht gleichmütig verfolgt hatte, was dem Tier geschah, das ihn reich gemacht hatte.

Als der Gaukler ihm den Rücken zuwandte, nutzte Ci die Gelegenheit und hockte sich neben das Insekt, das noch immer mit den Beinen strampelte. Da lenkte etwas Glänzendes unter dessen Körper seine Aufmerksamkeit auf sich.

Gerade wollte er die Sache untersuchen, da drehte sich der Wahrsager wieder zu ihm um. Er zögerte keine Sekunde, blitzschnell streckte er die Hand nach der Grille aus und steckte sie unbemerkt ein.

»Darf man erfahren, wieso du da rumkriechst? Ich habe dir gesagt, du sollst abhauen.«

»Mir ist ein Apfel heruntergefallen«, log Ci und hob eine auf dem Boden liegende Frucht auf. »Aber ich habe ihn schon gefunden. Gleich bin ich weg.«

»Halt! Was versteckst du da?«

»Wo?« Ci versuchte Zeit zu gewinnen.

»Mach mich nicht wütend, Kleiner.«

Humpelnd trat Ci ein paar Schritte zurück, bevor er herausfordernd sagte: »Ich denke, du bist Hellseher.«

Der Alte runzelte die Stirn. Er schien zu überlegen, ob er Ci für die Frechheit ohrfeigen sollte, doch stattdessen fing er an, dümmlich zu kichern. Er baute weiter seinen Stand ab, ohne sich darum zu scheren, dass Ci ihn beobachtete. Als er fertig war, lud er sein Zeug in einen Wagen und zog ihn in Richtung einer nahe gelegenen Kneipe.

Ci blieb allein zurück und betrachtete die Grille. Das Insekt bewegte sich nicht mehr, so dass er mit dem Fingernagel vorsichtig das kleine glänzende Blättchen ablösen konnte, das an seinem Bauch klebte. Als er es in der Hand hielt, musterte er eingehend, was ihm wie ein einfacher Eisensplitter mit Leimresten auf einer Seite vorkam. Die Oberfläche war geglättet, und man sah, dass der Rand zurechtgeschliffen worden war, um ihn der Körperform des Tieres anzupassen. Er verstand nicht, wozu das Teil diente. Auf den ersten Blick schien es eher ein zusätzliches Gewicht zu bedeuten, das das Insekt mit Sicherheit verlangsamte, denn ein Hilfsmittel.

Er rätselte immer noch über dessen Nutzen, als ihm das Metallstückchen plötzlich aus den Fingern sprang und sich an das Messer heftete, das er im Gürtel trug. Ci riss erstaunt die Augen auf. Dann erinnerte er sich an die Gestalt des Labyrinths.

»Verdammter Bastard. So macht er es also.«

Er wickelte die tote Grille in ein Tuch und begab sich zu der Kneipe, die der Wahrsager betreten hatte. Vor der Tür bewachte ein Junge den Verkaufsstand des Alten. Ci fragte ihn, was er für die Arbeit bekomme, und das Kind zeigte ihm ein paar Bonbons.

»Ich gebe dir einen Apfel, wenn du mich etwas nachschauen lässt«, schlug Ci ihm vor.

Der Junge überlegte.

»Einverstanden. Aber nur angucken.« Und schon streckte er die Hand aus.

Ci gab ihm den Apfel und wandte sich sofort dem Spielbrett zu. Er wollte es anheben, doch der Junge hinderte ihn daran.

»Wenn du das anfasst, sage ich es ihm.«

»Ich will es bloß umdrehen«, sagte Ci.

»Du hast gesagt, nur gucken.«

»Beim Erleuchteten! Iss den Apfel und halt die Klappe«, rief er.

Ci nahm das Spielbrett und untersuchte es gründlich. Er betätigte die Türchen, roch an den Bahnen und prüfte den Unterbau, aus dem er ein Metallteil von der Größe eines Kekses zog und in seinem Ärmel verschwinden ließ. Dann stellte er das Brett wieder an seinen Platz, verabschiedete sich von dem Jungen und ging mit dem Entschluss, sein Geld zurückzuholen, in die Kneipe *Zu den fünf Geschmäckern*.

⋆ ⋆ ⋆

Es war nicht schwer, den Wahrsager zu finden, er brauchte nur den beiden Prostituierten zu lauschen, die aufgeregt tuschelten, wie sie den Alten im Eselsfell, der hinter den Vorhängen seinen Gewinn verprasste, am besten ausnehmen könnten.

Während er über seine Strategie nachdachte, sah Ci sich um. Kneipen wie diese gab es unzählige im Hafen: ein vom Bratfett vernebeltes Loch, in dem erschöpfte Kellner hin und her eilten. Der Geruch nach gegarten Hühnchen und Garnelen wetteiferte mit dem Schweißgestank der Fischer, Stauer und Matrosen, die, von Flöten und Zithern begleitet, den Feierabend mit Gesang und Alkohol feierten, als wäre es der letzte Tag ihres Lebens. Auf einer improvisierten Bühne hinter der Theke wiegten einige *Blumen* ihre Hüften, summten Melodien, die vom Lärm übertönt wurden, und hielten mit lüsternen Blicken Ausschau nach den nächsten Kunden. Eine der *Blumen*, klein und rundlich wie eine Pflaume, näherte sich Ci, ohne dass ihr sein Aussehen und seine Bisswunde etwas auszumachen schienen, und drückte sich mit ihrem weichen Hintern an ihn. Ci schob sie weg. Über den mit einer klebrigen Fettschicht bedeckten Boden marschierte er geradewegs auf die mit plumpen Landschaftsansichten verzierten Vorhänge zu, hinter denen sich der Wahrsager amüsierte. Entschlossen teilte er den Vorhang und durfte im nächsten Augenblick zusehen, wie der weiße Arsch des Männleins über einem jungen Mädchen auf und ab schaukelte. Ci räusperte sich. Der Wahrsager sah verdutzt auf, schien sich aber nicht gestört zu fühlen. Zufrieden grunzend schaukelte er weiter. Offenbar hatte der Schnaps bereits seinen Verstand getrübt.

»Du lässt es dir mit meinem Geld gutgehen, wie?« Ci stieß ihn zur Seite. Sofort floh das Mädchen ängstlich in Richtung Küche.

»Aber was zum Henker …?«, rief der Gaukler ungläubig.

Bevor er sich aufrichten und empören konnte, nahm Ci ihn am Kragen.

»Du wirst mir alles wiedergeben, noch die letzte Münze. Und zwar sofort!«

Gerade wollte Ci nach dem Gürtel des Wahrsagers greifen, da packte ihn jemand von hinten und wirbelte ihn durch die Luft, bis er gegen ein paar Blumentöpfe in der Mitte des Gastraums krachte. Lautes Geschrei übertönte die Musik.

»Meine Gäste werden nicht belästigt«, schnauzte ihn der Kneipenwirt an.

Ci musterte den massigen Körper, der ihn mit derselben Leichtigkeit herumgewirbelt hatte, wie wenn jemand eine Fliege verjagt. Die Arme dieses Ungeheuers waren kräftiger als Cis Oberschenkel, und sein Blick war der eines tobenden Büffels. Bevor er antworten konnte, traf ihn ein Tritt in die Rippen. Ci fiel zu Boden und erhob sich schwankend wieder.

»Dieser Mann ist ein Schwindler. Er hat mich um das Wettgeld betrogen«, keuchte Ci. Ein weiterer Tritt traf ihn. Er krümmte sich, obwohl er keinen Schmerz spürte. »Seid ihr denn blind? Er trickst euch aus wie Kinder.«

»Hier gilt nur eine Regel: Wer zahlt, hat das Kommando.« Der Wirt holte abermals aus.

»Nun lass ihn. Er ist doch bloß ein Junge«, sagte der Wahrsager und hielt den Inhaber zurück. »Los, Kleiner. Verschwinde von hier, bevor sie dir was antun.«

»Ich gehe, wenn du mir das Geld gibst.«

»Dir Geld geben? Red keinen Unsinn, Junge. Willst du etwa, dass der Kerl dir den Schädel einschlägt?«

»Ich weiß, wie du es machst. Ich habe mir dein Spielbrett angesehen.«

Der Wahrsager kniff die Augen zusammen. »Ach, wirklich? Dann setz dich her und erzähl es mir.«

Ci holte das Metallplättchen aus der Tasche, das am Bauch der Grille geklebt hatte, schob eine Weinflasche zur Seite und legte es auf den Tisch.

»Erkennst du das?«

Der Wahrsager nahm das Plättchen und betrachtete es geringschätzig. Dann warf er es zurück auf den Tisch.

»Das Einzige, was ich erkenne, ist, dass du den Verstand verloren hast.« Doch sein Blick blieb auf das Plättchen gerichtet.

»Na gut.« Ci holte das runde Gegenstück hervor, das er aus dem Labyrinth genommen hatte. »Dann pass auf.«

Ci führte das Metallstück unter der Tischplatte bis zu der Stelle, wo oben das Plättchen lag. Zunächst geschah nichts, aber auf einmal, wie von einer unsichtbaren Hand gestoßen, sprang das Plättchen von allein genau über den Punkt, gegen den Ci von unten das Metallstück hielt. Ci schob die Hand unter dem Tisch weiter, und wie durch ein Wunder folgte das Plättchen seinen Bewegungen. Der Wahrsager rückte unbehaglich auf seinem Stuhl hin und her, doch er schwieg.

»Magnete«, verkündete Ci. »Ich könnte aber genauso gut die abschreckende Kampfertinktur erwähnen, mit der die letzten Abschnitte der anderen Bahnen eingepinselt waren, oder die Klappen in den Tunneln, die deine Grille aufhielten, als sie hindurchkrabbeln wollte, dafür eine zweite, unversehrte Grille herausließen, im nächsten Tunnel diese zweite Grille wieder einfingen und eine dritte freisetzten, die wieder humpelte und das Metallplättchen am Bauch befestigt trug. Aber das alles muss ich dir natürlich nicht erklären, oder?«

Der Wahrsager musterte Ci von oben bis unten, presste die Lippen zusammen und bot ihm einen Schnaps an, den der Junge ablehnte.

»Was willst du von mir?«

»Meine achthundert Qian. Das Geld, das ich mit der Wette gewonnen hätte.«

»Dann hättest du es vorher rauskriegen müssen. Also verschwinde, ich habe hier zu tun.«

»Ich gehe erst, wenn du mir mein Geld gibst.«

»Du bist clever, Kleiner, keine Frage, aber du gehst mir langsam auf die Nerven. Zhao!« Er machte dem Wirt ein Zeichen. »Gib ihm eine Schale Reis. Danach soll er abhauen. Und setz alles auf meine Rechnung.«

»Gib mir mein Geld, oder ich erzähle überall …«

»Es reicht«, unterbrach ihn der Wirt.

»Nein! Es reicht nicht!«, brüllte jemand hinter ihnen. Das Stimmengewirr erstarb augenblicklich, und alle wendeten erschrocken ihre Köpfe, als ob ein Einsatztrupp hereingestürmt wäre.

Mitten im Raum stand ein Riese, der noch größer war als der Gastwirt Zhao. Ci erkannte ihn wieder. Es war ebenjener Wettteilnehmer, der Rache geschworen hatte: der Eigentümer der blauen Grille. Der Gesichtsausdruck des Wahrsagers ging von Staunen in Entsetzen über, als er sah, wie der Hüne alle, die ihm in den Weg traten, zur Seite fegte und direkt auf ihn zusteuerte. Zhao versuchte den Eindringling aufzuhalten, aber ein brutaler Faustschlag warf ihn zu Boden. Dicht vor dem Wahrsager blieb der Hüne stehen. Er schnaufte wie ein Tier, das den süßen Moment des Sieges in aller Ruhe auskosten will. Seine riesige Rechte umklammerte den Hals des Wahrsagers, mit der anderen Hand packte er Ci.

»Und jetzt hören wir uns noch einmal die Geschichte mit den Magneten an.«

Ci ließ sich nicht einschüchtern. Noch mehr als Betrüger verachtete er Leute, die ihre Ziele gewaltsam durchzusetzen suchten. Und dieser Kerl schien nicht nur entschlossen, sein eigenes Geld auf solche Weise zurückzuholen, sondern offenbar auch das der anderen Teilnehmer an sich reißen zu wollen.

»Das ist eine Sache zwischen dem Wahrsager und mir«, sagte Ci und spürte sogleich, wie sich der Druck der Pranke auf seine Schulter erhöhte.

»Fahrt zur Hölle, alle beide!« Damit schleuderte er sie gegen ein altes Fenstergitter, das in tausend Stücke zerbrach.

Nur mit Mühe rappelte Ci sich wieder auf, während der Hüne sich rittlings auf den Wahrsager setzte und ihm den Hals zudrückte, als wäre er eine Gans. Ci stürzte sich auf den

Kerl und ließ seine Faust auf dessen breiten Rücken krachen, doch genauso hätte er gegen eine Mauer trommeln können. Der Hüne drehte sich um und verpasste ihm einen Hieb, der ihn zurück an das Fenstergitter beförderte. Auf seinen Lippen spürte Ci den warmen Geschmack von Blut. Unterdessen hatten die übrigen Gäste einen Kreis um die Kontrahenten gebildet. Sie drängten von allen Seiten heran, und Münzen gingen mit wachsender Begeisterung von Hand zu Hand.

»Hundert zu eins auf den Hünen«, rief ein junger Bursche und übernahm die Funktion des Wettleiters.

»Ich setze zweihundert!«

»Und tausend dazu!«

»Zweitausend, wenn er ihn umbringt!« meldete sich ein Dritter.

Der Alkohol verwandelte die Versammelten in blutrünstige Wölfe. Bei ihrem Anblick begriff Ci, dass er in Lebensgefahr schwebte. Er dachte an Flucht, aber in seiner umzingelten Lage würde ihm das kaum gelingen. Der Gigant richtete sich auf, bis er fast die Decke berührte, und sah mit der Geringschätzung eines Menschen auf ihn herab, der gleich eine Kakerlake zertreten und danach den Schmutz von seinem Schuh reiben wird. Der Riese spuckte in seine Hände und hielt sie demonstrativ in die Höhe, um die Wetten noch ein wenig anzuheizen.

Mei Mei!, schoss es Ci durch den Kopf. Der Gedanke an seine kleine Schwester gab ihm neue Kraft, er beschloss alles auf eine Karte zu setzen.

»Es ist nicht das erste Mal, dass ich jemanden wie dich erledige«, rief Ci.

»Was sagst du da?« Der Hüne lachte und holte zum Schlag aus, aber Ci sprang rechtzeitig beiseite. »Ich werde dein Herz essen und den Rest an die Hunde verfüttern, du Hampelmann.« Der Riese hob den Arm abermals, doch Ci wich dem Angriff wieder erfolgreich aus.

»Bringt uns Messer!«, verlangte Ci selbstbewusst.

Der Hüne kippte eine Schale Schnaps hinunter. »Du hast soeben dein eigenes Todesurteil gesprochen«, sagte er, wischte sich mit dem Arm über den Mund und griff nach einem der Messer, die ein Kellner aus der Küche herbeigebracht hatte.

Ci wog seines in der Hand. Es war scharf wie ein Schwert. Als er sich in Positur stellte, trat der Bursche, der die Wetten führte, tollkühn zwischen sie.

»Setzt jemand auf den Angeber?« Er grinste. »Kommt schon, ich muss die Wetten abdecken. Der Junge ist flink. Wenigstens eine Runde wird er überstehen …«

Alle grölten begeistert, aber niemand setzte auf Ci.

»Dann setze ich eben selbst auf mich«, sagte Ci zur Verblüffung der Anwesenden. »Achthundert Qian!« Er sah zu dem Wahrsager hinüber, der ihn ungläubig anstarrte, dann aber nickte und unter seinem Gewand die Münzen hervorholte, die Cis Einsatz entsprachen. Der Wettleiter nahm das Geld mit einem zufriedenen Grunzen entgegen.

»Sehr schön. Noch jemand? Nein? Also gut … Der Kampf möge beginnen!«

Der Hüne zwinkerte siegesgewiss einem Bekannten zu und prahlte damit, wie er diesen Frechling mit den feinen Gesichtszügen tranchieren werde. Betont langsam entledigte er sich seiner Hemdjacke und zeigte ein paar Muskelpakete, die einem Stier zur Ehre gereicht hätten. Mit nacktem Oberkörper wirkte er noch imposanter, als er es ohnehin tat, aber Ci ließ sich nicht beeindrucken. Nun nahm der Hüne einen Napf Öl und goss ihn über seine Brust, um sich damit einzuschmieren. Als er fertig war, wartete er ungeduldig darauf, dass Ci das Gleiche tat. Doch Ci rührte sich nicht.

»Hast du Schiss bekommen?«, rief der Kerl.

Ci gab keine Antwort. Bedächtig, als handele es sich um einen rituellen Akt, öffnete er die fünf Knöpfe, die seine Hemdjacke zusammenhielten. Von der Langsamkeit jeder Bewegung, von seiner seltsamen Gelassenheit fasziniert, beobachteten die Umstehenden ihn aufmerksam. Sie wollten, dass das Gemetzel endlich anfing, doch Ci ließ sich Zeit. In aller Ruhe zog er das Hemd auseinander und ließ es zu Boden gleiten. Ein Raunen ging durch den Raum.

Im Gegensatz zum Ebenmaß seines Gesichts war sein Körper gezeichnet von Narben und Verbrennungen, stummen Zeugen fürchterlicher Begebenheiten. Bei diesem Anblick schrak selbst der Hüne zurück.

Ci faltete die Hemdjacke zusammen und legte sie auf einen Tisch. Als er das tat, traten die Umstehenden beiseite, um ihn durchzulassen.

»Ich bin bereit«, verkündete er, und die Menge tobte. »Vorher aber …« Das Publikum verstummte erwartungsvoll. »Vorher aber möchte ich diesem Mann die Chance geben, sein Leben zu retten.«

»Heb dir dein Gewäsch für den Sarg auf!«, antwortete der Hüne halb erstaunt und halb empört.

»Du solltest mich ernst nehmen.« Cis Augen verengten sich zu Schlitzen. »Oder denkst du, jemand, der Verletzungen wie die, deren Spuren ich am Körper trage, überlebt hat, ist leicht zu töten? Es ist für mich kein Vergnügen, einen Menschen umzubringen, deshalb will ich dir den Drachentest anbieten.«

Der Hüne blinzelte irritiert. Der Drachentest war ein Kampf, bei dem es nicht so sehr auf Kraft ankam und dem sich nur wenige zu stellen wagten. Er bestand darin, sich selbst mit dem Messer nach einem auf den Körper gemalten Muster Wunden zuzufügen; Wunden, die so gefährlich waren, wie die Gegner es jeweils festlegten, und so tief, wie man es aushalten konnte. Wer als Erster schrie, hatte verloren.

»Du hältst mich wohl für blöd. Warum sollte ich mich selbst verletzen, wenn ich dich erledigen kann, ohne einen einzigen Kratzer davonzutragen?«, rief sein Gegner nervös.

»Ich mache dir keine Vorwürfe. Feiglinge wie dich habe ich schon öfter getroffen. Du musst es also nicht tun«, sagte Ci sehr laut, damit ihn alle hören konnten.

In den Gesichtern der Anwesenden las der Hüne, was für einen Eindruck die Herausforderung gemacht hatte. Er fürchtete den Burschen nicht, aber wenn er dessen Angebot ablehnte, würde sich der Zweifel bezüglich seiner Männlichkeit im ganzen Hafen ausbreiten. Und das durfte er nicht zulassen.

»Einverstanden, du Wicht. Ich werde dir dein Geschwätz zusammen mit deinen Zähnen ins Maul stopfen«, brüllte er.

Jubelnd begrüßte die Menge den Entschluss, und es wurde neues Geld gesetzt. Als sich die Gemüter beruhigt hatten, ergriff Ci wieder das Wort.

»Lasst uns die Köche rufen, sie sollen die Messer führen. Wenn niemand etwas dagegen hat, gelten die üblichen Regeln: Sie fangen an der Brustwarze an, schneiden spiralförmig um sie herum und verlängern den Schnitt nach außen, wobei sie immer tiefer gehen, und erst aufhören, wenn einer vor Schmerzen schreit.«

»Einverstanden«, stimmte der Hüne zu. »Aber ich stelle auch eine Bedingung.«

Erwartungsvoll blickten die Zuschauer ihn an. Ci hatte Angst, aber er konnte nicht mehr zurück.

»Raus damit.«

»Egal, wer gewinnt, der Sieger stößt dem andern das Messer ins Herz.«

13

»Ich setze zehntausend auf den Jungen!«

Alle, auch Ci, drehten sich verblüfft um.

»Er ist verrückt geworden«, wurde ringsum getuschelt.

»Er wird alles verlieren«, raunte jemand.

Der Wahrsager blieb dabei. Er zog eine Brieftasche aus der Hose und daraus einen Schein, der exakt dem genannten Wert entsprach. Der Wettleiter nahm das Geld und prüfte die Stempel und Signaturen auf der Vorderseite sowie die Abbildung auf der Rückseite des Scheins – er war echt. Nachdem der Wettleiter sich davon überzeugt hatte, dass die übrigen Spieler genügend Geld aufbrachten, um eine hypothetische Niederlage des Hünen abzudecken, eröffnete er mit einem Gongschlag das Duell.

Ci nahm etwa drei Schritte von seinem Gegner entfernt Platz. Zu beiden Seiten standen zwei instruierte Köche mit Messern bereit, auf deren Klingen gekennzeichnet war, bis zu welcher Tiefe sie ins Fleisch schneiden sollten. Während Ci einen Schnaps trank, musterte der Hüne aus den Augenwinkeln heraus die Messer, wie jemand, der versucht abzuschätzen, ob die Schlange vor seiner Nase giftig ist oder nicht. Dann spuckte er aus und verlangte lautstark eine neue Flasche.

Der Wettkampf begann.

Der erste Koch tauchte einen Pinsel in schwarze Tinte und malte den Weg, den das Messer beschreiten sollte, auf die gewölbten Muskeln des Hünen. Als der zweite Koch Ci mit dem Pinsel über die Brust fuhr, überlief ihn ein Schauer. Auf dem entstellten Oberkörper Cis war bereits eine ähnliche Linie von einer tiefen Narbe ins Fleisch gegraben. Sofort begriff er, dass der Junge sich nicht zum ersten Mal dem Drachentest stellte.

Während der Koch ihn bemalte, senkte Ci die Lider, um den Schutz der guten Geister zu erbitten. Drei Jahre zuvor hatte er gegen seinen Willen an einem ähnlichen Wettbewerb teilnehmen müssen, weil er die Ehre eines Familienmitgliedes verteidigen wollte. Damals hatte er gesiegt, obwohl ihn das Duell beinahe das Leben gekostet hätte. Das war die Kehrseite der Medaille: Zwar spürte er den Schmerz nicht, doch es warnte ihn auch nichts vor der tödlichen Gefahr. Tatsächlich war es möglich, dass das Messer seine Lunge traf, bevor das andere durch die dicke Schicht aus Fett und Muskeln drang, die den Leib des Riesen umhüllte. Doch er musste dieses Risiko eingehen – für seine kranke Schwester Mei Mei.

Gleich würde das Spektakel beginnen, der Raum war erfüllt vom Geschrei der Schaulustigen. Sie kamen Ci vor wie eine hungrige Jagdmeute, für die er das Wild war.

Den Einstich spürte er nicht, er sah lediglich das Blut, das unter seiner Brustwarze hervorquoll und über seinen Bauch lief. Das war der schwierigste Moment, er durfte nicht erschrecken über den Anblick, der sich ihm darbot. Jedes Zurückzucken konnte bedeuten, dass er die Wette verlor. Er atmete tief und gleichmäßig. Während der Schnitt auf seiner Brust immer länger wurde, beobachtete er, wie der erste Koch bei dem anderen seine Arbeit verrichtete.

Als die Klinge in den bräunlichen Warzenring des Hünen eindrang, verzog sein Gegner vor Schmerz das Gesicht. In den Händen der Köche arbeiteten sich die Messer langsam, aber unerbittlich voran, bahnten sich ihren Weg durch immer tiefere Furchen, zerteilten Fett und Fleisch, zertrennten Muskeln, ließen Blut spritzen, zerfetzten Gewebe und riefen bei den Kontrahenten immer qualvollere Grimassen hervor. Bei Ci waren sie nur vorgetäuscht, bei dem Hünen hingegen echt. Trotzdem blieb der Mund des Riesen verschlossen, blieben seine Kiefer zusammengepresst, die Kehle zugeschnürt. Nur in seinem grimmigen, auf Ci gehefteten Blick spiegelte sich seine Pein.

Plötzlich bemerkte Ci, dass die Messerspitze an seinen Rippen stoppte, ein Haarbreit vom Herzen entfernt. Ci hielt den Atem an. Jede abrupte Bewegung konnte ihn nun in Lebensgefahr bringen. Der Hüne registrierte die Veränderung in Cis Ausdruck sofort, und da er sie als Vorzeichen seines Sieges deutete, ließ er einen neuen Krug Schnaps kommen. Ci spornte den Koch an, weiterzumachen, denn wenn dieser zu lange zögerte, würde er aufgeben müssen.

»Bist du sicher?«, fragte der Koch mit zitternder Hand.

Ci nickte, also biss der Gehilfe die Zähne aufeinander und schloss die Finger fest um den Griff der Klinge. Ci spürte die Anspannung des Mannes, während seine Brust unter den Messerstichen bebte. Der Koch wartete auf einen Hinweis, dass er aufhören solle, aber Ci dachte nicht daran.

»Mach weiter, los!«

In diesem Augenblick ließ der Riese ein fürchterliches Lachen vernehmen.

»Wer ist hier der Feigling?«, brüllte er und schüttete sich den Inhalt des Kruges in den Schlund.

Ci wusste, dass die Tragödie unausweichlich war – aber er brauchte das Geld. Und dann geschah es: Das Gesicht des Hünen wurde bleich, und seine Augen weiteten sich. Blutüberströmt wankte er, das Messer in Herzhöhe bis zum Heft im Leib, auf Ci zu.

»Er war es … Er … er hat sich bewegt«, stammelte der Koch entsetzt.

»Ver… damm… ter … Kerl!«

Das waren die letzten Worte des Giganten, bevor er vornüberkippte wie ein einstürzender Berg und Tische und Stühle mit sich riss.

Einige versuchten ihn wiederzubeleben – ohne Erfolg.

»Los, weg hier! Schnell!«

Ci blieb keine Zeit, sich anzukleiden. Der Wahrsager packte ihn in dem Durcheinander am Arm und zog ihn zu einer Hintertür. Keuchend ließ sich Ci zu Boden sinken.

»Dafür haben wir jetzt keine Zeit«, meinte das Männlein bestimmt und half Ci wieder auf die Beine. »Hier, reinige damit deine Wunden!« Ci ergriff die Stofffetzen, die der Mann ihm hinstreckte, und nachdem er seine Wunden gereinigt hatte, folgte er ihm durch eine Gasse in Richtung Kanal bis zu einer steinernen Brücke, unter der sie sich versteckten.

»Warte hier auf mich«, sagte der Gaukler und verschwand in die Nacht.

Ci wartete eine Weile, dann fragte er sich, ob er den Mann je wiedersehen würde. Zu seinem Erstaunen tauchte er jedoch wenig später mit einem Sack voller Krempel wieder auf.

»Ich musste den Jungen an der Tür beauftragen, den Rest in einem Lagerraum zu verstecken. Wie geht es dir? Zeig mal … Beim Erleuchteten! Ich weiß immer noch nicht, wie du es geschafft hast, ihn zu besiegen.«

»Und ich nicht, warum du auf mich gesetzt hast.«

»Das erkläre ich dir später.« Der Wahrsager kramte in seinem Bündel. Schließlich förderte er Verbandszeug zutage und legte es Ci auf die Wunden. »Beim großen Dämon Swhan! Woher hast du diese Verbrennungen?«

Ci antwortete nicht. Der Mann befestigte den Verband mit einem alten Stofffetzen. Danach zog er sein Eselsfell aus und hüllte den Jungen darin ein, dem die Kälte aus den Bergen in die Knochen zu kriechen begann.

»Sag, hast du Arbeit?«

Ci schüttelte den Kopf.

»Wo wohnst du?«

»Das geht dich nichts an. Hast du das Geld bekommen?«, fragte Ci.

»Natürlich. Ich bin Wahrsager, aber kein Idiot.« Er klimperte mit einem Beutel voller Münzen. »Meinst du das?«

Ci zählte – achthundert Qian, aus denen eintausendsechshundert geworden waren. Das war weniger, als ihm zustand, doch er fühlte sich nicht in der Lage, zu streiten.

»Ich muss los«, sagte er unvermittelt.

»Wie bitte? Weshalb hast du es so eilig? Schau dich an. Mit dem Bein wirst du nicht weit kommen.«

»Ich brauche eine Apotheke.«

»Um diese Zeit? Außerdem verarzten sie dir solche Wunden nicht in einer Apotheke. Ich kenne einen Heiler, der …«

»Ich brauche sie nicht für mich.« Er versuchte aufzutreten, hinkte aber. »Verflixtes Bein!«

»Verdammt! Setzt dich hin, sonst entdecken sie uns. Die, die dort ihren Lohn verwettet haben, sind keine buddhistischen Mönche. Wenn ihr Rausch verflogen ist, holen sie sich das Geld zurück und bringen uns um.«

»Ich habe rechtmäßig gewonnen.«

»Ja. Genauso rechtmäßig wie ich mit den Grillen. Mich legst du nicht herein, Junge. Ich habe gesehen, wie der Hüne deine Schulter gepackt hat. Du hast nicht mit der Wimper gezuckt. In dem Moment habe ich nicht darauf geachtet, aber dann, als du die ganzen Narben entblößt hast, und vor allem die Narbe vom Drachentest … Komm schon, Kleiner! Du hast dieses Spiel nicht zum ersten Mal gespielt und wusstest genau, was du tatest. Und eins sage ich dir: Ich weiß zwar nicht, wie du es machst, aber du hast alle diese Leute getäuscht. Auch den Muskelprotz. Nur mich nicht, Xu, den Wahrsager. Deshalb habe ich auf dich gesetzt.«

»Ich weiß nicht, wovon du redest.«

»Klar, ich habe auch keine Ahnung von Magneten, aber … Gut, lass mich einen Blick auf dein Bein werfen.« Er schob das Hosenbein hoch und untersuchte die Wunde. »Hilfe! Hat dich ein Tiger gebissen?«

Ci presste die Zähne aufeinander. Er verlor kostbare Zeit und konnte nicht länger warten. Schließlich hatte er nicht sein Leben für Mei Mei riskiert, um die ganze Nacht in irgendeinem Versteck zu hocken.

»Ich muss los. Kennst du nun eine Apotheke oder nicht?«

»Ich kenne eine, aber sie werden dir nicht aufmachen, es sei denn, ich begleite dich. Kannst du nicht bis morgen warten?«

»Nein, kann ich nicht.«

»Verdammter Sturkopf! In Ordnung, gehen wir.«

Im Schutz des Nebels gingen sie durch die Gassen des Hafenviertels. Als sie sich den Lagerhäusern näherten, verband sich der Geruch nach fauligem Fisch mit der Kälte zu einem ekelerregenden Gestank. In der Grätengasse, wo die Reste und Innereien der Fische ihren letzten Nutzer fanden, blieb der Wahrsager stehen. Er umging die stinkenden Blutlachen und klopfte an die zweite Tür eines Gebäudes, das wie der Unterschlupf einer Räuberbande aussah. Nach einer Weile kündigte Laternenschein das Näherkommen eines Mannes an.

»Mach auf. Ich bin's, Xu.«

»Bringst du, was du mir schuldest?«

»Zum Henker! Mach auf. Ich bringe einen Verletzten.«

Dem Geräusch eines rostigen Schlosses folgte das Knarren der sich öffnenden Tür. Dahinter erschien ein mit Furunkeln übersäter Mann, der sie von Kopf bis Fuß musterte und missmutig vor sich ausspie.

»Hast du mein Geld dabei?«

Xu stieß ihn zur Seite und trat ins Haus. Wenn das Äußere schon an eine Räuberhöhle erinnerte, so war das Innere ein Schweinestall. Nachdem er sich an den Anblick gewöhnt hatte, fragte Ci nach dem Medikament. Der Apotheker mit den Furunkeln nickte und verschwand hinter einem Vorhang.

»Mach dir keine Sorgen. Er ist eine Ratte, aber vertrauenswürdig«, beruhigte ihn der Wahrsager.

Wenig später kehrte der Mann mit dem Medikament zurück. Ci probierte. Es war das richtige, wenn auch nur eine kleine Menge. Er fragte nach mehr, doch der Mann sagte, das sei alles, was er habe. Dafür verlangte er eintausend Qian, begnügte sich aber am Ende mit achthundert.

»Ach, und gib ihm auch was für das Bein«, bat Xu seinen Bekannten.

»Ich glaube nicht …«

»Ruhig bleiben, Junge. Das geht auf meine Rechnung.«

Der Wahrsager bezahlte, und sie verließen die Räuberhöhle. Es begann zu regnen, der Wind frischte auf. Ci wollte sich von Xu verabschieden.

»Danke.«

»Nichts zu danken. Hör mal, ich habe nachgedacht … Du hast doch keine Arbeit.«

»Das stimmt.«

»Weißt du, ich bin seit vielen Jahren im Hauptberuf Totengräber. Eine gutbezahlte Arbeit, wenn man mit den Angehörigen der Verstorbenen umzugehen weiß. Ich arbeite auf den Feldern des Todes, dem Großen Friedhof von Lin'an. Das mit dem Hellsehen ist nur ein Nebenerwerb. Sobald du ein paar Dummköpfe übertölpelt hast, wissen es alle, und schon ist der Trick mit der Grille im Eimer. Ich muss ständig das Viertel wechseln, aber die Mistkerle von der Organisation kontrollieren alles. Entweder du bezahlst sie oder du suchst dir besser einen anderen Ort. Lin'an ist groß, aber nicht so groß.«

»Verstehe …« Ci hatte es eilig, wollte jedoch nicht undankbar wirken.

»Um ein paar Qian extra zu verdienen, muss ich Süßigkeiten verkaufen, Töpfe reparieren, die Zukunft vorhersagen und Geschichten erzählen. Und was ich heute Nacht eingenommen habe, ist auch nicht so viel. Verdammt! Ich bin verheiratet, und der Wein und die Nutten kosten auch Geld.«

»Verzeih mir, aber …«

»Schon gut, schon gut. Wo lang gehst du? Nach Süden? Kein Problem, gehen wir. Ich begleite dich.«

Ci sagte ihm, dass er am Kaiserlichen Kanal ein Boot nehmen werde – jetzt, da er es sich leisten könne.

»Das ist der Vorteil, wenn man Geld hat. Hast du Lust, noch mehr Geld zu haben?« Er machte eine Pause, um Cis Antwort abzuwarten. Doch als sie ausblieb, fuhr er fort: »Wie ich schon sagte, die Sache mit den Grillen reicht gerade mal, um die Ausgaben zu decken. Aber wir könnten uns zusammentun. Ich kenne die Marktplätze, die geeigneten Ecken. Ich weiß, wie man die Leute austrickst, und du mit deiner Gabe … Wir könnten uns eine goldene Nase verdienen!«

»Was meinst du?«

»Wir würden es vorsichtig angehen. Nicht wie bei diesem Hünen, nein. Wir suchen uns Angeber, Prahlhänse und Maulhelden, betrunkene Wichtigtuer und Aufschneider. Der Hafen ist voll von Affen, die bereit sind, ihren Kopf gegen einen grünen Jungen zu verwetten. Wir nehmen sie aus, und bevor sie es merken, sind wir mit ihrem Geld über alle Berge.«

»Danke für das Angebot, aber ich habe andere Pläne.«

»Andere Pläne? Sagst du das wegen deines Anteils? Ich überlasse dir natürlich die Hälfte der Einnahmen. Oder denkst du etwa, du könntest es allein machen? Ist es das? Wenn du das denkst, dann irrst du dich, mein Junge. Ich …«

»Nein. Das ist es nicht. Aber ich bevorzuge eine weniger gefährliche Arbeit. Ich muss jetzt gehen. Hier, dein Fell.«

»Nicht nötig. Du kannst es behalten. Warte … Wie heißt du?«

Anstelle einer Antwort dankte Ci dem Wahrsager und hinkte zu dem Kahn, der in seine Richtung ablegte.

* * *

Die Überfahrt erschien ihm unerträglich lang, als rückten die Götter den Horizont in immer weitere Ferne, je näher er kam. Er dachte unentwegt an seine Schwester Mei Mei. Er hatte das schreckliche Gefühl, ihr sei etwas Böses widerfahren. Stolpernd hastete er die Treppe der Pension hinauf, ohne auf sein verletztes Bein zu achten. Der Vorhang zu der Türöffnung ihres Unterschlupfes war zugezogen – und dahinter: Stille. Das einzige Geräusch war sein eigener Herzschlag. Langsam schob er den Vorhang zur Seite.

Er rief Mei Meis Namen, doch nichts rührte sich. Seine Hände zitterten, als er auf ihr Versteck zutrat. Er betete, dass Mei Mei schlief. Vorsichtig teilte er die Bambuszweige. Dahinter lag ein zusammengesunkenes Bündel, reglos und schlaff. Ci blieb das Herz stehen. Das Schlimmste fürchtend, streckte er die Hand aus, bis seine Finger das auf dem Boden liegende Häuflein aus Lumpen streiften.

Ein Schrei des Entsetzens entrang sich seiner Kehle.

Unter dem Bündel war nichts. Nur eine nasse Decke und die Kleidung, die Mei Mei am Morgen getragen hatte.

14

Den Namen seiner Schwester rufend, stürzte Ci die Treppen hinunter. Atemlos kam er im ersten Stock an, drang in die Wohnung des Pensionswirtes ein und zerrte ihn gewaltsam von der Matte, auf der er schlief. Der Mann hielt schützend die Hände über den Kopf, als Ci ihn wütend beim Kragen packte.

»Wo ist sie?«, fragte er keuchend.

»Wo ist wer?« Dem Wirt traten die Augen hervor, so fest drückte Ci ihm die Luft ab.

»Das Mädchen, das ich mitgebracht habe. Antworte, oder ich bringe dich um!«

»Sie … Sie ist da drin«, krächzte der Vermieter.

Ci ließ ihn los und jagte wie ein Besessener durch die Hinterzimmer, bis er in eine finstere Abstellkammer voller alter Schemel und schiefer Schränke gelangte, die er der Reihe nach öffnete. Schließlich entdeckte er eine kleine Tür, hinter der sich ein letztes Zimmer auftat. Das flackernde Licht einer kläglichen Öllampe fiel auf abbröckelnde Wände, an denen Raumteiler, Schlafmatten, Angelgerät und Kisten lehnten. Er schrak zusammen, als er plötzlich eine junge Frau entdeckte, die auf dem Boden hockte und zitterte, als hätte sie einen bösen Geist erblickt. Ci erstarrte: Auf ihrem Schoß ruhte reglos Mei Meis zierlicher Körper.

Im nächsten Moment traf ihn ein Schlag auf den Hinterkopf, er verlor das Bewusstsein.

* * *

Mit klebriger Zunge und dröhnendem Schädel erwachte er in der Dunkelheit. Das Atmen fiel ihm schwer. Unweit von ihm flackerte immer noch die Lampe und warf Schatten. Er lag auf dem Bauch, gefesselt und geknebelt. Als er versuchte, sich aufzurichten, drückte ihn ein Fuß auf seiner Wange wieder zu Boden. Er konnte nicht erkennen, wer es war, allein der Geruch erinnerte ihn an die Ausdünstungen des Pensionswirtes. Die Stimme bestätigte seine Ahnung.

»So dankst du es uns also, du verdammter Bastard? Ich sollte dich gleich auf der Stelle töten. Ich hätte sie verrecken lassen können, was geht mich dieses Kind an! Aber sie wollte die Kleine ja unbedingt retten. Und dann kommst du Scheißkerl und willst mich erwürgen.« Er presste den Fuß fester auf Cis Gesicht.

»Vater, lass ihn …«, flehte eine Stimme aus dem Dunkel.

»Und du, halt den Mund, beim Erleuchteten! Diese Dreckskerle ficken Minderjährige, lassen sie halbtot zurück, und dann wollen sie uns auch noch verprügeln.« Zu Ci gewandt fuhr er fort: »Aber weißt du was? Jetzt ist Schluss mit deinen Abenteuern. Du hast zum letzten Mal jemanden aufs Kreuz gelegt.« Er zog ein Messer hervor und hielt es Ci an den Hals.

»Das ist … mein Bruder …«

Mei Mei! Das dünne Stimmchen gehörte seiner Schwester, sie lebte!

Ci wollte etwas sagen, doch dann wurde es Nacht um ihn.

★ ★ ★

Als er die Augen aufschlug, erkannte er im Halbdunkel die Tochter des Inhabers. Sie hatte Mei Mei noch immer im Arm und tupfte ihr mit einem Tuch den Schweiß von der Stirn.

Seine Kehle war trocken, und nur mit Mühe gelang es ihm, sich zu räuspern.

Vom Vater der jungen Frau war nichts zu sehen.

»Geht es ihr gut?«, erkundigte er sich krächzend nach seiner Schwester.

Die Tochter des Gastwirts nickte.

»Binde mich los!«

»Mein Vater traut dir nicht.«

»Bei allen guten Geistern! Siehst du nicht, dass meine Schwester ihre Medizin braucht?«

Die junge Frau sah ängstlich zur Tür. Dann richtete sie ihren Blick zweifelnd auf Ci. Schließlich legte sie Mei Mei auf eine Matte und trat näher. Gerade wollte sie ihn befreien, als die Tür aufsprang und ihr Vater hereinkam, in der Hand hielt er ein Messer. Er hockte sich neben Ci, betrachtete ihn einen Moment und schüttelte den Kopf.

»Sie ist also deine Schwester, ja? Was ist das für eine Geschichte?«

Ci erklärte ihm, dass Mei Mei an einer Krankheit litt und er sich auf die Suche nach dem Medikament begeben hatte. Dass er sie bei seiner Rückkehr nicht gefunden und gedacht habe, man habe sie entführt, um sie zu verkaufen oder zu vergewaltigen.

»Und deshalb bringst du mich fast um?«

»Ich war verzweifelt … Bitte, bindet mich los. Sie muss ihre Medizin bekommen. Sie ist in meiner Tasche.«

»Der hier?« Mit einem Ruck riss er sie ihm weg.

»Vorsicht! Das ist alles, was ich habe.«

Der Mann roch an dem Präparat und spuckte angeekelt aus. »Und das ganze Geld, das du bei dir hattest, wem hast du es gestohlen?«

»Das sind meine Ersparnisse. Ich brauche jeden Qian, um meine Schwester durchzubringen.«

Der Wirt spuckte erneut aus.

»Mach schon, Mondlicht, binde ihn los!«

Die junge Frau gehorchte, während ihr Vater Ci nicht aus den Augen ließ. Kaum war er frei, stürzte er zu Mei Mei hinüber, strich ihr über das Haar. Er bat um ein Schälchen mit Wasser, rührte darin das Medikament an und goss es ihr in den Mund, wobei er darauf achtete, dass sie alles bis auf den letzten Tropfen austrank.

»Wie geht es dir, Kleine?«

Mei Mei lächelte matt – ein Lächeln, das Ci vorerst beruhigte.

Von dem Geld, das er ihm während seiner Ohnmacht abgenommen hatte, gab ihm der Wirt nur dreihundert Qian zurück. Den Rest, fügte er hinzu, behalte er als Entschädigung für die Sachen, die Ci in der Wohnung zerstört hatte, und als Lohn der Hilfe für Mei Mei – wozu in seinen Augen auch das kaputte Hemdchen und die zerschlissene Hose gehörten, mit denen Mondlicht die Kleine versorgt hatte, als sie sie hustend und nass vorgefunden hatte.

Ci protestierte nicht, er hatte keine Wahl. Als eine Stimme nach dem Pensionsbesitzer verlangte, lief der Mann eilig an die Rezeption. Ci nutzte die Gelegenheit, um mit Mondlicht ins Gespräch zu kommen, doch sie gab sich wortkarg. Seufzend nahm er seine Schwester auf den Arm und machte sich auf den Weg zurück in ihre Kammer. In der Türöffnung blieb er noch einmal stehen.

»Könntest du auf sie aufpassen?«

Die junge Frau schien ihn nicht zu verstehen.

»Nur vormittags. Ich brauche jemanden, der sich um sie kümmert … Ich bezahle dich auch«, bettelte er.

Mondlicht musterte ihn fragend. Dann kam sie zur Tür, um ihn zum Gehen aufzufordern.

»Bis morgen«, rief sie ihm mit sanfter Stimme leise hinterher.

Überrascht drehte Ci sich um. Er lächelte.

»Bis morgen.«

* * *

Während er zerstreut mit den Fingern über die Wunden an seinem Bein fuhr, beobachtete Ci durch die Ritzen in der Wand das Anbrechen eines düsteren Tages. Die Kälte drang ihm in die Knochen und ließ ihn erstarren. Er rieb seine Arme und machte dasselbe bei Mei Mei. Das Mädchen hatte die ganze Nacht gehustet. Zweifellos tat das Medikament seine Wirkung, aber er brauchte mehr davon, um die Behandlung fortzusetzen. Zum Glück schien die Salbe, die ihm der Wahrsager für die Wunden an seinem Bein gegeben hatte, auch bei den Schnitten auf seiner Brust zu helfen. Er band sich die Schnur mit den Münzen um den Bauch und forderte Mei Mei auf, sich fertig zu machen. Die Kleine gehorchte, legte ihre feuchten Schlafsachen zusammen und zog ihre Hanfschuhe an.

»Heute bleibst du bei Mondlicht. Sie wird auf dich aufpassen. Benimm dich also anständig und mach, was sie dir sagt.«

»Ich könnte ihr beim Aufräumen helfen«, schlug Mei Mei vor. »Die Wohnung ist sehr unordentlich.«

Ci lächelte zustimmend. Dann warf er sich sein Bündel über die Schulter, und gemeinsam stiegen sie die Treppe hinunter. Mondlicht saß an der Rezeption und putzte ein paar Kupfergefäße.

»Du gehst schon?«, erkundigte sie sich schüchtern.

»So ist es. Ich muss einige Dinge klären. Was das Geld betrifft …«

»Darum kümmert sich mein Vater. Er ist draußen und jätet Unkraut.«

»Gut, dann bis später. Wenn du Hilfe brauchst, Mei Mei ist ein braves Mädchen. Sie kann dir bestimmt zur Hand gehen, oder?«

Die Kleine nickte stolz.

»Wann kommst du zurück?«, fragte Mondlicht, ohne ihn anzusehen.

»Gegen Abend, nehme ich an. Hier. Erzähl es nicht deinem Vater.« Er gab ihr ein paar Münzen, dann blickte er zu seiner Schwester. »Sie hat ihre Medizin schon bekommen, sie wird dir also keine Probleme bereiten.«

Mondlicht verneigte sich, und Ci erwiderte den Gruß.

Vor dem Haus traf er den Gastwirt an, der gerade einen Berg Müll entleerte. Ci zog seine Leinenjacke fester um sich und grüßte ihn höflich. Der Wirt blickte kurz auf und wandte sich wieder seiner Arbeit zu, als wäre nur ein Hund vorbeigekommen.

»Zieht ihr aus?«, rief er, als Ci sich bereits entfernt hatte.

»Nein. Wir bleiben noch ein paar Tage.«

»Hör mal zu. Ich weiß nicht, was du dir vorgestellt hast,

aber das Zimmer kostet Geld.« Er musterte ihn geringschätzig. »Mehr, als du besorgen kannst.«

»Ich finde einen Weg. Geben Sie mir nur ein paar Tage …«

»Unsinn!«, stieß der Wirt hervor. »Hast du dich mal angesehen? In deinem Zustand bist du doch nicht mal in der Lage, alleine zu pissen.«

Ci atmete schwer. Das Schlimmste war, dass der Mann recht hatte. Er wühlte in seinen Taschen, und nachdem er die Summe für die nächsten Medikamentenkäufe abgezogen hatte, bot er ihm den Rest als Bezahlung an.

»Das reicht ja nicht mal, um unter einem Baum zu schlafen.« Doch er nahm die Münzen und steckte sie ein. »Ich gebe dir noch einen Tag. Wenn du mir das Geld heute Abend nicht bringst, fliegt ihr morgen raus.«

Ci verfluchte sein Unglück. Wenn doch bloß Feng in der Stadt wäre! Aber schon im Dorf hatte der Richter ihm mitgeteilt, dass er mehrere Monate im nördlichen Grenzgebiet zu tun habe. Also nickte Ci dem Gastwirt zu und stapfte durch die überschwemmten Straßen in Richtung Kanal. Es wollte nicht aufhören zu regnen, das Wasser benetzte seine Wunden, doch das machte ihm nichts aus. Er musste Arbeit finden. Um jeden Preis.

An der Kaiserlichen Universität von Lin'an, so hoffte Ci, werde er irgendeinen Bewerber treffen, der Privatstunden brauchte. Er hatte sich ein wenig hergerichtet, um seine Verletzungen zu verbergen, aber wenn er Schüler finden wollte, benötigte er zuerst die Eignungsbescheinigung, einen Nachweis also nicht nur über die absolvierten Studien, sondern auch über den Werdegang der Eltern und über ihre unwiderlegbare Ehrenhaftigkeit.

* * *

Als er aus dem Boot stieg, sah er eine Heerschar von Studenten aus allen Gegenden des Kaiserreichs lärmend auf das Haupttor der Universität zuströmen. Ci musste schlucken. Dann holte er tief Luft und betrat den Vorplatz. Unzählige junge Leute bemühten sich dort um eine Zulassung zu den staatlichen Prüfungen, ihrem Schlüssel zum Ruhm. Während ihn die graue Schlange der Anwärter verschluckte, blickte Ci sich aufmerksam um.

Es war alles unverändert: die Wege mit den Absperrseilen, die die Bewerber wie Vieh durch die Gärten leiteten, vorbei an endlosen, akkurat wie Dominosteine angeordneten Reihen von Ständen aus lackiertem Bambus. Mit scharfen Augen und Rute in der Hand beobachteten Wachmänner das Treiben. Sie sollten die Taschendiebe abschrecken, die sich dort tummelten wie hungrige Fische auf der Jagd nach Brotkrumen, aber auch den Schwarm von Händlern im Blick haben, die Reis und Tee, Pinsel, Tinte und Bücher feilboten.

Als Ci an der Reihe war, spürte er ein Brennen im Magen. Er trat vor und betete, dass sich ihm kein Problem in den Weg stellen möge.

Der Beamte vor ihm blickte ihn an, ohne den Kopf zu heben, so als wäre die tief in die Stirn gezogene Seidenkappe aus Stein und nicht aus Stoff. Ci schrieb seinen Namen auf einen Zettel und legte ihn auf den Tisch. Der Mann notierte einige Zahlen in einer Liste und sah gleichgültig zu ihm auf. Dann verengten sich seine Augen.

»Geburtsort?«

»Jianyang, Präfektur Jianningfu, in der Provinz Fujian. Aber die Prüfungen habe ich hier in Lin'an gemacht.«

»Und trotzdem kannst du nicht lesen?« Er wies auf die Tafeln, die Aufgaben und Lage der verschiedenen Stände bezeichneten. »Du musst zum Rektorat der Universität gehen. Diese Schlange ist nur für Auswärtige.«

Ci biss sich auf die Lippen. Er wusste, dass er im Rektorat keine Chance hatte.

»Kann ich den Antrag nicht hier stellen?«, beharrte er.

Ohne sich zu einer Antwort herabzulassen, blickte der Beamte an Ci vorbei und gab dem hinter ihm Wartenden ein Zeichen, vorzutreten.

»Bitte. Ich brauche …«

Jemand schubste ihn, und ihm blieben die Worte in der Kehle stecken. Niedergeschlagen trat er beiseite und überlegte, ob er das Risiko auf sich nehmen sollte, das Rektoratsgebäude zu betreten. Nach dem Zusammentreffen mit Kao in der Großen Apotheke konnte ein derart exponierter Ort für ihn zur Falle werden. Doch am Ende blieb ihm nichts anderes übrig. Er ballte die Fäuste und machte sich auf den Weg.

Als er die Schwelle zum Palast der Weisheit überquerte, wurde ihm beklommen ums Herz. Hunderte Male war er durch diese Gärten gegangen, hatte die Unterrichtszimmer mit der gleichen Freude betreten, mit der ein Kind ein Bonbon entgegennimmt, nachdem es seine Lektion aufgesagt hat. Hier hatte er seine Träume und Hoffnungen zurückgelassen, und nun schritt er nach so langer Zeit wieder vorbei an den bedrohlichen Drachen, die den Eingang flankierten und dort postiert schienen, um die Unwissenden abzuschrecken.

Der Lärm der Studenten holte ihn in die Wirklichkeit zurück.

An den Wänden der Flure listeten zahlreiche in makelloser Schönschrift geschriebene Bogen die in diesem Jahr verlangten Voraussetzungen auf. Nachdem er einen Blick darauf geworfen hatte, stieg er hinauf bis zum Großen Saal im ersten

Stock, wo ein Beamter mit freundlichem Gesicht Dienst tat. Ci erklärte ihm, dass er das Eignungszertifikat brauche.

»Für dich?« Er betrachtete ihn mit halbgesenkten Lidern.

Ci sah sich nervös um.

»Ja.«

»Hast du hier studiert?«

»Ja, Rechtswesen.«

»Sehr schön. Brauchst du die einzelnen Abschlüsse oder nur den Nachweis?«

»Beides.« Ci füllte das Formular mit seinen Angaben aus.

Mühsam entzifferte der Beamte es. Dann blickte er auf und nickte.

»In Ordnung. Ich muss damit noch in ein anderes Büro. Warte hier«, sagte er zu Ci.

Als der Mann zurückkehrte, wirkte er verändert. Kopfschüttelnd betrachtete er die Dokumente in seiner Hand.

»Es tut mir leid«, sagte er schließlich. »Ich kann den Nachweis nicht ausstellen. Deine Zensuren sind hervorragend, aber die Ehrenhaftigkeit deines Vaters …« Er verstummte.

»Mein Vater? Was ist mit meinem Vater?«

»Lies selber. Bei einer Routineüberprüfung vor sechs Monaten wurde festgestellt, dass er in dem Verwaltungsbezirk, in dem er arbeitete, Gelder veruntreut hat. Das schlimmste Vergehen für einen Staatsdiener. Obwohl er aus Trauergründen beurlaubt war, wurde er degradiert und entlassen.«

* * *

Während er mit unsicheren Schritten das Zimmer verließ, überflog Ci hastig den Bericht. Er brauchte dringend frische Luft. Die Papiere glitten ihm aus den zitternden Händen und verteilten sich über den Boden. Sein Vater … wegen Diebstahls verurteilt … Deshalb also hatte er sich geweigert, nach Lin'an zurückzukehren! Feng musste es ihm bei seinem Besuch erzählt haben.

Auf einmal bekam alles einen dramatischen Sinn, das plötzliche Schweigen und die Verbitterung seines Vaters. Ci fühlte sich betrogen und innerlich beschmutzt. Schwindel erfasste ihn, und ihm wurde schlecht. Fluchtartig stürzte er die Treppe hinunter.

Verloren irrte er durch die Gärten, prallte gegen Studenten und Lehrer, als wären sie wandelnde Standbilder. Er stolperte gegen einen Büchertisch und stieß ihn um. Als er das Missgeschick wiedergutmachen wollte, fing der Händler an, ihn zu beschimpfen, und er antwortete ihm mit gleicher Münze. Ein Wachmann wurde aufmerksam und kam herbei, um den Vorfall zu klären, aber Ci konnte noch rechtzeitig verschwinden.

Ängstlich blickte er sich, während er das Gelände verließ, unablässig nach allen Seiten um. Doch niemand scherte sich um ihn, so dass er unbemerkt in das nächste Boot steigen konnte, das zwischen der Universität und dem Festplatz verkehrte. Er tastete nach der Schnur um seinen Bauch, an der nur noch zweihundert Qian hingen. Das war alles, was ihm geblieben war, nachdem er die Überfahrten bezahlt und Mondlicht dafür entlohnt hatte, dass sie sich um Mei Mei kümmerte. Er steuerte einen illegalen Kräuterladen an und besorgte sich einen Fiebersaft. Als er die letzte Münze von der Schnur gelöst hatte, begriff Ci, dass er am Ende war. Sein Traum, an der Universität bei einem der wohlhabenden, von Prüfungsangst geplagten Studenten Arbeit als Nachhilfelehrer zu finden, war zerplatzt. Trotzdem brauchte er Geld für Unterkunft und Essen, und zwar spätestens bis heute Abend.

Er musste unbedingt Arbeit finden. In Gedanken entwarf er eine Liste der Dinge, die er gut zu können glaubte, und strich von ihr alles, wofür ihn niemand bezahlen würde. Als er die fertige Liste noch einmal durchging, kam er zu dem Schluss, dass er ein Nichtsnutz war. Auf einem Markt, auf dem es von Tagelöhnern wimmelte, halfen ihm seine Rechtskenntnisse nicht einmal, einen essbaren von einem giftigen Fisch zu unterscheiden. Dazu beherrschte er kaum eine andere körperliche Tätigkeit als die des Bauern, und in seinem angeschlagenen Zustand zweifelte er, ob er genug Kraft hätte, um sich als Lastenträger zu verdingen. Trotzdem betrat er, nachdem er an mehreren Stellen abgewiesen worden war, ein Salzlager und bat darum, dass man ihm eine Chance gab.

Der Angestellte, der ihn empfing, sah ihn an, als hätte man ihm einen lahmen Esel zum Kauf angeboten. Er berührte Cis Schultern, überlegte, wie viel er schaffen würde, und zwinkerte seinem Gehilfen zu. Dann stieg er eine Leiter hinauf und wies Ci an, sich darunter zu stellen.

Als das erste Paket auf seinen Rücken fiel, knackten seine Rippen wie dürre Zweige. Beim zweiten ging er in die Knie und stürzte unter der Last vornüber.

Die beiden Männer brachen in Gelächter aus. Danach hob der größere von ihnen die Pakete hoch, stieß Ci weg, als wäre er auch nur ein Sack mit Salz, und nahm seine Arbeit gleichmütig wieder auf.

Keuchend schleppte Ci sich zurück auf die Straße. Er spürte keinen Schmerz, aber die Nachwirkungen seiner Verletzungen schränkten seine Kondition deutlich ein. Obwohl er wusste, dass er schwerlich eine Anstellung finden würde, ohne Mitglied in einem der Berufsverbände zu sein, die noch die niedrigste Tätigkeit kontrollierten, klapperte er weiter Läden, Werkstätten, Lagerhäuser und Kais ab, doch er fand niemanden, der ihm Arbeit gab, nicht einmal, wenn er nur Essen als Bezahlung verlangte.

Das verwunderte ihn kaum. Wenn außer Verbrechern und Hungerleidern etwas in Lin'an im Überfluss vorhanden war, dann waren es kräftige junge Kerle, die bereit waren, sich für ein erbärmliches Schälchen Reis von früh bis spät zu schinden.

Selbst die städtische Einrichtung für das Einsammeln von Exkrementen, deren Trupps täglich die Kanäle absuchten, um den Kot an die Bauern zu verkaufen, verweigerte ihm eine Anstellung. Er bat den diensthabenden Beamten um einen Tag zur Probe, an dem er nur für die Verpflegung arbeiten werde. Aber der Mann schüttelte den Kopf und zeigte auf die vielen anderen, die sich wie er mit Bettelei durchschlugen.

»Wenn du Scheiße sammeln willst, musst du sie erst selbst produzieren.«

Ci verschwendete keine Mühe auf eine Erwiderung, sondern schluckte seinen Ärger einfach hinunter. Er bog in eine im rechten Winkel abgehende Seitenstraße der Allee des Kaisers und lief ohne bestimmtes Ziel weiter, bis er plötzlich außerhalb der Stadtmauern stand. Er streunte eine Weile herum, als laute Schreie, die aus einem Winkel hinter den Befestigungsanlagen drangen, seine Aufmerksamkeit auf sich lenkten.

Unter einem schmutzigen Zeltdach hielten mehrere Personen ein halbnacktes Kind fest, das sich zur Belustigung der Anwesenden mit Händen und Füßen wehrte. Die Schreie des Jungen wurden noch schriller, als ein mit einem Messer bewaffneter Mann zu ihm trat.

Ci begriff sofort, dass es sich um eine Kastration handelte. Ungewollt war er an den Ort gelangt, wo die *Schnitter* aus den Vororten ihre Stände aufbauten, spezialisierte Barbiere, die für einen bescheidenen Betrag arme junge Burschen zu künftigen Eunuchen des Kaisers machten. Er wusste es, weil er gemeinsam mit Feng die Leichen von Dutzenden solcher Kinder gesehen hatte, die vom Fieber verzehrt, am Wundbrand gestorben oder einfach verblutet waren wie Zicklein mit durchschnittener Kehle. Und dem Aussehen des Barbiers und seines abgenutzten Instrumentariums nach deutete alles darauf hin, dass dieser Junge ebenfalls bald auf einem Friedhof landen würde.

Ci schob zwei Bettler zur Seite und drängte sich zwischen das Publikum in der ersten Reihe. Was er sah, ließ ihn erbleichen.

Der Barbier, ein zahnloser, nach Schnaps stinkender Greis, hatte die Genitalien des Jungen mit einem Schnitt abzutrennen versucht, doch statt der Hoden einen Teil des kleinen Penis abgeschnitten. Ci ging davon aus, dass der Alte den Eingriff auf keinen Fall erfolgreich zu Ende bringen würde. Jetzt musste er den Penis in die Amputation einbeziehen, und das war eine Operation, die mehr Geschick erforderte, als die zittrigen Hände des Greises aufzubringen schienen. Während das Kind brüllte, als würde es in der Mitte zerteilt, näherte Ci sich der Frau, die seine Mutter sein musste und die ihren Sohn schluchzend anflehte, ruhig zu bleiben. Ci zweifelte am Sinn dessen, was er zu tun gedachte, doch schließlich wagte er es.

»Gute Frau, wenn Sie zulassen, dass dieser Mann weitermacht, wird Ihr Kind unter seinen Händen sterben.«

»Hau ab!«, stieß der Greis hervor und fuchtelte mit dem blutigen Messer in der Luft herum.

Ci wich zurück und bohrte seinen Blick in die glänzenden Augen des Barbiers. Der Mann hatte zweifellos schon den letzten Qian dessen, was man ihm für seine Arbeit bezahlt hatte, vertrunken.

»Du bist doch schon ein großer Junge und wirst nicht weinen, stimmt's?«, brabbelte er.

Das Kind nickte tränenüberströmt.

Der Alte rieb sich die Augen und versuchte, die Blutung zu stillen, während er den fehlerhaften Schnitt auf eine Bewegung des Jungen schob. Der Schnitt, sagte er, habe die Harnröhre getroffen, was ihn dazu zwinge, die Amputation auszuweiten. Er holte aus seinem Instrumentenbeutel einen Strohhalm hervor und beschmierte den blutigen kleinen Penis mit einer scharfen Tinktur.

Ci schüttelte den Kopf. Offenbar hatte der Barbier den Blutfluss gestoppt, aber selbst dann musste er sich beeilen, wenn er nicht wollte, dass der Junge ihm unter der Hand starb. Ci beobachtete, wie der Greis mit einer schmutzigen Binde den Penis und die Hoden des Kleinen umwickelte. Das Kind schrie auf, doch der Barbier zeigte keine Regung und fragte den Vater, ob er wirklich entschlossen sei. Die Frage war vorgeschrieben, denn die Kastration würde den Jungen nicht nur für den Rest seiner Tage in ein geschlechtloses Wesen verwandeln, sondern ihn nach den konfuzianischen Lehren auch bis über das Grab hinaus verfolgen und seine Totenruhe unmöglich machen.

Der Vater nickte.

Der Barbier holte tief Luft. Dann nahm er einen kleinen Zweig und steckte ihn dem verängstigten Jungen zwischen die Zähne. Er sagte ihm, er solle mit aller Kraft zubeißen.

»Und ihr, haltet ihn fest.«

Nachdem er sich überzeugt hatte, dass alle bereit waren, drückte er den Verband mit den Genitalien an die rechte Leiste, hob das Messer, atmete ein und ließ den Arm hinuntersausen, so dass die Hoden und der Penis mit einem einzigen Schnitt abgetrennt wurden, während ein markerschütternder Schrei erklang. Sofort übergab er das amputierte Glied dem Vater zur Aufbewahrung und ging daran, das Blut mit einigen in Salzwasser getauchten Tüchern einzudämmen. Dann steckte er einen Strohhalm in die Harnröhre, um zu verhindern, dass sie sich schloss, verband achtlos die Venen miteinander, vernähte die Ränder der Wunde und hüllte den Unterleib des Jungen in Binden.

Als der Barbier das Ende der Operation bekannt gab, brachen die Angehörigen in Freudentränen aus.

»Er ist vor Schmerz ohnmächtig geworden, aber er wird sich bald erholt haben«, versicherte er ihnen. Außerdem belehrte er den Vater, dass das Kind zwei Stunden lang umhergehen müsse. Danach müsse es drei Tage ruhen, bevor der Strohhalm entfernt werden dürfe. Wenn es normal urinieren könne, sei die Sache erledigt.

Ohne zu überprüfen, ob die Binde den richtigen Druck ausübte, sammelte er seine Instrumente ein und steckte sie wieder in den schmutzigen Leinenbeutel. Er wollte gerade gehen, als Ci ihm in den Weg trat.

»Dieses Kind braucht weitere medizinische Betreuung«, bemerkte er.

Der Greis musterte ihn verächtlich und spuckte aus.

»Das Einzige, was ich brauche, sind neue Kinder.«

Ci wollte etwas entgegnen, da alarmierte ihn das Geschrei in seinem Rücken. Als er sich umwandte, sah er die Angehörigen des kleinen Eunuchen wehklagend um ihren Sohn hocken, der mit bleichem Gesichtchen in einer Blutlache lag. Mit einem Satz war er bei ihnen und starrte entsetzt auf das verstümmelte Kind, für das jede Hilfe zu spät kam.

Der Barbier war verschwunden, und von den Schreien

herbeigelockt, wollten zwei Wachmänner Ci gleich an Ort und Stelle verhaften, da seine blutverschmierten Hände ihn als Mörder zu überführen schienen.

Ci gelang es, ihnen zu entwischen. Rasch schlüpfte er in die Menschenmenge und fand wenig später Zuflucht unter einer steinernen Brücke, wo er sich die Hände wusch. Dann blickte er zum Himmel.

Nun ist es schon Mittag, und ich weiß immer noch nicht, wie ich den Wirt bezahlen soll, dachte er niedergeschlagen.

Eine kleine Grille kletterte auf seinen Schuh.

Ci verjagte sie mit einer Fußbewegung. Doch als das Tierchen sich abmühte, wieder hinaufzugelangen, fiel ihm der Vorschlag des Wahrsagers ein.

Beim bloßen Gedanken daran wurde ihm übel. Es widerstrebte ihm, seine Krankheit zu benutzen, aber die Umstände, in denen er und seine Schwester sich befanden, zwangen ihn, diese Möglichkeit zu erwägen. Vielleicht war dies das Einzige, wozu die Krankheit in Wirklichkeit taugte: um als Jahrmarktattraktion von einem Kampf zum nächsten zu ziehen.

Er betrachtete das dunkle Wasser des Kanals, wie es sich trübe in Richtung des großen Flusses wälzte. Am liebsten wäre er hineingesprungen und hätte sich von den kalten Fluten verschlingen lassen, doch der Gedanke an seine Schwester hielt ihn zurück.

Er wendete den Blick von der Verlockung eines leichten Auswegs ab und erhob sich entschlossen. Sollte dies nun sein Schicksal sein, so war er gewillt, dagegen anzukämpfen. Er spuckte neben die Grille und machte sich auf die Suche nach dem Wahrsager.

* * *

Ci durchforstete jeden Winkel, doch der Gaukler blieb unauffindbar. Er lief die kleinen Märkte im Fischerbezirk ab, die Stände mit Pökelfisch, den Stoffmarkt bei den Seidengeschäften am Kai und auch den eleganten Kaiserlichen Markt, den größten der Hauptstadt mit dem besten Warenangebot. Überall befragte er Laufburschen, fliegende Händler, Gauner und Arbeitslose, ohne dass ihm jemand weiterhelfen konnte. Es war, als hätte die Erde den Alten verschluckt, als hätte sie seine Spur getilgt und stattdessen hundert andere Scharlatane ausgespuckt, die seinen Platz einnahmen.

Er wollte sich schon geschlagen geben, als ihm einfiel, dass der Wahrsager ihm nach dem Drachentest von seiner Anstellung auf dem Großen Friedhof von Lin'an erzählt hatte.

* * *

Auf dem Weg zu den Feldern des Todes fragte Ci sich, ob er wohl das Richtige tat. Letzten Endes war seine Anwesenheit in der Hauptstadt seiner hartnäckigen Begeisterung für das Studium geschuldet, einer Sache, die ihm nichts nützen würde, wenn er sich in den klügsten Toten des Kaiserreichs verwandelte.

Er überlegte, ob es nicht besser gewesen wäre, in eine andere Stadt zu fliehen und sich an einem Ort zu verstecken, wo niemand sie beide kannte, fern den bedrohlichen Tentakeln seines Verfolgers Kao. Und doch war er immer noch hier und versuchte, an sein altes Leben anzuknüpfen, im Namen eines Traums, den jeder vernünftige Mensch für aussichtslos halten würde.

Ci schloss die Augen und dachte an seinen Vater, den Mann, von dem er jetzt wusste, dass er ihre Ehre befleckt hatte, der das Andenken seiner Familie verraten und ihn und

Mei Mei für alle Zeiten der Schande preisgegeben hatte. Er spürte einen Stich im Herzen. Sein Vater … Es erschien ihm unvorstellbar, dass derselbe Mensch, der ihn zu Rechtschaffenheit und Opferbereitschaft erzogen hatte, gestohlen und Fengs Vertrauen missbraucht haben sollte. Aber die Berichte waren eindeutig. Ci hatte sie leider gründlich gelesen und erinnerte sich genau an jeden einzelnen Anklagepunkt. Er schwor sich, niemals so unwürdig, so falsch, so gemein zu sein wie sein Vater. Vor Wut trat er gegen die Bordwand der Barkasse, mit der er fuhr. Doch während sein Verstand die düsteren Gedanken nährte, weigerte sich etwas in seinem Inneren, an die Schuld seines Vaters zu glauben.

Erst eine plötzliche Erschütterung des Holzbodens riss Ci aus seiner Grübelei. Die Barkasse, auf der er sich hatte treiben lassen, schrammte mit der Seite schwerfällig gegen die Kaimauer der Anlegestelle des Westsees, gerade zu Füßen jenes Hügels, auf dem sich der Friedhof befand.

Während er die sanfte Erhebung vor den Feldern des Todes hinaufging, beobachtete Ci die Menschenmenge, die sich in dieselbe Richtung bewegte. Üblicherweise versammelten sich die Familienmitglieder nach der Arbeit, bepackt mit vielfältigen Speisen, um ihre Ahnen mit Opfergaben zu ehren. Ci beschleunigte seine Schritte, ließ das Gefolge der Klageweiber hinter sich und überholte die Männer, die sich mit einem Sarg auf den Schultern dem mächtigen Eingangsportal näherten.

Auf dem Friedhof irrte er zunächst zwischen den bescheidenen Grabpfosten umher, ging dann weiter den Hügel hinauf zu den vornehmeren Gräbern und Ehrenhainen. Dort brachten wohlhabende Familien, ganz in Weiß gekleidet, ihren Verstorbenen frisch zubereiteten Tee dar und entzündeten Weihrauchstäbchen, deren Duft mit dem Geruch nach grünem Gras verschmolz. Auf dem Gipfel angekommen, steuerte Ci auf einen dunkelbraunen Pavillon zu, dessen geschwungenes Dach ihn an die Flügel eines unheilvollen Raben erinnerte. Vor dem Gebäude traf er auf einen düster dreinblickenden Gärtner, der ihm sagen konnte, dass er den Wahrsager am Ewigen Mausoleum fand.

Ci bedankte sich für die Auskunft und gelangte nach seiner Beschreibung zu einem kleinen Tempel mit quadratischem Grundriss, der wie eine Erscheinung aus dem Dunst auftauchte. Dort schaufelte ein nur zur Hälfte sichtbares Männlein, bei jedem Spatenstich fluchend, Erde aus einem offenen Grab. Als er den Wahrsager erkannte, zögerte Ci. War es eine gute Idee, dass er hierhergekommen war? Er hörte, wie der Mann schnaufte. Dann trat er, immer noch zweifelnd, langsam näher.

Er wollte schon fast wieder gehen, da hob der Wahrsager den Blick. Er rammte den Spaten in den Erdhaufen und richtete sich auf. Ci wusste nicht, wie er anfangen sollte, doch der Alte kam ihm zuvor.

»Darf man erfahren, was zum Henker du hier machst?« Er schüttelte den Kopf. »Wenn du noch mehr Geld willst … Vergiss es, ich habe es schon für Huren und Wein ausgegeben. Du kannst dich also dahin zurückscheren, woher du gekommen bist.«

Ci runzelte die Stirn.

»Ich dachte, du würdest dich freuen, mich zu sehen. Gestern Abend zumindest hatte es den Anschein.«

Xu schnaubte verächtlich.

»Gestern Abend war ich betrunken. Verschwinde, ich habe zu tun.«

»Weißt du nicht mehr, dass du mir gestern vorgeschlagen hast …«

»Pass auf, mein Freund, dank dir weiß jetzt ganz Lin'an, was ich mit den Grillen gemacht habe. Und welch Glück, dass ich heute Morgen rechtzeitig abhauen konnte, denn wenn mich diese Irren, die mir ans Leder wollten, gekriegt hätten, würde ich jetzt selbst hier liegen.« Er deutete auf die Grube zu seinen Füßen.

»Entschuldige, aber ich erinnere dich daran, dass nicht ich es war, der herumgetrickst hat.«

»Ach, nein? Und wie nennst du es, gegen einen solchen Hünen anzutreten, weil du weißt, dass du keinen Schmerzensschrei von dir geben wirst, auch dann nicht, wenn man dich in der Mitte durchschneidet? Ich sag dir was: Verschwinde von hier, bevor ich aus dem Loch rauskomme und dir eine verpasse!«

»Beim Erleuchteten! Was ist los mit dir? Gestern hast du mich angefleht, zu kämpfen. Ich bin gekommen, um deinen Vorschlag anzunehmen, verstehst du?«

»Scheiß auf gestern! Ich habe dir doch schon gesagt, dass ich besoffen war«, fauchte Xu.

»Der Gründlichkeit nach zu urteilen, mit der du die Münzen gezählt hast, machte es nicht den Eindruck.«

Die Schaufel in der Hand, stieg der Wahrsager aus dem Loch. »Du begreifst nicht, dass ich deinetwegen nicht mehr auf den Markt gehen kann. Du begreifst nicht, dass die Nachricht von deinem besonderen Vorteil schon die Runde gemacht hat und niemand mehr gegen dich antreten will. Du begreifst nicht, dass du verflucht bist und vom Unglück verfolgt. Und du begreifst nicht, dass ich dieses verdammte Grab zu Ende buddeln muss und die Nase voll habe von dir.«

»Belästigt er dich, Xu?«, fragte ein wie aus dem Nichts aufgetauchter breitschultriger Kerl mit tätowierten Armen.

»Nein. Er wollte gerade gehen«, antwortete der Wahrsager.

»Dann werd endlich fertig, sonst kannst du dir heute Abend einen anderen Job suchen«, bellte der Aufseher und deutete auf den Trauerzug, der den Hügel heraufkam.

Der Wahrsager stieg wieder in seine Grube hinab und schaufelte, als ginge es um sein Leben. Als der Tätowierte sich abgewandt hatte, sprang Ci ebenfalls in das Loch.

»Was machst du denn?«

»Siehst du das nicht? Helfen«, antwortete Ci und wühlte mit den Händen in der Erde. Der Alte beobachtete ihn.

»Nimm die hier.« Er reichte ihm eine Hacke.

Sie gruben gemeinsam, bis sie ein Loch ausgehoben hatten, dessen Länge der ganzen und dessen Tiefe der halben Körpergröße eines Erwachsenen entsprach. Während der Arbeit schwieg Xu, doch als sie fertig waren, holte er einen schmutzigen Krug aus der Tasche, goss eine dunkle Flüssigkeit in einen Becher und hielt ihn Ci hin.

»Hast du keine Angst, mit einem Verdammten zu trinken?«

»Trink schon und lass uns aus diesem Loch raussteigen«, brummte Xu.

* * *

Während die Angehörigen ihre letzten Gebete sprachen, blieben Ci und Xu neben dem Grab stehen. Auf ein Zeichen des Familienältesten ließen sie den Sarg in die Grube hinab. Sie hatten es fast geschafft, als Ci plötzlich wegrutschte, so unglücklich, dass der Kasten ihnen herunterfiel und sich beim Aufprall öffnete.

Ci erstarrte. »Bei allen Weisen! Was kann noch alles passieren?«, flüsterte er entsetzt.

Sogleich wollte er den Deckel, dessen Nägel sich gelöst hatten, wieder schließen, doch Xu stieß ihn beiseite, als könnte er mit der Heftigkeit seiner Geste das Geschrei der Angehörigen besänftigen, die ihren Toten mit Erde beschmutzt sahen.

»Holt die Kiste da raus, ihr Idioten«, rief die Witwe. »Müsst ihr ihn noch nach seinem Tod quälen?«, fragte sie vorwurfsvoll.

Mit Hilfe der Angehörigen hoben Ci und Xu den beschädigten Sarg aus der Grube, und alle zusammen brachten sie ihn ins Mausoleum, um die Kiste zu reparieren und den Toten einer neuerlichen Reinigung zu unterziehen. Jammernd warteten die Frauen vor der Tür, während die Männer den Leichnam herrichteten. Xu hatte sich bei dem Missgeschick am Finger verletzt, und als Ci bemerkte, dass er seine Hand kaum benutzen konnte, nahm er einen mit Jasminwasser befeuchteten Schwamm und säuberte selbst die Kleidung des Verstorbenen. Die Angehörigen ließen ihn gewähren, denn es brachte Unglück, den Körper eines Toten zu berühren. Ihn nach dem Hinscheiden zu stören konnte obendrein seine spätere Rache zur Folge haben.

Ci war den Umgang mit Leichen gewohnt, und so kümmerte es ihn nicht weiter, dass er das Hemd des Toten aufknöpfen musste, um die Erde zu entfernen, die unter die Kleidung gerutscht war. Während er den Körper mit dem Schwamm wusch, entdeckte er mehrere Druckstellen am Hals. Er hielt inne und blickte denjenigen an, der sich als der Vater vorgestellt hatte.

»Hat jemand den Toten geschminkt?«, fragte er ihn.

Der Mann wunderte sich über die Frage, verneinte jedoch stumm. »Wie ist er denn gestorben?«, fragte Ci. Er schob das Hemd ein wenig weiter zurück, um den Nacken zu untersuchen.

»Er ist vom Pferd gestürzt und hat sich das Genick gebrochen.«

Ci schüttelte den Kopf. Dann zog er die Lider des Toten hoch, aber Xu mischte sich ein.

»Was glaubst du eigentlich, was du hier tust? Wirst du wohl Ruhe geben und deine Arbeit zu Ende bringen«, drohte er.

Ci hörte nicht auf ihn. Im Gegenteil, er blickte den Trauernden entschlossen an und sprach ohne lange Überlegung.

»Mein Herr, Euer Sohn ist nicht so gestorben, wie Ihr sagt.«

»Wovon redest du?« stammelte der Vater des Toten verdutzt. »Sein Schwager hat ihn fallen sehen.«

»Nun, vielleicht stimmt das, aber irgendwer muss die Situation ausgenutzt und ihn danach erwürgt haben.« Ci wies auf die violetten Schatten zu beiden Seiten des Halses. »Sie waren unter der Schminke verborgen«, fügte Ci hinzu. »Und sie entsprechen zweifelsfrei dem Abdruck zweier kräftiger Hände. Seht nur!« Er zeigte ihnen die nur durch einen schmalen Hautstreifen voneinander getrennten Hämatome. »Und hier.«

Die Angehörigen sahen sich erstaunt an und fragten, ob er ganz sicher sei. Ci nickte. Dann erkundigte er sich, ob sie die Beerdigung fortsetzen wollten, doch die Eltern des Verstorbenen kamen überein, sie abzubrechen und vor Gericht Anzeige zu erstatten.

* * *

Während Ci ihm den gebrochenen Finger schiente, grübelte Xu vor sich hin. Schließlich platzte es aus ihm heraus.

»Sag mir eins: Bist du verhext?«

»Natürlich nicht.« Ci lachte.

»Dann sind wir Partner«, verkündete er entschieden.

Ci musterte ihn überrascht. Gerade erst hatte der Wahrsager ihm erklärt, dass niemand gegen ihn antreten werde, und jetzt strahlte er plötzlich wie ein armer Schlucker, der unverhofft einen Palast geschenkt bekommen hat. Ci sollte es recht sein. Er brauchte dringend einen kleinen Vorschuss, mit dem er die Herberge bezahlen konnte. Der Tag neigte sich bereits seinem Ende zu, und seine Sorge wuchs beständig. Xu lachte herzhaft, als er ihm davon erzählte.

»Geldsorgen? Ach, was! Wir werden reich, Mann!«

Der Alte suchte in seinem Beutel und holte so viele Münzen heraus, wie Ci benötigte, um die Miete für eine Woche im Voraus zu bezahlen. »Und jetzt schwöre bei deiner Ehre, dass du morgen früh wieder hier auf dem Friedhof bist.«

Ci zählte die Münzen ab und versprach es.

»Wir machen also einen Kampf?«

»Natürlich nicht. Es wird gefährlicher werden, aber auch viel besser.«

15

Für jeden anderen wäre die Unempfindlichkeit gegenüber Schmerzen ein Geschenk des Himmels gewesen, doch für Ci war sie bisweilen ein heimlicher Feind, der ihm erbarmungslos das Messer in den Rücken stieß. Während das Schiff langsam zurückfuhr, betastete er seine Rippen auf der Suche nach den Anzeichen für einen Bruch oder eine Prellung. Danach machte er dasselbe mit seinen Beinen, indem er zuerst sanft über sie strich und dann noch einmal kräftiger. Das linke erschien ihm normal, das rechte hingegen wies eine besorgniserregende bläuliche Färbung auf. Da er nicht viel tun konnte, zog er das Hosenbein wieder herunter und musterte die süßen Reiskekse, die er für seine Schwester gekauft hatte. Er dachte an ihr glückliches Gesicht und lächelte. Immer wieder zählte er auf der Fahrt die Münzen, die Xu ihm gegeben hatte, und überzeugte sich davon, dass sie für eine Woche Unterkunft und Verpflegung reichten.

In der Pension platzte Ci in einen Streit zwischen dem Gastwirt und einem hässlichen jungen Burschen hinein. Als der Gastwirt ihn erblickte, bedeutete er ihm unwirsch, dass Mei Mei oben sei, und diskutierte weiter. Ci lief erleichtert die Treppe hinauf und betete, der Gesundheitszustand der Kleinen möge sich nicht verschlechtert haben.

Er fand sie unter einer Leinendecke schlafend, friedlich atmend wie ein vor kurzem gesäugtes Hündchen. In den Mundwinkeln klebten Reste von Reis, woraus er schloss, dass sie gut zu Abend gegessen hatte. Sanft berührte er ihre Stirn. Ihr Fieber schien nicht mehr so hoch zu sein wie am Morgen, das beruhigte ihn. Er weckte sie mit leiser Stimme, um sie zu fragen, ob sie ihre Medizin genommen habe, und das Mädchen nickte mit geschlossenen Augen. Dann streckte Ci sich der Länge nach aus, gedachte seiner Ahnen, ohne den Vater zu vergessen, und schlief endlich ein.

Am nächsten Tag erwartete ihn eine unerfreuliche Nachricht. Der Wirt war zwar bereit, ihm das Zimmer zu reservieren, so lange er wollte, sagte aber, er könne sich nicht um das Mädchen kümmern, nicht einmal gegen Bezahlung. Ci sah ihn verständnislos an.

»Ist doch sonnenklar.« Der Inhaber rührte weiter in der Frühstückssuppe. »Das hier ist kein Ort für Kinder. Und du solltest der Erste sein, der das merkt«, fügte er hinzu.

Ci begriff immer noch nicht. Er dachte, der Gastwirt verlange einfach mehr Geld. Also begann er zu handeln.

»Bei allen guten Geistern! Darum geht es nicht«, hielt ihm der Wirt entgegen. »Hast du gesehen, was für Volk in dieser Bude ein und aus geht? Und wenn ich Volk sage, ist das noch nett. Wenn deine Schwester hier bleibt, wirst du eines Abends zurückkommen, und sie ist weg. Oder schlimmer: Du findest sie mit gespreizten Beinen, und das Blut läuft aus ihrer heiligen Grotte. Dann wirst du mich umbringen wollen, und am Ende bringe ich dich um. Wirklich, ich mag dein Geld. Aber ich habe keine Lust, dich umzubringen und im Knast zu landen. Du weißt also Bescheid: Zimmer, ja – die Kleine, nein.«

Ci musste schlucken. In dem Moment trat ein halbnackter Mann aus einem Zimmer, wenig später sah er die Wirtstochter aus demselben Zimmer kommen. Da überlegte er nicht länger. Er packte seine Sachen, zahlte die Rechnung und verließ mit Mei Mei die Pension.

* * *

All seine Erklärungen nützten nichts. Als er mit Mei Mei auf dem Friedhof auftauchte, war Xu schlicht entsetzt.

»Glaubst du vielleicht, das hier ist ein Hospiz? Ich habe dir gesagt, dass die Sache gefährlich wird«, zischte er, während er sie beide packte und an einen geschützten Ort lotste. Offenbar war er ernsthaft verärgert. Er schwieg einige Sekunden, schüttelte den Kopf und kratzte sich, als hätte er Läuse. Schließlich hockte er sich hin und nötigte Ci und Mei Mei, es ihm gleichzutun.

»Auch wenn sie deine Schwester ist, sie muss verschwinden«, sagte er bestimmt.

»Warum soll ich immer verschwinden?«, mischte sich Mei Mei ein.

Ci sah sie mitleidig an. »Genau. Warum muss sie verschwinden?«, fragte er Xu.

»Weil … Was zum Henker hat ein Kind auf einem Friedhof verloren? Wo verstecken wir sie? Sollen wir sie mit den Toten spielen lassen?«

»Ich fürchte mich aber vor den Toten«, piepste Mei Mei.

»Ich weiß, dass es keine gute Idee war, aber ich kann nichts anderes tun«, stöhnte Ci. »Und da ich keine Ahnung habe, was für eine geheimnisvolle Arbeit ich machen soll, wird sie bei uns bleiben, bis ich eine bessere Lösung finde.«

»Aha! Wunderbar! Der Hungerleider stellt seinem Herrn Bedingungen.« Er trat nach einem Stein.

»Du bist nicht mein Herr!« Ci erhob sich.

»Mag sein. Aber du bist auf jeden Fall ein Hungerleider. Oder sogar zwei …« Er deutete auf das Mädchen und stieß den Fuß erneut in die Erde. »Verdammt noch mal! Ich wusste, dass das alles keine gute Idee war.«

»Willst du mir nicht erklären, wo das Problem liegt? Mei Mei ist gehorsam. Sie setzt sich in eine Ecke und stört nicht weiter.«

Xu ging wieder in die Hocke und brummte unverständliche Worte vor sich hin. Plötzlich stand er auf.

»In Ordnung. Wenn es die Geister so wollen. Schließen wir also unseren Vertrag.«

Um die Einzelheiten zu besprechen, führte Xu die beiden Geschwister ins Ewige Mausoleum, das Gebäude, in dem man die Toten für die Bestattung herrichtete. Der Wahrsager ging voran und entzündete eine Laterne, die einen dunklen, unangenehm nach Weihrauch und Leichen riechenden Raum beleuchtete. Mei Mei flößte der Ort Angst ein, aber Ci drückte ihre Hand, und das Mädchen beruhigte sich. Xu steckte eine Kerze an und stellte sie auf eine Art längliche Bank, auf der die Toten gewaschen wurden. Dann schob er das Chaos aus Tiegeln, Essenzen, Ölen und Instrumenten zur Seite und fegte Überbleibsel von Süßigkeiten und Tonsplittern kleiner Figuren vom Tisch, welche die Verstorbenen manchmal auf ihrem Weg begleiteten.

»Hier werden wir unser Geschäft betreiben«, sagte er und deutete, die Kerze hochhebend, stolz um sich.

Ci verstand kein Wort, vor sich sah er nichts weiter als einen leeren Raum.

»Ich habe es gleich erkannt«, sprach Xu weiter. »Deine prophetischen Kräfte …«

»Prophetische Kräfte?«

»Was sonst? Wenn man sich vorstellt, dass ich mich als Wahrsager versucht habe! Und du hast schön die Klappe gehalten, du Schuft!«

»Aber …«

»Hör zu«, unterbrach er ihn. »Du stellst dich hier hin und siehst dir die Leichen an. Du bekommst Licht und Bücher, so viel, wie du brauchst. Du untersuchst sie und sagst mir, was du herausgefunden hast. Keine Ahnung: Woran der Tote gestorben ist, ob er in seiner neuen Welt glücklich ist, ob er etwas benötigt … Du kannst es dir ausdenken. Und ich erzähle es den Angehörigen, damit sie uns bezahlen. Schon sind alle zufrieden.«

»Das kann ich nicht tun.« Entgeistert blickte Ci ihn an.

»Wieso nicht? Gestern habe ich miterlebt, wie du es getan hast. Dass der Mann nicht durch den Sturz vom Pferd gestorben ist, sondern erwürgt wurde … Das war brillant! Ich bringe die Geschichte in Umlauf, und die Kunden werden herbeiströmen wie Ameisen.«

Ci schüttelte den Kopf.

»Ich bin kein Scharlatan, tut mir leid. Ich errate keine Dinge, manchmal gibt es vielleicht Indizien, Hinweise … Spuren an den Leichen.«

»Indizien … Hinweise … Es spielt keine Rolle, wie du es nennst. Tatsache ist, dass du Dinge herausfindest. Und das ist Gold wert. Denn was du gestern gesagt hast … Du könntest es wiederholen, nicht wahr?«

»Ich könnte Dinge herausfinden, ja.«

»Also, abgemacht!« Der Alte grinste.

Sie setzten sich an einen Sarg, um das von Xu mitgebrachte Frühstück zu verspeisen. Auf die improvisierte Tischplatte stellte der Wahrsager bunte Tellerchen mit Krabben aus Longjing, Schmetterlingssuppe, süßsaurem Karpfen und Tofu mit Fisch. Seit dem Tag, als Richter Feng sie im Dorf besuchte, hatten Ci und seine Schwester nicht so fürstlich gegessen.

»Ich habe meiner Frau gesagt, sie soll uns was Gutes machen. Das muss gefeiert werden!«, sagte Xu, während er die Suppe schlürfte.

Ci leckte seine Finger ab und bemerkte, dass Xu die Verbrennungen an seinen Händen betrachtete. Daraufhin verbarg er sie. Er hasste es, angeglotzt zu werden wie eine Jahrmarktsattraktion. Nachdem er die letzten Speisen verzehrt hatte, schickte er Mei Mei zum Spielen nach draußen. Das Mädchen gehorchte.

»Kommen wir zur Sache«, sagte Ci freundlich. »Was verdiene ich bei dem Ganzen?«

»Ich sehe, du bist intelligent …« Der Alte lachte, dann sagte er ernst: »Ein Zehntel des Gewinns.«

»Ein Zehntel dafür, dass ich die meiste Arbeit mache?«

»Na, da täusch dich mal nicht, Kleiner. Ich habe die Idee. Ich habe den Ort. Und ich habe die Toten.«

»Und wenn ich ablehne, ist es genau das, was dir bleibt: die Toten. Ich will die Hälfte, oder es gibt kein Geschäft.«

»Wofür hältst du dich eigentlich? Für den Herrn des Geldes?«

»Du hast gesagt, es sei gefährlich.«

»Das ist es auch für mich.«

Ci dachte nach. Ohne die entsprechende Erlaubnis war der Umgang mit Leichen ein Verbrechen, das schwer geahndet wurde, und nach allem, was er über Xus Methoden wusste, hatte er den Eindruck, dass die Untersuchung von Toten durchaus zu seiner Arbeit gehören mochte. Er machte Anstalten aufzustehen, doch Xu hielt ihn zurück. Der Alte holte eine Flasche Reisschnaps hervor und füllte damit zwei Schälchen, von denen er erst das eine, dann das andere austrank. Er rülpste.

»Einverstanden. Ich gebe dir ein Fünftel«, sagte er gönnerhaft.

Ci musterte ihn. Er spürte sein Herz, es zitterte ebenso wie die Hände des Wahrsagers.

»Danke für das Essen.« Ci stand auf.

»Verdammter Kerl! Setz dich wieder hin! Die Sache muss sich für uns beide lohnen, und ich bin derjenige, der mehr riskiert. Wenn sie herauskriegen, dass ich mit den Leichen Geschäfte mache, werfen sie mich auf die Straße.«

»Und mich werfen sie den Hunden vor.«

Der Wahrsager runzelte die Stirn und goss sich einen weiteren Schnaps ein. Diesmal bot er Ci die zweite Schale an. Seine eigene leerte er noch mehrmals, bevor er wieder sprach. Schließlich erhob er sich und änderte die Stimmlage.

»Sieh mal, mein Junge. Du denkst, die ganze Sache hängt allein von den besonderen Fähigkeiten ab, die du zu besitzen scheinst. Aber so läuft es nicht. Man muss die Angehörigen überzeugen, damit sie uns Zugang zu den Toten verschaffen, man muss ermitteln, wie weit wir bei ihnen gehen können, man muss sie vorher befragen, damit man ihre geheimsten Wünsche und Sehnsüchte kennt. Die Kunst der Wahrsagerei besteht aus einem Teil Wahrheit, zehn Teilen Lüge und einem Rest Täuschung. Wir müssen die reichsten Familien auswählen, während der Totenwache mit ihnen reden, und das alles mit der größten Vorsicht, damit uns niemand das Geschäft verdirbt. Ein Drittel von dem, was wir rausholen. Das ist mein letztes Angebot. Damit sind wir beide gut bedient.«

Ci erhob sich erneut, legte die Fäuste auf der Brust zusammen und verneigte sich.

»Wann fangen wir an?«, fragte er.

* * *

Den restlichen Vormittag lang richtete Ci mit Xu Steintafeln auf, säuberte Grabstellen und hob Gräber aus. Dabei gestand ihm der Alte, dass er manchmal zu einem buddhistischen Tempel gehe, um bei den Leichenverbrennungen zu helfen. Die Anhänger des Konfuzius, fügte er hinzu, verurteilten diese grässliche Methode, bei der der Körper vernichtet werde, aber der wachsende buddhistische Einfluss und die hohen Kosten der Beerdigungen treibe viele Bedürftige dazu, durch das reinigende Feuer ins Jenseits hinüberzuwechseln. Ci wollte ihn gern begleiten, denn es wäre eine Gelegenheit, wieder einmal praktische Erfahrungen mit Leichen zu sammeln, etwas, das er seit der Zeit bei Richter Feng nicht mehr getan hatte. Als Xu ihn fragte, was es mit seiner besonderen Begabung auf sich habe, antwortete Ci schnell, sie liege in der Familie.

»Ist es dieselbe, die verhindert, dass du Schmerz empfindest?«

»Dieselbe, ja«, log er.

»Dann jammere nicht so viel und mach dich an die Arbeit.« Damit wies er auf ein neues Grab.

Mittags aßen sie Reis mit einer schauderhaften Soße aus trübem Wasser, auf die Xu recht stolz war. Am Nachmittag reinigte Ci das Ewige Mausoleum und schuf Ordnung darin. Der Nebenraum, in dem der Wahrsager seine Instrumente lagerte, war eine einzige Müllhalde, so dass er sich Xus Wohnung wie einen Schweinestall oder gar schlimmer vorstellte. Aus diesem Grund war er nicht gerade begeistert, als der Alte ihm vorschlug, mit Mei Mei zu ihm zu ziehen.

»Was hältst du davon?«, fragte der Wahrsager, ohne Cis Gesichtsausdruck zu beachten. »Wenn wir Partner sein wollen, ist es das mindeste, was ich für dich tun kann, oder?« Er hielt einen Moment inne und legte die Stirn in Falten. »Natürlich müsstest du mir etwas bezahlen … Aber du hättest wenigstens das Problem mit deiner Schwester gelöst.«

»Bezahlen? Aber ich habe doch kein Geld.«

»Mach dir deshalb keine Sorgen. Es wäre nicht viel, und ich würde es außerdem gleich von deinen Einkünften abziehen. Sagen wir ein Zehntel?«

»Ein Zehntel?« Ci riss die Augen auf. »Das nennst du nicht viel?«

»Natürlich«, sagte das Männlein voller Überzeugung. »Und außerdem muss deine Schwester meiner Frau beim Fischverkauf helfen. Ich dulde keine Faulenzer in meinem Haus.«

Obwohl ihm der Preis ungeheuerlich erschien, beruhigte es Ci, zu hören, dass seine Frau sich um Mei Mei kümmern würde. Er lebe mit zwei Ehefrauen, sagte Xu. Außerdem habe er drei Töchter, die er aber zum Glück schon verheiratet habe und damit losgeworden sei. Ci machte sich vor allem Gedanken wegen der Gesundheit seiner Schwester.

Als er Xu davon erzählte, antwortete der Alte, dass Mei Mei nichts weiter tun müsse, als den Fisch zu putzen und die Ware zu sortieren. Ci entspannte sich. Es sah aus, als könnte sein Leben wieder einen inneren Halt bekommen.

Gemeinsam berieten sie, wie sie die Arbeit am besten organisierten. Xu legte Ci die Abfolge der Beerdigungen dar, die er auf etwa fünfzig pro Tag schätzte und von denen ein Großteil auf Unfälle, persönliche Abrechnungen oder Morde zurückging. Er erklärte ihm, dass es zwar noch andere Totengräber gebe, er sich jedoch bemühen wolle, die lukrativsten Bestattungen an Land zu ziehen. Außerdem plane er nicht nur, Dinge über die Toten herauszufinden, sondern sie würden die Gelegenheit nutzen, um mit den Lebenden Geschäfte zu machen.

»Du kennst dich schließlich mit Krankheiten aus. Du kannst bestimmt mit einem Blick erraten, ob jemand am Magen leidet, an der Bauchspeicheldrüse oder an der Pankreas …«

»Bauchspeicheldrüse und Pankreas sind dasselbe«, berichtigte Ci.

»He, Kleiner! Spiel vor mir nicht den Schlaukopf«, raunzte der Wahrsager. »Jedenfalls kommen die Leute mit Gewissensbissen hierher. Du weißt schon: irgendeine unschöne Geste, ein kleiner Verrat, irgendein Diebstahl, den der Verstorbene in seinem Leben begangen hat … Wenn wir einen Zusammenhang zwischen ihrem möglichen Leiden und der gepeinigten Seele des Toten herstellen, werden sie sich von dem Fluch befreien wollen, und wir können sie ausnehmen.«

Zum Missfallen des Wahrsagers weigerte sich Ci rundheraus. Eine Sache sei es, mit Hilfe seiner Kenntnisse Genaueres über die jeweiligen Todesumstände in Erfahrung zu bringen, eine ganz andere aber, ahnungslose Leute, die eigentlich Trost brauchten, übers Ohr zu hauen.

Xu gab nicht klein bei.

»Einverstanden. Du erkennst die Krankheit, und ich kümmere mich um den Rest.«

Ci kratzte sich am Kopf. Es war unübersehbar, dass ihm die Arbeit mit Xu mehr als einen Verdruss bereiten würde.

An diesem Nachmittag nahmen sie an sechs Beerdigungen teil. Ci wollte einen Leichnam untersuchen, dessen gerötete Augenlider auf einen gewaltsamen Tod hindeuteten, doch die Angehörigen des Verstorbenen ließen es nicht zu. Als dies zum dritten Mal geschah, begann Xu sich zu fragen, ob er nicht auf das falsche Pferd gesetzt hatte. Er forderte Ci auf, sich etwas einfallen zu lassen, sonst werde er von dem Vertrag zurücktreten.

Es dunkelte bereits, als sich ein letzter Leichenzug langsam den Hügel heraufschob. Ci atmete tief durch, vielleicht war das seine letzte Chance. Er bemerkte sofort, dass es sich um eine wohlhabende Familie handelte, denn der Sarg war prächtig verziert, und im Gefolge lief eine Gruppe bezahlter Musiker und spielte eine trübselige Melodie. Rasch machte er unter den Angehörigen denjenigen aus, der ihm am betroffensten schien: einen jungen Mann, dessen verweinte Augen echtes Unglück ausdrückten. Ci schämte sich für das, was er zu tun beabsichtigte, doch er zögerte nicht. Er musste Mei Mei versorgen. Also überzeugte er sich, dass seine Hände in den Handschuhen verborgen waren, und näherte sich dem jungen Mann unter dem Vorwand, ihm in seiner Trauer beistehen zu wollen. Dann schenkte er ihm ein Weihrauchstäbchen, dem er eine besondere Wirkung zuschrieb. Während er über den vorzüglichen Duft fabulierte, forschte er in der äußeren Erscheinung des Mannes nach den Anzeichen irgendeiner Krankheit. Ihm fiel der gelbliche Ton in den Augen des Trauernden auf, den er dank seiner medizinischen Kenntnisse auf ein Leberleiden zurückführen konnte.

»Manchmal verschlimmert der Tod eines Angehörigen die Neigung zu Erbrechen und Übelkeit«, bemerkte Ci mitfühlend. »Wenn Sie nichts dagegen tun, wird der Schmerz, den Sie auf Ihrer rechten Seite spüren, Sie über kurz oder lang ins Grab bringen.«

Bei diesen Worten begann der junge Mann zu zittern, als hätte ihm ein böser Geist ein unabwendbares Schicksal vorhergesagt. Als er ihn fragte, ob er vielleicht ein Wahrsager sei, verstummte Ci.

»Und was für einer«, mischte Xu sich lächelnd ein.

Der Alte verlor keine Zeit. Er trat auf den jungen Mann zu, nahm ihn nach einer erstaunlich übertriebenen Verbeugung beim Arm und lotste ihn ein Stück vom Trauerzug weg. Ci wusste nicht, worüber sie sprachen, doch Xus zufriedenem Gesicht nach zu urteilen schlussfolgerte er, dass ihr Geschäft die ersten Früchte trug.

* * *

An diesem Abend lernte Ci die Barkasse kennen, auf der Xu wohnte. Zweifellos lag die letzte Reise des Bootes schon eine Weile zurück, und was von ihm noch übrig war, lag mit Hanfseilen, die seinen Untergang verhinderten, fest am Kai vertäut. Es knarrte bei jedem Schritt und stank nach faulem Fisch, doch Xu präsentierte seine Behausung stolz wie ein Schlossbesitzer. Ci schob das Leintuch in der Türöffnung zur Seite und sah sich plötzlich einer Frau gegenüber, die ein Geschrei von sich gab, als würde sie überfallen. Sie versuchte, Ci und das Mädchen wieder hinauszujagen, doch Xu gebot ihr Einhalt.

»Das ist meine Frau, Apfelblüte.« Xu lachte, und im selben Moment tauchte eine zweite, jüngere Frau auf, die sich vor ihnen verneigte. »Und das ebenfalls, sie heißt Helles Licht«, brüstete er sich.

Beim Abendessen musste Ci das Getuschel der beiden Frauen ertragen, die sich ein ums andere Mal über die Idee aufregten, zwei weitere Personen an einem Ort unterzubringen, an dem keine Grille mehr Platz fand. Doch als Xu ihnen die Schnur mit den Münzen hinwarf, die er mit Cis Hilfe auf dem Friedhof verdient hatte, änderten die Frauen rasch ihre Meinung und setzten ein süßes Lächeln auf.

»Du bekommst schon noch deinen Anteil«, flüsterte Xu und tätschelte Cis Hand.

Dicht gedrängt wie Heringe lagerten sie sich zur Nacht. Ci musste neben Xus Füßen liegen und fragte sich, ob es nicht besser gewesen wäre, neben dem verfaulten Fisch zu schlafen. Er überlegte, ob sein Unvermögen, Schmerz zu empfinden, ihm vielleicht eine besondere Fähigkeit zum Wahrnehmen von Gerüchen verlieh, und sofort kam ihm der seltsame Geruch in den Sinn, den er am Tag des Blitzeinschlags in seinem Haus bemerkt hatte. Dieser scharfe, intensive Geruch … Er wollte sich umdrehen, um eine bequemere Position zu finden, aber es gelang ihm nicht.

Vom plätschernden Wasser gewiegt, versuchte er einzuschlafen. In der Ferne waren die schwachen Gongschläge zu hören, die die Stunden anzeigten. Bevor er sich jedoch vergewissern konnte, wie viel Zeit inzwischen vergangen war, übermannte ihn die Müdigkeit. In seinem Kopf stiegen Bilder aus seiner Universitätszeit auf, und ihn erfasste ein merkwürdiges Glücksgefühl. Er träumte gerade von seiner Abschlussfeier, als er spürte, wie ihm jemand den Mund zuhielt und ihn kräftig schüttelte. Erschrocken öffnete er die

Augen und roch den Atem des Wahrsagers, der ihn aufforderte, sich leise zu erheben.

»Es gibt Probleme. Schnell!«, flüsterte er.

»Wieso? Was ist los?«

»Ich habe dir ja gesagt, dass es gefährlich wird.«

16

Nachts verkehrten in Lin'an nur wenige Boote, so dass sie die Kanäle links liegenlassen und dem Unbekannten, der sie geweckt hatte, zu Fuß folgen mussten. Unter einer zerschlissenen Tunika, die irgendwann einmal orangefarben gewesen sein mochte, erkannte Ci ein dunkles Gesicht. Der Mann bewegte sich vorsichtig und hielt an jeder Ecke an, um zu sehen, ob ihnen jemand auf den Fersen war, wobei er sie durch Zeichen stehenzubleiben oder weiterzugehen hieß. Ci fragte Xu immer wieder, was los sei, der aber riet ihm, Stillschweigen zu bewahren und nicht herumzutrödeln.

Um den Streifen der Präfektur aus dem Weg zu gehen, durchquerten sie die Stadt auf den am wenigsten beleuchteten Nebenstraßen. Ci stellte fest, dass sie auf die Berge im Westen zusteuerten, wo sich das wichtigste buddhistische Kloster der Metropole befand. Obwohl sein offizieller Name Palast der Erwählten Seelen lautete, wurde es von den meisten Einwohnern nur der Leichengrill genannt, denn dort wurden Tag und Nacht all jene Toten verbrannt, die man nicht beerdigen konnte. Als sie bei der Großen Pagode und dem gewaltigen Turm der Tausend Stufen ankamen, schien hinter bedrohlichen Wolken noch immer der Mond.

Der Mann, der sie hierhergeführt hatte, ließ sie anhalten und wies sich vor dem Pförtner aus. Dann betrat er den

Komplex und befahl ihnen zu warten. Als er verschwunden war, drängte Ci den Wahrsager, ihm endlich zu sagen, was hier vor sich gehe, aber Xu meinte nur, er solle seinem Beispiel folgen und den Mund halten.

Wenig später erschien ein Greis mit hellen Augen und zittriger Stimme. Xu verneigte sich vor ihm, und Ci tat es ihm nach. Der Mann erwiderte den Gruß und bat sie freundlich, ihn zu begleiten. Während sie langsam hinter ihm her gingen, staunte Ci über die üppigen Verzierungen der Wände, die ganz im Gegensatz zur Nüchternheit der zu Ehren des Meisters Konfuzius errichteten Tempel standen. Sie durchschritten die Räumlichkeiten des Hauptgebäudes und schlugen den Weg zum Nordflügel ein, wo, wie es hieß, das Fleisch der Toten von den Flammen verzehrt wurde. Dort bogen sie in einen Gang, dessen karge Nacktheit nach dem prachtvollen Korridor zuvor irritierte und der unmittelbar in die Tiefen der Unterwelt hinabzuführen schien. Ekelerregender Gestank ließ auf die Nähe der Einäscherungskammer schließen. Ein Unbehagen erfasste Ci.

Die Kammer war eine in den Berg gegrabene modrige Höhle. Die in der Luft stehende Asche erschwerte das Atmen. Durch den Dunst erkannte Ci einen großen Scheiterhaufen, auf dem ein nackter Leichnam lag. Ringsum standen mehrere Personen. Ci zählte etwa zehn.

Als wüsste er, was er zu tun habe, trat Xu an den Scheiterhaufen.

»Der hier ist es?«, fragte er und machte Ci ein Zeichen, näherzukommen. Dann bat er die Anwesenden zurückzutreten, damit der junge Mann die Leiche untersuchen könne. »Ich wollte es dir nicht erzählen, um dich nicht zu beunruhigen«, flüsterte er Ci ins Ohr, während er achtlos die Glieder des Toten betastete, »aber dieser schweigsame Kerl hier war der Anführer einer der mächtigsten Verbrecherbanden der Stadt. Und die um uns herum stehen, sind seine Kinder. Sie wollen von uns wissen, wer ihn getötet hat.«

»Und wie kommen sie darauf?« Auch Ci flüsterte.

»Weil ich ihnen gestern erzählt habe, dass du es kannst.«

»Hast du den Verstand verloren? Dann sag ihnen, du hättest dich geirrt, und wir hauen ab«, zischte er.

»Das kann ich nicht tun.«

»Warum?«

Xu schluckte.

»Weil ich das Geld schon kassiert habe.«

Ci musterte die Angehörigen. Ihre Blicke waren kalt und schneidend wie die Klingen der Dolche, die sie umklammert hielten. Wenn er versagte, dachte er, würde es in diesem Raum mehr als nur eine Leiche geben.

Mit grimmiger Miene verlangte er mehr Licht und drängte sich an Xu vorbei. Im Stillen betete er, dass es ihm gelingen möge, die bei Richter Feng erworbenen Kenntnisse richtig anzuwenden.

Er hielt die Lampe an das Gesicht des Toten, eine formlose Masse aus Fleisch und getrocknetem Blut, der ein Ohr und ein Teil der Wangen fehlten. Man hatte unnötige Gewalt ausgeübt. Dennoch schien keine der Verletzungen tödlich gewesen zu sein. Angesichts der Starre der Gliedmaßen und der Färbung der Haut vermutete Ci, dass der Tod mindestens vier Tage zuvor eingetreten war. Er bat um eine große Menge Essig und befragte die Anwesenden über die Umstände, unter denen man den Verstorbenen gefunden hatte. Außerdem erkundigte er sich, ob er schon einem Richter vorgeführt worden sei.

»Niemand hat ihn untersucht. Der Leichnam wurde im Garten seines Hauses entdeckt, auf dem Grund eines Brunnens. Von dem einzigen Diener, der um diese Zeit arbeitete«, sagte einer der Anwesenden, der Ci außerdem an Xus Versprechen erinnerte, dass er den Namen des Mörders erraten werde.

Ci holte tief Luft. Wenn er zuließ, dass diese Männer an seine Unfehlbarkeit glaubten, hatte er später keine Möglichkeit mehr, sich zu korrigieren. Er überlegte, wie er das Problem lösen konnte.

»Nicht alles hängt von mir ab«, sagte er mit erhobener Stimme, um sicherzugehen, dass man ihm zuhörte. »Es ist wahr, dass ich Dinge erraten kann, aber davor stehen immer die Götter und ihre Absichten.« Er blickte den Klostervorsteher an.

Der Mönch stimmte Cis Worten mit einer Verbeugung zu, während die versammelten Angehörigen sich von der Erklärung unbeeindruckt zeigten.

Ci schluckte. Dann wandte er sich wieder dem Toten zu und setzte die Untersuchung fort. Der Hals war unverletzt, doch als er das Tuch, das den Oberkörper bedeckte, zurückzog, sah er, dass Myriaden von Würmern auf den Eingeweiden herumwimmelten, die auf der rechten Seite freilagen. Ein fürchterlicher Gestank schnürte seine Kehle zu und kroch in seinen Magen, bis der Brechreiz übermächtig wurde. Xu eilte ihm zu Hilfe. Als er wieder zu sich kam, bat er um zwei mit Hanföl getränkte Baumwolltücher, die er, sobald er sie in der Hand hielt, in seine Nasenlöcher steckte. Der Geruch verschwand wie durch Zauberei. Anschließend beauftragte er Xu, für den Körper ein Loch ausheben zu lassen.

»Der Mann war Buddhist. Sie wollen ihn verbrennen«, wandte Xu ein.

Ci erklärte ihm, dass er das Loch brauche, um den Körper zu erhitzen. Das war etwas, das er Feng bei unzähligen Gelegenheiten hatte tun sehen, vor allem jedoch etwas, das ihnen Zeit verschaffen würde. Während mehrere Mönche gruben, nahm Ci eine gründlichere Untersuchung des Leichnams vor. Um seinem Auftritt mehr Gewicht zu verleihen, bat er die Angehörigen zurückzutreten.

»Mit Erlaubnis des erstgeborenen Sohnes stelle ich fest: Wir haben hier einen ehrenwerten etwa sechzigjährigen Mann von mittlerer Größe, durchschnittlichem Körperbau und einer für sein Alter normalen Konstitution vor uns. Der Körper weist weder Narben auf noch Anzeichen, die auf eine schwere oder tödliche Krankheit schließen lassen würden.« Er blickte in die Runde. »Seine Haut ist weich und lässt sich eindrücken, und sie löst sich, wenn man kräftig zieht. Er hat schütteres graues Haar, das beim Ziehen ebenfalls leicht nachgibt. Am Kopf und im Gesicht weist der Tote zahlreiche Prellungen auf, die zweifellos auf die Einwirkung eines stumpfen Gegenstandes zurückzuführen sind.«

Beim Anblick der Lippen des Ermordeten hielt er inne. Er prägte sich ein bestimmtes Detail ein und fuhr fort.

»Der Oberkörper ist zerschunden, wahrscheinlich weil er über den Boden geschleift wurde. Der Bauch …« Ci versuchte seinen Ekel zu unterdrücken. »Auf dem Bauch ist eine Schnittwunde zu erkennen, die vom unteren Ende des linken Lungenflügels bis zur rechten Leiste verläuft und einen großen Teil der inneren Organe freilegt.« Er machte eine Pause, um den neuerlichen Brechreiz zu überwinden. »Die Därme sind von Flüssigkeiten aufgebläht, doch nicht so der Magen. Das Geschlechtsteil des Toten ist unauffällig. Die Beine weisen keinerlei Schrammen auf …«

Ci ließ seinen Blick durch die kleine Versammlung schweifen. Fanden sie seine Informationen zufriedenstellend? Sie verhielten sich abwartend, als rechneten sie angesichts des langen Schauspiels nun mit einer überraschenden Auflösung.

In was für einen Schlamassel hast du mich da bloß geritten, Xu?, dachte Ci, der Verzweiflung nahe.

Er forderte den Wahrsager auf, das Graben zu unterbrechen und ihm beim Wenden des Leichnams zu helfen. Leider lieferte die Rückseite des Toten kaum neue Daten, mit denen er seine Theorie hätte vervollständigen können, weshalb er den Körper wieder zudeckte und seine Ergebnisse aufzulisten begann.

»Es scheint, dass dieser Mann an dem gewaltigen Schnitt gestorben ist, der seinen Leib geöffnet hat. Die Wunde führte zum Austreten der Eingeweide, was wiederum …«

»Wir haben nicht dafür bezahlt, dass du uns erzählst, was selbst ein Blinder erraten könnte!«, unterbrach ihn einer der Söhne des Ermordeten und gab einem hoch aufgeschossenen jungen Burschen mit einer hässlichen Narbe im Gesicht einen Wink.

Wortlos trat der Kerl hinter Xu, packte ihn an den Haaren und hielt ihm seinen Dolch an die Kehle. Der Sohn, der sich zu Wort gemeldet hatte, zündete eine winzige Kerze an und stellte sie neben Ci.

»Ihr habt noch Zeit, bis die Flamme erlischt. Wenn ihr den Namen des Mörders bis dahin nicht genannt habt, werdet ihr es bereuen.«

Ci überlief ein kalter Schauer. Er wusste doch noch nicht einmal, welche Todesursache vorlag! Auf der Suche nach einer Antwort sah er Xu flehend an, aber der erwiderte seinen Blick nicht. Schwach flackernd brannte die Kerze langsam, aber unausweichlich herunter.

Xu half, die Grube fertig auszuheben. Ci ordnete an, glühende Kohlen aus der Küche herbeizuschaffen und hineinzufüllen. Als die Glut verloschen war, legte er eine Matte darüber, begoss sie mit Essig und ließ den Leichnam darauf betten. Behutsam bedeckte er den Toten mit dem Tuch und wartete ab.

Im Luftzug flackerte die Kerze gefährlich. Ci spürte sein Herz bis zum Hals schlagen. Er überdachte seine Möglichkeiten. Allenfalls konnte er eine Vermutung über die Todesursache wagen, aber vom Namen des Täters trennte ihn ein unüberwindlicher Abgrund. Und natürlich wusste er nicht, ob eine solche Antwort ausreichte, um den Zorn dieser Männer zu besänftigen. Mit scheinbarer Ruhe nahm er das Tuch von der Leiche und machte ein feierliches Gesicht. Dann untersuchte er die Fußknöchel.

»Wie ich schon sagte, mutmaßt jeder Betrachter sofort, dass der Mann an den Folgen eines brutalen Schnittes gestorben ist«, sein Blick wanderte von einem zum anderen, »doch diese Offensichtlichkeit beweist nur die Heimtücke und Verderbtheit seines Mörders.« Cis Finger strichen über die Knöchel des Toten. »Ein schlauer Kerl, kaltblütig und furchterregend, der nicht nur genug Zeit hatte, das Verbrechen auszuführen, sondern der danach noch die Leiche manipulierte, um uns den tatsächlichen Tathergang zu verschleiern.«

Die Anwesenden hörten aufmerksam zu. Ci aber hatte bloß Augen für das Flackern der Kerze, die viel zu schnell dahinschwand. Er versuchte, den Blick davon zu lösen und sich auf seinen Vortrag zu konzentrieren.

»Soweit ich euch verstanden habe, wurde euer Vater am Abend seiner Ermordung von vertrauenswürdigen Leuten bewacht. Diese Tatsache schließt eine mögliche Verschwörung aus und lenkt unsere Aufmerksamkeit auf einen einzigen Verantwortlichen, einen grausamen und gewalttätigen Menschen, feige wie ein Schakal.«

»Die Zeit läuft«, erinnerte ihn der Narbengesichtige, der Xu bedrohte.

Ci sah nach der Kerze. Er presste die Kiefer aufeinander und näherte sich dem Burschen mit dem Dolch.

»Dieser Mann wurde nicht erstochen. Das beweist die Haut, die den Schnitt umgibt.« Er zeigte darauf. »Wenn ihr sie genau betrachtet, werdet ihr feststellen, dass die Würmer die Ränder der Wunde gemieden haben, einer Wunde, aus der zu dem Zeitpunkt, da sie ihm zugefügt wurde, kein Blut ausgetreten ist. Sie blutete nicht, weil der arme Mann schon seit Stunden tot war, als man ihn aufschlitzte.«

Ein Raunen ging durch die Versammelten.

Ci fuhr fort: »Ebenso wenig ist er ertrunken, wie die Tatsache beweist, dass sein Magen sich eindrücken lässt und sich weder in seinen Nasenlöchern noch in seinem Mund, und auch nicht an Zähnen oder Zunge, irgendwelche Reste von Pflanzen und Insekten oder anderem für Brunnenlöcher typischen Schmutz finden, die er mit Sicherheit geschluckt hätte, wenn er noch am Leben gewesen wäre. Deshalb ist die einzige mögliche Antwort, dass er bereits tot war, als er in den Brunnen geworfen wurde.« Er drehte sich zu den Angehörigen um. »Was uns schließlich zur Frage nach der Art seiner Ermordung führt.«

»Wenn er weder erstochen noch ertränkt wurde, wie zum Henker ist er dann gestorben?«, fragte der Sohn.

Ci wusste, dass Xus Leben wie auch sein eigenes von den Worten abhing, die er nun sprechen würde. Deshalb wählte er sie mit größter Vorsicht.

»Euer Vater starb auf schreckliche Weise, ganz langsam. Er konnte nicht sprechen, keine Hilfe herbeirufen, konnte nur mehr röcheln … Er wurde vergiftet.« Empörtes Getuschel breitete sich unter den Versammelten aus. »Das bestätigen uns seine zusammengekrallten Finger und die geschwärzten Lippen. Seine dunkel verfärbte Zunge zeugt von Zinnober, dem tödlichen Elixier der Taoisten, dem Mittel der verblendeten Giftmischer.« Ci machte eine Pause und sah, dass die Kerze jeden Moment verlöschen würde. »Als er tot war«, fuhr er fort, »wurde euer Vater an den Knöcheln gepackt, im Schutz der Dunkelheit auf dem Bauch bis zum Brunnen seines Gartens geschleift und schmählich hineingeworfen. Doch mit der Tat noch nicht zufrieden, hatte der Mörder genug Zeit, den Leib des Toten aufzuschlitzen und sein Gesicht zu verunstalten, einzig und allein, um die wahre Todesursache zu verbergen.«

»Wie kannst du das wissen?«, warf einer der Anwesenden dazwischen.

Ci ließ sich nicht einschüchtern.

»Die vom Essigdampf freigelegten Abdrücke lassen keinen Zweifel zu.« Ci wies auf die Knöchel. »Daher weiß ich, dass er auf dem Bauch geschleift wurde, noch im letzten Todeskampf, wie seine Fingernägel bezeugen, die abbrachen, während er sich ans Leben zu klammern versuchte.« Er zeigte die Erde unter den Nägeln, er war davon überzeugt, dass sie mit der im Garten übereinstimmte.

Ci sah die Kerze ausgehen. Beim letzten Aufflackern der Flamme spannte der Bursche mit dem Messer die Muskeln an.

»Beeindruckend«, räumte der Erstgeborene ein. »Aber du hast immer noch nicht den Namen des Mörders genannt.« Er machte dem Narbengesicht ein Zeichen. »Den Namen!«, verlangte er.

Auf der Suche nach einem Ausweg blickte Ci sich verzweifelt um. Es gab weder Fenster noch Gänge, nur nackten Fels. Zwei bewaffnete Männer bewachten die einzige Tür, die nach draußen führte, und Xu war gefangen. Jede Entscheidung zu ihrer Rettung musste er hier, in diesem Raum, fällen.

Der Kerl mit der Narbe drückte das Messer gegen Xus Hals. Die ausdruckslosen Augen zeugten von seiner kalten Entschlossenheit. Ci begriff, dass der Bursche dem Wahrsager die Kehle durchschneiden würde, wenn er ihm keinen Namen nannte.

Es vergingen einige Sekunden des Schweigens, in denen Ci nur seinen eigenen Atem hörte.

Da hielt der Älteste es nicht mehr aus. Er gab dem Narbengesichtigen einen Befehl, und der hob den Arm, um das Messer in Xus Hals zu stoßen. Im selben Moment brüllte Ci seine Antwort heraus.

»Der Große Lügner!«, improvisierte er.

Verunsichert zögerte das Narbengesicht und suchte in den Augen des Erstgeborenen nach einer Bestätigung.

»Das ist der Schuldige, den ihr sucht«, beharrte Ci und hoffte, sich auf dem von ihm selbst gewebten Spinnennetz halten zu können.

In der entstandenen Pause blickte er Xu an. Er wartete, dass der Alte etwas sagte, dass er eine Geste machte, die ihm einen Weg wies, ein Zeichen, das ihm offenbarte, wie er sie aus dieser Situation retten könnte, doch Xu hielt die Lider fest geschlossen, als wären sie versiegelt.

»Töte ihn«, befahl der Älteste.

»Es war Chang! Chang hat ihn ermordet!«, schrie Xu plötzlich.

Der Erstgeborene wurde blass.

»Chang?« Seine Lippen bebten. Dann holte er mit zitternden Händen ein Messer aus seinen Kleidern hervor und ließ es im Lampenschein aufblitzen. Wortlos ging er langsam auf einen der Anwesenden zu, der entsetzt zurückwich, bis ihn mehrere Männer von hinten an den Armen packten. Der Zurückweichende war Chang, ebenjener, dessen Namen Xu vor einigen Augenblicken genannt hatte. Zuerst leugnete der Angeklagte das Verbrechen, doch als sie ihm die Fingernägel ausrissen, gestand er, schluchzte, dass er es nicht habe tun wollen, und flehte um Gnade.

Seine Hinrichtung war qualvoll, doch Chang leistete keinen Widerstand. Geschickt durchtrennte der Älteste die Venen an seinem Hals, damit der Mörder spüren konnte, wie er starb. Als er mit einem letzten Zucken sein Leben ausgehaucht hatte, drehten die Männer sich in Cis Richtung und dankten ihm mit einer Verbeugung. Danach überreichte der Älteste dem Wahrsager einen Beutel mit Münzen.

»Die zweite Hälfte deiner Bezahlung.« Er verneigte sich. Aufatmend erwiderte Xu den Gruß. »Und jetzt müssen wir, wenn ihr gestattet, unseren Toten die Ehre erweisen.«

Xu wandte sich zum Gehen, aber Ci hielt ihn zurück.

»Hört mich an!«, ermahnte er die Versammelten. »Durch meinen Mund haben die Götter gesprochen. Ihr Wille hat die Enthüllung des Mörders möglich gemacht. Und im Namen der Kraft, die sie mir verliehen haben, fordere ich euch auf, über alles, was ihr hier gesehen habt, Stillschweigen zu bewahren. Außer euch selbst darf keine Seele von diesem Geheimnis erfahren. Möge niemand seiner Zunge erlauben, dieses Wunder auszuplaudern, andernfalls schwöre ich, dass die Geister der Unterwelt euch und eure Familien bis zu dem Tag verfolgen werden, an dem ihr euch ins Grab legt.«

Der Älteste presste stumm die Lippen aufeinander. Dann verneigte er sich abermals und zog sich mit seinem Gefolge zurück. Anschließend begleitete derselbe Mönch, der sie in die Höhle geführt hatte, Ci und Xu zum Ausgang.

Die beiden machten sich auf den Rückweg in die Stadt. Während sie den Hügel der Großen Pagode auf seiner Ostseite hinabgingen, konnten sie dort, wo das Meer mit dem Horizont verschmolz, den ersten Lichtstreif des Tages erahnen. Sie gingen, ohne miteinander zu reden. Jeder dachte für sich über das Geschehene nach. Kurz bevor sie durch die schützende Mauer die Stadt betraten, blickte Xu Ci ins Gesicht.

»Warum zum Henker hast du das zu ihnen gesagt?«, stieß er hervor. »Wir hatten das Geschäft unseres Lebens in der Hand, und du hast es verpfuscht. Was ist dir eingefallen, ihnen zu drohen? Diese Leute kennt jeder. Wenn du ihnen nicht deine blöde Standpauke gehalten hättest, hätte in ein paar Stunden ganz Lin'an gewusst, was passiert ist, die Kunden hätten uns die Bude eingerannt, und wir hätten genug Geld verdient, um uns unseren eigenen Friedhof zu kaufen.«

Ci konnte Xu natürlich nicht erzählen, dass er von einem Ermittlungsbeamten verfolgt wurde und dass er nichts weniger gebrauchen konnte, als dass ganz Lin'an von einem jungen Mann mit verbrannten Händen erfuhr, der auf dem Friedhof arbeitete. Sie hatten dieses nächtliche Intermezzo nur knapp überlebt, und statt ihm für seine Rettung zu danken, dachte Xu bloß daran, ihm Vorwürfe zu machen.

Er bekam Lust, mit dem Wahrsager zu brechen. Alles hinter sich zu lassen, Mei Mei zu nehmen und irgendwohin zu fliehen. Doch die Kälte des Morgens besänftigte seine Wut und milderte seine Antwort.

»So dankst du mir also, was ich für dich getan habe?«, erwiderte er schließlich.

»Vorsicht, Kleiner! Maße dir kein Verdienst an, das dir nicht zusteht. Ich habe den Namen Chang genannt«, fauchte Xu. Er machte ein Gesicht wie ein Erleuchteter, der sich selbst für den Träger der absoluten Wahrheit hält.

Ci sah ihn an wie einen Hausierer und fragte sich, ob es lohnte, mit jemandem zu streiten, dessen Denken ausschließlich vom Geld beherrscht wurde. Wahrscheinlich nicht, aber er war nicht bereit, sich unterkriegen zu lassen. Jedenfalls nicht, wenn davon die Zukunft seiner Schwester und seine eigene abhing.

»Verstehe«, sagte er. »Vielleicht hätte ich besser zulassen sollen, dass sie dich abstechen. Oder ich hätte vor dem Toten den Mund gehalten und gewartet, bis du das Problem löst.«

»Ich habe den Namen des Mörders genannt«, wiederholte Xu.

»In Ordnung. Ist sowieso egal. Schließlich war es das erste und letzte Mal, dass wir über die Sache geredet haben.«

»Ich verstehe nicht. Was meinst du?«

»Dass ich nie wieder, und ich sage es noch einmal, nie wieder bei etwas mitmachen werde, was in den Augen jedes einigermaßen vernünftigen Menschen purer Irrsinn ist, auch wenn es für dich ein lukratives Geschäft zu sein scheint.« Abrupt blieb er stehen. »Bei allen guten Geistern! Glaubst du etwa wirklich, dass ich alles erraten kann? Verdammt! Ich bin doch nur ein armer Schlucker, der nicht mal sein Studium abgeschlossen hat, und du willst, dass ich mich vor einem Haufen tobsüchtiger Kerle, die keinen Moment gezögert hätten, uns die Kehle durchzuschneiden, wie ein Gott aufführe … Tatsächlich, so sehr ich auch versuche, dich zu verstehen, ich kann immer noch nicht begreifen, wie du auf diese Idee gekommen bist.«

Xu holte den Beutel mit den Münzen hervor und klimperte damit vor seinem Gesicht herum.

»Die sind aus Silber!«

»Ich will keinen Sarg aus Silber.« Ci schob den Beutel von sich.

»Und woraus hättest du ihn lieber, aus Hanf? Denn das ist es, was du erreichen wirst, wenn du so weitermachst. Wohin, glaubst du, wirst du ohne mich kommen? Sag es mir. Denkst du etwa, ich bin blöd? Wenn du etwas Besseres zu tun hättest oder einen Ort, wohin du gehen könntest, dann wärst du nicht hier bei mir. Also bedanke dich für das, was ich für dich mache, und lass das Getue. Hier, nimm.« Er gab ihm ein Drittel der Münzen. »Das ist mehr, als du sonst in sechs Monaten Arbeit bekommst.«

Ci wies das Geld zurück. Er wusste nur zu gut, wohin die Gier führte. Sein Vater hatte es ihn gelehrt.

»Verdammt noch mal, Junge! Was willst du denn? Geld verdienen ohne das geringste Risiko?«

»Aber dieser Mann, Chang … Vielleicht …«

»Was?«, schnaubte Xu.

»Dieser Chang. Warum hast du ihn angeklagt? Vielleicht war er unschuldig.«

»Unschuldig? Pah! Das soll wohl ein Witz sein. Von allen, die dort waren, ist selbst der Harmloseste fähig, seinen eigenen Sohn niederzustechen und ihn danach lebendig zu begraben. Oder wovon, glaubst du, leben sie? Was, meinst du, hätten sie mit uns gemacht? Ich kannte Chang. Alle kannten ihn. Der Kerl beneidete den Ermordeten um seinen Posten. Und du hast es ja selbst erlebt, dass er gestanden hat. Außerdem: Was bedeutet es schon, ob er unschuldig war oder nicht? Er war ein Verbrecher, ein Widerling. Früher oder später wäre er auf diese Weise geendet. Umso besser, wenn er mit seinem Tod dazu beigetragen hat, unsere Armut zu verringern.«

»Es ist mir egal, was er war.« Ci hob die Stimme. »Du warst nicht sicher. Du hattest keine Beweise, und ohne Beweise kann man niemanden verurteilen. Vielleicht hat er gestanden, weil er gefoltert wurde. Nein, für so etwas stelle ich mich nicht noch mal zur Verfügung. Hast du das kapiert? Es macht mir nichts aus, zu arbeiten, Gräber auszuheben, Patienten abzuhorchen, Lebende oder Tote zu untersuchen … Aber ich sage dir: Verlange nie wieder von mir, jemanden ohne Beweise anzuklagen … Denn dann werde ich dich anklagen.«

Schweigend gingen sie weiter. Xu warf Ci giftige Blicke zu, die dieser gar nicht bemerkte. Mit gesenkter Stirn grübelte er über sein Dilemma nach – ein Dilemma, das ihn innerlich auffraß und für das er keine Lösung hatte.

Wenn er den Wahrsager vergaß und einfach verschwand, konnte er vielleicht fern von Lin'an ein neues Leben beginnen. Er musste bloß das Geld nehmen, das Xu ihm angeboten hatte, Mei Mei wecken und aus dieser gefährlichen Stadt fliehen. Aber die Flucht bedeutete auch, auf alles zu verzichten, wovon er geträumt hatte: die Universität, die Kaiserlichen Prüfungen, die ihm, wenn er sie bestand, die Ehre und die Achtung zurückgeben würden, für die er so hart gekämpft und die das Vergehen seines Vaters ihm vorerst genommen hatte.

In Lin'an zu bleiben hieß, der Willkür des Wahrsagers auf Gedeih und Verderb ausgeliefert zu sein, seinen verrückten Ideen und ihren schrecklichen Folgen. Und mit dem Tod rechnen zu müssen, sobald Kao ihn entdeckte.

Ci trat nach einem Stein. Nie hätte er nötiger einen unbescholtenen Vater gebraucht, der ihm beistand, einen aufrechten, tugendhaften Ahnen, mit dem er seine Ängste und Sorgen teilen konnte. Er sah zum Horizont. Die ersten Sonnenstrahlen fielen auf die Stadt. So etwas sollte seinen eigenen Kindern nicht passieren, schwor er sich. Wenn er welche haben sollte, würde er alles dafür tun, damit sie stolz auf ihn wären.

Als sie vor Xus schwimmender Wohnung standen, hatte Ci noch keine Lösung gefunden. Schließlich erleichterte Xu ihm die Entscheidungsfindung, indem er Ci den Zutritt zu seinem Boot versperrte.

»Du hast zwei Möglichkeiten: Entweder du arbeitest weiter wie bisher, oder du haust ab. So einfach ist das«, sagte er.

Ci sah ihn an. Ihm wurde plötzlich klar, dass sich Xu täuschte, er hatte keine zwei Möglichkeiten, sondern nur die eine: Er musste seine Schwester am Leben erhalten. Also biss er die Zähne zusammen und schob den Wahrsager beiseite.

17

Die folgenden Wochen waren für Ci nicht leicht.

Jede Nacht stand er geräuschlos auf und begab sich zur Kaiserlichen Warenbörse, um den Fisch abzuholen, den Xus Frau täglich frisch kaufte. Zurück auf dem Boot, half er beim Sortieren und Putzen und leistete so einen Teil der Arbeit, die eigentlich Mei Mei erledigen musste, ob sie nun krank war oder nicht. Danach begleitete er Xu bei seiner morgendlichen Runde über Märkte und Kaianlagen, auf der sie in Erfahrung zu bringen suchten, wie viele Tote es am Vortag durch Unfälle und gewalttätige Auseinandersetzungen gegeben hatte. Gewöhnlich schloss ihre Runde auch Besuche in Krankenhäusern und Arztpraxen ein, wo Xu gegen ein bescheidenes Handgeld von den Pflegern Auskünfte über Namen und die persönliche Situation jener Kranken erhielt, denen es besonders schlecht ging, Auskünfte über die Krankheiten, an denen sie litten, und die Methoden, mit denen sie behandelt wurden, eine Befragung, die er auch in der Großen Apotheke von Lin'an durchführte. Mit dieser Liste plante Xu ihr Vorgehen, indem er unter den am besten geeigneten Fällen die gewinnträchtigsten auswählte.

Auf dem Weg zu den Feldern des Todes glich Ci die Informationen miteinander ab und wertete sie aus. Er überprüfte die Vorgeschichten und berücksichtigte auch die Angaben der vergangenen Tage, um sicher zu sein, dass ihre Erkundigungen bis ins Detail stimmten. Sobald sie auf dem Friedhof waren, ordnete er das Instrumentarium, das er später bei den Untersuchungen verwenden würde und das er mit einem Teil seines Verdienstes Stück um Stück erweiterte. Dann half er Xu beim Ausheben von Gräbern, beförderte Erde von einem Ende zum anderen, brachte Steintafeln an oder betätigte sich als Sargträger, wenn die Angehörigen sich außerstande dazu sahen. Nach dem Essen bereiteten sie sich auf ihren Auftritt vor, wozu gehörte, dass Ci sich wusch und eine Art Zauberergewand anlegte, das Xus erste Frau für ihn genäht und das er um eine Maske zum Verhüllen seines Gesichts ergänzt hatte.

»So machen wir die Sache geheimnisvoller«, hatte Ci dem Wahrsager suggeriert, statt ihm zu sagen, dass er auf der Flucht war und deshalb lieber unerkannt bleiben wollte.

Zunächst gefiel dem Alten diese Idee nicht, erst als Ci erklärte, dass er auf diese Weise, sollte ihm einmal etwas zustoßen, jederzeit ersetzt werden und das Geschäft weitergehen konnte, stimmte Xu begeistert zu.

Im Allgemeinen teilten sie ihre Zeit zu gleichen Teilen zwischen der Arbeit auf dem Friedhof und den Besuchen im Großen Kloster der Buddhisten auf. Obwohl die Einäscherungen ihnen weniger Gewinn einbrachten als die Begräbnisse, waren sie doch ausgesprochen werbewirksam und sorgten dafür, dass die Zahl der interessierten Kunden beständig wuchs.

Wenn Ci abends auf das Boot zurückkam, weckte er Mei Mei, um sich zu überzeugen, dass es ihr gutging, und um sie zu fragen, ob sie ihre Pflichten beim Fischverkauf erfüllt habe. Zum Lohn schenkte er ihr kleine Holzfiguren, die er in den Pausen zwischen den Begräbnissen schnitzte. Danach verabreichte er ihr ihre Medizin, kontrollierte ihre Schreibübungen und ging mit ihr die Liste der tausend Wörter durch, die alle Kinder können mussten, um lesen zu lernen.

»Ich bin müde«, klagte sie manchmal.

Dann strich er ihr übers Haar und sagte: »Du willst doch nicht für immer Fischverkäuferin bleiben … Also, machen wir weiter!«

Später, wenn alle schliefen, trat er nach draußen in die unerbittliche Kälte der Nacht und ruinierte seine Augen, indem er unter dem Sternenhimmel, im schwachen Schein eines jämmerlichen Lämpchens, die *Vorschriften des Liu Juan-Zi* las, ein fesselndes Werk über die Kunst der Chirurgie, das er gebraucht auf dem Büchermarkt erworben hatte. Er las, bis ihn die Müdigkeit besiegte oder der Regen die Lampe löschte. Erst dann suchte er sich zwischen Xus Füßen und dem fauligen Fisch eine Lücke zum Schlafen.

* * *

Im Laufe der Monate lernte Ci die zufälligen Verletzungen von denen zu unterscheiden, die mit Tötungsabsicht entstanden waren, durch Axthiebe verursachte Wunden von denen, die auf Dolche, Küchenmesser, Buschmesser oder Schwerter zurückgingen, und einen durch Fremdeinwirkung herbeigeführten Tod von einem Selbstmord. Da die geschluckte Giftmenge bei einem Selbstmord stets geringer war als bei einem Mord, stellte er bald fest, dass ein und dasselbe Gift unterschiedliche Wirkungen hervorrufen konnte – abhängig davon, wer es verabreichte. Er entdeckte, dass die Vorgehensweise bei Morden aus Eifersucht oder Wut in der Regel plump und instinktiv war, dass sie jedoch an Raffinesse und Gemeinheit zunahm, wenn die Tat einem Wahn oder der Berechnung entsprang.

Jeder neue Fall stellte eine Herausforderung dar, bei der nicht nur seine Intelligenz gefragt war, sondern auch seine Vorstellungskraft. Er nahm jede Narbe, jede Wunde, jede Entzündung, Verhärtung oder Verfärbung in Augenschein, musste jedes Detail, wie unbedeutend es auch scheinen mochte, berücksichtigen und in das Gesamtbild einfügen. Manchmal konnte ein Haarbüschel oder eine winzige Eiterung den Schlüssel zur Lösung eines unerklärlichen Sachverhalts liefern.

Und Ci hasste es, wenn er diesen Schlüssel nicht fand.

Bei jeder neuen Leiche musste er sich das Übermaß seiner Unwissenheit eingestehen. Auch wenn den anderen seine Erkenntnisse wie Zauberei vorkamen, wurde ihm, je mehr er lernte, desto deutlicher, wie wenig er wusste. Oft verzweifelte er vor einem unbekannten Symptom, vor einem Leichnam, der nicht zu ihm sprechen wollte, vor einer Narbe, die sich nicht zuordnen ließ, oder angesichts einer falschen Schlussfolgerung. Wenn das geschah, dachte er mit noch größerer Bewunderung an seinen ehemaligen Lehrmeister, den Richter Feng, jenen Mann, der ihm die Liebe zum methodischen und akribischen Arbeiten eingepflanzt hatte. Und so wie damals, entdeckte Ci jetzt eine neue Welt voller Wissen, das Xu mit ihm teilte.

Denn Xu kannte sich ebenfalls mit Toten aus.

»Den müssen wir nicht erst aufschneiden. Guck dir seinen Bauch an. Der ist innerlich zerplatzt«, sagte er einmal.

Tatsächlich beherrschte Xu die Untersuchung von Leichen ebenso gut, wie er die Mimik der Lebenden deuten konnte. Er verstand es, einen Körper von allen Seiten zu betrachten, Knochenbrüche zu finden, die Folgen von Schlägen zu erahnen, Hämatome zu erkennen, Ursachen zu benennen, die Herkunft und selbst den Beruf der Toten, die durch seine Hände gingen, zu bestimmen, als würde er einen Lebenden befragen. Seit Jahren beschäftigte er sich auf dem Friedhof mit Leichen, half bei den Einäscherungen der buddhistischen Verstorbenen und hatte, seinen Erzählungen zufolge, sogar in den Gefängnissen von Sichuan, wo Folter und gewaltsamer Tod an der Tagesordnung waren, als Totengräber gearbeitet. Eine Erfahrung, die Ci nicht besaß.

»Dort gab es vielleicht Hinrichtungen, sage ich dir! Echte Morde und nicht solchen Kinderkram«, prahlte er vor Ci. »Wenn ihre Familien den Insassen kein Essen ins Gefängnis brachten, schickte ihnen die Regierung auch nichts. Du musst dir also vorstellen, dass da ein Rudel hungriger Wölfe aufeinanderhockte.«

Bei diesen Worten dachte Ci betrübt an seinen Bruder Lu und den fürchterlichen Tod, den er erlitten hatte. Er wollte daran glauben, dass die Gefängnisse von Sichuan kein viel besseres Schicksal für ihn bereitgehalten hätten.

Xus Erfahrungen waren ein unerschöpflicher Wissensquell, aus dem Ci trank, ohne seinen Durst jemals stillen zu können, ein Sturzbach, von dem er sich begierig durchweichen ließ, immer in Erwartung des Tages, an dem er sich bei den Kaiserlichen Prüfungen vorstellen würde. Denn dieser Gedanke verließ ihn nicht.

Doch all das reichte ihm nicht aus, und deshalb widmete er jede Minute, in der er nicht arbeitete und nicht vor Erschöpfung einschlief, dem Selbststudium.

Als der Winter kam, schlug er dem Wahrsager vor, zur Erweiterung seiner Bildung neue Bücher anzuschaffen. Xu war einverstanden.

»Die musst du aber von deinem eigenen Geld bezahlen.«

Das störte Ci nicht weiter. Zum Glück brachte das Geschäft genug ein, um Mei Mei zu ernähren und regelmäßig ihre immer teurer werdende Medizin zu kaufen. Der Rest war in Büchern gut angelegt, wenn Xu ihm nur etwas Zeit zum Lernen ließ.

Mit dem Frühling wurde Ci souveräner. Sein Blick hatte sich geschärft, so dass er auf Anhieb die violette Farbe einer Prellung vom purpurfarbenen Hämatom durch einen festen Schlag unterscheiden konnte. Sein Geruchssinn hatte gelernt, den strengen Geruch der Verwesung vom süßlicheren des Wundbrandes zu trennen. Seine Finger erspürten die harten Stellen unter dem Gewebe, die kleinen Wunden, die ein um den Hals geschlungenes Seil verursachte, die Schlaffheit des Alters, die Verbrennungen, die bei der Moxa-Therapie, der Behandlung mit glimmendem Beifuß, entstanden, und sogar die unscheinbaren Narben, die Akupunkturnadeln hinterließen.

Von Tag zu Tag fühlte er sich sicherer, vertraute er seinen Fähigkeiten mehr.

Und das war sein Fehler.

An einem regnerischen Apriltag kam ein großes Gefolge vornehm gekleideter Standespersonen, einen Sarg auf den Schultern, den Friedhofshügel herauf. Zwei Diener eilten dem Trauerzug voraus und suchten nach Xu, damit er die Familienmitglieder über die Todesursache aufklärte. Wie es aussah, war der Tote, ein hoher Beamter des Kriegsministeriums, in der vergangenen Nacht nach einer langen Krankheit, über die er nur das Nötigste mitgeteilt hatte, verstorben, und die Angehörigen wollten wissen, ob sein Tod vermeidbar gewesen wäre.

Als sie sich über den Preis geeinigt hatten, ging der Wahrsager Ci holen. Er fand ihn dort, wo er ihn verlassen hatte, im Schlammloch eines Grabes, dessen Seitenwände bei der Verbreiterung eingestürzt waren. Ci bat darum, sich rasch herrichten zu dürfen, doch Xu drängte ihn, die Verkleidung anzulegen und sich um diese Leute zu kümmern. Ci folgte widerstrebend, dann aber bemerkte er, dass die Handschuhe, die Xus Frau für ihn angefertigt hatte, um die Verbrennungen an seinen Händen zu verbergen, völlig verdreckt waren. Er durfte nicht riskieren, an seinen Verbrennungen erkannt zu werden und bestand darauf, das zweite Paar, das er auf dem Boot vergessen hatte, zu holen.

»Du weißt, ich kann nicht ohne Handschuhe arbeiten«, erwiderte er, als Xu protestierte.

»Verdammt noch mal, Ci! Dann versteck sie irgendwo oder besser noch: Steck sie dir in den Hintern. Du könntest es sogar mit auf den Rücken gebundenen Händen tun.«

Er hätte sich weigern sollen, aber schließlich willigte Ci ein – im vollen Vertrauen auf sein Glück. Im Grunde, dachte er, ist es nur ein weiterer Fall eines an irgendeiner Krankheit verstorbenen Alten. Er legte im Pavillon das Kostüm an und ging hinaus, den Trauerzug zu empfangen, wobei er seine Hände in den Ärmeln zu verbergen suchte. Kaum hatte er das Gesicht des Toten gesehen, vermutete er, dass es sich um einen einfachen Schlaganfall handelte.

Er verneigte sich vor dem Gefolge und trat dann an den Sarg. Am Hals des Verstorbenen entdeckte er eine leichte Schwellung. Das Gesicht des Toten wirkte freundlich, und seine Festkleider rochen nach Weihrauch und Sandelholz. Nichts Ungewöhnliches. Er musste ihn nicht berühren. Die

Angehörigen wollten bloß eine Bestätigung und die würde er ihnen geben. Er vergewisserte sich, dass seine Hände nicht zu sehen waren, und tat, als untersuchte er das Gesicht, den Hals, die Ohren, indem er mit den Ärmeln darüberfuhr.

»Dieser Mann ist an einem Schlaganfall gestorben«, verkündete er.

Die Angehörigen verneigten sich dankbar, und Ci erwiderte die Verbeugung. Es war eine leichte Aufgabe gewesen. Doch als er sich bereits zurückzog, ertönte hinter ihm eine Stimme:

»Haltet ihn!«

Bevor er es verhindern konnte, hatten ihn zwei Männer gepackt, und ein Dritter fing an, ihn zu durchsuchen.

»Was ist los?« Ci bäumte sich auf.

»Wo ist sie? Wo hast du sie hingetan?«, schrie einer der Angehörigen.

»Ich habe gesehen, wie er sie im Ärmel verschwinden ließ«, beschuldigte ihn ein anderer.

Auf der Suche nach einer Erklärung blickte Ci den Wahrsager an, doch Xu hielt sich abseits. Drohend verlangten seine Ankläger von ihm, die gestohlene Perlenbrosche auf der Stelle zurückzugeben. Ci wusste nicht, was er sagen sollte. Sosehr er sich auch bemühte, es gelang ihm nicht, sie von seiner Unschuld zu überzeugen. Nicht einmal nachdem sie ihn entkleidet hatten, beruhigten sie sich, sondern warfen ihm seine Sachen ins Gesicht und beschimpften ihn aufs Neue.

»Du Scheusal! Sag uns, wo die Brosche ist, oder du hast heute zum letzten Mal den Tag anbrechen sehen.«

Ci versuchte nachzudenken. Eines der Familienmitglieder hatte einen Jungen in die Stadt geschickt, um den Diebstahl anzuzeigen, aber die übrigen Anwesenden schienen nicht geneigt, auf seine Rückkehr zu warten. Die beiden Männer, die

Ci festhielten, verdrehten ihm die Arme, zu ihrer Verwunderung zeigte er jedoch keine Reaktion.

»Ich beteuere, dass ich nichts gestohlen habe. Ich habe ihn doch nicht mal berührt«, verteidigte sich Ci.

Ein Fausthieb in den Magen ließ ihn sich zusammenkrümmen. Ihm blieb die Luft weg.

Diese Leute würden ihn umbringen, ohne Zweifel. Ci dachte an Mei Mei und brüllte hilflos, dass er nichts gestohlen habe. Dass es ein Irrtum sein müsse. Er wiederholte es bis zur Erschöpfung, aber sie glaubten ihm nicht. Da näherte sich ein Mann mit einem Strick in der Hand. Ci verstummte.

Er spürte, wie sich eine Schlinge um seinen Hals legte. Der Mann war im Begriff, ihn zu erwürgen, als eine gebieterische Stimme den Raum erschütterte: »Halt! Lass ihn los!«

Und plötzlich senkten dieselben, die ihn eben noch umbringen wollten, vor ihm die Köpfe. Zitternd hielt das Familienoberhaupt die vermisste Brosche in die Höhe.

»Es tut mir so leid. Mein Sohn hat sie auf dem Boden des Sargs gefunden. Sie muss beim Transport abgefallen sein.« Der Patriarch verneigte sich schuldbewusst.

Wortlos klopfte Ci den Staub von seiner Kleidung und verließ den Ort des Geschehens.

Am Abend dachte er auf dem Deck der Barkasse bis spät in die Nacht über sein Schicksal nach. Vielleicht hatte seine Unempfindlichkeit gegenüber körperlichen Schmerzen zur Folge, dass seine Seele stärker litt, doch zu einem guten Teil gab er sich auch selbst die Schuld an dem, was passiert war. Wenn er, statt sich um das Verbergen der Verbrennungen an seinen Händen zu kümmern, die Leiche sorgfältig und gewissenhaft untersucht hätte, wäre wahrscheinlich niemandem ein solcher Verdacht in den Sinn gekommen. Auch Xu durfte er keine Vorwürfe machen – er hatte sich nur deshalb abseits gehalten, weil er nicht begriff, was vor sich ging.

Die Lehre, die Ci aus dem Geschehenen zog, war, dass er eine Untersuchung niemals auf die leichte Schulter nehmen durfte, und wenn das Ergebnis noch so offenkundig schien. Der kleinste Fehler, die geringste Unachtsamkeit konnten ihn in Lebensgefahr oder wenigstens in ernste Schwierigkeiten bringen.

Er lehnte sich zurück und betrachtete die Sterne. Es war kein guter Tag gewesen. Bald fing das neue Jahr an, und er würde einundzwanzig Jahre alt werden. Ein böses Omen für den Neubeginn.

Zwei Tage darauf, er war gerade dabei, mit Xu im Ewigen Mausoleum einen Sarg zu polieren, hörte er plötzlich seltsame Geräusche von draußen. Anfangs dachte er, es sei der Junge, der trällernd die Grünflächen harkte, aber immer deutlicher ließ sich das Geräusch als das Gebell eines Hundes identifizieren. Ci sträubten sich die Haare, normalerweise durften Hunde den Friedhof nicht betreten. Er lief zur Tür und spähte durch einen Spalt hinaus. Was er sah, ließ ihn erbleichen.

Den Hügel herauf kam ein Spürhund und dahinter ein uniformierter Strafverfolger – es war Kao.

»Du musst mir helfen«, flehte Ci den Wahrsager an.

»Ich soll dir helfen? Wobei?«, fragte Xu verständnislos.

»Der Mann da! Geh hinaus und lenk ihn ab, während ich mir einfallen lasse, wo ich mich verstecken kann.«

Xu näherte seine Augen dem Spalt.

»Ein Fahnder!« Ungläubig drehte er sich zu Ci um. »Was hast du nur getan, du verdammter Nichtsnutz?«

»Nichts! Sag ihm, dass ich weg bin.«

»Weg? Und wohin?«

»Keine Ahnung. Denk dir was aus.«

»Und was soll ich dem Hund erzählen?«

»Bitte, Xu!«

Der Wahrsager erhob sich und trat genau in dem Moment aus dem Pavillon, als der Ermittler das Mausoleum erreichte. Xu atmete tief durch.

»Schönes Tier«, meinte er mit einem schiefen Lächeln. »Kann ich Euch irgendwie helfen?« Er schloss die Tür und verneigte sich ehrerbietig.

»Das nehme ich an«, knurrte der Fahnder, und der Hund tat es ihm gleich. »Bist du der, den sie den Wahrsager nennen?«

»Mein Name ist Xu«, bestätigte er.

»Pass auf, Xu. Vor ein paar Tagen wurde Anzeige erstattet, es ging um den Diebstahl einer Brosche, hier auf dem Friedhof. Weißt du, wovon ich rede?«

»Ach so, das. Ein dummes Missverständnis.« Er fuhr sich nervös durchs Haar. »Ein paar aufgeregte Angehörige dachten, wir hätten ihnen eine Brosche entwendet, doch sie merkten bald, dass sie sich in Wirklichkeit von selbst gelöst hatte und auf dem Boden des Sarges lag. Alles wurde aufgeklärt.«

»Ja, das hat einer der Verwandten hinterher zu Protokoll gegeben.«

»Und?«, wunderte sich Xu.

»Die Sache ist die, dass sie von einem jungen Mann berichteten, der dir geholfen habe. Jemand in Verkleidung, mit Verbrennungen an Händen und Oberkörper. Das stimmt mit der Beschreibung eines Flüchtigen überein, den ich seit einiger Zeit suche. Ein großer, schlanker Bursche, gutaussehend, das dunkle Haar zu einem Knoten zusammengebunden …«

»Ihr meint diesen Bastard? Verflucht sei der Tag, an dem

ich ihn eingestellt habe!« Empört spuckte Xu aus. »Gestern ist er ohne Erklärung mit meiner Tasche abgehauen und …«

»Genug!«, herrschte Kao ihn an. »Und natürlich hast du nicht die leiseste Ahnung, wohin er verschwunden sein könnte.«

»Nein, tatsächlich nicht. Irgendwohin zum Hafen, nehme ich an. Warum sucht Ihr ihn?«

»Er hat Geld gestohlen. Und es gibt eine Belohnung, die dich vielleicht interessiert«, Kao grinste verschlagen.

»Eine Belohnung?« Xus Gesicht hellte sich auf.

Plötzlich alarmierte ein Geräusch den Fahnder, das eindeutig aus dem Mausoleum kam.

»Wer ist da drin?« Er sah Xu durchdringend an.

»Niemand, verehrter Herr. Ich …«

»Aus dem Weg!«, unterbrach ihn Kao.

»Da warten nur Tote«, rief Xu, während der Fahnder gegen die von innen versperrte Tür trat.

»Wenn ich erst mal da drin war, wird das stimmen.« Kao hämmerte gegen die Pforte, aber der Riegel gab nicht nach. Die Tür war massiv, und das Schloss leistete Widerstand. Wieder trat er dagegen, bis er auf dem Boden eine Schaufel entdeckte. Grimmig nahm er sie zur Hand. Der erste Schlag ließ nur die Verzierung splittern. Auch dem zweiten Schlag hielt das Holz stand, beim dritten aber krachte es. Gerade wollte er das Schloss herausbrechen, da öffnete die Tür sich plötzlich von allein. Eine Gestalt im Wahrsagerkostüm trat ins Freie und hob zitternd die Arme.

»Die Maske!«, befahl Kao. »Runter damit! Los, du sollst tun, was ich dir sage.« Von seinem Herrn aufgehetzt, kläffte der Hund, als wollte er die Gestalt verschlingen.

Der Maskierte versuchte zu gehorchen, aber die zittrigen

Finger in den Handschuhen bekamen die Knoten nicht auf.

»Stell meine Geduld nicht auf die Probe. Zieh die Handschuhe aus. Schnell!«

Finger für Finger zog der Maskierte den rechten Handschuh aus. Dann wiederholte er die Prozedur mit dem linken. Als er fertig war, ließ er die Handschuhe zu Boden fallen. Im selben Moment verwandelte sich Kaos triumphierender Gesichtsausdruck in eine Miene der Verblüffung.

»Aber …«

Der Fahnder betrachtete ein Paar runzlige Hände, die keinerlei Verbrennungsspuren aufwiesen, als hätte ein Wunder sie getilgt. Außer sich vor Wut riss er dem Mann die Maske herunter und blickte in das Gesicht eines verschreckten Greises.

»Aus dem Weg!«

Kao stieß den Alten zur Seite und drang in das Mausoleum ein, wobei er auf alles einprügelte, was links und rechts seinen Weg säumte. Doch musste er schließlich erkennen, dass sich in diesem Raum niemand versteckt hielt. Er brüllte wie ein verwundetes Tier. Dann trat er wieder hinaus und packte Xu am Kragen.

»Verdammter Lügner! Sag mir jetzt sofort, wo der Kerl ist, oder mein Freund hier geht dir an die Gurgel.« Der Hund fletschte die Zähne.

Xu schwor Stein und Bein, dass er es nicht wüsste. Kao umklammerte seinen Nacken noch ein wenig fester.

»Ich werde dich Tag und Nacht beobachten, und wenn der Bursche zurückkehrt, um dir bei deinen abscheulichen Machenschaften zu helfen, werde ich dafür sorgen, dass du es für den Rest deines Lebens bereust.«

»Verehrter Herr«, stammelte Xu, »ich habe den Jungen nur

aus Mitleid eingestellt. Ich habe mir seine besonderen Fähigkeiten und die Verkleidung ausgedacht, um die Unbedarften an der Nase herumzuführen, aber ich war es, der ihm zuflüsterte, was er sagen sollte. Deshalb habe ich mir auch einen neuen Helfer gesucht.« Er wies auf den Gärtner, der nicht weit von ihnen sprachlos vor sich hin zitterte. »Dieser Bursche kommt nicht wieder. Ich habe Euch ja schon gesagt, dass er mich bestohlen hat. Und wenn er zurückkommt, werde ich ihm höchstpersönlich die Augen auskratzen.«

Kao presste die Kiefer aufeinander und verließ, eine Flut von Verwünschungen ausstoßend, den Friedhof.

* * *

Als Ci ihm erzählte, wie er den Gärtner dazu gebracht hatte, sein Kostüm anzulegen, musste Xu lachen.

»Aber wie, verflixt noch mal, hast du es angestellt, dass er dich nicht gefunden hat?«

Den Schrecken noch in allen Gliedern, berichtete Ci, dass er, als er in der Falle saß, vor dem hinteren Fenster den Gärtner entdeckt und ihn mit Hilfe einer beträchtlichen Summe überzeugt habe, sich als Magier zu verkleiden.

»Und dann ließ ich ihn den Sarg zunageln, in dem ich mich versteckte, damit es so aussah, als wäre er verschlossen.«

Während Xu immer noch lachte, zahlte Ci dem Gärtner das vereinbarte Geld aus.

»Der Kerl ist hier aufgetaucht wegen der Geschichte mit dieser Perlenbrosche«, sagte Xu schließlich. »Der Junge, der dich angezeigt hat, muss dich als einen verkleideten jungen Mann mit verbrannten Händen beschrieben haben, und die Beschreibung hat Argwohn geweckt.« Der Wahrsager musterte Ci streng. »Ich finde, es ist an der Zeit, dass du mir erklärst, warum du gesucht wirst.« Xu vergewisserte sich, dass der Gärtner nicht zuhörte, und setzte dann hinzu: »Du kannst von Glück reden, dass die Summe, die der Typ mir als Belohnung in Aussicht gestellt hat, nicht so hoch war wie das, was wir mit deinen Auftritten verdienen.«

Ci schwieg. Die Wechselfälle, die er seit dem tragischen Ende seiner Familie durchlitten hatte, waren nicht nur schwer zu erzählen, sondern auch kaum zu glauben. Außerdem hatte Xu etwas an sich, das ihn misstrauisch machte. Er gehörte zu den Menschen, die einem ein Glas mit schmutzigem Wasser anboten und behaupteten, es sei Wein.

»Ich sollte besser verschwinden«, überlegte Ci.

»Kommt nicht in Frage«, lehnte Xu entschieden ab. »Wir tauschen das Kostüm gegen ein weniger auffälliges. Und wir wählen die Toten besser aus. Mehr noch: So wie du es im Kloster gemacht hast, werden wir unsere Kunden einschüchtern, damit sie das Geheimnis für sich behalten. Ich bin nicht ehrgeizig.« Er grinste. »Vorerst haben wir genug Kundschaft, um ein paar Monate hinzukommen.«

Die Worte hinterließen bei Ci einen schalen Beigeschmack. Xu hatte, seit Ci für ihn arbeitete, seinen eigenen Worten zufolge mehr Geld eingenommen, als er mit den Grillen in einem ganzen Jahr verdiente. Und Ci ahnte plötzlich, dass Xu ihn, solange die Geschäfte gut liefen, niemals gehen lassen würde.

»Ich weiß nicht, Xu. Ich möchte dich nicht mit in meine Probleme hineinziehen«, sagte Ci.

»Deine Probleme sind meine Probleme«, versicherte ihm Xu. »Und deine Einnahmen ebenfalls.« Er kicherte. »Also, Schluss mit dem Gezaudere.«

Widerwillig erklärte Ci sein Einverständnis, und Xu klopfte ihm freundschaftlich auf die Schulter.

Als Mei Mei jedoch einige Tage später einen Rückfall erlitt, musste Ci feststellen, dass seine Probleme durchaus nicht die des Wahrsagers waren.

Eines kalten Morgens beschwerten sich Xus Frauen, Mei Mei sei nichts weiter als eine Belastung. Das Mädchen lerne nichts, denke ständig an etwas anderes, verwechsele die Garnelen mit den Krabben und esse zu viel. Außerdem müssten sie auf sie aufpassen und ihren Zustand beobachten, der sich von Tag zu Tag verschlechtere. Sie trugen es Xu vor, und der gab es an Ci weiter.

»Vielleicht sollten wir sie verkaufen«, meinte der Wahrsager. Als Ci seinen Vorschlag empört ablehnte, beharrte er, das sei die übliche Lösung bei armen Familien.

»Dann verheiraten wir sie eben«, mischte sich die ältere Ehefrau ein.

Begeistert griff der Wahrsager die Idee auf, die Ci unmöglich zurückweisen könne. Es ginge bloß noch darum, einen Kandidaten zu finden, der die Jugend der Kleinen zu schätzen wüsste und sich ihrer annähme. Letztlich stelle ein Mädchen immer eine Belastung dar, das ändere sich erst, wenn es das Haus verlasse.

»Das haben wir mit unseren Töchtern auch so gemacht«, erläuterte Xu. »Sie ist acht, hast du gesagt, oder?« Er machte Anstalten sie zu sich heranzuziehen. »Wart's ab. Wir schminken sie ein bisschen, damit sie nicht so krank aussieht. Ich kenne ein paar Leute, denen dieses Küken gefallen wird.«

Ci trat dazwischen. Obwohl es üblich war, Kinder zur Hochzeit anzubieten, und es sich mitunter als die beste Entscheidung für die Zukunft der Mädchen erwies, würde er nicht zulassen, dass seine Schwester als Sklavin und Lustobjekt irgendeines Greises endete. Xu gab nicht auf. Mädchen seien wie Heuschrecken, sagte er, sie täten nichts anderes als essen und Kosten verursachen. Bis zu ihrer Heirat. Erst dann erfüllten sie eine sinnvolle Aufgabe, nämlich die, sich um ihren Mann und seine Familie zu kümmern.

»Und uns vergessen sie«, fügte er hinzu. »Es ist ein Unglück, wenn man keine Söhne hat. Die schaffen sich wenigstens Frauen an, die uns im Alter betreuen.«

Wie immer gelang es Ci, die Diskussion zu vertagen, indem er Xu Geld zuschob.

Aber im Laufe der Wochen schmolzen seine Ersparnisse dahin.

Jeden Tag benötigte Mei Mei mehr Medikamente. Xu brachte sie von seiner Runde durch die Apotheken mit, Ci bezahlte einen überhöhten Preis, verabreichte sie seiner Schwester und sah sie trotzdem schwächer werden. Langsam verlosch sie, ohne dass er etwas dagegen tun konnte. Es brach ihm das Herz, morgens zum Friedhof zu gehen und sie elend und kraftlos auf dem Boot zurückzulassen, zu erleben, wie sie mit ihren vor Kälte geröteten Händen die neue Fischlieferung putzte und sich mit dünner Stimme und einem angedeuteten Lächeln von ihm verabschiedete.

»Ich bringe dir ein Bonbon mit«, sagte er, schluckte sein Mitleid herunter und betete still für ihre Genesung.

Das wenige gesparte Geld rann ihm aus den Händen wie Wasser aus einem Stoffbeutel.

Inzwischen hatte Xu beschlossen, seine Arbeit als Totengräber gegen Cis Posten als Leichendeuter einzutauschen, doch seine falschen Auskünfte hatten die ohnehin nicht sehr zahlreichen Interessenten verschreckt, wodurch ihre Einnahmen ins Bodenlose gesunken waren.

Zumindest behauptete das Xu, als Ci ihn um einen Vorschuss bat.

»Glaubst du, ich bekomme etwas geschenkt? Es ist genug Zeit vergangen. Wenn du Geld brauchst, musst du es dir wieder verdienen.« Und er zeigte auf das Hellsehergewand, das auf einem zerbrochenen Sarg lag.

Ci klopfte sich den Dreck von den schwieligen Händen und musterte seufzend die Verkleidung, von der seine Zukunft abhing. Er fürchtete die Rückkehr des Fahnders, doch wenn er seine Schwester retten wollte, musste er die Gefahr auf sich nehmen.

Noch am selben Nachmittag streifte er sich das Gewand über, als eine Gruppe Studenten unter der Leitung ihres Professors in prozessionsartiger Ordnung den Hügel zum Mausoleum heraufmarschierte. Wie Xu ihm erzählte, besuchten die Schüler der berühmten Ming-Akademie manchmal den Friedhof und durften – gegen einen bescheidenen Betrag, der den Diensthabenden der Felder des Todes ein Auge zudrücken ließ – die Leichen untersuchen, nach denen sich in den vorangegangenen Tagen niemand erkundigt hatte. An diesem Tag warteten noch drei vernachlässigte Tote auf ihr Begräbnis, und Xu jubelte, als hätte man ihn überraschend zu einem Bankett eingeladen.

»Mach dich bereit«, forderte der Wahrsager ihn auf. »Diese jungen Leute sind mit dem Trinkgeld großzügig, wenn du die richtigen Worte findest.«

Ci nickte, versuchte sich zu konzentrieren und wartete, dass Xu ihm das Zeichen für seinen Auftritt gab.

Aus einer Ecke beobachtete er, wie der Professor, ein in rote Gewänder gekleideter kahlköpfiger Mann, der ihm bekannt vorkam, seine Schüler um den ersten der drei Toten herum anordnete. Bevor er mit seinen Belehrungen begann, erinnerte der Meister die Studenten an ihre Verantwortung als künftige Richter. Sie sollten sich den Toten gegenüber respektvoll verhalten und ihr Urteil mit der größten Ehrenhaftigkeit äußern. Dann zog er das Tuch beiseite, das den Leichnam bedeckte. Es handelte sich um ein nur wenige Monate altes Mädchen, das eines Morgens in den Kanälen von Lin'an gefunden worden war. Der Professor stellte den Studenten eine Reihe von Fragen, um die Todesursache einzugrenzen.

»Das Mädchen ist zweifellos ertrunken«, begann der erste, ein bartloser junger Mann mit kindlichem Gesicht. »Der Bauch ist aufgedunsen, und man sieht keine weiteren Spuren äußerlicher Einwirkung.«

Der Professor nickte und forderte den nächsten Schüler zum Sprechen auf.

»Ein typischer Fall von Kindstötung. Die Eltern haben das Kind ins Wasser geworfen, um es nicht ernähren zu müssen«, meinte der zweite.

»Vielleicht konnten sie es nicht ernähren«, gab der Meister zu bedenken. »Weitere Kommentare?«

Ein Student mit grauen Haaren, der größer war als die anderen, gähnte nachlässig. Der Professor warf ihm einen verstohlenen Blick zu, sagte aber nichts. Er deckte das Baby wieder zu und bat Xu, die nächste Leiche zu holen, was der Totengräber nutzte, um Ci als den großen Wahrsager des Friedhofs vorzustellen. Bei seinem Anblick zogen die Studenten verächtliche Mienen.

»Auf Betrügereien können wir verzichten«, fauchte der Meister. »Wir glauben nicht an Hellseher.«

Verunsichert schwieg Ci und kehrte an Xus Seite zurück, der ihn ermahnte, die Maske abzunehmen und aufmerksam zuzuhören. Die Studenten fuhren mit ihrer Beschau fort. Vor ihnen lag der weißliche Leichnam eines alten Mannes, den man hinter den Lagerschuppen des Großen Marktes gefunden hatte.

»Es handelt sich um einen Tod aus Entkräftung«, meinte ein vierter Student, während er das armselige, nur aus Haut und Knochen bestehende Gerippe untersuchte. »Fußgelenke und Füße sind geschwollen. Etwa siebzig Jahre alt. Also ein natürlicher Tod.«

Wieder bestätigte der Professor die Schlussfolgerung, und alle freuten sich. Ci beobachtete, wie der grauhaarige Student sarkastisch beipflichtete, als entdeckten seine Kommilitonen gerade, dass der Regen vom Himmel nach unten fällt. Der Lehrer richtete zwei, drei weitere Fragen an die Schüler, die sich am wenigsten beteiligt hatten. Auf sein kurzes Händeklatschen hin gab man Xu Bescheid, dass er die letzte Leiche aufbahren solle. Ci half ihm, den Sarg, eine große Kiste aus Kiefernholz, zu tragen. Als sie den Deckel abhoben und die Leiche auf den Tisch legten, wichen die Schüler in der ersten Reihe entsetzt zurück. Erst jetzt drängte sich der grauhaarige Student nach vorn, um den Leichnam zu betrachten. Sein gelangweiltes Gesicht nahm einen äußerst befriedigten Ausdruck an.

»Es sieht aus, als hättest du Gelegenheit, dein Talent unter Beweis zu stellen«, sagte der Meister zu ihm.

Statt einer Antwort verneigte der Student sich mit einem ironischen Lächeln vor seinem Lehrer. Nun, da er die Erlaubnis hatte, trat er langsam an den Toten heran, als stünde er vor einem Schatz. Seine Augen blitzten vor Gier, blinzelten genüsslich angesichts des Schauspiels, das dieser von Messerstichen durchlöcherte Körper bot. Dann nahm er einen Bogen Papier, einen Tintenstein und einen Pinsel zur Hand.

Im Gegensatz zu seinen Kommilitonen schien er einer ähnlichen Methode zu folgen wie der, die Richter Feng bei seinen Fällen anwendete.

Zunächst begutachtete er die Kleidung des Toten, blickte

in seine Ärmel, in das Innere seiner Hemdjacke, in die Hosen und in die Schuhe. Dann, nachdem er den Körper vollständig entkleidet und abgetastet hatte, ließ er Ci einen Eimer Wasser herbeischaffen. Damit reinigte er sorgfältig den blutverschmierten Körper, bis die Haut rosafarben leuchtete. Anschließend maß er die Länge des Körpers und machte zum ersten Mal den Mund auf, um zu verkünden, dass die Größe des Toten die eines durchschnittlichen Mannes um zwei Köpfe übertreffe.

Eingehend studierte er das geschwollene Gesicht des Leichnams, in dem eine Stirnwunde klaffte. Statt sie zu waschen, entnahm der Student eine Probe der darin befindlichen Erde und erklärte, es handle sich um einen Rückstand vom Sturz gegen einen scharfkantigen Pflasterstein. Er notierte etwas mit seinem Pinsel und wandte sich dann den halbgeöffneten, glanzlosen Augen des Leichnams zu, die er mit denen eines getrockneten Fisches verglich. Des Weiteren hob er die ausgeprägten Wangenknochen hervor sowie den dünnen, ungepflegten Schnurrbart und den kräftigen Unterkiefer. Dann widmete er sich dem gewaltigen Schnitt, der den Hals des Toten vom Kehlkopf bis zum rechten Ohr zerteilte. Er untersuchte die inneren Kanten der Schnittwunde und maß mit Hilfe eines Hölzchens ihre Tiefe. Hochzufrieden hielt er die Ergebnisse fest.

Anschließend zählte der Student elf Messerstiche im Brustbereich. Nachdem er sie mit den Fingern betastet hatte, machte er sich abermals Notizen. Dann besah er sich die Leisten des Toten, sein Geschlechtsteil, und als Letztes untersuchte er die kräftigen Oberschenkel und die runden, unbehaarten Waden.

Mit Cis Hilfe drehte er die Leiche in Bauchlage. Bis auf die Blutspuren, die beim Waschen des Toten entstanden waren, wirkte der Rücken sauber und unversehrt. Der Grauhaarige ließ noch einmal seinen Blick über den Toten gleiten und trat dann zur Seite.

»Und?«, fragte der Professor erwartungsvoll.

Der Student ließ sich Zeit mit seiner Antwort, zweifellos genoss er seinen Auftritt. Ci zog eine Augenbraue hoch und lauschte.

»Es ist offensichtlich, dass wir es hier mit einem besonderen Fall zu tun haben«, fing der Grauhaarige an. »Ein junger, außerordentlich kräftiger und robuster Mann, niedergestochen und mit aufgeschlitzter Kehle. Ein in seiner Grausamkeit erschreckender Mord, der uns an einen erbitterten Kampf denken lässt.«

Jetzt war es Ci, der ein Gähnen nicht unterdrücken konnte. Xu warf ihm einen tadelnden Blick zu.

Der Meister bestärkte den großgewachsenen Studenten darin, mit seinem Vortrag fortzufahren.

»Wir können zunächst davon ausgehen, dass es sich um eine Überzahl von Tätern gehandelt hat, etwas Unabweisbares angesichts der Konstitution des Toten – um einen solchen Hünen in die Knie zu zwingen, waren unbedingt mehrere Männer erforderlich. Bei der Auseinandersetzung bekam der Tote zahlreiche Messerstiche ab, trotzdem kämpfte er weiter, bis es einem Angreifer gelang, ihn mit dem Schnitt in die Kehle tödlich zu verletzen. Dieser Schnitt durch den Hals ließ den Hünen zusammenbrechen, wobei er mit der Stirn aufschlug und sich diese merkwürdige rechtwinklige Wunde zuzog, die uns so beeindruckt hat.« Er machte eine übertrieben lange Pause, um die Erwartung zu schüren. »Das Mordmotiv? Vielleicht sollten wir verschiedene Motive in Erwägung ziehen. Von den Folgen einer einfachen Angeberei in einem Wirtshaus über eine nicht bezahlte Schuld oder einen aufgestauten alten Groll bis hin zu einem ernsthaften Streit wegen einer schönen *Blume* … Alles ist denkbar, allerdings weniger wahrscheinlich als ein schlichter Raubüberfall. Diese Schlussfolgerung legt der Umstand nahe, dass der Tote keinerlei Wertsachen bei sich trug. Auch nicht«, er blickte in seine Notizen, »die Armreifen, die er an dieser Hand getragen haben muss.« Er wies auf einen hellen Streifen am Handgelenk. »Wenn also Anzeige erstattet werden sollte, täte der zuständige Richter gut daran, eine sofortige Durchsuchung der Umgebung des Fundortes anzuordnen. Ich selbst würde mich auf die Wirtshäuser konzentrieren und vor allem auf verwundete Raufbolde achten, die unverhältnismäßig viel Geld ausgeben.« Der Grauhaarige faltete seine Notizen zusammen, deckte den Leichnam zu und blickte die Anwesenden beifallheischend an.

In diesem Moment erinnerte Ci sich an Xus Bemerkung über Schmeicheleien und Trinkgelder und trat auf den Studenten zu, um ihn zu beglückwünschen. Der aber verjagte ihn, als hätte sich ihm ein Leprakranker genähert.

»Blöder Wichtigtuer«, knurrte Ci.

»Wie kannst du es wagen?« Der Student packte ihn am Arm.

Ci riss sich mit einem Ruck los, spannte die Muskeln, die er seiner Arbeit als Totengräber verdankte, und sah ihn herausfordernd an. Gerade wollte er ihm antworten, da mischte sich der Professor ein.

»Der Herr Zauberer meint also, wir würden uns hier wichtigmachen …« Doch plötzlich hielt er verwirrt inne. Er fragte Ci, ob sie sich schon einmal begegnet seien.

»Ich glaube nicht, mein Herr. Ich bin erst seit kurzem in der Stadt«, log er. Aber noch während er den Satz aussprach, erkannte Ci in Professor Ming den Mann wieder, dem er auf dem Büchermarkt von Lin'an das *Songxingtong* seines Vaters hatte verkaufen wollen.

»Wirklich?« Verwundert schüttelte er den Kopf. »Jedenfalls, denke ich, solltest du dich bei Grauer Fuchs entschuldigen.« Er zeigte auf den langen Studenten mit dem grauen Haar, der nervös blinzelnd zu ihnen herübersah.

»Vielleicht sollte er sich bei mir entschuldigen«, erwiderte Ci.

Angesichts der Unverschämtheit des Totengräbers breitete sich ein erstauntes Raunen aus.

»Mein Herr, ich bitte Euch, ihm zu verzeihen«, schaltete Xu sich rasch ein. »In letzter Zeit weiß er nicht, was er sagt.«

Aber Ci gab nicht klein bei. Wenn er schon kein Trinkgeld bekam, wollte er wenigstens dafür sorgen, dass diesem eingebildeten und unfähigen Studenten sein dummes Grinsen verging. Er wandte sich zu seinem Geschäftspartner um und sagte ihm, er solle auf ihn setzen. Xu verstand nicht.

»Alles, was du hast. Damit kennst du dich doch aus, oder?«

18

Der Professor hielt sich zunächst heraus, doch am Ende beugte er sich, selbst neugierig geworden, dem Drängen einiger aufgeregter Studenten, die unbedingt das Häufchen Unglück sehen wollten, in das Ci sich, so glaubten sie, nach dem Wettstreit verwandeln würde. Routiniert schloss Xu die Wetten ab und griff sich dabei mehrmals mit theatralischer Geste an den Kopf, um Besorgnis zu heucheln und den Gewinn in die Höhe zu treiben.

»Wenn du versagst, verkaufe ich deine Schwester für den Preis eines Schweins«, warnte er Ci.

Doch Ci reagierte nicht. Stattdessen postierte er neben der Leiche ein Bündel, aus dem er einen Metallhammer, zwei Bambusklemmen, ein Skalpell, eine kleine Sichel und einen Holzspatel hervorholte. Die Studenten lachten, aber der Professor runzelte erstaunt die Stirn. Das Instrumentarium ergänzte Ci um eine Schüssel und mehrere Näpfe mit Wasser und Essig, seinen Tintenstein, einen Bogen Papier und einen schon befeuchteten schmalen Pinsel. Bevor er anfing, legte er seine Verkleidung vollständig ab.

Dann trat er vor den Leichnam, den Grauer Fuchs soeben untersucht hatte. Er hatte die Analyse des Grauhaarigen aufmerksam verfolgt, und obwohl er einen bestimmten Verdacht hegte, musste er jetzt entsprechende Beweise finden. Der Gedanke an Mei Mei gab ihm Kraft, er holte tief Luft. Er durfte nicht versagen, denn das war womöglich seine letzte Chance.

Sein Interesse richtete sich zunächst auf den Nacken des Toten. Er befühlte die blasse, weiche Haut, ohne etwas Ungewöhnliches zu entdecken. Dann löste er ihm den Haarknoten und fuhr mit den Fingern über die Kopfhaut bis zum Scheitel. Mit Hilfe des Spatels untersuchte er die Ohren, sowohl von außen als auch von innen. Anschließend wandte er sich dem Hals zu, der hart war wie bei einem Stier, und danach den breiten Schultern. Er betrachtete die Innenseiten der Arme, die Ellenbogen und die Unterarme, ohne dass er auf irgendwelche Besonderheiten stieß. An der rechten Hand jedoch hielt er inne und widmete sich sehr gründlich dem Daumenansatz.

»Eine kreisförmige Hornhautverdickung«, notierte er stumm auf seinem Papierbogen.

Dann tastete er den Rücken des Toten ab, presste ein wenig die Wirbel und die Muskeln bis hinunter zu den Gesäßbacken. Er fand weder Anzeichen für Verhärtungen noch für Brüche, nichts, das auf ein Tötungsdelikt hindeutete. Als er die Untersuchung der Beine beendet hatte, drehte er den Leichnam abermals um. Mit einer Mischung aus Wasser und Essig reinigte er erneut das Gesicht, den Hals und den Brustkorb, um die Einstiche, von denen der Körper übersät war, genauer zu begutachten. Mindestens drei von ihnen waren tödlich. Er analysierte ihre Form und vermaß sie.

Wie ich es mir gedacht habe, stellte er im Stillen fest. Danach kehrte er zum Hals zurück. Die Wunde war grauenerregend. Sie begann auf der linken Seite, durchschnitt den gesamten Kehlkopf und erstreckte sich fast bis zum rechten Ohr. Ci überprüfte die Tiefe des Schnitts, seinen Verlauf und die Kanten. Er schüttelte den Kopf.

Die eigenartige Stirnverletzung hob er sich für den Schluss auf und konzentrierte sich auf das Gesicht. Als Erstes untersuchte er die Nasenlöcher. Dann benutzte er die Klemmen, um die Mundhöhle zu erforschen. Er nahm einen Abstrich vor, roch an dem weißlichen Sekret und legte das Stäbchen in einer der Schalen ab. Wieder notierte er etwas.

»Die Zeit läuft«, mahnte der Professor.

Ci ließ sich nicht ablenken. In seinem Kopf wirbelten unzählige Fakten herum, aber es gelang ihm noch nicht, das Ergebnis in Worte zu fassen. Er beschäftigte sich weiter mit den Wangen des Toten und rieb sie mit Essig ab, bis einige leichte Kratzer zum Vorschein kamen. Dann widmete er sich den Augen und schließlich der klaffenden Stirnwunde. Mit dem Skalpell entfernte Ci die Reste von Erde, die sie immer noch verunreinigten. Zu seiner Überraschung stellte er fest, dass die viereckige Vertiefung nicht auf einen Schlag zurückging, sondern auf einen brutalen Schnitt mit einem scharfen Gegenstand – der Schmutz an den Wundrändern hatte das bisher verborgen.

Er legte die Instrumente beiseite und erneuerte den Pinsel am Tintenstein. Sein Herz klopfte schneller, denn er hatte etwas entdeckt. Abermals wandte er sich den Händen und Armen zu, wo sich weitere Kratzer zeigten. Dann untersuchte er noch einmal den Scheitel, indem er vorsichtig die Haare teilte. Kaum fand er seine Vermutungen bestätigt, bedeckte er den Leichnam wieder mit dem Tuch. Als er sich schließlich zu dem Meister umdrehte, wusste er, dass er gewonnen hatte.

»Nun, Zauberer, hast du noch etwas anzumerken?«, fragte Grauer Fuchs mit siegesbewusstem Lächeln.

»Nicht allzu viel.« Er senkte den Kopf, um seine Aufzeichnungen durchzugehen.

Die Studenten fingen an zu lachen und forderten lautstark, Xu solle ihnen den Gewinn auszahlen. Nervös bat der Wahrsager sie, Cis Bericht abzuwarten, doch der blieb weiterhin in sich gekehrt und starrte auf seine Notizen.

Als Xu fluchend mit der Auszahlung beginnen wollte, hielt Ci ihn zurück. Dann verkündete er, dass die Studenten diejenigen wären, die zu zahlen hätten, und zwar alles, bis auf den letzten Qian. Auf den Gesichtern wich das spöttische Grinsen einem Ausdruck grenzenlosen Erstaunens.

»Wovon redest du?«, platzte Grauer Fuchs heraus. »Wenn du dich über uns lustig machen willst …«

Ci blickte ihn nicht einmal an. Er wandte sich in die Richtung, wo der Professor stand, und wartete, dass dieser ihm gestattete, fortzufahren. Schweigend betrachtete der Gelehrte ihn, als ahnte er, dass er jemanden vor sich hatte, der mit Sicherheit kein Scharlatan war.

»Nur zu«, ermunterte er ihn.

Ci folgte der Aufforderung. Er hatte seinen Vortrag gut vorbereitet.

»Zunächst muss ich euch darauf hinweisen, dass alles, was ihr hier hören werdet, dem Willen der Götter entspricht. Demselben Willen, der mich dazu zwingt, euch über die Regeln aufzuklären, zu deren Einhaltung ihr euch von diesem Zeitpunkt an verpflichtet. Ich verlange, dass ihr das Geheimnis der Dinge, die ich euch anvertrauen werde, bewahrt. Ebenso wie das ihres Autors, eures ergebenen Dieners.« Er verneigte sich.

»Sprich weiter. Dein Geheimnis soll gewahrt bleiben«, sagte der Meister ohne große Überzeugung.

»Euer Schüler Grauer Fuchs hat eine stümperhafte und oberflächliche Untersuchung vorgenommen. Von Eitelkeit verblendet, hat er sich bei banalen Dingen aufgehalten und jene Kleinigkeiten übersehen, in denen die Wahrheit steckt. So wie man tausend *Li* stets Schritt für Schritt gehen muss, erfordert die Untersuchung einer Leiche die Ruhe der Bescheidenheit und die Gründlichkeit der Demut.«

»Eine Demut, die dir zu fehlen scheint«, bemerkte Professor Ming.

Ci machte eine entschuldigende Verbeugung und fuhr fort.

»Der Ermordete hieß Fue Lung. Schwerer Verbrechen überführt, wurde er verurteilt, im Strafbataillon von Xiangyang am Grenzfluss Han als Soldat zu dienen, in einer Einheit, aus der er kürzlich desertierte. Er kam nach Lin'an, um ein neues Leben anzufangen, doch sein gewalttätiger Charakter verhinderte das. Wie schon viele Male begann er einen Streit mit seiner Frau, bei dem er sie brutal und rücksichtslos attackierte. Die Frau ertrug es nicht länger. Sie nutzte die Gelegenheit, als ihr Mann nichtsahnend zu Abend aß, um ihn von hinten zu überfallen und ihm die Kehle durchzuschneiden. Was diese Unglückselige betrifft, werdet ihr sie in ihrem Haus finden, nicht weit von der Mauer, an der die

Leiche entdeckt wurde. Ihr braucht nur im Laden der Jurchen am Nordkai zu fragen. Dort wird man euch sagen, wo sie wohnt. Falls sie sich nicht schon umgebracht hat.«

Keiner sagte etwas, und selbst Xu bekam kein Wort heraus, als Ci ihn durch Zeichen aufforderte, seine Schulden einzutreiben. Schließlich trat Grauer Fuchs einen Schritt vor und ohrfeigte Ci.

»Aber …« Ci verstummte entsetzt.

»Bisher glaubte ich, das Geschwafel aller Arten von Scharlatanen, Hungerleidern und Gaunern zu kennen«, fuhr ihn der Grauhaarige an, »doch deine Frechheit übertrifft alles Vorstellbare. Verschwinde, bevor wir ernstlich böse werden!«

Als einzige Antwort gab Ci ihm die Ohrfeige zurück.

»Jetzt hör du mir mal zu. Ich kann weder etwas für deine Unfähigkeit noch für deine Nachlässigkeit. Du hast die Leiche ja sogar gewaschen, bevor du nach Hinweisen gesucht hast.«

Der Student wollte etwas erwidern, doch Ming hielt ihn zurück.

»Aber, Meister, seht Ihr nicht, dass er uns bloß schröpfen will?«

»Ganz ruhig, Grauer Fuchs. Die Worte dieses jungen Mannes zeugen von solchem Selbstvertrauen, dass an ihnen möglicherweise etwas Wahres ist. Trotzdem, wie ich euch schon oft gesagt habe, obwohl uns die Gewissheit bei der Arbeit helfen kann, so ist sie doch auch manchmal eine Waffe des Fanatismus und der Intoleranz. Für sich allein genommen, reicht der feste Glaube nicht aus, jemanden zu verurteilen, und aus ebendiesem Grund würde kein Gericht ihn als Beweis akzeptieren. Lasst also eure Münzen am Gürtel, denn noch sind sie nicht verloren.« Er drehte sich wieder zu Ci um. »Und dort werden sie bleiben, solange dieser Frechling seine Behauptungen nicht begründet. Sonst müssten wir annehmen, dass sie allein seiner Phantasie entspringen. Oder schlimmer noch: seiner Anwesenheit am Tatort.«

Ci atmete schwer. Diesmal stand er nicht vor einer leichtgläubigen Gesellschaft aus trauernden Familienangehörigen, sondern vor der Elite der Ming-Akademie, dem Institut, an dem die besten Untersuchungsrichter des Landes ausgebildet wurden, und vor ihrem höchsten Repräsentanten, Meister Ming persönlich. Wenn er sich weigerte, Erklärungen zu geben, würden sie ihn für einen Schwindler halten. Wenn er sie ihnen aber lieferte, würden sie sofort wissen, dass er medizinische Kenntnisse besaß. Und das konnte gefährlich sein.

Er versuchte auszuweichen, indem er sagte, wenn sie Beweise brauchten, müssten sie nur den Tatort aufsuchen und die Richtigkeit seiner Behauptungen überprüfen. Doch statt den Professor zu überzeugen, erreichte er damit bloß, dass der ihm drohte, er werde die Behörden informieren und ihn anzeigen.

Ci ballte die Fäuste. Er wusste, was für einer Gefahr er sich aussetzte, aber es war der Moment gekommen, diese eingebildeten Reichen zum Schweigen zu bringen.

»Gut. Beginnen wir mit der Todesursache«, sagte er schließlich. »Der Mann starb nicht im Kampf. Weder gab es mehrere Angreifer noch verschiedene Treffer. Er starb auf Grund einer einzigen Verletzung, der am Hals, welche die Kehle und die wichtigsten Adern auf der rechten Seite vollständig durchtrennte. Anfang und Verlauf des Schnittes zeigen, dass er von hinten sowie von unten nach oben ausgeführt wurde. Er hätte ihm auch im Stehen zugefügt werden können, aber man darf nicht vergessen, dass wir von einem wahren Hünen reden, einem Mann, der jeden anderen um zwei Köpfe überragt, was uns theoretisch zu einem Angreifer mit einer deutlich größeren Statur führen müsste, den es aber nicht gibt. Klar ist zumindest, dass unser Mann sich in sitzender, geduckter oder liegender Position befunden hat. Was die übrigen Einstiche betrifft, jene im Brustbereich, so geht aus der Untersuchung der Wunden hervor, dass sie alle mit derselben Waffe, aus demselben Winkel und mit derselben Kraft zugefügt wurden, das heißt, sie stammen alle von derselben Person. Kurioserweise sind drei davon tödlich, nämlich der ins Herz, der in die Leber und der in den linken Lungenflügel, was den Rest der Stiche unnötig machen würde, auch den Schnitt durch die Kehle.« Er trat zu der Leiche und deckte sie auf, um die Einstiche zu zeigen. »Es gibt also keine Belege für die schöne Geschichte über eine ganze Bande von Angreifern.«

»Nichts als Mutmaßungen«, bemerkte Grauer Fuchs verächtlich.

»So? Meinst du?«

Ohne ein weiteres Wort ergriff Ci seinen Spatel wie einen Dolch und stürzte sich auf Grauer Fuchs. Der Student wich schlagartig zurück und verteidigte sich erfolgreich mit den Armen gegen die Stöße. Genauso unvermittelt, wie er damit begonnen hatte, brach Ci den Angriff ab.

Mit offenem Mund stand Grauer Fuchs in einer Ecke des Raumes, in die Ci ihn getrieben hatte. Zu seiner Verwunderung war ihm niemand zu Hilfe geeilt. Nicht einmal Meister Ming, der die Szene ungerührt beobachtet hatte.

»Meister!«, protestierte er.

Doch Ming erteilte nur Ci das Wort.

»Wie du siehst«, wandte Ci sich an Grauer Fuchs, »konnte ich deine Verteidigung nicht überwinden. Stellen wir uns jetzt die Situation vor: Wenn ich statt des Spatels ein Messer benutzt hätte, müssten deine Arme Verletzungen aufweisen.

Und selbst wenn ich dich an der Brust getroffen hätte, wären Winkel und Tiefe der Wunden unterschiedlich ausgefallen.«

Grauer Fuchs schwieg.

»Aber das erklärt nicht, dass der Mörder eine Frau gewesen ist oder dass diese Frau seine Ehefrau war, auch nicht, dass der Mann ein verurteilter Straftäter war oder dass er aus dem Bataillon von Xiangyang desertiert ist, und erst recht nicht all die anderen Sachen, die du dir ausgedacht hast«, wies ihn der Lehrer zurecht.

Statt einer Antwort begab Ci sich wieder zu der Leiche, hob ihren Kopf an und deutete auf die Wunde an der Stirn, wobei er sich vergewisserte, dass alle sie sehen konnten.

»Die Folge eines Sturzes? Ein weiterer Irrtum. Grauer Fuchs hat den Leichnam da gereinigt, wo er es nicht hätte tun sollen, und hat es dafür an jenen Stellen unterlassen, an denen es nötig gewesen wäre. Sonst hätte er bemerkt, dass die Hautpartie, die er für zerquetscht hielt, in Wirklichkeit mit demselben Messer herausgetrennt wurde, das dem Toten die Kehle durchschnitten hat. Schaut euch die Form der Wunde an.« Mit behandschuhten Fingern zeichnete Ci sie nach. »Ihre Ränder, die vorher noch mit Erde beschmutzt waren, erweisen sich nach der Reinigung als geradlinig und scharf gezogen, sie bilden ein Rechteck, das einzig und allein einen Zweck erfüllte.«

»Ein dämonisches Ritual?«, warf Xu ein.

»Nein«, sagte Ci. »Das Herausschneiden der Haut geschah mit dem Ziel, etwas zu beseitigen, das bei seinem Verbleib die Identifizierung der Leiche ermöglicht hätte. Ein Zeichen, an dem man mit Sicherheit erkennen konnte, dass der Tote ein gefährlicher, zur schlimmsten aller Strafen verurteilter Verbrecher war. Etwas, das ihn unweigerlich mit seinem Mörder verband.« Er machte eine Pause und wandte sich an den Meister: »Es war keine unversehrte Haut, die ihm herausgeschnitten wurde. Auf dem entfernten Stück befand sich eine Tätowierung, wie sie die des Mordes überführten Verbrecher erhalten. Aus diesem Grund versuchte unsere Täterin, die Spur zu tilgen. Doch zum Glück vergaß sie, oder sie wusste vielleicht nicht, dass man den verurteilten Mördern ihr Vergehen nicht bloß zur Warnung auf die Stirn tätowiert, sondern ihnen auch noch ihren Namen auf den Scheitel schreibt, hier, unter den Haaren.«

Die Studenten staunten, jegliche Geringschätzung war aus ihren Blicken gewichen. Der Professor konnte nicht länger an sich halten.

»Und der Schluss, dass er aus Xiangyang desertiert ist?«

»Als mögliche Strafen für Tötungsdelikte sieht unser Rechtssystem bekanntlich die Hinrichtung, das Exil oder die Zwangsarbeit bei der Armee vor. Da wir wissen, dass der Kerl bis vor kurzem am Leben war, bleiben nur das Exil und die Zwangsarbeit.« Ci hob vorsichtig die rechte Hand der Leiche an. »Die kreisförmige Hornhautverdickung am unteren Ende des rechten Daumens bestätigt nachdrücklich die Annahme, dass der Mann bis vor kurzem den Ring aus Bronze trug, mit dem die Sehne eines Bogens gespannt wird.«

»Lass mich sehen«, sagte der Meister und schob Ci beiseite.

»Und wir wissen auch, dass unter dem Druck der einfallenden Jin unser ganzes Heer gegenwärtig in Xiangyang stationiert ist.«

»Und deshalb behauptest du, er sei desertiert.«

»Genau. Im Zustand der ständigen Bereitschaft darf niemand die Truppe verlassen. Dieser Mann aber hat es getan und ist nach Lin'an zurückgekehrt. Und vor nicht allzu langer Zeit, wie die Verfärbung auf seiner Stirn nahelegt.«

»Ich begreife nicht …«, wunderte sich Ming.

»Achtet auf diese schwache horizontale Linie.« Ci wies auf die Stirn. »Es gibt einen leichten Unterschied zu der Färbung seiner Haut, hier, über den Augenbrauen.«

Der Professor bestätigte es, verstand aber noch immer nicht, was Ci damit beweisen wollte.

»Das ist der typische Abdruck eines Kopftuchs. Auf den Reisfeldern nennt man die Bauern, die sie benutzen, ›die Zweifarbigen‹. Aber diese Spur hier ist viel schwächer, was darauf hindeutet, dass er das Tuch erst seit kurzer Zeit gebrauchte, um seine Tätowierung zu verbergen.«

Der Meister ging wieder an seinen Platz. Ci beobachtete ihn. Er schien seine nächste Frage reiflich abzuwägen.

»Und der Ort, an dem wir seine Frau finden können? Was heißt das, dass wir auf dem Markt nachfragen sollen?«

»Hier hatte ich Glück.« Seine Spontaneität verriet ihn, doch er fuhr fort: »In seinem Mund habe ich eine so große Menge einer weißlichen Nahrung entdeckt, dass ich folgerte, er müsse beim Essen ermordet worden sein.«

»Ja, aber …«

»Seht her.« Er nahm die Schale, in die er das Stäbchen mit dem Abstrich gelegt hatte. »Es ist Käse.«

»Käse?«

»Überraschend, nicht wahr? Ein für unsere Gegend und unseren Geschmack ganz und gar ungewöhnliches Nahrungsmittel, das aber nichtsdestotrotz bei den Stämmen des Nordens sehr verbreitet ist. Soweit ich weiß, kann man es bei einem einzigen Stand auf dem Markt kaufen, beim alten Panyu, der seit Jahren exotische Esswaren anbietet. Bestimmt kennt er die Namen der Kunden auswendig, die eine derart gewöhnungsbedürftige Speise bei ihm bestellen.«

»Und der Tote hatte sich während seiner Dienstzeit offenbar daran gewöhnt.«

»Das vermute ich. Dort essen sie, was sie kriegen können.«

»Aber das beweist nicht, dass er von seiner Frau ermordet wurde.«

Ci konsultierte seine Aufzeichnungen, nickte und hob einen Arm des Toten an.

»Außerdem habe ich das hier gefunden.« Er zeigte dem Professor einige schwache Striche.

»Kratzer?«

Ci nickte. »Genau wie an seinen Schultern. An beiden. Sie kamen zum Vorschein, als ich den Essig eingesetzt habe.«

»Aha. Und das lässt dich vermuten …«

»Dass sie an jenem Tag von ihm brutal misshandelt wurde. Die Frau hielt es nicht mehr aus, und als ihr Mann zu Abend aß, nutzte sie die Gelegenheit und schnitt ihm die Kehle durch. Dann setzte sie sich in einem Anfall von Wut und Ohnmacht rittlings auf seinen Bauch und stach weiter auf ihn ein, obwohl er längst tot war. Als sie sich schließlich beruhigt hatte, nahm sie ihm alles ab, was ihn mit ihr in Verbindung bringen konnte: den Ring, die Wertsachen …«

»Und die Tätowierung auf seiner Stirn.«

»Und die Tätowierung auf seiner Stirn. Danach schleifte sie ihn aus dem Haus und ließ ihn dort liegen, wo man ihn gefunden hat. Wegen seiner Größe konnte sie ihn nicht weiter weg schleppen.«

»Wirklich phantastisch«, gab der Meister zu.

»Danke.« Ci verneigte sich.

»Nicht so voreilig, mein Junge. Das ist kein Lob.« Ming sah ihn streng an. »Ich sagte phantastisch wegen der maßlosen Phantasie, die jede deiner Behauptungen umgibt. Oder wie würdest du jemanden nennen, der, ohne rot zu werden, behauptet, die Mörderin dieses Mannes sei seine Frau gewesen und nicht seine Schwester? Und wenn du die Haut von der

Stirn nicht hast, wie kannst du dann verkünden, auf ihr habe sich eine Tätowierung befunden, die ihren Träger als Mörder ausweise?«

»Aber ich …«

»Ruhe«, unterbrach er ihn. »Du bist schlau. Oder besser gesagt: gewitzt. Aber nicht so sehr, wie du glaubst.«

»Und was ist nun mit der Wette?«, mischte sich Xu ein.

»Ach, ja. Die Wette …« Ming holte einen Beutel mit Münzen hervor und überreichte ihn dem Wahrsager. »Betrachtet die Schuld als beglichen.«

Der Meister senkte die Lider. Dann grüßte er und machte seinen Schülern ein Zeichen, das Mausoleum zu verlassen. Er hatte sich bereits zum Gehen gewandt, als er Ci zu sich rief.

»Mein Herr.« Ci trat mit einer Verbeugung näher.

Ming forderte ihn auf, ihn nach draußen zu begleiten. Dort nahm er ihn beiseite. Ci befürchtete eine Rüge, und sein Puls beschleunigte sich. Deutlich spürte er ihn in seinen Schläfen pochen. Er wartete, dass der Gelehrte sprach.

»Sag mir eins, Junge. Wie alt bist du?«

»Einundzwanzig«, antwortete er.

»Und wo hast du studiert?«

»Studiert? Ich weiß nicht, was Ihr meint …«

»Komm schon. Meine Augen sind schlecht, doch selbst ein Blinder kann erkennen, woher deine Fähigkeiten stammen.«

Ci presste die Lippen zusammen und öffnete sie auch nicht, als der Meister beharrte.

»Nun gut, wie du willst … Aber es ist wirklich schade, dass du dich so verweigerst, denn trotz deiner Dreistigkeit muss ich gestehen, wie sehr du mich beeindruckt hast.«

»Es ist schade?«

»Ja. Zufällig ist letzte Woche einer unserer Studenten erkrankt und musste in seine Heimatprovinz zurückkehren.

Jetzt verfügt die Akademie über einen freien Platz, und obwohl wir eine lange Warteliste haben, suchen wir immer begabte Schüler. Ich habe gedacht, du würdest dich vielleicht dafür interessieren« Er machte eine Pause. »Aber ich sehe, dass ich mich getäuscht habe.«

Ci konnte nicht glauben, was er da hörte. Die Ming-Akademie war der Traum aller, die eine juristische Laufbahn anstrebten. Und auf einmal tat sich ihm diese Gelegenheit wie aus dem Nichts auf. Er musste sie bloß ergreifen.

Dann lächelte er bitter. So gern er sich selbst betrogen hätte, das Ganze war doch nur eine traurige Illusion. Auch wenn Ming ihm einen Platz anbot, verfügte er noch lange nicht über die nötigen Mittel, um sich ein Studium dort zu leisten. Es war wie ein Honigbonbon, das die Lippen eines kranken Kindes täuscht, damit es den Mund für eine bittere Medizin öffnet.

Der Meister ahnte die Natur des Problems und fügte hinzu, er könne in der Akademie mit den anderen Studenten wohnen und die Kosten für Unterkunft und Verpflegung abdecken, indem er nachmittags in der Bibliothek arbeite. Das bedeutete, dass Ci die Möglichkeit hätte, Tag und Nacht zu studieren, ihm bislang unbekannte Methoden zu erlernen, mit den jüngsten Entdeckungen und den neuesten Arzneien zu experimentieren.

Dass sein Leben sich endlich zum Guten wenden könnte.

Ci wusste nicht, was er sagen sollte, aber seine Augen leuchteten und offenbarten dem Lehrer seine innersten Gefühle.

Und so zeigte sich Ming ziemlich fassungslos, als der Junge den Vorschlag trotzdem ablehnte.

19

Bei der Rückkehr an die Arbeit verfluchte Ci sein Los. Dieses widrige Schicksal, das ihm alles, wonach er sich sehnte, auf einem Tablett servierte, um es ihm gleich darauf wieder zu entreißen.

Was Ming ihm vorgeschlagen hatte, übertraf alles, was ein ehrgeiziger junger Mann sich nur wünschen konnte. Es war ein Geschenk, das man nicht ablehnen durfte, so groß, dass alle Jade der Welt es nicht aufgewogen hätte. Er hatte ihm eine Kostbarkeit angeboten und sehr wenig dafür verlangt. Doch zu seinem Unglück war dieses Wenige ein Preis, den er nicht zu zahlen vermochte.

Ci musste sich um seine Schwester kümmern.

Die Akademie würde ihn nichts kosten. Weder für Bücher noch für Unterkunft oder Verpflegung müsste er aufkommen. Alles war inbegriffen, wenn er nur fleißig studierte und in der Bibliothek arbeitete. Aber er hätte darüber hinaus keine Einkünfte, denn das zu verlangen wäre unanständig. Er hatte Ming gefragt, ob es möglich wäre, am Unterricht teilzunehmen und daneben seine Arbeit auf dem Friedhof zu behalten, doch in dieser Frage hatte sich der Meister unbeugsam gezeigt. Ebenso wenig wollte er über irgendwelche Halbtagsanstellungen außerhalb des Instituts reden. Wenn Ci sich entscheide, in die Akademie einzutreten, müsse er sich einzig und allein dem Studium widmen. Aber ohne das Geld, das er durch seine Arbeit mit Xu verdiente, konnte er Mei Meis Medikamente nicht bezahlen. Und auch nicht ihren Unterhalt.

Ci grub noch angestrengter als zuvor, bis das Blut seiner aufgeschürften Hände den Schaufelstil rot färbte. Doch auch dann ließ er nicht nach. Erst als die Abenddämmerung ihren Mantel über den Friedhof legte, fiel ihm ein, dass seine Schwester ihn auf dem Boot erwartete. Da hielt er inne, wusch sich und machte sich auf den Heimweg.

In jener Nacht konnte er nicht schlafen. Mei Mei schwitzte und hustete pausenlos. Ci wälzte sich neben dem übelriechenden Strohsack, auf dem das Mädchen mit seiner Krankheit rang. Ein paar Stunden zuvor hatte er ihr die letzte Dosis des Medikaments verabreicht. Mehr hatte er nicht, und es war auch kein Geld mehr da. Xu hatte sich geweigert, den Beutel des Meisters mit ihm zu teilen. Schließlich sei er es gewesen, der sein Geld riskiert habe. Also stehe ihm auch der Gewinn zu.

Ci hasste den Alten dafür, und als dieser ihn am Morgen weckte, um zum Friedhof aufzubrechen, stellte er sich zunächst taub. Obwohl Sommer war, hüllte er seine Schwester warm ein, damit sie zu zittern aufhörte, und fauchte Xu und seine Ehefrauen an: »Wagt es nicht, sie arbeiten zu lassen.«

Dann nahm er sein Bündel und verließ das Boot.

* * *

Während er inmitten der Masse von Hungrigen, die nach etwas Essbarem suchten, durch den Hafen irrte, fragte Ci sich, ob Richter Feng wohl nach Lin'an zurückgekehrt war.

Er hatte kein Geld mehr und auch keine Zeit, und so waren seine Möglichkeiten begrenzt. Er konnte sich weder nach einer anderen Arbeit umsehen noch darauf warten, dass Xu sich seiner erbarmte. Und selbst wenn er fürchtete, dem Richter durch seinen Status als Flüchtling Schaden zuzufügen, war Feng seine letzte Hoffnung.

Ci zog seine Hemdjacke fester zusammen und beschleunigte den Schritt. Mit mehreren Booten durchquerte er die Stadt bis zum Phönix-Viertel an ihrem südlichen Ende. Als er die ersten Villen hinter sich gelassen hatte, erkannte er Fengs Haus, ein einstöckiges Gebäude mit einem kleinen Garten davor und einem zweiten dahinter. Unter diesen Apfelbäumen hatte er einige der glücklichsten Tage seines Lebens verbracht. Doch was er vorfand, überraschte ihn. Wo zuvor ein gepflegter Garten geblüht hatte, schlängelte sich jetzt ein kaum erkennbarer Pfad durchs Gestrüpp. Verwundert umrundete er einen mit Steinen gefüllten Teich und gelangte zu den hölzernen Stufen der Eingangsterrasse, die unter seinem Gewicht ächzten. Alles wirkte verlassen. Mit den schlimmsten Vorahnungen klopfte Ci an die Tür. Ihre einst leuchtend rote Bemalung war nur noch eine trockene, rissige Haut, deren dünne Schichten abfielen wie die Schale einer Zwiebel. Über seinem Kopf quietschte eine Laterne. Als er den Blick hob, sah er, dass von ihr kaum mehr übrig war als das im Wind schaukelnde Metallskelett. Keine Antwort. Er klopfte noch einmal, aber niemand öffnete. Als er durch die Fenster spähte, meinte er plötzlich, ein Gesicht, runzlig wie ein alter Apfel, vorbeihuschen zu sehen. Eine flüchtige Vision hinter dem zerfetzten Papier eines Fensters. Vielleicht eine Frau. Ci rief sie, aber die Gestalt verschwand wieder in den Tiefen des Hauses.

Er drehte den Griff der Tür, sie gab nach und ließ einen penetranten Geruch nach Moder und Feuchtigkeit entströmen, der ihm den Atem abschnürte. Langsam ging er durch den großen Empfangsraum zu Fengs Privatgemächern. Erstaunt stellte er fest, dass das Haus vollkommen leer war. Die schönen alten Möbel waren verschwunden und hatten einem unheimlichen Geflecht aus Staub und Spinnweben Platz gemacht. Nur die Spuren einiger Bilder an den Wänden bezeugten, dass es in diesem Bauwerk jemals Leben gegeben hatte.

Ein Geräusch in seinem Rücken ließ ihn zusammenzucken. Als er sich umdrehte, sah Ci einen gebückten Schatten in eines der benachbarten Zimmer laufen. Sein Herz klopfte. Er bewaffnete sich mit einer auf dem Boden liegenden Bambusleiste und folgte der Gestalt in ihr Versteck. Wegen der geschlossenen Fensterläden konnte er kaum erkennen, wohin er trat. Blind tastete er sich voran, bis er wenige Schritte von sich entfernt ein Scharren hörte. Er hielt inne und lauschte. Neben ihm schien jemand zu atmen. In diesem Augenblick setzte sich der Unbekannte in Bewegung. Ci sprang zur Seite, um ihn abzufangen, doch der Schatten trat ihm gegen das Bein und brachte ihn zu Fall. Als er sich aufrichten wollte, wurde er von zwei Händen angegriffen. Bei der Verteidigung merkte er, dass er es mit einem schwachen Gegner zu tun hatte, dessen Körper sich weich und schuppig anfühlte wie der eines Fisches.

Obwohl die Gestalt ihn mit ihrem Geschrei in Panik versetzte, gelang es Ci, wieder aufzustehen und seinen Angreifer nach draußen zu zerren, wobei er registrierte, wie wenig er wog. Der Morgennebel erhellte das Häufchen zitternder Knochen in seiner Hand, und zu seiner Verwunderung sah Ci, dass es sich um ein armes Weiblein handelte, das genauso erschrocken war wie er selbst. Die Alte versuchte sich mit ihren dünnen Ärmchen zu schützen und wimmerte wie ein verlassener Welpe. Sie flehte ihn an, sie nicht zu schlagen. Sie habe ja nichts gestohlen, habe in dem alten Haus nur Unterschlupf gesucht.

Als Ci sich beruhigt hatte, musterte er sie. In einen schmierigen Sack gekleidet, fielen besonders ihre Augen auf, die ungewöhnlich viel Weißes sehen ließen – ein einziges Abbild der Furcht. Er fragte sie, was sie im Haus des Richters Feng mache. Zunächst antwortete sie nicht, aber als er sie bei den Schultern nahm und schüttelte, versicherte ihm die Frau, dass seit Monaten niemand mehr in dem Haus wohne.

Ci glaubte ihr. Das struppige Gewirr aus weißen Haaren verdeckte ein von Alter und Hunger entstelltes braunes Gesicht. Ihre Augen logen nicht. Auf einmal erhellte sich ihre Miene.

»Bei allen guten Geistern! Ci? Bist du es, Junge?«

Ci erstarrte, als diese glänzenden Augen plötzlich einen bekannten Zug für ihn bekamen. Stück um Stück glättete sich das verwelkte Gesicht, und der Schmutz in den Falten verschwand, bis die früheren Züge wieder hervortraten. Die Greisin, die ihn jetzt tränenüberströmt umarmte, war Mildes Herz, die ehemalige Dienerin von Richter Feng, die Frau, die sich jahrelang um den Würdenträger und seinen Haushalt gekümmert hatte.

Ci betrachtete sie mitleidig und erinnerte sich, dass die Alte am Ende seiner Zeit bei Feng angefangen hatte, senil zu werden. Trotzdem hatte der Richter sie in seinen Diensten behalten. Oder wenigstens war es so gewesen, bis Cis Großvater starb und die Familie Lin'an verlassen musste.

Viel mehr konnte Mildes Herz ihm auch nicht erzählen. Nur dass sie aufgehört habe, dem Richter zu dienen, als jene Frau aufgetaucht sei.

»Welche Frau?«

»Die böse Frau. Sie war schön, ja. Aber sie sah einem nie in die Augen.« Die Greisin fuchtelte mit den Armen in der Luft herum, wie um die Person, von der sie sprach, heraufzubeschwören. Sie blickte ins Leere, wo das Beschriebene wie etwas Gegenwärtiges vor ihr zu stehen schien. »Neuer Diener hat sie mitgebracht … Und das Unglück.«

»Aber wo sind sie jetzt?«

»Ich bin allein. Verstecke mich … Manchmal kommen sie in der Dunkelheit und reden zu mir.« Ihre Augen weiteten sich wieder vor Angst. »Wer bist du? Warum hältst du mich fest?« Sie machte sich von Ci los und wich zurück.

Ci betrachtete sie. Sie war wieder zu einem gebeugten, dem Wahnsinn verfallenen Bündel geworden. Er wollte ihr helfen, doch Mildes Herz drehte sich um und lief weg wie von Dämonen gejagt, bis sie im Unterholz verschwunden war.

Auf der Suche nach irgendeiner Spur, die Licht in die Angelegenheit bringen könnte, kehrte er in die Wohnung zurück, doch er fand nichts als den von der Dienerin angehäuften Müll. Das Haus stand bestimmt schon längere Zeit leer. Ci wunderte sich, dass Feng ihm bei ihrer letzten Begegnung nichts davon gesagt hatte.

Als er die Villa verließ, war die Sonne nur noch ein blasser Fleck hinter einer dichten Wolkendecke. Ohne Vorankündigung setzte der Regen ein. Auf dem Weg zum Boot zwang ihn eine Wasserhose, im Sklavenmarkt Zuflucht zu suchen. Während er dort unter einem Zeltdach, das den Regen notdürftig abhielt, bis auf die Knochen auskühlte, überfiel Ci die Verzweiflung. Seine letzte Hoffnung hatte sich in Luft aufgelöst. Vielleicht befand der Richter sich noch auf seiner Reise durch den Norden, oder der Kaiser hatte ihn in eine andere Stadt geschickt. Für Ci war das bedeutungslos. Er hatte weder Zeit noch Geld, noch Arbeit. Er wusste nicht, wohin er gehen sollte. Er konnte die Medikamente nicht kaufen, und Mei Mei konnte nicht warten. Er sah sich um und entdeckte eine Gruppe von Sklaven aus dem Norden, aneinandergebunden wie Vieh. Er vermutete, dass es sich um bei den Kämpfen gefangengenommene Jin handelte. Ihr Anblick war beklagenswert, aber wenigstens bekamen sie Essen und ein Lager. In gewisser Weise beneidete er sie.

Ci fasste einen Entschluss. Vielleicht war es die schrecklichste Entscheidung seines Lebens, doch er wollte nichts unversucht lassen. Er trat hinaus in den Regen und lief zu den Feldern des Todes.

Während er den Hügel zum Mausoleum hinaufstieg, wurde ihm eng ums Herz.

Er fand Xu mit der Arbeit an einem Sarg beschäftigt. Der Wahrsager blickte ihn schief an, als hätte er ihn erwartet. Dann setzte er den Hammer ab und richtete sich auf.

»Du siehst aus wie ein nasses Küken. Zieh dich um und hilf mir.«

»Ich brauche Geld«, stieß er hervor.

»Ich auch. Darüber haben wir ja schon gesprochen.«

»Ich brauche es jetzt. Mei Mei stirbt sonst.«

»Alle müssen irgendwann sterben. Hast du nicht gesehen, wo wir hier sind?«

Ci packte den Alten am Kragen. Fast hätte er zugeschlagen, doch er bremste sich, ließ ihn wieder los und rückte ihm die Kleidung zurecht. Anschließend senkte er die Stirn, als wollte er seine eigenen Worte nicht hören.

»Wie viel würdest du für mich bezahlen?«

Xu fiel der Hammer aus der Hand. Er konnte nicht glauben, was Ci ihm soeben vorgeschlagen hatte. Als der ihm jedoch bestätigte, dass er sich als Sklaven verkaufen wolle, schnaufte Xu.

»Zehntausend Qian. Das ist alles, was ich dir anbieten kann.«

Ci atmete tief ein. Wenn er feilschte, wusste er, könnte er eine viel höhere Summe bekommen, doch er hatte keine Kraft mehr dazu, nachdem er Nacht für Nacht das erstickte

Jammern seiner Schwester gehört und vergeblich nach einer Lösung gesucht hatte. Inzwischen war ihm alles egal. Ihm fehlten die Luft und das Leben. Er war vollkommen ausgelaugt. Deshalb nahm er an.

Xu ließ den Sarg Sarg sein und beeilte sich, ein Dokument aufzusetzen, das den Verkauf beglaubigen sollte. Er befeuchtete seinen Pinsel mit Speichel und schmierte gierig den Vertrag aufs Papier. Dann stand er auf, rief den Gärtner zum Zeugen und reichte Ci das Blatt, damit er es für gültig erklärte.

»Ich habe die wesentlichen Punkte notiert. Dass du mir deine Dienste zur Verfügung stellst und mir bis zu deinem Tode gehörst. Hier. Unterschreibe.«

»Zuerst das Geld«, verlangte Ci.

»Ich gebe es dir auf dem Boot. Du kannst ruhig unterschreiben.«

»Dann unterschreibe ich dort, wenn ich das Geld in der Hand halte.«

Zähneknirschend willigte Xu ein. Gleichwohl befahl er Ci, Särge zuzunageln, als würde er ihm schon gehören. In der Zwischenzeit trällerte er ein Liedchen vor sich hin und feierte den größten Glücksgriff, den er seit Jahren getan hatte.

* * *

Am frühen Abend traten sie den Rückweg an. Seit einer Weile schon hatte es aufgehört zu regnen, und Xu ging beschwingt voran und summte dabei immer wieder die gleiche Melodie. Mit hängendem Kopf und schwerem Schritt folgte Ci ihm langsam und dachte daran, dass alles, wovon er in seinem Leben geträumt hatte, nun entschwand, genau wie die Sonne, die hinter dem Horizont verlosch. Er versuchte, diese

Gedanken zu vertreiben und sich auf das strahlende Gesicht seiner Schwester zu konzentrieren. Im Vertrauen darauf, dass es ihm am Ende doch gelingen werde, sie zu heilen, richtete Ci sich innerlich wieder auf. Er würde ihr die besten Medikamente kaufen, und sie würde heranwachsen und zu einem hübschen jungen Mädchen werden. Das und kein anderer war jetzt sein Traum.

Doch je näher sie dem Kai kamen, umso mehr verdunkelte sich sein Gemüt.

Als er die Barkasse erblickte, wusste Ci, dass etwas Furchtbares geschehen war. Xus Ehefrauen standen vor der Kajüte, schrien und winkten verzweifelt mit den Armen, um sie zur Eile zu bewegen. Xu beschleunigte seine Schritte, und Ci rannte los. Mit einem Satz sprang er an Deck und betrat die Kabine, in der Mei Mei normalerweise lag, wenn es ihr schlechtging. Er rief nach ihr, aber niemand antwortete. Die Tränen der Frauen bestätigten ihm seinen Verdacht.

Er drehte sich einmal um sich selbst, bis er sie erblickte.

Ganz hinten in der Ecke, neben einem Eimer Fische, ruhte unter einem alten Tuch der leblose Körper seiner Schwester. Still und bleich, lag sie für immer in tiefem Schlaf.

VIERTER TEIL

20

Während des Begräbnisses spürte Ci, dass ein Teil von ihm in dem kleinen Sarg mit seiner Schwester in die Erde versenkt wurde. Der andere Teil bestand nur mehr aus losen Fetzen, die, selbst wenn man sie zusammennähte, nie wieder so aussehen würden wie das ursprüngliche Gewebe. Zum ersten Mal empfand er mehr Mitleid für seine Seele als für seinen Körper, ihm war, als fräßen die Verbrennungen, die ihn seit Kindertagen entstellten, sich in sein Inneres, und er fände kein Mittel, sie aufzuhalten.

Er weinte, bis seine Tränen versiegt waren und ihn leer wie einen hohlen Panzer zurückließen. Alles, was er spürte, waren Bitterkeit und Verzweiflung. Erst waren seine beiden Schwestern gestorben, dann sein Bruder und seine Eltern. Und nun die Kleine.

Außer Xu hatte ihn niemand begleitet. Der Wahrsager wartete schweigend neben dem gemieteten Karren, auf dem sie den Sarg befördert hatten, und kaute Wurzeln. Ci war noch dabei, die Blumen zu ordnen, mit denen er den elenden Anblick des Grabes verschönern wollte, als der Alte herantrat und ihm den Vertrag zu seinem Verkauf als Sklave unter die Nase hielt. Ci fuhr herum, nahm das Papier und zerriss es in tausend Stücke. Doch Xu schien das nicht zu beeindrucken. Er bückte sich, um die Fetzen in aller Ruhe aufzulesen, und fügte sie sorgfältig wieder zusammen, als könnte er den Text auf diese Weise retten.

»Du willst nicht unterschreiben?«, fragte er. »Glaubst du im Ernst, Ci, ich ließe den größten Trumpf meines Geschäftslebens entwischen?«

Wortlos sah Ci durch ihn hindurch. Gerade wollte er gehen, da hielt Xu ihn zurück.

»Wohin kannst du denn? Ohne mich bist du nichts! Nur ein Hungerleider, der sich wer weiß was auf seine Klugheit einbildet.«

»Wohin?« Ci explodierte. »Fort von dir und deiner ekelerregenden Geldgier! Zur Akademie des Meister Ming.«

Ci konnte nicht mehr klar denken. Kaum hatte er den Satz ausgesprochen, bereute er ihn auch schon.

»Meinst du wirklich? Da täuschst du dich aber!« Der Wahrsager lachte böse. »Wenn du abhaust, gebe ich diesem Ermittler Bescheid, der dich gesucht hat. Dann pisse ich aufs Grab deiner Schwester und gehe mit der Belohnung in den Puff.«

Ein blitzartiger Faustschlag unterbrach Xus Redeschwall. Der zweite Hieb traf seine Zähne. Ci schüttelte seine Hand und beherrschte sich, damit er ihm nicht den Schädel einschlug. Xu spuckte Blut, das schmutzige Grinsen wich indes nicht aus seinem Gesicht.

»Du bleibst bei mir, oder du bist verloren.«

»Jetzt hör mir mal gut zu!«, gab Ci zurück. »Zieh das verdammte Kostüm an und mach deinen Reibach. Bestimmt wirst du genug Trottel finden und mehr damit rausholen als mit der Belohnung. Wenn ich aber eines Tages erfahren sollte, dass du mit Kao geredet hast, werde ich deine Lügen aufdecken, und dein Geschäft ist erledigt.« Er hielt einen Moment inne. »Und sollte ich außerdem erfahren, dass du auch nur ein Sandkorn von diesem Grab angerührt hast, schlitze ich dich auf und esse dein Herz.«

Dann legte er eine letzte Blume auf Mei Meis Grab und machte sich auf in die Stadt.

* * *

Ci betrachtete die vom Wind gepeitschten kahlen Weiden und dachte, dass sich wohl selbst die dünnsten Zweige weniger verlassen fühlten als er. Der Winterregen drang ihm durch die Kleidung und trommelte auf seine Haut, während er ziellos umherirrte, allein mit seiner Trauer. Zufällig führten ihn seine Schritte in eine Menschenmenge, die er gar nicht wahrnahm, unter unzählige Seelen, von denen sich keine einzige für ihn interessierte.

Den ganzen Vormittag wanderte er an denselben Kanälen entlang, durch dieselben Gassen, wiederholte Wege, ohne es zu bemerken, die Augen zu Boden gerichtet. Er stapfte durch den Schmutz, der allmählich seine Beine hinaufkletterte. Gegen Mittag hielt er an, um Luft zu holen. Er hob den Blick und fand sich in einem Schmerz gefangen, der stärker war als alle Einsamkeit. Während er sich mit dem Rücken an einer alten Holzsäule in die Hocke gleiten ließ, fragte er sich, ob es Sinn hatte, an der Akademie zu studieren. Würde das Wissen, das er sich aneignete, ihm Mei Meis Fröhlichkeit zurückgeben oder die zärtliche Liebe seiner Mutter, oder wenigstens die Rechtschaffenheit, die sein Vater ihm genommen hatte?

Schemenhafte Bilder seiner Schwester tauchten vor ihm auf, Visionen ihres Lächelns, die sich im Regen auflösten, ihre lebhaften, fieberglänzenden Augen … Dann verschwanden sie wieder, und zurück blieb bleischwere Mutlosigkeit.

Ci dachte an seine Familie, seine Mutter, seinen Vater, seine Geschwister. Erinnerte sich an die Zeit, als sie alle zusammen glücklich gewesen waren, die Zeit, als sie Träume und Hoffnungen geteilt hatten. Eine Zeit, die nie mehr wiederkehren würde.

Er blieb sitzen, und das Wasser lief ihm übers Gesicht, trübte seinen Blick, so wie die Einsamkeit seine Seele.

Doch plötzlich hockte sich ein bettelnder Junge neben ihn, er hatte keine Arme. Nur zwei Stümpfe, an die man ihm Stoffbeutel gebunden hatte, damit er Korn tragen konnte. Trotz seiner Behinderung lächelte er, wobei er vor Freude die Augen zukniff und seine zahnlosen Kiefer entblößte. Er sagte Ci, dass er Regen gern habe, weil er ihm das Gesicht wasche. Ci band ihm die Beutel wieder fest und wischte ihm mit einem feuchten Tuch das Gesicht ab. In diesem Moment dachte er an Mei Meis Gesicht, das trotz ihrer Krankheit immer heiter gewesen war. Er stellte sich vor, dass ihr Geist in seiner Nähe war und ihn ermutigte, aufzustehen und seine Träume zu verfolgen. Er spürte ihre Anwesenheit. Fast konnte er sie berühren.

Er streichelte den Kopf des Jungen und erhob sich. Allmählich ließ der Regen nach. Wenn er sich beeilte, wäre er noch vor Sonnenuntergang in der Ming-Akademie.

Von einer unbändigen Sehnsucht angetrieben, erreichte Ci sein Ziel schneller als erwartet. Hinter den hellen Fenstern des alten Palastes, in dem sich die Akademie befand, erkannte er die Silhouetten lebhaft diskutierender Studenten. Ihr Lachen drang durch den Hain aus Pflaumen-, Birnen- und Aprikosenbäumen vor der mächtigen Steinmauer, die das Gebäude umschloss. Er malte sich aus, einer von ihnen zu sein, und seine Seele sprühte Funken. Da tauchte eine Gruppe Studenten aus einer Gasse auf und steuerte auf die Akademie zu. Sie redeten über ihre neu erworbenen Bücher und wetteten, wer wohl als Erster die Prüfungen bestehen werde, die den Weg zum Richteramt ebneten. In ihrem Gefolge zogen zwei Diener einen mit Früchten, Süßigkeiten und anderen Speisen beladenen Handwagen.

Als die Gruppe das Tor durchschritt, krampfte sich Cis Herz zusammen. Für einen Moment fragte er sich, ob er wirklich an einen Ort gehörte, der normalerweise begüterten jungen Männern, Abkömmlingen von Edelleuten, vorbehalten war. Er beobachtete, dass einer der Studenten sich nach ihm umsah, als fürchtete er, allein durch Cis Nähe beschmutzt zu werden. Da er sich ertappt fühlte, blickte der Adelsspross in eine andere Richtung und tuschelte seinen Kommilitonen etwas zu, worauf diese sich umdrehten und Ci abschätzig musterten. Dann gingen sie durch das zweiflügelige Eingangsportal, das zum Palast führte. Ci sah ihnen nach. Drinnen herrschten Weisheit und Sauberkeit, Dummheit und Dreck mussten draußen bleiben.

Er nahm all seinen Mut zusammen und folgte ihnen.

Kaum hatte er den Garten betreten, schnitt ihm ein Männlein den Weg ab und wedelte mit einer Rute vor ihm herum, als wollte es eine Fliege verscheuchen. Als Ci ihm seine Absicht mitteilte, Meister Ming aufzusuchen, betrachtete der Bedienstete ihn von oben bis unten und antwortete, das sei unmöglich. Und obwohl Ci ihm versicherte, dass Ming selbst ihn eingeladen habe, glaubte ihm der Wächter nicht.

»Der Meister lädt keine Bettler ein.« Gewaltsam schob er ihn wieder zur Tür.

Ci zögerte nur kurz. Es war seine Gelegenheit, und er durfte sie nicht verpassen. Also riss er sich von dem Männlein los und rannte auf das Gebäude zu. In seinem Rücken ertönten empörte Rufe. Eine Meute von Studenten schloss sich der Verfolgungsjagd des Wächters an. Ci trat über die Eingangsschwelle, lief den Korridor entlang, bis zu einem Raum, in dem mehrere junge Männer meditierten. Ohne ihnen Zeit für eine Reaktion zu lassen, durchquerte er den Saal und suchte Zuflucht in der Bibliothek. Dort stieß er mit einer Gruppe von Studenten zusammen, Bücher fielen zu Boden, Empörung machte sich breit. Da bemerkte Ci eine

Treppe, die nach oben führte, und stürzte hinauf. Als er die letzten Stufen genommen hatte, musste er feststellen, dass die vermeintlich rettende Treppe vor einer verschlossenen Tür endete. Er warf sich dagegen, aber sie gab nicht nach. Als er umkehren wollte, versperrte ihm eine wütende Menge mit Stöcken und Ruten den Weg. Ci presste sich mit dem Rücken gegen die Tür, und in Erwartung des ersten Treffers hob er die Arme schützend vors Gesicht. Doch plötzlich öffnete sich die Tür nach innen.

Ci stolperte rückwärts, die Verfolger erstarrten.

Erst als er den Kopf wendete, begriff Ci, was geschehen war. Unter einer Flügelkappe blickte ihn die stumme Gestalt des Professors zornig an.

Alle seine Erklärungen waren umsonst. Nachdem Ming die Version des Wächters vernommen hatte, befahl er, Ci hinauszuwerfen. Sofort stürzte sich ein halbes Dutzend Studenten auf ihn, sie schleiften ihn die Treppe hinunter, stießen ihn hinaus in den Garten und drohten ihm, dass sie beim nächsten Mal nicht so rücksichtsvoll sein würden.

Ci klopfte sich den Staub ab, als ihm jemand einen Arm reichte, um ihm beim Aufstehen zu helfen. Es war der Bedienstete, der den Eingang bewachte. Sobald er wieder auf den Beinen war, reichte ihm das Männlein eine Schale Reis. Ci machte ein fragendes Gesicht und bedankte sich.

»Bedank dich beim Meister«, sagte der Pförtner und deutete in Richtung von dessen Arbeitszimmer. »Wenn du dich anständig benimmst, wird er dich morgen empfangen.«

* * *

Gierig verschlang Ci seine Portion, zu gierig, denn wenig später bekam er Magenkrämpfe von dem Reis und musste sich übergeben. Dann verblassten die letzten Sonnenstrahlen. Die Stunden wollten nicht vergehen.

Wie ein Hund neben dem Eingang der Akademie liegend, verbrachte er die Nacht im Freien. Er machte kaum ein Auge zu, höchstens, um an Mei Mei zu denken, die Glückliche. Er konnte nicht viel mehr für sie tun, als sie in Ehren zu halten, wie den Rest seiner Familie, und zu hoffen, dass auch ihr Geist ihn beschützte.

Am nächsten Morgen wachte Ci davon auf, dass ihn jemand rüttelte. Müde rieb er sich die Augen und erkannte den Bediensteten, der ihn drängte, aufzustehen und sich herzurichten. Ci strich sich über die Kleidung und steckte die Haare unter die Mütze. Dann folgte er dem Mann, der mit kleinen Schritten vor ihm her trippelte, als wären seine Füße zusammengebunden. Einen Moment blieb der Pförtner an einem Brunnen stehen, damit Ci sich erfrischen konnte, und setzte dann seinen Weg durch den Garten fort, bis sie die Bibliothek erreichten. Dort angelangt, verbeugte der Bedienstete sich vor dem Professor, der stumm in einem Buch blätterte, und zog sich unauffällig zurück.

Ming klappte das Werk zu und legte es vor sich auf einen niedrigen Tisch. Er hob den Blick und musterte Ci neugierig.

Ci verneigte sich, aber Ming hieß ihn näher kommen und Platz nehmen. Nervös wartete Ci, dass der Professor etwas sagte. Schließlich stand Ming auf.

»Junger Freund, junger … Wie soll ich dich nennen?« Dabei wanderte er im Raum hin und her und zwirbelte seinen katzenhaften Bart. »Den hellsichtigen Aufklärer von Mordfällen? Oder vielleicht den überraschenden Eindringling in Akademien?«

Ci wurde rot. Er brachte gerade noch heraus, dass er Ci heiße, doch als der Meister seinen Familiennamen wissen wollte, schwieg er, um späteren unbequemen Fragen zu dem unwürdigen Verhalten seines Vaters vorzubeugen.

»Gut, Ci Namenlos. Dann sag mir, warum sollte ich mein Angebot gegenüber jemandem aufrechterhalten, der seine Eltern verleugnet und so tut, als hätte er sie vergessen? An dem Tag auf dem Friedhof habe ich nicht nur gedacht, jemand mit deinem Scharfsinn verdiene eine Chance, sondern sogar geglaubt, du könntest vielleicht einen Beitrag zur schwierigen Wissenschaft von den Toten leisten. Aber nach deinem gestrigen Auftritt, der mehr zu einem gewöhnlichen Straßenräuber passt als zu einem ehrbaren jungen Mann, hege ich große Zweifel.«

Ci suchte nach einer Antwort. Er konnte seine Herkunft nicht verraten, ohne seine Chance zu verspielen, doch er wollte auch keine Kette von Lügen in Gang setzen. Und selbst wenn er erzählte, dass er eine Waise sei, würde ihn der Professor wahrscheinlich weiter befragen. Es vergingen einige Sekunden, die Ci unendlich erschienen. Dann fasste er einen Entschluss.

»Vor etwa drei Jahren hatte ich einen schweren Unfall, bei dem ich das Gedächtnis verloren habe.« Langsam knöpfte er das Hemd auf und zeigte Ming die Narben, die seine Brust überzogen. Ebenso langsam knöpfte er es wieder zu. »Ich weiß nur, dass ich eines Tages irgendwo auf dem Land auftauchte. Eine Familie nahm mich mit und pflegte meine Wunden, aber als sie in den Süden zogen, bin ich nach Lin'an gegangen. Sie haben immer gemeint, ich müsse von hier sein.«

»Aha.« Skeptisch kratzte sich Ming am Kinn. »Und trotzdem weißt du, mit welchen Methoden man verborgene Verletzungen sichtbar macht, an welcher Stelle der Name eines Verurteilten eintätowiert wird, welche Messerstiche tödlich sind und welche nicht …«

»Bei der Familie habe ich auf einem Schlachthof gearbeitet«, improvisierte Ci. »Den Rest habe ich auf dem Friedhof gelernt.«

»Mein Junge, auf dem Friedhof lernt man einzig und allein, wie man jemanden bestattet. Und wie man lügt.«

»Ehrenwerter Herr, ich …«

»Um nicht von deinem unhöflichen Überfall gestern Abend zu reden.«, unterbrach der Professor ihn.

»Dieser Pförtner ist ein Dummkopf. Ich habe ihm von dem Angebot erzählt, das Ihr mir auf dem Friedhof gemacht habt, aber er hat mir gar nicht zugehört.«

»Schluss jetzt! Wie kannst du es wagen, jemanden zu beleidigen, den du überhaupt nicht kennst? Hier tun alle, was man ihnen befiehlt, auch der Pförtner, den du so leichtfertig einen Dummkopf nennst.« Ming deutete auf ein Buch, das auf dem kleinen Tisch lag. »Erkennst du es wieder?«

Ci nahm den Band und betrachtete ihn genau. Er wollte schlucken, aber es gelang ihm nicht. Natürlich erkannte er das Buch, denn es war das Exemplar seines Vaters. Dasselbe, das er auf seiner Flucht vor Kao am Kanal verloren hatte.

»Wo … Wo habt Ihr es gefunden?«, stammelte er.

»Wo hast du es verloren?«, fragte der Meister zurück.

Ci wich seinem Blick aus. Was auch immer er sich ausdenken mochte, Ming würde es als Lüge entlarven.

»Man hat es mir gestohlen«, sagte er hilflos.

»Aha. Dann war es vielleicht der Dieb, der es mir verkauft hat«, gab Ming zurück.

Ci schwieg. Zweifellos hatte Ming ihn wiedererkannt, und möglicherweise wusste er auch über den Fahnder Bescheid, der hinter ihm her war. Die Akademie aufzusuchen war ein Fehler gewesen. Er legte das Buch wieder an seinen Platz und seufzte. Dann erhob er sich, um zu gehen, doch der Meister hielt ihn zurück.

»Ich habe es einem Gauner vom Markt abgekauft. Bei unserer Begegnung auf dem Friedhof bist du mir vertraut vorgekommen, obwohl ich dich dort nicht erkannt habe. Mein Gedächtnis ist nicht mehr das alte«, klagte er. »Doch auf meinem üblichen Spaziergang über den Büchermarkt fiel mir letzte Woche an einem sonst wenig empfehlenswerten Stand eine Ausgabe ins Auge. Da habe ich mich an dich erinnert. Ich nahm an, dass du früher oder später hier auftauchen würdest, und deshalb habe ich sie erworben.« Er bat Ci, sich wieder hinzusetzen. »Mein lieber Junge, ich werde es gewiss bereuen, aber trotz deiner Lügen und der hoffentlich triftigen Gründe, die du für sie hast, halte ich mein Angebot aufrecht und gebe dir eine Chance.« Ming nahm das Buch in die Hand. »Du besitzt zweifellos außergewöhnliche Fähigkeiten, und bei so viel Mittelmaß wäre es wahrhaftig schade, sie zu vergeuden.« Er reichte Ci das Buch seines Vaters. »Hier. Es gehört dir.«

Zitternd nahm Ci es entgegen. Er verstand noch immer nicht, warum Ming ihm den Zugang zur Akademie gewährte, aber wenigstens schien aus seinen Worten hervorzugehen, dass er Kao nicht getroffen hatte. Als Ci vor ihm niederkniete, zog der Meister ihn energisch wieder hoch.

»Bedanke dich nicht dafür. Du wirst es dir jeden Tag neu verdienen müssen.«

»Ihr werdet es nicht bereuen, werter Herr.«

»Das hoffe ich, mein Junge. Das hoffe ich.«

* * *

Im Traditionsreichen Saal der Debatten, einem prächtigen, lindenholzgetäfelten Raum, in dem sonst die Streitgespräche und Prüfungen stattfanden, lernte Ci seine künftigen Mitstudenten kennen. Wie üblich wartete eine einschüchternde Versammlung von Professoren und Schülern der verschiedenen Disziplinen darauf, den neuen Anwärter zu begutachten und ihre Einwände vorzubringen. Unter den Blicken Hunderter Augenpaare stand Ci in der Mitte des Saales und versuchte, das Zittern seiner Hände zu verbergen.

Durch feierliches Schweigen schritt Ming zu dem alten hölzernen Podium an der Stirnseite des Raumes, stieg die Stufen hinauf und verneigte sich vor den Anwesenden zum Dank für ihr Kommen. Dann berichtete er von der zufälligen Begegnung auf dem Friedhof, bei der er Cis überraschendes Talent entdeckt habe, seine einzigartige Gabe des Totenlesens, die Ming als eine unbegreifliche Mischung aus Magie, Wunderheilung und Wissen beschrieb. Die primitive Erscheinung des Neulings, seine rauen Manieren könne man vielleicht, und er betonte dieses »vielleicht«, verfeinern, bis sie funkelten wie ein geschliffener Edelstein. Deshalb bitte er den versammelten Lehrkörper darum, den freien Studienplatz probeweise an Ci zu vergeben, damit er die Möglichkeit habe, die in ihm schlummernden Fähigkeiten unter Beweis zu stellen.

Als die Versammlung Ming über die Herkunft des Antragstellers befragte, wiederholte der Lehrmeister zu Cis Erstaunen das Märchen von dem Unfall, der dem Jungen das Gedächtnis geraubt habe, und erwähnte nebenbei seine Tätigkeiten als Totengräber, Schlachthofarbeiter und Hellseher.

Nachdem die Vorstellung abgeschlossen war, überließ Ming Ci das Podium. Jetzt waren die Professoren an der Reihe. Ci suchte unter all diesen fremden Menschen eine freundliche Miene, doch begegnete er einem Meer aus versteinerten Gesichtern. Die Ersten befragten ihn über seine

Kenntnisse der klassischen Autoren, eine zweite Gruppe über die Gesetze, andere über die Dichtkunst. Dann, als es darum ging, Einwände vorzubringen, ergriff ein dünner Professor mit ungeheuer buschigen Augenbrauen das Wort.

»Von der Kunstfertigkeit deiner Vorhersagen geblendet, hat unser ehrenwerter Kollege Ming nicht gezögert, dich in jeder Hinsicht zu loben. Und selbstverständlich liegt mir nichts ferner, als ihn dafür zu tadeln.« Er machte eine nachdenkliche Pause. »Manchmal ist es schwer, zwischen dem Leuchten des Goldes und dem Glanz des Messings zu unterscheiden. Doch offenbar hat ihn die eine zutreffende Interpretation zu der Annahme verführt, er habe ein besonderes Wesen vor sich, ein Talent, das sich ohne weiteres jenen zugesellen könne, die ihr ganzes Leben dem Studium gewidmet haben. Doch wie du wissen solltest, erfordern die Verbrechensaufklärung und die anschließende Rechtsprechung einen Ansatz, der über die bloßen Fragen der Medizin nach dem Wer und dem Wie hinausgeht. Die Wahrheit kommt erst zum Vorschein, wenn man die Motive hinter einer Tat begreift, die persönlichen Sorgen, Verhältnisse, Gründe … Etwas, das man weder in den Wunden noch in den inneren Organen findet. Und dafür braucht man Leute, die mit Kunst, Malerei und Literatur erzogen worden sind.«

Wortlos betrachtete Ci den Professor, der soeben seine Einwände vorgebracht hatte. Er räumte ein, dass der Gelehrte zum Teil recht haben mochte, ihm widerstrebte jedoch seine verächtliche Haltung gegenüber der Medizin. Wenn die amtierenden Richter sich immer wieder als unfähig erwiesen, einen natürlichen von einem gewaltsamen Tod zu unterschieden, wie zum Henker sollten sie dann Gerechtigkeit üben? Darüber dachte er nach, bevor er antwortete.

»Ehrenwerter Professor«, setzte er an. »Ich bin nicht hierhergekommen, um eine Schlacht zu gewinnen. Weder möchte ich das wenige, das ich weiß, hervorkehren, noch das große Können der Lehrer und Schüler dieser Akademie in Abrede stellen. Ich will einfach nur lernen. Das Wissen kennt keine Mauern, Grenzen oder Schubladen. Und es kennt auch keine Vorurteile. Wenn Ihr mich aufnehmt, versichere ich Euch, dass ich so hart arbeiten werde wie der fleißigste Eurer Studenten und das, falls nötig, bis ich mir die inneren Organe, die Ihr so verachtet, vollständig ruiniert habe.«

Ein beleibter, schwitzender Lehrer hob den Arm, um anzuzeigen, dass auch er etwas zu sagen habe. Keuchend tat er die wenigen Schritte bis zum Podium, sie ließen ihn schnaufen, als hätte er einen Berg erklommen. Er musterte Ci eingehend und verschränkte die Hände unter dem Bauch.

»Wie ich höre, hast du gestern die Ehre unserer Akademie befleckt, indem du wie ein Räuber hier eingedrungen bist. Das erinnert mich an einen Mann, von dem seine Nachbarn mir einmal sagten: ›Gut, er mag ein Dieb sein, aber er ist ein wunderbarer Flötist.‹ Weißt du, was ich ihnen geantwortet habe? ›Gut, er mag ein wunderbarer Flötist sein, aber er ist ein Dieb.‹« Über seinen vollen Lippen hatten sich Schweißperlen gesammelt. Er kratzte sich den fetten Hals und tat, als dächte er über seine nächsten Worte nach. »Was ist deine Wahrheit, Ci? Die des jungen Mannes, der Befehle missachtet, aber Tote lesen kann, oder die des jungen Mannes, der Tote lesen kann, aber Befehle missachtet? Mehr noch: Warum sollten wir einen Landstreicher wie dich in die ehrwürdigste Akademie des Kaiserreichs aufnehmen?«

Ci erschrak. Er war davon ausgegangen, dass Ming in seiner Eigenschaft als Direktor seine Meinung unwidersprochen durchsetzen werde.

»Verehrter Meister«, Ci verneigte sich erneut, »ich bitte Euch, mein gestriges Verhalten zu entschuldigen. Es war ein schändlicher Akt, der einzig meiner Unerfahrenheit, meiner momentanen Ohnmacht und Verzweiflung zuzuschreiben ist. Ich weiß, das entschuldigt mich nicht, und ich sollte unbedingt durch Taten beweisen, dass ich Euer Vertrauen verdiene. Dazu aber, um diesen Beweis zu erbringen, bedarf ich zugleich Eurer Nachsicht.« Er wandte sich dem übrigen Gremium zu. »Menschen begehen Fehler, selbst die weisesten. Und ich bin bloß ein Bauernbursche, ein lernbegieriger Bauernbursche. Ist Bildung nicht der Auftrag dieser Akademie? Wenn ich alle Regeln kennen, alle Gebote einhalten würde, wenn ich keinen Wissensdrang in mir spürte, wozu müsste ich noch studieren? Und wie könnte ich jetzt schon vermeiden, was mich unvollkommen macht? Heute stehe ich vor einer Möglichkeit, die so groß ist wie das Leben selbst. Denn was ist das Leben ohne Wissen? Es gibt nichts Traurigeres als einen Blinden oder einen Tauben. Und das bin ich in gewisser Weise. Erlaubt mir zu sehen und zu hören, und ich verspreche Euch, dass Ihr es nicht bedauern werdet.«

Der dicke Lehrer atmete einige Male schnaufend. Dann nickte er und kehrte schwerfällig in seine Reihe zurück, womit er das Wort an den letzten Professor übergab, einen gebückten Alten mit matten Augen, der wissen wollte, was Ci dazu gebracht habe, Mings Einladung anzunehmen.

Darauf fand Ci nur eine kurze Antwort: »Weil es mein Traum ist.«

Der Greis schüttelte den Kopf.

»Sonst nichts? Es gab einmal einen Mann, der davon träumte, zum Himmel zu fliegen. Aber als er sich in einen Abgrund stürzte, brach er sich an den Felsen nur die Knochen.«

Ci betrachtete die erloschenen Augen des Alten. Dann

stieg er vom Podium und trat auf den Mann mit dem leeren Blick zu.

»Wenn wir uns etwas wünschen, was wir gesehen haben, müssen wir bloß den Arm ausstrecken. Wenn das, was wir uns wünschen, aber ein Traum ist, müssen wir unser Herz ausstrecken.«

»Bist du sicher? Manchmal führen die Träume in die Irre.«

»Mag sein. Aber hätten unsere Vorfahren nicht von einer besseren Welt für uns geträumt, liefen wir immer noch in Lumpen herum. Mein Vater hat einmal zu mir gesagt«, Cis Stimme bebte, als er dies aussprach, »dass es keine vertane Zeit sei, wenn ich versuchte, ein Schloss in der Luft zu errichten. Mit Sicherheit gehöre es genau dort hin. Ich müsse mich nur ordentlich anstrengen, um tragfähige Fundamente zu bauen.«

»Dein Vater? Seltsam. Hat uns Ming nicht eben erklärt, Du hättest das Gedächtnis verloren?«

Ci biss sich auf die Lippen. Dabei wurden seine Augen feucht.

»Das ist das Einzige, was ich noch von ihm weiß.«

* * *

Im Großen Saal der Richter warteten Grüppchen von tuschelnden Studenten unruhig auf das Eintreffen des neuen Schülers. Alle rätselten, wer dieser Totenleser in Wahrheit sein mochte und worin seine herausragenden Fähigkeiten wohl bestünden, die ihm gestattet hatten, das schwierige Auswahlverfahren für die Aufnahme in die Akademie zu umgehen. Die Leichtgläubigeren behaupteten, seine geheimnisvollen Kräfte seien nichts als Zauberei, während andere, skeptischere Ci nach der Vorstellungsrunde jegliche übernatürliche Aura absprachen und meinten, seine Kenntnisse verdankten sich vielleicht der Erfahrung als Schlachthofarbeiter. Ohne sich an der Diskussion zu beteiligen, stand ein lang aufgeschossener Schüler abseits und kaute auf einem Süßholzzweig. Als Ci gemeinsam mit Ming den Saal betrat, spuckte Grauer Fuchs das Süßholz auf den Boden und trat noch ein Stück zur Seite. Von dort aus beobachtete er die beiden.

Der Meister stellte Ci die Schüler vor, mit denen er von dem Tag an leben würde, allesamt Anwärter auf einen Posten im Kaiserlichen Justizapparat. Die Mehrzahl von ihnen waren junge Aristokraten mit langen Fingernägeln und gepflegtem Haar, deren vornehmes Verhalten Ci an das von Hofdamen erinnerte. Ming teilte ihm mit, dass an der Akademie verschiedene Künste gelehrt würden, darunter Malerei und Dichtung, dass er aber bei den Jurastudenten wohnen werde. Trotz einiger abweisender Gesichter begrüßten ihn alle höflich, bis auf den, der abseits in der Ecke stand. Als Ming dies bemerkte, hob er die Stimme und rief ihn herbei. Der junge Mann mit den früh ergrauten Haaren löste sich umständlich von der Wand, an die er sich gelehnt hatte, und trat langsam auf den Meister zu.

»Ich sehe, dass du nicht so neugierig bist wie deine Kommilitonen, Grauer Fuchs.«

»Warum sollte ich neugierig sein? Ich bin hierhergekommen, um zu studieren, nicht, um mich von den Tricks irgendeines Hungerleiders beeindrucken zu lassen.«

»Ausgezeichnet, mein Lieber. Denn du wirst Gelegenheit haben, den Hungerleider aus der Nähe zu beobachten und herauszufinden, was an seinen Tricks dran ist.«

»Ich? Aber ich verstehe nicht …«

»Ab heute ist er dein Zimmergenosse. Ihr werdet die Bücher teilen und Seite an Seite schlafen.«

»Aber Meister! Ich kann nicht mit einem Bauern zusammen wohnen … Ich …«

»Schluss jetzt!«, fuhr Ming ihn an. »In dieser Akademie zählen weder das Geld noch die Geschäfte oder der Einfluss deiner Familie. Gehorche und begrüße ihn, sonst kannst du deine Papiere nehmen und die Taschen packen.«

Mit dem Kopf deutete Grauer Fuchs eine Verbeugung an, doch seine wütenden Blicke schienen Ci zu durchbohren. Dann bat er darum, sich zurückziehen zu dürfen. Ming erlaubte es, doch als der Grauhaarige schon fast an der Tür war, hielt ihn die Stimme des Professors zurück.

»Bevor du gehst, heb das Süßholz auf, das du auf die Fliesen gespuckt hast.«

Während des restlichen Tages machte Ci sich mit den Abläufen in der Akademie vertraut. Der Meister informierte ihn, dass er bei Sonnenaufgang aufstehen müsse, um sich zu waschen und die rituellen Handlungen für seine Vorfahren zu vollziehen. Dann werde er mit den anderen Studenten frühstücken und sich anschließend dem Unterricht widmen. Mittags gebe es eine Pause zum Essen, und den Nachmittag verbringe man mit Selbststudium oder Diskussionen über praktische Fälle aus den einzelnen Disziplinen. Nach dem Abendessen werde er in der Bibliothek arbeiten, um seinen Aufenthalt zu finanzieren. Ming erklärte ihm, dass er trotz der Schließung der Medizinischen Fakultät durch die Universitätsbehörde einen Teil seiner Zeit auf die Vermittlung medizinischer Kenntnisse und das Studium von Todesursachen verwende. Gelegentlich gingen er und seine Studenten in die Räume der Staatsanwaltschaft und wohnten der amtlichen Untersuchung von Leichen bei, oder sie säßen in Prozessen, um kriminelle Verhaltensweisen und die Methoden der Richter bei ihrer Aufdeckung aus erster Hand kennenzulernen.

»Prüfungen führen wir vierteljährlich durch. Wir müssen uns vergewissern, dass die Schüler so vorankommen wie geplant. Wenn nicht, bereiten wir den Abschied derjenigen vor, die unsere Anstrengungen nicht verdienen. Denk daran, dass deine Aufnahme vorläufig ist«, fügte er hinzu.

»Bei mir wird so etwas nicht geschehen, ich bin kein verwöhnter Sprössling.«

Ming musterte ihn von der Seite.

»Ich gebe dir einen guten Rat, Junge. Lass dich nicht vom eleganten Äußeren dieser Herrschaften täuschen. Und verwechsele es erst recht nicht mit Oberflächlichkeit. Es stimmt, dass sie zur Elite des Landes gehören, aber sie lernen eifrig, um ihre Ziele zu erreichen.« Er deutete auf ein paar Studenten, die den Inhalt ihrer Bücher regelrecht verschlangen. »Und wenn sie sehen, dass du ihnen in die Quere kommst, werden sie dich zerfetzen wie ein Stück Papier.«

Ci musste schlucken und nickte – wenngleich er bezweifelte, dass die Beweggründe dieser jungen Männer den seinen auch nur im Entferntesten ähnelten.

Gegen Abend wurden sie zum Essen in den Salon der Aprikosen gerufen, einen Saal mit wunderbaren Seidenwänden, auf denen Landschaften mit Pavillons und Obstbäumen zu sehen waren. Als Ci den Speisesaal betrat, hatten die anderen Schüler sich schon im Kreis um kleine Korbtische gesetzt. Er staunte über die unzähligen Teller und Schalen mit Suppen, Soßen und Frittiertem und über die auf weiteren Tischen wartenden Platten mit Fisch und Früchten. Er suchte nach einem freien Platz, doch als er die erste Lücke fand, rutschten die Schüler auf und hinderten ihn daran, Platz zu nehmen. Am nächsten Tisch geschah das Gleiche. Beim vierten Versuch merkte er, dass diejenigen, die ihm das Hinsetzen verwehrten, den Zeichen von Grauer Fuchs folgten. Ci musterte ihn ungläubig. Der Lange hielt nicht nur seinem Blick stand, sondern provozierte ihn auch noch mit einem spöttischen Grinsen.

Wenn er aufgab, wusste Ci, wäre er den Launen dieses Studenten für die weitere Zeit seines Aufenthalts an der Akademie ausgesetzt. Und er hatte nicht so viel durchlitten, um sich jetzt freiwillig in eine derartig missliche Lage zu begeben.

Er ging also zu dem Tisch, an dem Grauer Fuchs saß, und bevor sie es verhindern konnten, stellte er den Fuß zwischen zwei Schüler, die Anstalten machten, zusammenzurücken, und erzwang sich eine Lücke. Als er sich niederlassen wollte, erhob Grauer Fuchs sich.

»An diesem Tisch bist du nicht willkommen.«

Ohne ihm Aufmerksamkeit zu schenken, setzte Ci sich hin, nahm eine Suppenschale und trank.

»Hast du mich nicht gehört?«, brüllte Grauer Fuchs.

»Ich habe dich gehört, du kannst normal mit mir reden.« Scheinbar genüsslich schlürfte Ci seine Suppe.

»Dass du deinen eigenen Vater nicht kennst, bedeutet noch lange nicht, dass du es dir leisten kannst, meinen nicht zu kennen«, drohte der Grauhaarige.

Ci stellte die Suppenschale zwischen die Teller und erhob sich langsam, ohne den Blick von seinem Gegenüber zu lösen. Wenn Blicke hätten töten können, wäre Grauer Fuchs zu Staub zerfallen.

»Jetzt hör du mir mal zu«, forderte Ci ihn heraus. »Wenn du deine Zunge liebst, dann sorge dafür, dass sie nie wieder von meinem Vater spricht, oder du wirst dich in Zukunft mit Zeichen verständigen müssen.« Danach setzte er sich wieder hin und aß weiter, als wäre nichts geschehen.

Mit zorngerötetem Gesicht starrte Grauer Fuchs ihn an. Dann drehte er sich wortlos um und verließ den Saal.

Ci beglückwünschte sich zu diesem Ergebnis. Sein Gegner hatte einen Zusammenstoß provoziert, um ihn an seinem ersten Tag in der Akademie in Verruf zu bringen, und hatte sich nur selbst vor seinen Kommilitonen lächerlich gemacht. Und obwohl er wusste, dass Grauer Fuchs sich nicht mit einer Niederlage abfinden würde, würde es ihm doch schwerfallen, sich in aller Öffentlichkeit zu rächen.

Mit Einbruch der Nacht nahm die Spannung zu. Der Schlafraum, den sie gemeinsam teilen mussten, war eine winzige Kammer, von den übrigen durch Papierwände getrennt, womit sich die Privatheit auf das Dämmerlicht der kleinen, von der Decke herabhängenden Lampen beschränkte. Die Zelle bot kaum genügend Platz, um zwei Matten, eine neben der anderen, zwei Tischchen und zwei Schränke zur Aufbewahrung von Kleidern, persönlichen Dingen und Büchern zu beherbergen. Ci sah, dass der Schrank seines Zimmergenossen von Seide überquoll wie der eines heiratsfähigen Mädchens. Es befand sich aber auch eine umfangreiche Sammlung prachtvoll gebundener Bücher darin. In seinem gab es nur Spinnweben. Er wischte sie mit der Hand beiseite und stellte das Buch seines Vaters in die Mitte des obersten Fachs. Dann kniete er sich hin und betete für seine Angehörigen unter den geringschätzigen Blicken von Grauer Fuchs, der sich gerade bettfertig machte. Ci zog sich ebenfalls aus, wobei er die Verbrennungen an seinem Oberkörper im Dunkeln zu verbergen suchte. Doch Grauer Fuchs entgingen sie nicht.

Jeder legte sich auf sein Lager, dann herrschte Schweigen. Mit der Angst dessen, der die Nähe eines Tieres spürt, lauschte Ci auf den Atem seines Mitschülers. Er fand keinen Schlaf.

In seinem Kopf wirbelten tausend Gedanken durcheinander: das Fehlen seiner Schwester, die furchtbaren Enthüllungen über seinen Vater, der geldgierige Xu, Kao mit seinem Köter, die Missgunst von Musterschüler Grauer Fuchs … Die Götter gaben ihm gerade die Chance seines Lebens, und da tauchte dieser von Ehrgeiz zerfressene Student auf, der sie ihm verderben wollte. Er suchte nach einem Mittel, um den Groll zu besänftigen, den er in Grauer Fuchs geweckt zu haben schien, aber es fiel ihm nichts ein. Endlich kam er zu dem Schluss, dass er die Sache mit Ming besprechen müsse. Bestimmt konnte der Meister ihm helfen, und das beruhigte ihn. Er war dabei einzuschlafen, als ihn ein zischelndes Geräusch aus dem Nachbarbett aufschreckte.

»He, Missgeburt!« Der Lange kicherte vor sich hin. »Das ist also dein Geheimnis, was? Du bist vielleicht schlau, aber hässlich wie eine Kakerlake.« Wieder kicherte er. »Es wundert mich nicht, dass du die Toten lesen kannst. Siehst ja selber aus wie eine verfaulte Leiche.«

Ci gab keine Antwort, biss nur die Zähne aufeinander und schloss die Lider. Innerlich vor Wut kochend, beschwor er sich, den Kerl zu ignorieren. Er hatte sich so an seine Narben gewöhnt, dass er vergessen hatte, wie schockierend sie auf andere Leute wirken konnten. Und obwohl er – der Aussage jener zufolge, die ihn kannten – ein hübsches Gesicht und ein offenes Lachen hatte, war es doch unbestreitbar, dass seine Brust und seine Hände verbrannten Stofffetzen glichen. Er hüllte sich in die Decke und presste seine Schläfe gegen den als Kopfkissen dienenden Stein, bis er den Druck in seinem Gehirn spürte. Dabei verfluchte er seine Gabe, die ihn daran hinderte, Schmerz zu empfinden, und dadurch eine traurige Verirrung der Natur aus ihm machte.

Aber noch bevor der Schlaf ihn langsam übermannte,

dachte er, seine Verbrennungen könnten andererseits womöglich dazu beitragen, die Abneigung von Grauer Fuchs zu verringern. Und mit diesem Gedanken schlief er ein.

★ ★ ★

Die folgenden Tage vergingen in schwindelerregendem Tempo. Ci stand vor allen anderen auf und nutzte noch den letzten Lichtstrahl, um das tagsüber Gelernte zu wiederholen. Die seltenen Momente der Ruhe widmete er der Lektüre des Buches seines Vaters, wobei er versuchte, sich jedes Detail der Kapitel zur Kriminalität einzuprägen.

Wenn es der Unterricht erlaubte, begleitete er Ming bei seinen Besuchen in den Hospitälern der Stadt. Dort gab es reichlich Heiler, Kräuterkundige, Akupunktierer und Moxa-Therapeuten, aber trotz des unübersehbaren Bedarfs mangelte es an Chirurgen. Die konfuzianische Lehre verbot Eingriffe im Inneren des Körpers, und so beschränkte sich die Chirurgie auf unvermeidliche Fälle wie das Richten offener Brüche, das Nähen von Wunden oder die Amputation von Gliedmaßen. Im Gegensatz zur Mehrheit seiner Kollegen, welche die praktischen Ärzte verachteten, zeigte Ming ein außerordentliches Interesse für die neuere Medizin und beklagte sich bitter über die Schließung der Medizinischen Fakultät.

»Vor zwanzig Jahren wurde sie eröffnet, und schon hat man sie wieder geschlossen. Diese Traditionalisten vom Rektorat behaupten, die Chirurgie sei ein Rückschritt. Und dann stellen sie sich vor, dass unsere Richter Verbrecher mit Hilfe ihrer Kenntnisse in Literatur und Poesie überführen …«

Ci nickte. Er hatte das Privileg gehabt, vor ihrer Schließung an einigen herausragenden Veranstaltungen der Fakultät teilnehmen zu dürfen, und er gehörte zu den wenigen, die sie geschätzt hatten. Die meisten Studenten konzentrierten sich lieber auf die konfuzianischen Regeln, auf Kalligraphie und Dichtkunst, denn sie wussten, dass ihnen diese bei den Kaiserlichen Prüfungen mehr nützten. Als Richter hätten sie letztlich vor allem administrative Aufgaben zu erledigen, und wenn sie doch einmal mit einem Mord zu tun hätten, würden sie einen Fleischer oder einen Schlachthofarbeiter rufen, damit er ihnen seine Meinung sagte und die Leiche für sie reinigte.

Alles war neu für Ci, und es machte ihm große Freude, von Kommilitonen mit ähnlichen Interessen umgeben zu sein, wieder über Philosophie zu diskutieren oder die Riten zu pflegen. Ihn begeisterten die Untersuchungen an einem aus Holz geschnitzten anatomischen Modell ebenso wie die leidenschaftlichen juristischen Debatten. Kurzum, er war glücklich.

Jeden Tag lernte er etwas Neues, und zum Erstaunen seiner Mitstudenten konnte er bald unter Beweis stellen, dass sich seine Kenntnisse nicht allein auf Wunden und Todesursachen beschränkten, sondern auch die Inhalte des voluminösen Strafgesetzbuches umfassten, etwa die bei Prozessen nötigen bürokratischen Vorgänge oder die Methoden beim Verhör eines Verdächtigen. Ming hatte ihn in die Gruppe der fortgeschrittenen Schüler aufgenommen, jener, die nach dem Studium die Möglichkeit bekämen, direkt in den Justizapparat einzutreten.

Und in dem Maße, in dem Mings Vertrauen in Ci wuchs, vergrößerte sich der Neid von Grauer Fuchs. Knurrend nahm der grauhaarige Ehrgeizling zur Kenntnis, dass der Meister sie beide zur Novemberprüfung einlud und ihnen mitteilte, dass sie die Prüfung gemeinsam ablegen sollten.

»Die Prüfung wird im Übrigen diesmal nicht in der Akademie stattfinden, sondern in der Provinzpräfektur, genauer gesagt, im Raum der Toten. Ihr befolgt den normalen Ablauf einer Untersuchung und beschäftigt euch mit einem noch ungelösten Fall«, erklärte Ming seinen beiden Musterschülern. »Genau wie im richtigen Leben übernimmt einer von euch die Rolle des Ermittlungsrichters und fertigt den ersten Bericht an. Der andere übernimmt den Part des leitenden Richters, das heißt, er überprüft den Bericht seines Kollegen und erstellt einen zweiten Rapport. Danach müsst ihr euch auf ein gemeinsames Ergebnis einigen. Ihr wetteifert mit zwei anderen Paaren, die ebenso gut vorbereitet sind wie ihr, so dass eure Stärke sich gegen euch kehren und in eure größte Schwäche verwandeln kann. Und ich prophezeie euch schon jetzt, dass eure Gegner, genau wie die Kriminellen, sie ausnutzen werden. Es handelt sich also um eine gemeinsame Arbeit, nicht um einen Wettkampf. Wenn ihr euer Wissen zusammentut, werdet ihr gewinnen. Wenn ihr euch gegeneinander wendet, triumphiert bloß die Dummheit. Habt ihr das verstanden?« Ming sah sie streng an, und weder Ci noch Grauer Fuchs bewegten auch nur einen Muskel. Der Professor holte tief Luft. »Da ist noch etwas: Die Gewinner dieser Prüfung haben gute Aussichten auf den Posten eines Kaiserlichen Beamten, den uns der Hof jedes Jahr gewährt. Ich rede von der festen Stelle, von der alle träumen. Bereitet euch also gut vor und arbeitet hart.«

Ci machte es nichts aus, dass Grauer Fuchs ihm mit seinem Antrag auf die Rolle des Ermittlungsrichters zuvorkam. Was ihn jedoch störte, war die Begründung, dass er, Ci, noch nicht entsprechend ausgebildet sei. Ming stimmte der von Grauer Fuchs vorgeschlagenen Rollenverteilung zu und beschwor beide, ohne Konflikte zusammenzuarbeiten. Ci gab ihm sein Wort, während Grauer Fuchs nur ein unverständliches Brummen vernehmen ließ.

Auf dem Weg zum Saal der Stille, dem Ort, an dem man sich zum Selbststudium traf, wurde Ci klar, dass diese Chance zu wichtig war, um ihre Animositäten am Leben zu erhalten. Außerdem hatte er bisher keine unüberwindbaren Probleme mit seinem Zimmergenossen gehabt. Das Einzige waren die Beleidigungen und Verhöhnungen wegen seiner Brandnarben, mit denen Grauer Fuchs ihn von Anfang an bedachte, die er aber mit der Zeit aufgegeben hatte, da sie völlig an Ci abzuprallen schienen.

Davon abgesehen, musste Ci einräumen, dass Grauer Fuchs über rechtliche und literarische Fragen mehr wusste als er selbst und dass er die Fähigkeiten seines Kommilitonen brauchte, wenn sie den Wettbewerb gewinnen wollten. Nach dem Abendessen wollte er die Sache mit ihm besprechen.

Als sie sich von den Tischen erhoben, schien Ci der passende Moment gekommen. Einige Schüler waren schon aufgebrochen, um in die Bibliothek zu gehen und die Unterrichtsvorbereitung fortzusetzen, und so schlug er seinem Zimmergenossen vor, es ihnen gleichzutun.

»Der Raum der Toten … Morgen wird ein großer Tag. Wir könnten noch einmal ein paar Fälle durchgehen und …«

»Du bist seit vier Monaten hier und glaubst wirklich, dass ich mit dir arbeiten werde?«, unterbrach ihn Grauer Fuchs spöttisch. »Wir sind zusammen, weil man es angeordnet hat, aber ich brauche keinen Schleimbeutel an meiner Seite. Mach du deine Arbeit, ich mache meine.« Darauf legte er sich so ruhig schlafen, als stünde er am nächsten Morgen nicht vor der größten Herausforderung seiner Karriere, sondern hätte nur einen Spaziergang geplant.

Ci dagegen blieb noch lange wach, sah in seine Notizen, las seine Aufzeichnungen und rekapitulierte die Themen, auf die Ming besonderen Wert gelegt hatte.

Die Vorbereitung war nicht das Einzige, was ihn beschäftigte. Von dem Augenblick an, da er erfuhr, dass die Prüfung im Raum der Toten stattfinden würde, war ihm bewusst, welcher Gefahr er sich aussetzte. Seit Kaos unerwartetem Besuch auf dem Friedhof waren sechs Monate vergangen, und er hatte nichts mehr von ihm gehört. Aber wenn es, wie Xu damals gesagt hatte, ein Kopfgeld für seine Verhaftung gab, kannte man seine Beschreibung vermutlich noch auf der Präfektur. Gleichwohl musste er dieses Risiko auf sich nehmen – die Chance, die sich ihm bot, war einzigartig.

Im Morgengrauen, als die gedruckten Schriftzeichen vor seinen Augen zu tanzen anfingen, bereitete Ci das kleine Instrumentarium vor, das er vom Friedhof mitgebracht und um große Papierbogen, Zeichenkohle, Nadeln mit bereits eingefädelten Seidenfäden und ein Fläschchen Kampfer aus der Küche erweitert hatte. Er legte es zu den Bündeln der anderen Schüler, dann machte er sich an seine Verwandlung.

Vorsichtig schob er zwei Baumwollkügelchen in seine Nasenlöcher, um sie möglichst groß wirken zu lassen. Mit einem Messer rasierte er seinen spärlichen Schnurrbart ab, bevor er sein Haar unter einer von einem Kommilitonen geliehenen Mütze zusammenband. Als er das Ergebnis im glänzenden Bronzespiegel betrachtete, lächelte er zufrieden. Es war keine große Veränderung, aber besser als nichts.

Rasch wusch er sich die Augen im Gemeinschaftsbecken, und lief, die Handschuhe überstreifend, zum vereinbarten Treffpunkt. Sein Kopf summte, als hätte man ihn mit Fußtritten traktiert, und so achtete er kaum auf die Stimmen, die ihn drängten, sich der Abordnung anzuschließen, die bereits die Akademie verließ. Er nahm sein Bündel und rannte die Treppe hinunter.

Bei seinem Anblick schüttelte Ming den Kopf.

»Wo bist du gewesen? Und, bei allen Göttern, was hast du mit deiner Nase gemacht?«

Ci antwortete, er habe ein paar in Kampfer getränkte Baumwolltücher hineingesteckt, um den Geruch zu ertragen. Das sei der Grund für seine Verspätung.

»Du enttäuschst mich«, sagte Ming und wies auf seine aus der Mütze quellenden Haare.

Ci schwieg, verneigte sich nur leicht und stellte sich in die Reihe neben Grauer Fuchs, dessen Äußeres tadellos war.

Wenig später erreichten sie die Präfektur, einen mächtigen, von Mauern umschlossenen Bau, der sich zwischen den Hauptkanälen des Kaiserlichen Platzes erhob und allein die Fläche von vier gewöhnlichen Gebäuden einnahm. Seine langen kahlen Mauern, vor denen kein einziger Bettler lagerte, bildeten einen deutlichen Kontrast zu den Nachbarhäusern, die hinter dem Durcheinander aus kleinen Läden, Obst- und Gemüseständen, beschäftigungslosen Faulenzern und betriebsamen Passanten fast verschwanden. Von hier aus gesehen, wirkte die Präfektur trist und verlassen, beinahe bedrohlich, als hätte ein Hochwasser sämtliche Menschen fortgespült, die sich vor ihren Mauern eingerichtet hatten. Jeder Einwohner von Lin'an kannte und fürchtete diesen Ort. Doch mehr als alle anderen fürchtete ihn Ci.

Tief zog er die Mütze ins Gesicht und hüllte sich fest in seine Jacke. Beim Betreten des Gebäudes hielt er sich dicht hinter Grauer Fuchs, als wäre er sein Schatten, und wagte erst im Raum der Toten wieder, den Kopf zu heben. Der Kampfer verfehlte seine Wirkung. Ci atmete den Geruch des Todes – aber wenigstens atmete er.

Der Raum war eine enge Kammer, die nur mit Mühe alle Besucher fasste. An der Seite stand ein Trog mit Wasser bereit, um den Schmutz fortzuspülen, der sich in der schmalen, den Raum durchquerenden Abflussrinne sammelte. Auf einem langgestreckten Tisch in der Mitte war der Umriss eines mit einem Laken zugedeckten Körpers zu sehen. Es stank nach Leiche. Durch eine zweite Tür kam ein dünner Wächter mit Windhundgesicht herein, um ihnen das baldige Eintreffen des Präfekten anzukündigen und eine kurze Einführung zu geben.

»Wir stehen vor einem ungeklärten Fall, der die größtmögliche Diskretion verlangt und über den, aus ebendiesem Grund, niemand alle Einzelheiten erfahren wird.« Nach diesen gewichtigen Worten erläuterte er, dass man zwei Tage zuvor einen Toten im Kanal habe treiben sehen. Die Leiche, ein etwa vierzigjähriger Mann von durchschnittlichem Erscheinungsbild und Körperbau, sei von einem Schleusenwärter entdeckt worden. Der Tote sei bekleidet gewesen und habe einen Schnapskrug in der Hand gehalten. Weder einen Ausweis habe er bei sich getragen, noch Geld oder sonstige Wertsachen, und obwohl seine Kleidung Rückschlüsse auf seinen Beruf erlaubt hätte, sei dies wieder eine Information, die er ihnen vorenthalten müsse. Schon am Vorabend hätten die Spezialisten der Präfektur unter der Leitung des verantwortlichen Richters ihre Untersuchungen durchgeführt. Die Ergebnisse indes seien geheim. Jetzt gebe man den fortgeschrittensten Studenten die Gelegenheit, ihre Kenntnisse beizusteuern – sie hätten eine Stunde Zeit.

Schließlich erteilte der Wachmann Ming das Wort.

Schnell instruierte der Meister die drei Paare, die den

Leichnam untersuchen sollten. Die Zeit jeder Gruppe würde durch ein herunterbrennendes Weihrauchstäbchen begrenzt. Ein Stäbchen für jedes Paar. Sie würden auf die bürokratischen Formalien verzichten und sofort mit der Untersuchung beginnen. Ming schärfte ihnen ein, alle relevanten Beobachtungen und Hinweise aufzuschreiben, denn sie benötigten sie für ihren Bericht, den man dann mit den amtlichen Erkenntnissen vergleichen werde. Schließlich legte er die Reihenfolge fest: Als Erste würden die beiden kantonesischen Brüder, wahre Literaturexperten, antreten, danach die zwei Jurastudenten und zuletzt Grauer Fuchs und Ci.

Sofort wies der Grauhaarige auf den Nachteil hin, den es bedeute, eine schon durch so viele Hände gegangene Leiche zu untersuchen. Ci war das gleich. Da sie keine anatomischen Kenntnisse besaßen, würden die Paare, die vor ihnen an der Reihe waren, die Leiche wahrscheinlich kaum berühren. Darüber hinaus gäbe ihnen die Verzögerung die Möglichkeit, die Fortschritte der Kommilitonen zu verfolgen. Während die Brüder aus Kanton auf den Tisch in der Mitte zutraten, bereitete Ci Papier und Pinsel für seine Notizen vor. Er suchte sich einen guten Platz und befeuchtete den Tintenstein.

Ming entzündete das Stäbchen, das den Beginn der Prüfung anzeigte. Augenblicklich verbeugten sich die beiden Studenten vor dem Meister. Dann stellten sie sich zu beiden Seiten des Tisches auf und zogen gemeinsam das Tuch von der Leiche. Gerade wollten sie mit der Untersuchung anfangen, da schepperte es plötzlich hinter ihnen. Die Kantonesen hielten inne, alle Anwesenden drehten sich um und sahen einen riesigen schwarzen Tintenfleck, der sich zu ihren Füßen ausbreitete. Der Verursacher des Lärms war Ci. Seine behandschuhten Finger verharrten noch in der Position, in der sie den Tintenstein gehalten hatten, der jetzt, in tausend Stücke zersplittert, über den Boden verteilt war.

Auf dem Untersuchungstisch lag die Leiche des Fahnders Kao.

21

Verächtlich und entsetzt sahen die Versammelten zu Ci hin. Er entschuldigte sich flüsternd und nahm trotz der Unruhe, in die ihn Kaos Leiche versetzte, so dicht wie möglich am Tisch Aufstellung, um das Vorgehen der anderen Prüflinge zu beobachten. Er musste um jeden Preis herausfinden, was mit dem Ermittler passiert war. Er hatte Angst, doch er schluckte und nahm sich zusammen. Dann sah er zu, wie seine Kommilitonen den nackten Körper untersuchten und prägte sich alles ein, was sie feststellten. Während das erste Prüflingsduo das Fehlen von Verletzungen hervorhob, die auf einen gewaltsamen Tod hätten schließen lassen, und die Vermutung aussprach, es handele sich womöglich um einen Unfall, konzentrierte sich das zweite auf die kleinen Bisswunden an Lippen und Lidern und führte sie auf die in den Kanälen hausenden Schwärme hungriger Fische zurück. Die sonstigen Beobachtungen betrafen unbestreitbare Tatsachen wie Konstitution, Hautfarbe oder ältere Narben, die nichts zur Aufklärung der Todesursache beitrugen.

Als das zweite Weihrauchstäbchen verlosch, war Grauer Fuchs an der Reihe. Langsam trat der Angeber näher, als mäße das neue Stäbchen nur seine Zeit und nicht auch die von Ci. Wie eine Raubkatze, die ihre Beute umschleicht, umrundete er die Leiche und begann die Untersuchung entgegen den Gepflogenheiten bei den bläulich verfärbten Füßen. Von dort arbeitete er sich hinauf, befühlte die dicken, aber muskulösen Waden, die knotigen Knie und die kräftigen Oberschenkel. Bei dem ebenfalls von Fischen angefressenen Geschlecht hielt er inne, hob es vorsichtig an und untersuchte, ausführlicher als nötig, wie Ci fand, die herabgesunkenen Hoden. Ci sah das Weihrauchstäbchen kürzer werden. Grauer Fuchs war noch nicht einmal beim Brustkorb angekommen und hatte schon ein Viertel der Zeit verbraucht. Endlich erreichte er den Kopf und wendete ihn von einer Seite zur anderen. Wie zuvor gab er auch hier keinerlei Kommentar ab. Dann bat er um Hilfe beim Umdrehen der Leiche, und Ci nutzte die Gelegenheit, um die Starre der Glieder zu testen.

Mit provozierender Langsamkeit machte Grauer Fuchs weiter, ganz im Gegensatz zur Schnelligkeit, mit der der Weihrauch verbrannte. Er untersuchte die Ohren, den breiten Rücken, die Gesäßbacken, die er auseinanderzog und wieder zusammendrückte, und abermals die unteren Extremitäten.

Ci beobachtete nervös das Stäbchen, das bereits mehr als zur Hälfte heruntergebrannt war. Doch weder Grauer Fuchs noch Ming selbst, der zerstreut mit einem Studenten schwatzte, schienen sich dafür zu interessieren. Da er glaubte, der Meister werde die Zeit, die sein Mitbewohner überschritten hatte, hinten anhängen, beschloss Ci, ihn nicht zu unterbrechen. Als der Grauhaarige seine Untersuchung für beendet erklärte, war nur noch ein Fitzelchen Weihrauch übrig. Rasch löste Ci ihn ab.

Den vorausgegangenen Untersuchungen hatte er entnommen, dass der Körper in der Tat keine Anzeichen von Gewalteinwirkung aufwies. Deshalb wandte er sich sofort dem Kopf zu und konzentrierte sich besonders auf den Nacken. Er hoffte, dort etwas Relevantes zu entdecken – vergeblich. Auch die Untersuchung von Mund, Augen und Nasenlöchern ergab keine Erkenntnisse, weder Hinweise auf die Anwendung von Gift noch von äußerer Gewalteinwirkung. Zum Schluss widmete er sich den Ohren. Das rechte erschien ihm unauffällig, doch im linken glaubte er plötzlich etwas zu sichten, dass ihm bei der Aufklärung des Todesfalls von Nutzen sein konnte. Es war nur eine Ahnung, aber er musste ihr nachgehen. Er kramte zwischen den Instrumenten. Die Zeit verstrich, ohne dass er das Gesuchte fand, und als er wieder zu dem Weihrauchstäbchen blickte, verlosch es gerade. Daraufhin verteilte er den gesamten Inhalt seines Bündels auf dem Boden und griff, als ginge es um sein Leben, nach einer Pinzette und einem kleinen Stein. Er betete, dass sich sein Verdacht bestätigen möge. Doch als er die Untersuchung abschließen wollte, trat einer der Wächter zwischen ihn und den Leichnam. Sein Gesicht wirkte grimmig. Ci dachte, man habe ihn entdeckt, senkte die Stirn und wartete einige scheinbar endlose Sekunden auf den traurigen Schlusspunkt seiner begonnenen Karriere.

»Die Prüfung ist zu Ende«, teilte der Wachmann mit.

Cis Herz klopfte. Er konnte nicht glauben, was er da hörte. Er musste weitermachen. Er hatte doch eben erst angefangen.

»Verzeihung, werter Herr, aber Grauer Fuchs hat einen Teil meiner Zeit verwendet«, wagte er zu antworten. »Er …«

»Damit habe ich nichts zu tun. Der Präfekt erwartet uns«, sagte der Wächter, ohne sich von der Stelle zu rühren.

Hilfesuchend drehte Ci sich nach dem Meister um, doch dieser wich seinem Blick aus – er war allein.

Ci verneigte sich zum Zeichen seines Einverständnisses. Langsam trat er zurück und verstaute die Pinzette in seinem Bündel. Doch bevor er sich endgültig entfernte, bat er um die Erlaubnis, die Leiche mit dem Tuch bedecken zu dürfen. Der Wachmann zögerte, gestattete es ihm aber, und Ci gehorchte eifrig.

Als sie den Raum der Toten verließen, war ein Leuchten in Cis Augen getreten.

* * *

Auf dem Rückweg zur Akademie entschuldigte Ming sich bei Ci.

»Ich wollte dir mehr Zeit geben, glaub mir, aber ich wusste nicht, dass der Präfekt andere Pläne hatte.«

Ci schwieg. Er dachte nur an die Folgen seiner Entdeckung. Der Präfekt, ein rundlicher, übelriechender Mann, hatte ihnen die absolute Vertraulichkeit der Sache in Erinnerung gerufen und sie beauftragt, zwei Tage später mit ihren schriftlichen Berichten wieder vor ihm zu erscheinen. Zwei Tage, um zu entscheiden, wie er sein Schicksal gestalten wollte.

Beim Essen nahm Ci fast nichts zu sich. Anschließend mussten sie Ming ihre vorläufigen Ergebnisse präsentieren, und er wusste noch nicht, was er ihm erzählen sollte. Vermutlich wusste man in der Präfektur über Kaos Profession Bescheid, anders war die Geheimniskrämerei, die den Fall umgab, kaum zu erklären. Aber wusste man, dass der Fahnder ermordet worden war? Wenn er seine Schlussfolgerungen mitteilte, würde er die Aufmerksamkeit der Behörden auf die Existenz eines Mörders lenken, und womöglich wäre er selbst der Hauptverdächtige. Er schluckte einen Bissen hinunter, der ihm im Hals stecken blieb. Das zweite Studentenpaar befand sich bereits in Mings Arbeitszimmer. Bald wären sie an der Reihe. Er sah Grauer Fuchs auf einer Matte liegen und seine Notizen durchgehen. Ci wurde bang.

Er fragte sich, was sein Vater wohl an seiner Stelle getan hätte und fühlte einen Druck auf der Brust. Immer, wenn er eine wichtige Entscheidung fällen musste, tauchte der Geist des Alten auf, um ihn zu quälen. Er erinnerte sich an die Jahre, in denen sein Vater ehrlich und geachtet gewesen war, die Jahre, in denen er ihm geholfen und ihn ermutigt hatte, sich den Kaiserlichen Prüfungen zu unterziehen, und er sehnte sich nach jemandem wie Richter Feng, auf den er sich stützen könnte.

Ein Stoß von Grauer Fuchs riss ihn aus seinen Gedanken. Ci sah auf. Mit arroganter Miene stand der Kommilitone vor ihm und drängte ihn, sich zu erheben.

Zum ersten Mal betrat er das private Arbeitszimmer von Meister Ming. Überrascht stellte er fest, wie düster der Raum war, in dem es weder Fenster noch Sichtblenden aus Papier gab, die etwas Licht hereingelassen hätten. An den dunklen Holzwänden waren nur mit Mühe einige Seidenbilder zu erkennen, groteske Zeichnungen von menschlichen Gestalten, die verschiedene Bereiche ihrer Anatomie zur Schau stellten. An einem Tisch aus schwarzem Ebenholz sitzend, empfing der Professor seine Prüflinge. Hinter ihm zeigte ein von kleinen Laternen beleuchtetes Wandbrett eine unheimliche Sammlung von Totenschädeln. Grauer Fuchs trat als Erster näher. Mit Mings Erlaubnis kniete er sich vor dem Tisch hin, und Ci tat es ihm nach. Das müde Gesicht des Meisters spiegelte seinen Überdruss wider.

»Ich hoffe, wenigstens ihr beide verfügt über das kleine bisschen Verstand, der euren Mitstudenten zu fehlen scheint. So viel Unsinn auf einmal habe ich in meinem ganzen Leben nicht gehört! Worauf wartet ihr? Fangt an.«

Grauer Fuchs räusperte sich. Seine hochmütige Miene hatte er draußen gelassen. Er holte seine Notizen hervor und begann.

»Hochverehrter Weiser, ich danke Euch mit aufrichtiger Demut für die Gelegenheit …«

»Du kannst dir deine Unterwürfigkeiten sparen. Bitte, fang endlich an«, unterbrach ihn Ming.

»Meister«, hüstelte Grauer Fuchs. »Ich überlege, ob Ci nicht besser draußen warten sollte. Wie Ihr wisst, darf ein zweiter Richter sein Urteil niemals durch die Kenntnis der Schlussfolgerungen des ersten beeinflussen lassen.«

»Bei allen Göttern, Grauer Fuchs! Wirst du bald anfangen?«

Der Musterschüler räusperte sich abermals. Dann legte er seine Notizen auf den Boden und sah Ming an.

»Meister, bevor wir uns den Kopf über die Todesursache zerbrechen, sollten wir uns nach dem Grund all dieser Vorsichtsmaßnahmen fragen. Bei anderen Gelegenheiten war eine derartige Zurückhaltung nicht notwendig, was mich zu der Annahme führt, dass der Tote eine Person von gewisser Bedeutung gewesen sein muss, oder mit einer Person von gewisser Bedeutung in Kontakt gestanden hat.«

»Fahre fort«, sagte Ming aufhorchend.

»In dem Fall wäre die nächste Frage, warum die Behörden sich für die Meinung von ein paar Studenten interessieren. Wenn sie Vertraulichkeit wünschten, ließe sie sich am besten bewahren, indem sie uns nicht mit einbezögen, und das heißt, dass sie nicht oder wenigstens nicht mit Sicherheit wissen, was geschehen ist.«

»In der Tat, das könnte zutreffen.«

»Was den Beruf und die soziale Stellung des Verstorbenen angeht, fehlen uns wichtige Hinweise, weil wir keine Informationen über seine Kleidung haben, doch das Fehlen von

Schwielen an seinen Händen lässt auf eine administrative Arbeit schließen, während seine stumpfen Fingernägel gegen eine literarische Bildung sprechen.«

»Eine interessante Beobachtung …«

»Das finde ich auch.« Grauer Fuchs lächelte unverhohlen. »Und als Letztes kann im Hinblick auf die Todesursache festgestellt werden, dass die Leiche keine Anzeichen von Gewalteinwirkung aufweist, weder blaue Flecke noch Wunden oder Zeichen einer Vergiftung. Es gibt auch keine Ausscheidungen aus einer der sieben natürlichen Körperöffnungen, die einen von außen herbeigeführten Tod belegen könnten und die, falls vorhanden, trotz der Reinigung mit Wasser in Gestalt von winzigen Spuren zurückgeblieben wären. Daher müssen wir annehmen, dass der Tod des Mannes erst nach seinem Sturz in den Kanal eingetreten ist. Meiner Meinung nach spielt das Ertrinken eine untergeordnete Rolle. Entscheidend ist, dass es nach einem Zechgelage erfolgte, was sich daran ablesen lässt, dass er mit einem Schnapskrug in der Hand gefunden wurde.«

»Aha.« Mings Gesichtsausdruck wechselte vom Interesse zur Enttäuschung. »Deine Schlussfolgerung lautet also?«

»Ja, verehrungswürdiger Meister«, stotterte der Lange, als er den Unmut des Professors bemerkte. »Wie ich schon sagte, der Unglückliche arbeitete bestimmt an irgendeiner wichtigen Sache. Sein völlig unerwarteter Tod hat Unannehmlichkeiten bereitet, und man will sichergehen, dass es wirklich ein Unfall war.«

Ming setzte nun eine gelangweilte Miene auf. Bis auf die Äußerungen über die soziale Stellung des Verstorbenen war das, was Grauer Fuchs vorgetragen hatte, nicht mehr als ein Abklatsch der Beobachtungen seiner Studienkollegen. Der Professor dankte ihm für seine Mühe und wandte sich an Ci.

»Du bist dran«, sagte er ohne Überzeugung.

»Wenn wir seine Kleidung untersuchen könnten … Oder mit demjenigen reden, der ihn gefunden hat …«, warf Grauer Fuchs dazwischen.

»Du bist dran, Ci«, wiederholte Ming.

Ci erhob sich. Er hatte seinem Kommilitonen aufmerksam zugehört und bedauerte, dass der ihm mit einigen zutreffenden Schlussfolgerungen zuvorgekommen war. Bis dahin hatte er genau diese Funde oder ein bisschen mehr erwähnen und seine furchtbare Entdeckung für sich behalten wollen. Doch wenn er sich darauf beschränkte, die Worte seines Mitschülers nachzubeten, würde er vor Ming wie ein Dummkopf dastehen. Trotzdem versuchte er es.

Als er geendet hatte, zog der Meister eine Augenbraue hoch. Er wartete offenbar, dass Ci weitersprach, doch der blieb stumm.

»Das ist alles?«

»In Anbetracht der Untersuchungsergebnisse kann ich nicht mehr sagen. Was Grauer Fuchs vorgetragen hat, entbehrt keineswegs der Grundlage.« Er strengte sich an, überzeugend zu klingen. »Im Gegenteil, seine Ausführungen erweisen sich als scharfsinnig und präzise, sie stimmen mit dem überein, was ich gesehen und ertastet habe.«

»Dann solltest du besser aufpassen, denn wir behalten dich nicht an unserer Akademie, damit du irgendwelches Zeug nachplapperst wie ein Papagei.« Ming schwieg einen Moment. »Und erst recht nicht, damit du uns betrügst!«

»Ich verstehe Euch nicht.« Ci wurde rot.

»Wirklich nicht? Sag, hältst du mich für einen Idioten?«

Ci spürte, wie seine Wangen glühten. Er wusste nicht, worauf genau Ming sich bezog, aber er nahm an, dass er es in Kürze erfahren würde.

»Ich verstehe Euch nicht …«, stammelte er abermals.

»Bei allen Göttern! Hör auf zu schauspielern! Meinst du, ich hätte nicht bemerkt, wie du etwas im Ohr des Toten entdeckt hast? Meinst du, ich hätte nicht mitbekommen, was du beim Zudecken des Leichnams getan hast?«

»Ich weiß nicht, wovon Ihr redet«, log Ci.

Zornig richtete Ming sich auf.

»Hinaus! Aber sofort!«, schrie er.

Während sie aus dem Raum flohen, hörten sie ihn »verdammter Lügner« rufen.

* * *

Ci verbrachte den Nachmittag mit Grübeleien. Wie sollte er diese unerträgliche Situation lösen? Stunde um Stunde saß er vor seinen Aufzeichnungen, und das Einzige, was ihm einfiel, war, seinen Traum aufzugeben und Lin'an zu verlassen. Doch er blieb weiter in der Bibliothek und zermarterte sich das Hirn. Endlich nahm er einen Pinsel und begann zu schreiben. Ohne zu wissen, ob er den Bericht je abgeben würde, übertrug er eine ganze Weile jede Einzelheit von dem, was er herausgefunden hatte, auf einen ordentlichen Bogen Papier. Er beneidete Grauer Fuchs, den er mit den anderen Schülern hatte scherzen sehen, einen Schnapskrug in der Hand, als könnte er den Misserfolg genauso schnell schlucken wie den Alkohol. Kurz vor dem Abendessen kam sein Zimmergenosse auf ihn zugetorkelt. Seine Augen glänzten ebenso wie sein feuchtes Grinsen. Er schien zufrieden, bot ihm sogar einen Schluck Schnaps an, doch Ci lehnte ab und steckte hastig seinen Bericht weg.

»Los, Alter«, lallte er. »Vergiss diese Prüfung und trink was.«

Ci wunderte sich über die Wirkung, die der Schnaps auf manche Menschen hatte. Seit seinem Eintritt in die Akademie war es das erste Mal, dass sein Mitbewohner ihn ansprach, ohne ihn zu beschimpfen. Er lehnte dennoch ab, aber Grauer Fuchs ließ nicht locker.

»Weißt du was? Ich muss dir gestehen, dass ich dich bis heute Nachmittag gehasst habe … Der kluge Ci … Der intelligente Ci …« Er nahm einen neuen Schluck. »Aber, beim Erleuchteten, heute warst du nicht klüger. Ich erinnere mich noch an deine Worte: ›Was Grauer Fuchs vorgetragen hat, entbehrt keineswegs der Grundlage. Im Gegenteil, seine Ausführungen erweisen sich als scharfsinnig und präzise, sie stimmen mit dem überein, was ich gesehen und ertastet habe.‹« Er ahmte Cis Tonfall nach. »Das fand ich sympathisch. Hier.« Sein Zimmergenosse hielt ihm den Krug hin und lachte schallend.

Ci nahm den Krug und trank einen Schluck, nur damit der Lange ihn in Ruhe ließ. Er spürte, wie ihm der Reisschnaps heiß durch die Kehle rann und im Magen brannte. So starke Getränke war er nicht gewöhnt.

»Wunderbar!«, jubelte Grauer Fuchs. »Hör mal. Heute Abend will ich mit ein paar Kollegen im *Palast der Lüste* essen gehen und auf die Gesundheit des alten Ming anstoßen. Kommst du mit? Wir werden uns totlachen und feiern wie die Könige.«

»Nein, danke. Ich möchte nicht, dass Ming davon erfährt …«

»Und was, wenn er davon erfährt? Glaubst du etwa, wir sind seine Gefangenen? Ming ist bloß ein armer Griesgram, der nie zufrieden ist. Los, raff dich auf! Wir werden jede Menge Spaß haben. Beim zweiten Gong erwarten wir dich unten im Garten an der Fontäne.« Er ließ den Schnaps neben

Ci auf dem Boden stehen und kehrte vor sich hin summend dahin zurück, von wo er gekommen war.

Ci hob den Krug auf und sah hinein. Die Flüssigkeit schwappte im Dunkeln wie seine eigene Seele. Den ganzen Nachmittag hatte er mit der Suche nach einer unmöglichen Lösung vergeudet, und noch immer wusste er nicht, was er tun sollte. Wenn er seine Erkenntnisse enthüllte, würde er Mings Vertrauen wiedergewinnen, sich aber zugleich in den Fokus der Justiz begeben. Wenn er schwieg, verlor er die Chance, in ein Richteramt aufzusteigen, von der er so lange geträumt hatte. Er setzte den Krug an die Lippen und trank wieder. Stück um Stück trübte sich sein Verstand, und seine Probleme begannen sich zu verflüchtigen.

Der Ton des zweiten Gongs überraschte Ci in der Bibliothek. Er konnte nicht mehr klar denken, das musste er aber auch gar nicht. Neben ihm stand der leere Schnapskrug. Er fragte sich, wie lange Ming ihn wohl noch als Gast an der Akademie behielt. Wie lange würde es dauern, bis er ihn zurück zum Friedhof schickte? Ach, was scherte ihn das!

Aus dem Garten vernahm er Gelächter. Zögernd stand er auf und ging die Treppe hinunter. Draußen am Brunnen umringten vier Studenten, jeder mit einem Krug in der Hand, den Grauhaarigen. Ci betrachtete sie einen Moment. Sie wirkten gutgelaunt, doch er konnte sich nicht entschließen. Erst als er sich abwandte, um die Schlafräume anzusteuern, bemerkte Grauer Fuchs ihn. Ci hörte seine Stimme, die ihn aufforderte, näher zu kommen. Sie klang freundlich und werbend. Unentschieden blieb Ci stehen. Es reizte ihn, weiterzutrinken, doch etwas in seinem Inneren sagte ihm, dass das keine gute Idee war. Im selben Augenblick trat Grauer Fuchs heran, lächelte, legte ihm den Arm um die Schulter und beredete ihn von neuem, sie zu begleiten. Sie würden sich prächtig amüsieren. Am Ende dachte Ci, dass er, wenn sowieso schon alles schiefging, wenigstens nicht die Gelegenheit verpassen wollte, sich mit Grauer Fuchs anzufreunden.

* * *

Im *Palast der Lüste* begegnete Ci den schönsten Frauen, die er je gesehen hatte.

Kaum hatten sie das Gebäude betreten, wurde Grauer Fuchs von einem aufgekratzten Diener begrüßt, der ihm mit viel Wichtigtuerei im Gedränge der reichen Kaufleute und Universitätsdozenten einen Platz zuwies. Ermutigt von den Klängen der Lauten und Zithern, riefen die Gäste den grell geschminkten Tänzerinnen, die um sie herumwirbelten wie Seerosen in einem Strudel, allerlei Frivolitäten zu. Ci sah, wie die Mädchen ihre Kleider lüpften und ihre kleinen, in Gamaschen steckenden Füße entblößten, was jedes Mal Begeisterungsstürme auslöste und die Gier der Männer weiter anheizte. Grauer Fuchs schien sich in dem Spektakel wie zu Hause zu fühlen, er schwatzte mit Freunden, Bekannten und Kellnern, als wäre er selbst der Bordellbesitzer. Bald begann ein Schwarm Diener, den Tisch mit allen Arten von Speisen und alkoholischen Getränken zu beladen. Außerdem verlangte Grauer Fuchs ein Paar *Blumen*, die ihnen Gesellschaft leisten sollten. Während er die Flaschen austeilte, setzten sich zwei lächelnde Schönheiten zu den sechs jungen Männern. Acht war die perfekte Zahl.

»Sie gefallen dir, oder?« Grauer Fuchs grinste Ci an und streichelte dabei das Bein eines der Mädchen. »Gebt euch Mühe«, sagte er zu den *Blumen*, als würde er sie seit Jahren kennen. »Das hier ist Ci, der Totenleser. Mein neuer Zimmergenosse. Er kann mit den Geistern reden. Seid also süß wie Honig, sonst verwandelt er euch in Eselinnen.« Grauer Fuchs und seine Freunde brüllten vor Lachen.

Ci war es unangenehm, dass die *Blumen* ihre Plätze wechselten und sich neben ihn setzen. Trotzdem verspürte er mit Macht den Stachel des Begehrens. Seit langem hatte er keine Frau berührt. So lange, dass er die Zartheit ihrer Haut und die Liebkosung ihres Dufts beinahe vergessen hatte. Ihm schwanden die Sinne, aber das Eintreffen der Speisen lenkte ihn von anderen Begierden ab. Es waren so viele und so verschiedene, dass der Spruch zu stimmen schien, in Lin'an esse man alles, was fliege, außer den Kometen, alles, was schwimme, außer den Booten, und alles, was Beine habe, außer den Tischen. Auf den Tischtüchern stapelten sich kalte Vorspeisen aus gedämpften Schnecken mit Ingwer, Acht-Knospen-Pudding und Perlkrebsen und versuchten, sich gegen die ersten Gänge aus gebratenem Reis, Rippen mit Kastanien, gebratenen Austern auf Drachenzähnen und knusprigem Flussfisch zu behaupten. Auf einem Beistelltisch warteten Gewürzsoßen in mehreren Tiegeln darauf, dass sie an die Reihe kamen, um ihre digestive Wirkung zu entfalten. Der warme Reiswein ging von Schale zu Schale, und das Gelächter vervielfachte sich genauso schnell wie die Flecke auf den Hemden. Glücklich ließ Ci es sich schmecken, immer noch verblüfft über den Wandel seines Kommilitonen, der ihn pausenlos ermunterte, sich zu amüsieren.

Ci brauchte keine Aufmunterung. Darum kümmerten sich schon die beiden *Blumen*.

Als er zum ersten Mal die Hand einer der beiden zwischen seinen Beinen spürte, spie er den Schluck, den er gerade im Mund hatte, vor Schreck wieder aus. Beim zweiten Mal wollte er dem Mädchen gegenüber ehrlich sein. Er gestand ihr, dass ihn ihr Duft verzaubere und das Dunkelrot ihrer Lippen ihn bis ins Innerste treffe, dass er aber arm wie eine Ratte sei und ihre Dienste nicht vergüten könne. Das schien die *Blume* jedoch nicht zu stören. Sanft neigte sie den Kopf, bis ihre Zunge seinen Hals berührte.

Ein lustvolles Gefühl durchzuckte ihn, und er bekam Gänsehaut. Dabei hörte er das Lachen von Grauer Fuchs und die Rufe seiner vier Freunde, die ihn anfeuerten, das Mädchen zu begleiten.

Ci konnte kaum noch denken. Die letzten Schalen Wein hatten ihn in eine nebelhafte Welt aus Zärtlichkeiten und Essenzen versetzt, von denen er in einen Mahlstrom ungekannter Genüsse hinabgezogen wurde. Gerade wollte er die *Blume* küssen, als er spürte, wie ihn jemand an der Schulter packte. Ihm war, als hörte er Protest.

»Du sollst sie loslassen und dir eine andere suchen!«, wiederholte ein Mann mittleren Alters mit einem Spazierstock in der Hand undeutlich.

»He, lass ihn in Ruhe!«, mischte sich Grauer Fuchs ein.

Der Mann achtete nicht auf ihn. Er packte die *Blume* am Arm und zerrte daran, als wollte er ihn ihr ausreißen, wobei er sämtliche Teller hinunterfegte, die noch auf dem Tisch standen. Ci erhob sich, um dazwischenzutreten, doch bevor er etwas erreichen konnte, erhielt er mit dem Stock einen Schlag ins Gesicht, der ihn zu Boden warf. Als der Mann ihm einen weiteren Hieb versetzen wollte, stürzte Grauer Fuchs sich auf ihn und brachte ihn zu Fall. Sofort erschienen mehrere Bedienstete, um sie zu trennen.

»Verdammter Säufer!«, brüllte Grauer Fuchs und wischte über die kleine Wunde, die er sich an einer Hand zugezogen hatte. »Sie sollten besser aufpassen, wen sie hier reinlassen.« Dann half er Ci beim Aufstehen. »Alles in Ordnung?«

Ci begriff nicht ganz, was geschehen war, denn der Alkohol lenkte seine schwerfälligen Bewegungen. Auf den Grauhaarigen gestützt, ließ er sich von ihm zu einem sauberen Tisch führen, der in einer ruhigen Ecke des Raumes stand. Die anderen Studenten zogen es vor, in der Nähe der *Blumen* zu bleiben.

»Beim Erleuchteten! Dieser Blödmann hat uns fast den Abend verdorben. Soll ich die Kleine wieder herrufen?«

»Nein, lass.« Um ihn drehte sich alles.

»Sicher? Sie wirkt ziemlich erfahren, und ihre Füße sind reizend. Ich wette, sie zappelt wie ein frisch gefangener Fisch. Aber wenn du keine Lust hast, vergessen wir es. Schließlich sind wir hergekommen, um uns zu amüsieren.« Er machte einem Angestellten ein Zeichen, damit er ihnen neuen Wein brachte.

Allmählich fühlte sich Ci wohl in Gesellschaft von Grauer Fuchs. Sein Zimmergenosse schien seine hochmütige Haltung abgelegt zu haben. Er plauderte und lachte, als wären sie die besten Freunde. Seine Kommentare über die Tattergreise, die sich inmitten der Tänzerinnen besabberten, während diese ihnen frech ihre Münzen abknöpften, brachten Ci zum Lachen wie schon lange nichts mehr. Sie bestellten Sesamgebäck und etwas Reisschnaps und tranken weiter, bis die Wörter zu stolpern begannen. Einen Moment lang schwiegen sie wie betäubt und ruhten sich aus.

Mit einem Mal änderte sich der Tonfall von Grauer Fuchs. Er erzählte Ci von seiner Einsamkeit. Seit er klein war, habe ihn sein Vater auf die besten Schulen und Universitäten geschickt, wo er umgeben von Weisheit, aber fern der Liebe seiner Geschwister, den Küssen seiner Mutter oder den Geheimnissen eines echten Freundes aufgewachsen sei. Er habe gelernt, sich um seiner selbst willen zu mögen, aber auch, niemandem zu vertrauen. Sein Leben sei das eines schönen

Rassepferdes, eingesperrt in einen goldenen Stall und allzeit bereit, nach dem Ersten zu treten, der sich ihm näherte. Er hasse diese triste Existenz.

Ci, der kaum noch die Augen offen halten konnte, bedauerte ihn.

»Soll ich ehrlich sein?«, fragte Grauer Fuchs. »Ich habe mich dir gegenüber wie ein Fiesling benommen, weil ich in der Akademie wenigstens Mings Anerkennung hatte, bis du kamst. Wenigstens glaubte ich es. Jetzt sieht er nur noch deine Glanzleistungen … Bitte verzeih.«

Ci wusste nicht, was er sagen sollte. Der Schnaps lähmte sein Gehirn.

»Vergiss es«, murmelte er. »Ich bin nicht so toll.«

»Doch, das bist du«, wiederholte Grauer Fuchs, den Kopf gesenkt. »Heute Morgen im Raum der Toten zum Beispiel hast du entdeckt, was keiner von uns gesehen hat.«

»Ich?«

»Die Sache, die du im Ohr dieses Kerls gefunden hast. Verdammt, was bin ich nur für eine eingebildete Null!«

»Sag so was nicht. Jeder hätte es bemerken können.«

»Nein. Ich nicht.« Dann tauchte er das Gesicht in eine weitere Schale Alkohol.

Ci erkannte die Niederlage in seinen Augen, durchsuchte die Hosentasche und holte unbeholfen einen kleinen, metallisch glänzenden Stein heraus.

»Schau dir das an«, sagte er und zeigte dem Grauhaarigen den Stein. Anschließend näherte er ihn langsam einer eisernen Schüssel, bis der Stein plötzlich wie durch Zauberei aus seiner Hand sprang, durch die Luft flog und an der Schüssel haften blieb. Die Augen des Langen wurden rund vor Staunen und traten fast aus ihren Höhlen, als er vergebens versuchte, ihn wieder zu lösen.

»Aber …« Grauer Fuchs begriff nicht. »Ein Magnet?«

»Ein Magnet«, bestätigte Ci, während er ihn abzog. »Wenn du einen gehabt hättest, hättest auch du das Stäbchen gefunden, das im Ohr des Toten steckte. Das Eisenstäbchen, mit dem dieser Strafverfolger ermordet wurde.«

»Ermordet? Strafverfolger? Aber was sagst du da? Du bist wirklich ein Dämon, Ci.« Lebhafter geworden, nahm er den nächsten Schluck. »Und der Schnapskrug, den er in der Hand hielt, als man ihn fand, war demnach …«

Ci sah sich um, bis er einen Alten entdeckte, der, einen Stock in den Händen, auf einem Diwan schlief.

»Siehst du den Alten da? Er hält seinen Stock nicht fest.« Ci fielen die Augen zu. Nach einigen Sekunden öffnete er sie wieder und fuhr fort. »Der Stock liegt bloß ruhig in seinen Händen. Wenn ein Mensch stirbt, verlassen ihn mit dem letzten Atemzug all seine Kräfte. Erst wenn jemand einem Toten einen Krug in die Hand drückt und ihn festhält, bis die Leichenstarre eintritt …«

»Ein Ablenkungsmanöver?«

»Genau.« Schon fast unfähig, seine Gedanken zu artikulieren, leerte Ci seine Schale.

»Du bist wahrhaftig ein Dämon.«

Ci fiel keine Erwiderung ein. Der Schnaps benebelte zunehmend seinen Verstand. Er kam auf die Idee, einen Trinkspruch auszubringen.

»Auf meinen neuen Freund«, sagte er.

Grauer Fuchs hob seine Schale.

»Auf meinen neuen Freund«, wiederholte er und winkte einen Kellner herbei, um mehr Schnaps zu bestellen, doch Ci lehnte ab. Er war kaum noch in der Lage, das Durcheinander aus Trinkschalen, Kunden und Tänzerinnen, das sich um ihn drehte, zu unterscheiden. Trotzdem schien ihm, als könnte er in diesem Strudel eine schlanke Gestalt ausmachen, die langsam auf ihn zukam. Unmittelbar vor seinem Gesicht glaubte er die flüchtige Schönheit zweier mandelförmiger Augen zu erkennen. Dann überflutete ihn die Feuchtigkeit begehrlicher Lippen und trug ihn an den Ort seiner Wünsche.

Hätte Ci, statt sich den Liebkosungen hinzugeben, in diesem Moment den Blick gehoben, hätte er mit Verwunderung beobachten können, wie sein Kommilitone plötzlich seine Trunkenheit abschüttelte und festen Schrittes zu dem Mann hinüberging, der sie kurz davor angegriffen hatte, um ihm seinen Lohn auszuzahlen.

22

Als Ci im Dreck der Straße erwachte, schien die Sonne bereits auf die taufeuchten Dächer von Lin'an.

Das Lärmen der Passanten dröhnte in seinem noch schläfrigen Hirn wie tausendfacher Donner. Mühsam richtete er sich auf und sah sich verwirrt um, bis er über seinem Kopf die Werbetafel für den *Palast der Lüste* erkannte. Ein kalter Schauer machte ihn munter. Auf seiner Haut hatte er noch den Geschmack der sich über ihm windenden *Blume*. Wo war sie? Und wo waren Grauer Fuchs und seine Begleiter? Mit einem unguten Gefühl trat er, sehr langsam, den Rückweg zur Akademie an.

Kaum hatte er das Gebäude erreicht, teilte ihm der Wächter mit, dass Ming mehrere Male nach ihm gefragt habe. Offenbar hatte der Meister beschlossen, dass die Schüler, die in der Präfektur gewesen waren, ihre Ergebnisse im Traditionsreichen Saal der Debatten vor der versammelten Lehrerschaft präsentieren sollten.

»Sie tagen dort schon eine Weile, aber lass dir nicht einfallen, so hineinzugehen, sonst werfen sie dich in hohem Bogen wieder raus.«

Ci sah an sich hinunter. Seine Kleidung war mit Essensresten befleckt, und er stank nach Alkohol. Er fluchte über sein Pech und verstand noch immer nicht, warum Grauer Fuchs nicht auf ihn gewartet hatte. Rasch holte er eine Schüssel mit Wasser, um sich zu reinigen, und eilte damit in seine Unterkunft. Als er sich gewaschen und umgekleidet hatte, nahm er sein Bündel mit dem Bericht und stürzte hastig zurück zum Traditionsreichen Saal der Debatten. Bevor er den Raum betrat, wartete er einen Augenblick, bis sich sein Atem beruhigt hatte. Im Saal starrten ihn alle an. Schweigend setzte er sich und merkte, dass genau in diesem Moment der Vortrag seines Zimmergenossen begann.

Ci versuchte, mit den Augen Kontakt aufzunehmen, aber Grauer Fuchs wich seinem Blick aus. War er nervös? Ci stellte das Bündel zwischen seine Beine und hörte zu. In der Saalmitte trommelte Grauer Fuchs unterdessen mit den Fingern auf das kleine Pult, auf dem seine Ergebnisse lagen. Nachdem man ihm ein Zeichen gegeben hatte, bat er die Lehrer um ihre Erlaubnis und begann mit der Schilderung des allgemeinen Verfahrens, an das er sich während der Untersuchung gehalten hatte. Ci musste noch entscheiden, wie er mit seinem eigenen Bericht umgehen sollte. Deshalb öffnete er sein Bündel, um ihn ein letztes Mal durchzusehen. Doch zu seinem Erstaunen stellte er fest, dass der Bericht nicht dort war, wo er ihn gelassen hatte. Er suchte immer noch danach, als im Saal seine eigenen Worte aus dem Mund des Grauhaarigen ertönten.

Ungläubig starrte er auf Grauer Fuchs. Seine Hände zitterten, während er das Bündel ausleerte, und sie zitterten noch stärker, als er das Manuskript schließlich ganz unten fand, zerknittert und nicht ordentlich gefaltet, wie er es hineingesteckt hatte. In ihm kochte das Blut.

Je weiter Grauer Fuchs in seiner Darlegung voranschritt, umso klarer erkannte Ci, in welchem Ausmaß er benutzt worden war. Die scheinbare Freundschaft des Musterschülers war bloß ein schmutziger Trick gewesen und der Alkohol das Mittel, ihn auszuhorchen. Ci hörte seine eigenen Worte ein ums andere Mal in seinem Kopf widerhallen und ihn daran erinnern, wie dumm er gewesen war, dass er einem Menschen vertraut hatte, der ihm jetzt heimtückisch in den Rücken fiel. Ging es für den Angeber nur darum, vor Ming zu glänzen, so konnte es für ihn eine lebenslange Strafe bedeuten.

Er hörte, wie sein Rivale die Unmöglichkeit eines Unfalls oder Selbstmordes erläuterte und ausschloss, dass der Tote den Krug hätte festhalten können. Grauer Fuchs eignete sich seine Entdeckung über die Todesursache an, indem er behauptete, er habe ein langes eisernes Stäbchen im linken Ohr des Opfers gefunden. Er entschuldigte sich dafür, dass er dies Ming bei der früheren Anhörung nicht gesagt habe, und begründete es mit dem Bedürfnis, *seinen* Fund zu schützen. Alles das las er ruhig aus einem Bericht vor, der eine exakte Kopie von Cis Bericht darstellte und den er dem Meister am Ende überreichte. Er hatte nichts ausgelassen, auch nicht den Beruf des Ermordeten.

Ci musste an sich halten, um sich nicht auf Grauer Fuchs zu stürzen und ihn zu verprügeln.

Und das Schlimmste war, dass er ihn nicht einmal anklagen konnte. Wenn er es tat, wäre es nicht nur schwierig zu beweisen, dass sein Kommilitone ihm den Bericht gestohlen hatte – und nicht umgekehrt, wie Grauer Fuchs mit Sicherheit behaupten würde –, sondern er müsste, falls ihm der Beweis gelang, außerdem erklären, wie er herausgefunden hatte, dass der Tote Strafverfolger war. Zum Glück war diese Erklärung das Einzige, was er nicht in den Originalbericht aufgenommen hatte.

Und deshalb wusste der Grauhaarige nicht, was er sagen sollte, als Ming ihn zu diesem Punkt befragte.

»Ich habe den Beruf aus der seltsamen und mehrfach wiederholten Bitte um Vertraulichkeit abgeleitet«, antwortete er unsicher.

»Abgeleitet? Müsstest du nicht eher sagen: abgeschrieben?«, fragte ihn der Meister.

Grauer Fuchs zog die Brauen hoch und errötete.

»Ich verstehe nicht, was Ihr meint.«

»Dann kann Ci es uns vielleicht erklären.« Er machte ihm ein Zeichen, sich zu erheben.

Ci gehorchte, auch wenn er vorher noch schnell seinen Bericht zusammenknüllte und im Beutel verstaute. Als er neben den Angeber trat, sah er die Furcht in dessen Blick. Er hatte keinen Zweifel, dass Ming etwas ahnte. Schweigend überlegte er, wie er diese Situation lösen sollte.

»Wir warten«, drängte ihn der Meister.

»Ich weiß nicht ganz, worauf«, sagte Ci schließlich.

Die Antwort irritierte Ming.

»Du hast also nichts einzuwenden?« Seine Stimme klang gereizt.

»Nein, verehrungswürdiger Meister.«

»Komm schon, Ci! Verkaufe mich nicht für dumm. Hast du nicht mal eine Meinung?«

Ci blickte den Grauhaarigen an. Er konnte ihn Speichel schlucken sehen. Bevor er den Mund öffnete, wog er seine Antwort gut ab.

»Ich meine, dass einer von uns exzellente Arbeit geleistet

hat«, sagte er dann und wies auf seinen Zimmergenossen. »Wir anderen können Grauer Fuchs also nur beglückwünschen und weiter fleißig lernen.« Und ohne Mings Erlaubnis abzuwarten, stieg er vom Podium und verließ mit bitterer Miene den Traditionsreichen Saal der Debatten.

* * *

Tausendmal verfluchte Ci sich für seine Dummheit, und noch tausendmal, weil er so feige gewesen war.

Zu gern hätte er seinem Kommilitonen die Fäuste ins Gesicht gehämmert, doch das würde nur dazu führen, dass er von der Akademie flog und sein Gegenspieler triumphierte. Und das durfte er nicht zulassen. Er ging in die Bibliothek, suchte sich eine stille Ecke und holte den zerknitterten Bericht aus seinem Bündel, um irgendein Detail zu finden, das den Betrüger bloßstellte. Etwas, das Grauer Fuchs entlarvte und ihn selbst nicht kompromittierte. Er las schon eine Weile, als jemand von hinten an ihn herantrat. Ci schrak hoch und erkannte Ming. Kopfschüttelnd setzte sich der Meister vor ihn hin.

»Du lässt mir keine Alternative. Wenn du dich nicht änderst, muss ich dich von der Akademie werfen«, sagte er endlich. »Was ist eigentlich los mit dir, Junge? Warum hast du nicht dagegengehalten?«

»Ich weiß nicht, wovon Ihr redet.« Ci ließ den Bericht im Ärmel verschwinden, aber Ming merkte es.

»Was versteckst du da? Zeig her.« Er stand auf und entriss Ci das Schriftstück. Während er es rasch überflog, hellte sich seine Miene auf. »Wie ich es mir dachte«, murmelte er und hob den Blick. »Grauer Fuchs hätte nie einen derartigen Bericht verfasst. Glaubst du, ich kenne seinen Stil nicht?« Er machte eine Pause und schaute Ci abwartend an. »Bei allen Göttern! Du bist hier, weil ich dir vertraut habe. Jetzt beweis du mir dein Vertrauen und erzähle mir, was passiert ist. Du bist nicht allein auf der Welt, Ci.«

Ci schwieg. Was wusste dieser Mann von ihm? Wie sollte er ihm begreiflich machen, dass er nicht nur die Chance vertan hatte, seinen Traum zu verwirklichen, sondern auch erneut ins Visier der Justiz geraten war? In welcher Weise konnte er ihm erklären, dass alle, denen er jemals vertraut hatte, ihn verraten hatten, angefangen bei seinem eigenen Vater? Was konnte er denn wissen von Vertrauen?

* * *

In den folgenden Tagen versuchte Ci, Ming und Grauer Fuchs aus dem Weg zu gehen. War das beim Ersten schon schwer, so erwies es sich beim Zweiten als unmöglich, denn beide teilten weiterhin dieselbe Schlafkammer. Zum Glück hatte sein Mitbewohner sich für eine ähnliche Strategie entschieden wie Ci und hielt sich, so gut es ging, von ihm fern. Tatsächlich besuchte er andere Unterrichtsstunden, sah weg, wenn sie sich begegneten, und nahm während der Mahlzeiten Platz an den am weitesten entfernten Tischen. Ci vermutete, dass Grauer Fuchs irgendeine Reaktion fürchtete, was ihn in seinen Augen zu einem in die Enge getriebenen Raubtier machte, das ihm jeden Moment an die Kehle springen konnte.

Ming hatte die Sache mit dem Bericht nicht wieder erwähnt. Trotzdem fand er keine Ruhe. Nachmittags arbeitete er nach dem Rhetorikunterricht an einem Text, der, wie er seine Mitschüler glauben machte, den Betrug von Grauer Fuchs beweisen sollte. In der Hoffnung, dass die Information die Ohren seines Rivalen erreichte, hatte er damit begonnen, sie zu streuen. Früher oder später würde Grauer Fuchs den Köder schlucken und der Versuchung erliegen, den neuen Bericht zu stehlen, genauso wie er es mit dem anderen getan hatte.

Als er mit allem fertig war, verbreitete er das Gerücht, wonach er den Bericht am nächsten Tag im Rat vortragen und den Dieb entlarven werde. Dann suchte er Ming auf.

Als Grauer Fuchs gegen Abend die gemeinsame Kammer betrat, wartete Ci bereits auf ihn. Grauer Fuchs senkte die Stirn und warf sich wie ohnmächtig aufs Bett. Ci war vollkommen klar, dass er bloß vorgab zu schlafen. Nach einer Weile stand Ci auf, steckte den Bericht in seinen Beutel, vergewisserte sich, dass Grauer Fuchs ihn beobachtete, und verstaute den Beutel in seinem Schrank. Dann wartete er auf den Gong, der die Stunde der Stille ankündigte, und verließ den Raum.

Zu diesem Zeitpunkt stand Ming bereits im Korridor Wache, worum Ci ihn gebeten hatte.

»Ich weiß nicht, wie es dir gelungen ist, mich zu diesem Unsinn zu überreden«, brummte der Meister.

»Haltet Euch nur versteckt und wartet ab.« Ci verneigte sich.

So wie Ci verbarg auch Ming sich hinter einer Säule. Das Licht der einzigen Lampe flackerte in der Ferne, als wäre sie Teil der Verschwörung. Es verging kaum eine Minute, da konnten sie beobachten, wie der Grauhaarige den Kopf aus der Tür streckte und sich nach allen Seiten umsah, bevor er wieder im Zimmer verschwand. Wenig später hörte man durch die Stille den Schrank quietschen.

»Er wagt es!«, flüsterte Ming aufgeregt.

Ci schüttelte den Kopf und signalisierte ihm, noch zu warten. Er zählte bis zehn.

»Jetzt!«, rief er.

Sie liefen zu der Schlafkammer, drangen durch die Tür und überraschten Grauer Fuchs mit der Hand in Cis Beutel. Als er sich entdeckt sah, verzerrte er sein Gesicht.

»Du!«, drohte er Ci.

Ohne ihnen Zeit zur Abwehr zu lassen, stürzte der Graue sich unter Gebrüll auf Ci und brachte ihn zu Fall. Ineinander verkeilt rollten sie über den Boden und stießen die Schemel um. Ming versuchte sie zu trennen, doch die beiden jungen Männer gebärdeten sich wie wilde Tiere, die sich in Stücke reißen wollten. Grauer Fuchs versetzte Ci einen Fausthieb in den Magen, ohne dass sein Gegner eine Reaktion zeigte. Ein zweites Mal schlug er mit aller Kraft zu, aber Ci blieb aufrecht, was den Angreifer verunsicherte.

Ci nutzte die Verblüffung von Grauer Fuchs – seine Faust landete einen Treffer im Gesicht des Kommilitonen. »Wolltest du nicht meine Beweisführung?« Er verpasste ihm einen weiteren Schlag, der seine Lippen zerplatzen ließ. »Hier hast du sie!« Ein dritter Hieb ließ den Langen rückwärts fallen, noch bevor Ming ihn auffangen konnte.

Keuchend stand Ci auf, während Grauer Fuchs mit blutverschmiertem Gesicht und schimpfend am Boden liegen blieb.

* * *

Am nächsten Tag begegneten sich Ci und Grauer Fuchs, als der Grauhaarige die Akademie verließ. Niemand war zu seiner Verabschiedung gekommen, doch vor dem Tor wurde er von einem ganzen Gefolge erwartet, das in teuerstes Tuch gewandet war. Schon beim Frühstück war das Gerücht umgegangen, Grauer Fuchs werde die freie Stelle in der Präfektur erhalten.

Zu seiner Überraschung lächelte der Grauhaarige ihn an.

»Du weißt bestimmt, dass ich gehe.«

»Wie schade«, antwortete Ci ironisch.

Grauer Fuchs beugte sich dicht an sein Ohr.

»Vergiss mich nicht, denn auch ich werde dich nicht vergessen«, zischte er und entfernte sich mit einem vielsagenden Lächeln auf den Lippen.

* * *

Am selben Nachmittag fand eine dringende Sitzung des Lehrkörpers statt, um über Cis Ausschluss zu beraten.

Die einberufenden Professoren führten an, dass Mings Prophezeiungen über Cis außerordentliche Fähigkeiten, unabhängig davon, ob sie zutrafen, in keiner Weise sein impulsives Verhalten rechtfertigten. Durch den Platz, den er okkupiere, schmälere er nicht allein das Ansehen, sondern auch die Einkünfte der Akademie. Und mit seinem jüngsten Gewaltausbruch habe er die großzügige Schenkung gefährdet, die die Familie von Grauer Fuchs der Einrichtung alljährlich mache.

»Tatsächlich mussten wir seine Kandidatur für das Richteramt garantieren, um diese Katastrophe zu verhindern.«

Ming widersprach. Er hob noch einmal hervor, dass Ci nachgewiesenermaßen der Autor des Berichts sei, den Grauer Fuchs betrügerisch entwendet und benutzt habe. Doch seine Gegner erinnerten ihn, dass Ci selbst bei der Vorstellung des Berichts die Autorschaft seines Kommilitonen akzeptiert habe und dass weder seine späteren Erklärungen noch das Verhalten, mit dem er sie habe untermauern wollen, akzeptiert werden könnten. Die Mehrheit der Versammelten sprach sich dafür aus, dass Ci die Akademie unverzüglich verlassen müsse.

Ming gab nicht auf. Er sei überzeugt, dass Cis Anwesenheit ihnen früher oder später mehr eintragen werde als die Qian, die der Vater irgendeines Hochstaplers zahlte. Aus diesem Grund und um der Akademie Ausgaben zu sparen, schlug er seinen Kollegen vor, den jungen Mann zu seinem persönlichen Assistenten zu machen.

Ein erstauntes Raunen breitete sich unter den Ratsmitgliedern aus. Yu, einer der entschiedensten Gegner, beschuldigte Ci, genau so ein Schwindler zu sein wie jene Händler, die statt Seide Papier verkauften, oder jene nichtswürdigen Scharlatane, die unbrauchbare Heilmittel anpriesen. Er nannte Ming einen Exzentriker und bezweifelte, dass sein Interesse allein altruistischer Natur sei. Nicht nur er frage sich mittlerweile, ob nicht unbotmäßige Hintergedanken in Mings Verhältnis zu Ci eine Rolle spielten. Ming senkte den Kopf und schwieg. Seit einiger Zeit bemühte sich eine Gruppe Neider unter Führung von Professor Yu um seine Amtsenthebung. Gerade wollte er ihm antworten, als sich das älteste Kollegiumsmitglied erhob.

»Diese Unterstellung ist vollkommen unangebracht.« Seine Stimme strahlte Autorität aus. »Meister Ming ist nicht nur Direktor unserer Akademie, sondern ein ausgezeichneter Lehrer von unbestreitbarer Moral. Er hat stets zu unserer Zufriedenheit gearbeitet, und das Gerede über seine Vorlieben oder das, was er außerhalb der Einrichtung tut, gehen nur ihn und seine Familie etwas an.«

Während sich sämtliche Augen auf Ming richteten, herrschte im Saal angespanntes Schweigen. Der Meister bat um das Wort, und der Älteste erteilte es ihm.

»Es ist nicht mein Ruf, der hier zur Debatte steht, sondern Cis«, forderte er den Lehrer, der ihn angegriffen hatte, heraus. »Vom ersten Tag an hat dieser junge Mann seine Aufgaben voller Hingabe erfüllt. In den Monaten, die er an der Akademie verbracht hat, ist er öfter früh aufgestanden und hat mehr geputzt, studiert und gelernt als viele seiner Kommilitonen in ihrem ganzen Leben. Und wenn es Leute gibt, die das nicht sehen wollen oder, was noch schlimmer ist, die aus Eigennutz falsche Argumente gegen mich ins Feld führen, so irren sie. Ci mag ein ungehobelter und impulsiver Student sein, aber er ist auch ein Schüler mit einem seltenen Talent. Und obwohl wir sein Verhalten manchmal missbilligen müssen, verdient er doch zugleich unsere Großzügigkeit.«

»Unsere Großzügigkeit hat er bereits erfahren, als er aufgenommen wurde«, merkte der Älteste an.

»Wenn ihr ihm schon nicht vertraut, dann vertraut wenigstens mir«, sagte Ming.

* * *

Mit Ausnahme der vier Verleumder, die nach Mings Posten strebten, kam der Rest des Kollegiums zu der Übereinkunft, dass Ci unter der strengen Aufsicht des Direktors in der Akademie verbleiben dürfe. Allerdings vereinbarten sie auch, dass jeder Verstoß, der die Einrichtung, und sei es auch nur geringfügig, in Misskredit brächte, zum sofortigen Ausschluss führen werde, zum Ausschluss des jungen Mannes und des Meisters selbst.

Ci konnte sein Glück kaum fassen, als Ming ihn über das Ergebnis informierte. Der Professor erläuterte ihm in groben Zügen, dass er fortan kein einfacher Student mehr sei, sondern sein Assistent, und daher die Kammer, die er mit Grauer Fuchs geteilt habe, verlassen und in seine Privaträume im ersten Stock ziehen werde, wo er jederzeit seine Bibliothek benutzen könne. Vormittags werde er weiter gemeinsam mit den anderen Schülern den Unterricht besuchen, nachmittags dagegen ihn bei seinen Forschungen unterstützen. Ci war von diesem Vorschlag überrascht, und obwohl er nicht verstand, warum Ming so sehr auf ihn setzte, stellte er lieber keine Fragen.

Von da an verwandelte die Akademie sich für Ci in einen paradiesischen Ort. Jeden Morgen war er der Erste, der zu den Vorträgen über die klassischen Autoren erschien, und der Letzte, der sie verließ. Wissbegierig nahm er am Rechtskundeunterricht teil und absolvierte die Runden durch die Hospitäler von Lin'an mit der Energie eines Heranwachsenden, der seine Freundin beeindrucken möchte. Aber obwohl es bereichernd für ihn war, die Toten zu sehen, genoss er doch vor allem die Nachmittage. Wenn das Essen vorbei war, zog er sich in Mings Arbeitszimmer zurück und verbrachte die Stunden mit den unzähligen medizinischen Abhandlungen, die der Meister vor ihrer Schließung aus der Fakultät gerettet hatte. Während er darin las und las, stellte Ci fest, dass die Texte trotz der in ihnen gesammelten Kenntnisse ihre Themen mitunter in verworrener, redundanter oder unsystematischer Weise behandelten, und deshalb schlug er Ming vor, das Chaos zu ordnen. Seines Erachtens bestand die Lösung in der Niederschrift neuer, nach Krankheiten gegliederter Abhandlungen, so dass man sie konsultieren konnte, ohne ständig mehrere Quellen benutzen zu müssen, in denen letztlich immer wieder nur die gleichen Gedanken auftauchten.

Den Professor begeisterte die Idee derart, dass er ihr höchste Priorität einräumte. Er überzeugte sogar das Lehrerkollegium von der Notwendigkeit, diese Aufgabe in Angriff zu nehmen, und erlangte die Bewilligung zusätzlicher Gelder, die er zum Teil für den Kauf von Material und zum Teil für Cis Entlohnung einsetzte.

Ci arbeitete hart. Anfangs beschränkte er sich darauf, Informationen aus medizinischen Büchern wie dem *Wu-tsang-shen-lu*, der »Göttlichen Rede über die Funktionskreise des Körpers«, dem *Ching-hen fang*, den »Auf Erfahrung gründenden Verordnungen«, oder dem *Nei-shu lu*, dem »Versuch über die abgeleiteten Antworten«, zusammenzutragen und zu organisieren. Er vertiefte sich außerdem in Abhandlungen zu kriminologischen Fragen, etwa in das *I-yü chi*, die alte »Sammlung zweifelhafter Fälle«, oder das *Che-yü kuei-chien*, den »Magischen Spiegel zur Aufklärung von Fällen«. Im Laufe der Monate setzte Ci nicht nur die Auswertung fort, sondern begann, seine eigenen Erkenntnisse zu durchdenken. Das tat er nachts, wenn Ming schlief. Nach den Gebeten für die Ahnen zündete er seine Lampe an und beschrieb in ihrem gelben Licht die Methoden, die man, wie er meinte, bei der Untersuchung einer Leiche anwenden solle. Seiner Ansicht nach bedurfte es nicht nur genauer Kenntnis der Todesumstände, sondern auch absoluter Sorgfalt bei den einfachsten und trivialsten Handgriffen. Um Unachtsamkeiten zu vermeiden, war es nötig, eine ganz bestimmte Reihenfolge einzuhalten, beginnend beim Scheitel, den Schädelnähten und dem Haaransatz. Von dort ging es weiter zur Stirn, den Brauen und den Augen, deren Lider man öffnen sollte, ohne zu fürchten, dass die Seele des Toten entwich. Danach musste man an der Kehle fortfahren, sich das Zäpfchen im Rachen vornehmen, den Oberkörper, das Herz, den Nabel, den Schambereich, das Geschlecht – beim Mann musste man den Hodensack und die Hoden eingehend betasten; bei den Frauen, nach Möglichkeit mit Hilfe einer Hebamme, die

Geburtspforte kontrollieren oder, im Falle von Jungfrauen, die verborgene Pforte. Zum Schluss untersuchte man Arme und Beine, ohne die Finger, Zehen und Nägel zu vergessen. Die Rückseite erforderte dieselbe Sorgfalt, weshalb man mit dem Nacken beginnen sollte, dem Wirbel, der auf dem Kissen liegt, um dann mit Hals, Rücken und Hinterbacken fortzufahren. Gleichfalls musste man den Anus untersuchen, ebenso wie die Unterseite der Beine, wobei es sich empfahl, stets beide Gliedmaßen zugleich zu befühlen, damit man jeglichen, eventuell durch Schläge oder Entzündungen hervorgerufenen Unterschied erkennen konnte. Auf Grundlage dieser vorläufigen Bestandsaufnahme bestimmte man das Alter des Verstorbenen und den ungefähren Zeitpunkt seines Todes.

Als Ming die ersten Seiten las, war er sprachlos. Viele von Cis Gedanken, besonders jene über die Vorgehensweise bei einer gerichtlichen Untersuchung, übertrafen die in einigen Abhandlungen unsystematisch verstreuten Hinweise deutlich an Klarheit und Genauigkeit. Außerdem beschrieb Ci ihm selbst unbekannte Methoden und Erfahrungen, machte neuartige Vorschläge zum Einsatz chirurgischer Instrumente und erläuterte die merkwürdige Konservierungskammer, die dazu diente, Köperteile für längere Zeit aufzubewahren.

Ci verkehrte kaum mit den übrigen Studenten. Die Gespenster seiner Vergangenheit trieben ihn, zu arbeiten wie ein Sklave, mehr brauchte er nicht. In seinem Kopf gab es nichts anderes. Er machte seine Arbeit, so gut er konnte, und fluchte, wenn er die Antwort auf eine Frage nicht wusste oder bei der Untersuchung einer Leiche eine Verletzung übersah. Und wenn er einen Fall löste, kostete er es allein aus, denn er hatte keine Freunde, ja nicht einmal Studienkollegen. Doch das war ihm egal. Zurückgezogen von der Welt, verrann ihm die Zeit beim Arbeiten. Augen hatte er bloß für Bücher, und das Herz gehörte seinen Träumen.

Immer wieder beharrte Ming jedoch auch auf den rechtlichen Aspekten.

»Manchmal besteht deine Aufgabe nicht allein darin, die Todesursache zu ermitteln«, erläuterte der Meister. »Was geschieht, wenn ein Mann von mehreren Personen verprügelt wird? Oder schlimmer noch, wenn er erst nach einigen Tagen stirbt? Wie findest du heraus, ob sein Tod auf Grund der zugefügten Wunden eingetreten ist oder doch durch eine frühere Erkrankung?«

Daraufhin erzählte ihm Ming von den Fristen des Todes.

Ci kannte die Einteilung der Wunden nach dem Werkzeug, mit dem sie verursacht wurden, aber es erstaunte ihn, dass dieses Schema auch für die Bestimmung der Todesfristen Verwendung fand. Ming präzisierte, dass den Verletzungen durch Schläge mit der Hand oder Fußtritte ein Zeitraum von maximal zehn Tagen entspreche, während die äußerste Frist für die durch andere Waffen und Bisse von Tieren verursachten Wunden bei zwanzig Tagen liege. Er fügte hinzu, dass sich der Zeitraum bei Verbrühungen oder Verbrennungen auf dreißig Tage erhöhe, ebenso wie bei ausgestochenen Augen, zerschnittenen Lippen oder gebrochenen Knochen.

»Und das ist entscheidend, denn wenn sich der Tod innerhalb des zeitlichen Rahmens ereignet, geht man davon aus, dass er auf die Verletzungen zurückgeführt werden muss. Wird die Frist aber überschritten, argumentiert man, dass er keine direkte Folge der Verletzungen darstellt, und kann den Angeklagten nicht des Mordes beschuldigen.«

Ci erschien es seltsam, dass etwas so Individuelles sich derart abstrakt messen ließ.

»Aber was ist, wenn spätere Verletzungen dazukommen? Oder wenn die Person nach Ablauf der Frist stirbt, jedoch auf Grund der ursprünglichen Verletzungen?«

»Ich gebe dir ein Beispiel. Stellen wir uns einen Mann vor, der mit einer Waffe verletzt wurde, nur ein Kratzer, aber nach einer Woche entzündet sich die Wunde, und der Mann stirbt. Nehmen wir an, der Tod ereignet sich vor Ablauf der zwanzig Tage. Dann wird der Täter des Mordes angeklagt, unabhängig davon, wie leicht die verursachende Verletzung gewesen sein mag. Wenn derselbe Mann aber während des Wundbrandes von einer Schlange gebissen würde und an dem Gift stürbe, könnte man den Täter nur wegen Körperverletzung verurteilen.«

Ci schüttelte den Kopf, und er schüttelte ihn noch mehr, als er von dem Sonderfall hörte, der schwangere Frauen betraf: Wenn eine Schwangere verletzt wurde und ihr Kind vor Ablauf der Frist verlor, verlängerte diese sich um dreißig Tage, wobei berücksichtigt werden musste, dass die Summe der beiden Fristen fünfzig Tage nicht überschritt. Als Ci dem Meister sagte, nach seiner Auffassung müsse man doch wohl jeden Fall individuell behandeln, war es an Ming, sich zu wundern.

»Die Gesetze sind dazu da, dass man sie erfüllt. Dein rebellisches Wesen hat dir schon genug Probleme eingetragen«, wies er ihn zurecht.

Ci war sich dessen nicht so sicher. Es stimmte zwar, dass die Gesetze Gutes bewirken wollten, aber unter Einhaltung der Regeln hatte der Hof auch einem Schwindler wie Grauer Fuchs den Titel eines Kaiserlichen Staatsbeamten verliehen. Beim Gedanken an den einstigen Zimmergenossen fühlte er einen stechenden Schmerz in der Magengegend. Er senkte den Kopf, um die Diskussion zu beenden, und setzte seine Arbeit fort. Dabei überlegte er, was aus dem Grauhaarigen wohl geworden sein mochte.

* * *

Schnell verging der Winter, doch der Frühling verkroch sich irgendwo in Cis Seele.

Oft wachte er zitternd auf und starrte verzweifelt ins Leere, tastete in der völligen Finsternis nach Mei Meis Körper, suchte sie mit den Augen, suchte sie mit dem Herzen. Dann verbrachte er den Rest der Nacht voller Unruhe, von ihrer Abwesenheit ebenso beängstigt wie von der einer Familie, die je gehabt zu haben er immer weniger glauben konnte. In solchen Momenten sehnte er sich nach Richter Feng, einem vertrauten Menschen. Einmal hatte er sich vorgenommen, Fengs Aufenthaltsort zu ermitteln, aber dann hatte ihn doch die Angst vor einer weiteren demütigenden Zurückweisung davon abgehalten.

Eines freien Nachmittags beschloss Ci, im *Palast der Lüste* Gesellschaft zu suchen.

Die *Blume*, die er erwählte, war freundlich zu ihm. Ja sogar liebevoll, fand Ci. Ihre Zärtlichkeiten machten vor seinen Verbrennungen nicht Halt, und ihre Lippen berührten ihn so, wie er es sich niemals hätte träumen lassen. Er gab ihr sein Geld, und sie linderte seine Einsamkeit.

In der nächsten Woche kam er wieder. Und in der übernächsten und der darauffolgenden auch. Und so ging es weiter, bis er in einer wolkenverhangenen Nacht auf Grauer Fuchs traf, der an demselben Tisch saß, an dem er Ci vor einigen Monaten betrogen hatte. Kaum hatte Ci ihn erblickt, krampfte sich ihm der Magen zusammen. Von einer Horde Dummköpfe umringt, die über seine Witze lachten, war der junge Staatsdiener mit fröhlichem Trinken beschäftigt, als er seinen ehemaligen Kommilitonen entdeckte. Ci versuchte zu entwischen, aber am Ausgang versperrte Grauer Fuchs ihm den Weg. Langsam trat er näher, packte ihn am Kragen und zwang ihn, ihm ins Gesicht zu sehen. Gleichzeitig hielten auch seine Begleiter Ci fest.

Dass er die Schläge nicht spürte, ließ sie immer härter und brutaler werden. Sie tobten sich an ihm aus und hörten erst auf damit, als er schlaff am Boden lag.

Er erwachte in der Akademie, wo Ming ihn umsorgte. Mit der Vorsicht einer Mutter, die sich um ihr krankes Kind kümmert, legte der Meister ihm ein feuchtes Tuch auf die Stirn. Ci konnte sich kaum bewegen, konnte kaum etwas sehen. Schwärze hüllte ihn ein. Als er das zweite Mal erwachte, saß Ming immer noch bei ihm. Ci hörte seine Stimme, verstand jedoch nicht, was er sagte. Er hatte keine Vorstellung, wie viel Zeit seit dem Zusammentreffen mit Grauer Fuchs vergangen war.

Der Meister sagte ihm, dass er drei Tage bewusstlos gewesen sei. Ein Mädchen, das er offenbar kannte, habe ihn über den Vorfall informiert, und dann sei er mit ein paar Schülern aufgebrochen, ihn zu holen.

»Ihren Worten zufolge haben dich mehrere Unbekannte angegriffen. Zumindest ist das die Version, die ich hier erzählt habe.«

Ci versuchte sich aufzurichten, aber Ming hinderte ihn daran. Der Mediziner, der in der Akademie gewesen war, hatte ihm Ruhe verordnet, bis die gebrochenen Rippen geheilt waren. Er musste einige Wochen das Bett hüten. Lange genug, um die wichtigsten Seminare zu versäumen. Aber

Ming sagte ihm, er solle sich keine Sorgen machen. Sanft wie eine *Blume* nahm er seine Hand.

»Ich passe auf dich auf.«

* * *

Außer seiner Pflege musste Ci während der Genesung auch Mings ständige Vorwürfe ertragen. Der Meister redete ihm ins Gewissen, dass sein menschenscheues Verhalten ihn der Freude am Wissen, der Fröhlichkeit der anderen Schüler beraube. Er lobte seinen Fleiß, doch dieselbe Überlegenheit, die er bei seinen Analysen zeige, scheine ihn in eine ungesunde Abkapselung zu führen. Und den Folgen nach zu urteilen, sei die Gesellschaft einer *Blume* wohl nicht die beste Lösung. Ci tat, als hörte er nicht zu, aber nachts, wenn die Stunden zäh dahinflossen, dachte er über die Worte des Meisters nach. Worte, die ihm keine Ruhe ließen, denn er wusste, dass sie der Wahrheit entsprachen. Jene Schatten, die ihn in der Nacht überfielen, waren dabei, ihn lebendig zu begraben. Die Zweifel über seinen Vater verzehrten ihn Stück um Stück, bohrten sich in seine Eingeweide und wurden jeden Tag größer. Wenn er seinen Traum tatsächlich verwirklichen wollte, musste er dieses Gespenst aus seinem Herzen verjagen.

Aber wie?

Eines Nachts war er entschlossen, sich Ming anzuvertrauen.

Er fand ihn in seinem Arbeitszimmer, halb verborgen hinter einer Wolke aus Rauch, die schmutziggrau in der Dunkelheit des Zimmers hing. Der intensive, süße Duft des Sandelholzes drang ihm in die schmerzenden Lungen. Seine Augen entdeckten einen reglosen Ming, der vor einer Tasse Tee meditierte. Das Gesicht des Meisters hatte den matten Glanz von Wachs. Als er Ci erkannte, forderte er ihn mit schwacher Stimme auf, sich zu setzen. Ci gehorchte schweigend. Er hatte keine Ahnung, wo er anfangen sollte, aber Ming half ihm dabei.

»Es muss etwas Wichtiges sein, dass du meine Gebete unterbrichst. Nur zu, ich höre dich gern an.«

Seine Stimme klang sanft. Ci versuchte ruhig zu atmen. Niemand wusste besser als Ming, wie man aus den Fasern eines abgebrochenen Zweiges einen feinen Pinsel für die Arbeit machte.

Ci erklärte dem Meister, wer er war und woher er kam. Er berichtete ihm von der seltsamen Krankheit, die seinen Körper zeichnete, von seinem früheren Aufenthalt an der Universität, von den Tagen als Assistent bei Richter Feng, vom Untergang seiner Familie und von seiner fürchterlichen Einsamkeit. Vor allem aber offenbarte er ihm das schändliche Verhalten seines Vaters und die Schmach, die er über ihn, den Sohn, gebracht hatte. Als der Moment gekommen war, dem Meister zu erzählen, dass er selbst vor ebenjenem Fahnder auf der Flucht war, den man ermordet aufgefunden hatte, verließ ihn der Mut.

Ming hörte ihm ruhig zu und schlürfte seinen dampfenden Tee, als handelte es sich um eine teure und erlesene Speise. Sein unerschütterlicher Gesichtsausdruck war der eines alten Menschen, der dieselbe Geschichte zum tausendsten Mal erzählt bekommt. Als Ci geendet hatte, stellte er die Schale auf den niedrigen Tisch und blickte ihn lange an.

»Du bist schon zweiundzwanzig. Ein Baum ist stets für seine Früchte verantwortlich, aber eine Frucht kann es nicht für ihren Baum sein. Und selbst dann bin ich mir sicher, dass du, wenn du in deinem Innern suchst, Gründe findest, auf deinen

Vater stolz zu sein. Ich sehe sie in deiner Klugheit, in deinen Gebärden, in deiner Erziehung.«

»Meiner Erziehung? Seit ich an die Akademie gekommen bin, war mein Leben eine Abfolge von Lügen und Verstellungen.«

»Du bist ein ehrgeiziger und ungestümer junger Mann, aber kein Bösewicht. Sonst würden dich nicht diese Gewissensbisse quälen, die dich nicht schlafen lassen. Was deine Lügen angeht …« Er goss neuen Tee in seine Schale. »Es ist kein guter Rat, aber du solltest lernen, besser zu lügen.«

Ming stand auf und ging in die Bibliothek, aus der er mit einem Buch zurückkehrte, das Ci bekannt vorkam. Es war ein Strafgesetzbuch, ähnlich dem seines Vaters.

»Ein Schlachthofarbeiter, der das *Songxingtong* beherrscht?«, provozierte er ihn. »Ein Totengräber, der, obwohl er gerade erst in Lin'an angekommen ist, den einzigen Ort kennt, wo ein so ungewöhnliches Lebensmittel wie der Käse verkauft wird? Ein ungebildeter Bauer, der alles vergessen hat bis auf seine weitreichenden Kenntnisse über Verletzungen und Anatomie? Sag mir eines, Ci: Hast du wirklich gedacht, du könntest mich überlisten?«

Ci wusste keine Antwort. Zum Glück erbarmte sich Ming und unterbrach seine Suche nach den richtigen Worten.

»Ich habe etwas in dir gesehen, Ci. Hinter den Lügen, die dein Mund verbreitete, habe ich einen Hauch von Traurigkeit erahnt. Deine Augen baten um Hilfe. Unschuldig waren sie, verzweifelt. Enttäusche mich nicht, Ci.«

In dieser Nacht fand Ci endlich Ruhe.

Es sollte das erste und letzte Mal sein. Denn am nächsten Tag traf eine überraschende Nachricht ein.

FÜNFTER TEIL

23

Dieser Morgen hätte ein Junimorgen sein können wie jeder andere. Ci war bei Sonnenaufgang aufgestanden, hatte sich in Mings Privathof gewaschen und seine Toten geehrt. Nach dem Frühstück hatte er sich in der Bibliothek in das Kompendium vertieft, das er an diesem Nachmittag dem versammelten Lehrkörper präsentieren sollte – eine Zusammenstellung forensischer Methoden und Praktiken, die zeigten, woran er gearbeitet hatte, seit er in Mings Diensten stand. Doch am fortgeschrittenen Morgen stellte er mit Entsetzen fest, dass er vergessen hatte, einige äußerst wichtige Passagen aus dem *Zhu Bing Yuan Hou Lun*, dem allgemeinen Traktat über die Ursachen und Symptome von Krankheiten mit aufzunehmen, das er in Mings Arbeitszimmer hatte liegen lassen.

Ci seufzte. Er brauchte die Abhandlung unbedingt, doch ausgerechnet an diesem Morgen war Ming überraschend in einer dringenden Angelegenheit in die Provinzpräfektur gerufen worden und war noch nicht zurück. Wenn er seine Rückkehr abwartete, würde er die Präsentation nicht rechtzeitig fertigstellen. Er dachte über die Kühnheit nach, die es bedeuten würde, Mings Privaträume ohne vorherige Erlaubnis zu betreten. Das war keine sehr gute Idee – aber er brauchte das Buch.

Er drückte die Tür auf und betrat das Arbeitszimmer. Alles lag im Dunkeln, also tastete er sich blind bis zu Mings Privatbibliothek vor.

Langsam fuhr er mit dem Finger über das Regalbrett, auf dem es normalerweise stand, doch als er nach dem Buch greifen wollte, langte er ins Leere. Irritiert sah er sich um. Schließlich entdeckte er die Abhandlung auf dem Schreibtisch, sie lag unter anderen in Seide eingeschlagenen Büchern. Er streckte schon den Arm danach aus, doch plötzlich hielt er inne. Es war nicht richtig, dass er heimlich in dieses Zimmer drang.

Er wollte sich gerade zurückziehen, als plötzlich die Tür aufging. Ci fuhr zurück, dabei riss er den Stapel mit der in Leder eingebundenen Abhandlung mit sich. Als er sich umdrehte, sah er Ming in der Tür stehen. Der Meister trat in das Zimmer und zündete eine Laterne an.

»Was hast du hier zu suchen, Ci?«, fragte er erstaunt.

»Ich … musste das *Zhu Bing Yuan Hou Lun* konsultieren«, stammelte Ci.

»Ich habe dich gebeten, dieses Zimmer nicht während meiner Abwesenheit aufzusuchen«, sagte Ming ärgerlich.

Ci bückte sich rasch, um die Bücher aufzusammeln und sie Ming zu reichen, dabei fielen Zeichnungen von nackten Männern aus einem Exemplar. Ming beeilte sich, die losen Blätter zu verstecken.

»Das ist ein Anatomiebuch«, entschuldigte er sich.

Ci nickte, obwohl er genau durchschaute, dass Ming ihn belog. Er kannte alle Arten physiologischer Zeichnungen, und niemals waren darauf zwei kopulierende Männer abgebildet. Er entschuldigte sich noch einmal und bat um Erlaubnis, sich zurückzuziehen.

»Eigenartig, dass du meine Erlaubnis erbittest, um hinauszugehen, nicht aber, um einzutreten. Und deine Abhandlung, brauchst du die jetzt nicht mehr?«, fragte Ming.

»Verzeiht, Herr, das war dumm von mir.«

Ming schloss die Tür und bat Ci, sich zu setzen. Dann nahm er ebenfalls Platz.

»Sag mir eins, Ci. Hast du dich mal gefragt, warum jemand sich so für dich einsetzt, wie ich es tue?«

»Schon oft.« Er senkte beschämt den Kopf.

Unruhig ging Ming auf und ab. »Weißt du, Ci, ich komme gerade von der Provinzpräfektur. Man hat mich gebeten, den Kaiserlichen Richtern als Berater zur Seite zu stehen, weil offenbar jemand ein monströses Verbrechen begangen hat. Und was habe ich getan? Ich habe ihnen von dir erzählt!« Er lächelte bitter. »Ich sagte ihnen, dass es in der Akademie einen wahrhaft außergewöhnlichen Schüler gebe, der sogar besser sei als ich. Jemand mit einer einzigartigen Beobachtungsgabe. Und ich habe sie angefleht, dass sie dir erlauben, mich zu begleiten. Ich habe von dir gesprochen wie ein stolzer Vater von seinem Sohn. Und wie dankst du es mir? Indem du mein Vertrauen missbrauchst? Indem du dich in meine Gemächer schleichst und zwischen meinen Büchern herumschnüffelst?« Ming schlug mit der Faust auf den Tisch.

Ci war verstummt. Er zitterte am ganzen Körper und brachte kein einziges Wort hervor. Es tat ihm weh, was er hören musste. Er wollte entgegnen, dass er das Arbeitszimmer niemals betreten hätte, außer in der größten Verzweiflung. Er wollte ihm sagen, dass, wenn er das Lernen nicht so sehr liebte, wenn er ihm nicht so viel Verehrung entgegenbrächte, wenn er sich nicht so sehr in der Pflicht fühlte, jede seiner Erwartungen zu erfüllen, er niemals in seine Privatsphäre eingedrungen wäre. Dass die unentschuldbare Übertretung nur dem Wunsch entsprungen war, seinen Meister vor dem Rat nicht zu enttäuschen, ihn stolz zu machen. Doch seine Zunge versagte ihm den Dienst, und das Einzige, was er hervorbrachte, war ein feuchter Glanz in seinen Augen.

Zerknirscht stand Ci auf und wandte sich zum Gehen, doch der Meister hielt ihn am Arm fest.

»Nicht so schnell.« Er hob die Stimme. »Ich habe mein Wort gegeben, dass du im Gericht erscheinen würdest, und so wird es sein. Aber nach dem Besuch gehst du fort. Du nimmst deine Sachen und verschwindest für immer aus dieser Akademie. Ich will dich nie wieder sehen.«

* * *

Jeder Sterbliche, der recht bei Verstand war, hätte sich eine Hand abhacken lassen, nur um einmal den Kaiserlichen Palast zu betreten. Und Ci hätte sich in diesem Augenblick beide Hände abhacken lassen für eine einzige freundliche Geste von Ming. Mit gesenktem Kopf folgte er dem Professor über die Allee des Kaisers auf den Hügel des Phönix zu. Jedes Mal, wenn Ci aufsah, fragte er sich, wie er seinen Meister so hatte enttäuschen können.

Ihnen voraus gingen zwei Diener, die frenetisch auf ihren Tamburinen trommelten, um das Volk auf den Richter der Präfektur aufmerksam zu machen, der in seiner Sänfte durch die Straßen getragen wurde.

Ming hatte nicht einmal mehr das Wort an ihn gerichtet, nachdem er ihn informiert hatte, dass Kaiser Nin Zong sie in seinem Palast erwartete.

Nin Zong, Sohn des Himmels, der weise Vorfahr. Nur wenigen Erwählten war es erlaubt, sich vor ihm in den Staub zu werfen, und noch viel wenigeren, ihn anzuschauen. Nur seine engsten Berater wagten es, sich ihm zu nähern, allein seinen Ehefrauen und seinen Kindern war es gestattet, ihn zu berühren, und einzig seinen Eunuchen gelang es, ihn zu überzeugen. Sein Leben fand ausschließlich innerhalb der Mauern des Großen Palastes statt, zwischen Mauern, die ihn vor der Verderbtheit und dem Elend der Außenwelt schützten. Eingeschlossen in seinen goldenen Käfig, glich das Leben des Höchsten einem unendlichen Protokoll aus Empfängen,

Zeremonien und Riten gemäß den konfuzianischen Regeln, ohne je eine Möglichkeit der Variation. Er trug eine enorme Verantwortung, und sein Amt war kein Vergnügen, sondern ein ständiges Opfer und eine erdrückende Pflicht.

Als sie das Eingangstor durchschritten, dachte Ci daran, dass sie im Begriff waren, über die Schwelle zu treten, welche die Hölle vom Himmel schied, ohne genau zu wissen, welches von beiden sich auf welcher Seite befand.

Vor Ci tat sich eine Welt von unfassbarem Reichtum und Luxus auf. In den Fels gehauene Quellen tränkten das Grün eines Gartens, in dem Rehe umhersprangen und Pfauen stolzierten. Flüsschen plätscherten zwischen Prachtpflanzen dahin, und überall glänzte das Gold auf Säulen, Vordächern und Balustraden. Ci bestaunte die Dächer, die luftig über dem Gesims schwebten und in gewagten Winkeln zum Firmament aufstrebten. Der Gebäudekomplex war in einem perfekten Raster angeordnet, auf einer Achse von Nord nach Süd ragte er herausfordernd und bedrohlich auf wie ein riesenhafter Soldat. Zu beiden Seiten der Straße, die vom Tor zum Palast führte, bildeten bewaffnete Wächter ein lückenloses Spalier.

Schweigend zogen sie weiter bis zu der Treppe, die hinauf in den ersten Palast führte, den Empfangspavillon, von dem aus man in den Palast der Kälte und in den Palast der Wärme gelangte. In dem mit einem Ziegeldach überspannten Säulengang wurden sie ungeduldig von einem beleibten Einäugigen erwartet, dessen Kopfbedeckung ihn als den ehrenwerten Kan auswies, Mitglied des *Xing Bu*, des gefürchteten Strafrats. Beim Anblick seiner leeren Augenhöhle erschauderte Ci.

Ein mürrischer Funktionär erledigte die protokollarische Vorstellung. Nach den üblichen Verbeugungen bat er die

Gäste, ihm durch einen schier endlosen Korridor zu folgen. Sie passierten mehrere Säle, die mit schneeweißen Porzellanvasen geschmückt waren, welche aufs schönste mit dem Purpurrot der Wände kontrastierten, durchquerten einen quadratischen Kreuzgang, der glitzerte wie eine Jademine, und kamen in einen anderen, weniger raffinierten, aber gleichermaßen imposanten Pavillon. Dort bat der Funktionär mit einer sehr entschiedenen Geste um Aufmerksamkeit.

»Sehr verehrte Experten, begrüßt nun den Kaiser Nin Zong.«

Er deutete auf den leeren Thron, der den Saal dominierte, den sie soeben betreten hatten.

Alle Anwesenden warfen sich vor dem Thron auf die Knie und schlugen mit der Stirn auf den Boden, als säße vor ihnen der leibhaftige Kaiser. Als das Ritual vollzogen war, übergab der Funktionär das Wort an Kan. Der Einäugige kletterte schwerfällig auf ein Podium und musterte die Anwesenden. In seinem speckigen Gesicht entdeckte Ci einen Anflug von Furcht.

»Wie ihr bereits wisst, wurdet ihr bestellt, um eine wahrhaft delikate Angelegenheit aufzuklären. Eine Situation, die mehr euren Instinkt fordern wird als eure Intelligenz. Was ihr sehen werdet, ist monströs und übersteigt das menschliche Fassungsvermögen. Ich weiß nicht, ob wir es mit einem menschlichen Verbrecher zu tun haben oder mit einer Bestie. Doch was immer es ist, ihr seid hier, um dieses abscheuliche Wesen zu fangen.«

Kan stieg wieder vom Podium herunter und führte die kleine Gruppe zu einem Saal, der von zwei Soldaten bewacht wurde, die ebenso sonderbar aussahen wie die Äxte, die sie trugen. Ci bestaunte die Pforte aus Ebenholz, in deren

Türsturz die zehn Könige der Unterwelt eingelassen waren. Als die Tür sich öffnete, schlug ihnen ein grauenhafter Verwesungsgestank entgegen.

Ein Schüler Kans bot den Experten mit Kampfer getränkte Fasern an, die sie sich eilig in die Nasenlöcher steckten. Dann lud er sie ein, ihm in die Tiefen der Kammer des Schreckens zu folgen. Einer nach dem anderen nahmen sie Aufstellung um einen Tisch, auf dem sich unter einem Laken die Silhouette einer verstümmelten, menschenähnlichen Gestalt abzeichnete. Auf ihren Gesichtern spiegelte sich Neugier, die sich schnell in Fassungslosigkeit verwandelte – und dann in Furcht. Dort, wo eigentlich der Kopf der Gestalt hätte sitzen müssen, fiel das Laken unvermittelt in sich zusammen.

Auf ein Zeichen von Kan zog die ranghöchste Hebamme des Hauses das Tuch von dem Kadaver, und entsetzt trat der Richter einen Schritt nach hinten. Langsam wichen alle Versammelten zurück – alle bis auf Ci.

Sehr konzentriert betrachtete Ci den zerstückelten Körper, der vor ihnen lag. Er hatte einer Frau gehört, die, geschändet ohne Mitleid, nun an ein halbverschlungenes Beutetier erinnerte: Der Kopf und die Füße waren vollständig abgetrennt, unter der rechten Brust klaffte ein tiefer Krater, und von der Scham bis zum Bauchnabel war ein Dreieck herausgerissen, das die Eingeweide freilegte.

Was für eine Barbarei!, dachte Ci traurig. Die Roheit, die diese Frau hatte erleiden müssen, stand in einem schockierenden Gegensatz zu ihren fein geformten Händen und ihrer hellen, seidigen Haut. Und auch zu dem sanften Duft, der trotz des üblen Verwesungsgeruchs noch leicht wahrnehmbar war.

Kan las ihnen den vorläufigen Bericht vor, den seine Beamten nach den Angaben der Hebamme ausgearbeitet hatten. Viel mehr als das, was man auf den ersten Blick wahrnehmen konnte, stand allerdings nicht in dem Rapport. Zusätzlich erwähnt wurden nur das geschätzte Alter der Frau – etwa dreißig Jahre – und die Tatsache, dass die Leiche bekleidet in einer Sackgasse nahe dem Salzmarkt entdeckt worden war. Bisher hatte man weder ihre Füße noch ihren Kopf finden können. Zuletzt wurde darüber spekuliert, welches Tier einen Menschen derart zurichten würde – ein Tiger? Ein Hund? Oder ein Drache?

Als er den Bericht fertiggelesen hatte, bat Kan die Anwesenden um ein Urteil. Während die anderen anfingen durcheinanderzureden, schüttelte Ci den Kopf. Sicher kannte sich die Hebamme mit Geburten aus und mit Vorschriften der Hygiene, doch er bezweifelte, dass sie in der Kunst des Totenlesens bewandert war. Aber da es einem Mann nach den konfuzianischen Gesetzen strengstens verboten war, den Leichnam einer Frau zu berühren, mussten sie mit dem Material arbeiten, das der Bericht ihnen lieferte.

Der Richter der Präfektur war der Erste, der sich vorwagte. Er ging mit langsamen Schritten um den Leichnam herum und bat die Hebamme, ihn zu wenden. Die anderen nutzten die Gelegenheit ebenfalls und traten vor, um den weißen, makellosen Rücken, der aus einer fülligen Taille herauswuchs, und den sanft geschwungenen Po zu begutachten. Der Richter umrundete den Leichnam noch einmal, bevor er sich durch die spärlichen Haare seines Spitzbartes fuhr. Er bat darum, die Kleidungsstücke, die das Opfer zum Zeitpunkt des Überfalls getragen hatte, in Augenschein nehmen zu dürfen. Es war ein einfaches Leinengewand, wie Bedienstete es trugen. Er kratzte sich am Kopf und wandte sich an Kan.

»Ehrenwertes Mitglied des Strafrats, angesichts eines so abscheulichen Verbrechens fliehen die Worte ängstlich aus meiner Kehle. Ich denke, es ist nicht nötig, über die Zahl und Natur der Wunden zu sprechen, die bereits aus der Voruntersuchung bekannt ist. Natürlich bin ich mit meinen Kollegen einer Meinung, die von der Einwirkung eines Tieres ausgehen, dessen Natur ich auf Grund der ungewöhnlichen Verletzungen nicht zu bestimmen vermag.« Er schien seinen nächsten Satz gründlich zu überlegen. »Doch in Anbetracht der Tatsachen, die sich uns hier offenbaren, wage ich eine weitergehende Vermutung, nämlich, dass wir es mit einer dieser Sekten zu tun haben, welche die dunklen Künste der Hexerei betreiben. Vielleicht mit den Jüngern des Weißen Lotus, vielleicht mit den Manichäern, den nestorianischen Christen oder den Anhängern des Messias Maitreya. Darauf deutet hin, dass man die Unglückliche wie im Rausch enthauptete und ihr die Füße abtrennte, und damit nicht genug, eine krankhafte Lust an Horror und Verderbnis befriedigte, indem man einer Bestie gestattete, ihre Lungen zu fressen.« Er sah in die Runde. »Die Motive? Die können so mannigfaltig sein wie die kranken Gespinste der Mörder: Es könnte ein Initiationsritual, eine Strafe nach Ungehorsam, ein Opfer an die Dämonen gewesen sein, die Suche nach einem Elixier, das irgendeine Zutat aus dem menschlichen Körper verlangt.«

Kan machte eine zustimmende Kopfbewegung, während er über die Worte des Richters nachdachte. Dann übergab er das Wort an Ming.

Der Professor erhob sich langsam, aufmerksam beobachtete Ci jede seiner Gesten und jedes seiner Worte.

»Hochverehrtes Mitglied des Strafrates, erlaubt, dass ich mich vor Eurem Edelmut verneige.« Er würdigte Kan mit einer Verbeugung. »Ich bin nur ein einfacher Professor, darum danke ich Euch, dass Ihr meine Gegenwart in dieser furchtbaren Angelegenheit schätzt. Ich hoffe, dass es mir mit Hilfe der Geister gelingen wird, meine Vorstellungskraft zu entfachen und etwas aus dem Nebel ans Licht zu heben.« Kan forderte ihn mit einer Geste auf, weiterzusprechen. »Darüber hinaus möchte ich diejenigen bitten, mich zu entschuldigen, die ich möglicherweise durch Beobachtungen brüskiere, die von den bisher angeführten abweichen. In diesem Fall hoffe ich auf Euer Wohlwollen.«

Ming schwieg und betrachtete den Rücken der Toten. Dann bat er die Hebamme, sie in ihre ursprüngliche Position zu wenden. Er besah sich die Verletzungen von Nahem, dann bat er um das Einverständnis Kans, den geschundenen Körper mit einem Bambusstab abtasten zu dürfen. Kan willigte ein.

Nach einer Weile räusperte er sich und begann in die angespannte Stille zu sprechen.

»Die Wunden sind unbestechliche Zeugen der Geschehnisse. Manchmal sagen sie uns, wie, manchmal sagen sie uns, wann, und manchmal sagen sie uns sogar, warum jemand getötet wurde. Doch das, was wir hier und heute vor uns sehen, schreit nur nach einem Motiv: Rache. Unsere Erfahrung mit Leichen erlaubt uns, die Tiefe eines Schnitts, die Intention eines Schlags und sogar die Kraft zu bestimmen, mit der er ausgeführt wurde, doch um ein Verbrechen aufzuklären, ist es unerlässlich, in die Gedanken des Mörders einzudringen.« Er machte eine Pause, die bei Kan ein nervöses Fingertrommeln auslöste. »Es ist reine Spekulation, aber in diesem Zusammenhang drängt sich die Vermutung auf, dass diesem Verbrechen ein lasterhafter Impuls zugrunde liegt. Darauf deutet die brutale Verstümmelung des Unterleibs hin. Ich vermag nicht zu sagen, ob diese Verstümmelung die Tat einer okkultistischen Sekte ist. Die Wunde in der Brust gibt einen möglichen Hinweis darauf. Doch ich bin absolut überzeugt davon, dass der Mörder den Kopf und die Füße nicht im Zuge eines makabren Rituals abtrennte, sondern, um eine Identifizierung des Opfers zu verhindern. Das Gesicht hätte die Identität der Frau auf den ersten Blick preisgegeben, und die Füße hätten das Geheimnis ihrer Abstammung oder Position verraten.«

»Ich verstehe Euch nicht«, unterbrach Kan.

»Diese Frau war keine einfache Bäuerin. Ihre feinen Hände, ihre gepflegten Nägel und ihre seidige Haut lassen die Schlussfolgerung zu, dass sie der Oberschicht entstammt. Doch der Mörder versuchte, das Gegenteil glauben zu machen, indem er den Leichnam in grobe Gewänder kleidete.« Ming ging langsam im Saal auf und ab. »Jedermann weiß, dass die Frauen der hohen Gesellschaft ihre Füße verschönern, indem sie sie mit Bandagen umwickeln, die das Wachstum hemmen. Doch kaum jemand weiß, dass diese schmerzhafte Deformation bei jeder Frau anders aussieht. Und obwohl sie ihre Lotosfüße niemals öffentlich zeigen, pflegen sie sie aufwendig mit Hilfe ihrer Bediensteten. Somit ist also jede dieser Frauen von den Dienern auch ohne Gesicht leicht durch die Untersuchung der Füße zu erkennen. Und das ist es, was der Mörder verhindern wollte.«

»Interessant … Und was die Wunde in der Brust betrifft?«

»Mein Vorredner hat sie der besonderen Grausamkeit des Mörders zugeschrieben, an sich eine Tatsache, die nicht zu bezweifeln steht, doch ich würde mich nicht darauf festlegen, dass die Wunde sofort nach dem Eintreten des Todes beigebracht wurde. Es ist durchaus denkbar, dass irgendein wilder Hund sie ihr zugefügt hat, nachdem die Leiche in der Sackgasse liegen gelassen wurde.«

Kan spitzte seine fleischigen Lippen. Er wandte den Blick zu der Wasseruhr, die die Stunden maß, und schien etwas zu überlegen.

»Gut, meine Herren. Im Namen des Kaisers danke ich euch für eure Mühe. Sollten wir euch noch einmal benötigen, werden wir euch rufen lassen. Wenn ihr jetzt so freundlich wärt, mein Beamter wird euch zum Ausgang begleiten.« Er machte kehrt, um den Saal zu verlassen.

»Exzellenz! Entschuldigt …«, wagte Ming sich vor. »Der Totenleser war noch nicht an der Reihe. Ich habe dem Justizbeamten der Präfektur von ihm erzählt, und er war einverstanden, dass er uns begleitet.«

»Der Totenleser?«, fragte der Strafrat verwundert.

»Ja, mein bester Schüler«, sagte er und deutete auf Ci. »Es mag seltsam klingen, doch seine Augen sehen, was für uns anderen im Nebel liegt.«

»Darüber hat man mich nicht informiert.« Kan warf seinem Assistenten einen vorwurfsvollen Blick zu. »Und in der Tat, erscheint mir seltsam, was Ihr sagt.« Kan sah Ci ungläubig an, so als hätte man ihm gesagt, der Junge könne Tote zum Leben erwecken. »Nun gut, aber beeilt Euch. Gibt es noch etwas hinzuzufügen?«

»Wir werden sehen.« Ci trat vor und holte ein Messer hervor.

Zum Erstaunen aller Anwesenden steckte Ci das Messer in den Bauch der Frau. Die Hebamme versuchte, ihn zurückzuhalten, doch Ci ließ sich nicht abbringen.

»Versteht Ihr jetzt?«

»Was gibt es da zu verstehen?«, brachte Kan entsetzt heraus.

»Dass dieser Leichnam der eines Mannes ist, nicht der einer Frau.«

24

Ein Raunen ging durch die Gruppe der Versammelten. Als Kans Mitarbeiter bestätigten, dass unter den Darmschlingen des Leichnams keine weiblichen Organe lagen, sondern die Kastanie der Männlichkeit, verstummte das Mitglied des gefürchteten Strafrats. Langsam ließ er sich auf einen Stuhl sinken und bat Ci, fortzufahren.

Mit ruhiger Stimme bekräftigte Ci, dass der Tod durch eine Verletzung der Lunge eingetreten war. Doch waren die Ränder des Kraters im Oberkörper nicht zusammengezogen und rötlich verhärtet, wie es geschah, wenn das Fleisch noch lebendig geschnitten wurde. Ebenso wenig waren sie es an den Enden der Beine oder am Hals, auch nicht an dem Schnitt, mit dem das Geschlechtsteil abgetrennt worden war. Dennoch zeigte Ci sich überzeugt davon, dass die Todesursache in der Lunge zu suchen war, sie musste mit irgendeinem spitzen Objekt durchbohrt worden sein.

Dabei schloss Ci die Einwirkung eines Tieres aus, da nirgends Krallen- oder Bissspuren zu erkennen waren, nicht der kleinste Kratzer fand sich im Umfeld der Wunde. Und obwohl die Rippen gebrochen waren, waren die Brüche sauber, beinahe ordentlich, als habe man sie mit einer Art Zange herbeigeführt. Unabhängig davon, wie sie entstanden waren, schien es, als habe der Mörder etwas im Innern des Körpers gesucht. Etwas, das er anscheinend auch gefunden hatte.

»Und was sollte das gewesen sein?«, fragte Kan skeptisch.

»Das entzieht sich meiner Kenntnis. Vielleicht die Spitze eines Pfeils, der abgebrochen ist, als man ihn herausziehen wollte. Vielleicht war sie aus einem wertvollen Metall, das ein identifizierendes Merkmal aufwies. Ich weiß es nicht, aber sicher ist, dass der Mörder alle Spuren vernichtet hat, die ihn belasten könnten. Wofür ja auch die Amputationen sprechen … Mit seiner sprichwörtlichen Besonnenheit hat Meister Ming auf eine Frau aus der Oberschicht gesetzt, deren zu Miniaturen verformte Füße ihre Stellung offenbart hätten. Und genau das war die falsche Spur, auf die der Mörder uns locken wollte. Denn was hätten wir sonst von einem weichen weiblichen Körper denken sollen, mit Brüsten und femininen Formen? Der Mörder hat alles verstümmelt, was auf die wahre Identität der Leiche hindeuten konnte. Er hat den Kopf abgetrennt und die großen Füße, die ihn als Mann verraten hätten, um uns glauben zu machen, es handle sich um eine adlige Frau. Er hat Penis und Hoden entfernt, die femininen Brüste ließ er unangetastet. Und sicher wäre der Verschleierungsversuch erfolgreich gewesen, hätten nicht die überproportional großen, wenn auch feinen Hände der Leiche eine andere Sprache gesprochen.«

»Aber dann verstehe ich nicht …« Kan schüttelte den Kopf. »Penis … Brüste … wenn es sich weder um das eine noch um das andere Geschlecht handelt, was für ein Monster haben wir vor uns?«

»Kein Monster, ehrenwerter Rat. Nur einen bedauernswerten Kaiserlichen Eunuchen.«

Kan schnaufte wie ein Büffel. Obwohl nicht alle Eunuchen von derart weiblicher Erscheinung waren, war es am Hof durchaus bekannt, dass es sie gab. Es handelte sich um jene, deren Kastration vor der Pubertät stattgefunden hatte. Kan verfluchte sich dafür, dass er selbst nicht an diese Möglichkeit gedacht hatte. Wenn es etwas gab, das er noch mehr hasste als Auflehnung, war es, wenn sich jemand als klüger herausstellte als er selbst.

»Ihr könnt gehen«, stieß er ärgerlich hervor. »Das war alles.«

⋆ ⋆ ⋆

Auf dem Rückweg in die Akademie stellte Ming Ci zur Rede.

»Wie sehr ich mir auch den Kopf zerbreche, ich verstehe nicht, wie du darauf kommen konntest.«

»Es war während Eurer Ausführungen«, antwortete Ci. »Als Ihr erwähntet, dass es einfach wäre, eine Frau an ihren deformierten Füßen zu erkennen, und der Mörder sie deshalb entfernt hatte.«

Ming sah ihn verständnislos an.

»Wie Ihr selbst sagtet, ist das Einbinden der Füße ein relativ moderner Brauch und nur in der höheren Gesellschaft verbreitet. Etwas, das Kan selbstverständlich weiß. Darum war zu vermuten, dass er bereits alle wohlhabenden Familien über das Verschwinden einer Angehörigen befragt hatte. Dass er danach Euch um Rat bat, lässt nur den Schluss zu, dass er bei seinen Untersuchungen nicht weitergekommen war.«

»Aber das mit dem Eunuchen …«

»Es war eine Eingebung. Kurz nach meiner Ankunft in Lin'an hatte ich das zweifelhafte Vergnügen, bei der Entmannung eines kleinen Jungen dabei zu sein, dessen Eltern ihn zum Kaiserlichen Eunuchen machen wollten. Der Junge verblutete, ohne dass ich etwas für ihn tun konnte. Ich sehe es noch vor mir, als wäre es gestern gewesen …«

⋆ ⋆ ⋆

Den Rest des Weges legten sie schweigend zurück. Kurz bevor sie die Akademie erreichten, teilte Ming Ci mit, dass er wegfahren musste. Er sagte, er werde zur Nacht zurück sein, und dann würden sie reden. Ci zog es vor, nichts zu fragen. Er verabschiedete sich und trat alleine auf das Gebäude zu, in der Überzeugung, dass dies das letzte Mal war, dass er diese Türen durchschritt. Als er gerade eintreten wollte, stürzte sich der Hausdiener, der die Eingangstür bewachte, auf ihn und zerrte ihn wortlos in den Garten.

»Ein seltsamer Mann war hier, ein Säufer, wenn du mich fragst … Er behauptete, er sei ein Freund von dir. Als ich ihm sagte, dass du nicht da bist, brüllte er herum, ich habe ihn rausgeworfen. Er drohte, dass es mir noch leidtun werde, und erwähnte irgendeine Belohnung … und dass er bei Sonnenuntergang wiederkommen wollte. Ich dachte, das solltest du wissen. Ich mag dich, Junge, und ich rate dir ernsthaft, die Gesellschaft gewisser Personen zu meiden. Wenn die Professoren dich mit diesem Mann sehen, werden sie nicht begeistert sein.«

Ci wurde leichenblass. Xu hatte ihn gefunden, und er schien bereit, seine Drohung wahr zu machen. Er musste schnellstmöglich seine Sachen packen und die Stadt verlassen. Er dankte dem Mann und lief rasch in sein Zimmer.

Nachdem er sein Bündel geschnürt hatte, ging er ein letztes Mal durch die Gänge der Akademie. Er betrachtete die leeren Hörsäle, die aussahen, als habe er sie angesteckt mit seiner Schwermut, wie stumme Zeugen einer sinnlosen Illusion wirkten sie, eines Traums, aus dem er nun aufwachen musste. Als er die Bibliothek passierte, sah er die Bücher auf den Pulten liegen und ungeduldig auf ihre Besitzer warten. All das Wissen, das in ihnen gesammelt war und an dem er nun nicht mehr teilhaben durfte! Niedergeschlagen warf er sich den Sack über die Schulter und verließ das Gebäude.

Ziellos lief er die Straße hinunter. Er würde so lange gehen, bis er einen Karren oder ein Boot fand, das ihn weit fort brachte. Gedankenversunken marschierte er eine Weile, bis er zu seiner Überraschung mit einem Kaiserlichen Soldaten zusammenstieß, der von drei weiteren, ebenfalls schwerbewaffneten, begleitet wurde.

»Bist du der Totenleser?«, erkundigte sich der Soldat knapp.

»Ja … So nennt man mich«, gab Ci unsicher zurück, als er unter den Soldaten einen wiedererkannte, der während der Untersuchung am Hof zugegen gewesen war.

»Wir haben den Befehl, dich mitzunehmen.«

Ci leistete keinen Widerstand.

Sie brachten ihn zu Fuß in die Provinzpräfektur. Dort warfen sie ihm ohne ein Wort der Erklärung eine Kapuze über und luden ihn auf einen Maultierkarren, der ihn kreuz und quer durch die Straßen von Lin'an fuhr. Auf dem Weg musste er die Beleidigungen und die Scherze der Vorbeikommenden über sich ergehen lassen, die den Weg für die Prozession freigaben, doch allmählich wurde das Geschrei leiser und dämpfte sich zu einer entfernten Geräuschkulisse. Wenig später kam der Karren zum Stehen. Ci hörte das Knarren von schweren Portalen und Stimmen, doch er verstand nicht, was sie redeten. Dann fuhr der Wagen wieder an, hielt erneut, und man hieß ihn aussteigen. Über einen gepflasterten Platz wurde er an eine Rampe geführt. Als er sie hinaufstieg, schlug ihm ein unangenehmer Geruch nach Schimmel, Kälte und Schmutz entgegen. Ihn schauderte. Plötzlich glaubte er zu wissen, dass er dort, wo man ihn hinbrachte, nicht mehr lebendig herauskommen würde. Schließlich hörte er, wie sich ein Schlüssel in einem Schloss drehte, bevor man ihn ein paar Schritte weiter stieß. Wieder klapperten Schlüssel – dann wurde alles still. Als er vermutete, alleine zu sein, nahm er die Kapuze vom Kopf. In dem Moment erklangen die Schritte einer Wache.

»Aufstehen!«, befahl eine Stimme.

Cis Augen blickten wachsam in eine Fackel, die drohte, ihm die Wimpern zu verbrennen. Erst als der Soldat zurücktrat, begann Ci, die Dunkelheit des Kerkers wahrzunehmen, in den man ihn verschleppt hatte. Ein Raum ohne Türen und Fenster. An den feuchten Steinwänden hingen Ketten und Zangen.

Als seine Augen sich an das Dämmerlicht gewöhnt hatten, erkannte er den Mann, der vor ihm stand.

»So sehen wir uns wieder«, sagte Kan.

Ci überlief ein eisiger Schauer. Beim Anblick der Folterwerkzeuge, die auf einer Bank bereitlagen, schnürte es ihm den Atem ab.

»Ja, was für ein Zufall«, scherzte er bitter.

»Knie dich hin.«

Ci machte sich auf das Schlimmste gefasst. Seine Knie schlugen hart auf, und sein Kopf neigte sich zu Boden, bis er in eine Pfütze tauchte, in Erwartung des endgültigen Schlages. Doch stattdessen trat eine zweite Figur vor. Eine Handbreit vor seinen Augen erkannte er die hochgebogenen Spitzen eines Paars schwarzer, mit Gold und Edelsteinen besetzter Schuhe. Ci ließ seinen Blick langsam an der Robe aus rotem Brokat hinaufwandern, dann ängstlich über den Gürtel aus Perlmutt gleiten, bis er ungläubig das Siegel sah, das an einer Kette hing, die noch heller leuchtete als Gold – es war das Siegel des Kaisers.

Er schloss die Augen und senkte erneut den Kopf. Den Sohn des Himmels ohne Erlaubnis anzuschauen, bedeutete den sicheren Tod. Er dachte bei sich, dass der Kaiser wohl persönlich seiner Hinrichtung beiwohnen wollte. Er biss die Zähne zusammen und wartete.

»Bist du derjenige, den man den Totenleser nennt?«

Ci sagte nichts. Er versuchte zu schlucken, doch seine Kehle war trocken, als hätte er einen Löffel voll Sand verschluckt.

»So nennt man mich, Kaiserliche Hoheit.«

»Steh auf!«

Einige Hände halfen Ci auf, sofort umringte eine Gruppe von bewaffneten Wächtern den Kaiser Nin Zong, und, flankiert von Kan, trat Seine Hoheit den Weg durch einen dämmerigen Korridor an. Eskortiert von zwei Wärtern folgte Ci.

Aus dem engen Gang traten sie hinaus in einen kuppelförmigen Raum, in dessen Mitte zwei Särge aus Pinienholz standen. Mehrere Fackeln knisterten in der Dunkelheit und warfen einen Feuerschein auf die Körper, die darin lagen. Die Wachen verbeugten sich und traten zur Seite.

»Seine Kaiserliche Hoheit wünscht Eure Meinung«, verkündete Kan scharf.

Mit gesenktem Blick wartete Ci die Zustimmung des Kaisers ab. Als der Höchste ihm das Wort erteilte, näherte Ci sich dem ersten Sarg.

Aufmerksam besah er sich den Leichnam, der darin lag: ein Mann in fortgeschrittenem Alter von zartem Körperbau und mit feinen Gliedern. Die Würmer hatten sein Gesicht bereits stark entstellt, und auch in den Magen waren sie schon gelangt, den eine Wunde freilegte, die ihm von dem toten Eunuchen in ihrer Beschaffenheit bekannt vorkam. Er schätzte, dass der Mann seit fünf Tagen tot war.

Schweigend trat er an den zweiten Sarg, in dem ein jüngerer Mann in einem ähnlichen Verwesungszustand lag. Hier bedeckten die Larven eine Wunde, die sich über seinem Herzen öffnete.

Zweifellos waren die beiden Männer durch die Hand desselben Mörders gestorben. Desselben Mörders, der auch den Eunuchen vom Tag zuvor auf dem Gewissen hatte.

»Sprich zu mir!«, befahl der Kaiser.

Ci verbeugte sich zitternd. Dann fasste er all seinen Mut, sah auf und begann mit fester Stimme seine Beobachtungen auszuführen. Ebenfalls erwähnte er, dass die Wunden der beiden Toten auffällige Ähnlichkeiten mit denen des bereits untersuchten Eunuchen hätten und die Vermutung sich aufdränge, dass man es mit einem einzigen Täter zu tun habe.

Die wichtigste Parallele sah Ci in der Todesursache, die in allen drei Fällen eine tiefe Wunde in Herznähe war. Ihre Größe und Beschaffenheit deutete darauf hin, dass sie mit ein und demselben Objekt zugefügt worden waren: einem Messer mit geschwungener Klinge. Und offenbar liege in allen Fällen dasselbe Motiv vor: Man hatte etwas aus dem Inneren der Toten herausholen wollen. Doch was? Kurioserweise zeigte keine der Leichen Spuren eines Kampfes. Es blieb noch das für ihn aufregendste Detail zu erwähnen: Trotz des Verwesungsgestanks verströmten alle drei den leichten, aber intensiven Duft eines ähnlichen Parfüms.

Doch es gab auch Unterschiede. Sowohl im Fall des Eunuchen als auch bei dem Leichnam des älteren Mannes im ersten Sarg hatte sich der Mörder bemüht, jedes Detail zu eliminieren, das eine Identifizierung erleichtern könnte: Der Mörder hatte dem Eunuchen das Geschlechtsteil, die Füße und den Kopf amputiert, und dem Toten im ersten Sarg hatte er das Gesicht mit unzähligen Schnittwunden entstellt, was die Vermehrung der Würmer begünstigt hatte.

»Doch wenn Ihr den dritten Körper betrachtet, werdet Ihr

feststellen, dass hier trotz der Einwirkung der Würmer das Gesicht beinahe intakt ist.«

Der Kaiser nickte kommentarlos und bedeutete Ci, fortzufahren.

»Meiner Meinung nach ist diese Tatsache weder einer Gedankenlosigkeit geschuldet noch Ergebnis einer Improvisation. Wenn wir die Hände betrachten, sehen wir, dass die des Toten in dem zweiten Sarg die Schwielen und den Schmutz eines Mittellosen aufweisen. Die zersplitterten Nägel und die kleinen Narben an den Fingern deuten auf schwere Arbeit und niedere Herkunft hin. Die des Eunuchen und des Alten dagegen sind fein und gut gepflegt, was uns ihre hohe gesellschaftliche Stellung verrät.« Er machte eine kleine Pause, um seine Gedanken zu ordnen.

»Ich denke, dass der Mörder entweder durch irgendeinen Umstand überrascht wurde, der ihn zur Eile drängte, oder es machte ihm nichts aus, dass man die Leiche eines armen Arbeiters identifizieren konnte, den vielleicht nicht einmal seine Mutter mehr in der Lage wäre zu erkennen. Hingegen wusste er gut zu verhindern, dass Gleiches mit den anderen beiden gelingen konnte, denn wenn wir die Identität der Opfer feststellten, könnten wir eine Verbindung zu ihrem Henker finden.«

»Dein Urteil lautet also …«

»Wenn ich doch nur eins hätte«, seufzte Ci.

»Ich habe Euch gewarnt, Majestät. Er kann keine Toten lesen!« Kan lächelte spöttisch.

»Aber kannst du irgendeinen Schluss ziehen?«, fragte der Kaiser. Sein Gesicht zeigte keine Regung.

»Es tut mir leid, Euch zu enttäuschen, Majestät. Ich fürchte, Eure Experten haben richtig vermutet, als sie die Morde einer gefährlichen Sekte zuschrieben. Vielleicht hätte ich

Euch nützlicher sein können, wenn ich die richtigen Materialien zur Verfügung gehabt hätte. Ohne Pinzetten und Essig jedoch, ohne Sägen und Chemikalien wage ich nicht, weitergehende Vermutungen anzustellen als diejenigen, die ich bisher geäußert habe. Diese Leichen weisen einen solchen Grad der Verwesung auf, dass ich daraus einzig ableiten kann, dass beide Verbrechen kurz nacheinander begangen wurden. Der Fortschritt des Verfalls deutet darauf hin, dass zuerst der Alte starb und dann der Arbeiter.«

Nin Zong strich sich durch den spärlichen Bart. Eine Weile herrschte Schweigen. Schließlich gab er Kan ein Zeichen, sich ihm zu nähern. Der Kaiser flüsterte ihm etwas zu, und Kans Gesichtsausdruck änderte sich schlagartig. Er sah verächtlich zu Ci und zog sich, begleitet von einem Beamten, zurück.

»Gut, Totenleser, eine letzte Frage«, sagte der Kaiser leise. »Du hast vorhin meine Richter erwähnt. Gibt es etwas, das sie nicht getan haben, das man hätte tun sollen?« Er wies auf zwei Männer seines Gefolges in grünen Tuniken und Baretten, die ein wenig abseits standen und ihn misstrauisch beobachteten.

»Haben sie ihn gezeichnet?« Er deutete auf den Jungen, dessen Gesicht noch erkennbar war.

»Gezeichnet? Ich verstehe nicht.«

»In ein paar Tagen wird von ihm nur noch der Schädel übrig sein. Ich an Eurer Stelle würde ein möglichst exaktes Porträt anfertigen lassen. Vielleicht braucht man es irgendwann zur Identifizierung.«

Sie gingen hinüber in einen angrenzenden Saal. Vor der Schwelle hielt der Kaiser inne und sagte etwas zu einem weißhaarigen Beamten, der mehrmals nickte. Dann zog sich

Nin Zong zurück, eskortiert von seinem gesamten Gefolge, und ließ Ci alleine mit dem Diener zurück, den er eben instruiert hatte.

Als die Türen ins Schloss gefallen waren, trat er auf Ci zu. »Totenleser … ein interessanter Name. Hast du ihn dir selbst gegeben?« Er musterte Ci streng.

»Nein, Herr.«

»So. Und was bedeutet er?«

»Ich denke, er bezieht sich auf mein Talent, Leichen zu untersuchen und die Todesursache herauszufinden. Den Namen haben sie mir in der Akademie gegeben, wo ich studiere … studiert habe«, korrigierte er sich.

»In der Ming-Akademie … Ja, die kenne ich. In Lin'an kennt sie jeder. Mein Name ist Bo. Der Kaiser hat mich beauftragt, als Assistent und Verbindungsmann zwischen ihm und dir zu fungieren, was bedeutet, dass du alles, was du brauchst, und alles, was du herausfindest, zukünftig mit mir besprechen wirst.« Er machte einen Schritt auf Ci zu. »Ich war bei der Untersuchung des Eunuchen zugegen, und ich muss zugeben, du hast mich beeindruckt. Und den Kaiser offenbar auch.«

»Auf den ehrenwerten Strafrat Kan scheint das nicht unbedingt zuzutreffen.«

»Das stimmt.« Bo zögerte. »Nun ja, diesen Fall leitet Kan persönlich, die Idee, dich hinzuzuziehen, hatte der Kaiser. Kan ist ein disziplinierter, ernsthafter Mann, ein Mann der alten Schule. Ein Krieger, der Steine zerkaut und Feuer trinkt.« Er lächelte. »Im Palast erzählt man sich, dass seine Erziehung so streng war, dass er in seiner Kindheit niemals geweint hat, wobei ich wetten würde, dass er gar nicht weinen kann. Kan hat schon für den Vater des Kaisers gearbeitet, und mit der Zeit ist er auch zu einem der treuesten Berater Nin Zongs geworden. Er mag verhärtet erscheinen, und in manchen Fällen auch etwas verdreht, wie ein Baum, der schief wächst und sich niemals aufrichten lässt. Aber er ist integer. Und was seine Einschätzung deiner neuen Funktion betrifft: Es hat ihm nicht gefallen, dass du auf eigene Faust den Bauch dieser Frau geöffnet hast, ohne seine Erlaubnis einzuholen. Wenn es etwas gibt, das Kan nicht toleriert, ist das Hochmut. Und du hast mit deiner Untersuchung eine Grenze überschritten, die es nur wenigen gelungen ist zu übertreten.«

»Vielleicht habt Ihr recht …«, sagte Ci besorgt. »Nun, wenn Ihr mein Sprachrohr sein sollt für das, was ich herausfinde … Was soll ich denn herausfinden?«

»Der Sachverstand, den du bei dem Eunuchen bewiesen hast, ließ den Kaiser vermuten, dass du uns nützlich sein kannst. Du hast Dinge entdeckt, die die Richter des Palastes nicht einmal ahnten.« Bo schwieg einen Moment, als fragte er sich plötzlich, ob es angebracht war, weiterzusprechen. Dann holte er mit einem Blick auf Ci Luft und fuhr fort: »Mir wurde aufgetragen, es dir zu erzählen, also hör zu. Das, was ich dir jetzt sage, musst du verwahren, als habest du keine Zunge. Wenn du mit irgendjemandem darüber sprichst, wird nichts auf der Welt dich retten können. Hast du das verstanden?«

»Ich werde schweigen wie ein Grab, Herr«, sagte Ci, und er bereute sofort den unglücklichen Vergleich.

»Es freut mich, das zu hören«, seufzte der Kaiserliche Beamte. »Seit einigen Monaten wohnt das schlimmste aller Übel in Lin'an. Etwas, das sich versteckt hält und droht, uns zu verschlingen. Vielleicht ist es noch schwach, doch die Gefahr, die von ihm ausgeht, ist unermesslich. Es ist tödlich wie eine Invasion, schrecklich wie eine Plage und viel schwieriger zu besiegen.« Er strich sich durch den weißen Spitzbart, der aus seiner fahlen Haut spross.

Ci begriff nicht, worauf der Mann hinauswollte. Aus seinen Worten war zu schließen, dass sein Verdacht sich auf irgendein übernatürliches Wesen konzentrierte, doch die drei Leichen, die Ci untersucht hatte, waren von etwas sehr Konkretem ermordet worden. Das wollte er gerade zu bedenken geben, als Bo ihm zuvorkam.

»Unsere Gerichtsdiener bemühen sich ohne Ergebnis. Sie stellen Verbindungen her, verfolgen Indizien, die zu weiteren, noch finstereren zu führen scheinen, und wenn unsere Richter glauben, einen Verdächtigen gefunden zu haben, verschwindet der entweder oder taucht bald irgendwo als Leiche auf.« Bo begann nervös umherzugehen. »Deine Ausführungen heute Abend haben dazu geführt, dass der Kaiser beschlossen hat, dich in die Untersuchungen einzubeziehen. Ich bedaure, wenn die Art und Weise dich erschreckt haben sollte, aber es war nötig, schnell und diskret zu handeln.«

»Aber, Herr, ich bin ein einfacher Student. Ich verstehe nicht, wie ich …«

»Student vielleicht, aber einfach sicher nicht.« Bo sah ihn fest an. »Wir haben Erkundigungen über dich eingeholt. Der Kaiser persönlich hat mit dem Magistrat der Präfektur gesprochen, der für deine Anwesenheit bei der Untersuchung gebürgt hat, und der anscheinend ein enger Freund von Professor Ming ist. Der Magistrat war so gütig, uns deine Erfolge in der Akademie zu enthüllen, und er sagte ebenfalls, dass du im Begriff seiest, ein Kompendium aus einer Reihe von Traktaten zu erstellen, was einiges über deine organisatorischen Fähigkeiten aussagt.«

Ci spürte, wie die Last der Verantwortung sich auf seine Schultern senkte.

»Aber das entspricht nicht der Wahrheit, Herr. Man erwähnt oft nur die Erfolge, weil ihr Nachklang sich ausbreitet wie eine Pfütze Öl, und darüber vergisst man die Misserfolge. Dutzende Male waren meine Vermutungen falsch, und in Hunderten von Fällen habe ich nur Dinge beobachtet, die auch ein Neugeborener bemerkt hätte. Ich verbringe den ganzen Tag zwischen Leichen. Wie soll ich da nicht bisweilen richtig liegen? Die Mehrheit der Fälle, die in die Akademie gelangen, sind Todesfälle infolge grausamer Morde, Eifersuchtsstreitereien, Tavernenschlägereien oder Streitigkeiten um Grund und Boden. Jeder, der sich ein wenig im Umkreis des Verstorbenen umhört, könnte das Urteil fällen, ohne der Aufbahrung beizuwohnen. Doch hier haben wir es nicht mit irgendeinem Mörder zu tun, dessen Hirn vom Wein vernebelt ist. Die Person, die diese Verbrechen begangen hat, ist nicht nur außergewöhnlich grausam, zweifellos ist ihre Intelligenz noch größer als ihre Bösartigkeit. Und Eure Richter? Sie werden nie zulassen, dass ein dahergelaufener Neuling ohne Studium und Erfahrung ihnen Vorschriften macht.«

»Trotz alledem hat keiner von ihnen herausgefunden, dass es sich bei der toten Frau in Wirklichkeit um einen Eunuchen handelte.«

Ci verstummte. Es machte ihn stolz, dass man am Hof seine Dienste schätzte, doch er fürchtete, dass man, wenn er sich zu sehr in die Sache verwickeln ließe, Dinge über seine Vergangenheit herausfinden könnte, die Missfallen erregen würden.

»Vergiss die Richter«, beharrte Bo. »In unserem Staat ist kein Platz für Privilegien. Wir unterstützen diejenigen, die vorankommen wollen, die sich bemühen, die mutig und klug sind. Wir haben erfahren, dass es dein Traum ist, an den Kaiserlichen Prüfungen teilzunehmen. Prüfungen, an denen, wie du weißt, jeder teilnehmen kann, unabhängig von Herkunft und sozialem Status. In unserem Land kann ein Bauer Minister werden, ein Fischer Richter und eine Waise Steuereintreiber. Unsere Gesetze sind streng gegen diejenigen, die sie brechen, doch sie belohnen die, die sich verdient machen. Und denk daran: Wenn du besser bist als sie, dann verdienst du nicht nur, dass dir geholfen wird. Dann bist du auch verpflichtet, zu helfen.«

Ci nickte. Er ahnte, dass ihn nichts mehr von diesem vergifteten Geschenk befreien konnte.

»Ich verstehe deine Überraschung, aber niemand will dir eine übergroße Verantwortung aufbürden«, fuhr der Beamte fort. »Am Hof gibt es fähige Richter, die du nicht unterschätzen solltest. Es ist nicht so, dass du die Untersuchungen leiten sollst, du sollst nur deine Beobachtungen beisteuern. Das ist nicht so schwierig. Und der Kaiser ist bereit, dich großzügig zu entlohnen: Für den Fall, dass du erfolgreich bist, garantiert er dir einen Posten in der Verwaltung.«

Ein solches Angebot war weit mehr, als Ci je zu hoffen gewagt hatte. Trotzdem wurde er das Gefühl des Unbehagens nicht los.

»Herr, kann ich offen sprechen?«

»Ich bestehe darauf.« Bo breitete die Arme aus.

»Vielleicht sind die Richter des Palastes klüger, als Ihr denkt.«

Bo zog eine Augenbraue hoch und runzelte die Stirn.

»Jetzt bin ich derjenige, der nicht versteht.«

»Die Justiz, von der Ihr sprecht, die straft und belohnt und die sich im *Katalog der Verdienste und Vergehen* widerspiegelt …«

»Du meinst das Punktesystem, mit dem die Rechtschaffenheit oder die Verderbtheit eines Mannes gemessen wird? Es erscheint mir gerecht, dass, wenn wir diejenigen bestrafen, die ein Verbrechen begehen, auch diejenigen belohnen, die Gutes tun. Was hat das mit den Richtern am Hofe zu tun?«

»Dass dasselbe Maß auch für die Richter gilt. Sie selbst werden ebenfalls belohnt, wenn sie gerechte Urteile sprechen, aber hart bestraft, wenn sie irren. Es wäre nicht das erste Mal, dass die Laufbahn eines Richters beendet wird, weil er einen Fehler begangen hat.«

»Selbstverständlich. Die Verantwortung besteht nicht nur in einer Richtung. Das Leben der Angeklagten hängt von ihnen ab. Und wenn sie sich täuschen, müssen sie dafür bezahlen.«

»In einigen Fällen sogar mit ihrem eigenen Leben«, betonte Ci.

»Das ist abhängig von der Schwere des Fehlers. So ist es gerecht.«

»Dann erscheint es mir logisch, dass sie fürchten, ein Urteil zu sprechen. Warum sollten sie angesichts eines schwierigen Falls ein Fehlurteil riskieren? Dann lieber nichts sagen und die eigene Haut retten.«

In diesem Moment gingen die Türen auf, und Kan betrat den Saal. Mit ernster Miene befahl er Bo, sich zurückzuziehen, dann baute er sich mit zusammengepressten Lippen vor Ci auf.

»Ab heute stehst du unter meinem Befehl. Wenn du etwas benötigst, musst du erst mich darum bitten. Man wird dir ein Siegel geben, das dir die Türen zu allen Räumen des Hofes öffnen wird, ausgenommen den Palast der Konkubinen und meine Privatgemächer. Du kannst unsere Justizarchive konsultieren und hast Zugang zu den Leichen, wann immer nötig. Es wird dir ebenfalls gestattet sein, das Personal des Hofes zu befragen. Alles immer nur mit meiner vorherigen Erlaubnis. Die restlichen Details kannst du mit Bo besprechen.«

Ci spürte, wie sein Herz klopfte. So viele Fragen stürmten

auf ihn ein, so viele Schwierigkeiten und mögliche Gefahren taten sich auf, dass er Zeit brauchte, um alles zu durchdenken.

»Exzellenz.« Ci verbeugte sich. »Ich weiß nicht, ob ich in der Lage sein werde …«

Kan kniff sein Auge zusammen und musterte ihn kalt.

»Danach hat dich niemand gefragt.«

* * *

Ci folgte Kan durch die Verliese zum Kaiserlichen Archiv. Der ehrenwerte Strafrat beeilte sich, als wollte er Ci lieber früher als später los sein. Nach und nach machten die feuchten, engen Gänge gefliesten Korridoren Platz. Als sie die Gruft der Geheimnisse erreichten, war Ci sprachlos. Im Vergleich zur Bibliothek der Universität war dieses Archiv ein riesiges Labyrinth, das sich bis ins Unendliche zu erstrecken schien. Vor ihm standen Tausende von Regalen, die sich unter Bergen von Akten bogen und jeden erdenklichen Winkel füllten. Sie gingen durch schmale Gänge voller Bücher, Manuskripte und Unterlagen, die sich hoch stapelten bis hin zu einer kleinen Fensteröffnung, durch die schwaches Licht drang. Kan blieb vor einem schwarzlackierten Tisch stehen, auf dem ein einzelner Aktenordner lag. Er zog einen Stuhl heran und setzte sich, Ci blieb neben ihm stehen. Kan blätterte eine Weile in den Unterlagen, schließlich bedeutete er Ci, sich ebenfalls zu setzen.

»Ich hatte Gelegenheit, deine letzten Worte mitzuhören«, begann Kan, »und ich möchte etwas klarstellen: Dass der Kaiser dir diese Gelegenheit gibt, bedeutet nicht, dass ich dir vertraue. Unser Rechtssystem verfährt gnadenlos mit denen, die es korrumpieren oder verletzen, und unsere Richter sind alt geworden über dem Studium und dem Gebrauch dieser

Gesetze. Mag sein, dass deine Eitelkeit dich dazu treibt, über den Wert dieser Magistrate zu spekulieren, vielleicht siehst du sie als verknöcherte Alte, die nicht weiter sehen können, als ihr Urinstrahl reicht. Aber ich warne dich: Wage es ja nicht, die Fähigkeiten meiner Männer in Zweifel zu ziehen, oder ich werde dafür sorgen, dass es dir leidtut, noch bevor du deine Worte zurücknehmen kannst.«

Ci gab sich unterwürfig, auch wenn er tief in seinem Innern überzeugt war, dass er nicht hier wäre, wenn die Richter ihren Wert bewiesen hätten. Er hörte Kan aufmerksam zu, als der ihn über den Inhalt der Dokumente unterrichtete.

»Hier sind die Berichte der drei Todesfälle, sowohl von der ersten als auch von der zweiten Untersuchung. Hier hast du Pinsel und Tinte. Studiere sie so lange wie nötig, dann schreibe deine Meinung auf.« Er zog ein quadratisches Siegel hervor und reichte es Ci. »Wenn du irgendein Gebäude betreten willst, gib das den Wachen, damit sie dich in das Registerbuch eintragen.«

»Wer hat die Untersuchungen durchgeführt?«, wagte Ci zu fragen.

»Auf den Berichten findest du ihre Unterschriften.«

Ci warf einen Blick darauf.

»Hier sind nur die Richter aufgeführt. Ich meine die technische Untersuchung der Leiche.«

»Ein *Wu-tso* wie du.«

Ci runzelte die Stirn. *Wu-tso* war das Schmähwort, mit dem diejenigen bedacht wurden, die Gräber aushoben und die Toten wuschen. Doch er wollte nicht diskutieren, also nickte er und blätterte geschäftig in den Unterlagen. Nach wenigen Augenblicken schob er sie zur Seite.

»Hier steht nichts von der Gefahr, von der der Beamte erzählt hat. Er sprach von einer schrecklichen Bedrohung, einem Übel von unermesslichen Ausmaßen, aber hier ist nur die Rede von drei Leichen. Kein Motiv, kein einziger Verdacht … Nichts.«

»Ich bedaure, aber mehr Informationen kann ich dir nicht geben.«

»Aber, Exzellenz, wenn Ihr meine Hilfe wollt, muss ich wissen …«

»Ich, deine Hilfe?« Kans Gesicht näherte sich seinem bis auf eine Handbreit. »Du hast offenbar gar nichts verstanden. Mir persönlich ist es vollkommen egal, ob du etwas herausfindest oder nicht, also hilf dir selbst und tu, was man dir befiehlt.«

Ci biss sich auf die Zunge. Er wandte seinen Blick wieder den Berichten zu und begann sie durchzusehen. Als er fertig war, schlug er den Ordner zu und schob ihn seufzend beiseite. Ein Bauer hätte diese Berichte schreiben können.

»Exzellenz.« Ci stand auf und holte tief Luft. »Ich brauche einen geeigneten Raum, um die Leichen gründlich zu untersuchen, und all meine Arbeitsgeräte. Wenn möglich, noch heute. Und ich brauche einen Parfümeur. Den besten von ganz Lin'an. Er soll bei meiner Untersuchung zugegen sein.« Ci ließ sich von der Überraschung Kans nicht aus der Ruhe bringen. »Und im Fall, dass es neue Morde gibt, soll man mich umgehend informieren, unabhängig von Ort und Zeitpunkt des Fundes. Der Leichnam darf weder berührt, bewegt noch gesäubert werden, bevor ich eingetroffen bin. Nicht mal ein Richter darf ihn anfassen. Wenn es Zeugen gibt, sollen sie getrennt voneinander festgehalten werden. Der beste Porträtmaler soll beauftragt werden. Nicht einer von denen, die die Gesichter der Fürsten verschönern, sondern einer, der es versteht, die Realität abzubilden. Und ich muss alles wissen, was man über diesen Eunuchen weiß: Welche Stellung hatte er im Palast, welche Vorlieben hatte er, welche Laster, welche Schwächen und Stärken? Ob er männliche oder weibliche Geliebte hatte, ob er familiäre Bindungen hatte, welche Reichtümer er besaß und mit wem er sich traf. Ich muss wissen, was er aß, was er trank, und sogar, wie viel Zeit er auf dem Abort verbrachte. Weiterhin wäre mir eine Liste mit allen taoistischen, buddhistischen, nestorianischen und manichäistischen Sekten nützlich, gegen die wegen Okkultismus, Hexerei oder illegaler Akte ermittelt worden ist. Und zuletzt möchte ich eine vollständige Aufstellung aller mysteriösen Todesfälle, die in den letzten sechs Monaten aufgetreten sind, sowie jeder Anzeige, jedes Verschwindens, jedes Zeugen, der, auf welch entfernte Weise auch immer, mit diesen Morden in Verbindung stehen könnte.«

»Bo wird sich um alles kümmern«, sagte Kan knapp.

»Es wäre auch praktisch, einen Grundriss des Palastes zu haben, auf dem die verschiedenen Gebäude und ihre Funktionen verzeichnet sind und die, zu denen ich Zutritt habe.«

»Ich werde versuchen, einen Maler aufzutreiben, der ihn für dich erstellt.«

»Eine letzte Sache noch.«

»Ja?«

»Ich werde Hilfe brauchen. Ich kann das nicht alleine lösen. Meister Ming könnte …«

»Darum habe ich mich bereits gekümmert. Jemand deines Vertrauens, hoffe ich.«

Der Strafrat erhob sich, klatschte in die Hände und wartete. Kurz darauf hörte Ci ein Quietschen am Ende des Ganges. Eine hochgewachsene Silhouette kam auf sie zu. Ein kalter Schauer überlief Ci, als er das lächelnde Gesicht von Grauer Fuchs erkannte.

»Exzellenz, entschuldigt meine Nachdrücklichkeit«, stammelte Ci, »aber ich glaube nicht, dass dieser Mann die geeignetste Person ist. Ich würde lieber …«

»Jetzt reicht es mit den Ansprüchen! Dieser Richter hat sich mein Vertrauen verdient, etwas, wovon du noch weit entfernt bist, darum halte lieber den Mund und arbeite. Du wirst jede Entdeckung mit ihm teilen, genauso wie er es auch mit dir halten wird. Solange diese Untersuchung dauert, wird Grauer Fuchs mein Mund und meine Ohren sein, also arbeite lieber mit ihm zusammen.«

»Aber dieser Mann hat mich hintergangen. Er wird niemals …«

»Wirst du wohl schweigen!«, zischte Kan. »Er ist der Sohn meines Bruders, und mehr gibt es dazu nicht zu sagen!«

* * *

Grauer Fuchs wartete, bis Kan sich zurückgezogen hatte. Dann lächelte er Ci schief an.

»So sieht man sich wieder.«

»Ein Unglück wie jedes andere«, gab Ci zur Antwort, ohne ihn anzusehen.

»Wie du dich verändert hast! Totenleser des Kaisers …«, stichelte er. Er nahm den Ordner und setzte sich.

»Und du bringst immer noch alles an dich, was dir in den Weg kommt.« Ci riss ihm die Berichte aus der Hand.

Grauer Fuchs sprang auf, Ci trat auf ihn zu. Ihre Nasen berührten sich beinahe, keiner von beiden wich zurück.

»Weißt du, das Leben ist voller Zufälle«, sagte Grauer Fuchs. »Mein erster Auftrag, als ich bei Hofe anfing, war es, den Tod dieses Fahnders, Kao, zu untersuchen. Der, den wir zusammen in der Präfektur begutachtet haben.«

Ci überlief es kalt.

»Ja, und?«

»Es ist seltsam. Je mehr ich über ihn herausfinde, desto eigenartiger erscheint mir die ganze Sache. Wusstest du, dass er aus Fujian bis hierher gereist ist, um einen Flüchtigen zu suchen? Anscheinend war eine Belohnung ausgeschrieben.«

»Nein, woher sollte ich das wissen?«, sagte Ci betont gleichgültig.

»Du kommst doch daher. Wenigstens hast du das gesagt, bei deiner Vorstellung am ersten Tag in der Akademie.«

»Fujian ist eine große Provinz. Jeden Tag kommen Tausende Menschen von dort hierher. Warum fragst du nicht die?«

»Sei doch nicht so argwöhnisch, Ci. Ich sage dir das, weil wir Freunde sind.« Er lächelte scheinheilig. »Aber es ist trotzdem ein merkwürdiger Zufall.«

»Und kennst du den Namen des Flüchtigen?«

»Bisher nicht. Dieser Kao war anscheinend ein ziemlich verschlossener Mensch und hat kaum über die Sache gesprochen.«

Ci seufzte. Er überlegte, ob er es dabei bewenden lassen sollte, aber es schien ihm verdächtig, kein Interesse zu zeigen.

»Das ist eigenartig. Normalerweise schreibt die Justiz keine Belohnungen aus.«

»Ich weiß. Vielleicht kam das Geld von irgendeinem Grundherrn. Der Flüchtige muss jemand Wichtiges sein.«

»Vielleicht hat der Fahnder irgendeinen Hinweis bekommen und wollte sich die Belohnung unter den Nagel reißen«, schlug Ci vor. »Oder er hatte sie bereits kassiert und wurde deshalb umgebracht.«

»Vielleicht.« Grauer Fuchs schien darüber nachzudenken. »Ich habe einen Brief an die Präfektur von Jianningfu geschrieben. In zwei Wochen hoffe ich, den Namen des

Flüchtigen und seine Beschreibung zu bekommen. Ihn zu fangen wird so leicht sein, wie einem Kind einen Apfel zu klauen.«

25

Beim Essen bekam Ci nicht ein einziges Reiskorn hinunter. Er war empört gewesen, als er erfuhr, dass Grauer Fuchs sein Untersuchungspartner sein würde, doch die Nachricht, dass er die Umstände des Todes von Kao untersuchte, hatte ihm alles Blut aus dem Gesicht weichen lassen. Ihm blieben zwei Wochen, bis eine Information eintreffen konnte, die ihn mit Kao in Verbindung brachte. In der Zwischenzeit musste er sich auf das konzentrieren, was am Hofe geschah. Wenn er den Fall löste, hatte er vielleicht eine Chance.

Grauer Fuchs schlürfte seine Suppe gierig wie ein Schwein. Ci schob das Essen von sich und entfernte sich ein paar Schritte, doch sein Rivale kam ihm hinterher. Sie hatten gerade erfahren, dass die Leichen in einem Lagerraum in den Verliesen untergebracht waren, und keiner von beiden wollte die Gelegenheit versäumen, sie zu untersuchen, bevor die Verwesung weiter voranschritt. Ci beschleunigte seinen Schritt. Doch als er den Raum betrat, sah er, dass die Instrumente, um die er gebeten hatte, noch nicht vorhanden waren. Bo sagte, er wisse nichts von einem solchen Auftrag.

Ci verfluchte Kan. Er griff nach dem Siegel, das ihm alle Türen öffnete, und ohne abzuwarten, dass Bo ihm die Erlaubnis erteilte, verkündete er seinen Entschluss, sich selbst zur Akademie aufzumachen. Er schlug vor, Bo solle ihn begleiten. Er wartete seine Antwort gar nicht erst ab, sondern machte auf dem Absatz kehrt und verließ den Raum.

Der Kaiserliche Beamte folgte ihm, und Grauer Fuchs blieb alleine zurück.

Während Bo sich in der Akademie darum kümmerte, dass ein Hausdiener die Instrumente in den Palast brachte, suchte Ci verzweifelt nach Ming. Er fand ihn im Arbeitszimmer, über seine Bücher gebeugt. Seine Augen waren rot. Ci verbeugte sich und bat ihn verlegen um Gehör.

»Jetzt brauchst du mich?«, tadelte Ming. »Die ganze Akademie weiß, dass der Kaiser dich als Totenleser unter Vertrag genommen hat. Hier erzählt man sich, dass der hochmütige Junge seinen dummen Meister überflügelt hat.« Er lächelte bitter.

Mings Tonfall verriet Enttäuschung, und Ci fühlte sich schuldig, schließlich war es Ming gewesen, der ihn aufgenommen und unterrichtet hatte, ohne je eine Gegenleistung zu verlangen. Er wollte ihm sagen, dass er ihn brauchte, dass er um seine Anwesenheit im Palast gebeten hatte, dass man ihm jedoch keine Wahl gelassen habe. Er wollte es gerade aussprechen, als Bo erschien und ihn zur Rückkehr in den Palast aufforderte.

»Es wird spät«, mahnte er.

»Ah, jetzt weiß ich, warum du gekommen bist«, sagte Ming, als er in den Händen des Hausdieners die Instrumente und den Kühlkasten erblickte.

»Verzeiht, ich muss jetzt gehen.« Ci presste die Lippen zusammen.

»Ja, geh nur«, sagte Ming, und Ci spürte, dass hinter seinen Worten keine Wut steckte, sondern Bedauern.

Als Ci den Lagerraum erreichte, war Grauer Fuchs bereits gegangen. Man sagte ihm, er habe die Leichen nur einer kurzen Untersuchung unterzogen, bei der nichts Neues zutage getreten war. Ci beschloss, die Abwesenheit von Grauer Fuchs zu nutzen, um seine eigenen Untersuchungen abzuschließen. Erst als er damit begann, die Instrumente zurechtzulegen, bemerkte er, dass neben der Tür ein gutgekleideter Mann wartete. Auf Nachfrage erklärte ihm Bo, dass es sich um den Parfümeur handelte, um den er gebeten hatte. Er hieß Huio und war der offizielle Lieferant des Palastes.

Ci grüßte ihn höflich, doch der Mann nahm es kaum wahr. Sein Blick löste sich keinen Moment von dem Schwert, das der Wachmann am Eingang in den Händen hielt, als fürchtete er, man könnte ihm jederzeit an die Gurgel gehen.

»Ich kann nur wiederholen, dass ich nichts getan habe!«, beteuerte der Parfümeur. »Das habe ich den Wachen wiederholt erklärt, die mich festgenommen haben.«

Allmählich dämmerte Ci, dass der Parfümeur keine Ahnung hatte, warum er hergebracht worden war. Er wollte es ihm erklären, doch Bo kam ihm zuvor.

»Gehorche diesem Mann«, sagte Bo und deutete auf Ci. »Und wenn du deine Zunge behalten willst, erzähle niemandem, was du hier sehen und hören wirst.«

Der Mann nickte verängstigt.

»Wir wollen lediglich, dass Ihr Eure Meinung zu einem Parfüm abgebt«, sagte Ci.

Huio sah ihn ungläubig an. Jeder, der bei Verstand war, wusste, dass die Palastwachen niemanden gefangen nahmen, um Ratschläge zu Düften zu erbitten. Trotzdem schienen Cis Worte ihn zu beruhigen. Als Ci allerdings die Tür öffnete und der Mann die drei verwesenden Leichen erblickte, fiel er in sich zusammen wie ein leerer Reissack.

Ci brachte ihn mit den Salzen wieder zu sich, die er normalerweise für die Familienangehörigen der Ermordeten benutzte, und erklärte ihm, was er zu tun hatte.

»Nichts weiter?«, fragte Huio mit heiserer Stimme. Er konnte es immer noch nicht glauben.

»Ihr sollt nur das Parfüm bestimmen«, versicherte ihm Ci. Er führte aus, dass die Würmer glücklicherweise noch nicht die Wundränder befallen hatten, vielleicht abgeschreckt von dem Duft. Er reichte Huio kampfergetränkte Stofffetzen, um sich vor dem Gestank zu schützen, doch der Parfümeur lehnte ab.

Der Gestank schnürte einem die Kehle zu. Huio begann zu würgen, als er sah, wie sich die Fliegen und Würmer auf den Leichen tummelten, doch tapfer trat er näher.

»Das ist … grauenvoll«, stieß er mühsam hervor.

»Bitte, versucht es. Wir brauchen Euch.«

Bewehrt mit ein paar kleinen Bambusstöcken, machte er sich an dem ersten Toten zu schaffen. Er rieb die Stöcke gegen die Wundränder, steckte sie jeweils in eine Flasche und eilte aus dem Raum. Ci folgte ihm und schloss hinter sich die Tür.

»Da drinnen kann man unmöglich atmen«, keuchte Huio. »Das ist der schlimmste Gestank, den ich je erlebt habe.«

»Ich versichere Euch, es gibt schlimmere«, antwortete Ci. »Wann können wir mit den Ergebnissen rechnen?«

»Das ist schwer zu sagen. Zuerst muss ich die Parfümreste vom Verwesungsgestank trennen. Und wenn mir das gelingt, muss ich den Duft mit Tausenden von Aromen vergleichen, die in der Stadt verkauft werden. Das ist sehr aufwendig«, sagte er. »Jeder Parfümeur stellt seine eigenen Düfte her. Selbst wenn sie aus ähnlichen Substanzen bestehen, werden sie nach geheimen Rezepten zusammengemischt, die das Endresultat vollkommen verändern.«

»Das klingt nicht sehr hoffnungsvoll.«

»Nun, mir ist eine Besonderheit aufgefallen. Ein Detail,

das mir die Aufgabe vielleicht erleichtern wird. Die Tatsache, dass immer noch ein Hauch des Parfüms wahrnehmbar ist, weist zweifellos auf eine sehr hohe Konzentration des Duftes hin, und auf einen starken Duftfixierer.« Er entkorkte eines der Fläschchen und führte es an seine Nase. »Ich vermute, dass es sich um eine reine Essenz handelt.«

»Und was bedeutet das?«

»Dass wir vielleicht Glück haben. Bitte, lasst mich meine Arbeit machen. Vielleicht habe ich in ein paar Tagen eine Antwort.«

* * *

Die neuerliche Untersuchung der Leichen lieferte Ci ein wichtiges Detail, das er in seiner ersten Untersuchung außer Acht gelassen hatte. Zusätzlich zu der schrecklichen Verletzung im Brustbereich, die alle Toten gemeinsam hatten, wies der Leichnam des Alten direkt unter dem rechten Schulterblatt eine kreisrunde Wunde vom Durchmesser einer Münze auf. Das Fehlen von Verteidigungsspuren bei allen drei Leichnamen war ein Indiz dafür, dass die Opfer dem Mörder keinen Widerstand geleistet hatten, was wiederum bedeutete, dass sie entweder überrascht worden waren oder ihren Henker gekannt hatten. In jedem Fall war es etwas, worüber Ci nachdenken musste. Schließlich entdeckte er noch ein Detail, das bisher unbemerkt geblieben war: Die Hände des Ältesten, des Toten mit dem entstellten Gesicht, sahen eigenartig aus. Über die Finger und die Handinnenflächen zog sich ein feines und gleichmäßiges Netz aus oberflächlichen Geschwüren, das trotz der fortschreitenden Verwesung weißer war als die Haut am Rest des Körpers. Es schien, als hätte irgendein ätzendes Pulver in der Farbe von Porzellanerde sie angegriffen. Am Daumen der rechten Hand entdeckte er außerdem ein kleines Tattoo, das eine züngelnde Flamme zeigte. Er nahm eine Säge, trennte die Hand ab und bat darum, sie einzubalsamieren und in einer bronzenen Kiste auf sein Zimmer zu bringen. Dann verließ er die Kammer – und atmete tief durch.

Kurz darauf kam Bo mit dem Künstler, der das Porträt von einem der Toten anfertigen sollte. Im Gegensatz zu dem Parfümeur war er bereits über die schwierigen Umstände seines Auftrags informiert worden, doch als er den Lagerraum betrat, entfuhr ihm trotzdem ein Aufschrei des Entsetzens. Nachdem er sich beruhigt hatte, zeigte ihm Ci das Gesicht, das er zeichnen sollte, und die Stellen, die er interpretieren musste, damit es dem Aussehen des Toten zu Lebzeiten möglichst nahekäme. Der Mann nickte. Er packte seine Pinsel aus und begann mit der Arbeit.

Unterdessen studierte Ci die Berichte, die Bo ihm soeben überreicht hatte. Aus ihnen ging hervor, dass der getötete Eunuch mit Namen Sanfter Delphin am Tag der Vollendung seines zehnten Lebensjahres begonnen hatte, im Palast der Konkubinen zu arbeiten. Seither hatte er als Haremswächter fungiert, als freundlicher Begleiter, Musiker und Gedichteleser. Seine ausgeprägte Intelligenz hatte ihm das Vertrauen der Verantwortlichen der Staatskasse eingebracht, die ihm den Posten als Assistent des Finanzverwalters angetragen hatten, als er dreißig geworden war. Ein Amt, das er bis zu seinem Tod mit dreiundvierzig Jahren bekleidet hatte.

Ci verwunderte das nicht. Es war klar, dass Eunuchen die idealen Kandidaten abgaben, um den Besitz des Palastes zu verwalten, schließlich hatten sie keine Nachkommen und waren darum auch nicht versucht, Mittel für ihre eigenen Zwecke abzuzweigen.

Der Bericht besagte, dass Sanfter Delphin eine Woche vor seinem Verschwinden um Erlaubnis gebeten hatte, den Palast zu verlassen, weil er eine Nachricht seines Vaters bekommen hatte, der plötzlich krank geworden war. Die Erlaubnis war ihm erteilt worden, und darum war sein Verschwinden niemandem verdächtig erschienen. Seine Laster und Tugenden betreffend, erwähnten die Unterlagen nur seine große Liebe zu Antiquitäten, von denen er eine kleine Sammlung besaß, die er in seinen Privatgemächern verwahrte. Zuletzt waren die täglichen Aktivitäten aufgeführt und die Menschen, die er traf, hauptsächlich Eunuchen, die unter denselben Umständen lebten wie er.

Ci verstaute den Bericht zusammen mit dem Plan des Palastes, auf dem die Räumlichkeiten verzeichnet waren, die er bewohnen würde. Er sah, dass sie an den Palast der Konkubinen grenzten, den er, wie er sich erinnerte, nicht betreten durfte. Er nahm seine Utensilien und warf einen Blick auf die Skizze, die der Porträtmaler anfertigte. Der Mann erledigte seine Arbeit hervorragend, wie Ci erleichtert und zufrieden feststellte. Er ließ ihn weiterarbeiten, bat Bo, einen Kunsttischler zu beauftragen, eine bestimmte Art von Lanze anzufertigen, und ging.

Den restlichen Nachmittag verbrachte Ci damit, die Bereiche des Palastes zu erkunden, die er betreten durfte.

Zuerst inspizierte er das Außengebäude, ein quadratisches Bauwerk von etwa sechsunddreißig *Li* Durchmesser, das von zinnenbewehrten Mauern umgeben war, deren Höhe Ci auf mehr als sechs Manneslängen schätzte. In den Ecken flankierten vier Wachtürme die vier zeremoniellen Pforten, die, orientiert nach den vier Himmelsrichtungen, Zutritt zum Palast gewährten. Pforten, die Ci wegen ihrer Dicke für uneinnehmbar hielt.

Danach ging er durch den dichtbewachsenen Gürtel aus kleinen Gärten, die das Gebäude umgaben. Er staunte angesichts der schillernden Flut aus Grün, die in ihrer Intensität beinahe in den Augen schmerzte. Das frische und durchdringende Aroma der Kirschbäume, der Pfirsichbäume und des Jasmin befreite seine Nase von dem fauligen Gestank, der sich in seiner Lunge festgesetzt hatte. Er schloss die Augen und atmete tief ein. Er spürte, wie das Leben in seine Glieder zurückkehrte.

Er ließ sich Zeit, die Büsche von Pfingstrosen zu betrachten, die sich mit Orchideen und Kamelien abwechselten, und er bewunderte das Wäldchen aus Pinien und Bambus, in dem es Bäche, Teiche, Brücken und Pavillons gab. Dieser Ort vereinte alles, was ein Mensch sich wünschen konnte.

Schließlich setzte er sich auf einen Stein und schlug das Heft auf, das Bo ihm zusammen mit dem Plan des Palastes überreicht hatte. Um ihn herum tschilpten die Stieglitze. Er las sich den Abschnitt durch, der die Pflichten beschrieb, die den Angestellten des Palastes oblagen, die nach Beendigung ihrer Arbeit im Kaiserlichen Palast verblieben. In der Stunde des *Shen*, der Zeit zwischen drei und fünf Uhr nachmittags, mussten diese Angestellten vor dem zuständigen Beamten erscheinen, der ihre Identität überprüfte. Derselbe Beamte war verantwortlich dafür, dass sie den Palast durch die Pforte wieder verließen, durch die sie ihn betreten hatten. Wenn einer der Arbeiter diese Bestimmungen nicht befolgte und absichtlich länger im Palast blieb, wurde er mit einer Gefängnisstrafe belegt, die einen Jahreskreis dauerte, dann folgte der Tod durch den Strang.

Ci verstand den Grund dieser Warnung nicht. Das Siegel, das man ihm gegeben hatte, erlaubte ihm nicht nur, in den gekennzeichneten Bereichen des Palastes herumzulaufen, sondern auch, in der Kammer zu übernachten, die Kan ihm zugewiesen hatte. Vielleicht war seine Unterkunft nur vorübergehend, oder vielleicht sollte er besser auf der Hut sein.

Ihn überlief ein Schauer.

Der Normenkatalog besagte außerdem, dass kein externer Arbeiter nach Ende seiner Arbeitsschicht im Palast verbleiben durfte. Wurde ein Verstoß bekannt, begaben sich die Arbeitsinspektoren, die verantwortlichen Beamten, Soldaten und Torwachen sofort auf die Suche nach ihm, und auch der Kaiser wurde informiert. Was das palasteigene Dienstpersonal betraf, hatten diejenigen, die nicht pünktlich bereitstanden, um ihre Pflichten zu erfüllen, oder aber die Arbeit vorzeitig niederlegten, eine Strafe von vierzig Hieben pro Tag der Abwesenheit zu befürchten. Zuletzt wurde aufgeführt, dass, wenn der festgenommene Schuldige ein Beamter oder ein Offizier war, sich die Strafe umgehend um eine Stufe verschlimmerte, ohne jedoch sechzig Schläge und ein Jahr Verbannung zu überschreiten.

Ci klappte das Heft zu. Er wollte glauben, dass nichts von dem, was dort geschrieben stand, irgendeine Wichtigkeit für ihn hatte. Plötzlich erschien ihm die ganze Pracht der Gärten als ein zwar außergewöhnlich schönes, aber ebenso grausames Gefängnis.

Er stand auf und machte sich auf den Weg zu den südlichen Gebäuden der Palastanlage, in denen die Arbeitszimmer der exekutiven Instanzen der Regierung untergebracht waren. Er hatte sich bemüht, sie auswendig zu lernen, und er versuchte, sich an ihre Lage zu erinnern. Direkt am Eingang befand sich der *Li Bu*, der Personalrat, der sich um Dinge wie die Gradation und Einteilung der Beamten kümmerte. Dahinter lag der Renten- und Finanzrat, genannt *Hu Bu*, der die Steuern verwaltete. Und dahinter der Rat der Riten, dessen Aufgabe es war, die Zeremonien, Auswahlverfahren und das Protokoll zu überwachen. Daneben befand sich der Heeresrat oder *Bing Bu*, der alle militärischen Angelegenheiten regelte. Der Strafrat, der von Kan geleitet wurde, befasste sich mit allen rechtlichen Fragen und war im oberen Stockwerk angesiedelt, zusammen mit dem Arbeitsrat *Gong Bu*, der für öffentliche Bauprojekte wie Straßen, Kanäle und Häfen zuständig war.

Als Ci vor dem Haupteingang stand, beschloss er, seine Ortskenntnis zu testen. Er zeigte der Wache sein Siegel, die ihm den Weg freigab, nachdem sie seinen Namen und die Uhrzeit notiert hatte. Ci durchquerte die riesige Empfangshalle und betrat den beeindruckenden *Siheyuan*, den von Säulengängen umschlossenen Hof, von dem aus man die herrschaftlichen Gebäude erreichte: den Palast der Konkubinen und den Palast des Kaisers.

Vom Tor aus betrachtete Ci die beiden würdevollen Paläste, hinter deren Fassade laut Plan an die zweihundert Kammern und Säle verborgen lagen. In ihnen wohnten außer dem Kaiser seine Ehefrauen und Konkubinen, die Eunuchen und ein allzeit einsatzbereites Kommando der Kaiserlichen Wache.

Ci vertiefte sich wieder in den Plan. Es schien, als befänden sich im östlichen Flügel des Palastes des Kaisers die Vorratsräume und die Küchen und im gegenüberliegenden Flügel die Scheunen und Stallungen. Er vermutete, dass darunter die Kerker lagen, auch wenn er das wegen der labyrinthisch angelegten Gänge des Untergeschosses nicht mit Sicherheit sagen konnte. Zuletzt stellte er fest, dass die beiden Sommerpaläste – Morgenfrische und Ewige Kühle – außerhalb seines Sichtfeldes lagen, im nördlichen Flügel. Er zog den Bericht hervor, den Bo ihm überlassen hatte, um ihn mit seinen eigenen Notizen zu vergleichen.

Er seufzte. Bis zu diesem Moment gab es nur eine einzige Gewissheit: dass er es mit einem extrem gefährlichen und außergewöhnlich intelligenten Mörder zu tun hatte, dessen Geschick, seine Verbrechen zu vertuschen, ebenso groß war wie seine Grausamkeit. Mehr hatte er nicht. Er war leicht im Vorteil, weil er entdeckt hatte, dass es sich bei der toten Frau in Wirklichkeit um einen Eunuchen handelte, ein Detail, das dem Mörder hoffentlich unbekannt war, doch es standen ihm eine ganze Reihe von Schwierigkeiten im Weg. Einerseits die vollkommene Unkenntnis des Motivs, das den Mörder geleitet hatte, auf der anderen Seite die offene Feindschaft Kans. Was er jedoch für das größte Problem hielt, war, mit einem hinterhältigen Untersuchungspartner wie Grauer Fuchs zusammenarbeiten zu müssen.

Er suchte seine Kammer auf, um in Ruhe nachdenken zu können. Dort fand er ein schmales Bett, einen Schreibtisch und die Kiste mit der einbalsamierten Hand vor – alles, was er für den Augenblick brauchte. Er freute sich über den Ausblick auf den Innenhof, den das einzige Fenster freigab. Dann setzte er sich, um seine Ideen zu ordnen, und begann mit der Arbeit. Unglücklicherweise lagen seine größten Hoffnungen in den Fortschritten des Parfümeurs und dem Verteilen des Porträts, das er anfertigen ließ. In beiden Fällen waren Ergebnisse nicht garantiert, und er konnte nichts tun, um den Erfolg zu beeinflussen. Alles lag nun in den Händen des Schicksals, und das war ihm gar nicht recht.

Er öffnete die Kiste und nahm behutsam die Hand heraus, die er dem Leichnam amputiert hatte, um sie bei Tageslicht zu betrachten. Es schien, als wären die Fingerkuppen von Dutzenden Nadeln durchbohrt worden, bis sie aussahen wie *Fu hai shi*, der runzelige Bimsstein von Guandong. Unter den Fingernägeln entdeckte er kleine schwarze Splitter. Als er sie herausklaubte, um ihre Konsistenz zu prüfen, zerfielen sie zu Staub. Es handelte sich um Kohlereste. Vorsichtig roch er an der Hand, sie verströmte immer noch den Hauch eines Duftes. Dann legte er das Körperteil vor sich auf den Tisch und sinnierte über die eigenartigen Krater, die der Mörder ausgeschnitten hatte. Warum hatte er sie mit Parfüm bestrichen? Warum hatte er derart brutal an den Leichen herumgeschnitten? Hatte er etwas gesucht, oder hatte er einem Ritus gehorcht, wie Ming und der Richter vermuteten?

Ci erhob sich entschlossen. Wenn er vorankommen wollte, musste er die Freunde von Sanfter Delphin befragen.

⋆ ⋆ ⋆

Ein Beamter informierte Ci, dass er Träge Morgenröte in der Kaiserlichen Bibliothek antreffen würde.

Der beste Freund von Sanfter Delphin entpuppte sich als junger Eunuch mit kindlichen Zügen, der nicht älter sein mochte als siebzehn. Obwohl seine Augen rot waren vom Weinen, war seine Stimme beherrscht und seine Antworten ruhig und erwachsen. Doch als Ci ihn nach Sanfter Delphin fragte, änderte sich sein Tonfall.

»Ich habe bereits dem Strafrat gesagt, dass Sanfter Delphin sehr verschwiegen war. Es stimmt, dass wir viel Zeit zusammen verbrachten, aber wir haben wenig geredet«, antwortete er.

Ci fragte ihn nicht, womit er seine Zeit verbrachte, stattdessen erkundigte er sich über die Familie von Sanfter Delphin.

»Er hat fast nie von ihnen geredet«, sagte der Junge, erleichtert, dass er offenbar nicht für sein Verschwinden verantwortlich gemacht wurde. »Sein Vater war ein Fischer, so wie viele andere Väter von uns hier, aber ihm gefiel das nicht, und er phantasierte gerne darüber.«

»Er phantasierte?«

»Er übertrieb, malte sich Dinge aus …«, erklärte der Junge. »Er sprach respektvoll und bewundernd über seine Familie, aber nicht wie ein frommer Sohn, sondern er liebte es, damit anzugeben. Als stammte er aus einer reichen und mächtigen Familie. Armer Sanfter Delphin. Er log nicht aus Bosheit. Er verabscheute nur die Erbärmlichkeit seiner Kindheit.«

»Ich verstehe.« Ci sah von seinen Notizen auf. »Wie es scheint, war er sehr gewissenhaft bei der Arbeit.«

»Oh ja, natürlich! Er schrieb alles auf, was er tat, in seiner Freizeit kontrollierte er die Rechnungen, und er ging immer als Letzter zu Bett. Er war stolz darauf, es so weit gebracht zu haben. Das neideten ihm viele. Und deshalb beneideten sie auch mich.«

»Wer?«

»Eigentlich alle. Sanfter Delphin war hübsch und weich wie Seide. Und er hatte Geld, er war stets sehr sparsam gewesen.«

Das überraschte Ci nicht. Viele Eunuchen stiegen bei Hofe auf und konnten sich ein kleines Vermögen zusammensparen. Alles hing von ihrer Arbeit ab und ihrer Fähigkeit zu Lob und Schmeichelei. Doch als Ci das sagte, widersprach der junge Eunuch heftig.

»Er war nicht wie die anderen. Er hatte nur Augen für seine Arbeit, für seine Antiquitäten … und für mich.« Er brach in Tränen aus.

Ci versuchte, den Jungen zu trösten, doch es gelang ihm nicht. Er wollte nicht weiter nachbohren. Wenn nötig, würde er noch einmal wiederkommen. Der Junge wollte gerade gehen, als Ci noch etwas einfiel.

»Eine letzte Sache. Du sagtest, dass Sanfter Delphin den Neid fast aller auf sich zog …«

»So ist es, Herr«, schluchzte der Junge.

»Und wessen Neid nicht, abgesehen von dir?«

Träge Morgenröte sah Ci fest an, als wäre er dankbar für diese Frage. Dann senkte er den Blick.

»Es tut mir leid, das kann ich nicht sagen.«

»Du hast nichts von mir zu befürchten«, wunderte sich Ci.

»Es ist Kan, den ich fürchte.«

* * *

Nachdenklich suchte Ci die Gemächer auf, in denen Sanfter Delphin bis zum Tag seines Verschwindens gelebt hatte. Da er der Assistent des Finanzverwalters gewesen war, befanden sie sich dort, wo der Finanzrat untergebracht war, im darüberliegenden Stockwerk.

Die Tür zu den Gemächern bewachte ein wortkarger Posten, der ihm den Weg freimachte, nachdem er seinen Namen im Register notiert und die Echtheit des Kaiserlichen Siegels überprüft hatte.

Sanfter Delphin war in der Tat ein ordnungsliebender Mensch gewesen. Die Bücher in seinem Arbeitszimmer – allesamt poetische Werke – standen nicht nur in manischer Präzision aufgereiht, sondern sie waren auch alle in Seidenpapier von derselben Farbe eingeschlagen. Kein Gegenstand in diesem Zimmer stand zufällig an seinem Ort: die Anzüge, perfekt gefaltet und in einer blitzsauberen Truhe gestapelt, die Schreibpinsel, die so rein waren, dass ein Neugeborenes bedenkenlos daran hätte lecken können, die nach Größe und Aroma sortierten Räucherstäbchen. Ein einziges unordentliches Element auf dem Schreibtisch fiel Ci ins Auge:

Ein Tagebuch, das jemand achtlos liegengelassen hatte, in der Mitte aufgeschlagen. Ci fragte den Wachmann, ob seit dem Verschwinden des Eunuchen jemand zu den Räumen Zutritt gehabt hatte, was dieser nach einem Blick ins Register verneinte.

Ci betrat den nächsten Raum, der durch eine Tür mit dem Arbeitszimmer verbunden war: ein großzügiger Salon, der über und über mit Antiquitäten dekoriert war. Auf einem Bord standen Dutzende kleiner Bronze- und Jadestatuen aus der Tang- und der Qin-Dynastie, ihre Herkunft war auf kleinen Etiketten notiert. Auf den Simsen der Fenster, die auf den Palast der Konkubinen hinausgingen, standen vier leuchtend weiße Vasen aus wertvollstem Porzellan aus Ruzhou. An der gegenüberliegenden Wand hingen Gemälde auf luxuriösem Seidengrund, die Berglandschaften, Gärten, Flüsse und Sonnenuntergänge zeigten. An der vierten Wand hing ein Werk mit kalligraphischen Zeichen, gleich über der Tür, die in den dritten und letzten Raum führte. Er betrachtete die Zeichen genauer. Es handelte sich um ein mit kräftigen Pinselstrichen gemaltes Gedicht, dessen poetische und kunstvolle Verse harmonisch von rechts nach links über die Leinwand flossen. Er besah sich die vielen Siegel, welche die Reihe der Vorbesitzer anzeigten, dabei fiel ihm auch die leicht gebogene Form des Rahmens auf. Seltsam, dachte Ci. Dieses kalligraphische Werk musste unglaublich wertvoll sein – entschieden zu wertvoll für einen Bediensteten am Hof, selbst für einen wohlhabenden Eunuchen wie Sanfter Delphin.

Schließlich betrat Ci den dritten Raum, ein Schlafzimmer, das von einem gazeumspannten, parfümierten Bett dominiert wurde. Die Daunendecke lag exakt auf den vier Ecken des Bettes. Die Wände waren mit bestickten Seidentüchern bespannt. Alles in diesen Räumen hatte seinen Platz.

Alles, bis auf das Tagebuch von Sanfter Delphin.

Er ging zurück in das Arbeitszimmer, um es genauer in Augenschein zu nehmen.

Es handelte sich um ein Buch aus feinem, mit Lotosblumen geschmücktem Papier. Nachdem er sich vergewissert hatte, dass keine Seite herausgerissen worden war, vertiefte er sich ohne Eile in die Lektüre, auf der Suche nach irgendeinem Indiz, dass ihm nützlich sein könnte. Merkwürdigerweise erwähnte Sanfter Delphin seine beruflichen Aktivitäten in dem Tagebuch mit keinem Wort, sondern erzählte ausschließlich von seinem Privatleben. Der Eunuch beschrieb seine Gefühle für Träge Morgenröte, in den er offenbar ernsthaft verliebt gewesen war. Er schrieb feinsinnig und mit großer Zuneigung von ihm, und mit ähnlicher Leidenschaft erwähnte er auf beinahe jeder Seite seine Eltern.

Ci überlegte. Aus der Lektüre des Tagebuchs ging hervor, dass der Eunuch ein sensibler und ehrlicher Mensch gewesen war, trotz seines stürmischen Liebeslebens. Und man konnte daraus folgern, dass er auf die eine oder andere Weise von seinem Henker hintergangen worden war.

* * *

Früh am nächsten Morgen betrat Ci das Archiv. Grauer Fuchs verbrachte die Nächte außerhalb des Palastes, und wohl wissend, dass sein ehemaliger Kommilitone kein Frühaufsteher war, nutzte Ci die Ruhe des frühen Morgens, um zu überprüfen, woran Sanfter Delphin vor seinem Tod gearbeitet hatte.

Wie er in den Unterlagen lesen konnte, hatte der Eunuch sich im letzten Jahr um die Buchhaltung gekümmert, die den Salzhandel betraf, ein Monopol, dessen Kontrolle wie auch der Handel mit Tee, Räucherstäbchen und Alkohol in den Händen des Staates lag. Ci war nicht vertraut mit der kaufmännischen Buchführung, doch durch einen einfachen Vergleich mit den Zahlen vergangener Jahre bemerkte er, dass ein konstanter und deutlicher Rückgang der Gewinne zu verzeichnen war. Die schlechteren Bilanzen ließen sich vielleicht auf Missernten zurückführen, oder aber auf eine unrechtmäßige Bereicherung eines Einzelnen, die auf ihre Weise die außerordentlich wertvolle Antiquitätensammlung erklären würde, die Sanfter Delphin zusammengetragen hatte.

Um seine Vermutung zu überprüfen, machte er sich auf zum Finanzrat, wo man ihm sagte, dass die Gewinne durch das Vordringen der Barbaren im Norden gesunken waren. Seither hätten die Handelsbeziehungen stark gelitten, besonders in den letzten Jahren, seit die Jin trotz der Abkommen und der Zölle damit drohten, ihre Invasion fortzusetzen.

Ci dankte dem Beamten für die Auskunft und machte sich auf den Weg in die Leichenkammer, wo er mit Bo verabredet war.

Als er in die Kellerverliese hinabstieg, befiel ihn sofort Übelkeit, der Gestank der Verwesung drang inzwischen bis zu den Treppen. Hastig versorgte er sich mit Kampferfasern. In diesem Moment tauchte Bo neben ihm auf.

»Ich habe mich verspätet, aber hier hast du sie.« Er reichte Ci die Lanze, um die er gebeten hatte.

Ci betrachtete die Stange eingehend, wog sie in der Hand, maß den Durchmesser und die Länge. Dann nickte er zufrieden. Es war genau das, was er brauchte. Er legte sie zur Seite und begann im Vorraum der Leichenkammer mit den Vorbereitungen für seine letzte Untersuchung. Zunächst füllte er in einen Topf aus Terrakotta eine große Menge Weißdistelblätter und Schoten des Lederhülsenbaumes. Er zerdrückte sie und zündete sie an, damit der Rauch den Gestank vertrieb. Dann goss er Essig in eine Schüssel, inhalierte einige Tropfen Hanfsamenöl und biss auf ein Stück frischen Ingwer. Er holte noch einmal tief Luft und betrat den Raum, in dem die Toten aufgebahrt lagen.

Obwohl er die Leichen auch am Tag zuvor gewaschen hatte, hatten sich die Würmer erneut vermehrt und bevölkerten die Körper. Schnell löschte Ci die Glut in dem Terrakottatopf mit Essig ab, damit der Rauch sich verbreitete. Was von dem Essig übrigblieb, vermischte er in einer Schale mit fermentierter Jauche, bis ein zähflüssiger Brei entstand, den er mit Wasser verdünnte. Dann schmierte er ihn auf einen Holzstab und wischte damit die Larven und die Würmer von den Leichnamen. Er beendete die Waschung, indem er mehrere Eimer Wasser über den Leichen ausgoss. Ihn überfiel Ekel, als sich unter seinen Füßen eine fettige Pfütze aus Blut, Insekten und Fäulnis bildete, doch er biss die Zähne zusammen und begann mit der Untersuchung.

Bei dem Eunuchen und dem verunstalteten Leichnam des älteren Mannes, dem er die Hand amputiert hatte, entdeckte er nichts, was ihn zu neuen Erkenntnissen geführt hätte. Bei beiden war die Zersetzung fortgeschritten und hatte die Haut schwarz gefärbt, an vielen Stellen war sie bereits von den Muskeln gelöst und dünn wie Papier. Doch auf dem Gesicht des jüngeren Mannes, von dem er das Porträt hatte anfertigen lassen, fielen ihm unzählige kleine Narben auf, klein wie Mohnsamen; allein eine quadratische Fläche um die Augen war davon frei. Sorgfältig säuberte er die am besten erhaltene Stelle der Haut und untersuchte sie gründlich. Die winzigen Male schienen älteren Datums zu sein. Er notierte es in seinem Heft und fertigte eine Skizze an. Er kontrollierte, ob dieselben Narben auch an den Händen auftraten.

Dann griff er nach der Lanze und richtete die Spitze auf die klaffende Wunde in der Brust. Vorsichtig setzte er die Waffe an einer Stelle an, dann einer anderen und an noch einer weiteren, bis der Stab seinem Druck nachgab und beinahe wie von selbst in den Körper eindrang. Als die Lanze schließlich stecken blieb, bat er Bo, ihm dabei zu helfen, den Leichnam in eine seitliche Lage zu bringen. Nachdem ihnen dieses Manöver gelungen war, stellte Ci zufrieden fest, dass er richtig vermutet hatte: Die Spitze der Lanze trat aus der kreisrunden Wunde am Rücken wieder aus. Es handelte sich nicht um zwei verschiedene Verletzungen, sondern um eine einzige, mit Ein- und Austrittsloch. Er wollte die Lanze gerade wieder herausziehen, als ein Glitzern an ihrer Spitze seine Aufmerksamkeit weckte. Vorsichtig griff er nach einer Pinzette und zog einen Splitter aus dem getrockneten Blut. Nachdem er ihn eingehend untersucht hatte, war er überzeugt, dass es sich um einen Steinsplitter handelte. Seine Herkunft konnte er nicht bestimmen, aber er verwahrte ihn als Beweisstück.

»Ich brauche eine andere Leiche, um meine Theorie zu überprüfen«, sagte er zu Bo.

Der Kaiserliche Beamte schlug ihm vor, auf dem Friedhof von Lin'an danach zu suchen, doch in Erinnerung an Xu, den Wahrsager, drängte Ci auf eine andere Lösung. Bo versprach, darüber nachzudenken.

Aus seinen Unterlagen zog Ci schließlich zwei große gefaltete Blätter heraus: Eines zeigte einen menschlichen Körper in Vorderansicht, das andere in Rückansicht. Beide Skizzen waren mit weißen und schwarzen Flecken gespickt, welche die verschiedenen anatomischen Teile des Körpers darstellten. Bo betrachtete sie interessiert.

»Ich benutze sie als Schablone«, erklärte Ci. »Die schwarzen Flecke bezeichnen die Stellen, an denen tödliche Wunden beigebracht werden können, die weißen die Stellen, an denen ein ernsthafter Schaden angerichtet werden kann.«

Er breitete die Blätter auf dem Boden aus und zeichnete den genauen Ort und die Form der Verletzungen des dritten Toten ein.

Als er damit fertig war, säuberte er die Lanze, sammelte das Papier ein, und nachdem er die Einwilligung zur Einäscherung der Leichen gegeben hatte, verließ er zusammen mit Bo den Palast.

* * *

Das Zentralkrankenhaus war eine Art Farm für Todkranke, wo täglich so viele von der Pritsche in die Kiste wanderten wie auf einem Bauernhof Eier in den Korb. Ci hatte gedacht, dass dies der ideale Ort war, um einen Leichnam zur Untersuchung zu bekommen, doch der Direktor informierte sie, dass die letzten Toten schon von ihren Familien abgeholt worden seien. Bo wusste, dass Ci ausprobieren wollte, welche Wunde eine Lanze verursachen würde, die man durch einen menschlichen Körper stieß. Als er darum vorschlug, einen Kranken als Ersatz zu nehmen, sah Ci ihn entsetzt an. Der Beamte fügte hinzu, dass derjenige, der sich freiwillig dafür meldete, ein ehrenvolles Begräbnis bekäme und eine Entschädigung für seine Familie, und obwohl Ci sich weigerte, trug Bo dem Direktor auf, das Angebot unter die Leute zu bringen. Zu Cis Erstaunen akzeptierte der Leiter den Vorschlag ohne Bedenken.

Sie gingen von einem Zimmer zum nächsten, auf der Suche nach einem geeigneten Kandidaten, doch Ci lehnte jeden als zu gesund ab. Schließlich schlug der Direktor ihnen einen Mann mit schlimmen Verbrennungen vor, der an der Schwelle zwischen Leben und Tod dahinsiechte, aber Ci hielt dagegen, dass die Verbrennungen das Ergebnis beeinträchtigen würden. Sie gingen weiter bis zu einer Matte, auf der ein Arbeiter lag, dem schon die Farbe des Todes im Gesicht stand. Der Mann war bei einem Einsturz verschüttet worden, und Ci sah, wie der Schmerz ihn in seinen letzten Momenten auffraß. Aber auch ihn wollte Ci nicht seinem Experiment unterziehen.

Als sie das Krankenhaus schließlich unverrichteter Dinge verließen, fragte Ci plötzlich: »Und was ist mit den Hinrichtungen?«

»Gerade heute Morgen haben wir einen erhängt«, meinte der Soldat aufgeräumt, den sie in ihrer Angelegenheit aufgesucht hatten. Ihm schien die Idee, einen Toten zu durchbohren, durchaus zu gefallen. »In der Vergangenheit haben wir oft die Leichname von Verbrechern zur Verfügung gestellt, um neue Erkenntnisse auf dem Gebiet der Akupunktur zu ermöglichen, aber so etwas habe ich noch nie gehört. Doch wenn es dem Wohl des Kaiserreiches dient, sind diese Kriminellen wenigstens zu etwas gut.«

Er führte sie zu dem Ort, wo der Leichnam des Unglücklichen lag. Der Verantwortliche der Anstalt teilte ihnen mit, dass die öffentliche Hinrichtung auf einem der Märkte stattgefunden hatte und dass die Leiche danach auf dem Gefängnishof zur Abschreckung für die anderen Gefangenen ausgestellt worden war.

Als der Soldat sich erkundigte, ob es nötig sei, den Mann zu entkleiden, verneinte Ci. Der Tote, den er untersucht hatte, war bekleidet ermordet worden, und er wollte die Ereignisse so getreu wie möglich reproduzieren. Er zog die Zeichnungen hervor und vergewisserte sich der Position der Wunden. Dann klemmte er eine Bambusklammer an das Hemd der

Leiche, um die Stelle zu markieren, wo er die Lanze ansetzen musste.

»Wir müssen ihn aufrichten«, sagte er.

Mit Hilfe mehrerer Soldaten gelang es, den Leichnam hochzuheben und ihm einen Strick unter die Arme zu legen, den sie an einem Dachbalken befestigten. Schließlich baumelte der Leichnam vor ihnen wie ein Hampelmann. Ci packte die Lanze und zögerte einen kurzen Moment. Er konnte nicht anders, als Mitleid mit dem Kriminellen zu empfinden. Seine halbgeöffneten Augen schienen ihn aus dem Jenseits anzuschauen. Dann zwang er sich, an die toten Mädchen zu denken, die der Mann nach Aussage des Gefängnisdirektors auf dem Gewissen hatte, hob die Lanze und bohrte sie mit aller Kraft in seine Brust. Doch auf halber Strecke blieb die Lanze stecken, anstatt am Rücken wieder auszutreten.

Fluchend zog Ci die Lanze wieder heraus und machte sich bereit für einen zweiten Versuch. Er spannte jeden Muskel seines Körpers und konzentrierte sich wieder auf die Mädchen. Und wieder schaffte er es nicht, den Körper zu durchdringen. Er gab auf.

»Ihr könnt ihn herunternehmen«, sagte er kopfschüttelnd. Er dankte für die Hilfe und erklärte den Versuch für beendet.

* * *

Den Rest des Tages verbrachte er damit, seine Gedanken zu ordnen, bis Grauer Fuchs plötzlich vor ihm stand und sich nach seinen Fortschritten erkundigte. Ci zögerte keine Sekunde, ihm eine Lüge aufzutischen. Er würde sich kein zweites Mal hereinlegen lassen.

»Wie es scheint, war Sanfter Delphin ein ehrlicher Mann«, antwortete er. »Er lebte nur für seine Arbeit, aber viel mehr habe ich nicht herausgefunden. Du?«

»Soll ich ehrlich sein?«

Ci erinnerte sich an das letzte Mal, als sein Rivale ebendiese Worte zu ihm gesagt hatte. Er wusste, dass Grauer Fuchs bereit wäre, seinen eigenen Vater zu verraten, wenn es seinem persönlichen Vorankommen dienen würde.

»Diese Angelegenheit ist ein vergiftetes Geschenk«, sagte der Graue. »Sie überlassen uns diesen Fall ohne Hand und Fuß, weil sie selbst keine Lösung wissen, aber nicht als die Dummen dastehen wollen.«

»Ohne Hand und Fuß, das hast du schön gesagt«, spottete Ci. »Und was hast du vor?«

»Ich habe beschlossen, den anderen Fall zu verfolgen. Den des toten Fahnders.«

Ci erkundigte sich möglichst beiläufig, ob Nachricht aus Fujian gekommen sei.

»Nichts, die Post verspätet sich andauernd. Gestern ist ein Brief angekommen, den wir seit sechs Tagen erwarteten. Darum habe ich beschlossen, selbst hinzufahren.« Er machte eine Pause. »Ich brauche einen schnellen Erfolg, und ich werde nicht ruhen, bis ich Kaos Mörder gefunden habe.«

»Und Kans Befehle?«, wandte Ci vorsichtig ein.

»Ich habe mit ihm gesprochen, und er hat keine Einwände.« Er lächelte. »Das sind die Vorteile der Blutsbande. Du musst alleine zurechtkommen.«

Ci bereute es, überhaupt gefragt zu haben. Er wusste, dass er fortan keine ruhige Nacht mehr verbringen würde. Dennoch wollte er wissen, wann Grauer Fuchs gedachte aufzubrechen.

»Noch heute Abend. Je länger ich hierbleibe, desto eher

können sie mir Versagen in dem Fall der drei Toten unterstellen.«

Verdammt, dachte Ci. Die einzige Hoffnung, an die er sich nun klammern konnte, war, dass er, unbehelligt von Grauer Fuchs, die Mordfälle am Hof würde aufklären können und dass ihm das womöglich die Gunst des Kaisers sicherte.

»Viel Erfolg«, sagte er tonlos, und nie zuvor hatte er diese Worte so wenig ernst gemeint.

Nachdem er sich von Grauer Fuchs verabschiedet hatte, ging er auf sein Zimmer – und dachte nach.

26

Die Ankunft des Parfümeurs überraschte Ci, während er über der Herkunft der winzigen Narben im Gesicht der Leiche brütete. Trotz mehrerer Hypothesen, war er bisher zu keinem Ergebnis gelangt, darum freute er sich umso mehr, als der Mann verkündete, sie hätten Glück gehabt. Er streckte ihm lächelnd ein mit Wachs versiegeltes Flakon entgegen.

»Ihr könnt es riechen«, sagte er stolz.

Ci brach das Siegel und sog das intensive Aroma ein, das aus dem Fläschchen drang. Es war ein kräftiger Duft, dicht, aufdringlich und süß wie Marmelade, mit einer Note von Sandelholz. Die Intensität des Duftes machte ihn ganz benommen. Doch obwohl er ihm bekannt vorkam, war er nicht in der Lage, ihn zu identifizieren. Das Lächeln im Gesicht des Parfümeurs erstarb.

»Ihr erkennt es nicht?«

»Sollte ich denn?«, fragte Ci verwundert.

»Ich denke schon. Es ist Jade-Essenz, der Duft, den ich seit Jahren für den Kaiser herstelle.«

Ci runzelte die Stirn. Er wusste nicht, was diese Eröffnung zu bedeuten hatte, also erklärte er dem Parfümeur, dass er erst seit wenigen Tagen im Palast war und sich bisher ausschließlich zwischen Akten und Leichen aufgehalten hatte.

»Und obwohl ich die Ehre hatte, den Kaiser kennenzulernen, versichere ich Euch, dass die Umstände dieses Treffens nicht gerade die Konzentration auf sein Parfüm befördert haben.«

»Oh nein, diese Essenz ist nicht für ihn«, korrigierte der Parfümeur und berichtete, dass er seit Jahren mit geheimen Zutaten und in immer gleichen Proportionen diesen Duft herstellte, dessen Gebrauch jeder Person außer den Ehefrauen und Konkubinen des Kaisers strengstens untersagt war.

»Und natürlich stelle ich diesen Duft exklusiv für sie her.«

Ci blieb stumm und dachte über die Enthüllung des Parfümeurs nach, der ungeduldig auf ein lobendes Wort von ihm zu warten schien. Schließlich fragte er ihn, ob die Möglichkeit bestünde, dass ihm jemand aus seiner Werkstatt etwas davon gestohlen habe.

»Das ist ganz unmöglich«, antwortete der Mann aufgebracht. »Jedes Mal, wenn eine neue Lieferung bei mir bestellt wird, kümmere ich mich persönlich darum, den Duft herzustellen, abzufüllen, zu nummerieren und in den Palast zu bringen.«

»Und wenn jemand den Duft nachgemacht hätte?«

»Nachgemacht? Das ist nicht nur äußerst unwahrscheinlich, sondern es wäre auch nutzlos. Erstens, weil ich alleine die Zutaten kenne, und ich kann Euch versichern, es ist nicht leicht, sie herauszufinden. Und zweitens, weil der Fälscher, wenn man ihn entdeckte, auf der Stelle hingerichtet würde.«

»Ich verstehe. Und besteht die Möglichkeit, dass Ihr Euch irrt?«

»Was wollt Ihr damit andeuten?« Der Parfümeur warf Ci einen beleidigten Blick zu.

»Ich möchte wissen, ob Ihr Euch Eurer Entdeckung absolut sicher seid … Schließlich waren nur minimale Reste des Parfüms vorhanden, und die waren verunreinigt mit dem Fäulnisgeruch.«

»Wenn Ihr von klein auf in diesem Gewerbe gearbeitet hättet wie ich, würdet Ihr verstehen, wovon ich spreche«, sagte der Parfümeur bestimmt. »Ich würde mein Parfüm auch dann erkennen, wenn daneben eine ganze Horde stinkender Elefanten kampierte … Allerdings habt Ihr insofern recht, als dass noch etwas anderes dabei war … Ein seltsamer Geruch. Beißend. Nur ein Hauch, aber er war da.«

»Ein anderes Parfüm?«

»Nein, das war kein Parfüm. Und auch nicht der Geruch der Verwesung. Ich weiß nicht, was es ist. Ich habe versucht, es herauszufinden, doch es ist mir nicht gelungen.«

Ci machte sich eine Notiz. Dann fiel ihm noch eine letzte Frage ein.

»Was dieses Parfüm betrifft, das Ihr herstellt, die Jade-Essenz … Wer im Palast ist der Verantwortliche, der die Lieferung entgegennimmt?«

»Nicht der, sondern die Verantwortliche.« Der Mann betrachtete verlegen seine Fingerspitzen. »Eine *Nüshi*. Diejenige, die die Treffen des Kaisers mit seinen Konkubinen organisiert. Üblicherweise beliefere ich sie zu jedem ersten Mond mit Parfüm. Um die dreißig Flakons wie dieses hier, je nach Bestellung. Ihr müsst bedenken, dass außer der *Nüshi* um die tausend Konkubinen im Harem leben. Sie ist diejenige, die die Fläschchen verwaltet, und ich versichere Euch, sie hütet sie so gut wie die Kinder, die sie nie haben kann.«

Nachdem er den Parfümeur zum Tor geleitet hatte, betrat

Ci die Gärten. Von der *Nüshi* zu hören hatte ihn neugierig gemacht, und obwohl er wusste, dass er ihn nicht betreten durfte, zog es ihn hinüber zum Palast der Konkubinen. Und auf dem Weg dorthin versuchte er im Kopf die Fakten zu ordnen, die er bisher zusammengetragen hatte.

Da waren die grausam entstellten Leichen, die er untersucht hatte. Zuerst die des Eunuchen: ein arbeitsamer und gewissenhafter Mann, der offenbar ehrlich war und seine Familie liebte. Dessen Arbeit als Assistent des Finanzverwalters kaum eine so wertvolle Sammlung von Antiquitäten rechtfertigte. Dann die Leiche eines älteren Mannes, er mochte um die fünfzig gewesen sein, mit entstelltem Gesicht und eigenartig durch eine Säure oder eine Krankheit zersetzten Händen – möglicherweise konnten diese Indizien zu seiner Identifizierung führen. Zuletzt der Leichnam des jüngeren Mannes, dessen Gesicht von winzigen Narben übersät war.

Gemeinsam waren diesen Toten das offenbare Interesse des Mörders, eine Identifizierung der Leichen zu verhindern, die schrecklichen kraterförmigen Verletzungen im Oberkörper und der auffällige Duft, den sie trotz ihres Verwesungszustandes verströmten und den nur ein einziger Parfümeur herstellte; ein Duft, den die *Nüshi* des Kaisers verwaltete.

Er hielt inne. Als er aufblickte, stand er vor dem Palast der Konkubinen, dem verbotenen Bereich. Er duckte sich hinter einen Baum und bestaunte die filigrane Architektur des Gebäudes. Es schien ihm, als könnte er hinter den papierenen Rollos die Silhouetten einiger anmutiger junger Frauen ausmachen, die unbekleidet herumliefen. Unwillkürlich spürte er den Stachel des Verlangens. Wie lange war es her, dass er bei einer *Blume* gelegen hatte!

Er versuchte die Wollust seiner Gedanken zu zügeln, indem er sich auf die Worte des Parfümeurs konzentrierte. Die *Nüs-*

hi war die Einzige, die das Parfüm verwaltete. Niemand sonst hatte Zugang dazu. Nicht einmal die Eunuchen. Und wenn stimmte, dass der Parfümeur der Einzige war, der diesen Duft herstellte, blieb ihm nichts anderes übrig, als die Verantwortliche zu befragen, an wen sie die Lieferungen verteilte.

Unterdessen war er wieder in den Bereich der Palastanlage zurückgekehrt, in dem er sich frei bewegen durfte. Rasch suchte er den Porträtmaler auf, um seine Fortschritte zu kontrollieren. Als er seinen Arbeitsraum betrat, rieb er sich vor Verblüffung die Augen. Auf der Staffelei vor dem Künstler war ein erschreckend lebendiges Abbild des Toten entstanden. Doch das Bild hatte einen fatalen Fehler.

»Ich hätte es sagen sollen … Du hättest ihn mit offenen Augen malen sollen!«

Die Nachricht überraschte den Maler, der sich zum Zeichen seiner Untröstlichkeit mehrmals verbeugte. Und er versicherte Ci, er könne den Fehler ausbessern.

»Könntest du auch noch ein paar Narben hinzufügen?«

Ci beschrieb ihm die Art, Größe, Form, Anzahl und Verteilung der Narben und sagte ihm auch, dass sie um die Augen herum fehlten. Er blieb im Raum, bis der Künstler die Arbeit vollendet hatte.

»Hervorragend!«, rief er schließlich.

Der Porträtist seufzte stolz, verbeugte sich vor Ci und reichte ihm die zusammengerollte Seidenleinwand, als handelte es sich um pures Gold. Sie verabschiedeten sich, und Ci machte sich auf den Weg in sein Zimmer. Dort rollte er die Leinwand wieder aus und betrachtete das Bild aufmerksam. Der Maler hatte tatsächlich erstklassige Arbeit geleistet. Der Mann auf dem Bild wirkte täuschend lebendig. Leider hatte er nur ein Exemplar, was eine öffentliche Verteilung unmöglich machte.

Nachdem er eine Weile dagesessen hatte, ohne zu wissen, was er als Nächstes tun sollte, dachte er an seinen Meister Ming. Er vermisste dessen Rat und die Ruhe, mit der er an die Dinge heranging. Ming wusste immer, was zu tun war und wie man sich verhalten musste. Ci fühlte sich ihm gegenüber schuldig, und er schämte sich, ihn enttäuscht zu haben. Er musste ihn sehen! Hastig rollte er das Porträt wieder zusammen, steckte seine Notizen ein und verließ das Zimmer.

Er durchquerte den Garten, ohne jemanden zu treffen. Doch als er durch das schwere Tor der äußersten Palastmauer ins Freie treten wollte, hielt eine der Wachen ihn unfreundlich zurück.

»Du kommst hier nicht durch«, sagte er bestimmt. Selbst das Kaiserliche Siegel vermochte nicht, ihn umzustimmen. »Der ehrenwerte Kan persönlich hat es angeordnet.«

Ci wollte nicht glauben, was er hörte – doch die Wache gab den Weg nicht frei. Wenn der Kaiser will, dass ich mit seinen Ermittlungen vorankomme, muss er seinen ehrenwerten Kan, den Einäugigen, in seine Schranken weisen, dachte Ci wütend. Der Strafrat schien mehr damit beschäftigt zu sein, ihm Steine in den Weg zu legen, als ihm zu helfen.

Eilig begab er sich zu den Empfangsräumen des Privatsekretärs des Kaisers. Ci wies sich aus und bat um eine Audienz bei Seiner Kaiserlichen Hoheit, Nin Zong. Der Sekretär sah ihn an wie eine lästige Fliege. Es war nicht nur ungewöhnlich, sondern eine regelrechte Beleidigung, dass ein einfacher Arbeiter eine Audienz beim Kaiser verlangte.

»Es gibt Leute, die sind für geringere Verbrechen gestorben«, sagte er, ohne auch nur den Blick zu heben.

Ci sagte sich, dass sie ihn längst umgebracht hätten, wenn sie ihn nicht noch gebraucht hätten. Und sie brauchten ihn noch! Also beharrte er auf seinem Anliegen, bis die Empörung des Sekretärs so groß wurde, dass er die Wachen rief. Doch in ebendiesem Moment kündigte ein Diener das kaiserliche Gefolge an, und die Wachen mussten strammstehen.

Ci nutzte die Gelegenheit, riss sich los und warf sich vor dem Kaiser auf den Boden. Sofort trat Kan aus dem Gefolge und ordnete scharf an, ihn festzunehmen, doch Nin Zong hielt ihn zurück.

»Eine seltsame Art, vor deinem Kaiser zu erscheinen.«

Die Ungehörigkeit seines Verhaltens war Ci bewusst, und er wagte es nicht, aufzublicken. Er flehte um Nachsicht, es handele sich um eine Angelegenheit im Zusammenhang mit den Verbrechen, die keinen Aufschub dulde.

»Hoheit, das könnt Ihr nicht dulden!«, rief der Einäugige.

»Für Bestrafung bleibt später noch genug Zeit.« Dann wandte er sich streng an Ci. »Hast du etwas herausgefunden? Sprich!«

Ci wusste, dass er nun alles auf eine Karte setzen musste, wenn er etwas erreichen wollte.

»Eure Hoheit, ich denke, dass jemand versucht, meine Arbeit zu sabotieren«, brachte er schließlich hervor.

»Sabotieren? Was meinst du?« Er gab der Wache einen Wink, sich ein paar Schritte zurückzuziehen.

»Als ich gerade den Palast verlassen wollte, um einige Besorgungen zu tätigen, versperrte man mir den Weg«, flüsterte er beinahe. »Das Siegel hat mir gar nichts genützt, es gab offenbar andere Anordnungen.«

Der Kaiser blickte hinüber zu seinem einäugigen Beamten, der Cis Worte lediglich mit einem abfälligen Schnauben zur Kenntnis nahm. »Sonst noch etwas?«

Ci holte tief Luft. Jetzt oder nie, beschwor er sich.

»Ja, Majestät«, begann er. »In den Berichten, die man mir

überlassen hat, sind die Untersuchungen nicht beschrieben, welche die Richter des Palastes durchgeführt haben. Es gibt keinen einzigen Hinweis darauf, wo und wann die Leichen gefunden worden sind. Es gibt keine Zeugenaussagen, keine Notiz, ob jemand als vermisst gemeldet wurde, nichts über die Verdächtigen, keinen Hinweis auf ein Motiv. Ich befragte daraufhin einen engen Freund von Sanfter Delphin, doch musste ich feststellen, dass man ihn offenbar zu Stillschweigen verpflichtet hatte.«

Der Kaiser schwieg einen Augenblick, dann zischte er gefährlich: »Und darum glaubst du, dass du mich belästigen kannst, indem du dich hier vor mich wirfst wie ein wildes Tier?«

»Hoheit, ich …« Blitzartig wurde Ci die Torheit seines Verhaltens bewusst. Doch nun konnte er nicht mehr zurück. »Strafrat Kan sagte mir, dass niemand die privaten Gemächer von Sanfter Delphin betreten habe, doch das stimmt nicht. Davon konnte ich mich selbst überzeugen. Wie soll ich meine Arbeit tun, wenn ich falsche oder keine Informationen bekomme? Ich darf die Konkubinen nicht vernehmen, ich habe keinen Zugriff auf die Berichte, ich kann den Palast nicht verlassen …«

»Jetzt habe ich aber genug von deiner Impertinenz. Wachen! Bringt ihn in sein Zimmer.«

Ci leistete keinen Widerstand, und während die Wachen ihn abführten, sah er aus den Augenwinkeln Kans falsches Lächeln.

* * *

Die Wachen schlossen ihn in seiner Kammer ein, und er hörte, wie sie vor seiner Tür Aufstellung nahmen. Doch nach einer Weile öffnete sich die Tür, und Bo betrat grußlos den Raum.

»Ihr jungen Leute, was denkt ihr euch eigentlich?«, rief er zornig. »Ihr kommt daher mit eurer Besserwisserei, euren neuen Techniken und Expertenanalysen, präsentiert euch vor den Älteren eitel und überlegen, vertraut auf eure Fähigkeit, das Unmögliche herauszufinden, und vergesst dabei die elementarsten Regeln des Protokolls.« Er bohrte seinen Blick in Cis Augen. »Darf man erfahren, was du dir davon versprichst? Wie kannst du es wagen, ein Ratsmitglied direkt oder indirekt anzuklagen?«

»Ein Ratsmitglied, das mich daran hindert, meine Untersuchungen durchzuführen, mich einsperrt wie einen Verbrecher ...«

»Beim großen Buddha, Ci! Das mit der Mauer war nicht seine Idee. Kan hat nur den Befehl des Kaisers ausgeführt.«

Ci wurde blass.

»Aber ...«, stammelte er verständnislos.

»Du dummer Narr! Wenn du ohne Eskorte den Palast verließest, würdest du nicht länger überleben als ein Ei in den Fängen eines Fuchses.« Bo seufzte. »Es ist nicht so, dass du nicht hinausdarfst. Aber wenn du den Palast verlässt, dann nur mit Begleitschutz.«

»Aber das bedeutet ...«

»Und natürlich hat Kan die Gemächer von Sanfter Delphin betreten. Was dachtest du denn? Dass er alles in deine Hände legt?«

»Und Ihr versteht nicht, dass ich Euch nicht helfen kann, wenn Ihr mir nicht sagt, welche Gefahr mir droht!«, rief Ci.

Bo ging nachdenklich auf und ab.

»Ich verstehe dein Gefühl der Machtlosigkeit, Ci, aber du musst auch ihn verstehen. Der Kaiser hat dich um Hilfe gebeten, aber du kannst nicht verlangen, dass er dem Erstbesten all seine Geheimnisse anvertraut.«

»Wenn Ihr mir nicht erlaubt, weiterzukommen, bittet den Kaiser, mich zu entlassen. Ich werde Euch erzählen, was ich herausgefunden habe, und …«

»Ach! Du hast also etwas herausgefunden?«, fragte Bo überrascht.

»Weniger als ich hätte herausfinden können, aber mehr als mir gestattet worden ist.«

»Ich könnte anordnen, dass man dich auf der Stelle auspeitscht. Also spar dir deinen Sarkasmus lieber.«

Ci wusste, er war zu weit gegangen. Reumütig senkte er den Kopf und entschuldigte sich. Dann zog er seine Notizen heraus und ging sie noch einmal durch, während Bo sich neben ihn auf einen Schemel setzte.

Dann begann er, Punkt für Punkt seine Fortschritte darzulegen: die Entdeckung der kleinen Narben im Gesicht des dritten Toten, die Entdeckung der Jade-Essenz, deren Verwahrung der *Nüshi* des Palastes oblag, und die Enthüllung der Lüge, die Sanfter Delphin erzählt hatte.

»Was meinst du damit?« Bos Augen blitzten neugierig auf.

»In dem Bericht, den Ihr mir gegeben habt, stand, dass der Eunuch um die Erlaubnis gebeten hatte, seinen kranken Vater zu besuchen. Doch Sanfter Delphin hat seinen Vater nie besucht, weil sein Vater nie krank geworden ist. In Wirklichkeit brauchte er nur einen Vorwand, damit niemandem seine Abwesenheit verdächtig erschien.«

»Aber wie kannst du das wissen?«, wunderte sich Bo. »Sein Vater war oft krank.«

»In der Tat. Und jedes Mal, wenn das geschah, schrieb Sanfter Delphin darüber in sein Tagebuch. Er schrieb über seine Ängste und Befürchtungen, die Vorbereitungen des Besuches, die Geschenke, die er ihm mitbringen würde, und die Daten, an denen er reisen würde. Er vergaß nichts. Doch im letzten Monat ist davon überhaupt nicht die Rede, nicht einmal von einer Erkältung.«

»Vielleicht war es etwas Plötzliches. So dringend, dass er keine Zeit hatte, es zu notieren«, meinte der Beamte ohne rechte Überzeugung.

»So könnte es natürlich gewesen sein. Aber so war es nicht. Aus den Berichten geht hervor, dass Sanfter Delphin seine Bitte um Beurlaubung einen Tag nach dem ersten Mond des Monats einreichte, doch er fuhr nicht vor dem Abend des nächsten Tages, eine mehr als ausreichende Zeitspanne, um in sein Tagebuch einzutragen, was er vorhatte.«

»Und wohin führt uns das?«, fragte der Bo verwundert.

»Zu etwas, das Euch beunruhigen sollte. Sanfter Delphin kannte seinen Mörder, es muss jemand gewesen sein, dem er vertraute. Erinnert Euch, dass an seinem Körper keine Verteidigungsspuren zu finden waren, was bedeutet, dass er sich entweder nicht verteidigt hat oder dass er nicht erwartete, dass sein Mörder ihn umbringen würde. Der Grund, warum er eine Lüge erfand, um den Palast zu verlassen, muss ein sehr wichtiger gewesen sein, denn zweifellos wusste er, welche Strafe er zu befürchten hatte, wenn sich herausstellte, dass er gelogen hatte.«

»Was du da sagst, ist beunruhigend. Ich muss mit dem Kaiser darüber sprechen.«

27

Als Ci die Tür zur Bibliothek der Geheimarchive öffnete, zog sich sein Herz zusammen. Der Kaiser hatte eingewilligt, dass er die Ergebnisse der bisherigen Ermittlungen zu sehen bekam, im Austausch gegen einen Schwur auf Leben und Tod: Er durfte die Dokumente studieren, die Kan ihm erlaubte zu sehen, aber wenn er es wagte, eines der anderen Bücher auch nur mit der Fingerspitze zu berühren, würde er unter grausamster Folter hingerichtet. Jedes Mal, wenn er also irgendeinen Fakt überprüfen wollte, musste er es in Anwesenheit des Rates selbst tun.

Ci folgte der dicken Gestalt Kans durch einige düstere Gänge. Der Einäugige trug eine kleine Laterne, die sein entstelltes Gesicht beleuchtete und zu einer grotesken Maske verzerrte. Und mit jedem Schritt spürte Ci die Feindseligkeit Kans deutlicher denn je. Im Vorübergehen ließ er seinen Blick über die Etiketten schweifen, welche die Akten klassifizierten: »Auflehnung und Niederschlagung der Armee der Jurchen«, »Spionagetaktiken des Gelben Kaisers«, »Waffen und Rüstungen der Drachenkämpfer«, »Methoden zur Provokation von Krankheiten und Seuchen«.

Plötzlich hielt Kan vor einem Regal inne. Er zog eine Akte hervor, die mit »Ehre und Verrat des Generals Yue Fei« gekennzeichnet war, und reichte sie Ci.

»Kennst du die?«

Ci nickte. In der Schule war es Pflicht gewesen, die Geschichte von Yue Fei zu lernen. Der Nationalheld war ein Jahrhundert zuvor in eine bescheidene Familie hineingeboren worden. Mit neunzehn hatte er sich freiwillig zum Kriegsdienst gemeldet und geholfen, die Nordgrenze des Landes zu verteidigen, wo er außerordentliche Dienste im

Kampf gegen die Jin-Invasion leistete. Auf Grund seines Mutes und seiner Fähigkeiten als Stratege stieg er auf bis zum zweiten Vorsitzenden des Privatrats des Kaisers. Jeder kannte die Legende, nach der Yue Fei vor Kaifeng mit nur achthundert Soldaten fünfzigtausend Männer in die Flucht geschlagen hatte.

»Was ich nicht verstehe, ist der Begriff ›Verrat‹ auf dem Etikett«, antwortete Ci.

Kan griff nach der Akte und schlug sie auf.

»Das bezieht sich auf ein weitgehend unbekanntes Ereignis, eine der am wenigsten ehrenvollen Episoden der Song-Dynastie«, sagte der Einäugige. »Trotz seiner vollkommenen Hingabe an das Land wurde General Yue Fei mit neununddreißig Jahren des Hochverrats bezichtigt und unehrenhaft hingerichtet. Mit der Zeit jedoch kam die abscheuliche Lüge ans Licht, die zu seiner Anklage geführt hatte, und so wurde er von Kaiser Xiaozong rehabilitiert, dem Großvater unseres jetzigen Kaisers, der ihm zu Ehren einen Tempel am Westsee errichten ließ, am Fuße des Qixia Ling.«

»Ja, den kenne ich. Vier Statuen mit nacktem Oberkörper und auf dem Rücken zusammengebundenen Händen knien vor seinem Sarg.«

»Die Figuren repräsentieren den Premierminister Qin Hui, seine Frau und seine Lakaien Zhang Jun und Mo Qixie, die vier Verräter, die die Intrige spannen, die zu seiner Hinrichtung führte.« Er schüttelte tadelnd den Kopf. »Seit dieser Zeit befinden wir uns im Krieg mit den verdammten Jurchen, diesen Barbaren im Norden, denen wir, anstatt sie zu vertreiben, noch Abgaben zahlen, um zu überleben. Sie haben unsere Vorfahren bekriegt, unser Land besetzt, unsere ehemalige Hauptstadt und unsere Ernten beschlagnahmt. Ihretwegen besitzen wir heute nur noch halb so viel Land wie früher.

Und das alles nur, weil wir so ein friedliches Volk sind! Das war unser großer Fehler. Jetzt beschweren wir uns über die fehlende Armee, die unsere Nation verteidigen könnte, und beschränken uns darauf, ihre Forderungen zu erfüllen, um den Fortschritt ihrer Invasion aufzuhalten, während sie alles verwüsten, was uns einst gehörte.« Er schlug mit der Faust auf die Akte.

Ci räusperte sich. »Aber hat das alles etwas mit den Morden zu tun?«

»Hat es.« Kan atmete schwer. »Die Chronik besagt, dass Yue Fei fünf Söhne zeugte, deren Schicksal gezeichnet war von der Entehrung und der Schmach ihres Vaters. Ihre Karrieren, ihre Ehen und ihre Besitztümer zerrannen ihnen unter den Fingern und wurden fortgepustet wie Asche in einem Orkan. Schließlich trieben der Hass und die Wut sie in den Ruin, bis sie in vollkommene Vergessenheit gerieten, und ihre Sippe starb aus, bevor sie rehabilitiert werden konnte. Doch nach unseren Informationen«, er blätterte zu einer bestimmten Seite, »hatte er noch einen unehelichen Sohn, dem es gelang, der Schmach zu entfliehen. Er ging in den Norden und kam zu Geld. Jetzt glauben wir, dass einer seiner Nachkommen Rache an unserem Kaiser üben will für das Schicksal seines Vorfahren.«

»Und deshalb würde er drei Menschen umbringen, die nichts miteinander gemein haben?«

»Ich weiß, wovon ich spreche!«, fauchte Kan. »Wir stehen kurz davor, einen neuen Vertrag mit den Jin zu unterzeichnen. Einen Waffenstillstand, der die prekäre Sicherheit unserer Grenze mit noch mehr Zöllen erkaufen wird.« Er machte Anstalten, nach einem zweiten Ordner zu greifen, doch er hielt sich zurück. »Und darin liegt das Motiv des Verräters.«

»Es tut mir leid, aber ich verstehe nicht …«

»Schon gut!«, unterbrach ihn Kan. »Heute Nachmittag gibt es einen Empfang im Palast, zu dem der Botschafter der Jin kommen wird. Sei vorbereitet. Dir wird angemessene Kleidung und eine geeignete Identität gestellt. Dort wirst du deinen Gegner kennenlernen, die Schlange aus dem Schoße Yue Feis. Die Person, die du enttarnen musst, bevor sie dich demaskiert.«

* * *

Während sie auf das Eintreffen des Botschafters warteten, zog sich Ci die grüne Seidenuniform über, die der Kaiserliche Schneider für ihn gefertigt hatte und die ihn, so war ihm versichert worden, als persönlichen Berater Kans auswies. Ci rückte sich die Kappe zurecht und zog eine Augenbraue hoch. Sein Aussehen erinnerte ihn an einen falschen Opernsänger, der versucht, sich bei einem Bankett einzuschleichen, um kostenlos zu Mittag zu essen. Doch der Schneider schien sich von seiner Unsicherheit nicht beeindrucken zu lassen. Er steckte die Säume mit Stecknadeln fest und versicherte ihm, dass er aussehe wie ein Prinz. Ci ließ den Mann machen, während er über das Gespräch mit Kan sinnierte, das ein gewisses Unbehagen bei ihm hinterlassen hatte. Wieso hatte der Einäugige ihn mit einem Mal so bereitwillig ins Vertrauen gezogen? Und wieso wollte er ihm den Mörder vorstellen, anstatt ihn festzunehmen, wenn er ihn schon kannte?

Die Zeremonie begann am fortgeschrittenen Nachmittag, kurz bevor die Sonne anfing, sich hinter dem Palast der ewigen Frische zu verstecken. Ein Diener hatte Ci zu den Privatgemächern Kans geleitet, der ihn bereits im Festgewand an der Tür erwartete. Der Einäugige musterte Cis Aufmachung zufrieden, und zusammen machten sie sich auf den Weg in den Empfangssalon, in dem die Feier stattfand. Auf dem Weg wies Kan ihn in den komplizierten Ablauf der Zeremonie ein und sagte, dass er seine Anwesenheit rechtfertigen würde, indem er ihn als Jin-Experten ausgab.

»Aber ich weiß überhaupt nichts über diese Barbaren …«

»An dem Tisch, an dem wir sitzen werden, musst du nicht über sie sprechen«, sagte Kan knapp.

Als sie den Empfangssaal betraten, wurde Ci blass.

In einem riesigen, lichtdurchfluteten Raum, in dem ein ganzes Regiment Platz gefunden hätte, standen Tische, die von Unmengen verschiedener Speisen in allen erdenklichen Farben und Formen überquollen. Die Gerüche von Soja, Garnelen und süßsaurem Fisch mischten sich mit dem Duft der Chrysanthemen und Pfingstrosen. Zahlreiche Windräder, die an den Fenstern installiert waren, erfrischten die Luft. Dahinter lag ein märchenhafter Garten, in dem die Schönheit der elfenbeinblassen Japanischen Pinie mit den hochgewachsenen Bambuspflanzen, den Jasminbüschen, den Orchideen und Zimtblüten konkurrierte, würdevoll trieben weiße und karminrote Seerosen im Gischtschleier eines künstlichen Wasserfalls auf einem kleinen See.

Ci kam aus dem Staunen nicht mehr heraus. Er begriff plötzlich, dass bis zu diesem Augenblick seine Vorstellung von Reichtum so ärmlich gewesen war wie die eines Einsiedlers, der angesichts einer neuen Schlafmatte vollkommen aus dem Häuschen gerät. Nicht einmal das phantasiereichste sterbliche Wesen wäre in der Lage, sich diesen Luxus vorzustellen, der ihn hier umgab.

Er betrachtete die Heerschar von Bediensteten, die reglos

und in einer perfekten Linie dastanden wie Statuen und auf das Zeichen für ihren Einsatz warteten. Auf einem mit gelbem Samt verkleideten Podium erkannte er den Tisch des Kaisers. Er zählte zehn gebratene Fasane darauf und versuchte sich vorzustellen, wie es wohl war, dort oben fürstlich zu speisen und dabei auf Hunderte von herausgeputzten Untertanen herabzublicken.

Kan machte Ci ein Zeichen, ihm durch die Menge der Aristokraten und Ehrenmänner zu folgen, der Dichter und Kalligraphieexperten, Präfekten und Subpräfekten, hohen Verwaltungsbeamten und Mitglieder der verschiedenen Räte, die in Begleitung ihrer Familien aus allen Winkeln des Reiches angereist waren. Er erzählte Ci, dass der Kaiser es vorgezogen hatte, dem Ganzen einen festlichen Anstrich zu geben, damit es nicht aussah wie eine Kapitulation.

»Zu diesem Zweck hat man die Audienz auf den Tag des Festes gelegt.«

Sie steuerten den ihnen zugeordneten Tisch an, um den herum schon einige Gäste warteten. Es herrschte der Brauch der acht Plätze, demzufolge der Stuhl am Ostende des Tisches dem wichtigsten Gast vorbehalten war. Dort nahm der Strafrat Platz. Alle anderen verteilten sich ihrem Alter und Rang gemäß, Ci setzte sich an die Seite des Einäugigen.

Während sie auf die Ankunft des Kaisers warteten, raunte Kan Ci ins Ohr, dass er nicht an seinem üblichen Platz am Tisch des Kaisers saß, um nicht so sehr in die Regeln des Protokolls eingebunden zu sein. Dann stellte er Ci seine Tischgefährten vor: zwei Präfekte, drei Rechtsgelehrte und einen berühmten Bronzefabrikanten. Wie üblich saßen die Frauen an separaten Tischen.

»Er ist mein Berater«, erklärte Kan, und Ci nickte gehorsam.

Plötzlich ertönte ein Gong, die Gespräche erstarben augenblicklich, und alle Anwesenden erhoben sich.

In Begleitung eines großen Gefolges von Bediensteten und Soldaten hielt Nin Zong feierlich Einzug. Ihm voran schritt ein Orchester aus Pauken und Trompeten. Der Kaiser blickte starr vor sich hin, wie ein Geist zog er an seinen Gästen vorüber, die ihm die Ehre erwiesen. Nachdem er auf seinem Thron Platz genommen hatte, forderte er die Gesellschaft mit einer Handbewegung auf, es ihm gleichzutun. Sofort setzte ein zweiter Gong den Schwarm der Diener und Köche in Bewegung.

Während sie auf den Botschafter der Jin warteten, wandte sich einer der Tischgenossen an Ci.

»Ich empfehle dir das Bettlerhuhn mit Lotosblättern. Aber wenn du lieber scharf isst, probiere die Fischsuppe aus Songsao. Sie ist ein bisschen sauer, aber hervorragend für den Sommer«, schlug der Bronzefabrikant vor.

»Vielleicht ist ihm die Schmetterlingssuppe mit Pfannkuchen lieber«, schlug einer der Rechtsgelehrten vor. »Oder eine Scheibe Schweinefleisch aus Dongpo.«

»Mmh, Traubenlikör! Das ist etwas Erlesenes, nicht wie der Reiswein, den man zu anderen Gelegenheiten serviert!« Einer der Präfekte schenkte sich ein Glas ein. »Was das Essen betrifft, solltest du nichts überstürzen. Wie ich gehört habe, werden hundertfünfzig verschiedene Gerichte serviert.«

Ci bedankte sich für die Ratschläge, doch er tat sich ein paar einfache gekochte Fleischbällchen mit Ingwer auf. Was das Getränk betraf, entschied er sich für den heißen, stark gewürzten Getreidewein, den er gewöhnt war. Ihm fiel auf, dass es auch Platten mit Nudeln und Schafskäse gab, typische Lebensmittel der Menschen aus dem Norden.

»Zu Ehren des Botschafters«, knurrte Kan und spuckte auf

die Platten. Die anderen Tischgenossen taten es ihm gleich, ebenso Ci, nachdem er seine Überraschung überwunden hatte.

»Und was für ein Berater bist du?«, fragte der Bronzefabrikant Ci. »Unser Strafrat ist beileibe kein Mann, der sich gerne beraten lässt.« Er lachte.

Ci blieb beinahe ein Fleischbällchen im Hals stecken.

»Ich bin Experte für die Jin«, antwortete er, ohne nachzudenken, doch sofort wurde ihm sein Fehler bewusst.

»Ach ja? Und was weißt du von diesen Lumpen, die unser Geld erpressen? Stimmt es, dass sie eine weitere Invasion planen?«

Ci nahm einen Schluck von seinem Getreidewein, um Zeit zu gewinnen.

»Wenn ich das an diesem Tisch hier preisgäbe, würde Kan mir die Kehle durchschneiden, und außer dass ich Sie bekleckern würde, verlöre ich auch noch meine Anstellung«, sagte er schließlich und lächelte, während Kans Gesichtszüge gefroren.

Der Bronzefabrikant sah ihn erstaunt an, bis er begriff, dass Ci scherzte. Dann begann er zu lachen. Ci atmete erleichtert auf.

»Ihr arbeitet also mit Bronze …«, lenkte Ci ab. »Heute hatte ich die Gelegenheit, mich in einem Spiegel aus diesem Material zu betrachten. Er war so klar wie Eis. Ich bin immer noch höchst erstaunt. Nie zuvor habe ich eine solche Präzision gesehen.«

»Hier, im Palast? Dann habe zweifellos ich ihn hergestellt. Denn niemand versteht Bronze so zu verarbeiten wie ich«, prahlte der Fabrikant und präsentierte Ci stolz die protzigen Ringe, die er an den Fingern trug.

»Das ist wahr. Das ist sogar sehr wahr«, sagte Kan, ohne

eine Miene zu verziehen. Ci beobachtete, wie das Lächeln auf dem Gesicht des Mannes unter Kans Blick verschwand.

Um zu verhindern, dass die Gäste Ci mit neuen Fragen in Verlegenheit brachten, ergriff der Einäugige das Wort. Es war einfach für ihn, das Thema zu verfolgen, das offenbar alle interessierte.

»Alles perfekt temperiert!«, rief er. »Die Suppe heiß, der Reis lauwarm, die Sauce und die Getränke sind kalt, außer dem Wein und dem Tee. Wusstet ihr, dass es ratsam ist, im Herbst eher süße Speisen zu sich zu nehmen, im Winter salzige, im Frühling saure und im Sommer bittere?«

»Ich weiß nur, dass meine Frau mir das ganze Jahr über alles versauert«, antwortete einer, sehr zur Erheiterung der übrigen Tischgenossen.

Ein anderer sprach nun über die fünf Liköre.

»Die mit den eingelegten Tieren darin. Ich hoffe, wir bekommen heute Abend einige davon zu kosten.« Diesem Wunsch schlossen sich alle an.

Kaum hatte er es ausgesprochen, erschien ein Diener an ihrem Tisch. Auf seinem Tablett trug er fünf Flaschen, gefüllt mit Schnaps aus Kaffernkorn, in denen je ein Tier schwamm. Ci erkannte einen Skorpion, eine Eidechse, einen Tausendfüßler, eine Schlange und eine Kröte. Er war der Einzige, der nicht davon kostete.

Sie wollten gerade anstoßen, als Kan sich an Ci wandte.

»Da kommt der Botschafter der Jin.« Er spuckte noch einmal aus.

Ci wandte sich um, keiner der Anwesenden erhob sich. Hinter dem Botschafter gingen vier seiner Beamten. Von seiner graubraunen Gesichtsfarbe hoben sich deutlich seine ungewöhnlich weißen Zähne ab. Für Ci sah er aus wie ein

Schakal. Der Mann trat bis auf fünf Schritte an den Kaiserlichen Tisch heran und kniete nieder. Dann winkte er seinen Männern, die sich ebenfalls verbeugten, und gab ihnen ein Zeichen, damit sie seiner Kaiserlichen Hoheit die mitgebrachten Geschenke überreichten.

»Verdammte Heuchler«, brummte Kan. »Erst berauben sie uns, und jetzt bringen sie Geschenke.«

Ci beobachtete, wie der Botschafter und seine Männer an einem Tisch nahe dem Podium des Kaisers Platz nahmen, auf dem das Lieblingsgericht der Barbaren bereitstand: ein riesiges gebratenes Lamm, an dem sie sich sogleich gierig zu schaffen machten.

Kan schien der Appetit vergangen zu sein. Vorsichtshalber beschloss Ci, ebenfalls nichts mehr zu essen, während die übrigen Gäste sich an den Nachspeisen gütlich taten. Der Likör wurde von Hand zu Hand gereicht und lief über die in Sirup eingelegten Scheiben der Lotoswurzel und der Melonen.

Unterdessen informierte der Einäugige Ci, dass er ihm, sobald das Feuerwerk begänne, die Person zeigen würde, die er verdächtigte.

Cis Herz fing an wie wild zu klopfen.

Kurz darauf erklang ein dritter Gong, mit dem der Kaiser das Bankett für beendet erklärte. Tee und Likör würden nun im Garten serviert.

Die Anwesenden erhoben sich und strömten ins Freie.

»Gehen wir und schauen uns das Spektakel an«, sagte Kan.

* * *

Auch im Garten blieben die Familien getrennt: die Männer beim Likör, lachend und trinkend auf dem Hauptbalkon, während die Frauen begannen, auf den Tischchen am See den zeremoniellen Tee vorzubereiten. Der Mond spiegelte sich in der Wasseroberfläche neben den Schwänen, und die Nacht zwischen den Japanischen Pinien wurde von kleinen Lampions erleuchtet. Ci zitterten die Hände, nervös sah er immer wieder zu Kan hinüber, doch der Einäugige schien an niemand anderem interessiert zu sein als an dem Bronzefabrikanten. Nach einer Weile rief der alte Strafrat ihn zu sich.

»Komm mit, gehen wir Tee trinken.«

Ci folgte ihm durch die Dunkelheit an das Ufer des Sees. Dort beleuchtete ein Schmetterlingskäfig voller Glühwürmchen eine Gruppe, die um einen Teekessel herum saß. Ci erkannte Männer und Frauen, es mussten Alte und Kurtisanen sein, denn sonst würden sie keine Tischdecke teilen. Ohne darauf zu warten, dass man ihn dazu einlud, kniete Kan sich neben sie.

»Ihr habt doch nichts dagegen, dass wir uns zu euch gesellen …«

Das Lächeln einer Frau im reifen Alter hieß sie willkommen.

»Fühl dich wie zu Hause«, flüsterte sie. »Wen hast du da bei dir?«

Ci wurde verlegen angesichts der ebenmäßigen Schönheit der Frau. Sie mochte um die vierzig sein, wirkte jedoch jünger. Und offenbar kannten sie und Kan sich.

»Das ist Ci. Ein neuer Assistent.«

Ci nickte stumm und ließ sich neben den Einäugigen sinken. Vier Männer und sechs Frauen, registrierte Ci. Die Männer waren zwar alt, doch ihre guten Manieren schienen das zu kompensieren. Bis auf die Schöne, die sie begrüßt hatte, waren alle Frauen sehr jung. Dennoch besaß keine von ihnen die Vollkommenheit der Züge der Ältesten. Ci beobachtete die Männer verstohlen – einer von ihnen sollte also der Mörder sein?

Mit außerordentlicher Eleganz schenkte die Schöne ihnen Tee ein. Ci nippte an seiner Tasse und konzentrierte sich auf die Männer.

»Was siehst du mich so an?«, rief plötzlich einer der Männer ungehalten. »Wenn du einen Mann willst, bist du hier falsch.«

Ci senkte den Blick. »Ich dachte, wir würden uns kennen«, sagte er schließlich und nahm noch einen Schluck Tee.

Kan räusperte sich und gab Ci ein Zeichen, das dieser nicht verstand.

Die Männer tranken weiter Likör, und die Kurtisanen kicherten, wenn sie die Hände der Männer unter ihren Kleidern spürten. Ci begann sich unbehaglich zu fühlen. Was taten sie hier? Worauf wartete Kan?

Er konzentrierte sich wieder auf den Mann, der ihn so angefahren hatte. Er machte sich gerade recht ungeschickt daran, das Dekolleté des jüngsten Mädchens aufzuknöpfen.

»Halt endlich mal still!« Er ohrfeigte die Kleine. Ci machte Anstalten, ihn zurückzuhalten, doch der Mann fuhr herum. »Und du, was willst du schon wieder von mir?«

Ci schreckte zurück.

»Wie wagst du es?«, fauchte nun auch die schöne Gastgeberin.

Zu dem Mann sagte sie schlicht, aber bestimmt: »Auf diese Weise erobert man keine junge Dame.« Dann reichte sie ihm ein Glas, in das sie zuvor eine Flüssigkeit gegossen hatte.

»Was ist das?«, grunzte der Mann und schnüffelte daran.

»Ein Liebestrank. Er wird dir gut tun.«

Der Mann kippte die Flüssigkeit mit einem Schwung hinunter, spuckte sie jedoch gleich darauf mit angewiderter Miene wieder aus.

»Bei allen Göttern«, rief er. »Was ist das für ein ekelhaftes Zeug?«

Die Frau lächelte geheimnisvoll und entblößte eine Reihe perfekter Zähne.

»Katzensaft.«

Ci biss sich auf die Lippen, um nicht zu lachen. Katzensaft galt als Potenzmittel. Doch als er hörte, wie die Schöne dem Alten die Herstellung des Trunks erläuterte, verging ihm das Lachen.

»Wenn du schon einmal einen Schwamm ausgedrückt hast, kannst du es dir vorstellen.« Sie schenkte dem Alten ein zweites Glas ein. »Man nimmt einen prächtigen Kater und bricht ihm mit einem Hammer die Knochen, doch ohne seinen Schädel zu zertrümmern, damit er am Leben bleibt. Man lässt ihn ein bisschen liegen und zündet dann sein Fell an. Schließlich wirft man das Tier in kochendes Wasser, würzt nach Geschmack, nach einer Stunde füllt man die Flüssigkeit ab, und fertig.«

Der Mann schaute sie entgeistert an und warf das Glas zu Boden. Fluchend entfernte er sich, die anderen Männer folgten ihm mit den jungen Kurtisanen, als schuldeten sie ihm Gehorsam.

Kan sah ihnen nach und lachte grimmig. Dann schenkte er sich Tee nach und bat Ci um Aufmerksamkeit.

»Ci, das ist Blaue Iris. Eine Nachfahrin des Generals Yue Fei.«

Sie neigte den Kopf, während Ci vor Schreck blass wurde. Er meinte etwas in den hellen Augen der schönen Frau erkannt zu haben, das ihm Angst machte.

28

Die Neuigkeit, dass Blaue Iris von Yue Fei abstammte, empfing Ci wie einen Keulenschlag auf den Hinterkopf. Die schöne Frau mit den hellen Augen und Bewegungen, so geschmeidig wie die einer Gazelle, sollte drei Männer brutal getötet haben?

Sofort bekam die aufregende Schönheit von Blaue Iris eine neue Dimension, mit einem Mal haftete ihren süßen Worten und sanften Gesten, die Ci zuvor verführerisch erschienen waren, etwas Bedrohliches an.

Ci wusste nicht, was er sagen sollte, es gelang ihm soeben, ein »Sehr erfreut« hervorzubringen. Ihm war, als entdeckte er in der Vollkommenheit ihrer Augen eine verräterische Kälte. Sie erinnerte ihn an die täuschende Ruhe des Skorpions, kurz bevor er zum tödlichen Angriff übergeht, und sein Magen krampfte sich zusammen.

»Aus diesem Grund wollte ich sie dir vorstellen. Ci arbeitet an einem Bericht über die Völker aus dem Norden, und er dachte, du könntest vielleicht behilflich sein. Du kümmerst dich doch noch um die Geschäfte deines Vaters?«

»Im Rahmen meiner Möglichkeiten, ja …« Sie machte eine Pause. »Du forschst also über die Jin?«, sagte sie, an Ci gewandt. »Du hast Glück. Du kannst den Botschafter befragen.«

»Das ist Unsinn, der Botschafter ist beschäftigt. Beinahe so sehr wie ich«, mischte sich Kan erneut ein.

»Ebenfalls damit, Rockzipfeln hinterherzujagen?«

»Iris, Iris, so zynisch wie eh und je.« Kan verzog das Gesicht. »Was Ci hören will, sind nicht die leeren Worte eines Mannes, der darauf trainiert ist, zu lügen. Der Junge sucht nach der Wahrheit.«

»Hat der Junge keinen Mund?«, fragte Blaue Iris. Ci überhörte die Provokation nicht.

»Ich erweise nur meinen Älteren den gebührenden Respekt«, sagte er.

Er verstand nicht, welche Absicht Kan verfolgte, und wohin das alles führen sollte. Außerdem wurde ihm langsam klar, dass die Beziehung zwischen Kan und Blaue Iris keineswegs so harmonisch war, wie es zunächst den Anschein gehabt hatte.

Er wartete noch auf eine Erwiderung der Schönen, als sich plötzlich eine Silhouette im Schein der Laternen abzeichnete. Es war der Bronzefabrikant, mit dem sie beim Essen zusammengesessen hatten. Schwerfällig erhob sich Kan.

»Wenn ihr mich entschuldigt, ich habe noch etwas zu klären«, sagte der Rat knapp.

Ci biss sich auf die Lippen. Er wusste noch immer nicht, was er sagen sollte. Er trommelte mit den Fingern gegen seine Teetasse, dann führte er sie zum Mund.

»Nervös?«, fragte ihn die Frau.

»Sollte ich das sein?«

Kurz schoss ihm der Gedanke durch den Kopf, dass der Tee vergiftet sein konnte. Einige Sekunden ließ er die Tasse vor seinem Mund in der Luft schweben, dann setzte er sie langsam wieder ab und hoffte, dass Blaue Iris in der Dunkelheit entgangen war, dass er nicht von dem Tee getrunken hatte. Er spürte ihren bohrenden Blick.

»Du respektierst also die Älteren …«, nahm sie den Gesprächsfaden wieder auf. »Wie alt bist du?«

»Vierundzwanzig«, log er, indem er sich zwei Jahre älter machte.

»Und was denkst du, wie alt ich bin?«

Das orangefarbene Flackern der Lampions glättete ihre

charmanten Ausdrucksfalten, die die Jahre ihr geschenkt hatten. Ihre orangengroßen Brüste formten sanft ihren *Hanfu* über der schlanken Taille.

»Fünfunddreißig«, sagte Ci, obwohl er sie in Wirklichkeit ein paar Jahre älter schätzte.

Blaue Iris zog eine Augenbraue hoch.

»Um mit Kan zusammenzuarbeiten, muss man entweder sehr tollkühn sein oder sehr einfältig. Sag mir Ci, was bist du für ein Mensch?«

Ihre Unverblümtheit überraschte Ci. Er kannte ihre Position am Hof nicht, aber sie musste sich sehr sicher fühlen, wenn sie Kan so vor einem Unbekannten kritisierte, von dem sie annehmen musste, dass er für ihn arbeitete.

»Auf jeden Fall bin ich jemand, der einen Neuankömmling nicht als Erstes beleidigen würde«, antwortete Ci.

Die Schöne verzog keine Miene.

»Dieser Mann provoziert mich seit jeher.« Sie verschüttete ein bisschen Tee, als sie versuchte, sich nachzuschenken. »Er weiß, dass ich nicht so viel über die Jin weiß, wie er behauptet. Ich kann mir also wirklich nicht vorstellen, wie ich dir helfen könnte.«

»Vielleicht könntet Ihr mir von Eurer Arbeit erzählen«, schlug Ci vor.

»Meine Arbeit ist so gewöhnlich wie ich selbst.« Lustlos nahm sie einen Schluck Tee.

»Ihr scheint mir alles andere als gewöhnlich zu sein … Womit beschäftigt Ihr Euch genau?«

Blaue Iris schwieg einen Moment, als wägte sie die Antwort ab.

»Ich habe ein Geschäft geerbt, das Salz exportiert«, sagte sie schließlich. »Die Beziehungen zu den Barbaren waren immer schwierig, aber mein Vater wusste mit ihnen umzugehen und hat einige Lager in der Nähe der Grenze bauen lassen. Trotz der Schikanen der Regierung prosperierte der Handel. Jetzt liegt die Leitung in meiner Hand.«

»Trotz der Schikanen?«

»Das ist eine traurige Geschichte, und das hier ist ein Fest.«

»Nach dem, was Ihr erzählt, ist das ein gefährlicher Beruf für eine alleinstehende Frau.«

»Wer sagt, dass ich alleinstehend bin?«

Ci nahm noch einen Schluck Tee. Er wusste nicht, was er darauf sagen sollte.

»Kan erwähnte keinen Gatten.«

»Dann hat Kan wohl vergessen, ihn zu erwähnen«, sagte sie spitz. »Mein Gatte kümmert sich um viele Dinge. Im Augenblick ist er auf Reisen. Das ist er häufig … Aber warum so viele Fragen über ihn? Ich dachte, du seist an den Jin interessiert?«

»Unter anderem«, antwortete Ci.

Ci schwitzte, die Situation entglitt ihm vollends. Das folgende Schweigen war keine leichte Peinlichkeit mehr, sondern eine schwere Steinplatte, die auf ihnen lastete. Bald würde Blaue Iris es ebenso empfinden. Die Zeit arbeitete gegen ihn, doch er wusste nicht, wie er die Unterhaltung zum Laufen bringen sollte.

In dem Moment zog sie mit anmutigen Bewegungen einen Fächer aus ihrem Ärmel. Sie faltete ihn mit der ihr eigenen Nonchalance auseinander und fächelte sich Luft zu. Der Hauch eines vertrauten Duftes drang an Cis Nase.

»Jade-Essenz?«, fragte Ci unwillkürlich.

»Wie bitte?«

»Euer Parfüm. Das ist Jade-Essenz«, wiederholte er. »Woher habt Ihr es?«

»Diese Art von Fragen stellt man nur einer bestimmten

Sorte von Frau.« Sie lächelte. »Und sie provozieren Antworten, die man nur einer bestimmten Art von Mann gibt.«

»Trotzdem«, insistierte Ci.

Als einzige Antwort leerte Blaue Iris ihr Likörglas.

»Ich muss gehen«, sagte sie.

Ci wollte sie aufhalten, doch ein plötzlicher Knall lenkte ihn ab. Er hob den Kopf. Über ihnen funkelten Lichtgirlanden, grüne und rote Lichtkegel beleuchteten abwechselnd ihre Gesichter.

»Das Feuerwerk!« Ci bewunderte die blumigen Ornamente, die dort am Himmel funkelten. »Das ist wunderschön.« Er suchte die Zustimmung von Blaue Iris, doch er fand ihren Blick abwesend. »Schaut doch nur!«

Doch anstatt den Blick zum Himmel zu heben, drehte die Frau ihren Kopf zu ihm. Im Schein der Lichter glänzten ihre Augen feucht.

»Ich würde, wenn ich könnte«, antwortete sie.

Sie stand auf, nahm einen Stock und entfernte sich.

Ci schüttelte ungläubig den Kopf. Blaue Iris, die Enkelin Yue Feis, die Kan des Mordes verdächtigte, war vollkommen blind.

★ ★ ★

Als er in den Palast zurückkam, staunte die Menge immer noch über das pyrotechnische Spektakel, das kein Ende nehmen wollte. Er suchte Kan, doch er fand ihn weder auf dem Balkon noch im Empfangssaal oder auf den Außentreppen. Er ging wieder hinunter in die Gärten, doch auch da war er nicht.

Es war vermutlich nach Mitternacht, als er Kan ein wenig abseits in einer dunklen Ecke des Gartens ausmachte. Ci ging ihm entgegen, doch plötzlich blieb er wie angewurzelt stehen. Der dicke Einäugige war nicht allein – bei ihm saß der Botschafter der Jin. Irritiert fragte sich Ci, worüber die beiden so ausgiebig zu sprechen hatten, versteckt im hintersten Winkel des Gartens. Vielleicht aber hatte der Likör seine Sinne vernebelt und ließ ihn nicht mehr klar denken. Er sagte sich, dass es so oder so besser wäre, kehrtzumachen und sich in seine Kammer zurückzuziehen.

Das Bett erschien ihm hart wie Stein. Er schlief in Etappen, zwischen einem Magenkrampf und dem nächsten, bis ein Kaiserlicher Beamter ihn unsanft weckte. Er habe die Anweisung, ihn in die Leichenkammer zu begleiten.

Ci rieb sich die Augen. Sein Schädel fühlte sich an, als würde er jeden Augenblick platzen.

»Sind die Leichen denn noch nicht eingeäschert?«, fragte er erstaunt. Er verbarg das Gesicht in den Händen. Das Tageslicht schmerzte ihn.

»Es ist eine neue Leiche aufgetaucht, heute Morgen.«

Auf dem Weg in die Leichenkammer informierte ihn der Beamte, dass sie den Toten in der Nähe des Palastes gefunden hätten, jenseits der Mauern. Kan untersuche ihn in diesem Augenblick mit einem seiner Inspektoren.

Als Ci die Leichenkammer betrat, war Kan über den Toten gebeugt. Der Unglückliche lag bäuchlings auf dem Tisch, nackt, und wie bei dem Eunuchen fehlte ihm der Kopf.

»Ebenfalls geköpft«, bemerkte Kan, ohne sich umzudrehen.

Ci band sich hastig eine Schürze um und überflog den Bericht des Inspektors. Wie üblich hatte der sich darauf beschränkt, oberflächliche Details wie die Anzahl der Wunden und die Hautfarbe aufzulisten. Eine Schätzung des Alters hatte er nicht gewagt.

Ci bat um Erlaubnis, den Leichnam selbst zu untersuchen.

Zuerst fiel ihm auf, dass der Mörder den Schnitt am Hals, mit dem der Kopf abgetrennt worden war, unsauber ausgeführt hatte – anders als bei dem Eunuchen. Darum vermutete er, dass er nicht genug Zeit gehabt hatte, um sein Vorhaben in Ruhe zu Ende zu bringen. Die Wunde in der Brust war weniger tief als bei den anderen Leichen. Im Nacken des Toten fanden sich Kratzer, die bis zu den Schultern hinunterliefen, und auch auf den Handrücken waren Abschürfungen zu erkennen. Ci notierte seine Beobachtungen und teilte sie Kan mit.

»Die Kratzer müssen entstanden sein, als man den Leichnam vor die Tore des Palastes geschafft hat. Er wurde an den Füßen festgehalten und über den Boden geschleift, daher die Abschürfungen an Hals, Schultern und Händen.« Ci zeigte darauf. »Doch offenbar ist er zu diesem Zeitpunkt noch angezogen gewesen, sonst würden sich die Abschürfungen hinunterziehen bis zum Gesäß.«

Mit einer Pinzette entfernte er Reste von Erde, die unter den Nägeln und auf der Haut klebten. Er sammelte sie in einem kleinen Fläschchen, das er mit einem Stück Stoff verschloss. Dann versuchte er, Arme und Beine der Leiche zu beugen, dabei stellte er fest, dass die Leichenstarre noch nicht sehr weit fortgeschritten war. Er schätzte, dass der Tod vor weniger als sechs Stunden eingetreten war.

Plötzlich hielt er inne. Ihn schmerzte noch immer der Kopf, doch er glaubte deutlich einen bestimmten Geruch auszumachen.

»Riecht Ihr das?« Er schnüffelte.

»Was denn?«, fragte Kan.

»Das Parfüm.«

Ci näherte sich mit der Nase dem Krater, der zwischen den Brustwarzen klaffte. Dann richtete er sich wieder auf und runzelte die Stirn. Es handelte sich zweifellos um Jade-Essenz. Derselbe Duft, den Blaue Iris in der letzten Nacht verströmt hatte. Diese Entdeckung verschwieg er Kan.

»Wo ist die Kleidung?«, fragte er stattdessen.

»Der Leichnam wurde nackt gefunden«, antwortete der Einäugige.

»Und man hat nichts bei ihm gefunden? Nichts, was ihn identifizieren könnte?«

»Nein.«

»Wir haben die Ringe«, mischte sich der Inspektor ein.

»Welche Ringe?«, fragte Ci erstaunt.

»Ach ja! Die hatte ich ganz vergessen.« Kan räusperte sich, ging hinüber zu einem Tischchen und zeigte sie ihm.

Ci war verblüfft.

»Erkennt Ihr sie nicht?«, fragte er den Strafrat.

»Nein. Warum sollte ich?«

»Es sind die Ringe, die der Bronzefabrikant gestern Abend trug.«

* * *

Als sie allein waren, erzählte Ci Kan von seinen Zweifeln, was die Verstrickung von Blaue Iris in diesen Fall anging.

»Beim großen Buddha, die Frau ist blind!«

»Die Frau ist ein Teufel«, versicherte ihm Kan. »Und wenn du anderer Meinung bist, dann sag mir, wie lange hat es gedauert, bis du bemerkt hast, dass sie nicht sehen kann? Wie lange hat sie dich getäuscht?«

»Aber könnt Ihr Euch wirklich vorstellen, dass eine Blinde Köpfe absägt und Leichen durch die Gegend schleift?«

»Sei nicht so dumm! Niemand behauptet, dass sie es persönlich tut«, knurrte er.

»Und wer dann?«

»Wenn ich das wüsste, müsste ich dich nicht länger ertragen!«, grollte Kan und schleuderte mit einer Handbewegung Cis gesamtes Instrumentarium auf den Boden.

Ci spürte, wie das Blut ihm ins Gesicht stieg. Er atmete einmal tief durch. Dann sammelte er die Utensilien ein, die auf dem Boden verstreut lagen.

»Exzellenz, wir wissen beide, dass es verschiedene Arten von Mördern gibt. Lassen wir für einen Moment diejenigen außer Acht, die nicht vorhaben zu töten: normale Menschen, die eines Tages bei einem Streit die Nerven verlieren oder ihre Frau in den Armen eines anderen erwischen. Diese Menschen lassen sich zu einer Torheit hinreißen, die sie sich bei klarem Verstand niemals hätten träumen lassen, und dafür müssen sie den Rest ihres Lebens büßen.« Er hob das letzte Instrument vom Boden auf. »Denken wir an die anderen: an die wahren Mörder, die Monster. In dieser Gruppe gibt es verschiedene Typen. Es gibt diejenigen, die von Wollust getrieben werden, Wesen, unersättlich wie Haie. Ihre Opfer sind meist Frauen oder Kinder. Und es genügt ihnen nicht, sie zu töten. Sie schänden sie erst, dann massakrieren sie sie. Dann gibt es die Gewalttätigen, Hitzköpfe, die bereit sind, aus dem kleinsten Anlass ein Leben zu zerstören, wie friedlich schlafende Tiger, die jeden verschlingen, sobald man eines ihrer Barthaare streift. Dann sind da noch die Erleuchteten, die fanatisch ein Ideal verfolgen oder einer Sekte angehören und bereit sind, dafür die abscheulichsten Barbareien zu begehen, wie ein abgerichteter Kampfhund. Fehlen noch die Schlimmsten von allen: diejenigen, denen das Töten Freude bereitet. Mörder, die zu dieser Gruppe zählen, kann man mit keinem Tier vergleichen, denn das Übel, das in ihnen wohnt, lässt sie um viele Stufen niedriger sinken als jedes Tier. Und jetzt sagt mir, in welche Gruppe würdet Ihr Blaue Iris einordnen? In die der Wollüstigen, der Cholerischen, der Geisteskranken?«

Kan schnaubte.

»Du magst ja deine Fähigkeiten im Bereich der Knochen, der Waffen und der Würmer haben. Meinetwegen kannst du ein Buch darüber schreiben und dann Vorträge auf dem Marktplatz halten. Doch bei all deiner Klugheit hast du eine wichtige Kategorie vergessen, die blutrünstig ist wie nur wenige, dabei intelligent und bedächtig: die Schlange. Sie ist in der Lage, den richtigen Moment abzupassen, ihr Opfer zu hypnotisieren, um dann wie ein Peitschenhieb zum tödlichen Biss anzusetzen. Diejenigen, die zu dieser Gruppe von Mördern zählen, sind vergiftet vom Streben nach Rache. Oder von einem blindwütigen Hass zerfressen. Und ich versichere dir, Blaue Iris ist eine von denen.«

»Und womit hypnotisiert sie die Opfer? Mit ihren toten Augen?«

»Es gibt keinen blinderen Mann als den, der nicht sehen will!« Kan schlug mit der Faust auf den Tisch. »Dein Wissen vernebelt dir den gesunden Menschenverstand! Ich sagte doch bereits, dass sie Komplizen hat.«

Ci zog es vor, zu verschweigen, dass er Kan bei seinem heimlichen Gespräch mit dem Botschafter der Jin beobachtet hatte. Er beschloss, die Strategie zu wechseln.

»Nun gut. Wer hat ihr also bei den Morden geholfen? Ihr Ehemann vielleicht?«

Kan sah zur Tür, wo der Inspektor noch immer stand.

»Gehen wir raus«, schlug er vor.

Ci packte seine Instrumente zusammen und folgte Kan.

Mit jedem Augenblick, der verging, vertraute er ihm weniger. Er verstand nicht, warum Kan ihm das Detail mit den Ringen verschwiegen hatte. Und warum ging er kommentarlos über die Entdeckung hinweg, dass der Tote der Bronzefabrikant war? Zumal er wahrscheinlich der Letzte war, der mit dem Opfer gesprochen hatte. Kan führte Ci in die Nähe des Sees, wo sie am Abend zuvor das Fest gefeiert hatten.

»Vergiss ihren Ehemann«, sagte er. »Ich kenne ihn schon lange, er ist ein alter Gutsbesitzer, dessen einzige Dummheit es war, diese Harpyie zu heiraten … Ich denke eher an ihren Diener. Ein Mongole mit Hundegesicht, den sie aus dem Norden mitgebracht hat.«

Ci richtete seinen Blick auf einen unbestimmten Punkt in der Ferne.

»Und wenn das so ist, warum verhaftet Ihr ihn nicht?«

»Wie oft muss ich das noch wiederholen?« Wütend verscheuchte Kan ein nicht vorhandenes Insekt. »Weil ich überzeugt bin, dass sie noch mehr Komplizen hat. Eine einzelne Person wäre nicht in der Lage, diese grausamen Verbrechen zu begehen und all die Schandtaten, die sie decken sollen.«

Ci seufzte. Er war dieses große Geheimnis leid, das anscheinend alle kannten, das aber niemand gewillt war, ihm zu enthüllen. Für den Fall, dass Kan recht hatte mit seinen Vermutungen, warum ließen sie den Mongolen nicht überwachen? Und falls das bereits angeordnet worden war, welche Rolle spielte er in der Untersuchung des Falls? Die einzig vernünftige Erklärung war, dass es sich um ein riesiges Lügengebäude handelte, das Kan selbst errichtet hatte. Doch es gab etwas, das nicht zu dieser Theorie passte: das Parfüm an den Leichen. Er hatte keinen Zweifel, dass Kan so viel Macht besaß, sich etwas davon zu besorgen, um den Verdacht auf Blaue Iris zu lenken, doch was er nicht verstand: Wenn nur die Konkubinen des Kaisers das Parfüm benutzen durften, warum benutzte es dann Blaue Iris?

Als er fragte, warum eine Frau wie Blaue Iris als Hausdame der Kurtisanen fungierte, zögerte Kan keinen Augenblick mit einer Antwort.

»Hat sie dir das nicht erzählt? Sie war eine *Nüshi*, der Liebling des Kaisers.«

Eine *Nüshi*! Aus diesem Grund vermittelte sie also zwischen den Adligen und den *Blumen*: weil sie die Kunst der Liebe kannte wie eine Priesterin der Lust.

»Dem Kaiser gefällt es, seine Gäste gut zu behandeln, und wenn er kann, lädt er Blaue Iris dazu ein«, fügte Kan hinzu. »Diese Frau ist wie reines Feuer, und ich schwöre dir, noch heute, trotz ihres Alters, würde sie dich vollkommen aufzehren.«

Der Einäugige erzählte, dass die Kunde der blinden Schönheit bis zum Kaiserlichen Palast gedrungen war, noch zu Zeiten des alten Herrschers, der sie denn auch in seinen Harem holen ließ. »Damals war sie noch ein Kind, doch ich habe mit eigenen Augen gesehen, wie sie den Kaiser bezauberte. Der Vater Nin Zongs vergaß über sie alle anderen Konkubinen, wie besessen war er von ihr. Als die Krankheit sich in seine Glieder schlich, ernannte er sie zur Kaiserlichen *Nüshi*. Ihr oblag es, ihm gehorsame Frauen von niederem Rang zuzuführen, und einmal im Monat die Kaiserin. Blaue Iris führte die Konkubinen in das kaiserliche Schlafzimmer, gab ihnen den Silberring, den sie sich vor dem Betreten des Zimmers an die rechte Hand stecken mussten, zog sie aus, rieb sie mit Jade-Essenz ein und wohnte dem Vollzug des Aktes bei.« Kan lachte verächtlich. »Obwohl sie nicht sehen konnte, sagt man, sie habe das Zuschauen genossen.«

Nach dem Tod ihres Vaters hatte Blaue Iris mit der Zustimmung des neuen Kaisers ihren Posten als *Nüshi* aufgegeben. Seither führte sie das Geschäft, das sie geerbt hatte, trotz ihrer Blindheit mit eiserner Hand – ebenso wie ihren Ehemann.

»Sie hat etwas an sich, das die Männer verrückt macht. Sie hat den Kaiser verhext, genau wie ihren Ehemann, und wenn du nicht aufpasst, wird sie auch dich verhexen.«

Ci errötete. Er glaubte nicht an Hexerei, doch es stimmte, dass ihm Blaue Iris nicht mehr aus dem Kopf ging. Diese Frau war anders als alle Frauen, denen er bisher begegnet war. Sie war schön, und sie war klug. Sie wirkte zart und konnte hart sein. Man suchte unwillkürlich ihre Nähe, obwohl sie unnahbar war.

Ci wurde bewusst, dass er in Träumereien abglitt. Deshalb konzentrierte er sich rasch auf die Frage nach dem Bronzefabrikanten, die ihm unter den Nägeln brannte.

»Als ich mich gestern Abend von ihm verabschiedete, schien er nervös«, sagte Kan. »Ich erkundigte mich nach der neuen Legierung, an der er arbeitete und für die er sich überall feiern ließ. Bescheiden war er nie, aber ich kann mir nicht vorstellen, wer einen Grund hätte, ihn umzubringen.«

»Nicht mal Blaue Iris?«, fragte Ci.

»Das wirst du herausfinden müssen.«

29

Wenn du nicht aufpasst, wird sie auch dich verhexen.

Womöglich hatte Kan recht, denn seine Gedanken kreisten unentwegt um Blaue Iris. Ihr feingeschnittenes ovales Gesicht und die Tiefe ihrer ruhigen Stimme hatten sich in seinem Kopf eingenistet. Und ihre blinden Augen, die niemals seine Narben entdecken könnten. Je mehr er versuchte, solche Gedanken zu verdrängen, desto hartnäckiger verfolgten sie ihn.

Er hatte nun beinahe den gesamten Morgen vertrödelt. Er schüttelte den Kopf. Er musste sich auf die Untersuchung konzentrieren. Vor allem, weil die Rückkehr von Grauer Fuchs näher rückte und die Informationen, die er aus Fujian mitbrachte, seine Hinrichtung bedeuten konnten.

Er betrachtete das Porträt des Toten. Am Anfang hatte er geglaubt, dass die Zeichnung ihm dabei helfen würde, den Mann zu identifizieren, doch da ihm weitere Indizien fehlten, wusste er nicht, wem er die Skizze vorlegen sollte. Lin'an zählte zwei Millionen Einwohner – wer von ihnen kam in Frage? Plötzlich hatte er einen Einfall. Die Narben! Was immer die Ursache dieser Narben war, sie war ganz sicher mit Schmerz verbunden gewesen. Und dieser Schmerz hatte den Toten vielleicht veranlasst, ein Krankenhaus aufzusuchen.

Die Anzahl von Krankenhäusern und Ambulanzen, die er hatte aufsuchen können, war begrenzt, und der Arzt, der ihn behandelt hatte, würde sich gewiss an einen Mann mit so ungewöhnlichen Malen erinnern. Er bat Bo, sofort mit der Suche zu beginnen und ihn über jeden Fortschritt auf dem Laufenden zu halten.

Anschließend beugte Ci sich über die einbalsamierte Hand des älteren Toten und notierte alle Berufe, bei denen man mit Säure in Berührung kam: Seidenfärber, Steinmetz, Papierbleicher, Koch, Wäscher, Fassadenmaler, Schiffszimmermann, Chemiker. Die Liste war entmutigend lang. Er musste die Suche einschränken. Außerdem würde er das amputierte Körperteil in die Große Apotheke von Lin'an mitnehmen, um die Angestellten zu befragen.

In Begleitung von Bo und seinen Männern brach er wenig später in die Stadt auf. Der Apotheker verzog keine Miene, als er die abgetrennte und entstellte Hand auf den Verkaufstresen legte.

»Ich möchte, dass Ihr die Hand aufmerksam betrachtet und mir sagt, ob Ihr je irgendeine Medizin für solch ein Leiden verschrieben habt.«

»Niemand würde sich wegen einer derart gewöhnlichen Sache in Behandlung begeben.«

»Und darf man erfahren, warum Ihr Euch da so sicher seid?«, fragte Ci.

Der Mann streckte seine Hände neben die amputierte Gliedmaße. »Weil ich selbst darunter leide.«

Ci musste schlucken. Als er sich von seiner Bestürzung erholt hatte, besah er sich die Narben an den Händen des Apothekers und verglich sie mit denen auf der Hand des Toten – sie waren identisch.

»Aber wie …?«, stammelte er.

»Es ist das Salz. Seeleute, Minenarbeiter, diejenigen, die Fische und Fleisch salzen, um sie zu konservieren … Alle, die täglich mit Salz in Berührung kommen, bekommen früher oder später diese Narben an den Händen. Ich selbst benutze es täglich, um meine Utensilien zu reinigen.« Dann blickte er Ci tadelnd an. »Aber es ist kein schlimmes Leiden. Und man muss deshalb wohl kaum gleich die Hand amputieren.«

* * *

Es hatte sich eine Tür geöffnet und eine andere dafür geschlossen. Nachdem eine Säure als Verursacher der Verätzungen auszuschließen war, kamen viele der Berufe auf Cis

Liste nicht mehr in Frage, allerdings brachte der Zusammenhang mit dem Salz unzählige neue ins Spiel. Ein Viertel aller Bewohner Lin'ans lebte vom Fischfang, und wenn auch nur ein kleiner Teil davon den Fluss Zhe verließ, um im offenen Meer zu fischen, blieben sicher noch fünfzigtausend zu Befragende, wenn man die Arbeiter in den Konservierungslagern und die Salzhändler dazurechnete. Darum richtete sich Cis Hoffnung nun auf ein anderes Detail: die kleine geschwungene Flamme, die unter dem Daumen tätowiert war. Bo versprach, sich um ihre Identifizierung zu kümmern.

Zuletzt stand der Besuch in der Werkstatt des Bronzefabrikanten an, von dem Ci sich schlüssige Beweise erhoffte. Er beauftragte zwei von Bos Männern, die Hand in den Palast zu bringen, während er sich zusammen mit Bo auf den Weg in das Hafenviertel im Süden der Stadt begab.

Als sie die Adresse erreichten, die Kan ihnen gegeben hatte, wurde Ci blass. An der Stelle, wo bis gestern die wichtigste Bronzewerkstatt der Stadt gestanden hatte, bot sich jetzt ein Bild der Zerstörung: Zwischen Balken und Ziegelsteinen glühten Reste von Asche und geschmolzenem Metall.

Die Nachbarn erzählten von einem wütenden Feuer, das im Morgengrauen ausgebrochen sei, andere sprachen von dem Krach, als das Gebäude in sich zusammenbrach. Doch etwas Relevantes wusste niemand zu berichten. Plötzlich entdeckte Ci einen Jungen mit klugem Gesicht, der in der Nähe herumstrich. Der Kleine war nur Haut und Knochen, und als Ci ihn ansprach, bot er für zehn Qian Informationen aus erster Hand an. Ci schenkte ihm zusätzlich eine Handvoll gekochten Reis, den er an einem benachbarten Stand kaufte. Hungrig stürzte sich der Junge auf das Essen und berichtete zwischen zwei Bissen, dass dem Feuer ein lautes Geräusch vorausgegangen sei, mehr konnte er nicht sagen. Ci wollte sich schon enttäuscht zum Gehen wenden, als der kleine Kerl ihn am Arm packte.

»Aber ich weiß von jemandem, der alles beobachtet hat.«

Der Junge erzählte, dass einer seiner Bettlerfreunde seit Jahren in einem der Werkstattschuppen schlief.

»Er hat ein lahmes Bein. Darum verlässt er nie seinen angestammten Ort, an dem er bettelt. Als ich heute Morgen hier ankam, fand ich ihn in seinem Schuppen dort hinten, versteckt wie eine Ratte in ihrem Bau. Er sah aus, als habe er den Gott des Todes gesehen. Er sagte mir, er müsse fliehen, denn wenn sie ihn fänden, würden sie ihn töten.«

»Aha«, meinte Ci wenig überzeugt. »Sagte er zufällig auch, wer ihn töten wollte?«

»Ich schwöre Euch, er war vollkommen verängstigt. Und er hat die Verwirrung genutzt, um unbemerkt abzuhauen. Er hat sogar seine Sachen liegenlassen … Herr, wenn es Euch interessiert, kann ich ihn finden.«

Ci sah den kleinen Kerl prüfend an. Er wirkte verschlagen, doch in seinen Augen meinte Ci einen Funken Ehrlichkeit zu entdecken.

»Gut. Bring ihn mir, und ich werde es dir lohnen.«

»Herr, ich bin krank. Und wenn ich ihn suchen soll, kann ich nicht betteln gehen …«

»Wie viel?«, fragte Ci streng.

»Zehntausend Qian.« Doch als Ci sich abwandte, korrigierte er sich sofort: »Fünftausend.«

Bo schüttelte den Kopf, als Ci ihn um die Münzen bat.

»Er wird damit verschwinden, und du wirst ihn nie wieder sehen«, warnte der Kaiserliche Berater.

»Bitte, gebt mir das Geld«, beharrte Ci. »Es ist eine kleine Chance, mehr zu erfahren.«

Bo seufzte und gab widerstrebend die Geldschnur aus der

Hand. Ci begann, dem Jungen das Geld in die Hand zu zählen, die Augen des Kleinen leuchteten, als sähe er einen Berg Gold vor sich. Doch das Leuchten verlosch, als er bemerkte, dass Ci bei fünfhundert Qian aufhörte.

»Den Rest bekommst du, wenn du mir deinen Freund bringst.« Die Geldschnur verschwand wieder unter Bos Gewand. »Und ich warne dich, du wirst es bitter bereuen, wenn ich nichts mehr von dir höre.«

Ci sagte ihm seinen Namen und wie er ihn finden konnte. Dann verschwand der Junge in der Menge.

Bevor sie sich auf den Rückweg machten, suchte Ci in den Ruinen der Werkstatt nach Indizien, doch außer zerbrochenen Tiegeln, geschmolzenen Schmiedewerkzeugen und eingestürzten Öfen stieß er auf nichts, was seine Aufmerksamkeit erregte. Kurioserweise fand er keine Gegenstände aus Bronze oder Behälter mit Kupfer und Zinn. Jemand musste sie gestohlen haben. Er schlug Bo vor, die Aussagen aller Arbeiter aufzunehmen, die in den letzten Monaten in der Werkstatt gearbeitet hatten, und überdies alle Überreste des Gebäudes – ausgenommen Balken und Ziegelsteine – in den Palast bringen zu lassen.

»Egal, wie kaputt die Sachen sind. Jeder Gegenstand soll gekennzeichnet und sein Fundort notiert werden, bevor er in die Kisten verpackt wird.«

»Kan wird es nicht gefallen, wenn du den Palast zur Mülldeponie machst«, wandte Bo ein.

Als sie die Mauern des Palastes erreichten, ließen sie sich die Stelle zeigen, an der der Leichnam des Bronzefabrikanten gefunden worden war. Der Wachmann, der den Leichnam gefunden hatte, ein Koloss wie aus Granit, sagte aus, dass der Tote geköpft und nackt am Fuße der Mauer gelegen habe. Ci untersuchte die Blutspuren, die auf dem Steinweg zurückgeblieben waren, zog ein Notizheft heraus und fertigte eine Kohleskizze der Flecke an. Er fragte den Koloss, ob er während seines Wachdienstes immer an derselben Stelle stehe, oder ob er regelmäßige Runden mache.

»Wenn der Gong ertönt, machen wir dreihundert Schritte nach Osten, drehen um und machen weitere dreihundert in die Gegenrichtung. Dann kehren wir auf unseren Platz zurück und warten auf den nächsten Gong.«

Ci fragte, ob er sich an irgendein anderes Detail erinnere, das seine Aufmerksamkeit geweckt habe. Der Mann verneinte. Doch Ci hatte auch so genug herausgefunden, um in den Ermittlungen ein Stück voranzukommen.

* * *

Während der Begehung der Kaiserlichen Gärten nahm Ci verschiedene Bodenproben, die er nun in seiner Kammer mit den Erdresten, die er unter den Fingernägeln und in den Hautfalten des Bronzefabrikanten gefunden hatte, vergleichen wollte.

Die Bodenproben wiesen deutliche Unterschiede auf: Der Boden in der Nähe des Sees war feucht, kompakt und schwarz, ganz anders als der im Wald, der lockerer, heller und mit Kiefernnadeln durchsetzt war. Die dritte Probe, die er am Fuß des Balkons entnommen hatte, bestand aus kleinen zerriebenen Steinchen, die Erde an der Mauer hingegen hatte eine gelbliche Farbe, wahrscheinlich wegen der Tonerde, die als Mörtel für den Bau der Mauer verwendet worden war. Er griff nach dem Flakon, in dem er die bei der Leichenuntersuchung sichergestellten Partikel aufbewahrte, und schüttete den Inhalt neben das Häufchen Erde, das er neben der Mauer gesammelt hatte.

Sie stimmten überein.

Er schüttete die Probe vom Leichnam wieder in das Fläschchen zurück und etikettierte die anderen vier.

Den Rest des Tages verbrachte er damit, seine Notizen durchzusehen und immer neue Thesen aufzustellen, die er anschließend wieder verwerfen musste, da die Logik an einem entscheidenden Punkt versagte. Er stöhnte und fluchte und zerbrach sich den Kopf. Die Zeit zerrann ihm zwischen den Fingern wie Wasser, bald würde Grauer Fuchs zurückkommen, und er hatte große Zweifel, dass es ihm gelingen würde, die Mordfälle bis dahin zu lösen.

Vielleicht brachten Bos Leute verwertbare Ergebnisse aus den Krankenhäusern mit, in denen sie das Porträt des Toten vorlegten, und auch die Befragung der Arbeiter des Bronzefabrikanten stand noch aus. Doch Ci schöpfte nicht allzu viel Hoffnung, dass das eine oder das andere etwas Verwertbares zutage fördern würde.

Seine Theorie mit der Lanze hatte sich als hinfällig erwiesen, und die einzige Alternative, die er ausgearbeitet hatte, nämlich die einer umgearbeiteten Armbrust, hielt einer näheren Betrachtung nicht stand. Warum sollte jemand einen schweren und massiven Pfeil konstruieren, der keine weiten Entfernungen zurücklegen konnte? Was hätte es für einen Sinn, eine nahezu perfekte Waffe in eine größere, schwerere und auffälligere zu verwandeln, die noch dazu schwieriger zu transportieren, zu laden und zu benutzen war?

Er durfte Kans Annahme nicht von der Hand weisen. Was machte ihn so sicher, dass eine Blinde nicht in der Lage war, einen Mann zu töten?

Der Duft der Toten, die Jade-Essenz, auf die nur eine *Nüshi* Zugriff hatte und mit der sie sich auch parfümierte, ließ Blaue Iris in Verdacht geraten. Und Kan zufolge hatte sie mehr als einen Grund, den Kaiser zu hassen. Ein Hass, den ihr Vater mit der Legende von den Leiden ihres Großvaters Yue Fei geschürt hatte.

Dennoch widerstrebte es ihm, sich die schöne Blaue Iris als kaltblütige Mörderin vorzustellen. Sein Herz zog sich jedes Mal zusammen, wenn er daran dachte, wenn er an sie dachte – und er dachte pausenlos an sie.

Ein Klopfen auf der anderen Seite der Tür riss ihn aus seinen Tagträumen. Ci öffnete, es war Bo, der ihm mitteilte, dass der Transport der Gegenstände aus der Bronzewerkstatt begonnen hatte und dass Blaue Iris ihn am folgenden Tag im Seerosenpavillon treffen wolle.

»Mich?«, fragte Ci erstaunt und errötete. »Aber sie ist eine verheiratete Frau! Wie kann sie einem Fremden ein solches Treffen vorschlagen?«

Bo entgegnete, dass der Ehemann inzwischen zurückgekehrt sei und sich ebenfalls im Pavillon einfinden würde. Trotzdem beschlich Ci ein Unbehagen. Die Verhaltensregeln waren eindeutig, eine verheiratete Frau durfte sich nicht mit einem fremden Mann treffen. Und es war offensichtlich, dass sich die *Nüshi* diesen Regeln nicht beugte.

In dieser Nacht konnte Ci kaum schlafen. Erst im Morgengrauen überwältigte ihn die Müdigkeit, und er träumte von Blaue Iris, von ihrer warmen Stimme, die ihm ein Wiegenlied sang.

⋆ ⋆ ⋆

Am nächsten Morgen war er so erschöpft, als hätte er einen ganzen Berg umgepflügt. Er beklagte diesen Umstand umso mehr, als er fürchtete, in diesem Zustand keinen guten Eindruck auf Blaue Iris zu machen. Obwohl sie blind war, beschloss Ci, sich ein wenig herauszuputzen und den Anzug zu tragen, den man ihm für den Empfang des Botschafters geschneidert hatte. Außerdem parfümierte er sich mit einigen Tropfen Sandelholz-Essenz. In Gedanken ging er noch einmal durch, was er über die Geschichte der Jin wusste, und begab sich zum Seerosenpavillon, während sein Herz ihm einige Schritte voraushüpfte.

Der Pavillon lag inmitten des Waldes der Frische, der an den Gebäudekomplex grenzte, in dem die hohen Würdenträger des Palastes lebten. Ci folgte dem gepflasterten, von Zypressen gesäumten Weg, den Bo ihm gezeigt hatte.

Kurz vor der vereinbarten Zeit blieb er vor dem prächtigen Pavillon stehen, einem zweistöckigen Gebäude mit einem zum Himmel geschwungenen Vordach, das dem Flug der Kraniche nachempfunden schien. Ci rückte seine Mütze zurecht, als sich die Tür unerwartet öffnete und ein mongolischer Dienstbote zum Vorschein kam. Der Mongole lud ihn mit einer Verbeugung zum Eintreten ein und führte ihn in einen hellen Salon mit großen Fenstern.

Blaue Iris saß in einem weiten, türkisfarbenen *Hanfu* an einem Tisch, das Haar mit einem breiten Seidenband zurückgebunden. Bei Tageslicht erschien sie ihm noch schöner als am Abend des Festes. Er räusperte sich verlegen und sah sich nach dem Ehemann um, den er nirgends entdecken konnte. Was ins Auge fiel, waren die vielen wertvollen Antiquitäten, die jeden Winkel des Salons schmückten.

»So sehen wir uns also wieder«, sagte er schließlich und biss sich sogleich auf die Zunge, als ihm aufging, wie unpassend diese Formulierung war.

Blaue Iris lächelte ein wunderschönes Lächeln. Ci begann zu schwitzen, als er bemerkte, dass ihr *Hanfu* den Ansatz ihrer Brüste entblößte. Sie bat ihn, Platz zu nehmen, und schenkte ihm eine Tasse Tee ein. Ihre Hände streichelten die Kanne mit einer Sanftheit, dass Ci sich wünschte, an ihrer Stelle zu sein.

»Ich danke Euch für die Einladung«, brachte er heraus.

Sie neigte höflich den Kopf. Dann schenkte sie sich selbst Tee ein und erkundigte sich nach dem Empfang des Botschafters. Ci plauderte freundlich mit ihr, doch vermied er es, den Mord an dem Bronzefabrikanten zu erwähnen. Danach entstand eine Stille, die Ci jedoch nicht unangenehm war. Träumerisch verfolgte er jede Bewegung von Blaue Iris, und jeder Wimpernschlag ließ sein Herz höherschlagen.

»Wo ist Euer Mann?«, fragte er plötzlich.

»Er kommt gleich«, gab sie mit gleichmütiger Miene zurück und wechselte das Thema. »Du wohnst also im Palast? Für einen einfachen Berater ein ziemlich außergewöhnliches Privileg …«

»Ebenso außergewöhnlich wie die Tatsache, dass eine Frau von Eurem Rang keine eingebundenen Füße hat«, antwortete er.

Rasch versteckte Blaue Iris ihre Füße unter dem langen *Hanfu*.

»Ein moderner Brauch, den mein Vater zum Glück ablehnte«, sagte sie kühl, so dass Ci seine Bemerkung sofort bereute.

»Ich bin erst seit kurzem im Palast«, sagte er, weil ihm nichts Besseres einfiel, um die Unterhaltung in andere Bahnen zu lenken. »Kan hat mich für einige Tage eingeladen, aber ich hoffe, bald wieder fortzugehen. Es ist kein Ort für mich.«

»Nein? Und wo ist der richtige Ort für dich?«

Er überlegte, was er antworten sollte.

»Ich studiere gerne.«

»Ach ja? Was denn? Die Klassiker? Die Literatur? Die Dichtkunst?«

»Die Chirurgie«, sagte Ci ohne zu zögern.

Blaue Iris verzog das Gesicht.

»Du musst entschuldigen, aber ich verstehe nicht, welches Interesse man daran haben kann, einen Körper aufzuschneiden«, sagte sie verwundert. »Und noch viel weniger, wie das mit deiner Arbeit als Berater von Kan zusammenhängt.«

Ci ärgerte sich über seine eigene Indiskretion. Blaue Iris lockte Dinge aus ihm heraus, über die er besser schweigen sollte. Er musste vorsichtiger sein.

»Die Jin pflegen einige kulinarische Bräuche, die sich von unseren unterscheiden, Gewohnheiten, die bestimmte Krankheiten hervorrufen und andere lindern. Das ist Gegenstand meiner Untersuchung und der Grund, aus dem ich hier bin. Doch sagt mir, welchem Umstand schulde ich die Ehre dieser Einladung? Neulich schient Ihr nicht gerade dazu aufgelegt, über die Jin zu sprechen.«

»Man kann seine Meinung ändern«, sagte sie, während sie Tee nachschenkte. »Doch natürlich ist dies nicht der Grund.« Sie lächelte ihn an, und er vergaß darüber beinahe, dass sie blind war. »Wenn ich ehrlich sein soll, hat dein Verhalten an jenem Abend mein Interesse geweckt, als du die Kurtisane gegen die Gewalt dieses Verrückten verteidigen wolltest. Das ist ungewöhnlich für die Männer des Palastes. Das hat mich überrascht.«

»Und darum habt Ihr mich eingeladen?«

»Sagen wir, dass ich einfach … Lust darauf hatte.«

Ci nahm einen Schluck Tee, um seine Verlegenheit zu überspielen. Als Blaue Iris sich vorbeugte und ihr *Hanfu* sich auf Brusthöhe teilte, war er kurz davor, die Kontrolle zu verlieren. Ob sie sich ihrer Bewegungen bewusst war? Steckte Berechnung dahinter?

»Hübsche Antiquitäten«, bemerkte er recht unvermittelt.

»Vielleicht für denjenigen, der sie sehen kann. Ich sammle sie nicht für mich, sondern zur Freude derer, die mich umgeben. Sie sind der Spiegel meines Lebens«, sagte sie und horchte auf Stimmen, die von draußen zu ihnen drangen. »Das muss mein Mann sein.«

Blaue Iris erhob sich und wartete, bis sich die Tür öffnete. Ci tat es ihr gleich. Ein betagter Mann betrat den Raum – in Begleitung von Kan. Er trug Blumen im Arm, die er offenbar seiner Frau schenken wollte. Doch als er Ci sah, ließ er die Arme sinken, und die Blumen glitten zu Boden. Ci starrte den Alten ungläubig an, keiner von beiden brachte ein Wort hervor. Der mongolische Diener beeilte sich, die Blumen zwischen ihnen aufzusammeln.

»Geliebter Gemahl«, sagte Blaue Iris. »Ich freue mich, dir unseren Gast vorzustellen, den jungen Ci. Ci, das ist mein Mann, der ehrenwerte Richter Feng.«

30

Ci stand wie gelähmt vor dem Richter.

Schließlich gemahnte er sich an die Regeln der Höflichkeit und verneigte sich. »Ehrenwerter Feng.«

»Was machst du denn hier?«, fragte der Richter erstaunt.

»Ihr kennt euch?« Kan war nicht minder überrascht.

»Vor Jahren hat einmal mein Vater für ihn gearbeitet«, beeilte Ci sich zu antworten, und Feng korrigierte ihn nicht.

»Vorzüglich«, freute sich Kan. »Dadurch wird alles einfacher.« Er wandte sich an Feng. »Ci hilft mir dabei, Berichte über die Jin zu schreiben. Ich dachte, dass die Erfahrung Eurer Ehefrau uns nützlich sein könnte.«

»Da habt Ihr sicher recht! Aber setzen wir uns doch

endlich«, lud Feng die Gäste ein. »Ci, sag mir, wie geht es deinem Vater? Und was führt dich nach Lin'an?«

Ci senkte den Kopf. Er wollte nicht über seinen Vater sprechen. In Wirklichkeit wollte er über gar nichts sprechen. Wie oft hatte er sich gewünscht, Feng wiederzusehen, doch nun, da der Moment gekommen war, wollte er nur noch die Flucht ergreifen. Der Gedanke, dass er Unehre über Feng bringen könnte, wenn herauskam, dass man ihn wegen Diebstahls suchte, beschämte ihn. Aber noch schlimmer war etwas anderes: Er begehrte die Frau des Richters.

»Mein Vater ist tot. Unser Haus ist eingestürzt. Es sind alle gestorben«, fasste er zusammen. »Ich bin in der Hoffnung nach Lin'an gekommen, an den Kaiserlichen Prüfungen teilzunehmen …« Ci sah starr auf seine Hände hinab.

»Dein Vater tot! Aber warum bist du nicht zu mir gekommen?« Feng bat Iris, Tee nachzuschenken.

»Das ist eine lange Geschichte.«

»Dieses Versäumnis werden wir wieder gutmachen«, antwortete Feng. »Kan hat mir gesagt, dass du im Palast lebst, aber wenn du schon mit meiner Frau arbeitest, würde ich vorschlagen, dass du zu uns ziehst. Natürlich nur, wenn Kan nichts dagegen hat.«

»Ganz im Gegenteil«, antwortete Kan. »Das ist ein großartiger Vorschlag!«

Heiße und kalte Schauer überliefen Ci. Er konnte diese Einladung nicht annehmen! Er konnte nicht denjenigen verraten, der für ihn wie ein Vater war. Sobald Grauer Fuchs zurückkäme, würden alle erfahren, dass er ein Flüchtiger war, und seine Schande würde auch auf Feng abfärben. Doch der Richter ließ nicht locker.

»Du wirst sehen, dir wird es hier gutgehen.«

»Ich will Euch wirklich nicht zur Last fallen. Außerdem

habe ich mein gesamtes Instrumentarium und meine Bücher im Palast.«

»Das sind doch Kleinigkeiten!«, unterbrach ihn Feng. »Ich würde es mir nicht verzeihen, dich nach all der Zeit einfach gehen zu lassen. Wir werden dafür sorgen, dass deine Sachen herübergebracht werden.«

Verzweifelt dachte Ci nach, wie er aus seiner Zwickmühle herauskäme, während die anderen sich unterhielten. Er betrachtete Fengs faltenzerfurchtes Gesicht. Bei dem Gedanken, unter demselben Dach zu leben wie er, brannte sein Herz, und so war er erleichtert, als Kan aufstand und Ci bat, ihn zu begleiten. Feng und Iris folgten ihnen bis zur Tür.

»Auf Wiedersehen«, verabschiedete sich Feng.

Ci erwiderte seinen Gruß, doch er betete, dass es ihm vorher gelänge, auf Nimmerwiedersehen zu verschwinden.

* * *

Auf dem Weg zum Kaiserlichen Palast verlieh Kan seiner Freude über die glückliche Fügung dieser Zusammenkunft Ausdruck.

»Verstehst du nicht?« Er rieb sich die Hände. »Du wirst die Gelegenheit haben, in die Geheimnisse dieser Frau einzudringen.«

»Bei allem Respekt, Exzellenz. Das Gesetz verbietet kategorisch, dass ein Untersuchungsbeamter im Haus eines Verdächtigen wohnt.«

»Das Gesetz …«, rief Kan aufgebracht. »Diese Regel soll lediglich verhindern, dass der Ermittler durch die Familie korrumpiert wird, doch wenn die nicht wissen, dass sie observiert werden, können sie schlecht jemanden bestechen. Außerdem bist du kein Richter.«

»Es tut mir leid«, sagte Ci. »Ich werde weiter ermitteln, wenn Ihr es so wollt, aber ich werde nicht im Haus dieser Frau schlafen.«

»Hör mir mal gut zu, Junge. Das ist eine einzigartige Gelegenheit! Und du wirst tun, was ich von dir verlange!«

Kan funkelte ihn mit seinem einen Auge böse wie ein Raubtier an.

Ci versuchte, ihn mit dem Argument zu überzeugen, dass er nicht das Vertrauen des Mannes missbrauchen konnte, für den sein Vater gearbeitete hatte. Dadurch würde er seinen Vater, Richter Feng und sich selbst entehren.

»Und zugunsten dieses Vertrauens lässt du zu, dass seine eigene Frau ihn ins Verderben stürzt? Früher oder später wird ihre Tücke ans Licht kommen, und das wird sich auch auf Feng auswirken und ihn zu Fall bringen wie eine Marionette ohne Fäden … Im Übrigen steht weit mehr auf dem Spiel als die Ehre eines alten Richters«, fügte der Einäugige scharf hinzu. »Der Kaiser ist in Gefahr!«

»Tut was Ihr für richtig haltet, doch ich werde dieses Spiel nicht mitspielen.«

Kan schwieg, und Ci wusste, dass er sich einen Todfeind auf Lebenszeit geschaffen hatte. Eine unbeschreibliche Furcht stieg in ihm auf.

* * *

Hastig suchte Ci seine Siebensachen. Er musste fliehen, und wenn er sich beeilte, konnte er es schaffen. Er musste nur Bo rufen und einen Vorwand finden, damit er ihn aus diesen Mauern hinausgeleitete. Er rief einen Diener und trug ihm auf, den Kaiserlichen Berater zu informieren.

Er würde Lin'an für immer verlassen.

Als er das Klopfen an der Tür hörte, griff er rasch nach einer kleinen Mappe, in die er seine Notizbücher legte. Er erklärte Bo, dass es notwendig sei, noch einmal die Werkstatt des Bronzefabrikanten aufzusuchen. Bo argwöhnte nichts. Sie verließen den Palast und näherten sich den Mauern. Ci fürchtete, dass ein unbekannter Arm sie jeden Moment zurückhalten könnte, und beschleunigte seinen Schritt. Als sie die erste Mauer passieren wollten, gebot ihnen eine Wache Einhalt. Bo zeigte dem Posten die Kaiserlichen Siegel.

Der Wachmann ließ sich Zeit, in aller Ruhe studierte er die Passierscheine. Dann musterte er Ci. Nach einer gefühlten Ewigkeit gab er ihnen den Weg zur zweiten Mauer frei. Sie gingen weiter. An der zweiten Kontrolle hielt sie eine weitere Wache auf. Bo holte erneut die Siegel hervor, während Ci zur Seite blickte. Der Wachmann beobachtete ihn aus den Augenwinkeln. Cis Kiefer mahlten. Es war das erste Mal, dass man ihnen an der Mauer Schwierigkeiten machte. Die Wache verschwand und kam kurz darauf mit den Passierscheinen in der Hand zurück. Ci wollte sie zurücknehmen, doch der Mann hielt die Papiere fest.

»Sie tragen die Unterschrift des Strafrates«, sagte Ci widerstrebend.

Das schien den Wachmann nicht zu beeindrucken.

»Folge mir in den Turm«, befahl er.

Ci gehorchte. Als er die letzte Stufe der niedrigen Treppe genommen hatte und in den engen Raum trat, fuhr er zurück. Breitbeinig auf einem Stuhl sitzend, empfing ihn Kan. Er griff nach den Papieren, die der Wachposten ihm reichte, und zerknüllte sie, ohne einen Blick darauf zu werfen.

»Wohin des Weges?«, erkündigte er sich höhnisch.

»Zur Bronzewerkstatt.« Ci spürte, wie sein Herz ihm bis

zum Hals klopfte. »Es gibt eine Spur, der ich nachgehen muss. Bo begleitet mich.«

Kan zog eine Augenbraue hoch. »Was für eine Spur?«

»Eine Spur …«, stammelte Ci.

»Ich vermutete schon, du könntest so einfältig sein, an Flucht zu denken.« Er machte eine Pause und lächelte. »Aber es wäre sehr ungezogen von dir, wenn du es tätest, ohne dich von deinem Meister Ming zu verabschieden. Er sitzt gefangen im Kerker. Und da bleibt er, bis du zustimmst, zu Feng in den Pavillon zu ziehen.«

Blinde Wut flammte in Ci auf, als er den halbtot geschlagenen Mann auf der kaputten Pritsche liegen sah. Ming begrüßte ihn mit unbeweglicher Miene und leerem Blick.

»Diese Barbaren!«, platzte es aus Ci heraus.

Ihm blieb keine Wahl – er musste in Kans Pläne einwilligen. Immerhin sagte man ihm zu, Mings Wunden zu versorgen und den Professor an einen anderen Ort zu verlegen.

* * *

Mehrere Bedienstete halfen ihm, seine wenigen Besitztümer in den Seerosenpavillon zu schaffen. Als sie sich zurückzogen, sah Ci sich traurig in seiner neuen Bleibe um. Es war ein großzügiger Raum, aus dessen Fenstern man in den Garten voller Zitronenbäume blickte. Der Duft der Bäume durchdrang jeden Winkel und verwandelte das Haus in ein Paradies der Frische. Er legte seine Sachen ab und ging hinaus zu Richter Feng. Als er neben ihn trat, verbeugte sich Ci zur Begrüßung, doch Feng nahm ihn in den Arm.

»Junge! Ich freue mich so, dass du bei uns bist!«

Bei einem wohlschmeckenden schwarzen Tee fragte Feng

ihn nach den Umständen, die zum Tod seines Vaters geführt hatten. Ci erzählte ihm vom Verlust seiner Familie und wie es ihm in der Stadt ergangen war, von seiner Begegnung mit dem Wahrsager, dem tragischen Tod seiner Schwester, seiner Aufnahme in die Ming-Akademie und seiner Ankunft im Palast, lediglich die Details über seine Flucht und das Motiv seiner Anwesenheit in diesem Zimmer sparte er aus.

»Warum hast du nicht versucht, mich zu finden?«, fragte Feng, als Ci geendet hatte.

»Ich habe es versucht.« Ci überlegte, ob er ihm die wahren Motive enthüllen sollte, die ihn daran gehindert hatten, die Suche nach ihm beharrlich zu verfolgen. Er entschied sich dagegen. »Herr, ich sollte nicht hier sein. Ich verdiene es nicht, die Gesellschaft …«

Feng legte ihm einen Finger auf den Mund. Ci verstummte, Reue schnürte ihm die Kehle zu. Er schwieg, bis Feng ihn nach den Prüfungen fragte.

»Du wolltest doch teilnehmen, nicht wahr?«

Ci nickte. Er gestand Feng, dass er sich bemüht hatte, das Eignungszertifikat zu erhalten, dass es ihm jedoch wegen des unehrenhaften Verhaltens seines Vaters verwehrt geblieben war.

»Du hast es also erfahren«, sagte Feng bedauernd. »Ich wollte es dir nicht sagen. Als du mich im Dorf fragtest, warum dein Vater sich plötzlich weigerte, nach Lin'an zurückzukehren, habe ich es nicht übers Herz gebracht. Damals hattest du schon genug mit der Festnahme deines Bruders zu tun. Aber vielleicht kann ich dir jetzt helfen. Ich kenne Leute, und vielleicht ist es möglich, das Zertifikat …«

»Herr, ich möchte nicht, dass Ihr etwas für mich tut, das Euch schaden könnte.«

»Du weißt, wie sehr ich dich immer geschätzt habe, Ci.

Und ich wünsche mir, dass du dich unter meinem Dach zu Hause fühlst.« Er hielt inne, dann erzählte er von seiner Frau, Blaue Iris. »Wir haben uns kennengelernt, kurz nachdem ihr fort wart. Es war nicht einfach für uns. Überall, wo wir hingingen, verfolgten uns böse Zungen. Doch bei ihr habe ich mein Glück gefunden.«

Verstohlen sah Ci zu der schönen *Nüshi* hinüber. Sie saß im Garten, die Augen in die Weite gerichtet. Das Licht umspielte ihr seidiges schwarzes Haar, das sie zu einem Dutt geschlungen hatte, der ihren geraden, langen Hals entblößte. Schnell wandte er den Blick ab, als hätte man ihn dabei erwischt, etwas zu stehlen. Er bat Feng um die Erlaubnis, sich zurückzuziehen. Und er war schon ihm Gehen, als der Richter ihn zurückhielt.

»Ci.«

»Ja, Herr?«

»Danke, dass du hier bleibst. Das macht mich sehr glücklich.«

Ci ließ sich auf das Federbett fallen und betrachtete den Reichtum, der ihn umgab. Unter anderen Bedingungen hätte er die Situation genossen, doch in diesem Moment fühlte er sich wie ein wilder, treuloser Hund, der den Herrn, der ihn liebevoll bei sich aufnimmt, in die Hand beißt.

Doch was konnte er tun? Wenn er sich Kan widersetzte, würde der fürchterliche Einäugige Ming mit derselben Kälte abschlachten wie jemand, der eine Nacktschnecke zertrampelt. Fügte er sich dem dicken Strafrat, würde er Feng verraten. Er quälte sich, bis die Dämmerung hereinbrach, ohne einen Ausweg zu finden.

Er dachte an all die Morde: an den Eunuchen Sanfter Delphin, einen eleganten und sensiblen Mann, der Männer und

Antiquitäten liebte. An den älteren Toten mit den verätzten Händen, der offenbar mit dem Salzhandel zu tun gehabt hatte. An den dritten Toten, von dem er das Porträt hatte anfertigen lassen, dessen Gesicht von kleinen Narben übersät war. Und an den ermordeten Bronzefabrikanten, dessen Werkstatt zufällig in derselben Nacht abgebrannt war, in der er geköpft wurde …

Wo war das verbindende Element? Und wie könnte Blaue Iris darin verwickelt sein? Es ergab keinen Sinn. Denn selbst wenn die schöne Frau des Richters dem Kaiser schaden wollte, warum würde sie vier Menschen umbringen, zwischen denen anscheinend überhaupt kein Zusammenhang bestand?

Oder andersherum: In welcher Weise betrafen diese schrecklichen Tode den Kaiser? Die Morde waren alle nach derselben Methode verübt worden, doch war es letztlich nicht sicher, dass hinter allen auch dieselbe Person steckte.

Er dachte nach, bis die Abenddämmerung in Dunkelheit überging, und er fuhr damit während des Abendessens fort, indem er Magenschmerzen vortäuschte.

Erschöpft schloss er die Augen, und sogleich sah er Blaue Iris vor sich. Er konnte nichts dagegen tun, es geschah ganz von selbst. Er schämte sich, doch je vehementer er versuchte, seine Gedanken zu verbannen, desto weniger gelang es ihm.

Am nächsten Morgen stand er vor seinen Gastgebern auf. Er wollte sich vergewissern, dass es Ming gutging. Er dankte dem mongolischen Diener für das Frühstück, und nachdem er angekündigt hatte, dass er zum Mittagessen zurück sei, machte er sich auf zu den Kerkern.

Er fand Ming in einer feuchten, völlig verdreckten Zelle, wo sich gammelige Essensreste und Exkremente türmten und Ratten herumwuselten, die aus den Kanälen heraufgestiegen waren. Der Meister lag ausgestreckt da und klagte über die Wunden an seinen Beinen. Schreiend verlangte Ci eine Erklärung von der Wache, doch der zeigte so viel Mitgefühl wie ein Schlächter bei der Arbeit. Ci verfluchte ihn und entriss ihm einen Krug mit Wasser, dann kniete er sich neben Ming und versuchte, ihm Erleichterung zu verschaffen. Er zog sein Hemd aus und entfernte vorsichtig das trockene Blut von den Lippen des Meisters. Die Wunden an seinen Beinen sahen schlimm aus. Möglich, dass diese Verletzungen an einem jungen Körper schnell heilen würden, doch bei Ming … Ci reinigte sie behutsam. Er wusste nicht, was er tun sollte. Er versuchte ihn zu beruhigen, indem er ihm versicherte, dass er ihn aus diesem Loch herausholen würde. Ming lächelte matt.

»Gib dir keine Mühe. Männer, die Männer lieben, haben schon immer Kans Missfallen erregt.«

Ci verfluchte den Strafrat. Schließlich gestand er seinem Meister, welchen Handel Kan mit ihm trieb und wie kritisch seine eigene Situation war. Er versprach, alles zu tun, was in seiner Macht stand, um ihn zu retten. Um diese Morde aufzuklären.

»Ich tappe im Dunkeln. Was nützt es, Spuren zu verfolgen, wenn ich das Motiv nicht kenne, das den Mörder vorantreibt?«, klagte Ci.

»Hast du an Rache gedacht?«

»Das ist es, was Kan vermutet. Aber bei allen Göttern, er verdächtigt eine Blinde!« Er erzählte ihm von der *Nüshi.*

»Und könnte er nicht recht haben?«

»Natürlich könnte er das. Diese Frau hat so viel Geld, dass sie eine ganze Armee unter Vertrag nehmen könnte. Aber warum sollte sie das tun? Wenn sie sich rächen will, warum sollte sie dafür diese armen Unglücklichen umbringen?«

»Und es gibt keine anderen Verdächtigen? Irgendeinen Feind, der die Toten verbindet?«

»Ich weiß schon nicht mehr, was ich glauben soll. Der Eunuch hatte keine Feinde. Seine einzige Obsession war die Arbeit.«

»Und der Bronzefabrikant, von dem du gesprochen hast?«

»Man hat seine Werkstatt niedergebrannt. Das untersuche ich gerade.«

Ming versuchte sich aufzurichten, doch ein stechender Schmerz zwang ihn wieder auf die Pritsche zurück.

»Es tut mir leid, dass ich dir nicht helfen kann, Ci. In meinem Zustand … Aber vielleicht kannst du etwas für mich tun.« Er zog einen Schlüssel hervor, den er um den Hals trug. »Nimm ihn. Er wird dir die Tür zu meiner Bibliothek öffnen. Das letzte Regalbrett hat einen doppelten Boden.« Ein Zittern durchlief ihn. »Da bewahre ich die Geheimnisse meines Lebens auf, kleine Dinge, die mich begleitet haben: einige Bücher, Zeichnungen, Gedichte, Andenken … An sich wertlose Objekte, die mir dennoch viel bedeuten. Sollte mir etwas geschehen, will ich nicht, dass jemand sie findet. Frag nach Sui. Er wird dich hineinlassen.«

»Aber Herr …«

»Versprich mir, dass du die Sachen holen und neben mir begraben wirst.«

»Nichts dergleichen wird notwendig sein.«

»Versprich es«, drängte er.

Ci biss sich auf die Lippen. Er versprach es, und in Gedanken fügte er ein weiteres Versprechen hinzu: Sollte Meister Ming sterben, würde es nicht lange dauern, bis Kan ihm folgte.

Nachdem er sich von Ming verabschiedet hatte, steuerte Ci wutentbrannt das Arbeitszimmer Kans an, zu dem er sich dank seines neuen Passierscheins Zutritt verschaffte. Er wartete nicht, bis der Wachmann ihn angemeldet hatte, sondern stieß einfach die Tür auf und platzte hinein.

»Entweder holt Ihr Ming auf der Stelle aus dieser Kloake heraus, oder ich enthülle Blaue Iris Eure Verdächtigungen!«

Kan lachte verächtlich.

»Wenn Ihr ihn da nicht herausholt, erzähle ich ihr alles. Wenn er sich nicht erholt, erzähle ich es ihr auch. Und wenn er stirbt …«

»Wenn er stirbt, dann deshalb, weil du deine Arbeit nicht gemacht hast, und dann werdet ihr beide sterben!«, fuhr Kan ihm ins Wort. »Und lass dir eines gesagt sein, Junge: Bisher mögen deine Untersuchungen den Kaiser zufriedengestellt haben, doch mich überzeugen sie nicht. Und meine Geduld ist nicht unendlich. Ich würde dir raten, diese Schwuchtel ganz schnell zu vergessen, denn sonst könnte dir dasselbe Los zuteilwerden wie ihm. Mach dich, verdammt noch mal, wieder an die Arbeit, wenn du nicht so enden willst wie er.«

Ci rührte sich nicht.

»Hast du mich nicht verstanden?«, brüllte Kan.

»Erst, wenn Ihr Ming verlegt habt«, sagte Ci ruhig.

Blitzschnell zückte der Einäugige einen Dolch. Ci spürte den Druck des kalten Metalls an seiner Kehle, doch er hatte sich entschieden.

»Erst, wenn Ihr Ming verlegt habt«, keuchte er.

Er spürte, wie die Waffe in Kans Hand zitterte. Schließlich zog er sie zurück.

»Wache!«, brüllte er. Im selben Augenblick betrat der Wachmann das Zimmer. »Sorgt dafür, dass die Wunden des Gefangenen Ming versorgt werden, und schafft ihn in dieses

Gebäude. Und was dich betrifft …« Er kam Ci bedrohlich nahe, so nahe, dass Ci seinen Atem spürte. »Ich gebe dir drei Tage. Wenn du in drei Tagen den Mörder nicht gefunden hast, wird ein anderer dich finden.«

⋆ ⋆ ⋆

Als er aus Kans Arbeitszimmer trat, atmete Ci tief durch. Die Frist, die der Einäugige ihm gesetzt hatte, stimmte in etwa mit dem Datum der Rückkehr von Grauer Fuchs überein. Er ballte die Fäuste, bis sich die Fingernägel in seine Handflächen gruben. Er musste es schaffen, er musste den Mörder finden – und wenn es bedeutete, den verehrten Feng zu hintergehen.

Um sich zu vergewissern, dass Kans Befehle ausgeführt wurden, lief er zu den Kerkern hinüber. Dort kümmerte sich ein Arzt in Begleitung von vier Dienern um Ming, sie waren gerade dabei, den Professor auf eine Trage zu heben. Vorerst beruhigt, beschloss Ci, mit Bo die herbeigeschafften Trümmer aus der Werkstatt des Bronzefabrikanten in Augenschein zu nehmen.

Der Lagerraum war annähernd appetitlich wie der Schweinestall, in dem Ming gelegen hatte. Er war lediglich größer, und damit noch dreckiger. Mit dem Fuß stieß er ein Stück verkohltes Holz und einige Eisenhaken zur Seite. Diejenigen, die die Gegenstände transportiert hatten, hatten nicht nur vergessen, ihren Fundort zu vermerken, sondern hatten sie noch dazu einfach auf einen Haufen in die Ecke gekippt. Bo schnaubte ärgerlich, er werde seine Leute zur Rechenschaft ziehen, und half Ci, das Material zu sortieren. Sie räumten die Gegenstände aus Metall auf die eine, die aus Holz auf die andere Seite. Und während der Kaiserliche Berater die Hölzer klassifizierte, nummerierte Ci die Gussformen und ordnete die zersprungenen Keramikfragmente einander zu.

Sie waren mitten in ihre Arbeit versunken, als Ci plötzlich eine Scherbe fand, die ihn stutzig machte.

»Vergesst die Metalle. Schaut Euch diese Scherbe hier an!« Er streckte sie Bo hin. »Sie ist anders als alle anderen.«

Bo betrachtete die Scherbe aus grünlicher Terrakotta so neugierig, als hielte ihm Ci einen grauen Stein vor die Nase.

»Was ist das?«, fragte er.

»Suchen wir nach den restlichen Teilen!«

Es gelang ihnen, insgesamt achtzehn Splitter zusammenzutragen, die ihrem Aussehen nach aus derselben Form hervorgegangen waren. Sorgsam legte Ci sie in ein Taschentuch, das er in einem leeren Säckchen verstaute. Bo fragte ihn, warum er das tat, doch Ci zog es vor, ihm den wahren Grund nicht zu verraten. Um keinen Verdacht zu erregen, sagte er, dass er versuchen werde, mit allen Formen so zu verfahren. Als die Stunde des Mittagessens nahte, verabschiedete er sich von Bo, um mit dem Säckchen auf dem Rücken in den Seerosenpavillon zurückzukehren.

Kaum hatte er die Tür seines Zimmers hinter sich geschlossen, holte er hastig die Fragmente hervor, um sie zusammenzusetzen. Nicht nur ihre olivgrüne Färbung hatte seine Aufmerksamkeit erregt, sondern auch ihre Ebenmäßigkeit, was auf einen seltenen Gebrauch schließen ließ. Gleichzeitig widersprach diese Annahme der Idee einer Gussform, da diese hergestellt wurden, um eine große Anzahl serieller Teile zu produzieren. Er kam zu dem Ergebnis, dass die Form relativ neu sein musste. Er hatte gerade damit begonnen, die Teile zusammenzusetzen, als er bemerkte, dass jemand im Türrahmen stand.

»Der Tisch ist gedeckt«, verkündete Blaue Iris.

Ci hustete und begann eilig, die Teile einzusammeln, als hätte man ihn beim Stehlen erwischt. Er sah prüfend zu Iris hin, als er sein Säckchen unter dem Bett versteckte – sie starrte ins Leere. Er folgte ihr in den Salon, wo Feng schon auf sie wartete.

Während des Mahls eröffnete Feng Blaue Iris die Verbindung, die zwischen Ci und ihm bestand.

»Du hättest ihn damals kennenlernen sollen. Er war das reinste Nervenbündel. Und schlau wie ein Fuchs! Sein Vater arbeitete für mich, und ihn habe ich als Assistenten eingestellt. Ich erinnere mich, dass er immer, sobald die Schule aus war, vor meiner Tür stand und darauf wartete, mich bei meinen Ermittlungen zu begleiten.« Sein Gesicht leuchtete. »Er hat mich wahnsinnig gemacht mit seinen Fragen und Diskussionen, und – beim alten Konfuzius! – ich musste ihm alles erklären! Er hat sich nie mit einem einfachen ›So ist es eben‹ abspeisen lassen.«

Ci lächelte. Die Zeit, die der Richter wachrief, war die beste seines Lebens.

»Weißt du, Iris«, sagte Feng ernst. »Abgesehen davon, dass Ci ein unentbehrlicher Assistent war, ist er mir mit der Zeit beinahe so vertraut geworden wie ein Sohn, den ich nie haben konnte.« Sein Blick wurde traurig.

»Ich war nie so gut, wie Ihr behauptet«, sagte Ci errötend.

»So gut?«, fragte Feng. »Du warst der Beste! Viel besser als alle Assistenten, die ich nach dir hatte. Zum Beispiel der Fall in deinem Dorf.«

»Was ist geschehen?«, fragte Blaue Iris.

»Nichts Besonderes.« Der Gedanke an Lus Verbrechen und sein tragisches Ende waren ihm unangenehm. »Derjenige, der den Fall gelöst hat, ist Feng.«

»Was soll das heißen, nichts Besonderes? Du hättest dabei sein sollen! Es geschah in seinem Geburtsdorf. Ci hatte den Leichnam eines gewissen Shang gefunden, und die Ermittlungen kamen nur schwer in Gang. Kein Verdächtiger und keine einzige Spur des Verbrechers. Doch Ci gab nicht auf und half mir, bis ich den Beweis fand, den ich brauchte.«

Ci erinnerte sich, wie Feng die Fliegen aufgescheucht hatte, die sich wenig später auf der Sichel seines Bruders niederließen. Wie der Richter dadurch auf Lus Beteiligung an dem Mord geschlossen hatte.

»Es wundert mich nicht, dass Kan ihn eingestellt hat«, sagte Blaue Iris. »Obwohl es eigenartig ist, dass der Grund die Jin sind. Ci erzählte mir, dass er vor allem an ihren Nahrungsgewohnheiten interessiert sei.«

»Wirklich?« Feng warf Ci einen überraschten Blick zu. »Ich wusste nicht, dass du dich jetzt mit ihnen beschäftigst. Ich dachte, deine Arbeit hätte eher etwas mit deinen Fähigkeiten als *Wu-tso* zu tun.«

Ci verschluckte sich vor Schreck. Er beeilte sich, es auf den Wein und den Reis zu schieben, und erklärte, dass er die Barbaren aus dem Norden in der Ming-Akademie studiert habe. Zum Glück schien Blaue Iris nichts Näheres wissen zu wollen.

»Und was hat euch auseinandergebracht?«, fragte sie stattdessen ihren Mann. »Ich meine, warum hat er aufgehört, dein Assistent zu sein?«

»Ein Trauerfall«, antwortete Ci. »Mein Großvater ist gestorben, und da musste mein Vater die Beurlaubung beantragen, die ein solcher Fall vorsieht. Wir verließen Lin'an und gingen zurück ins Dorf, ins Haus meines Bruders.«

Er sah hinüber zu Feng, flehend, dass er keine weiteren Erklärungen über das ehrlose Verhalten seines Vaters abgeben möchte. Doch der Richter schwieg. »Das Huhn ist köstlich«, fügte Ci hinzu in dem Versuch, die Aufmerksamkeit von sich abzulenken.

Sie beendeten ihre Mahlzeit, während Feng von seinem Aufstieg und seinem Umzug in den Seerosenpalast erzählte. Der Richter gestand, dass er all das Blaue Iris zu verdanken hätte.

»Seit ich sie kenne, ist mein Leben ein anderes.« Er strich zärtlich über die Hand seiner Frau, doch sie zog sie wortlos zurück.

»Ich werde mehr Tee bestellen.«

Ci beobachtete, wie Blaue Iris aufstand und in die Küche ging, ohne sich ihres eigentümlichen roten Stockes zu bedienen, der ihr ständiger Begleiter war. Er konnte nicht aufhören, an ihre Haut zu denken. Feng schaute ihr ebenfalls nach.

»Niemand würde denken, dass sie blind ist.« Er lächelte stolz. »Sie könnte in den letzten Winkel des Hauses laufen, ohne irgendwo anzustoßen, und sie wäre schneller wieder zurück als du.«

Ci nickte, während er beobachtete, wie sich die schöne Frau seines väterlichen Freundes entfernte. Er fühlte sich wie ein Verräter, und die Reue nagte an ihm. Er wollte Feng die Wahrheit sagen, oder wenigstens einen Teil davon. Er musste es tun, sonst würde er platzen.

Er nutzte die Unterbrechung, um von Kan zu sprechen, doch vorher ließ er Feng schwören, dass er sein Geheimnis bewahren werde.

»Auch vor Blaue Iris«, fügte er hinzu.

Feng schwor es bei den Seelen seiner Toten.

Darauf erzählte Ci von seiner Flucht aus dem Dorf und von Kao, der ihn wegen Diebstahls gesucht hatte. Er erzählte ihm auch von Grauer Fuchs. Dann sprach er über die eigenartigen Mordfälle, die er untersuchte, er beschrieb Feng jeden einzelnen Fall und was er herausgefunden hatte. Als er fertig war mit den grausamen Details, versicherte er, dass Kan überzeugt sei, es handle sich um einen Rachefeldzug gegen den Kaiser. Dass der Einäugige Blaue Iris verdächtigte, verschwieg er jedoch.

»Das ist ja unglaublich«, sagte Feng erstaunt. »Ich werde sehen, wie ich dir helfen kann. Und was diesen Kerl betrifft, den du fürchtest, Grauer Fuchs … Mach dir keine Gedanken. Sobald er aus Fujian zurückkehrt, werde ich die Angelegenheit klären.«

Ci zog sich der Magen zusammen. Wie konnte er diesen Mann nur hintergehen? Er wollte ihm gestehen, dass das wahre Motiv für seinen Aufenthalt im Seerosenpavillon in der vermeintlichen Verwicklung seiner Frau in die Mordfälle begründet war, als Blaue Iris an den Tisch zurückkehrte.

»Der Tee.«

Feng lächelte sie an. Er machte Platz auf dem Tisch und beeilte sich, ihr das Tablett abzunehmen, damit sie sich setzen konnte. Dann schenkte sie mit sanften Bewegungen den Tee ein.

Plötzlich sprang Feng auf.

»Das hatte ich ja vollkommen vergessen!«, rief er und entfernte sich. Kurz darauf kam er mit einigen Papieren zurück. »Hier, für dich, Ci.«

Ci nahm die Dokumente verwundert entgegen.

»Aber das …« Er sah Feng ungläubig an. In seiner Hand hielt er das Zertifikat, das seine Eignung für die Teilnahme an den Kaiserlichen Prüfungen bescheinigte. Das unehrenhafte Verhalten seines Vaters wurde mit keinem Wort erwähnt. Er hatte saubere Papiere. Er war geeignet. Mit Tränen in den

Augen senkte er den Kopf, dankte Feng – und lächelte vor Glück.

Der Tee ging langsam zur Neige, als der mongolische Dienstbote sie unterbrach, um Feng zu informieren, dass einige Händler ihn vor der Tür erwarteten.

»Sie behaupten, es sei dringend.«

Feng entschuldigte sich, und kehrte wenig später empört zurück. Einer der Konvois, die Ware zur Grenze transportierten, war überfallen worden.

»Anscheinend wurden die Angreifer abgewehrt, aber wir hatten Verluste, und ein Teil der Lieferung ist verloren. Ich muss sofort aufbrechen«, sagte er bedauernd.

Ci seufzte. In diesem Augenblick hätte er alles dafür gegeben, Feng die wahren Motive seines Aufenthaltes enthüllen zu können, doch die Gelegenheit war verstrichen.

Bei der Verabschiedung flüsterte der Richter ihm ins Ohr: »Nimm dich vor Kan in Acht, und pass auf Iris auf.« Dann verschwand er.

31

Feng hatte ihm versichert, dass er nur einige Tage fort sein würde, um eine neue Lieferung aus den Lagern nahe der Stadt zu organisieren, doch die bloße Vorstellung, mit Blaue Iris allein zu sein, ließ Ci erschaudern. Er konnte nicht verhindern, dass ihm das Eignungszertifikat aus den Händen glitt, als er die Tür zufallen hörte. Und als er sich bückte und unwillkürlich die Hände von Blaue Iris streifte, machte sein Herz vor Schreck einen Sprung.

Er wollte sich entschuldigen, doch die Worte blieben ihm im Hals stecken. Er sei müde, gab er vor, und wolle sich nun zurückziehen. Die schöne, geheimnisvolle Iris nickte und bot ihm an, die Unterhaltung über die Jin fortzuführen, wenn er ausgeruht sei. Er bat sie noch um eine Portion gekochten Reis, da er später vielleicht hungrig sein könnte, und nahm den Teller mit auf sein Zimmer.

Fieberhaft zog Ci die Terrakotta-Scherben unter dem Bett hervor und begann mit der Arbeit. Er fing mit den größten Stücken an, die er mit einem Kohlestift nummerierte, damit er sich ihre Position merkte. Als er damit fertig war, versuchte er, sie mit Hilfe des klebrigen Reises zu einem Ganzen zusammenzusetzen. Doch nach kurzer Zeit ließen ihn die Nerven im Stich, und die wenigen Fragmente, die er zusammengefügt hatte, lagen wieder verstreut auf dem Boden. Er versuchte es ein ums andere Mal, bis er fluchend alles aus der Hand legte. Auch wenn er es nicht wahrhaben wollte, wusste er, dass das Zittern seiner Hände nur einen Grund hatte: die magische Anziehungskraft, die Blaue Iris auf ihn ausübte.

Er ließ sich auf das Bett fallen, doch es gelang ihm nicht, seine Unruhe abzustreifen. Die Seidenlaken streichelten seine Haut und ließen ihn von ihr träumen. Er versuchte, an Feng zu denken, doch vor seinem inneren Auge tauchten nur die runden Brüste von Blaue Iris auf.

Er beschloss, zur Entspannung ein Bad zu nehmen, und bat eine Dienerin um Handtücher. Als er in das angrenzende Zimmer hinüberging, erwartete ihn bereits eine mit Wasser gefüllte Wanne. Langsam zog er sich aus und stieg vorsichtig hinein. Die Frische beruhigte seine Nerven. Er schloss die Augen, tauchte auch den Kopf ins Wasser. Als er wieder hochkam, betrachtete er die Narben auf seinen Händen. Und er betrachtete die Verbrennungen auf seinem Oberkörper, die seine Haut überzogen wie verschlungene Lianen. Sie erschienen ihm so abscheulich wie seine Gedanken.

Er schloss wieder die Augen und lag ganz still im Wasser, auf der Suche nach einem Frieden, der ihm abhanden gekommen war. Doch der giftige Stachel des Verlangens ließ ihn keine Ruhe finden.

Wie war es möglich, dass ihm so etwas geschah? Wie konnte er es wagen, die Frau des Mannes zu begehren, der ihn wie ein Vater aufgenommen hatte? Je mehr er darüber nachdachte, je mehr er versuchte, sich von dieser süßen Versuchung zu lösen, desto mehr klammerte sie sich an ihn, hielt ihn gefangen und brach seinen Willen.

Über seinen Träumereien verstrich die Zeit, und nach und nach wich die Anspannung aus seinen Schultern, seine Arme ließen sich von dem leichten Wogen des Wassers tragen. Er fiel in einen leichten Dämmerschlaf und gelangte an einen nebeligen Ort, an dem ihn endlich der Frieden umfing, den er suchte.

Plötzlich nahm er einen durchdringenden Duft wahr. Sie war da.

Sie stand vor ihm, die blinden Augen auf seinen Körper gerichtet. Hastig versuchte er sich zu bedecken, ohne daran zu denken, dass sie ihn nicht sehen konnte.

»Geht es dir gut?«, fragte Blaue Iris sanft. »Die Dienerin hat mir gesagt, dass du baden wolltest, aber du liegst jetzt schon seit Stunden in dieser Wanne …«

»Tut mir leid«, antwortete er erschrocken. »Ich muss eingeschlafen sein.«

Wortlos tastete die Frau sich an der Wand entlang, bis sie an eine Truhe stieß, auf die sie sich niedersinken ließ. Ihre unerwartete Anwesenheit war ihm unangenehm.

»Du bist also *Wu-tso*. Eigenartiger Beruf.«

»Mich interessieren nur die Todesursachen«, entschuldigte er sich. »Genau wie Euren Ehemann.«

»Nicht mehr, seit sie ihn befördert haben. Seitdem kümmert er sich nur noch um Bürokratie. Und du? Womit beschäftigst du dich wirklich?« Sie stand auf und näherte sich der Wanne.

Ci räusperte sich.

»Das habe ich Euch schon gesagt. Ich arbeite als Kans Berater … Und eine *Nüshi*? Was genau macht eine *Nüshi*?«

»Oh, du weißt es also?« Die Frau umrundete mit vorsichtigen Schritten die Wanne und strich mit dem Finger auf dem Rand entlang. »Unter anderem war ich dafür zuständig, den Kaiser einzuseifen.« Sie tauchte ihre Hände in das Wasser.

Ci stockte der Atem. Er spürte die Bewegungen ihrer Finger in der Nähe seiner Füße. Ein Schauer überkam ihn – doch dann erhob sich Blaue Iris abrupt.

»Das Abendessen ist bereit. Ich erwarte dich im Esszimmer.« Während sie den Raum verließ, fühlte Ci sich, als habe er den Kuss einer Göttin empfangen, die sein Verderben bedeutete.

Wäre es nicht so unhöflich gewesen, dem Abendessen fernzubleiben, hätte er darauf verzichtet. Befangen betrat er den kleinen Salon, in den ihn die Dienerin führte, ein abgelegenes Zimmer, in dem Blaue Iris auf einem Schemel saß und auf ihn wartete. Sie trug eine luftige Bluse, die ihre weichen Formen erahnen ließ. Ci schluckte, er konnte den Blick nicht abwenden, verfolgte jede Bewegung ihrer wohlgeformten Arme und gepflegten Hände. Sanft betastete sie die Früchte auf dem Tisch, um ihre Reife und Oberfläche zu prüfen. Ihm wurde heiß und kalt, er konnte sich gar nicht sattsehen an ihr.

»Wohin schaust du?«, fragte sie.

Ci fuhr zusammen.

»Nirgendwohin«, antwortete er.

»Nirgendwohin? Gefällt dir nicht, was sie uns aufgetragen haben? Es gibt sogar Rosinen.«

»Oh doch, natürlich!« Er griff nach einer der seltsamen Früchte.

»Du wolltest wissen, was die Aufgaben einer *Nüshi* sind … Interessiert es dich wirklich?«, fragte sie unvermittelt.

»Sehr … Ja, wirklich«, stammelte Ci.

Iris nippte an ihrem Tee, ihre Lippen wurden feucht. Langsam stellte sie das Tässchen wieder ab und legte die Hände in den Schoß. Ci vermutete, dass sie wusste, dass er sie ansah.

»Du solltest allerdings zuerst aufessen und vielleicht noch ein wenig mehr trinken, denn du wirst eine Geschichte voller Bitterkeit zu hören bekommen.« Sie lächelte traurig. »Als ich in den Dienst des Kaisers eintrat, war ich noch ein Kind, ein Zustand, den dieser Mann innerhalb weniger Tage beendete. Er hatte etwas in mir gesehen, und dann nahm er es sich einfach. Fortan wuchs ich zwischen Konkubinen auf. Sie wurden meine Schwestern, die mir beibrachten, wie man lebt. Wie man für ihn lebt, wie man den Sohn des Himmels mit seelenloser Kunstfertigkeit befriedigt.« Ihre Augen wurden feucht. »Anstatt zu spielen, lernte ich zu küssen. Anstatt zu lachen, lernte ich zu gefallen … Die Texte von Konfuzius? Die ›Fünf Klassiker‹? Niemals habe ich sie gehört. Mir wurden die Klassiker der Liebeskunst vorgelesen: der *Xuannüjing* – das wollüstige ›Handbuch des mysteriösen Mädchens‹ –, das *Xufangneimishu*, das mich in die geheime Kunst des Schlafzimmers einweihen sollte, die *Ufangmijue*, in der von den geheimen Formeln des Thalamus die Rede war, und die *Unüfang*, die ›Rezepte der einfachen Dame‹ … Mit der Zeit, während mein Körper vom Mädchen zur Frau reifte, ergriff mich ein wahnsinniger Hass auf ihn. Und je mehr ich ihn hasste, desto mehr begehrte er mich.« Sie schloss die Augen. »Ich lernte, besser zu sein als die anderen – in dem Bewusstsein, dass meine Rache umso effektiver sein würde, je mehr er mich begehrte. Und Rache war mein einziger Wunsch.« Sie richtete ihren Blick auf Ci, als könnte sie ihn sehen. »Ich wurde zu seinem Liebling. Er labte sich Tag und Nacht an mir. Und als er alles von mir bekommen hatte, als aus meinem Körper nichts weiter für ihn herauszuholen war, wollte er auch meine Seele.«

Tränen liefen ihr über die Wangen, und Ci spürte, wie sich sein Magen zusammenkrampfte.

»Ihr müsst nicht weitersprechen. Ich …«

»Du wolltest es hören, oder?«, unterbrach sie ihn. »Weißt du, wie das ist, wenn jemand dich auspresst wie eine Zitrone? Wenn man sich benutzt fühlt, und noch schlimmer, wenn man dann verbraucht und leer zurückbleibt? Wenn einem nicht einmal die Selbstachtung bleibt, wenn die Ehre, das Ansehen, alle Achtung zerstört ist …« Sie trocknete sich die Tränen. »Ich war nichts mehr als eine Hülle, eine trockene Schale ohne Farbe und Aroma. Ich begann mich zu hassen, während all die anderen Konkubinen mich beneideten. Jede von ihnen hätte sofort mit mir getauscht, sogar mit meiner Blindheit, nur um sein Liebling zu sein. Dabei wünschte ich mir so sehr, Kinder zu bekommen wie sie.« Sie lachte bitter auf. »Natürlich bekam ich etwas im Austausch gegen meine Würde … Vor allem bekam ich am Ende meinen Willen. Als ich erreicht hatte, dass der Kaiser im Schlaf nach mir rief, dass er fiebrig aufwachte und nach mir tastete, damit ich seinen Durst nach Fleisch stillte, da verweigerte ich mich ihm. Ich täuschte eine Krankheit vor, für die seine Ärzte kein Heilmittel fanden. Von dem Tag an verwandelte sich sein stolzes Jadeschwert in ein weiches Seidenfähnchen, denn keine

Konkubine, keine Kurtisane, keine Prostituierte des Reiches war in der Lage, ihm zu geben, was ich ihm gegeben hatte.«

Ci lauschte stumm ihren Worten. Er langte nach ihrer Hand, in dem Wunsch, sie zu trösten, doch im letzten Moment hielt er sich zurück.

»Ihr braucht nicht fortzufahren«, sagte er schließlich.

»Trotzdem blieb ich an seiner Seite«, fuhr sie fort, als hätte sie ihn nicht gehört. »Er ernannte mich zur *Nüshi*, damit ich seine neuen Konkubinen in der Liebeskunst unterwies. Und das tat ich, um ihm nahe zu sein und seinen Verfall zu beobachten. Um ihn altern und zugleich verrückt werden zu sehen. Als dann sein Sohn Nin Zong den Thron bestieg, änderte ich meine Strategie. Der neue Kaiser schenkte mir vollkommene Nichtachtung, und ebenso behandelte ich ihn. Ich blieb am Hof bis zum Tod meines Vaters. Ich konnte ihn nicht beerben, solange ich im Palast blieb, aber zu der Zeit lernte ich Feng kennen.«

Ci sah sie an. Ihre Tränen waren getrocknet. Er schenkte ihr ein wenig Likör ein.

»Und was geschah dann?«, fragte er.

»Darüber will ich nicht sprechen.« Ihre Antwort kam hart wie ein Hammerschlag.

Sie saßen eine Weile schweigend da. Dann stand sie auf, entschuldigte sich und zog sich in ihre Gemächer zurück.

Ci blieb vor dem Likör sitzen, durch seinen Kopf wirbelte ein Strudel von Wünschen und Gedanken. Er griff nach der Flasche und nahm einen Schluck. Er dachte an Feng. Er dachte an Blaue Iris. Alles drehte sich. Er umklammerte die Flasche und ging damit auf sein Zimmer.

Um Mitternacht weckte ihn ein seltsames Geräusch. Ci rieb sich die Schläfen. Sein Schädel pochte, als hätte man ihn mit einer Keule malträtiert. Die leere Likörflasche stand eine Handbreit vor seinem Gesicht. In der Dunkelheit nahm er das Geräusch von Schritten wahr, konnte sie jedoch nicht orten. Sein Puls beschleunigte sich. Er rührte sich nicht.

Und plötzlich spürte er ihren Atem. Sie hob das Laken an, unter dem er lag, und schlüpfte anmutig darunter. Ci versuchte zu begreifen, was in diesem Moment geschah. Etwas in ihm wollte es verhindern. Doch etwas Stärkeres verlangte danach, ihre Haut zu berühren. Er stöhnte leise.

Er konnte kaum einen klaren Gedanken fassen. Ihr Duft raubte ihm den Verstand. Plötzlich spürte er, wie ihre Hand über sein Bein glitt und sich langsam hochtastete. Er atmete tief ein und betete, dass sie gehen würde, und gleichzeitig, dass sie blieb. Ihre Brust legte sich auf seine, ihr Atem streichelte warm seinen Hals.

Eine schreckliche Angst lähmte ihn, reglos empfing er ihre Liebkosungen. Er war gehemmt wegen seiner Narben, doch er ließ sich von der Wärme einhüllen, die ihr Körper verströmte. Seine Hände suchten ihre, fassten sie, und dann erforschten seine Lippen ihre honigsüße Haut. Sanft, dann immer fordernder saugte er an ihrer Brust, als müsste er einen Durst stillen, der so alt war wie das Leben selbst. Sie wand sich unter ihm, drückte ihn an sich. Keuchend versicherten sie sich ihrer Leidenschaft. Langsam fuhr sie mit ihrer Zunge über seinen Bauch, über die Narben hinweg bis zu seinem harten Jadeschwert. Als sie es mit ihrem Mund umschloss, glaubte Ci zu sterben. Sie nahm seine Hand und führte sie stöhnend zu ihrer tropfnassen Lusthöhle. Er richtete sich auf, wollte in sie eindringen, doch sie hielt ihn zurück. Langsam schob sie sich auf ihn, bis sie rittlings auf ihm saß. Mit einer Hand hielt sie ihm die Augen zu. Mit der anderen umfasste sie die Spitze seines wild pochenden Geschlechts. Ci keuchte.

Er befreite seine Augen von der Hand, die ihn blind machte, fasste ihre pfirsichzarten Hinterbacken und stieß lustvoll seinen Liebesdolch in sie hinein.

»Das ist nur gerecht«, flüsterte sie an seinem Ohr.

»Gerecht«, keuchte Ci und erlaubte, dass ihre Hand abermals seine Lider schloss.

Iris bäumte sich auf, tanzte auf ihm, immer wilder, immer schneller und raubte ihm alle Sinne. Er spürte, wie sie bebte, während er die Kontrolle verlor und sich in ungestümen Stößen in ihr ergoss.

Bevor sie sich von ihm löste, schmeckte Ci den salzigen Geschmack von Tränen, die aus ihren blinden Augen liefen. Er sagte sich, dass es Freudentränen waren.

Doch da irrte er sich.

Als er am nächsten Morgen aufwachte, war sie schon nicht mehr da. Er fragte die Dienerin nach dem Verbleib seiner Gastgeberin, doch die vermochte keine Auskunft zu geben.

Er frühstückte in demselben kleinen Saal, in dem sie am Abend zuvor gegessen hatten. Der Tee schmeckte nach gar nichts. Er seufzte und nahm den Geruch von Blaue Iris wahr, der noch an seiner Haut haftete. Doch ihr süßer Duft hinterließ diesmal einen bitteren Nachgeschmack.

Wie würde er Feng gegenübertreten? Konnte er ihm begegnen, ohne den Blick zu senken? Er wusste, dass er es nicht konnte. Er war nicht einmal in der Lage, sich selbst in dem herrlichen Bronzespiegel anzusehen, der den Raum dominierte. Er stürzte den Tee hinunter und versuchte, die Nachwirkungen des Rausches der vergangenen Nacht zu lindern. Dann stand er auf, um sich zu waschen, so als könnte das Wasser die Schande von seinem Körper tilgen, mit der er sich bedeckt hatte. Er sehnte sich nach der Lust, die er mit

Blaue Iris geteilt hatte, und gleichzeitig verabscheute er sich dafür.

Auf dem Weg in sein Zimmer blieb er einen Augenblick vor dem großen Salon stehen, beeindruckt von der Schönheit der Antiquitäten, die ihn schmückten. Die prächtigen Krüge und Vasen, die Gemälde und Spiegel stellten die Sammlung des Eunuchen Sanfter Delphin vollständig in den Schatten. Von besonders ausgesuchter Schönheit waren die altertümlichen Kalligraphien, die in eindrucksvollen Rahmen an der Wand hingen. Die Texte stammten von dem berühmten Taoisten Li Bai, dem unsterblichen Dichter der Tang-Dynastie. Leise und langsam las Ci die Strophe.

Zu meiner Lagerstätte scheint licht der Mond herein,
bedeckt mit fahlem Glanze wie kalter Reif den Rain.
Ich heb das Haupt und blicke empor zum lichten Mond,
drauf laß ich's wieder sinken und denk der Heimat mein.

Einen Moment lang fand Ci sich in diesem Vers gespiegelt.

Er las weiter, bis er zu einer kleinen Inschrift kam, die besagte, dass die Komposition Teil einer Serie von elf Kalligraphien war. Doch an dieser Wand hingen nur zehn. An dem Ort, an dem die elfte hätte hängen müssen, befand sich das Porträt des Dichters, und darunter war noch der Abdruck eines anderen Rahmens erkennbar. Ein Abdruck, der dem ähnelte, den die zehn anderen auf der Seide hinterlassen hatten.

Er wollte sich gerade Gewissheit verschaffen, als er spürte, dass jemand hinter ihn getreten war. Er wandte sich um und stieß beinahe mit Blaue Iris zusammen.

»Was machst du hier?«, fragte sie.

»Ich betrachte diese wunderschönen Kalligraphien«, sagte Ci.

»Die Bedienstete sagte, du habest nach mir gefragt.«

»So ist es. Aber sie wusste nicht, wo Ihr wart.« Er versuchte, ihre Hand zu greifen, doch sie zog sie zurück.

»Ich war draußen, spazieren«, sagte sie kühl.

Ci deutete auf die Kunstwerke. »Beeindruckende Gedichte. Hingen da immer zehn?«, fragte er.

»Ich weiß nicht. Ich kann sie nicht sehen.«

Ci runzelte die Stirn.

»Ist etwas passiert? Letzte Nacht …«

»Die Nächte sind dunkel«, unterbrach sie ihn. »Die Tage bringen Klarheit. Sag mir, was hast du heute vor? Wir haben noch immer nicht über die Jin gesprochen.«

Ci räusperte sich. Er sagte, dass er am Vormittag zu tun habe. Er wolle nach einem kranken Freund, dem Meister Ming, sehen und noch einmal den Lagerraum mit den Überbleibseln der Bronzefabrik aufsuchen.

»Also mittags?«, schlug sie vor.

»Ja.«

»In Ordnung. Ich warte hier auf dich.«

Unruhig verließ Ci den Seerosenpavillon. Er wollte Blaue Iris so gern vertrauen, doch diese Frau irritierte ihn. Sie erschien ihm mysteriös und gefährlich.

Sollte er mit Ming darüber sprechen?

Er fand den alten Meister in einem kargen, aber sauberen Zimmer, in dessen Nähe auch Bos Gemächer lagen. Ming schien in besserer Verfassung zu sein, obwohl seine Beine immer noch eine beunruhigende violette Färbung aufwiesen. Ci erkundigte sich, ob ein Arzt bei ihm gewesen sei. Ming schüttelte den Kopf.

»Diese Quacksalber brauche ich nicht.« Er richtete sich stöhnend auf.

Ci entdeckte den Napf mit angetrockneten Reisresten, der neben dem Bett stand. Hätte er das gewusst, hätte er Obst und Wein mitgebracht!

Als er sicher war, dass niemand mithörte, offenbarte er Ming seine Zweifel an Blaue Iris. Ein Verdacht, der ihn quälte, der jedoch immer drängender wurde. Er zählte seinem Lehrmeister die Indizien auf, die darauf hindeuteten, dass die geheimnisvolle Schöne zwei Gesichter hatte, obwohl er sie gleich darauf verteidigte.

Ming hörte Ci aufmerksam zu. Seine Miene verriet Besorgnis.

»Nach dem, was du erzählst, hätte sie gleich mehrere Motive«, sagte er.

»Ja, aber wie gesagt, es sind nur Vermutungen. Es liegt kein Beweis gegen sie vor. Und wie sollte sie den Kaiser nicht verabscheuen? Sie hat viel unter ihm gelitten, doch von da bis zu einem Mord ist es ein weiter Weg … Ihr müsstet sie kennenlernen.« Ci senkte den Blick. »Diese Frau ist die Sanftheit in Person.«

»Und wer sagt, dass ich sie nicht kenne? Das Eigenartige ist, dass du offenbar nie zuvor von ihr gehört hattest. Ci, ich fürchte ernsthaft, dass deine Gefühle deine klaren Gedanken trüben.«

Ci wurde rot. »Was meint Ihr damit? Blaue Iris wäre nicht in der Lage, einer Fliege etwas zuleide zu tun.«

»Das glaubst du? Ich nehme an, dass du den Grund kennst, warum Kaiser Nin Zong sie aus ihrer Verantwortung als *Nüshi* entließ?«

»Natürlich kenne ich den! Als Nin Zong den Thron bestieg, wollte er sie loswerden, weil sie die Krankheit seines Vaters verursacht hatte. Der alte Kaiser war verrückt geworden, nachdem sie sich ihm verweigert hatte.«

»Das hat sie dir erzählt?« Ming bedachte ihn mit einem strengen Blick. »Es erstaunt mich, dass du nicht informiert bist über eine Geschichte, die alle Welt kennt.«

»Und was besagt diese Geschichte?«, fragte Ci trotzig.

Ming räusperte sich. »Nun, dass der alte Kaiser nicht wegen der Zurückweisung verrückt wurde. Die Ärzte, die ihn betreuten, fanden Gift in dem Tee, den sie für ihn zubereitete.«

Ci fühlte einen tonnenschweren Zementblock auf seinen Magen drücken, während Mings Worte in seinem Kopf widerhallten. Er weigerte sich zu glauben, was er hörte, doch Mings Gesichtsausdruck ließ keinen Raum für Zweifel. Ci verwünschte seine Schwäche, die ihn in den Armen von Blaue Iris alles hatte vergessen lassen. Er war ihren Reizen vollkommen erlegen – und fühlte sich unendlich dumm, als hätte er seine Seele für ein paar wertlose Münzen verkauft. Er wollte Ming nach den Details fragen, doch ein Wachmann trat zu ihnen und unterbrach ihre Unterredung. Warum verschwindet er nicht wieder?, dachte Ci ärgerlich. Nach einer Weile gab Ci die Hoffnung auf und versuchte Ming lediglich noch davon zu überzeugen, sich in die Hände eines Arztes zu begeben. Dann verließ er das Zimmer mit schwirrendem Kopf.

Er war niedergeschlagen, doch er musste sich zusammennehmen und die Ereignisse um Blaue Iris mit dem Verstand sortieren. Sie hatte ein Motiv: ihren Hass auf den Kaiser, den sie nicht nur nicht versteckte, sondern dessen sie sich vor jedem Dahergelaufenen zu rühmen schien. Und wenn sie fähig gewesen war, den alten Kaiser zu vergiften, warum sollte sie nicht auch andere Verbrechen begehen? Hinzu kamen ihre fehlenden Skrupel – sie hatte ihn nach allen Regeln der Kunst verführt und nicht gezögert, Richter Feng zu betrügen. Wie sehr er selbst auch Komplize ihrer Untreue gewesen war … Außerdem war da noch die Sache mit dem

Parfüm, das sie direkt mit den gefundenen Leichen in Verbindung brachte.

Doch warum sollte Blaue Iris vollkommen Unbekannte umbringen, die dem Kaiser fernstanden?

Er beschloss, noch einmal die Gemächer von Sanfter Delphin aufzusuchen, denn es gab etwas, das er prüfen wollte.

Eine träge Wache gewährte ihm den Zugang, nachdem er das Siegel überprüft und seinen Namen im Besucherregister vermerkt hatte. Sofort steuerte Ci den Raum an, den der Eunuch in sein privates Antiquitätenmuseum verwandelt hatte. Die edle Kalligraphie, die ihm bei seinem ersten Besuch aufgefallen war, hing an ihrem Platz. Er hatte sich nicht geirrt. Es handelte sich um die Dichtung des unsterblichen Li Bai. Die Nummer elf, die in der Sammlung von Blaue Iris fehlte! Und es war der gleiche Rahmen wie bei den übrigen zehn der Serie, die er im Pavillon von Blaue Iris gesehen hatte! Er schob den Rahmen vorsichtig ein Stück zur Seite, um seinen Abdruck auf der Wand zu prüfen. Grimmig untersuchte er nun alle Gemälde, die das Zimmer schmückten. Als er fertig war, verließ er mit einer Mischung aus Wut und Zufriedenheit die Gemächer des Eunuchen. Im Hinausgehen erinnerte er sich an das Register, in dem alle Personen festgehalten waren, die die Räume je betreten hatten. Einige Münzen wechselten den Besitzer, und schon erlaubte die Wache, dass Ci das Buch konsultierte. Fieberhaft ging Ci die Eintragungen durch. Die Mehrzahl der Namen war ihm unbekannt, glücklicherweise war auch die Funktion vermerkt, die sie im Palast innehatten. Unter anderem tauchten in dem Register Kan und Bo auf, und schließlich fand er den Namen, den er suchte. Die Schrift war deutlich und ließ keinen Zweifel: Zwei Tage nach dem Verschwinden des Eunuchen hatte jemand namens Blaue Iris seine Gemächer besucht.

Cis Herz klopfte, er spürte, dass er sich der Wahrheit näherte. Ihm blieb noch eine Stunde bis zu seinem Treffen mit Iris, Zeit genug, um den Lagerraum aufzusuchen, wo sich die verkohlten Reste aus der Bronzewerkstatt befanden.

Allmählich fügten die Dinge sich zusammen.

Als er das Lager erreichte, stellte er überrascht fest, dass der Eingang unbewacht war. Besorgt sah er sich um – keine Menschenseele weit und breit. Drinnen herrschte vollkommene Dunkelheit. Argwöhnisch betrat er den Raum, er bemühte sich, kein Geräusch zu machen, doch nach wenigen Schritten stolperte er und stürzte. Als er den Boden neben sich abtastete, bemerkte er, dass die Mehrzahl der Objekte, die er und Bo klassifiziert hatten, verstreut herumlagen. Er fluchte und riss alle Tore auf. Als genügend Licht hereinfiel, sah er, dass der Lagerraum offensichtlich durchsucht worden war. Sofort ging er zu dem Ort, wo sie die Formen abgelegt hatten – die meisten waren zu Staub zerschlagen worden. Plötzlich hörte er über seinem Kopf ein Geräusch, instinktiv griff er nach der Keule, die neben den Scherben und Splittern lag. Das Geräusch war verstummt, und er konnte niemanden ausmachen, also untersuchte er weiter die Trümmer, bis er auf einen Sack mit Gipsresten stieß, mit dem man Positivabdrücke der Gussformen herstellte. Er hob ihn auf und betrachtete ihn. Plötzlich hörte er wieder das Geräusch, diesmal lauter als zuvor. Doch Ci blieb keine Zeit zu reagieren, denn schon sauste eine Lawine aus Stangen, Gittern und Hölzern auf ihn herab und begrub ihn unter sich.

Ci traute sich erst, die Augen zu öffnen, als sich der Staub etwas gelegt hatte und er wieder atmen konnte. Er sah kaum etwas, aber wenigstens war er am Leben. Sein rechtes Bein war unter einer Eisenstange eingeklemmt, er versuchte sich zu befreien, vergeblich. Langsam drangen die Sonnenstrahlen durch die Staubwolke, und gegen das Licht zeichnete sich undeutlich die Gestalt eines Unbekannten ab. Ci war wie gelähmt. Die Gestalt kam näher. Ci umklammerte eine Eisenstange, die in der Nähe lag, und machte sich bereit, sein Leben teuer zu verkaufen. Die Gestalt war jetzt nur noch einen Schritt von ihm entfernt. Sein Atem wurde schneller.

»Ci! Bist du das?«

Ci fuhr zusammen. Es war die Stimme von Bo!

»Geht es dir gut? Was ist geschehen?«, fragte Bo und mühte sich, die Eisenstangen zur Seite zu rollen, die Ci gefangen hielten.

Was hatte Bo hier zu schaffen gehabt? Misstrauisch fragte er ihn danach.

»Eine der Wachen informierte mich, dass jemand die Abwesenheit des Nachtwächters genutzt hatte, um die Tür aufzubrechen. Also bin ich gekommen, um die Sache zu überprüfen.«

Ci wusste nicht, ob er Bo vertrauen konnte. Er vertraute im Augenblick niemandem. Humpelnd verließ er den Lagerraum, das Gehen fiel ihm schwer. Daher bat er den Kaiserlichen Berater, ihn zu stützen und bis zum Seerosenpavillon zu begleiten.

Er erinnerte sich, dass die einzige Person, der er von seiner Absicht erzählt hatte, den Lagerraum aufzusuchen, Blaue Iris gewesen war. Und irgendwie hatte er das Gefühl, dass er sich rasch um die Sicherheit seines möglicherweise wertvollsten Besitzes kümmern musste: der Gussform, die er unter seinem Bett versteckt hatte.

Auf dem Weg erkundigte sich Ci, ob die Befragung mit der Porträtzeichnung des Leichnams etwas ergeben hatte.

»Nein, bisher nicht«, sagte Bo. »Allerdings habe ich Neuigkeiten, was die amputierte Hand angeht. Bei der eigenartigen

Tätowierung, die du unter dem Daumen entdeckt hast, handelt es sich nicht um eine Flamme.«

»Sondern?«, fragte Ci neugierig.

»Ich habe sie von Chen Yu untersuchen lassen, einem berühmten Tätowierer vom Seidenmarkt. Einer der besten von Lin'an. Der Mann betrachtete sie lange, bevor er sagte, dass nach seiner Meinung der äußere Kreis durch die Einwirkung des Salzes ausgelöscht worden sei.« Bo bückte sich und zeichnete auf den sandigen Boden eine gekrümmte Flamme. Dann malte er einen Kreis darum. »In Wirklichkeit ist es keine Flamme. Es ist ein Yin-Yang-Symbol.«

»Das Symbol der Taoisten?«

»Noch genauer das eines alchemistischen Mönchs. Der Tätowierer hat mir versichert, dass als Pigment Zinnober verwendet wurde, das Erkennungszeichen der Okkultisten, die nach dem Elixier des ewigen Lebens suchen.«

Inzwischen hatten sie den Seerosenpavillon erreicht. Als der mongolische Diener sah, in welchem Zustand er sich hergeschleppt hatte, wollte er sogleich die Hausherrin informieren, doch Ci winkte ab, dankte Bo für seine Hilfe und ließ sich in sein Zimmer bringen.

Kaum hatte er die Tür hinter sich geschlossen, lief er zum Bett und vergewisserte sich, dass die Scherben noch an ihrem Ort lagen. Er wollte sie gerade wieder verstecken, als Blaue Iris den Raum betrat, ohne vorher anzuklopfen. Cis Herz schlug wild.

»Man hat mir gesagt, dass du einen Unfall hattest«, sagte sie besorgt.

Ci schob die Reste der Gussform zurück unter das Bett und richtete sich auf.

»Ja. Einen recht eigenartigen Unfall. Tatsächlich würde ich es eher einen Mordanschlag nennen.«

Als sie das hörte, riss Blaue Iris erschrocken ihre blinden Augen auf.

»Was … was ist passiert?«, stammelte sie.

»Ich weiß es nicht. Ich hatte gehofft, Ihr könntet es mir erklären.«

»Ich? Ich verstehe nicht …«

»Lassen wir die Lügen.« Er griff nach ihrem Handgelenk. »Ich wollte Kan erst keinen Glauben schenken, aber er hatte recht.«

»Was erzählst du da? Lass mich los! Lass mich sofort los, oder ich gebe Befehl, dass man dich auspeitscht!« Sie löste sich aus seinem Griff. Wankend tastete sie sich mit ihren Füßen rückwärts zur Tür. Doch Ci war schneller. Als sie die Tür zuschlagen hörte, fuhr Blaue Iris zusammen.

»Darum habt Ihr mich verführt, nicht wahr?« Ci umkreiste sie wie ein Raubtier seine Beute. »Kan hatte mich vor Euch gewarnt, vor Euch und Euren mörderischen Plänen gegen den Kaiser. Ich wollte ihm nicht glauben, was mich beinahe das Leben gekostet hätte.«

»Du bist verrückt. Lass mich!«

»Der Eunuch arbeitete im Salzmonopol. Ich weiß nicht, ob er etwas in den Abrechungen entdeckte und Ihr ihn bestochen habt oder ob er Euch erpresste … Jedenfalls wusstet Ihr von seiner Leidenschaft für Antiquitäten, und Ihr habt ihn mit einer bezahlt, die er unmöglich ablehnen konnte. Als er Euch weiter erpresste, habt Ihr Euch seiner entledigt.«

»Raus mit dir! Verlasse auf der Stelle mein Haus!«, rief sie.

»Ihr wart die Einzige, die wusste, dass ich in den Lagerraum gehen wollte … Wer war es, den Ihr schicktet, um mich loszuwerden?«

»Ich warne dich, geh jetzt!«, schrie sie.

»Ihr habt die Jade-Essenz benutzt, um ihnen Angst einzujagen, damit sie wussten, dass eine Blinde sie beseitigen konnte.

Ihr wusstet Euch geschützt durch Eure Vergangenheit, und Ihr wusstet, dass der Kaiser nicht noch einmal wagen würde, ohne Beweise die Enkelin des berühmten Helden anzuklagen, den unser Land verraten hat. Doch Euer Rachedurst kannte keine Grenzen. Ihr habt mich belogen, als Ihr sagtet, dass der Kaiser liebeskrank wurde. Ihr habt ihn vergiftet, ebenso wie mich gestern!«

Blaue Iris versuchte, das Zimmer zu verlassen, doch Ci versperrte ihr den Weg.

»Gesteht!«, rief er aufgebracht. »Gesteht, dass Ihr mich belogen habt. Dass Ihr mich habt glauben lassen, Ihr fühltet etwas für mich!«

»Wie kannst du es wagen, mich zu beschuldigen? Du, der du als Erster gelogen hast über deinen wahren Beruf. Du, der du deinen geliebten Feng mit seiner schönen blinden Frau betrogen hast!«

»Ihr habt mich verhext!«

»Du bist erbärmlich. Ich weiß nicht, was ich in dir sehen konnte.« Sie wollte gehen, doch Ci hielt sie fest.

»Kan hatte also recht, in allem.«

Wütend riss Blaue Iris sich los.

»Das Einzige, worin dieser Ratsherr recht haben mag, ist, dass ich eine Idiotin bin. Ich habe mich in dir getäuscht. In der Nacht, als du die Kurtisane verteidigt hast, dachte ich wirklich, du wärst etwas Besonderes«, sie lachte bitter. »Doch du bist keinen Deut besser als die anderen. Du denkst, du hast das Recht, mich anzuklagen und zu verurteilen, mich zu benutzen und zu verabscheuen, weil ich nichts weiter bin als eine alte *Nüshi*. Eine Expertin der Liebeskunst. Ja, ich habe dich verführt. Und?«, fragte sie herausfordernd. »Was weißt du schon von mir? Nichts. Und Kan? Dieser Talgklumpen würde seine eigenen Kinder verkaufen, um seine Ziele zu erreichen. Was hat er dir erzählt?« Sie stieß ihn weg. »Dass ich versucht habe, den Kaiser zu vergiften? Glaubst du vielleicht, dass der Kaiser mich am Leben gelassen hätte, wenn es wahr wäre? Und hat Kan dir gestanden, dass er Tausende Male versucht hat, mich zu besitzen, und ich ihn stets abgewiesen habe? Hat er dir erzählt, dass er mich zur Frau nehmen wollte und ich ablehnte? Hat er dir gesagt, welchen Affront es für den ehrenwerten Strafrat bedeutete, dass eine *Nüshi* ihn verachtete?«

Ci wollte ihr glauben, doch so viele Indizien sprachen gegen sie.

»Euer Name taucht im Besuchsregister von Sanfter Delphin auf«, sagte er. »Und im Salon dort hängt die Kalligraphie mit dem elften Gedicht von Li Bai. Eine Antiquität, die Euch gehört, die an Euren Wänden hängen sollte und die Ihr gegen ein grobes Porträt des Dichters ausgetauscht habt. Ein Text, den der Eunuch niemals hätte käuflich erwerben können.« Er hoffte, dass sie ihm widersprechen würde, doch sie schwieg. »Ich habe die Siegel gelesen, die den Besitzer anzeigen. Diese Werke gehörten Eurem Großvater. Wenn es stimmt, dass Ihr ihn so in Ehren haltet, hättet Ihr niemals zugelassen, dass sie Euer Heim verließen. Es sei denn …«

»Es sei denn?«, fragte sie und wandte sich zum Gehen.

»Wohin geht Ihr?«

»Lass mich!«, rief sie aufgebracht. »Frag Kan! Er besitzt Dutzende Fläschchen mit Jade-Essenz, die er besorgte, um mich zu beschenken. Was das Gedicht von Li Bai betrifft, das hat mein Mann Kan geschenkt, also frag ihn, wie es in die Hände von Sanfter Delphin gelangen konnte.« Sie holte tief Luft, bevor sie weitersprach. »Und falls du es nicht weißt, an dem Tag, als ich die Gemächer des Eunuchen betrat, tat ich es, um einige Porzellanminiaturen zu holen. Ja, der Eunuch war mein Freund. Darum informierte mich Kan, dass er verschwunden sei, und bat mich, die Miniaturen zu holen, die mir gehörten … Wenn du mir nicht glaubst, dann frag ihn danach.«

Wieder allein, versuchte Ci, einen klaren Kopf zu bekommen. Er bereute es, gegen die Frau, die ihn in der vergangenen Nacht mit solcher Leidenschaft geliebt hatte, solch schwere Anschuldigungen vorgebracht zu haben. Er hatte sie anhand von Indizien in die Enge gedrängt, doch Beweise hatte er nicht.

Aus welchem Grund hätte Blaue Iris diese Männer töten wollen? Vielleicht lag die Antwort darauf in den Terrakottascherben.

Seufzend holte er die Scherben wieder hervor und machte sich verbissen daran, sie zu einer Gussform zusammenzusetzen.

Nach und nach nahm das Objekt Form an, bis er schließlich zwei Hälften vor sich hatte, die als Ganzes einen quaderförmigen Klotz von den Ausmaßen eines Unterarms bildeten. Er legte die übrigen Scherben zur Seite, sie schienen Teil einer inneren Konstruktion zu sein, und band die beiden Schalen vorsichtig mit einer Schnur zusammen. Dann mischte er in einer Waschschüssel den Gips an, den er aus dem Lagerraum mitgenommen hatte, und goss die Masse in die Form. Ungeduldig wartete er darauf, dass sie fest wurde, schließlich klappte er die beiden Hälften auseinander.

Ci betrachtete das Ergebnis seiner Arbeit. Auf dem Boden lag ein Stück Gips, das mit viel Phantasie an ein Zepter erinnerte. Sein Durchmesser entsprach in etwa dem eines Schwertgriffs, man konnte es gut mit der Hand umfassen. Doch vermochte er sich keinen Reim darauf zu machen, welchem Zweck das Ding diente. Ratlos und enttäuscht verstaute er die Form in seinem Schrank. Die übriggebliebenen Scherben versteckte er zusammen mit dem Gipsabguss unter einer losen Bodendiele. Dann verließ er den Seerosenpavillon.

Er irrte ziellos umher. Er war daran gewöhnt, Leichen zu analysieren, Zeichen zu deuten und unsichtbare Wunden sichtbar zu machen, doch er wusste nicht mit Intrigen und Fehden umzugehen, mit Leidenschaft und Lügen, die sich einem rationalen Zugriff verweigerten.

Wer manipulierte ihn tatsächlich? War es Iris, die ihn nach allen Regeln der Kunst verführt hatte? Oder war es Kan, der, wenn die Aussage der schönen Iris stimmte, sich bitter an der Frau rächen wollte, die ihn gedemütigt hatte?

Die Möglichkeit bestand, dass Kan Blaue Iris zu den Gemächern des Eunuchen begleitete hatte, und wenn er tatsächlich Zugang zur Jade-Essenz hatte, ergab es auch einen Sinn, dass er Parfümspuren an den Opfern hinterlassen hatte, um sie zu belasten. Hinzu kam, dass Blaue Iris ihren Abscheu gegen den Kaiser nie verhehlt hatte, wodurch sie eine große Angriffsfläche für Beschuldigungen bot. Und war Kan nicht der Letzte gewesen, der den Bronzefabrikanten lebend gesehen hatte? Ci kam auch das seltsame Treffen des Strafrats mit dem Botschafter der Jin in den Sinn, für das er nur eine fadenscheinige Erklärung abgegeben hatte.

Fieberhaft überlegte er, wie er nun vorgehen sollte. Mit Kan konnte er nicht darüber reden, das Einzige, was er erreichen würde, wäre, seinen Argwohn zu wecken. Für nichts hatte er schlüssige Beweise. Und er erinnerte sich gut daran, dass Bo ihn vor dem hitzigen Temperament des Strafrats gewarnt hatte.

Er musste mit Nin Zong selbst sprechen.

* * *

Aufgeregt stürzte Ci in das Arbeitszimmer des Kaiserlichen Beraters.

»Ich wünsche eine Audienz beim Kaiser, sofort!«, platzte er heraus.

Bo sah ihn verständnislos an.

»Wieso sollte er dir eine Audienz gewähren? Davon abgesehen gibt es ein Protokoll, das wir alle respektieren müssen. Wenn wir das nicht tun, werden wir im besten Falle ausgepeitscht«, sagte er.

Ci sagte Bo, dass er einen dringenden Verdacht habe, wer die Morde begangen haben könnte, und dass er darum weder mit Kan sprechen noch weitere Zeit verstreichen lassen durfte.

»Und falls man Euch beschuldigt, werde ich alles auf mich nehmen.«

»Man hat mich unter anderem als deinen Begleiter abgestellt, um derlei Ansinnen zu vermeiden«, sagte Bo und schüttelte den Kopf.

»Habt Ihr vergessen, was in dem Lagerraum geschehen ist? Wenn Ihr mir nicht helft, könnte es vielleicht morgen schon zu spät sein … Es gibt jemanden, der um jeden Preis verhindern will, dass ich die Mordfälle aufkläre!«

Bo sah Ci durchdringend an. Dann erhob er sich und verließ wortlos den Raum. Es verging eine Weile, die Ci vorkam wie eine Ewigkeit, bis er zurückkam.

»Seine ehrenwerte Majestät wird dich im Thronsaal empfangen«, sagte er ernst. Er zündete ein Räucherstäbchen von der Größe eines Fingernagels an und gab es Ci. »Du kannst sprechen, solange es brennt. Keinen Atemzug länger«, warnte er ihn.

Ci folgte ihm bis zu dem prächtigen Thronsaal. Nervös hielt er das Räucherstäbchen im Blick, das bereits drohte, seinen Daumen zu verbrennen. Plötzlich trat Bo zur Seite, und Ci stand vor dem Kaiser.

Die Goldbesätze der kaiserlichen Robe blendeten Ci so sehr, dass er das brennende Stäbchen beinahe fallen ließ. Hastig kniete er sich nieder, um den Boden zu küssen. Und als seine Majestät ihm endlich das Wort erteilte, berichtete er überstürzt von seinen Verdächtigungen gegen Kan, und dass der ehrenwerte Strafrat offenbar versuchte, von sich selbst auf Blaue Iris abzulenken.

Der Kaiser hörte ihn schweigend und mit unbewegter Miene an.

»Einen meiner treuesten Männer, einen Kaiserlichen Rat, für den ich meine Hand ins Feuer legen würde, der Ehrlosigkeit zu beschuldigen, ist ein Affront, der mit dem Tode bestraft wird, sollte er sich als gegenstandslos erweisen«, sagte Nin Zong streng.

»Ja, Eure Majestät, ich weiß.« Ci zitterte, während seine Fingerkuppen langsam verbrannten.

»Wenn ich anordne, dass Kan hergebracht wird, und er dann deine Anschuldigungen zu entkräften weiß, sehe ich mich gezwungen, dich hinrichten zu lassen. Wenn du die Sache hingegen noch einmal überdenkst und deine Anschuldigung zurückziehst, werde ich gnädig sein und deine Kühnheit vergessen. Also, sag mir: Willst du deine Anklage aufrechterhalten?«

Ci atmete tief durch.

»Ja, Majestät.« Die Flamme in seiner Hand erlosch.

Im selben Moment stürzte ein Kaiserlicher Beamter herein. Kreidebleich warf er sich dem Kaiser zu Füßen.

»Majestät, es ist etwas Furchtbares passiert. Kan hat sich in seinen Gemächern erhängt!«

SECHSTER TEIL

32

Kaum hatte der bestürzte Mann geendet, befahl Nin Zong, sämtliche Kaiserlichen Richter zusammenzurufen. Sobald alle beisammen waren, brach der Kaiser mit ihnen und einer Eskorte von Wachen zu den Gemächern des toten Strafrats auf. Ci begleitete den Zug, mit Nin Zongs Erlaubnis.

Auf der Türschwelle blieb der Kaiser stehen. Entsetzt hielten auch seine Männer inne. Vor ihnen hing wie ein dicker Sack der nackte Leichnam Kans. Sein aufgequollenes Gesicht sah aus wie das einer zerplatzten Kröte. Zu seinen Füßen stand eine große Truhe. Nin Zong befahl, den Leichnam sofort loszubinden, doch die Richter beharrten einstimmig auf der Notwendigkeit, zunächst einige Untersuchungen durchzuführen. Ci verfolgte ihre Arbeit aus einiger Entfernung. Während die Richter das Aussehen des Opfers kommentierten, registrierte Ci die Stellung und die Anzahl der Möbelstücke im Raum und fertigte eine Skizze davon an in dem Büchlein, das er stets bei sich trug. Als man ihm schließlich erlaubte, den Leichnam zu untersuchen, zitterte er, als wäre es sein erstes Mal.

Ci besah sich den Kopf des Toten, der zur linken Seite herabhing. Sein gesundes Auge war geschlossen, und die Lippen waren schwarz verfärbt. Der Mund stand leicht offen, die Zunge war gegen die Zähne gedrückt. Das Gesicht war blau angelaufen und in den Mundwinkeln sowie auf der Brust bemerkte Ci Speichelspuren. Die Beine, dick wie Fässer, wiesen kleine Blutungen unter der Haut auf.

Ci bat darum, auf die Truhe steigen zu dürfen. Mit einem Satz war er oben und stellte fest, dass der Strick aus geflochtenem Hanf bestand. Er hatte sich unter dem Kehlkopf in den Hals des Mannes gegraben. Im Nacken war er zu einem beweglichen Knoten geknüpft. Die Schlinge hatte knapp unter dem Haaransatz einen dunklen Striemen hinterlassen, der von Ohr zu Ohr lief. Sehr zur Verwunderung der Anwesenden stellte Ci einen Stuhl auf die Truhe. Er kletterte hinauf und nahm den Querbalken unter die Lupe, um den das Seil geknotet war. Interessiert begutachtete er die Schlinge und den Dachbalken. Schließlich stieg er von dem Stuhl herunter, versuchte erfolglos, die Truhe zu bewegen, und erklärte seine Untersuchung für beendet.

Auf Anordnung des Kaisers nahm man den Leichnam ab und beauftragte den Rat der Riten, mit den Vorbereitungen für die Bestattung zu beginnen.

Zwei Wachen hievten den massigen Toten in die Höhe, während ein Dritter die Schlinge löste. Sie legten den Leichnam auf den Boden, Ci nutzte diesen Augenblick, um den Brustkorb abzutasten. Die Richter warfen ihm schiefe Blicke zu, vergaßen ihn jedoch im nächsten Moment, weil Bo auf demselben Tischchen, auf dem auch Kans perfekt zusammengelegte Kleidung lag, eine handgeschriebene Notiz fand. Der Kaiserliche Berater überflog die Zeilen und reichte sie Nin Zong.

Die Hände des Kaisers zitterten, während er las. Mit Zornesröte im Gesicht zerknüllte er das Papier, als er geendet hatte. Niemand wagte aufzublicken. Schließlich warf Nin Zong die Notiz in Bos Richtung und widerrief seine soeben erteilte Anweisung. Stattdessen ordnete er an, auf jeglichen Akt der Kondolenz zu verzichten. Es werde keine öffentliche Beerdigungszeremonie geben, der Leichnam solle auf einem beliebigen Friedhof beigesetzt werden.

Ein ungläubiges Raunen ging durch den Raum. Während die Richter und die Wachen sich beeilten, dem Kaiser hinauszufolgen, reichte Bo Ci die Notiz. Ci faltete sie ängstlich auseinander und begann zu lesen. In wenigen Zeilen gestand Kan, der Schuldige an den brutalen Verbrechen zu sein, die den Hof seit einiger Zeit in Atem hielten. Er habe sie mit dem einzigen Ziel verübt, sich an Blaue Iris zu rächen. Darunter hatte er sein Siegel gesetzt.

Fassungslos ließ Ci sich mit dem Rücken an der Wand zu Boden gleiten. Er konnte es nicht glauben. Der Strafrat erklärte sich für schuldig, und damit hatte alles ein Ende. Es gab nichts weiter zu untersuchen.

Er blieb sitzen, bis Bo ihn aufforderte, sich wieder zu erheben. Abwesend gab er Bo den Brief zurück, verabschiedete sich von ihm und ging mit gesenktem Kopf in Richtung der Gärten.

Nach diesem Schuldgeständnis Kans konnte er vom Kaiser den versprochenen Posten verlangen und eine juristische Karriere am Hof beginnen. Ming würde wieder frei sein, Blaue Iris rehabilitiert werden, Feng würde ihn gegen jede Anklage abschirmen, die Grauer Fuchs gegen ihn vorbringen konnte – kurzum, seine Träume könnten wahr werden. Doch eine düstere Ahnung beschlich ihn, während er zwischen den Weiden umherwanderte. Er war sich beinahe sicher, dass es sich bei Kans Tod nicht um Selbstmord handelte, sondern um ein weiteres Verbrechen.

* * *

Er stieg die kleine Treppe zum Seerosenpavillon hinauf, um seine Sachen zu packen. Er war entschlossen, dem Palast den Rücken zu kehren, sobald Ming offiziell freigelassen wurde. Es kümmerte ihn nicht, was später mit dem Kaiser geschah. Sie hatten ihn gezwungen, zu ermitteln, sie hatten ihn bedroht und erpresst, hatten versucht ihn umzubringen, hatten Ming verhaftet … Was konnten sie noch von ihm verlangen? Sie hatten den Schuldigen, den sie suchten, und der hatte seine Schuld bezahlt.

Er würde nie mehr erfahren, ob Blaue Iris in die Morde verwickelt war oder nicht. Er wünschte, sie wäre es nicht, doch letztlich machte es auch keinen Unterschied mehr, denn er würde Lin'an verlassen und sie nicht wiedersehen. Er hatte die Dummheit begangen, sich in eine Frau zu verlieben, von der er wusste, dass sie für ihn verboten war. Und was noch schlimmer war, er hatte damit das Vertrauen des Mannes missbraucht, der sich wie ein zweiter Vater um ihn kümmerte. Er verwünschte die Nacht, in der er Blaue Iris kennengelernt hatte. Und doch spürte er auf seinen Lippen noch die Erinnerung an ihre Küsse.

Als er seine Kleidung zusammengelegt hatte, hielt er einen Moment unschlüssig inne. Was sollte er mit der Gussform und dem Abdruck machen, die er versteckt hatte? Er hob die Bodendiele an, zog das Gipszepter hervor und legte es auf das Bett. Dann ging er zu dem Schrank hinüber, in dem er die Form versteckt hatte, doch zu seinem Erstaunen fand er sie nicht. Jemand hatte sie gestohlen. Ihn überlief ein kalter Schauer.

Er versuchte sich damit zu beschwichtigen, dass das Verschwinden der Form vielleicht das Beste war, was ihm passieren konnte. Denn wenn es bei dem Anschlag im Lagerraum um dieses Stück Terrakotta gegangen war, war doch die wirksamste Garantie, dass man ihn fortan in Ruhe ließ, dass es nicht mehr in seinem Besitz war.

Nachdem Ci sein Gepäck verschnürt hatte, nahm er den Gipsabguss in die Hand und betrachtete ihn genauer. Er fragte sich, ob es sich statt um ein Zepter nicht um eine Flöte handelte.

Er schüttelte den Kopf. Warum machte er sich darüber überhaupt noch Gedanken? Dennoch mochte er das Stück nicht einfach dalassen, vielleicht brauchte er es doch noch mal als Beweis … Er verstaute es zwischen seinen Kleidungsstücken und überlegte, wo er es später verstecken könnte. Dabei rieb er sich den Nacken und spürte die Kette unter seinen Fingern, an der der Schlüssel zu Mings Geheimfach hing. Den hatte er vollkommen vergessen – das war die Lösung!

Mit seinem Gepäck verließ er das Zimmer. In der Tür zum Salon sah er Blaue Iris stehen. Er musste schlucken. Ihre Schönheit versetzte ihm einen Stich. Als er an ihr vorüberging, war er kurz davor, ihr zu erklären, warum er fortmusste, doch seiner Kehle entrang sich nur ein verschämter Abschiedsgruß.

Er bat Bo, ihn zur Akademie zu begleiten, da er Schwierigkeiten an der Mauer vermeiden wollte. Gemeinsam verließen sie die Palastanlage, ohne registriert zu werden.

Als sie an der Akademie ankamen, fragte Ci nach Sui, dem Diener Mings. Der Gärtner, der sie empfangen hatte, verschwand für einen Moment und kehrte kurz darauf in Begleitung eines Mannes im mittleren Alter zurück, der Ci durch seine buschigen Augenbrauen hindurch erstaunt anschaute. Ci zeigte ihm den Schlüssel.

»Ist der Meister …?«

Ci schüttelte den Kopf. Meister Ming werde bald wieder auf den Beinen sein, aber er habe ihn beauftragt, ein Buch aus seiner Bibliothek zu holen, das er während seiner Genesung lesen wollte. Der Diener nickte und bedeutete Ci, ihm zu folgen. Bo wartete im Garten.

Im Arbeitszimmer des Professors steuerte Sui zielstrebig ein Regal an und zog einige Bücher vor, die eine Klappe aus Mahagoni verdeckten. Ci wartete darauf, dass der Diener zurücktrat, doch Sui rührte sich nicht.

Die unerwartete Situation zwang Ci dazu, seinen Plan zu ändern, und er musste es schnell tun, sonst würde Sui Verdacht schöpfen. Er steckte den Schlüssel in das Schloss der Mahagoniklappe. Dahinter verbarg sich ein bis obenhin gefülltes Fach. Ci fluchte innerlich, als ihm klar wurde, dass der Abguss nicht hineinpassen würde. Er versuchte Zeit zu gewinnen, indem er die Buchrücken studierte, die sich in dem Versteck stapelten. Plötzlich blieb sein Blick an einem Werk hängen, das sein Interesse weckte. Es war ein Manuskript mit dem Titel *Ingmingji*, »Analyse juristischer Prozesse«, und die Handschrift gehörte niemand Geringerem als Ming. Er zog es heraus, um Sui nicht misstrauisch zu machen, und rief erfreut, dass Ming ihn um ebendiese Schrift gebeten hatte. Die Frage des Verstecks für den Gipsabguss hatte er allerdings noch nicht gelöst.

»Was ist?«, fragte der Diener schließlich.

Ci zögerte. Schließlich gab er ihm das Zepter und ein Säckchen mit Münzen.

»Du musst mir einen Gefallen tun. Du musst es für Ming tun.«

⋆ ⋆ ⋆

Ci kehrte mit der einzigen Absicht in den Palast zurück, seinen Meister zu befreien. Bo wollte sich dafür einsetzen, die Formalitäten zu beschleunigen, doch die Posten, die Mings Tür bewachten, ließen nicht mit sich reden.

Als er mit dem Meister allein war, versuchte Ci, ihm Mut zuzusprechen. Seine Beine heilten gut, und das Blut sei wieder in seine Wangen zurückgekehrt. In wenigen Tagen schon könne er wieder aufstehen und seinen Pflichten nachgehen. Bis dahin mache es keinen Unterschied, ob er sich in der Akademie auskurierte oder im Palast. Ming seufzte. Doch als Ci ihn über die Umstände von Kans Selbstmord in Kenntnis setzte, kehrte die Blässe in sein Gesicht zurück.

»Was verschweigst du mir?«, fragte Ming besorgt.

Ci warf einen Blick auf die Wachen. Sie schienen ihrer Unterhaltung zu folgen, also antwortete er, es sei nichts.

»Bist du sicher?«, insistierte Ming.

Ci log besser, als er je zuvor gelogen hatte – die Miene des Professors hellte sich wieder auf, während sein eigenes Gemüt sich verdüsterte. Er verabscheute es zu lügen, doch in letzter Zeit schien er es zu einiger Meisterschaft gebracht zu haben. Er hatte Blaue Iris belogen, Richter Feng und nun auch noch Ming. Er verabschiedete sich und versicherte ihm, er werde sich darum kümmern, dass man ihn so schnell wie möglich in die Akademie verlegte. Dass er ein Manuskript aus seiner Bibliothek genommen hatte, sagte er ihm nicht.

Als er das Zimmer verlassen hatte, war er nicht gerade stolz auf sein Verhalten. Niedergeschlagen fragte er sich, was er hier eigentlich tat, was er erreichen wollte und zu wem er geworden war.

Intuitiv schlug er die Richtung zum Seerosenpavillon ein.

Als er die Silhouette Fengs vor dem Gebäude ausmachte, wurde ihm schwer ums Herz. Der Richter war gerade dabei, ein halbes Dutzend Männer zu beaufsichtigen, die Gepäckstücke und Säcke ins Haus trugen.

»Ci!«, rief er erfreut. »Iris hat mir gesagt, du hättest uns verlassen, aber ich habe ihr versichert, dass das unmöglich ist.« Er umarmte ihn mit Überschwang.

»Ihr seid früher zurück als geplant«, sagte Ci mit gesenktem Kopf. Er dachte, dass ihm die Schande ins Gesicht geschrieben stehen musste.

»Glücklicherweise konnte ich den neuen Konvoi schnell organisieren. Los, hilf mir mal mit diesen Geschenken … Iris! Sieh mal, wer zurückgekommen ist!«

Ci grüßte sie schüchtern, doch sie machte auf dem Absatz kehrt. Beim Essen sprach Iris kein Wort und aß keinen Bissen von dem karamellisierten Hühnchen, das der mongolische Diener aufgetragen hatte. Feng erkundigte sich nach dem Vorfall, der in aller Munde war.

»Ein Selbstmord!«, rief der Richter. »Ich habe immer gesagt, dass Kan eine dunkle Seite hatte, doch niemals hätte ich ihm so etwas zugetraut. Was wirst du jetzt tun, Ci?«

Ci schluckte das Hühnchen herunter, ohne zu kauen. Er traute sich nicht, Feng in die Augen zu schauen, schon gar nicht in Gegenwart seiner Frau.

»Ich werde wohl in die Akademie zurückkehren«, antwortete er einsilbig.

»Um jeden Tag minderwertigen Reis zu essen? Das kommt gar nicht in Frage. Du bleibst hier bei uns! Nicht wahr, Iris?«

Die Frau antwortete nicht, stattdessen entschuldigte sie sich für ihre Kopfschmerzen. Als sie aufstand, um sich zurückzuziehen, bot Feng an, sie zu begleiten, doch sie lehnte seine Hilfe ab und ging alleine in ihre Gemächer.

»Manchmal sind die Frauen komisch … Aber ich hoffe, du wirst genug Gelegenheit haben, Iris besser kennenzulernen!«

Ci war es unmöglich, den Bissen herunterzuschlucken, den er im Mund hatte. Er spuckte ihn in einen Napf. Besorgt schenkte Feng ihm einen Tee ein und schlug vor, dass sie in die Bibliothek hinübergingen.

Die Bibliothek war ein behaglicher Raum mit großen Fenstern. Eine leichte Brise trug den Duft des Jasmins herein.

Ci hatte keine Ahnung, wie er beginnen sollte. Er haderte mit den Worten, bis er Feng geradeheraus gestand, dass Kan ihn beauftragt hatte, Blaue Iris auszuspionieren.

»Meine Frau?« Die Teetasse zitterte in Fengs Händen.

Ci versicherte ihm, dass er sich geweigert hatte, weiterzumachen, nachdem er wusste, dass sie seine Frau war. Doch Kan habe ihn erpresst, indem er das Leben von Professor Ming in die Waagschale warf.

Auf Fengs Gesicht spiegelte sich zunächst ungläubiges Erstaunen. Als er dann aber hörte, dass Kan Blaue Iris für schuldig der grässlichen Morde gehalten hatte, bebte er vor Empörung.

»Wie kann er nur! Wenn er sich nicht selbst umgebracht hätte, würde ich ihn eigenhändig in Stücke reißen!«

Ci sah Feng fest an.

»Wenn es doch nur so wäre. Aber Kan hat sich nicht selbst umgebracht.«

»Was willst du damit sagen? Man erzählt sich, dass er ein besiegeltes Geständnis hinterlassen hat.«

Ci erzählte Feng von seinen Beobachtungen, die er angestellt hatte.

»Er hing an einem Strick aus geflochtenem Hanf. Dünn, aber reißfest. Wie man ihn benutzt, um Schweine aufzuhängen …«

»Das ist genau richtig für ihn«, murmelte Feng voller Abscheu.

»Ja. Aber sein Verhalten war nicht das eines Menschen, der beschlossen hat, sich umzubringen.«

»Menschen ändern ihre Meinung. Vielleicht überfielen ihn die Angst und die Schuldgefühle in der Nacht. Er brach zusammen und handelte spontan.«

»Hätte er dann nicht das Erstbeste genommen, das ihm in

die Finger kam? In seinem Zimmer gab es Vorhangkordeln, *Hanfu*-Gürtel, lange Seidentücher, Laken, die er zusammenknoten konnte …«

»Ich verstehe den Grund deines Misstrauens nicht. Es gibt doch schließlich die von ihm besiegelte Nachricht, die du selbst gelesen hast. In der er seinen Selbstmord ankündigt.«

»Nein, in der Nachricht bekennt er sich schuldig, aber an keiner Stelle ist die Rede davon, dass er sich umbringen will. Meine Vermutung wird von weiteren Ereignissen gestützt, die sie zur Tatsache erheben«, verkündete Ci. »Zunächst ist da seine ordentlich zusammengefaltete Kleidung auf dem Tischchen. Es erscheint mir sehr seltsam, dass sie auf vollkommen andere Weise zusammengefaltet war als die in seinem Kleiderschrank.«

»Du willst damit andeuten, dass er sie nicht selbst zusammengelegt hat.«

Ci nickte.

»Eine scharfe Beobachtung, wenngleich ein Anfängerfehler«, wehrte Feng ab. »In jeder einfachen Familie hätte deine Beobachtung zugetroffen, aber ich versichere dir, dass die Räte im Palast ihre Kleidung niemals selbst zusammenlegen. Diese Aufgabe obliegt den Bediensteten, und darum ist das Detail, das du nennst, nur der Beweis dafür, dass Kan seine Kleidung anders zusammenfaltete als seine Dienstboten.«

Ci musste zugeben, dass er daran nicht gedacht hatte. »Ihr habt recht, entschuldigt meine Anmaßung. Doch sagt mir, welchen Reim macht Ihr Euch auf die Truhe?«

»Eine Truhe? Ich verstehe nicht …«

»Er platzierte sie unter dem zentralen Querbalken, an dem er hing.«

»Und was ist daran bemerkenswert?«

»Nicht viel.« Er machte eine Pause. »Wenn die Truhe nicht

voller Bücher wäre. Ich habe versucht, sie zu bewegen, doch es ist mir nicht gelungen. Um sie zu verschieben, hätte ich die Hilfe einer weiteren Person benötigt. Warum sollte er etwas so Schweres durch die Gegend schieben, wenn er doch zahlreiche Stühle besaß? Aber das ist nicht alles«, fuhr Ci fort. »Um auf den Strick zurückzukommen, den er benutzte, um sich zu erhängen – er war neu. Der Hanf war noch vollkommen makellos. Wie eben geflochten. Und doch gab es ein Stück, an dem die Kordel abgeschabt war, und zwar an ihrem losen Ende. Ein abgeschabtes Stück von etwa zwei Ellen Länge. Kurioserweise dieselbe Strecke wie von den Füßen des Toten bis zum Boden.«

»Ich weiß nicht, worauf du hinauswillst.«

»Wenn er sich selbst erhängt hätte, hätte er erst den Strick über den Balken geworfen, dann den Kopf in die Schlinge gesteckt und wäre schließlich von der Truhe gesprungen. In dem Fall wäre der Strick unversehrt geblieben.« Er stand auf und ging schweigend auf und ab. Dann blieb er vor Feng stehen und führte seine Überlegungen aus. »Meiner Meinung nach war Kan bereits bewusstlos, bevor er an dem Balken hing. Höchstwahrscheinlich wurde er betäubt. Mindestens zu zweit legten sie ihn auf die Truhe, steckten seinen Kopf durch die Schlinge, warfen das Ende des Seils über den Querbalken und zogen, bis er in der Luft schwebte. Dabei entstand der Abrieb der Hanfkordel am Balken, verursacht durch Kans Gewicht.«

»Interessant«, räumte Feng ein. »Und warum denkst du, dass Kan vor seinem Tod bewusstlos war?«

»Wenn wir uns einig sind, dass wir es hier mit einem Verbrechen zu tun haben, ist davon auszugehen, dass Kan seinen Mördern Widerstand geleistet hätte. Doch sein Körper wies keinerlei Schrammen, Hämatome oder sonstige Kampfspuren auf. Man könnte an eine Vergiftung denken, doch sein Herz schlug noch, als man ihn henkte. Die vitale Reaktion seiner Haut an der Kehle, die gegen die Zähne gedrückte Zunge und die schwarz verfärbten Lippen bezeugen es, so dass allein die Möglichkeit einer Betäubung bleibt.«

»Nicht unbedingt. Vielleicht haben sie ihn auch gezwungen.«

»Das bezweifle ich. So schrecklich die Bedrohung auch gewesen sein mag, sobald die Schlinge seinen Hals einschnürte und sein Körper im Leeren hing, hätte er sich instinktiv gewehrt, um sich zu befreien.«

»Vielleicht war er an den Händen gefesselt …«

»Es waren keine Abdrücke an seinen Handgelenken. Dafür eine andere Spur, die meinen Verdacht definitiv erhärtet.« Er suchte in der Bibliothek nach einem staubigen Buch, setzte sich wieder zu Feng und klemmte es mit dem Buchrücken nach oben zwischen seine Knie. Dann zog er einen Faden aus seinem Ärmel und legte ihn auf den Buchrücken. Die beiden Enden hingen an den Seiten herab. »Schaut her.« Ci fasste die beiden Enden und zog mit einer kurzen, heftigen Bewegung in beide Richtungen. Dann entfernte er den Faden und zeigte Feng die Spur, die er hinterlassen hatte. »Die Furche, die der Faden im Staub des Buchrückens hinterlassen hat, ist klar definiert und gerade. Und jetzt noch einmal.« Ci wiederholte sein Experiment an einer anderen Stelle des Buchrückens, doch diesmal simulierte er einen strampelnden Menschen, der an den Enden hing. »Seht Ihr den Unterschied?« Ci zeigte auf den breiten und ausgefransten Streifen. »Als ich hinaufkletterte, um den Balken zu überprüfen, an den der Strick gebunden war, habe ich im Staub eine saubere Spur entdeckt, ohne irgendein Zeichen von Widerstand.«

»Das alles ist sehr überraschend! Und warum hast du das dem Kaiser nicht mitgeteilt?«, wunderte sich Feng.

»Ich war nicht sicher«, log Ci. »Ich wollte erst mit Euch sprechen.«

»Nun, soweit ich sehe, gibt es keinen Zweifel. Vielleicht ist das Schuldeingeständnis das einzige unpassende Element.«

»Im Gegenteil, es passt genau. Und zwar so: Kan lässt zwei Männer in sein Zimmer, die er kennt und denen er vertraut. Plötzlich bedrohen sie ihn und zwingen ihn, sich der Verbrechen schuldig zu bekennen. Kan, der um sein Leben fürchtet, gehorcht ihnen und schreibt ein Schuldgeständnis. Doch in der Notiz ist keine Rede von Selbstmord, weil seine Mörder nicht wollen, dass Kan etwas ahnt. Sobald das Geständnis unterzeichnet ist, bieten sie ihm ein Glas Wasser an, um seine Nerven zu beruhigen – mit Betäubungsmittel versetztes Wasser, damit es keinen Lärm und keinen Widerstand gibt. Als er ohnmächtig niedersinkt, ziehen sie ihn aus, schieben die schwere Truhe in die Mitte des Zimmers und binden einen unbenutzten Hanfstrick an den Querbalken, den sie besorgt haben und der dünn sein musste, damit man ihn besser verstecken konnte. Dann transportieren sie den schlafenden Kan hinüber zur Truhe, setzen ihn darauf und stecken seinen Kopf durch die Schlinge. Zu zweit ziehen sie ihn hoch, noch lebendig, damit sein Körper genau dieselben Reaktionen wie der eines jeden anderen Selbstmörders zeigt. Anschließend legen sie seine Kleider sorgfältig zusammen und verlassen das Zimmer.«

Feng sah Ci mit offenem Mund an.

»Wir müssen sofort mit dem Kaiser sprechen!«

Ci gab zu bedenken, dass seine Entdeckung erneut den Verdacht auf Blaue Iris lenken könnte.

»Erinnert Euch an den Vorfall mit der blutigen Klinge und

den Fliegen.« Cis Stimme zitterte. »Ich half, einen Schuldigen zu entlarven, doch ich verlor einen Bruder.«

»Bei allen Göttern, Ci! Dein Bruder hat sein Urteil selbst gesprochen, in dem Moment, als er diesen Dorfbewohner ermordete. Mach dir also keine Sorgen wegen meiner Frau, sie ist unschuldig.« Er stand auf, um zu gehen. »Übrigens, das habe ich ganz vergessen. Heute Morgen habe ich im Palast diesen neuen Richter gesehen, Grauer Fuchs.«

Ci schrak zusammen. Ihn hatte er über der ganzen Aufregung vollkommen vergessen.

»Keine Angst«, beruhigte ihn Feng. »Jetzt ist es schon spät, doch morgen früh werden wir mit dem Kaiser sprechen. Wir werden ihm deine Erkenntnisse mitteilen und deine Situation offenlegen. Ich weiß nicht, was dieser Graue herausgefunden haben mag, aber wenn er vorhat, auf deine Kosten aufzusteigen, wird ihm das nicht gelingen.«

Ci dankte Feng. Doch die Idee, ihn zum Kaiser zu begleiten, überzeugte ihn nicht.

»Seid mir nicht böse, aber Ihr werdet über Blaue Iris sprechen. Das sind private Angelegenheiten, bei denen meine Anwesenheit überflüssig ist«, entschuldigte er sich.

Feng räumte ein, dass er recht habe. Doch er ließ nicht zu, dass Ci sein Angebot der Unterkunft ausschlug.

»Auf keinen Fall werde ich erlauben, dass du in die Akademie zurückkehrst«, entrüstete er sich. »Du wirst mit uns im Seerosenpavillon wohnen, bis dein Name vollständig rehabilitiert ist.«

Es war Ci unmöglich, das auszuschlagen.

Sie aßen zu Abend und sprachen über Belanglosigkeiten, doch Ci wurde nicht ruhiger. Ihn quälte die Gegenwart von Blaue Iris, so wie es ihn quälte, Feng lächelnd und ahnungslos zu sehen. Während er lustlos kaute, fragte er sich, wer Kan umgebracht haben mochte. Und er fragte sich, ob Feng seine Frau auch so blind verteidigen würde, wenn er von ihrer Untreue wüsste.

Bevor er sich schlafen legte, überflog Ci das *Ingmingji*, das Manuskript über juristische Prozesse, das er aus Mings Bibliothek geholt hatte. In ihm waren einige der kompliziertesten Fälle der letzten hundert Jahre zusammengetragen. Er hätte gerne mehr gelesen, doch bald ließ seine Konzentration nach. Er legte die Schrift beiseite und ging ins Bett, aber er konnte nicht einschlafen. Er musste an Blaue Iris denken.

Er traf sie am nächsten Morgen, als sie sein Schlafzimmer betrat, wiederum ohne anzuklopfen. Sie legte eine Hose und eine Jacke ans Fußende des Bettes.

Ci antwortete nicht. Er traute sich nicht einmal mehr, sie mit seinen Worten zu streifen. Doch als er merkte, dass sie keine Anstalten machte zu gehen, fühlte er sich zu einer Antwort verpflichtet.

»Was willst du von mir?«, fragte er.

»Deine schmutzige Wäsche«, antwortete sie trocken. »Die Waschfrau wartet draußen.«

Ci gab ihr seine Kleidungsstücke, und Iris sagte, dass sie ihn im Esszimmer erwarte.

Als Ci den Raum betrat, war der Tisch mit dampfenden Reistörtchen, Sauerkrautsalat und mit Gemüse gefüllten Knödeln gedeckt. Ci war überrascht, Feng nicht anzutreffen. Blaue Iris sagte ihm, dass der Richter schon früh zum Kaiserlichen Palast aufgebrochen sei. Ci nippte an seinem Tee. Das Licht quälte seine geschwollenen Augen. Verstohlen beobachtete er die schöne Frau seines Gastgebers. Er musste aus diesem Haus verschwinden.

Nach dem Essen verließ er den Seerosenpavillon, um Ming

zu besuchen. Auf halber Strecke traten ihm plötzlich mehrere Soldaten in den Weg. Als Ci eine Erklärung verlangte, schlug ihn der Erste mit einem Bambusstock ins Gesicht, bis er blutete. Dann, ohne ein Wort zu sagen, stürzten sich auch die anderen auf ihn, fesselten ihn an Händen und Füßen und prügelten auf ihn ein. Als der Erste der Truppe verkündete, dass er wegen Konspiration gegen den Kaiser festgenommen war, hatte er bereits die Besinnung verloren.

33

Ci erwachte im Dämmerlicht einer Zelle, umgeben von Dutzenden anderer schmutzstarrender Gefangener. Er verstand nicht, was geschehen war. Jemand tastete seine Kleidung ab, als hätte er einen wertvollen Schatz entdeckt. Ci schüttelte ihn ab wie eine Kakerlake und versuchte sich aufzusetzen. Wie aus dem Nichts tauchte plötzlich eine Wache auf, packte ihn an der Schulter, riss ihn hoch und versetzte ihm einen Kinnhaken, der ihn erneut zu Boden warf.

»Steh auf!«, befahl er. An seiner Seite stand ein mit einem Stock bewaffneter Riese.

»Er hat gesagt, du sollst aufstehen!« Der Riese ließ seinen Stock auf Ci niedersausen.

Ci gehorchte. Was ging hier vor sich? Warum hatten sie ihn eingesperrt? Er wollte danach fragen, doch beim ersten Wort stieß ihm die Wache das Ende des Stocks in den Magen. Ci krümmte sich und japste nach Luft.

»Und sprich, wenn du gefragt wirst!«

Ci betrachtete den Mann benommen.

»Sag uns, wer dir geholfen hat.«

»Wer mir wobei geholfen hat?«

Ein weiterer Hieb traf ihn im Gesicht. Ci geriet ins Wanken, auf der Zunge hatte er den Geschmack von Blut.

»Du hast die Wahl: Du kannst es uns jetzt erzählen und deine Zähne behalten, oder wir schlagen sie dir ein, und dann kannst du bis zu deiner Hinrichtung Brei essen.«

»Ich weiß nicht, wovon ihr sprecht! Fragt im Palast nach, ich arbeite für Kan!«, antwortete er verständnislos.

»Du arbeitest für einen Toten?« Ein Fußtritt ließ Ci Blut spucken. »Frag ihn selbst, wenn du in der Hölle angekommen bist.«

Als Ci das nächste Mal aufwachte, säuberte eine Gestalt sorgfältig die Wunden an seinem Kopf. Als sein Blick klar wurde, erkannte er Bo.

»Was … was ist geschehen?«, stammelte er.

Bo schleifte ihn über den Boden zur gegenüberliegenden Mauer, weit weg von den Spionen. Als sie in Sicherheit waren, blickte er Ci ernst an.

»Was geschehen ist? Beim Großen Buddha, Ci! Bei Hof ist von nichts anderem mehr die Rede. Du wirst beschuldigt, Kan umgebracht zu haben!«

Ci blinzelte ungläubig. Der Kaiserliche Berater wischte ihm mit einem feuchten Tuch das Blut von der Stirn und gab ihm zu trinken. Ci schluckte gierig.

»Sie … sie haben mich geschlagen.«

»Das brauchst du mir nicht zu sagen. Das Eigenartige ist, dass sie dich nicht umgebracht haben.« Er untersuchte ihn. »Anscheinend hat heute Morgen ein Richter namens Grauer Fuchs Kans Leiche untersucht und festgestellt, dass sein Tod kein Selbstmord war. Er war in Begleitung eines Wahrsagers, der behauptet, dass du bereits einen Fahnder umgebracht hast.« Er schüttelte den Kopf. »Grauer Fuchs hat dich beschuldigt, doch den Befehl zu deiner Festnahme hat der Kaiser selbst gegeben.«

»Aber das ist lächerlich! Ihr müsst mich hier rausholen. Feng weiß, dass …«

»Still! Man könnte uns hören.«

»Fragt Feng«, flüsterte Ci Bo ins Ohr. »Er wird Euch bestätigen, dass ich es nicht gewesen bin.«

»Du hast mit Richter Feng gesprochen?« Bos Miene veränderte sich. »Was hast du ihm erzählt?«

»Die Wahrheit! Dass Kan betäubt und ermordet worden ist.« Ci stöhnte verzweifelt.

»Und sonst nichts? Von dem Vorfall im Lagerraum hast du nichts erzählt?«

»Von dem Lagerraum? Ich verstehe nicht. Was hat der Lagerraum damit zu tun?«

»Antworte! Hast du ihm davon erzählt oder nicht?«

»Ja. Nein! Ich weiß es nicht mehr, zum Henker!«

»Verflucht, Ci, so kann ich dir nicht helfen. Du musst mir alles erzählen, was du herausgefunden hast!«

»Aber ich habe schon alles gesagt, was ich weiß.«

»Bei allen Göttern, lass die Dummheiten!« Bo schleuderte das Glas zu Boden, das in tausend Scherben zersprang. Er biss sich auf die Lippen und schwieg einen Moment. Dann sah er Ci an. »Hör zu, Ci. Ich muss wissen, ob du etwas damit zu tun hattest. Sag mir …«

»Aber was soll ich Euch denn sagen?«, rief Ci. »Soll ich gestehen, dass ich ihn ermordet habe? Bei den Geistern meiner Vorfahren! Diese Schergen werden mich in Stücke reißen, ob ich es getan habe oder nicht.«

»Wie du willst. Wache!«, rief Bo.

Sofort tauchten zwei Wachmänner auf und ließen Bo hinaus.

Ci blieb zusammengekauert in einer schimmeligen Ecke sitzen wie ein geprügelter Hund.

Er musste eingeschlafen sein. Als er zu sich kam, bemerkte er sofort, dass man ihm sein Hemd gestohlen hatte. Er sah sich um, doch er konnte es an keiner der zerlumpten Gestalten entdecken. Er bemühte sich nicht, es zu suchen. Vielleicht brauchte jemand anderes es dringender als er, doch er rückte verschämt in den Schatten, um die Narben zu verstecken, die seinen Körper überzogen. Nach einer Weile kam einer der Gefangenen zu ihm herüber und bot ihm eine Decke an, die Ci dankend annahm. Er wollte sich gerade zudecken, als er sah, dass der Körper des Alten, der sie ihm angeboten hatte, von der Krätze zerfressen war. Augenblicklich reichte er ihm die Decke zurück. Als der Alte näher kam, erkannte Ci in seinem Gesicht Narben, die ihm bekannt vorkamen. Er beugte sich vor, um seinen Eindruck zu überprüfen, doch der Alte zog sich erschrocken zurück. Ci beruhigte ihn. Er sagte, dass er nur seine Narben sehen wollte, und er zeigte ihm im Gegenzug seine eigenen. Als der Alte einwilligte, konnte Ci nicht fassen, was er sah: dieselbe Form, dieselbe Größe … Sie waren identisch mit den Narben des Leichnams, dessen Porträt er hatte anfertigen lassen. Er fragte den Alten, wie er sie sich zugezogen hätte, und als er nicht antwortete, zog er seine Schuhe aus und bot sie dem Mann an. Eilig streckte der Alte seine zitternden Hände aus und entriss ihm die Schuhe, als fürchtete er, Ci könnte ihn hereinlegen.

»Es passierte in der Neujahrsnacht«, krächzte er schließlich. »Ich hatte mich in ein Haus reicher Leute geschlichen, um Essen zu stehlen. Ich leuchtete zwischen den Kisten umher, und plötzlich explodierte etwas.«

»Etwas explodierte? Das verstehe ich nicht.«

Der Alte musterte ihn von oben bis unten.

»Deine Hose.«

»Wie bitte?«

»Deine Hose, los!« Der Alte deutete darauf, bis Ci sie langsam auszog. Der Mann griff danach, während Ci noch mit den Füßen darin stand, und entriss sie ihm. Jetzt stand Ci nackt da.

»Sie hatten Feuerwerk für das Fest gelagert«, sagte der Mann, während er sich die Hose anzog. »Diese Dummköpfe bewahrten sie zusammen mit dem Zünder auf. Ich hielt meine Öllampe daran, und alles flog in die Luft. Beinahe wäre ich blind geworden!«

Ci schaute ihn verblüfft an. Das war es also! Er wollte den Mann gerade fragen, ob er noch jemanden mit diesen Narben kenne, als er einen der beiden Wächter näher kommen sah. Sofort wich der Alte vor ihm zurück wie vor einem Pestkranken. Ci kauerte sich zusammen.

»Aufstehen!«, befahlen sie ihm.

Als sie bemerkten, dass er nackt war, deutete eine der Wachen mit seinem Stock auf die Decke am Boden.

»Häng dir das um und folge uns.«

Ci konnte sich kaum auf den Beinen halten, während er ihnen hinkend durch einen Korridor folgte, der so finster war wie der Gang einer Mine. Sie gelangten zu einer rostbefleckten Holztür, eine der Wachen klopfte mit der Faust dagegen. Quietschend öffnete sich die Tür von außen, und in den Gang fiel eine Flut gleißenden Lichts, die ihn blind machte. Als seine Augen sich an die Helligkeit gewöhnt hatten, erkannte er die Silhouette Fengs. Ci stammelte etwas, bevor die Beine unter ihm nachgaben. Feng fing ihn auf, riss ihm die Decke vom Leib und bedeckte ihn mit seiner Jacke.

»Was haben sie dir angetan, Junge?«

Feng unterschrieb das Dokument, mit dem er für Ci bürgte, und setzte sein Siegel darunter. Zusammen mit seinem mongolischen Diener schleppte er Ci zurück in den Seerosenpavillon.

Feng befahl, dass man Ci in sein Schlafzimmer brachte. Sie legten den Jungen in Fengs Bett und deckten ihn mit einem Laken zu. Kurze Zeit später erschien ein Akupunkteur. Mit Hilfe des Mongolen reinigte der Arzt Cis Wunden. Dann tastete er seine Rippen ab, kontrollierte seine Atmung und untersuchte die Wunde am Kopf.

»Er hat Glück gehabt«, hörte Ci ihn sagen. »Nichts ist gebrochen. Er braucht jetzt vor allen Dingen Ruhe und gute Pflege.«

Als der Akupunkteur fort war, zog Feng die Vorhänge zu, um das Licht zu dämpfen, und setzte sich neben Ci. Er schüttelte den Kopf.

»Diese Bastarde! Es tut mir leid, dass es so lange gedauert hat, Ci. Heute Morgen habe ich früh das Haus verlassen, um einige Angelegenheiten zu regeln, und als ich den Kaiser sprechen wollte, war mir Grauer Fuchs bereits zuvorgekommen. Nin Zong informierte mich, dass Grauer Fuchs nach einer zweiten Untersuchung der Leiche herausgefunden habe, dass Kan umgebracht worden sei. Er beschuldigte dich mit einer Vehemenz, die den Kaiser offenbar überzeugte. Wie ich gehört habe, war er in Begleitung eines verlausten Wahrsagers, der dich für den Tod eines Fahnders verantwortlich machte.«

»Aber … ich war es doch, der herausgefunden hat …«

»Und dank dieser Tatsache konnte ich erreichen, dass man dich freiließ! Ich versicherte dem Kaiser, dass du mir gestern dieselben Erkenntnisse mitgeteilt hättest: das Detail der Truhe, der Abrieb am Strick, der Inhalt des Schuldeingeständnisses …

Ich musste mein Wort und meine Ehre einsetzen, um die vorläufige Verfügung zu erwirken, die dich unter meine Obhut stellt. Eine persönliche Garantie im Austausch gegen ein Ultimatum. Morgen ist die Verhandlung.«

»Verhandlung? Man glaubt Euch also nicht?«

»Ich will dir nichts vormachen, Ci.« Feng senkte den Kopf. »Grauer Fuchs setzt Himmel und Hölle in Bewegung, um ein Motiv zu finden, das dich belastet. Als er erfuhr, dass der Kaiser dir einen Posten in der Verwaltung versprochen hatte, solltest du den Fall lösen, hat er argumentiert, dass Kans Tod die simpelste Art gewesen sei, um dein Ziel zu erreichen. Und dann ist da noch dieser Wahrsager, der dir einen weiteren Mord zur Last legt.«

»Das ist eine Verleumdung! Ihr wisst genau, dass …«

»Das Problem ist nicht, ob ich es weiß«, unterbrach ihn Feng. »Das Problem ist, was sie glauben, und das Entscheidende ist, dass wir keine Beweise für deine Unschuld haben. Du warst im Besitz eines Siegels, das dir erlaubte, überall ein und aus zu gehen, auch in dem Flügel, in dem die Privatgemächer Kans liegen. Und mehrere Zeugen haben dich mit ihm streiten hören, darunter der Kaiser höchstpersönlich.«

»Genau. Und außerdem habe ich drei Männer enthauptet, die ich nicht einmal kannte …«

»Ci, morgen wird niemand über die Verbrechen an ein paar armen Teufeln urteilen. Es wird um den Mord am Strafrat gehen: Man wird dich der Konspiration gegen den Kaiser anklagen. Und solange wir nicht das Gegenteil beweisen, giltst du als der Mörder.«

Ci kämpfte mit den Tränen. In seinem Kopf drehte sich alles, und die Spuren, die er gefunden hatte, wirbelten wild durcheinander. Außerdem lag sein Notizbuch zusammen mit seinen restlichen Sachen in der Akademie, in der Obhut von Mings Diener. Er bat Feng, einen Moment ausruhen zu dürfen. Als er allein war, schloss er die Augen und hörte das Blut in seinen Ohren rauschen. Er hatte Angst. Er hatte dem schrecklichen Sterben seines Bruders zugesehen, und er wollte nicht so enden wie er. Doch bevor seine Erinnerung ihn noch weiter quälen konnte, überwältigte ihn die Erschöpfung. Er fiel in einen tiefen Schlaf.

Er hatte keine Ahnung, wie lange er geschlafen hatte, als er Stimmen hörte, die von draußen hereindrangen. Er setzte sich auf, alles um ihn herum schien zu wanken. Mit unsicheren Schritten tappte er zum offenen Fenster. Von dort konnte er etwas beobachten, das ihn stutzig machte: Zwei Gestalten unterhielten sich gedämpft miteinander und blickten sich immer wieder um, als fürchteten sie, entdeckt zu werden. Sein Herz begann wie wild zu pochen, als er Bo und Blaue Iris erkannte.

Ci atmete tief durch und schleppte sich wieder zum Bett. Wem konnte er noch vertrauen außer Feng? Kurze Zeit später hörte er, wie jemand an die Tür klopfte. Es war Blaue Iris.

»Wie geht es dir?«, erkundigte sie sich kühl.

Ci sah sie an, ihre reglose Miene, als stünde sie vor einem Unbekannten. Blaue Iris näherte sich langsam dem Rand des Bettes und stellte eine Teekanne ab, die sie auf einem Tablett hereingetragen hatte.

»Mir geht es gut, danke.« Er räusperte sich. »Wir hatten noch keine Gelegenheit, über das zu sprechen, was in der Nacht passiert ist«, sagte er schließlich.

»Was meinst du?«

»Ich meine die Nacht, in der wir zusammen waren. Ist Euer Gedächtnis so schlecht, oder wart Ihr mit so vielen zusammen, dass Ihr Euch nicht erinnert?«

Sie wollte ihm eine Ohrfeige geben, doch er hielt ihre Hand fest.

»Lass mich los!«, schrie sie. »Lass mich los, oder ich rufe meinen Mann!«

Ci ließ die Hand in dem Moment sinken, als Feng durch die Tür hereinkam. Beide hüstelten verlegen, und sie trat einen Schritt zurück. Der Richter geleitete seine Frau hinaus, dann schloss er die Tür und setzte sich zu Ci ans Bett. Das Herz schlug Ci bis zum Hals. Was hatte Feng gehört? Würde er ihn nun zur Rede stellen?

Doch Feng lächelte. Er freue sich, dass Ci schon besser aussehe als noch am Morgen. Dann seufzte er.

»Du weißt, dass unser Justizsystem die Anwesenheit von Anwälten verbietet. Du wirst dich selbst verteidigen müssen, genau wie jeder andere Verdächtige, und wir haben nur noch diesen Nachmittag, um deine Strategie zu erarbeiten.«

Ci überlegte, ob er Feng von dem Treffen zwischen Bo und Blaue Iris erzählen sollte, doch er bezweifelte, dass er damit etwas anderes erreichen würde, als die Untreue seiner Frau ans Licht zu bringen. Außerdem, wenn er den Kaiser überzeugen wollte, musste er etwas Schlüssigeres finden. Doch was? Feng schien seine Gedanken zu lesen.

»Versuche dich zu beruhigen. Du musst jetzt sein wie ein See im Sturm: Auch wenn das Unwetter seine Oberfläche aufwühlt, bleibt er in der Tiefe immer ruhig.«

Ci schloss die Augen, um die nötige Ruhe zu finden. Er tauchte in die Tiefen seines Geistes, bis er zu der Einsicht gelangte, dass es ein Fehler war, seine gesamte Verteidigung auf dem Mord an Kan aufzubauen. Also konzentrierte er sich darauf, was für ihn das große Rätsel war. Seine Nachforschungen legten den Schluss nahe, dass alle Morde von ein und demselben Täter begangen worden waren, so dass der Schlüssel in dem Zusammenhang zwischen ihnen liegen musste. Was verband den Eunuchen und den Alten mit den verätzten Händen, den Porträtierten und den Bronzefabrikanten – außer dem Hauch eines Parfüms oder der eigenartigen Form der Wunde in ihren Oberkörpern?

Vor seinem inneren Auge zogen die geisterhaften Gestalten der Ermordeten vorüber.

Zuerst sah er Sanfter Delphin, über seine Kassenbücher gebeugt, in denen er den Salzhandel registrierte. Der Eunuch notierte die Posten, die Überschüsse, die Lieferungen und die Preise. Irgendwann stieß er auf eine Unregelmäßigkeit. Danach änderten sich die Zahlen, und die Gewinne sanken.

Es folgte der Alte mit den vom Salz zerfressenen Händen. Er stellte ihn sich vor, wie er die Hände in dem pulverisierten Mineral vergrub. Doch unter seinen Fingernägeln waren schwarze Kohlerückstände gewesen. Er arbeitete also mit beiden Produkten. Und mischte sie mit dem Geschick eines taoistischen Alchemisten.

Dann zog der Mann, dessen Porträt er hatte zeichnen lassen, an ihm vorbei, seine Narben stimmten mit denen des Diebes überein, der sich bei einer Explosion verletzt hatte.

Schließlich schob sich über dieses Bild das des selbstgefälligen Bronzefabrikanten. Der, dessen Werkstatt am Tag seines Todes abgebrannt war und der ein seltsames Zepter hinterlassen hatte.

Ci durchfuhr es wie ein Blitz.

Endlich sah er es! Das Band, das die Morde zusammenhielt! Das Salz, die Kohle, die Exporte, die Explosion … Sie waren die Zutaten eines einzigartigen Gemischs, das ebenso selten wie vernichtend war.

Voller Aufregung rief er nach Feng.

»Versteht Ihr nicht? Der Schlüssel zu den Verbrechen liegt weder im Vorgehen des Mörders noch in dem Parfüm, das benutzt wurde, um den Geruch der Wunden zu überdecken! Die Verstümmelungen sollten nicht dazu dienen, die Identität der Toten zu verschleiern, sondern ihre Berufe. Es sind die Berufe, die zum Mörder führen!«

Feng sah Ci erstaunt an.

»Das Pulver! Der Schlüssel liegt im Pulver!«, rief Ci.

Feng erstarrte.

»Das Pulver?«, fragte er. »Was hat ein Produkt damit zu tun, das ausschließlich zur Feier des Jahreswechsels verwendet wird?«

»Wie konnte ich nur so dumm sein! Wie konnte ich so blind sein!«, verfluchte sich Ci. »Während meiner Zeit in der Akademie hatte ich Gelegenheit, eine gewisse Abhandlung mit dem Titel *Ujingzongyao* zu konsultieren, das einzige Kompendium über militärische Techniken, das es gibt«, erklärte er. »Ming empfahl es mir, damit ich die schrecklichen Wunden kennenlernte, mit denen die Soldaten in einem bewaffneten Konflikt zu kämpfen haben. Kennt Ihr es?«

»Nein. Ich habe nie etwas davon gehört.«

»In der Tat hat Ming selbst mir von seiner Seltenheit berichtet. Er sagte, dass es sich um eine Auftragsarbeit für den Kaiser Renzong der alten Song-Dynastie aus dem Norden handelte, die die Studenten Zeng Gongliang und Ding Du ausführten. Die Kopie, die die Akademie besitzt, ist eine der wenigen, die den militärischen Bereich verließen, für den sie gedacht waren. Und mehr noch: Ming sagte mir, dass die Verbreitung des Werkes vom jetzigen Kaiser verboten worden sei, wegen seines heiklen Inhalts.«

»Und welchen Bezug sollte diese Abhandlung zu den Morden haben?«

»Vielleicht gar keinen … Allerdings beschäftigten die Autoren sich in einem Kapitel mit der Verwendung des Schwarzpulvers für militärische Zwecke.«

»Meinst du Raketen?«, fragte Feng.

»Nicht ganz. Diese Raketen sind letztlich ja nicht mehr als angetriebene Pfeile, was zwar ihre Reichweite vergrößert, doch gleichzeitig die Präzision einschränkt. Nein. Ich meine eine viel grausamere Waffe. Eine tödliche Waffe.« Ci kniff die Augen zusammen. »Die Kanoniere des Kaisers Renzong fanden eine Art, das explosive Potential des Pulvers zu nutzen, indem sie die alten Bambuskanonen durch Kanonen aus Bronze ersetzten und die mit Schrot und Exkrementen gefüllten Lederprojektile durch festen Stein, so dass sie in der Lage waren, die stabilsten Mauern einzureißen. Dazu entdeckten seine taoistischen Alchemisten, dass man, wenn man den Nitratanteil erhöhte, eine viel kräftigere und wirkungsvollere Explosion erzeugen konnte.«

»Schön. Aber ich verstehe nicht …«

»Wenn ich doch das Buch hätte, dann könnte ich es genauer erklären«, klagte Ci. »Ich erinnere mich, dass dort von drei Arten Pulver die Rede war, die, je nach Gerät, eingesetzt werden sollten: das brandstiftende, das explosive und das antreibende Pulver. Sie unterscheiden sich voneinander durch den Anteil an Sulfit, Kohle und Salpeter.«

»Ich sehe die Verbindung zwischen dem Pulver und den Morden noch nicht.«

»Versteht Ihr nicht? Dieses Zepter ist kein Zepter. Es ist eine furchtbare Waffe! Eine Kanone, die man in der Hand tragen kann!«

»Ein Zepter? Eine Kanone?«, wunderte sich Feng.

»In der Werkstatt des Bronzefabrikanten habe ich eine seltsame Gussform aus Terrakotta gefunden. Es ist mir gelungen, sie wieder zusammenzusetzen und einen Abguss damit zu machen, den ich zunächst für den Regierungsstab eines anspruchsvollen Regenten hielt.« Ci hielt einen Moment inne, bevor er weitersprach. »Aber jetzt passt alles zusammen. Die ungewöhnlichen Wunden, die wir an den Leichen gesehen haben … Diese seltsamen kreisförmigen Krater wurden von einem Projektil verursacht, das aus dieser Handkanone abgeschossen wurde. Ein tödlicher Apparat. Eine Waffe, wie es sie bisher nicht gab, die sich unter der Kleidung verstecken lässt und mit der man aus der Distanz töten kann.«

Feng ließ sich allmählich von Cis Aufregung anstecken. »Junge, du bist ein schlauer Kopf!«, rief er. »Das würde vieles erklären. Wo ist diese Form? Wenn wir sie in der Verhandlung präsentieren könnten …«

»Ich habe sie nicht mehr«, unterbrach ihn Ci düster. »Ich hatte sie in meinem Zimmer, aber jemand hat sie gestohlen.«

»Hier? In meinem Haus?«, fragte Feng.

Ci nickte. Feng runzelte die Stirn.

»Zum Glück habe ich aber noch einen Abguss.«

»Und wo befindet sich der?«

»In der Akademie. Ein Diener Mings verwahrt ihn, sein Name ist Sui.« Ci nahm den Schlüssel von seinem Hals und gab ihn Feng. »Ich werde Euch eine Notiz schreiben, damit er ihn Euch aushändigt.«

Feng nickte. Er wollte, während Ci die Nachricht verfasste, in den Kaiserlichen Palast hinüberlaufen, um nach dem neuesten Stand zu fragen. Dann würde er zurückkommen und sich mit der Vollmacht zur Akademie begeben, um das Beweismittel zu holen.

»Ruh du dich in der Zwischenzeit ein wenig aus!«, sagte er zum Abschied.

Als Feng gegangen war, stieß Ci einen tiefen Seufzer aus.

Ihm war, als erwachte er allmählich aus einem quälenden Alptraum, der ihm die Luft zum Atmen nahm.

⋆ ⋆ ⋆

Nachdem Ci die Vollmacht für Feng verfasst hatte, legte er sich wieder aufs Bett. Doch er fand keine Ruhe. Seine Gedanken und Zweifel drehten sich in einer Endlosschleife um Blaue Iris. Warum traf sie sich heimlich mit Bo?

Während er auf Fengs Rückkehr wartete, bat er die junge Dienerin, die ihn pflegte, dass sie ihm das *Ingmingji* aus seinem Zimmer bringen möchte, das Buch über juristische Prozesse aus Mings Bibliothek. Da das Gesetz ihn dazu zwang, sein eigener Verteidiger zu sein, war die Lektüre dieses Werkes womöglich hilfreicher als der beständige Versuch, ein Rätsel mit lauter Unbekannten zu lösen.

Fieberhaft blätterte er das Manuskript durch, überflog die Kapitel, die von den zulässigen Strafen für korrupte Beamte handelten, und konzentrierte sich auf die Prozesse. Ming hatte die repräsentativsten Streitfälle jedes einzelnen Rechtsgebiets zusammengetragen: Prozesse über Erbschaftsangelegenheiten, Handelsbeziehungen und Feldgrenzen. Im letzten Kapitel schilderte Ming außergewöhnliche Strafprozesse, die entweder durch die Tragweite des Verbrechens oder aber die Weisheit des vorsitzenden Richters herausstachen.

Mit der Präzision eines Chirurgen sezierte Ming in seiner Schrift jede Phase der erwähnten Fälle, von der Beschreibung des Verbrechens über die Anklage, die richterliche Ermittlung, die zweite Untersuchung, die Folter, die Gerichtsverhandlung, den Urteilsspruch, die Berufung bis zur Hinrichtung. Ebenso wie jene, die ein Attentat auf den Kaiser oder ein Mitglied seines Gefolges verübten, wurden auch alle, die mit Waffenhandel zu tun hatten, mit dem Tod bestraft. Das war keine Neuigkeit, die Ci beruhigte.

Er las weiter, und plötzlich traf ihn eine Darlegung Mings wie ein Blitzschlag. In perfekter Kalligraphie stand dort geschrieben:

Bericht über die Ermittlungen des ehrenwerten Richters Feng im Zusammenhang mit der Enthauptung eines Bauern auf einem Reisfeld und die erstaunliche Lösung des Falls dank der Beobachtung einiger Fliegen auf einer Sichel. Geschehen während des dritten Mondes des siebenten Monats des dreizehnten Jahres der Regierung des Kaisers Xiaozong.

Ci rieb sich die Augen. Er vergewisserte sich, dass er das Datum richtig gelesen hatte. Ihm war, als legte sich eine eisige Hand um sein Herz.

Detailliert beschrieb Ming, wie der blutjunge Richter Feng mit einer unglaublichen List den Schuldigen unter Dutzenden Verdächtigen ausmachte und dadurch zu Ruhm und Anerkennung gelangte. Feng hatte angeordnet, dass man alle Sicheln, die als Tatwerkzeug in Frage kamen, in der Sonne aufreihte. Dann legte er eine Scheibe verdorbenen Fleisches aus, um die Fliegen anzulocken, und als sich darüber ein Schwarm gebildet hatte, nahm er das Fleisch wieder weg. Woraufhin die Insektenwolke zu der einzigen Klinge flog, die noch unmerkliche Spuren von Blut aufwies.

Ci schleuderte das Manuskript von sich, als wohnte ihm ein Dämon inne. Seine Hände zitterten vor Angst. Xiaozong war der Großvater des aktuellen Kaisers. In seinem dreizehnten Regierungsjahr musste Feng um die dreißig Jahre alt gewesen sein. Und doch beschrieb Ming exakt denselben Vorgang, dem er staunend in seinem Dorf beigewohnt hatte und der am Ende zum Tod seines Bruders Lu geführt hatte. Die Anklage gegen seinen Bruder war also weder einer zufälligen Entdeckung geschuldet noch dem unglaublichen Scharfblick Fengs. Im Gegenteil, das Ergebnis war vorhersehbar gewesen, jemand musste darauf hingezielt haben. Jemand, der dieselbe Methode schon einmal angewendet hatte. Und nur einer kam in Frage: Feng.

Aber warum hatte er das getan?

Mit einem Mal wurde Ci klar, dass er unrettbar verloren war. Verzweifelt trat er ans Fenster, entschlossen, zu springen. Doch er traute seinen Augen nicht: Vor seinem Fenster standen zwei Wachen. Ci verzog das Gesicht. In seinem Zustand wären die Chancen eines erfolgreichen Fluchtversuchs ohnehin gering gewesen.

Wie ein eingesperrtes Tier im Käfig lief er in Fengs Privatgemach auf und ab. Auf dem Schreibtisch lag die Vollmacht, die er für Sui geschrieben hatte – wütend riss er sie entzwei und versteckte die beiden Hälften in seinem Ärmel.

Über die gesamte Längsseite des Raums zog sich ein gigantisches Bücherregal voller Abhandlungen über juristische Belange. Erschlagen von so viel Wissen, blieb Ci davor stehen. Er studierte die Titel der Schriften und musste feststellen, dass nicht alle von der Juristerei handelten. Eine Abteilung war vollständig dem Salzhandel gewidmet. Ci wusste, dass Feng seine Richtertätigkeit aufgegeben hatte, um sich auf die bürokratischen Aufgaben rund um das Salzmonopol zu konzentrieren. Dennoch erschien ihm eine monographische Sammlung von diesen Ausmaßen ein rein berufliches Interesse zu übersteigen. Die meisten Bücher handelten von Abbau, Verarbeitung und Handel mit dem Mineral, ein kleinerer Teil widmete sich den Eigenschaften von Salz als Würz- und Konservierungsmittel oder als Medikament.

Plötzlich erregte ein grün eingeschlagenes Werk seine Aufmerksamkeit. Neugierig zog er es hervor und konnte einen Ausruf des Erstaunens nicht unterdrücken: In seinen Händen hielt er eine Kopie des *Ujingzongyao*, des Kompendiums über militärische Techniken, von dem Feng behauptet hatte, es nicht zu kennen. Fiebrig stöberte Ci weiter und stieß wenig später auf ein Werk, das ein wenig hervorstand, vermutlich, weil es erst kürzlich konsultiert worden war. Er schlug es auf, und schon auf der ersten Seite stockte ihm der Atem.

Dabei war es nicht der Inhalt, der ihm das Blut in den Adern gefrieren ließ. Es handelte sich um nichts weiter als eine Auflistung von Käufen und Verkäufen verschiedener Posten Salz, doch er erkannte den Strich der Zeichen wieder, als hätte er sie selbst geschrieben: Es war die Handschrift seines Vaters.

Fieberhaft studierte er Seite um Seite und stellte fest, dass die Bilanzen um ein Jahrfünft zurückreichten. Und dass er diese Zahlen kannte: Sie stimmten exakt mit denjenigen in den Büchern von Sanfter Delphin überein. Plötzlich fielen ihm zwei Markierungen auf, beide kennzeichneten die Seiten, auf denen ungewöhnliche Schwankungen in der Bilanz auftauchten. Auch im Archiv von Sanfter Delphin waren Ci diese Schwankungen aufgefallen. Mit dem Tag, an dem ein maximaler Verlust erreicht war, brach die Buchführung ab.

Was hatte all das zu bedeuten? Ratlos überprüfte Ci die Daten noch einmal. Sein Kopf fühlte sich an, als stünde er kurz davor, zu explodieren.

Auf einmal hörte er ein Geräusch. Sofort klappte er das Buch zu, beeilte sich, es an seinen Platz zurückzustellen, und setzte sich wieder auf sein Bett. Im nächsten Augenblick öffnete sich die Tür. Es war Feng, der mit einem Teller voller Früchte das Zimmer betrat.

Mit Schreck sah Ci, dass sich eine Seite aus dem Buch gelöst hatte und nun vor dem Regal lag. Feng stellte das Tablett auf dem Bett ab.

»Ich dachte, eine kleine Stärkung könnte dir guttun … Im Palast gibt es keine Neuigkeiten. Hast du die Nachricht geschrieben?«

»Noch nicht«, log Ci. »Aber ich werde mich gleich daransetzen.«

Er ging hinüber zum Schreibtisch und begann, ein neues Papier aufzusetzen.

»Ci, du zitterst ja. Ist etwas geschehen?«

»Ich habe nur Angst vor der Verhandlung.« Er reichte Feng die neue Vollmacht.

»Iss ein bisschen Obst«, sagte Feng. »In der Zwischenzeit werde ich die Handkanone holen.«

Ci nickte und atmete erleichtert auf, als der Richter sich zum Gehen wandte.

»Bist du sicher, dass es dir gutgeht?«, fragte Feng besorgt.

»Ja, natürlich. Geht nur.«, versicherte Ci.

Feng drehte sich wieder um, doch ehe er aus der Tür war, hielt er plötzlich inne und stutzte. Ci wurde heiß und kalt zugleich. Er beobachtete, wie Feng ein Buch, das Ci in der Hand gehabt hatte, an eine andere Stelle sortierte. Dann verabschiedete er sich und ging.

Ci wartete einen Moment, ob Feng noch einmal zurückkommen würde, dann stürzte er sich auf das herausgelöste Papier. Er stellte fest, dass es sich nicht etwa um eine lose Seite handelte, sondern um einen Brief seines Vaters, den Feng im Buch aufbewahrt hatte. Mit klopfendem Herzen faltete Ci ihn auseinander und begann zu lesen.

Ehrenwerter Feng,
obwohl es noch zwei Jahre dauert, bis die Trauerzeit beendet ist, um deretwegen ich meinen Posten verlassen musste, wollte ich Euch meinen Wunsch mitteilen, unverzüglich in Eure Dienste zurückzukehren. Wie ich Euch bereits im vorangegangenen Schreiben mitteilte, hofft mein Sohn Ci, sein Studium an der Universität von Lin'an fortsetzen zu können, und ich teile diese Hoffnung.

Um Eurer Ehre willen und meiner eigenen kann ich nicht zulassen, dass man mich einer Niederträchtigkeit beschuldigt, die ich nicht begangen habe, und ich kann keinen Tag länger in diesem Dorf verweilen, während Ihr Euch mit den Gerüchten über meine Veruntreuung herumschlagen müsst. Die heimtückischen Schmäher, die mich der Korruption beschuldigen, entmutigen mich nicht. Ich bin unschuldig, und das möchte ich beweisen. Glücklicherweise verfüge ich über Kopien der Posten, auf denen die Unregelmäßigkeiten festgehalten sind, die ich in Euren Kassenbüchern fand, weshalb es nicht schwierig sein wird, jegliche Anschuldigung zu entkräften.

Es ist nicht notwendig, dass Ihr ins Dorf kommt. Wenn Ihr Euch gegen meine Rückkehr aussprecht, um mich zu schützen, bitte ich Euch, mir zu erlauben, nach Lin'an zu kommen und meine Unschuld zu beweisen.
Euer ergebener Diener.

Ci war vor Verblüffung wie gelähmt. Diesem Dokument zufolge war sein Vater unschuldig, und die Vorwürfe, die gegen ihn vorlagen, erschienen unhaltbar. Und Feng kannte dieses Dokument! Als Ci ihm gestanden hatte, dass ihm das Eignungszertifikat für die Universität verwehrt worden war, hatte Feng jedoch mit keiner Silbe erwähnt, dass es Zweifel an dem unehrenhaften Verhalten seines Vaters gab.

Ci versuchte sich zu erinnern, was während Fengs Anwesenheit im Dorf geschehen war. Wenn sein Vater fest entschlossen gewesen war, nach Lin'an zurückzukehren, warum hatte er seine Meinung geändert? Welchem schrecklichen Druck musste er sich ausgesetzt gefühlt haben, dass er über Nacht auf seine Ehre verzichtete und ein Verbrechen auf sich nahm, das er nicht begangen hatte? Und warum war Feng ins Dorf gekommen, entgegen dem expliziten Wunsch seines Vaters? Und wieso hatte er seinen Bruder beschuldigt?

Tränen liefen ihm über die Wangen. Er hatte sich von seinem Vater abgewendet, hatte ihn zum Schandfleck der Familie erklärt … Seinen Vater, der bis zum letzten Atemzug für ihn gekämpft hatte! Er, und nicht sein Vater, war der Schandfleck der Familie.

Es dauerte eine Weile, bis er sich beruhigen konnte.

Nachdenklich faltete er den Brief zusammen und versteckte ihn unter seinem Hemd, an seinem Herzen. Dann biss er die Zähne zusammen und fasste einen Plan.

Als Erstes durchsuchte er Fengs Zimmer bis in den letzten Winkel. Er zog Bücher hervor, auf der Suche nach weiteren Dokumenten, hob Bilder an und rollte Teppiche zurück – doch er fand nichts, was ihm von Nutzen gewesen wäre. Schließlich ging er hinüber zum Schreibtisch. Die oberen Schubladen enthielten ein paar Schreibinstrumente, Siegel und weißes Papier, nichts, was seine Aufmerksamkeit weckte, abgesehen von einem kleinen Säckchen mit schwarzem Pulver, das er anhand des Geruches als Schwarzpulver identifizierte. Die untere Schublade war verschlossen. Einen Moment lang überlegte Ci, sie mit Gewalt aufzubrechen, doch er wollte keinen Verdacht erregen. Also zog er die oberen Schubfächer heraus, um zu prüfen, ob es eine andere Lösung gäbe. Unglücklicherweise verschloss eine Holzplatte das letzte Fach – bis auf einen winzigen Spalt. Ci griff nach dem Obstmesser, das auf dem Teller mit den Früchten lag, den Feng ihm gebracht hatte. Er begann das Brett zu bearbeiten, und tatsächlich wurde der Spalt größer und größer, bis er so breit war, dass Ci hineinfassen konnte. Seine Finger ertasteten undefinierbare Gegenstände aus einem kalten Material, doch bekamen sie sie nicht zu greifen. Grimmig stemmte Ci sich mit der Schulter gegen den Schreibtisch und kippte ihn auf die Hinterbeine. Mit der Neigung rutschte der Inhalt der Schublade nach hinten. Wie die Klauen eines Raubvogels schlossen sich seine Finger um die Beute. Er zog seine Hand wieder hervor und öffnete sie – es waren die Scherben der grünen Terrakottaform, die aus seinem Zimmer verschwunden war. Dazwischen lag eine kleine Steinkugel.

Eilig räumte er alle Dinge wieder an ihren Platz zurück, als hätte nicht einmal eine Brise sie gestreift. Dann widmete er sich seinen Funden. Die Scherben brachten keine Neuigkeit, hingegen entdeckte er, dass an der Steinkugel Blut und winzige Holzsplitter klebten. Ihre Oberfläche war beschädigt, ein Stück war herausgebrochen. Cis Herz klopfte. Er erinnerte sich an den Fund in der Brust des zweiten Toten – ein Steinsplitter, den er zunächst nicht hatte zuordnen können. Er bedauerte, sein Notizbuch und seine Beweisstücke in die Obhut von Sui gegeben zu haben. Doch er war sich sicher, dass jener Steinsplitter und die beschädigte Kugel in seiner Hand zusammen ein perfektes Ganzes ergeben würden.

Ci war klar, dass er Hilfe brauchte, wenn er Feng demaskieren wollte. Aber wen in diesem Schlangennest konnte er darum bitten?

Es fiel ihm eine einzige Person ein: Blaue Iris. Er wusste

nicht, welche Rolle sie in dem Ganzen spielte, doch im Moment war sie sein einziger Rettungsanker.

Er fand sie im Salon. Sie saß in einem Lehnstuhl mit einer cremefarbenen Katze auf dem Schoß. Ihr Blick war auf einen Ort gerichtet, den sie allein kannte. Als sie seine Schritte hörte, ließ sie die Katze zu Boden gleiten und wandte sich um.

»Macht es Euch etwas aus, wenn ich mich setze?«, fragte Ci.

Blaue Iris wies auf den Diwan, der ihr gegenüberstand.

»Geht es dir besser?«, fragte sie unbeteiligt.

»Ja, ich habe mich ein wenig ausruhen können … Allerdings gibt es eine Sache, die mich mehr beschäftigt als mein körperliches Befinden. Und vielleicht betrifft sie auch Euch«, sagte er.

»Ach ja?«, fragte sie abwartend und mit undurchdringlicher Miene.

Ci zögerte, dann fragte er: »Sagt, wie gut kennt Ihr eigentlich Bo?«

»Ich kenne ihn nicht.«

»Das ist seltsam, denn ich habe Euch heute Morgen im Garten mit ihm sprechen sehen. Es muss um etwas Schwerwiegendes gegangen sein, wenn es Euch zur Lüge zwingt.«

Sie drehte sich weg. »Wie kannst du es wagen, dich hier als Ankläger aufzuspielen! Du solltest dich schämen, von anderen Erklärungen zu verlangen, du, der du nichts anderes getan hast als zu lügen, seit du dieses Haus betreten hast.«

Ci seufzte. Die Unterhaltung hatte nicht gut begonnen.

»Ihr habt recht, bitte entschuldigt meine Forschheit. Allerdings befinde ich mich in einer verzweifelten Situation und bitte daher um Nachsehen. Blaue Iris, so seltsam es sich anhören mag, ich fürchte, mein Leben liegt in Euren Händen.

Ihr müsst mir unbedingt sagen, worüber Ihr mit Bo gesprochen habt.«

»Nenn mir einen Grund, Ci, warum ich dir helfen sollte. Du hast über deinen Beruf gelogen. Du hast über deine Arbeit gelogen. Bo beschuldigt dich, und …«

»Bo?«

»Nun ja, nicht direkt.« Sie schwieg.

»Iris!« Er stand auf, packte ihre Schultern und schüttelte sie. »Begreift Ihr denn nicht, mein Leben steht auf dem Spiel! Was hat Bo gesagt?«

»Er sagte mir, dass er Feng verdächtigt.« Sie starrte ins Leere.

Ci ließ sie erstaunt los. Diese Antwort war die beste aller möglichen Antworten, doch nachdem er sie vernommen hatte, wusste er trotzdem nicht, was er tun sollte. Er nahm wieder auf dem Diwan Platz und strich sich durchs Haar.

»Ich … Iris, ich hege denselben Verdacht. Feng ist kein guter Mensch. Du solltest …«

»Was weißt du schon von guten Menschen?«, rief sie. »Er hat mich aufgenommen, als alle mir den Rücken kehrten. Hat mich umsorgt und sich um mich gekümmert. Du hingegen hast nur eine Nacht mit mir verbracht und glaubst, deswegen das Recht zu haben, mir zu sagen, was ich tun soll. Nein! Feng kann diese schrecklichen Dinge nicht getan haben …« Tränen liefen ihr über die Wangen.

Ci sah sie traurig an. »Feng spielt ein doppeltes Spiel. Und wenn Ihr mir nicht helft, werdet auch Ihr bald in Gefahr sein.«

Iris schüttelte den Kopf.

»Hört mich an, bitte! Ich verlange lediglich, dass Ihr morgen zur Verhandlung kommt und aussagt. Die Wahrheit.«

»Welche Wahrheit? Deine Wahrheit? Denn meine Wahrheit ist, dass ich ihn brauche.«

»Beim großen Buddha! Wir sprechen hier von Mord!«

Sie lächelte bitter. »Du vergisst Ci, dass ich blind bin! Und was zählt außerdem das Wort einer Konkubine?«

»Ich kann dich nicht zwingen. Es steht dir frei, zur Verhandlung zu kommen oder mich diese Nacht an Feng zu verraten, doch nichts, was du tust oder sagst, wird die Wahrheit verändern. Feng ist ein Mörder.«

Er wollte sich in sein Zimmer zurückziehen, als Blaue Iris ihn zurückhielt.

»Weißt du was, Ci, in einem Punkt hast du recht: Feng kennt sich aus mit den unterschiedlichsten Todesarten. Und ich zweifle nicht daran, dass er die schmerzhafteste auswählen wird, wenn es darum geht, dich zu töten.«

34

Ci tat die ganze Nacht kein Auge zu.

Nachdem er Feng unter dem Vorwand von Übelkeit und Kopfschmerzen erfolgreich aus dem Weg gegangen war, hatte er all seine Energie darauf verwendet, eine Strategie zu erarbeiten, die den Richter entlarven würde. Dann hatte er einige Zeit darauf verwandt, sich zu sorgen, ob das, was für ihn eine folgerichtige Argumentation darstellte, für den Kaiser womöglich nichts als böswilliges Geschwätz wäre. Die weiteren Stunden bis zum Prozess brachte er damit zu, sich selbst zu verabscheuen und Feng zu hassen.

Als der Moment gekommen war, aufzubrechen, musste Ci sich zusammennehmen, um Haltung zu bewahren und seine Gefühle gegenüber dem Richter nicht zu zeigen. Feng erwartete ihn in seiner alten Richterrobe. Nur mit Mühe brachte Ci einen Gruß über die Lippen, doch Feng schien keinen Verdacht zu schöpfen.

Draußen standen vier Männer der Kaiserlichen Wache stramm, um sie in den Gerichtssaal zu führen. Beim Anblick ihrer Waffen vergewisserte sich Ci, dass er seine eigenen gut versteckt bei sich trug: das Prozessbuch, den Brief seines Vaters, das Säckchen mit Schwarzpulver und die Steinkugel aus Fengs Schublade. Er sah sich um, doch nirgends konnte er Blaue Iris entdecken. Sie war nicht da.

Als sie den Gerichtssaal betreten hatten, nahm Feng seinen Platz neben den Würdenträgern des Hohen Gerichts ein, die die Anklage leiteten. An ihrer Seite saß auch Grauer Fuchs, triumphierend gab er vor den Würdenträgern damit an, die Verhaftung Cis veranlasst zu haben.

Man befahl dem Angeklagten, vor dem leeren Thron des Regenten niederzuknien. Dann kündigte ein Gongschlag die Ankunft des Kaisers Nin Zong an. In eine rote, mit goldenen Drachen verzierte Robe gekleidet hielt er Einzug – eskortiert von seinem Gefolge, das der Oberste Rat der Riten mit dem neuen Strafrat anführte. Ci verharrte in seiner Verbeugung, bis einer der alten Würdenträger hervortrat, um Seine Himmlische Majestät anzukündigen und die Anklage zu verlesen.

»Als ältester Justizbeamter des Palastes und mit der Erlaubnis unseres großmütigen Monarchen Nin Zong, Sohn des Himmels und Herrscher der Erde, dreizehnter Kaiser der Song-Dynastie, erkläre ich am achten Mond im Monat des Granatapfels der ersten Jahre der Ära Jiading und im neunzehnten Jahr seiner würdigen und weisen Regentschaft die Verhandlung gegen Song Ci für eröffnet. Song Ci wird der Verschwörung, des Verrats und des Mordes am Kaiserlichen Rat Chou Kan angeklagt, was gleichbedeutend ist mit einem Verrat am und einem Anschlag auf den Kaiser selbst.« Er machte eine Pause. »In Übereinstimmung mit den Gesetzen unseres Strafgesetzbuches, des *Songxingtong*, hat der Angeklagte das Recht, sich selbst zu verteidigen, und solange er kein Geständnis ablegt, kann er weder durch eine andere Person gerettet noch verurteilt werden.«

Ci kniete immer noch am Boden und hörte schweigend zu, während er im Kopf seine Ausführungen zu ordnen versuchte, die er gleich vorbringen musste. Als der Alte geendet hatte, erteilte er zunächst Grauer Fuchs das Wort. Grauer Fuchs begrüßte den Kaiser und wartete ab, dass man ihm die Redeerlaubnis erteilte. Dann räusperte er sich bedeutsam und zog eine Reihe von Papieren hervor, die er ordentlich auf dem Tisch ausbreitete, den er sich mit Feng teilte. Dann erklärte er mit hochmütiger Stimme den anderen die Herkunft des Angeklagten und begann, die verschiedenen Umstände zu erläutern, die nach seiner Meinung Cis Schuld eindeutig bewiesen.

»Bevor ich die einzelnen Beweise anführe, erlaubt mir, dass ich eine Kurzbiographie entwerfe, die Euch den wahren Charakter dieses Betrügers enthüllt.« Er sah hinüber zu Ci. »Ich hatte das Pech, den Angeklagten in der Ming-Akademie kennenzulernen. Dort hat er nicht nur einmal, sondern unzählige Male seine Unfähigkeit bewiesen, Gesetze und Normen zu respektieren. Darum beschloss eine Versammlung von Professoren seine Exmatrikulation, was nur durch die interessengeleitete Fürsprache seines homosexuellen Professors verhindert wurde.«

Man sah Grauer Fuchs an, dass es ihm Vergnügen bereitete, vor dem Kaiser nicht nur Cis Glaubwürdigkeit zu untergraben, sondern auch die aller, die möglicherweise zu seinen Gunsten aussagen könnten – in diesem Fall die Meister Mings.

»Das, was in den Augen eines Laien als ungebührliches

Verhalten durchgehen mag«, fuhr Grauer Fuchs fort, »ist in Wirklichkeit ein Zeichen seiner Aufsässigkeit und des Hasses, den er in seinem Geist nährt. Man muss wissen, dass die Akademie den Beschuldigten in einem Akt größter Menschlichkeit aus der Bedürftigkeit errettet hatte, um ihn zu unterweisen und zu nähren. Wie Ci ihr diese Großzügigkeit dankte, habt Ihr bereits vernommen: wie ein unzähmbares wildes Tier.« Sein Gesicht wurde hart. »Damit will ich denjenigen, die mir zuhören, den wahren Charakter eines Mannes enthüllen, der von Egoismus und Bosheit getrieben ist. Ein Mann, der durch dämonische List und faulen Zauber Strafrat Kan täuschte und den Geist des Kaisers vernebelte. Den einen brachte er dazu, ihm die Untersuchung einiger geheimnisvoller Mordfälle anzuvertrauen, dem anderen entlockte er das Versprechen eines hohen Postens in der Justiz, als Belohnung für die Aufklärung ebenjener Fälle.«

Ci wurde nervös. Wenn Grauer Fuchs noch länger sein Gift verspritzte, würde es ihm am Ende gelingen, die Urteilsfähigkeit des Kaisers zu trüben und die Wirksamkeit seiner Verteidigung zu schmälern. Zum Glück schwieg sein Widersacher nach dieser Einführung lange genug, so dass der Würdenträger ihm, dem Angeklagten, das Wort erteilte. Langsam erhob sich Ci aus seiner Verbeugung.

»Majestät«, begann Ci. »Grauer Fuchs beschränkt sich darauf, haltlose Anschuldigungen vorzubringen, die in keiner Weise mit den Verbrechen in Zusammenhang stehen, derer ich angeklagt bin. In dieser Verhandlung soll weder über meine akademischen Leistungen noch über meinen Charakter oder die Herkunft meiner forensischen Kenntnisse geurteilt werden. Was hier entschieden werden soll, ist, ob ich des Mordes an Strafrat Kan schuldig bin oder nicht. Anders als Grauer Fuchs behauptet, habe ich nie gelogen oder einen perfiden Plan geschmiedet, um mir einen Vorteil zu verschaffen. Wer möchte, kann überprüfen, dass ich von den Soldaten Seiner Majestät aufgegriffen und an den Hof gebracht wurde, als ich eigentlich im Begriff war, die Stadt zu verlassen. Seine Majestät war zugegen an dem Tag, als ich dazu aufgefordert wurde, an der Untersuchung einiger Morde teilzunehmen, die der Geheimhaltung unterlagen und mir bis dahin unbekannt waren. Und ich frage mich: Warum haben ein kluger Mann wie Strafrat Kan und sogar der Sohn des Himmels selbst ein so unwürdiges Wesen wie mich ausgewählt? Warum verpflichteten sie unter all den Richtern ausgerechnet einen einfachen Studenten, eine Verantwortung auf sich zu nehmen, auf die er ganz offensichtlich nicht vorbereitet war?«

Der Kaiser sah Ci mit versteinerter Miene an. Seine ausdruckslosen Augen signalisierten, dass er über Gut und Böse stand. Eine kaum merkliche Geste seiner linken Hand bedeutete dem Beamten, er möchte Grauer Fuchs wieder zu Wort kommen lassen.

»Majestät.« Der junge Richter verbeugte sich. »Ich werde mich auf die Tatsache beschränken, die uns beschäftigt.« Er lächelte, während er nach seinen Papieren griff. »In meinen Berichten lese ich, dass der Angeklagte kurz vor dem Tod Kans bereits ein Messer gegen einen anderen Mann erhob, gegen den Eunuchen Sanfter Delphin. Er tat es ohne Vorsicht. Er bemächtigte sich des Instruments, stieß es brutal in den Körper von Sanfter Delphin und schlitzte ihn auf.«

»Einen Toten!«, rief Ci dazwischen. Zur Strafe bekam er einen Hieb.

»Ja. Es handelte sich um einen toten Körper, der jedoch ebenso heilig wie ein lebendiger ist! Oder hat der Angeklagte vielleicht die konfuzianischen Maximen vergessen, die unsere Gesellschaft regieren?« Grauer Fuchs hob die Stimme. »Nein, natürlich hat er sie nicht vergessen. Im Gegenteil! Der Angeklagte besitzt ein phänomenales Gedächtnis. Er kennt die Maximen und übertritt sie. Er weiß sehr wohl, dass der Geist eines Verstorbenen im Körper verbleibt, bis er bestattet wird, und ebenso weiß er, dass die konfuzianischen Regeln aus diesem Grund verbieten, Leichen aufzuschneiden. Das zu tun bedeutet, den Geist anzugreifen, der noch in ihnen wohnt. Und wer in der Lage ist, einem wehrlosen Geist so etwas anzutun, der ist auch in der Lage, ein Ratsmitglied des Kaisers zu töten.«

Fassungslos folgte Ci den Ausführungen von Grauer Fuchs. Der ehemalige Kommilitone trieb ihn auf einen Abgrund mit zwei Brücken zu: Eine führte in den Tod, die andere in die Verdammnis.

»Ich würde niemals jemanden umbringen«, stieß Ci hervor.

»Niemals?« Grauer Fuchs lächelte triumphierend. »Dann bitte ich Eure Majestät um die Erlaubnis, einen Zeugen aufzurufen, der meine Aussage untermauern wird.«

Der Kaiser gab dem ältesten Würdenträger einen Wink, damit er die Zeugenaussage autorisierte.

Eskortiert von zwei Wachen betrat daraufhin ein runzliger Alter den Gerichtssaal. Der Mann schlurfte nachlässig herein, man ahnte, dass er sich die teuren Kleider, die er zur Schau trug, nur für den Anlass geliehen hatte. Ci traute seinen Augen nicht, als er Xu erkannte, den Wahrsager, für den er auf dem Großen Friedhof von Lin'an gearbeitet hatte.

Grauer Fuchs ließ den Zeugen Platz nehmen, verlas seinen Namen und nahm ihm das Versprechen ab, dass alles, was er aussagen würde, der Wahrheit entspräche. Im Gegensatz zu Grauer Fuchs gelang es Xu nicht, Ci in die Augen zu sehen.

»Bevor wir die Zeugenaussage hören«, fuhr Grauer Fuchs fort, »sehe ich mich gezwungen, die Berichte wiederzugeben, die beschreiben, wie Song Cis Leben vor seiner Ankunft in Lin'an aussah. Dazu möchte ich besonders ein Ereignis herausgreifen, das uns die Vertrautheit des Angeklagten mit dem Verbrechen aufzeigt. Vor einigen Jahren enthauptete jemand von seinem Blut, sein großer Bruder, um genau zu sein, einen Bauern in seinem Heimatdorf Jianyang. Der Angeklagte Ci, von demselben verbrecherischen Instinkt geleitet wie sein Bruder, stahl einem ehrenwerten Grundbesitzer dreihunderttausend Qian und floh mit seiner Schwester nach Lin'an, ohne zu wissen, dass ein Fahnder namens Kao auf seine Spur gesetzt worden war. Ich kenne die genauen Umstände seiner Flucht nicht, doch trotz des gestohlenen Geldes stürzten er und seine Schwester bald in die Bedürftigkeit. Da erbarmte sich dieser arme, herzensgute Mann seines Leids.« Er deutete auf den Wahrsager. »Er gab ihm eine Arbeit als Hilfsarbeiter auf dem Großen Friedhof der Stadt. Wie Xu bestätigen wird, suchte der Fahnder Kao kurze Zeit später den Friedhof auf, um sich nach einem Flüchtigen namens Ci zu erkundigen. Xu schützte ihn, in Unkenntnis über die Identität des Angeklagten und seine Delikte. Ci dankte ihm diese Großzügigkeit durch Verrat – wie üblich. Er verließ seinen Retter in einem Moment, als dieser ihn am dringendsten brauchte. Monate später dachte Xu an den Vorfall zurück und beschloss, mit der Justiz zusammenzuarbeiten. Er hatte in Erfahrung gebracht, dass Ci sich in der Ming-Akademie versteckt hielt, und informierte den Fahnder. Doch Kao gelang es nicht, ihn zu fassen, da er vorher durch Cis Hände den Tod fand.«

Grauer Fuchs bat darum, Xu anzuhören. Der Wahrsager warf sich vor dem Kaiser zu Boden, und als dieser ihm die

Redeerlaubnis erteilte, begann Xu seine Ansprache, im vollen Bewustsein der Bedeutung seiner Aussage.

»Es hat sich alles genau so zugetragen, wie der ehrenwerte Richter gesagt hat. Dieser Fahnder, Kao, bat mich, ihn in die Akademie zu begleiten, und versicherte mir, dass er Ci schnappen werde, und wenn es ihn das Leben kostete. Ich sagte ihm, dass ich keine Scherereien wolle, doch schließlich ließ ich mich überreden. In der Nacht vor seinem Tod führte ich ihn dorthin. Ich blieb in der Nähe und konnte beobachten, wie Ci und Kao aus dem Gebäude kamen und in Richtung Kanal gingen. Mir fiel auf, dass der Fahnder einen Krug in der Hand hatte, aus dem er trank. Zuerst sprachen sie normal miteinander, doch dann diskutierten sie plötzlich hitzig, und da trat Ci in einem günstigen Augenblick an den Fahnder heran, schlug ihm etwas über den Kopf, und noch bevor er ohnmächtig niedersank, stieß er ihn ins Wasser und floh. Ich lief hin, um ihn zu retten, doch ich sah nur noch, wie der Unglückliche in den Fluten verschwand.«

Ein empörtes Raunen ging durch die Menge, und Hunderte anklagender Augen bohrten sich in Cis Rücken.

»Dieser Zeuge lügt!«, rief Ci. »Mit der Erlaubnis Seiner Majestät werde ich beweisen, dass dieser Wahrsager mich nicht nur verleumdet, sondern auch Nin Zong, den Sohn des Himmels, und seine hier versammelten Würdenträger täuschen will.«.

Als er geendet hatte, blickte der älteste Justizbeamte zum Kaiser, in Erwartung, dass er den Angeklagten tadeln würde. Doch Ci war es offenbar gelungen, das Interesse Nin Zongs zu wecken.

»Erlaubt ihm zu sprechen«, raunte er dem Würdenträger zu.

Ci verneigte sich tief.

»Ich kann es nicht alleine beweisen. Ich brauche die Aussage von Professor Ming«, erklärte er.

* * *

Die Unterbrechung erlaubte Ci, einen flüchtigen Triumph auszukosten. Es war klug gewesen, den Kaiser mit einzubeziehen, es hatte den Zweifel in seine Gedanken gesät. Und es hatte eine Verzögerung bewirkt, die Ci nicht nur erlaubte, die Aussage Mings einzuholen, sondern auch, den zweiten Teil seiner Strategie vorzubereiten, die er unbedingt zuvor mit Bo besprechen musste.

Er hatte den Kaiserlichen Berater im Gerichtssaal entdeckt, und als die Wachen ihn in einen Nebenraum geleiteten, passte er ihn ab und bat ihn um seine Hilfe. Bo war überrascht, doch er nickte und gab den Wächtern sein Zeichen des Einverständnisses, als Ci sich ihnen anschloss. Bo zeigte sich skeptisch, als Ci ihm flüsternd darlegte, was er vorhatte. Doch schließlich willigte er ein.

Dann kamen die Wachen zurück, um Ci wieder in den Saal zu bringen, und Bo verschwand.

Meister Ming hatte bereits Platz genommen, als man Ci erneut vor den Kaiser führte. Er hatte keine Gelegenheit mehr, Ming zu erklären, warum er um seine Anwesenheit gebeten hatte. Er kniete sich zwischen den beiden Wachen auf den Boden und wartete auf die Aufforderung Nin Zongs, sich zu erheben.

»Eure Majestät«, begann Ci. »Wie Ihr wisst, hat der ehrenwerte Meister Ming seit Jahren den Posten als Direktor der Akademie inne, die seinen Namen trägt, eine so prestigereiche Institution, dass sie sogar mit der Universität in Konkurrenz steht. Grauer Fuchs selbst wurde dort ausgebildet …

Obwohl er sechs Jahre gebraucht hat, um einen Titel zu erwerben, den viele andere in zweien erreichen«, fügte er hinzu.

Nin Zong runzelte die Stirn und sah missbilligend zu Grauer Fuchs hinüber.

»Meister Ming verdient unser vollstes Vertrauen«, fuhr Ci fort. »Ein redlicher Mann, der mit seiner Ehrlichkeit und mit seiner Arbeit dazu beigetragen hat, das Wissen der Untertanen des Kaisers zu mehren«, sagte er. »Ein Mann, an dessen Wort man nicht zweifeln kann.«

»Eure Fragen«, mahnte der älteste Würdenträger.

»Entschuldigung, natürlich«, sagte Ci. »Meister Ming, erinnert Ihr Euch an den Tag, an dem mehrere Schüler, unter ihnen ich, die Leiche eines ertrunkenen Fahnders in der Präfektur von Lin'an untersuchten?«

»Selbstverständlich. Es handelte sich um einen ungewöhnlichen Fall, durch den Grauer Fuchs seinen Posten am Hof bekam. Das war zwei Tage vor den vierteljährlichen Examen.«

»Und während der Woche vor den Examen, dürfen die Schüler da die Akademie verlassen?«

»Auf keinen Fall. Das ist streng verboten. Wenn doch einmal ein Schüler aus Gründen höherer Gewalt das Gebäude verlassen muss, wird das von der Türwache notiert, etwas, das wie wir wissen, zu der Zeit nicht geschah.«

»Gut. Und wie bereiten sich die Schüler auf diese Quartalsexamen vor?«

»In dieser Woche verbringen die Schüler den ganzen Tag in der Bibliothek und die Nacht in ihren Zimmern, wo sie bis weit in die Morgenstunden hinein lernen.«

»Erinnert Ihr Euch, dass mir bei meinem Eintritt in die Akademie ein Zimmergenosse zugewiesen wurde?«

»Ja, wie jedem anderen Schüler auch. So ist es«, antwortete Ming.

»So dass also, abgesehen von diesem Register, auch mein Zimmergenosse glaubwürdig bezeugen könnte, ob ich in den Nächten vor dem Verbrechen die ganze Zeit in der Akademie war.«

»In der Tat, das könnte er.«

»Und könntet Ihr von dem Diebstahl berichten, der nach der Untersuchung der Leiche des Fahnders geschah?«

»Dem Diebstahl? Ach ja, du meinst das Entwenden deines Berichts. Eine unerfreuliche Geschichte«, sagte Ming und wandte sich an die versammelten Würdenträger. »Ci hatte einen detaillierten Bericht über den Tod Kaos ausgearbeitet, in dem er feststellte, dass er ermordet worden war. Einen Bericht, den sein Zimmergenosse stahl und als seinen eigenen präsentierte, um sich den Posten am Kaiserlichen Hof zu sichern.«

»Meister Ming, eine letzte Frage. Erinnert Ihr Euch an den Namen meines Zimmergenossen aus dieser Zeit?«

»Natürlich, Ci. Dein Zimmergenosse war Grauer Fuchs.«

Mit gespielter Empörung erhob sich Grauer Fuchs und bat darum, den Professor ebenfalls verhören zu dürfen. Zuvor hatte Feng ihm einen Zettel zugeschoben.

»Verehrter Meister«, schmeichelte Grauer Fuchs mit gütlicher Stimme. »Seid Ihr sicher, die Wahrheit gesagt zu haben?«

»Ja, natürlich!«, antwortete Ming entrüstet.

»Habt Ihr gesehen, wie ich den Bericht stahl?«

»Nein, aber …«

»Nein? In Ordnung. Dann sagt mir: Haltet Ihr Euch für einen ehrenwerten Menschen?«

Ming räusperte sich. »Ja, sicher.«

»Ehrlich? Integer?«

»Was soll das Ganze?« Ming sah hinüber zu Ci. »Natürlich, ja.«

»Lasterhaft?« Der Tonfall des Grauen war mit einem Mal scharf geworden.

Ming senkte den Kopf und schwieg.

»Habt Ihr die Frage nicht verstanden?«, rief der junge Richter boshaft. »Muss ich sie noch einmal wiederholen?«

»Nein«, sagte Ming mit schwacher Stimme.

»Was, nein? Seid Ihr kein lasterhafter Mensch, oder brauche ich die Frage nicht zu wiederholen?«

»Ich bin nicht lasterhaft«, sagte Ming mit festerer Stimme.

»Interessant. Als was würdet Ihr dann Eure außerordentliche Zuneigung zu Männern bezeichnen? Ist es nicht wahr, dass Euch vor drei Jahren ein Junge namens Liao-San beschuldigt hat, übergriffig geworden zu sein?«

»Das war eine abscheuliche Lüge!«, verteidigte sich Ming. »Der Junge versuchte mich zu bestechen, damit ich ihn durchkommen ließ, und als ich mich weigerte …«

»Aber Fakt ist doch, dass man Euch nackt mit ihm überrascht hat«, unterbrach Grauer Fuchs den Professor.

»Ich wiederhole, das war eine Verleumdung! Es war Sommer, und ich schlief in meinem Zimmer. Er betrat es ohne Erlaubnis und zog sich aus, um mich zu erpressen.«

»Sicher, sicher …«, schnaufte der Graue ironisch und studierte den Zettel, den Feng ihm zugeschoben hatte. »Ich lese hier außerdem, dass man Euch vor zwei Jahren in Begleitung eines bekannten Homosexuellen gesehen hat. Offenbar gabt Ihr ihm Geld beim Betreten eines berüchtigten Gasthauses. Und die Lehrerversammlung forderte auf dieses Ereignis hin Euren Abschied als Direktor.«

»Der, den Ihr einen Homosexuellen nennt, war mein Neffe«, entgegnete Ming. »Und das Lokal, das wir betraten, war der Ort, an dem er logierte, ein respektables Gasthaus. Seine Familie hatte mich gebeten, ihm Geld zu geben, und ich ging hin, um das zu tun. Das hat die Lehrerversammlung auch überprüft …«

»Verleumdungen, Erpressungen, Beleidigungen …« Grauer Fuchs schüttelte den Kopf. »Trotz Eurer Jahre würde ich sagen, dass Ihr Euch gut gehalten habt. Seid Ihr verheiratet, Ming?«

»Nein. Das wisst Ihr doch.«

»Habt Ihr nie einer Frau den Hof gemacht?«

Ming sah den jungen Richter fassungslos an.

»Ich … ich bin kein lasterhafter Mensch … ich bin nur …« Er verstummte.

»Aber Ihr fühlt Euch zu Männern hingezogen?«

»Ich habe nie …«

»Ich versuche Euch zu verstehen, Ming.« Er ging zu ihm und legte ihm eine Hand auf die Schulter. »Wenn es keine Lasterhaftigkeit ist, wie würdet Ihr es nennen? Liebe vielleicht?«

»Ja«, sagte Ming leise. »Ist es ein Verbrechen, zu lieben?«

»Nein, das glaube ich nicht. Liebe ist unbedingte Hingabe, ohne etwas im Austausch zu verlangen, nicht wahr?«

»So ist es.«

»Und für die Liebe würde man alles tun.«

Ming blickte Ci an.

»Alles«, bestätigte er.

»Danke, Professor Ming«, schloss Grauer Fuchs.

Beschämt saß der Professor da, und Ci bereute es, ihn um seine Aussage gebeten zu haben. Der Graue hingegen schien hochzufrieden. Zwei Wachen wollten Ming gerade zurück ins Krankenzimmer führen, als Grauer Fuchs sie zurückhielt, als wäre ihm gerade ein Einfall gekommen.

»Eine letzte Frage, Professor.« Er sah ihm in die Augen und machte eine lange Pause. »Seid Ihr in Ci verliebt?«

Ming wurde leichenblass. Dann wandte er seinen traurigen Blick zu Ci.

»Ja«, antwortete er und wurde hinausgeleitet.

Ci verwünschte die niederträchtige Strategie des Grauen. Da er keine besseren Argumente besaß, hatte er die Glaubwürdigkeit Mings untergraben, indem er den Abscheu nutzte, den die Homosexualität des Professors unweigerlich bei den Versammelten hervorrufen würde. Und schlimmer noch: indem er die Liebe des alten Mannes zu Ci bloßstellte.

Als er sich beruhigt hatte, bat Ci darum, Xu befragen zu dürfen, doch Grauer Fuchs versuchte es zu verhindern, als hinge sein Leben davon ab.

»Majestät«, rief er. »Der Angeklagte will Eure Intelligenz beleidigen. Xus Aussage war ebenso beweiskräftig wie die Aussage von Professor Ming haltlos. Der Wahrsager hat bekräftigt, dass er Ci dabei beobachtet hat, wie er den Fahnder ermordete. Inzwischen hat er mit Eurer Erlaubnis den Saal verlassen, ihn wieder herzuholen würde eine unnötige Verzögerung des Prozesses bedeuten.«

Ci bekam am eigenen Leib das Talent des Grauen zu spüren. Anstatt an die Vernunft zu appellieren, suggerierte der Richter dem Kaiser, dass der Angeklagte ihn nicht ernst nahm. Obwohl dieses Vorgehen absehbar war, traf ihn die Zurückweisung seiner Bitte durch den Kaiser wie eine Ohrfeige.

»Dann bitte ich Eure Majestät, mir zu erlauben, die Aussagen der beiden Männer zu hören, die den Fahnder gefunden haben«, wagte Ci zu erwidern.

Nin Zong besprach sich mit seinen beiden Beratern, bevor er zustimmte. Es war keine weitere Unterbrechung dafür notwendig, denn die beiden Männer, die Kao aus dem Kanal gefischt hatten, waren von Grauer Fuchs vorgeladen worden. Nachdem sie ihre Identität bestätigt hatten, begann Ci, sie zu vernehmen.

»Soweit ich weiß, besteht eure Aufgabe darin, Runden am Kanal zu drehen. Ist das richtig?«

»So ist es, Herr«, antworteten sie wie aus einem Mund.

»Und was genau macht ihr? Ich meine, geht ihr nahe am Wasser entlang? Tretet ihr nur manchmal an den Rand des Kanals?«

»Wir patrouillieren jeden Tag an den Kanälen, um ihre Sauberkeit, die Anlegestellen und die Schleusen zu kontrollieren. Wir arbeiten im südlichen Teil der Stadt, im Bereich des Fischmarktes, der Reismühle und der Mauer«, antwortete der ältere Wachmann.

»Und wie lange geht ihr dieser Arbeit schon nach?«

»Ich selbst seit dreißig Jahren, mein Kollege seit zehn.«

»Das bedeutet, ihr habt viel Erfahrung. Ich bin sicher, dass ihr eure Arbeit sehr gewissenhaft ausübt ... Sagt mir: Könnt ihr den Ort genauer beschreiben, an dem ihr den Leichnam gefunden habt?«

»Ich habe ihn zuerst gesehen«, sagte der Jüngere. »Er schwamm wie ein toter Fisch in einem Seitenkanal, wenige Schritte vom Markt entfernt.«

»Im Süden der Stadt?«

»Ja, natürlich. Das hat mein Kollege doch schon gesagt. Da arbeiten wir.«

»Und die Strömung, die durch die Kanäle fließt, in welche Richtung fließt sie?«

»Von Süden nach Norden. Genau wie der Fluss Zhe.«

»Mit der Erfahrung von dreißig Jahren würdet ihr also sagen, dass ein Leichnam, der im Norden der Stadt ins Wasser geworfen wurde, gegen die Strömung nach Süden treiben kann?«

»Das ist unmöglich, Herr. Selbst wenn sich mal auf einem Abschnitt das Wasser staut, würden die Tore der Schleusen den Leichnam aufhalten.«

»Unmöglich?«, mischte sich der Kaiser ein.

Die Wachen blickten sich an.

»Absolut«, antworteten beide.

Jetzt wandte sich Ci an den Kaiser.

»Majestät, jeder weiß, dass die Ming-Akademie ganz im Norden der Stadt liegt. Xu hat ausgesagt, dass ich den Fahnder in den Kanal gestoßen hätte, der der Akademie am nächsten liegt. »Glaubt ihr nicht, es wäre nützlich, zu erfahren, warum Xu gelogen hat?«

* * *

Grauer Fuchs erblasste vor Zorn, als die Kaiserlichen Wachen Nin Zong den Wahrsager erneut vorführten. Während sie ihn durch den Saal schleiften, verwünschte Xu alle, die ihn ansahen, bis ein Stockhieb ihn dazu zwang, vor dem Kaiser niederzuknien.

»Bitte, wann immer Ihr wollt«, meinte der alte Würdenträger.

Zur allgemeinen Überraschung wandte sich Ci zunächst an Grauer Fuchs.

»Auch wenn Ihr vergessen habt, dass wir die Nächte vor dem Mord gemeinsam verbracht haben, erinnert Ihr Euch vielleicht doch noch an die Ursachen, die zum Tod des Fahnders geführt haben. Das solltet Ihr, denn sie tauchen in dem Bericht auf, der Euch den Eintritt in das Richteramt ermöglicht hat.«

Der Graue spitzte die Lippen und tat so, als konsultiere er seine Notizen.

»Das weiß ich sehr gut«, sagte er hochmütig und blickte kaum auf.

»Und wie lauteten sie?«, fragte sie Ci.

»Ein Stab, das durch das Ohr ins Gehirn gestochen wurde«, brummte Grauer Fuchs.

»Ein Metallstab?«

»So ist es.«

»So wie dieser hier?« Ci war mit einem Satz bei Xu und zog eine lange Nadel hervor, die der Wahrsager unter den Haaren versteckt trug. Plötzlich herrschte Totenstille im Gerichtssaal. Grauer Fuchs wurde bleich vor Wut. Als Ci den Metallstab vor den Anwesenden schwang, verließ er zeternd den Gerichtssaal. Ci ließ sich nicht beirren. In Anwesenheit von Feng beschuldigte er den Wahrsager, Kao ermordet zu haben.

»Xu wollte die Belohnung einstreichen, die der Fahnder für mich ausgesetzt hatte. Doch Kao war ein vorsichtiger Mann, er weigerte sich vermutlich, die Belohnung herauszurücken, bevor Xu ihn nicht zu meinem Aufenthaltsort geführt hätte. Ich weiß nicht, ob Xu dachte, dass Kao ihn hereinlegen wolle, oder ob sie wegen anderer Dinge stritten, doch Fakt ist, dass er den Fahnder tötete, um ihn auszurauben, wobei er seine gewohnte Methode verwendete: die Metallnadel.« Ci hielt sie noch einmal in die Höhe, damit alle sie sehen konnten.

»Das ist eine Lüge!«, rief Xu, bevor ihn ein erneuter Stockschlag zum Schweigen brachte.

»Lüge, sagst du? Die Zeugen haben ausgesagt, dass der Leichnam in der Nähe des Fischmarktes gefunden wurde … Interessanterweise wohnst du nur wenige Schritte von dem

Fundort entfernt«, fauchte Ci. »Was die Belohnung angeht, so bin ich überzeugt, dass die Gastwirte und Prostituierten der Gegend den Beamten Seiner Majestät bestätigen werden, dass der Bettler Xu in den Tagen nach dem Mord mit ungeheuren Mengen Geld um sich warf.«

Von der Beweislast offenbar überwältigt, bettelte Xu um Gnade. Doch Nin Zong ließ sich nicht rühren: Er ordnete die Festnahme des Wahrsagers an und unterbrach die Verhandlung bis zum Nachmittag.

* * *

Als die Verhandlung fortgesetzt wurde, betrat Grauer Fuchs den Saal wie ein verwundetes Raubtier, das beweisen wollte, dass es noch immer in der Lage war, seinen Angreifer zu zerreißen. Doch auch eine Frau war plötzlich zugegen: Blaue Iris.

Nachdem er die Erlaubnis zum Sprechen erhalten hatte, wagte Grauer Fuchs einen Vorstoß.

»Göttlicher Herrscher, die Tatsache, dass der verwerfliche Xu versucht hat, unseren guten Glauben zu missbrauchen, spricht den Angeklagten Ci nicht von dem Verbrechen frei, das ihm zur Last gelegt wird. Im Gegenteil, seine Schuldigkeit an nur einem Mordfall wird die Verurteilung vereinfachen.« Er baute sich vor Ci auf. »Es ist offensichtlich, dass der Angeklagte einen dämonischen Plan ausgeheckt hat, um das Leben von Strafrat Kan zu beenden, den er dann akribisch in die Tat umsetzte und als einen schlichten Selbstmord zu tarnen versuchte. Das, und kein anderes, ist das wahre Gesicht von Song Ci. Dem Freund der Homosexuellen. Dem Justizflüchtling. Dem Komplizen der Mörder.«

Es war nicht auszumachen, wie Nin Zong diese Worte aufnahm. Er zeigte die Emotionalität einer Statue. Dann erteilte er, wie es die Regeln des Protokolls vorschrieben, Ci das Wort, damit er seine Verteidigung fortführen könne.

»Majestät«, begann der Angeklagte. »Obwohl ich es bereits in meiner ersten Ausführung gesagt habe, erlaube ich mir zu wiederholen, dass ich niemals vorhatte, in Kans Dienste zu treten, und dass Ihr selbst mir befahlt, an den Untersuchungen zu den Morden mitzuwirken, die dem Tod Kans vorausgingen. Des Weiteren möchte ich eine Tatsache hervorheben, die in allen juristischen Handbüchern wiederholt wird: Damit es ein Verbrechen geben kann, braucht es ein Motiv, das den Mörder antreibt. Egal, ob es sich um Rache, Raserei, Hass oder Ehrgeiz handelt. Doch wenn es kein Motiv gibt, stehen wir so hilflos vor dem Verbrechen wie ich vor dieser falschen Beschuldigung. In diesem Sinne frage ich mich, warum ich Kan hätte töten wollen. Damit man mir den Prozess macht und mich hinrichtet? Erinnert Euch, dass Ihr mir im Falle eines Erfolgs einen Posten in der Justiz zugesichert hattet. Sagt mir also«, bei diesen Worten wandte er sich Grauer Fuchs zu, »würde ein Hungernder den einzigen Apfelbaum in seinem Garten fällen?«

Der Graue lächelte mitleidig.

»Behalte deine groben Wortklaubereien für dich, die höchstens für Studenten taugen, uns verwirren sie nicht. Du sprichst von Motiven? Von Rache, Raserei, Hass und Ehrgeiz? Gut, reden wir davon«, hielt Grauer Fuchs ihm entgegen. »Nach allem, was du gesagt hast, ist nur eines sicher: dass der Kaiser dir einen Posten in der Justiz angeboten hat, wenn du den Täter findest.« Er machte eine Pause. »Und, hast du ihn gefunden? Mir ist nichts dergleichen zu Ohren gekommen.« Er sah siegesbewusst zu Ci hinüber. »Du hast den Hass und die Rache erwähnt, ohne jedoch zu sagen, dass genau das die Gefühle waren, die Kan in dir weckte, als er damit drohte, deinen geliebten Professor zu töten. Du hast von Raserei gesprochen, doch dabei vergessen, dass du sie Tage vor dem Mord, als du das Messer in den Leichnam des Eunuchen rammtest, selbst an den Tag gelegt hast. Und zuletzt hast du den Ehrgeiz angeführt, dabei jedoch ausgespart, dass du dir mit dem Selbstmord Kans und seinem bequemen Schuldgeständnis die versprochene Belohnung des Kaisers sichern konntest. Ich weiß nicht, was die Anwesenden denken, aber ich finde, dass dein dramatischer Vergleich mit einem Gärtner, der einen Baum fällt, überzeugender wäre, wenn wir ihn durch einen Hungernden ersetzten, der fleischgierig seine einzige Kuh schlachtet, anstatt sich damit zufriedenzugeben, ihre Milch zu trinken. Und wo du schon von juristischen Schriften sprichst, ein anderes wesentliches Element, das allen Mordfällen zugrunde liegt, ist die Gelegenheit. Also sage uns, Ci: Wo warst du in der Nacht, in der Strafrat Kan starb?«

Ci spürte, wie sein Puls sich beschleunigte. Er sah in die Richtung, in der Fengs Frau saß. In der Nacht, in der man Kan ermordet hatte, war er mit Blaue Iris zusammen gewesen.

Doch er gab an, die Nacht allein verbracht zu haben, eine Antwort, die niemanden im Saal zufriedenstellte. Er wusste, dass Grauer Fuchs versuchen würde, diesen Vorteil zu nutzen, und versuchte ihm zuvorzukommen.

»Eure Argumente erwecken den Eindruck von Panik. Sie sind so vage und unverhältnismäßig, dass Ihr damit die Hälfte aller hier Versammelten anklagen könntet. Doch was macht das schon, wenn es Euch einzig und allein darum geht, Euer Ziel zu erreichen? Ihr wisst ebenso gut wie ich, dass Kan ein gefürchteter und vielgehasster Mann war, so dass es hier bei

Hofe sicher Dutzende von Kandidaten mit besseren Motiven gibt als denen, die Ihr mir andichtet. Aber antwortet mir auf diese einfache Frage.« Ci machte eine lange Pause. »Welcher absurde Grund würde einen Mörder dazu treiben, sein eigenes Verbrechen ans Licht zu bringen? Oder noch einfacher: Wäre ich der Mörder gewesen, warum hätte ich dem Kaiser dann als Erster enthüllt, dass der Selbstmord Kans in Wirklichkeit ein Mord war?«

Ci war überzeugt, ein unschlagbares Argument vorgebracht zu haben. Doch der Kaiser zog eine Augenbraue hoch und betrachtete ihn geringschätzig.

»Du hast mir gar nichts enthüllt«, tadelte Nin Zong. »Derjenige, der den Mord am Strafrat festgestellt hat, war Grauer Fuchs.«

Ci musste schlucken. Darauf war er nicht gefasst gewesen. Als er Fengs scheinheiliges Lächeln bemerkte, begriff er: Nicht dem Kaiser hatte Feng von seinen Entdeckungen erzählt. Sondern dem Grauen.

Schließlich vertagte der Kaiser den Prozess auf den nächsten Morgen, die abendlichen Rituale erforderten seine Anwesenheit. Man führte Ci in den Kerker ab.

* * *

Kaum hatte man Ci in dem dunklen Verlies eingesperrt, tauchte Feng auf. Er gab der Wache ein Zeichen, dass sie hinter den Gitterstäben warten sollte, während er mit dem Angeklagten sprach. Er stellte einen Teller Suppe vor Ci hin. Ci hatte den ganzen Tag noch keinen Bissen zu sich genommen, doch er rührte den Teller nicht an.

»Warum isst du nichts? Hier, nimm, du bist sicher am Verhungern«, sagte Feng.

Ci stieß den Teller wütend von sich. Feng fuhr zurück und betrachtete Ci, wie ein resignierter Vater ein Neugeborenes, das gerade erbrochen hat.

»Du solltest dich beruhigen«, sagte er tadelnd. »Ich verstehe, dass du wütend bist, aber noch ist nichts verloren.« Er setzte sich wieder neben Ci. »Die Sache ist ein wenig aus dem Ruder gelaufen.«

Ci sah ihn nicht an. Wie hatte er diesem Verräter einmal vertrauen können? Wäre er nicht angekettet, er würde ihn mit bloßen Händen erwürgen.

»Ich verstehe, dass du nicht reden willst«, fuhr Feng fort. »Doch es ist nicht der rechte Augenblick für falschen Stolz. Du kannst weiter stumm bleiben und warten, bis Grauer Fuchs dich in deine Einzelteile zerlegt, oder meinen Vorschlag anhören und deine Haut retten.« Er bat die Wache um einen neuen Teller Suppe, doch Ci fiel ihm ins Wort.

»Esst Ihr sie, verfluchter Bastard!«, fauchte er.

»Oho, wie es scheint, bist du doch noch im Besitz deiner Zunge!« Er tat überrascht. »Beim alten Konfuzius, Ci, hör mich an. Es gibt Dinge, deren Tragweite du nicht erahnen kannst. Bei dieser Verhandlung geht es nicht nur um dich. Vergiss sie. Vertrau mir, und ich werde dich schützen. Kan ist tot. Was macht es für einen Unterschied, ob er ermordet wurde oder sich selbst umbrachte? Sei vernünftig und versuch nicht, dich in einem Kampf zu behaupten, den du nicht gewinnen kannst.«

»Es geht nicht um mich? Wen haben sie denn eingesperrt, und wem haben sie die Knochen gebrochen? Ist das die Art von Vertrauen, von der Ihr sprecht?«

»Verdammt, Ci! Ich wollte dich nur aus der Angelegenheit heraushalten, damit Grauer Fuchs die Untersuchung des Falles übernahm. Mit ihm als Leiter wäre alles viel einfacher gewesen, doch der Neid hat ihn zerfressen, und er klagte dich an.«

»Wirklich? Warum glaube ich Euch das nicht? Ihr hättet im Gerichtssaal die Gelegenheit gehabt, mir zu helfen. Ihr hättet bestätigen können, dass ich es war, der den Mord an Kan entdeckte, und nicht Grauer Fuchs.«

»Das hätte ich getan, wenn es etwas genützt hätte. Doch die Sache in diesem Moment zu enthüllen hätte ein falsches Licht auf mich geworfen. Nin Zong vertraut mir. Und ich brauche sein Vertrauen weiterhin, wenn ich dich retten soll.«

Ci blickte Feng fest an.

»So wie Ihr auch meinen Vater gerettet habt?«, stieß er hervor.

»Ich verstehe nicht. Was willst du damit sagen?«

Ci zog den Brief hervor, den er in Fengs Bibliothek gefunden hatte. Er faltete ihn auseinander und warf ihn Feng vor die Füße.

»Erkennt Ihr die Handschrift?«

Feng hob das Blatt auf. Als er den Brief las, zitterten seine Hände.

»Woher … woher hast du den?«, stammelte er.

»Habt Ihr deshalb nicht erlaubt, dass mein Vater zurückkehrte? Damit Ihr weiter Salzposten unterschlagen konntet? Habt Ihr deshalb auch den Eunuchen aus dem Weg geräumt? Weil er es ebenfalls entdeckte?«, rief Ci.

Feng wich erschrocken ein paar Schritte zurück.

»Wie kannst du es wagen, du Unwürdiger? Nach allem, was ich für dich getan habe!«

»Ihr habt meinen Vater betrogen! Ihr habt mich betrogen … Uns alle habt Ihr betrogen! Und trotzdem wagt Ihr es, Dankbarkeit zu fordern?« Ci riss an seinen Ketten, doch sie gaben nicht nach.

»Dein Vater? Dein Vater hätte mir die Füße küssen sollen. Ich habe ihn aus dem Elend gerettet! Und dich habe ich wie einen Sohn behandelt«, klagte er.

»Beschmutzt nicht den Namen meines Vaters!«

»Aber verstehst du denn nicht? Ich habe dich unterrichtet, ich habe dir alles beigebracht, wie einem Sohn, den ich nie hatte!« Feng streckte eine zitternde Hand aus, um Cis Gesicht zu streicheln. »Ich habe dich immer beschützt. Ich habe sogar dafür gesorgt, dass du nach der Explosion am Leben bliebst! Was glaubst du, warum nur sie gestorben sind? Ich hätte auch warten können, bis du zurück warst …« Ci spürte, wie es ihn bei diesen Worten zerriss. Die Welt um ihn herum stürzte zusammen.

»Welche Explosion … Was wollt Ihr damit sagen?«, stammelte er. »Was heißt das, ›warum nur sie gestorben sind‹?«

Feng machte Anstalten, Ci zu umarmen.

»Mein Sohn«, schluchzte er.

In dem Moment gelang es Ci, ihn am Ärmel zu fassen. Er legte die Kette um seinen Hals und begann ihn zu würgen. Feng zappelte und röchelte, während Ci die Kette mit ganzer Kraft zusammenzog. Das Gesicht des alten Richters wurde langsam blau. Ci zog immer fester an der Kette, bis die Wache sich entsetzt auf ihn stürzte.

Das Letzte, was Ci hörte, bevor er die Besinnung verlor, waren die keuchenden Verwünschungen Fengs. Er drohte ihm mit der schlimmsten Folter.

35

Der Wachmann dachte, dass es die Mühe nicht wert war, ihn für die Hinrichtung wieder zu Bewusstsein kommen zu lassen, doch gehorchte er seinem Vorgesetzten und schüttete mehrere Eimer Wasser über dem blutigen Gesicht des Gefangenen aus.

Verschwommen nahm Ci wahr, wie sich jemand zu ihm herabbeugte.

»Du solltest besser auf dich aufpassen«, hörte er Fengs Stimme. »Nimm das und mach dich sauber.« Der Richter hielt ihm ein Baumwolltuch hin.

Ci stöhnte. Allmählich gelang es ihm, die geschwollenen Lider zu öffnen. Neben ihm saß Feng, lauernd, wie jemand, der ein krepierendes Insekt beobachtet, nachdem er darauf getreten ist. Ci versuchte sich zu bewegen, doch die Ketten hielten ihn an der Wand gefesselt.

»Es tut mir leid, wie brutal diese Wachleute mit dir umgesprungen sind. Manchmal können sie Menschen nicht von Tieren unterscheiden. Doch es ist ihre Arbeit, und man darf es ihnen nicht vorwerfen. Willst du ein bisschen Wasser?«

Widerstrebend nahm Ci das Wasser an, denn seine Eingeweide brannten. Es schmeckte wie Gift.

»Weißt du, ich muss zugeben, dass mich dein Scharfsinn immer sehr beeindruckt hat. Doch heute hast du dich selbst übertroffen«, fuhr Feng fort. »Und das ist ein Jammer, denn wenn du es dir nicht noch anders überlegst, wird ebendiese Klugheit dich an den Galgen bringen.« Der alte Richter lächelte wie eine Hyäne.

»Dieselbe Klugheit, die Ihr dazu missbrauchtet, meinen Bruder zu beschuldigen, verdammter Bastard?«

»Ach, das hast du auch herausgefunden? Endlich. Nun mal

ehrlich, von Fachmann zu Fachmann: Du wirst mir zustimmen, dass dieser Schachzug brillant war. Dein Bruder war das ideale Opfer: die dreitausend Qian, die einer meiner Männer an ihn in einer abgekarteten Wette verlor … Der Austausch der Geldschnur, nachdem Lu gefangen genommen war, das Betäubungsmittel, das wir ihm verabreichten, damit er sich bei der Verhandlung nicht verteidigen konnte. Und nicht zu vergessen das wichtigste Detail: die Klinge, die wir ihm entwendeten und mit Blut beschmierten, damit ein paar unschuldige Fliegen sein Schicksal besiegelten.«

Während Feng über seine eigene Schlauheit ins Schwärmen geriet, kämpfte Ci gegen Übelkeit und Brechreiz an.

»In jedem Fall scheint es, dass das Herumschnüffeln in fremden Büchern in der Familie liegt«, hörte er ihn sagen. »Deinem Vater reichte es nicht, meine Abrechnungen zu kontrollieren, er stellte Nachforschungen an. Ich musste ihn ein wenig unter Druck setzen. Allerdings reichte es nicht, dass Lu wegen des Mordes an Shang verurteilt wurde. Dein Vater verlor vollkommen die Nerven. Er drohte daraufhin, mich anzuzeigen, und schließlich tat ich, was ich schon lange zuvor hätte tun sollen. Ich musste die Kopie des Dokuments an mich bringen, das mich belastete, doch er weigerte sich, sie mir auszuhändigen, so dass mir keine Wahl blieb. Das Haus zu sprengen, um seine Verletzungen zu verschleiern, ist mir erst später eingefallen, als ich das Grollen des Donners hörte.«

Ekel. Das war es, was Ci empfand. Ekel, der ihm die Zunge lähmte. Darum also hatte sein Bruder eine andere Sichel mitgenommen, er hatte seine eigene nicht gefunden. Das war ihm damals nicht seltsam vorgekommen, denn es schien logisch, dass der Mörder sich der Tatwaffe entledigt hatte.

»Komm schon, Ci. Hast du ernsthaft gedacht, dass es ein

verirrter Blitz war, der deine Eltern erledigt hat? Beim Großen Buddha!«

Feng verlor sich in aufgeregten und geschwätzigen Ausführungen, denen Ci nur mit Bestürzung folgen konnte.

»Deine Familie …«, sagte er verächtlich. »Was haben die denn für dich getan? Dein Bruder war ein Wilder, der dich prügelte, und dein Vater ein Hasenfuß, der nicht in der Lage war, seine Töchter zu retten und für die Ausbildung seines Sohnes zu sorgen. Und noch immer betrauerst du ihren Verlust? Du solltest mir dankbar sein, dass ich dich von ihnen befreit habe.« Feng stand auf und begann auf und ab zu gehen. »Du vergisst, dass ich es war, der dich aus der Gosse geholt hat, der dich ausgebildet hat, der dich zu dem gemacht hat, was du bist. Undankbarer Hund!«, klagte Feng. »Du warst der einzige Hoffnungsschimmer in dieser Familie. Und jetzt, da du zu mir zurückgekehrt bist, dachte ich, wir könnten glücklich sein. Du, ich und meine Frau. Iris. Blaue Iris.« Als er den Namen der Frau aussprach, wurde sein Gesicht weich. »Euch beide habe ich zu Menschen gemacht. Wir gehören zusammen …«

Entgeistert sah Ci den alten Richter an. Was konnte er diesem Irrsinn entgegensetzen? Nichts, was er zu sagen hätte, würde den Richter wieder zu Verstand kommen lassen.

»Aber noch kann alles gut werden«, setzte Feng seinen entsetzlichen Monolog fort. »Vergiss, was passiert ist. Ich biete dir eine Zukunft. Was willst du? Reichtum? Mit uns wirst du ihn erlangen. Ein Studium? Natürlich, das ist es, was du immer wolltest. Du wirst es bekommen! Ich werde dafür sorgen, dass sie dich an der Universität zulassen und dir den besten Posten in der Administration verschaffen. Verstehst du nicht? Begreifst du nicht, was ich für dich tun könnte? Warum, glaubst du, erzähle ich dir das alles? Noch können wir wieder eine Familie sein. Du, ich und Blaue Iris.«

Ci blickte Feng voller Abscheu an.

»Verschwindet!«

»Aber was sagst du da?«, fragte Feng überrascht. »Glaubst du vielleicht, du hättest eine Alternative?« Er lachte. »Du Ahnungsloser! Glaubst du wirklich, ich wäre so dumm, dir mein Herz zu öffnen, wenn du ohne mich hier herauskämst?«

»Ich brauche Euch nicht«, zischte Ci.

»Ach nein? Und was willst du denen da draußen erzählen? Dass ich Kan ermordet habe? Dass ich deine Eltern ermordet habe? Bei allen Göttern, Junge. Du musst ziemlich dumm sein, wenn du denkst, dass jemand dir Glauben schenken wird. Du bist ein Nichts, so gut wie zum Tode verurteilt, ein Verzweifelter, der alles tun würde, um seinem Schicksal zu entkommen. Die Wärter werden bestätigen, dass du versucht hast, mich umzubringen.«

»Ich habe … Beweise.« Ci gelang es kaum, einen ganzen Satz zu formulieren.

»Ach ja?« Feng zog den Gipsabguss aus seinem Beutel. »Du meinst doch nicht das hier …« Er hielt ihm das Modell der Handkanone vor die Nase, das er in der Ming-Akademie abgeholt hatte. »Ist es das, was dich retten sollte?« Er schleuderte den Abguss zu Boden, dass er in tausend Scherben zersprang.

Ci schloss die Augen, er wollte dieses Ungeheuer nicht länger ansehen müssen. Er wollte ihn umbringen.

»Was wirst du jetzt tun? Um Gnade winseln, wie es deine Eltern getan haben, damit ich dich am Leben ließ?«

Ci riss verzweifelt an den Ketten.

»Du bist erbärmlich!«, fauchte Feng. »Hältst du mich wirklich für so dumm, dass ich zulasse, dass du mich zerstörst? Ich kann dich zu Tode foltern, und niemand wird dir zu Hilfe eilen.«

»Und worauf wartet Ihr noch? Tut es doch!«, stieß Ci hervor.

»Damit man mich verurteilt?« Er schüttelte den Kopf. »Ich vergaß, wie schlau du bist.«

Er drehte sich um und rief nach der Wache.

Der Wachmann betrat die Zelle, einen Bambusstab in der einen, eine Zange in der anderen Hand.

»Weißt du, manchmal verlieren die Angeklagten auch ihre Zunge und können sich dann nicht mehr verteidigen«, sagte Feng im Hinausgehen wie beiläufig.

Beim ersten Stockhieb krümmte sich Ci so zusammen, dass der zweite ihn auf den Schultern traf. Der Henker lächelte und krempelte die Ärmel auf.

Ci wusste, dass der Folterknecht alles tun würde, um sich seinen Lohn zu verdienen. Er kannte die Prozedur: Zuerst würden sie ihn auspeitschen, bis sie müde wurden. Dann würden sie ihn zwingen, ein Geständnis zu unterschreiben, und wenn sie das erreicht hatten, würden sie ihm die Finger brechen und ihm die Zunge herausschneiden, damit er für immer schwieg. Er dachte an seine Familie und an den schrecklichen Tod, der ihm bevorstand. Der Gedanke, dass es ihm nicht gelingen könnte, sie zu rächen, ließ ihn verzweifeln.

Die folgenden Hiebe verstärkten sein Gefühl der Ohnmacht, und der Lappen, den sie ihm in den Mund gesteckt hatten, erschwerte ihm zunehmend das Atmen. Langsam trübte sich sein Blick, und das Bild seiner toten Eltern schien immer deutlicher vor seinen Augen auf. Ihre Geister raunten ihm zu, er solle kämpfen. Doch er spürte, wie die Kräfte ihn verließen. Er dachte daran, einfach zu gehen und dieser unnützen Folter ein Ende zu bereiten, allein der Geist seines Vaters ließ ihn widerstehen. Er musste die Folter beenden, bevor ihm der Scherge den tödlichen Schlag verpasste. Er strampelte und keuchte, bis der Folterer ihn von seinem Knebel befreite. Endlich konnte er wieder atmen.

»Ich gestehe«, keuchte er.

Der Folterknecht ließ einen letzten kräftigen Schlag auf ihn niedersausen, so als beraube ihn diese plötzliche Entscheidung eines wohlverdienten Vergnügens. Dann löste er die Ketten, die Cis Handgelenke fesselten, und hielt ihm das Geständnis vor die Nase. Ci griff nach dem Pinsel und setzte mit zitternden Händen etwas Ähnliches wie seine Unterschrift unter das Dokument. Vom Pinsel tropfte eine Mischung aus Tinte und Blut auf das Papier.

»Das wird genügen«, brummte der Scherge. Er reichte das Dokument einem anderen Wachmann, damit er es Feng überbrachte, und griff nach der Zange. »Jetzt schauen wir uns mal diese Finger an.«

Ci konnte einen entsetzten Schrei nicht unterdrücken. Der Folterknecht hielt sein rechtes Handgelenk fest und klemmte den Daumennagel mit der Zange ein. Dann drückte er mit aller Kraft und riss den Nagel aus seinem Bett. Ci verzog kaum eine Miene, und der Folterknecht machte ein unzufriedenes Gesicht. Er wollte die Operation gerade mit dem nächsten Nagel wiederholen, doch anstatt die Zange zu sich heranzuziehen, riss er den Nagel diesmal nach oben weg. Ci protestierte kaum.

Verärgert über die Passivität des Angeklagten, schüttelte der Folterknecht den Kopf.

»Wenn du deine Zunge sowieso nicht benutzt, um dich zu beschweren, sollten wir dich besser gleich von ihr befreien«, grollte er.

Ci zappelte. Er war in den Ketten gefangen, doch der Geist seines Vaters spornte ihn an.

»Hast du schon mal eine Zunge ausgerissen?«, brachte Ci hervor.

Der Scherge sah ihn mit künstlichem Erstaunen an. »Sieh mal einer an, du kannst ja doch sprechen.«

Ci versuchte ein Lächeln, doch er spuckte nur blutigen Schleim.

»Wenn du es tust, wirst du mir auch die Venen herausreißen. Dann verblute ich wie ein Schwein, und du wirst nicht verhindern können, dass ich sterbe.« Er japste nach Luft. »Weißt du, was mit denen geschieht, die einen Gefangenen vor seiner Verurteilung töten?«

»Spar dir dein Gequatsche«, gab der Scherge zurück, doch er legte die Zange aus der Hand. Die Aussicht auf seine eigene Hinrichtung schien ihn zögern zu lassen.

»Du bist so dumm, dass du gar nichts merkst. Was glaubst du, warum Feng gegangen ist? Er weiß, was mit mir geschehen wird, und er will keine Schuld auf sich laden.«

»Ich habe gesagt, du sollst still sein!«

Ci krümmte sich unter einem Faustschlag in den Magen zusammen.

»Wo sind die Ärzte, die die Blutung stillen?«, fuhr Ci ächzend fort. »Wenn du Feng gehorchst, werde ich verbluten. Er wird später leugnen, den Befehl gegeben zu haben. Er wird sagen, dass es deine eigene Entscheidung war, und du hast dein Schicksal besiegelt. Es gibt weit und breit keinen Zeugen, der deine Unschuld bestätigen könnte.«

Der Folterknecht schien Cis Worte ernsthaft abzuwägen.

»Wenn ich nicht gehorche, werde ich …« Er griff entschlossen nach der Zange.

Ci spürte, wie seine Beine unter ihm nachgaben.

»Das solltest du lieber lassen«, donnerte in diesem Augenblick eine Stimme vor der Zelle. »Los, mach auf!«

Es war Bo, er war in Begleitung von zwei Wachen gekommen und befahl dem Schergen, zur Seite zu treten. Er hielt Ci ein Riechsalzfläschchen unter die Nase.

»Los, Junge, komm zu dir! Die Verhandlung beginnt gleich«, drängte er.

Mühsam rappelte sich Ci hoch und verließ, gestützt von Bo, seinen Kerker.

Auf dem Weg zum Gerichtssaal informierte Bo ihn eilig über das, was er herausbekommen hatte. Doch Ci konnte kaum folgen. Bevor sie den Saal betraten, gab Bo ihm saubere Kleidung und ein Tuch, mit dem er sich das Blut aus dem Gesicht wischen sollte.

»Sei bedächtig und versuche, Charakterfestigkeit zu demonstrieren. Und denke daran, es ist dasselbe, ob du einen Richter des Hofes anklagst oder den Kaiser selbst«, warnte Bo.

Als die Soldaten Ci vor dem Thron zu Boden stießen, entfuhr selbst dem Kaiser ein Ausruf des Erstaunens. Der Folterknecht hat Ci übel zugerichtet, es gelang dem Angeklagten kaum, durch seine geschwollenen Augen in den Saal zu blicken.

Bo stellte sich nur wenige Schritte von Ci entfernt auf, ohne sich auch nur eine Sekunde von der Ledertasche zu trennen, die er über der Schulter trug. Der Kaiser winkte einem Diener, damit er den Gong schlug, der die Fortsetzung der Verhandlung ankündigte.

Feng war der Erste, der das Wort ergriff. Er trug seine alte Richterrobe und die Kappe, die ihn als Mitglied der Anklage auswies. Die Bestie hatte beschlossen, ihre Krallen auszufahren. Er trat vor Ci und begann.

»Vielleicht haben einige von Euch schon einmal die Enttäuschung gespürt, wenn sich ein Partner als skrupellos herausstellt, die Frau Ehebruch begeht und einen für den reicheren Verehrer verlässt, oder wenn ein anderer ungerechterweise einen Posten bekommt, der einem selbst zustünde.« Feng wandte sich an die Versammelten. »Doch ich kann versichern, dass keine dieser Situationen an den Schmerz und die Bitterkeit heranreicht, die in diesem Augenblick in meinem Herzen tobt. Dort auf dem Boden vor dem Kaiser kniet, in vorgetäuschtem Leid, der schlimmste aller Betrüger, der undankbarste und hinterhältigste Mensch, der mir je begegnet ist. Ein Angeklagter, den ich noch bis gestern in meinem Heim beherbergt und wie meinen eigenen Sohn behandelt habe. Ein Junge, den ich ausgebildet und genährt habe, um den ich mich gekümmert habe wie um einen jungen Welpen. Ein Junge, in den ich alle Hoffnungen eines kinderlosen Vaters setzte. Ich war untröstlich, als ich heute entdecken musste, dass sich unter diesem Schafspelz eine der verräterischsten und mordlustigsten Kreaturen verbirgt, die man sich nur vorstellen kann. Nachdem ich alle Beweise kenne, sehe ich mich gezwungen, mein Unglück anzuerkennen, ihn zu verstoßen und die Anklage von Grauer Fuchs zu unterstützen. Sosehr mein Herz auch dabei schmerzte, ich hatte keine Wahl, ich musste der Folter zustimmen, damit er seine Verbrechen gestand. Von ihm«, er deutete mit einer dramatischen Geste auf Ci, »der mich eines Tages in Ehren beerben sollte, musste ich das Schlimmste vernehmen, das es für einen Vater überhaupt geben kann.« Er hielt das Geständnis dem Kaiser hin. »Leider hat der Schicksalsgott beschlossen, uns das Spektakel seiner Lügen vorzuenthalten, denn er ließ zu, dass der Angeklagte sich in all seiner Feigheit die Zunge herausriss. Ein Vorfall, der mir jedoch nicht verbieten wird, die Gerechtigkeit zu fordern für das, was der Verabscheuungswürdige mir mit dieser Entehrung angetan hat.«

Der Kaiser las die Erklärung sorgfältig durch, in der Ci nicht nur seine Täterschaft an den Verbrechen zugab, sondern auch die niederen Motive, die ihn dabei getrieben hatten. Angewidert reichte er sie dem ältesten Würdenträger, der alle Geständnisse verwaltete. Dann erhob er sich und wandte sich mit steinerner Miene an den Angeklagten.

»Nachdem das Geständnis nun vorliegt, und da der Angeklagte keine Möglichkeit hat, dem Weiteres hinzuzufügen, sehe ich mich gezwungen …«

»Das ist nicht meine Unterschrift«, unterbrach ihn Ci, nachdem er Blut gespuckt hatte.

Ein erstauntes Gemurmel breitete sich im Saal aus. Feng fuhr zitternd von seinem Stuhl auf.

»Das ist nicht meine Unterschrift«, wiederholte Ci.

»Majestät! Der Angeklagte hat bereits gestanden!«, rief er.

»Seid still!«, donnerte Nin Zong. »Ich möchte den Angeklagten anhören. Jeder hat das Recht auf eine letzte Verteidigung.« Er setzte sich wieder und erteilte Ci das Wort.

Ci verneigte sich vor dem Kaiser.

»Ehrenwerter Herrscher.« Ein Hustenanfall schüttelte ihn. Bo machte Anstalten, ihm zu helfen, doch eine Wache hielt ihn zurück. Ci holte Luft und fuhr fort: »Vor allen Anwesenden muss ich meine Schuld gestehen. Eine Schuld, die mir die Eingeweide zerfrisst.« Wieder ging ein Raunen durch den Saal. »Der Ehrgeiz … Ja, der Ehrgeiz hat mich blind gemacht und unfähig, die Lüge von der Wahrheit zu unterscheiden. Ich war dumm genug, mein Herz und meine Träume einem Mann anzuvertrauen, der wie niemand sonst Heuchelei und Bösartigkeit verkörpert. Einer Schlange, die den Betrug zu ihrem Lebenselixier gemacht hat und den Tod bringt. Ich habe mich dem Mann ausgeliefert, der mir Vorbild und zweiter Vater war und von dem ich heute weiß, dass er ein Verbrecher ist.«

»Halte deine Zunge im Zaum«, warnte ihn der älteste Würdenträger. »Alles, was du gegen einen Beamten des Kaisers vorbringst, richtet sich gegen den Kaiser selbst!«

»Ich weiß.« Ci hustete wieder. »Und ich kenne die Konsequenzen«, sagte er trotzig.

»Aber Majestät! Werdet Ihr dieser Kreatur Glauben schenken?«, rief Feng. »Er wird lügen und verleumden, um seine Haut zu retten.«

Der Kaiser runzelte die Stirn. »Feng hat recht. Beweise deine Behauptungen, oder ich werde deine sofortige Hinrichtung anordnen.«

»Ich versichere Euch, Majestät, dass es nichts auf der Welt gibt, das ich lieber täte.« Ci schluckte, dann blickte er entschlossen auf. »Darum werde ich Euch beweisen, dass ich es war und nicht Grauer Fuchs, der entdeckte, dass es sich bei Kans Tod um einen Mord handelte, dass ich es war, der Feng diese Tatsache enthüllte, und dass dieser es, anstatt es an Eure Majestät weiterzugeben, zu Grauer Fuchs trug.«

»Ich warte«, drängte Nin Zong.

»Gestattet mir, Eurer Majestät eine Frage zu stellen.« Ci wartete die Erlaubnis ab. »Ich vermute, Grauer Fuchs wird Euch die einzelnen Details enthüllt haben, die zu seiner wunderbaren Entdeckung führten.«

»In der Tat, das hat er«, antwortete der Kaiser.

»So außergewöhnliche, kluge und versteckte Details, dass kein anderer Richter sie zuvor bemerkt hatte.«

»So ist es.«

»Fakten, die hier nicht besprochen worden sind …«

»Du stellst meine Geduld auf eine harte Probe!«

»Sagt mir, Majestät, wie ist es dann möglich, dass ich diese

Details ebenfalls kenne? Wie ist es möglich, dass ich weiß, dass Kan gezwungen wurde, ein falsches Geständnis zu schreiben, dass er betäubt wurde, seiner Kleider entledigt, und noch lebendig von zwei Personen gehenkt wurde, die seine schwere Truhe in die Zimmermitte schoben?«

»Was soll das?«, zeterte Feng. »Er kennt die Details, weil er sie selbst ausgeführt hat.«

»Ich werde Euch beweisen, dass das nicht stimmt!« Ci sah Feng fest an. »Ehrenwerter Herrscher«, wandte er sich dann an Nin Zong. »Hat Grauer Fuchs Euch von dem kuriosen Detail des Strickes erzählt? Hat er Euch erklärt, dass Kan, betäubt wie er war, nicht zappelte, als er aufgehängt wurde? Dass es die klare, präzise Spur ist, die die Schlinge im Staub auf dem Balken hinterließ, die darauf schließen lässt?«

»So ist es. Aber ich sehe den Zusammenhang nicht.«

»Erlaubt mir eine letzte Frage. Hängt der Strick noch an dem Balken?«

Der Kaiser konsultierte den Grauen, der es bestätigte.

»Dann könnt Ihr feststellen, dass Grauer Fuchs lügt. Die Spur, von der er sprach, existiert nicht. Ich habe sie versehentlich verwischt, als ich die Bewegung des Strickes simulierte, Grauer Fuchs kann sie also niemals entdeckt haben. Er wusste nur davon, weil Feng es ihm erzählt hat, nachdem ich mich ihm anvertraut hatte.«

Nin Zong richtete einen vorwurfsvollen Blick auf die Anklagebank. Grauer Fuchs senkte den Kopf, doch Feng ging zum Gegenangriff über.

»Ein guter Versuch, wenn auch vorhersehbar«, lächelte er. »Selbst das einfachste Gemüt kann sich denken, dass die Spur beim Abnehmen des Leichnams verwischt wurde. Beim Großen Buddha, Majestät, wie lange sollen wir uns die Torheiten dieses Betrügers noch anhören?«

Der Kaiser strich sich durch seinen dünnen Bart, während er noch einmal das Schuldgeständnis las. Der Prozess geriet ins Stocken. Er befahl dem Kopisten, sich bereitzumachen, und erhob sich, um das Urteil zu verkünden, doch Ci kam ihm zuvor.

»Ich bitte Euch um eine letzte Chance! Wenn Euch das nicht überzeugt, versichere ich, dass ich eigenhändig mein Herz durchstoßen werde!«

Nin Zong zögerte. Er suchte mit den Augen den Ratschlag seines Kaiserlichen Beraters. Bo nickte.

»Eine letzte«, gestand er Ci schließlich zu, bevor er sich wieder hinsetzte.

Ci wischte sich mit dem Ärmel über seine blutende Nase. Das war seine letzte Chance. Er gab Bo ein Zeichen, dass er ihm die Ledertasche reichen möge, die er seit dem Verlassen des Kerker bei sich getragen hatte.

»Majestät.« Ci hob die Tasche vor dem Kaiser in die Höhe. »Hier drin befindet sich der Beweis, der nicht nur meine Unschuld bezeugen, sondern auch das verborgene Gesicht einer hässlichen Intrige enthüllen wird. Der Plan eines Mannes, der, getrieben von einem erbarmungslosen Ehrgeiz, nicht davor zurückschreckt, mit der schrecklichsten Waffe zu morden, die je von einem Menschen entwickelt wurde. Es handelt sich um eine mobile Kanone, die ein Mensch alleine tragen kann, versteckt unter der Kleidung. Und es ist möglich, damit aus der Distanz zu morden, ohne Risiko, sein Ziel zu verfehlen.«

»Was ist das für eine Dummheit? Sprechen wir jetzt von Zauberei?«, grollte Feng.

Zur Antwort steckte Ci seine Hand in die Tasche und zog ein Bronzezepter heraus. Nin Zong machte ein verwundertes Gesicht, und Feng wurde blass.

»In der Ruine der Werkstatt des Bronzefabrikanten fand ich die Scherben einer ungewöhnlichen Terrakottaform, die dann, nachdem ich sie wieder zusammengesetzt hatte, aus meinem Zimmer gestohlen wurde. Zum Glück war ich so umsichtig, vorher einen Gipsabguss davon zu nehmen, den ich in der Ming-Akademie versteckte«, erklärte Ci. »Sobald Feng von seiner Existenz erfahren hatte, schlug er vor, dass ich ihm seine Aufbewahrung anvertrauen sollte, eine Bitte, der ich arglos zustimmte. Allerdings entdeckte ich seine betrügerischen Absichten, noch bevor ich ihm die Vollmacht übergeben hatte, so dass ich sie gegen eine andere Notiz austauschen konnte. In der Akademie händigte man Feng, gemäß meinem Schreiben, den Gipsabguss aus, jedoch nicht diese Replik aus Bronze. Was Feng nämlich nicht wusste: Ich hatte den Diener Mings nicht allein darum gebeten, den Gipsabguss sicher zu verstecken, sondern auch, nach seinem Vorbild eine Bronze-Nachbildung anfertigen zu lassen.« Ci sah hinüber zur Anklagebank, dann zu Nin Zong. »Feng zerstörte den Abguss, in der Annahme, damit den einzigen Beweis zu vernichten, der ihn belasten konnte.« Triumphierend streckte Ci die Waffe in die Höhe. »Doch er hat sich getäuscht, wie Ihr seht.«

Verblüfft betrachtete der Kaiser die Handkanone.

»Erläutere mir den Zusammenhang zwischen diesem eigentümlichen Gerät und den Morden an meinem Hof!«, forderte Nin Zong Ci auf.

»Dieses Gerät, wie Eure Majestät es nennen, ist die Ursache für all die Toten.« Er bat um Erlaubnis, die Kanone dem Kaiser zu reichen, der sie misstrauisch untersuchte. »Mit dem einzigen Ziel, sich zu bereichern, entwarf und konstruierte Feng dieses perverse Instrument, dessen Geheimnisse er bereit war, an die Jin zu verkaufen. Um seine Herstellung zu finanzieren, veruntreute er Gelder aus den Salzlieferungen«, fuhr Ci fort. »Der Eunuch Sanfter Delphin war ein ehrlicher Arbeiter, der die Salzposten gewissenhaft prüfte. Als er die Unregelmäßigkeiten entdeckte, versuchte Feng ihn zu bestechen, und als das nicht gelang, räumte er ihn aus dem Weg.«

»Das ist eine üble Verleumdung!«, schrie Feng.

»Ruhe!«, herrschte der älteste Würdenträger ihn an. »Fahre fort, Angeklagter!«

»Sanfter Delphin entdeckte nicht nur dieselben Unregelmäßigkeiten, auf die schon mein Vater gestoßen war, sondern er stellte auch fest, dass die veruntreuten Summen dazu verwendet wurden, weißes Salz zu erwerben, ein teures und schwer zu gewinnendes Produkt, das hauptsächlich zur Herstellung von Schießpulver verwendet wird. Darüber hinaus fand er heraus, dass große Summen an drei Personen gezahlt wurden, die inzwischen ebenfalls tot sind: an einen Alchemisten, an einen Bronzefabrikanten und an den Sprengmeister einer Werkstatt. In der Folge drehte er Feng den Geldhahn zu, indem er die Konten einfror.« Er präsentierte den Versammelten den Bericht, den Bo ihm soeben gereicht hatte. »Doch Sanfter Delphin war nicht sein erstes Opfer. Diese zweifelhafte Ehre kam dem Alchemisten zu, den ich soeben erwähnte, einem taoistischen Mönch namens Yu. Seine salzzerfressenen Finger, unter deren Nägeln ich Kohlereste feststellte, und das kleine eintätowierte Yin-Yang-Zeichen unter seinem Daumen verrieten mir seine Identität und seine Arbeit mit den Komponenten von Schießpulver. Als Feng die versprochenen Zahlungen nicht leisten konnte, rebellierte der alte Alchemist. Sie diskutierten, der Mönch drohte mit der Aufdeckung des Geschäfts, woraufhin Feng mit der Waffe auf ihn schoss, die der Mönch selbst mit hergestellt hatte. Die Steinkugel drang in die Brust ein, durchschlug eine

Rippe, trat an der Schulter wieder aus und blieb in einem Holzobjekt stecken. Um jedes Indiz zu vermeiden, das ihn belasten könnte, steckte Feng nicht nur die Kugel wieder ein, sondern er tarnte auch den typischen Krater, den ein Projektil hinterlässt, indem er die Einschusswunde erweiterte, bis sie aussah wie das Ergebnis eines makaberen Rituals.« Ci machte eine kurze Pause. Er konnte sich kaum mehr auf den Beinen halten. »Einen Tag später war der Sprengmeister an der Reihe, ein junger Mann, den ich dank der seltsamen Narben identifizieren konnte, die ihm eine frühere Explosion zugefügt hatte, und den Feng aus ähnlichen Gründen durch einen Dolchstoß ins Herz ermordete. Bo hat mir bestätigt, dass die Sprengmeister mit einem Augenschutz arbeiten, was erklärt, warum ebendiese Partie des Gesichts nicht vernarbt war. Nachdem er ihn getötet hatte, vergrößerte Feng die Stichwunde in der Brust, bis sie genauso aussah wie die am Leichnam des Alchemisten.

Bei Sanfter Delphin musste Feng anders vorgehen. Die plötzliche Abwesenheit des Eunuchen hätte Aufsehen erregt, und so versuchte er zunächst, ihn zu bestechen. Da er wusste, mit welcher Leidenschaft Sanfter Delphin Antiquitäten sammelte, versuchte er sich sein Schweigen mit einer antiken kalligraphierten Poesie von unschätzbarem Wert zu erkaufen. Zunächst akzeptierte der Eunuch, doch später, als er das Ausmaß von Fengs Vorhaben ermessen konnte, weigerte er sich, die Sache weiter zu decken. Also erstach ihn Feng, trotz des Risikos, das dieser Mord für ihn mit sich brachte. In dem Bewusstsein, dass der Tod des Eunuchen eine belastende Untersuchung auslösen würde, verstümmelte er den Leichnam wiederum in der Weise, wie er es schon bei seinen ersten beiden Opfern getan hatte.

Zuletzt nahm er dem Bronzefabrikanten das Leben, dem

Mann, der die Handkanone konstruiert hatte. Er tat es nach dem Empfang, der in Euren Gärten stattfand, Majestät. Das beweist die Untersuchung der Erde, die ich unter seinen Fingernägeln fand. Er erstach ihn, und mit einem Gehilfen schleifte er ihn bis zu seinem Tragsessel, enthauptete ihn schließlich und ließ die Leiche auf der anderen Seite der Mauer liegen.

Feng enthauptete oder entstellte seine Opfer, um eine Identifizierung zu verhindern, und er fügte ihnen seltsame Wunden in der Brust zu, um das Ritualverbrechen einer kriminellen Sekte vorzutäuschen.«

Als Ci mit dem Bericht seiner entsetzlichen Offenbarungen geendet hatte, entstand eine unheimliche Stille im Saal.

»Deiner Meinung nach trägt dieses kleine Gerät also eine enorme Vernichtungskraft in sich …«, sagte der Kaiser mit tonloser Stimme.

Ci nickte langsam. »Stellt Euch jeden Soldaten mit so einem Gerät ausgerüstet vor. Das wäre die größte Macht, die der menschliche Geist sich überhaupt vorstellen kann.«

Der Kaiser ließ sich Zeit, ehe er Feng das Wort zur Verteidigung erteilte. Als der älteste Würdenträger den Richter schließlich aufforderte, Stellung zu beziehen, zeigte Feng, zitternd vor Wut, auf Ci.

»Majestät! Ich verlange, dass dieser Angeklagte unverzüglich für seine Anschuldigungen bestraft wird, die Euch direkt betreffen! Nie zuvor hat man in diesem Gericht eine vergleichbare Provokation erlebt. Keiner Eurer Vorgänger auf dem Thron hätte dies jemals geduldet!«

»Lasst die Toten in Frieden und hütet Eure Zunge!«, warnte ihn Nin Zong.

»Kaiserliche Hoheit, der Unwürdige, der sich der Totenleser nennt, ist in Wirklichkeit ein Meister der Lüge. Er will denjenigen anklagen, der Euch stets mit Ergebenheit diente. Er verschleiert die Wahrheit und verfälscht sie, mit dem einzigen Ziel, seiner Strafe zu entgehen. Worauf gründen sich seine Beschuldigungen? Wo sind die Beweise? Seine Worte sind wie Feuerwerk, so flüchtig wie das angebliche Pulver, von dem er spricht. Tragbare Kanonen? Ich sehe nichts anderes als eine Bronzeflöte. Und womit soll sie schießen? Mit Reiskörnern? Mit Kirschkernen?«

»Beruhigt Euch, Feng. Ohne dass damit Eure Schuld bewiesen wäre, scheinen die Worte des Angeklagten eines gewissen Sinns nicht zu entbehren«, sagte Nin Zong. »Ich frage mich, aus welchem Grund er Euch anklagen sollte, wenn er nicht die Wahrheit sagte.«

»Das fragt Ihr Euch? Aus Trotz!« Feng hob seine Stimme, bis sie brach. »Auch wenn es nicht meine Absicht war, dies vor Publikum zu enthüllen: Cis Vater hat einmal für mich gearbeitet. Eine Brut aus derselben Sippe! Ich hatte entdeckt, dass er die Daten meiner Transaktionen zu seinem Vorteil fälschte, und sah mich gezwungen, ihn zu entlassen. Aus Zuneigung zum Sohn vertuschte ich den Fehler seines Vaters, doch als der Angeklagte ihn selbst entdeckte, beschuldigte er mich, an seinem Unglück schuld zu sein.

Was die Verbrechen betrifft, so besteht für mich kein Zweifel: Kan tötete die Unglücklichen, aber Ci sah sich nicht in der Lage, den Fall zu lösen, und täuschte, getrieben von Ehrgeiz, den Selbstmord des Strafrats vor, um die versprochenen Gefälligkeiten zu erhalten. Über alles Übrige, das die Versammelten in diesem Saal sich anhören mussten, möchte ich schweigen. Es entspringt der Phantasie eines verzweifelten Irren.«

»Und die Handkanone, entspringt die auch der Phantasie eines armen Irren?«, brüllte Ci.

»Ruhe!«, befahl Nin Zong und griff erzürnt nach der Bronze-Replik. Dann flüsterte er seinen Beratern etwas zu und gab Bo ein Zeichen, ihn in einen Nebenraum zu begleiten. Nach einer Weile kamen beide zurück. Dem Kaiserlichen Berater stand die Besorgnis ins Gesicht geschrieben, als er auf Ci zutrat.

»Wir müssen sprechen«, sagte Bo und führte Ci hinaus.

»Was ist los?«

»Der Kaiser glaubt dir«, sagte Bo.

»Aber … das ist doch eine gute Nachricht«, sagte Ci erleichtert. »Warum seid Ihr so zurückhaltend?«

»Ja, es ist eine gute Nachricht … Aber Nin Zong wünscht dennoch, dass du dich schuldig erklärst.«

»Wie?«, stammelte Ci. »Aber … Aber warum? Warum ich … und nicht Feng?«

»Wenn du einwilligst und das Geständnis unterschreibst, garantiert dir der Kaiser, dass du in eine andere Provinz in Sicherheit gebracht wirst«, sagte Bo ohne Überzeugung. »Er wird sich dir gegenüber großzügig zeigen. Du wirst eine ausreichende Summe erhalten, um dich niederzulassen, und er wird ein Landgut auf deinen Namen umschreiben lassen, das du deinen Nachkommen vererben kannst. Darüber hinaus ist er bereit, dir eine jährliche Rente zu zahlen, die dich von jeglichen materiellen Nöten befreit. Das ist ein sehr großzügiges Angebot.«

»Und Feng?«, wiederholte Ci.

»Er hat mir versichert, dass er sich persönlich um ihn kümmern wird.«

»Aber was hat das alles zu bedeuten? Seid Ihr mit ihm einverstanden? Auf welcher Seite steht Ihr?« Ci wankte rückwärts.

»Bitte, Ci, beruhige dich! Ich bin nur der Überbringer …«

»Wisst Ihr, was Ihr da verlangt? Ihr verlangt von mir, dass ich das Letzte hergebe, was ich noch besitze … Meine Würde!« Ci schwankte zwischen Empörung und Verzweiflung. »Nein, Bo, das kann ich nicht! Es ist mir egal, was mit mir geschieht, aber ich werde nicht zulassen, dass der Name dieses Bastards, der meinen Vater getötet hat, unangetastet bleibt, während der meiner Familie in Schande versinkt.«

»Beim ehrenwerten Konfuzius, Ci! Verstehst du denn nicht? Das ist keine Bitte. Der Kaiser kann sich einen solchen Skandal nicht leisten. Seine Stärke würde in Zweifel gezogen. Wenn ans Licht kommt, dass bei Hofe Chaos und Verrat regieren, dass er nicht einmal in der Lage ist, seine eigenen Beamten zu führen, wie soll er dann erst seine Gegner bezwingen? Nin Zong möchte demonstrieren, dass er in der Lage ist, die Nation mit der nötigen Standhaftigkeit zu führen, welche die Bedrohung durch die Jin erfordert. Er kann nicht zulassen, dass bekannt wird, wie seine Räte von seinen eigenen Richtern ermordet werden.«

»Dann soll er Standhaftigkeit beweisen, indem er Gerechtigkeit walten lässt!«, rief Ci.

»Ci, wenn du dich weigerst, wird der Kaiser dich ohne Gnade verurteilen. Er wird dich auch dann für schuldig erklären, und du wirst seinen Zorn zu spüren bekommen. Er wird dich hinrichten lassen oder in eine Salzmine schicken, und du wirst den Rest deiner Tage lebendig begraben unter der Erde verbringen. Denk an deinen Vater. Er würde das Beste für dich wollen. Wenn du einwilligst, bekommst du ein Gut, eine Rente, ein ruhiges und sicheres Leben weit weg von hier. Mit der Zeit wird er dich rehabilitieren und deinen Eintritt in die Justiz unterstützten. Was willst du mehr? Und welche Alternative bleibt dir? Wenn du rausgehst und dich ihnen entgegenstellst, machen sie dich fertig. Du hast das Schuldgeständnis unterzeichnet, auch wenn es unleserliches Gekritzel ist. Hast du deinem Plädoyer selbst zugehört? Deine Beweise sind nichts als Indizien. Du hast nichts Greifbares gegen Feng in der Hand.«

Ci suchte Halt in Bos Blick, doch er fand ihn nicht.

»Überlege es dir.«, sagte Bo. »Es ist nicht nur das Beste, es ist das Einzige, das du tun kannst.«

Resigniert senkte Ci den Kopf und folgte dem Kaiserlichen Berater mit langsamen Schritten zurück in den Gerichtssaal.

Niedergeschlagen ließ Ci sich vor dem Thron auf die Knie fallen. Sogleich wies Nin Zong seinen Schreiber zufrieden an, die finale Urteilsschrift vorzubereiten, die der älteste Würdenträger wenig später verlas. Darin stellte man die Täterschaft Cis zweifelsfrei fest, und alle Anschuldigungen gegen Feng wurden für nichtig erklärt.

Man reichte dem Angeklagten das Dokument, damit er seine Unterschrift darunter setzte. Ci nahm die Schulderklärung mit zitternden Händen entgegen. Er nahm den Pinsel in die Hand, doch war er nicht in der Lage, ihn zu halten. Ci entschuldigte sich für seine Ungeschicklichkeit, hob den Pinsel auf und verharrte einen Moment nachdenklich über dem Schuldgeständnis, das keinen Raum für Interpretationen ließ: Es benannte ihn als einzigen Verantwortlichen, ohne die Beteiligung Fengs in irgendeiner Weise zu erwähnen.

Ci dachte an Bos Argumente, während er sich fragte, ob es wirklich das war, was sein Vater sich für ihn gewünscht hätte. Er konnte keinen klaren Gedanken fassen. Er umfasste den Pinsel fester und tauchte ihn in die Tinte. Dann begann er langsam, die Zeichen seines Namens zu malen. Der Pinsel bewegte sich schleppend, wie geführt von der leblosen

Hand eines alten Mannes. Als er beim Nachnamen angekommen war, dem Namen seines Vaters, hielt Ci inne. Er hob den Blick, Feng lächelte triumphierend. Vor seinem inneren Auge sah er gleichzeitig die Leichen seiner Eltern, die unter den Trümmern begraben lagen, ihre zerschmetterten Körper, das Märtyrium seines Bruders und den Todeskampf Mei Meis. Er konnte sie nicht verraten. Er konnte es nicht dabei belassen. Er nahm das Dokument und riss es in tausend Fetzen.

Der Zorn Nin Zongs ließ nicht lange auf sich warten. Er verfügte sofort, dass man dem Gefangenen Handschellen anlegte und ihn mit zehn Stockhieben bestrafte.

Doch Ci blieb unbeugsam und bestand auf dem Ritual der letzten Worte.

»Bis die Wasseruhr durchgelaufen ist!«, grollte Nin Zong und ordnete an, dass man den hydraulischen Mechanismus in Gang setzte, der Cis Redezeit begrenzte.

Ci holte tief Luft. Das Wasser begann zu fließen.

»Majestät, vor mehr als einem Jahrhundert ließ sich Euer ehrenwerter Urgroßvater von tendenziösen Beratern leiten, die die Verurteilung des Generals Yue Fei veranlassten, eines unschuldigen Mannes, dessen Größe und Loyalität gegenüber unserer Nation heute als Vorbild in allen Schulen gelehrt wird. Das schreckliche Urteil gilt uns Nachgeborenen als eines der schändlichsten Ereignisse unserer herrlichen Geschichte. Yue Fei wurde hingerichtet, und obwohl Euer Vater ihn postum rehabilitierte, wurde der Schaden, der seiner Familie entstand, nie ausreichend wiedergutgemacht.« Ci suchte das Gesicht von Blaue Iris. »Ich will mich nicht mit jemandem wie unserem geliebten General vergleichen, dennoch wage ich es, Euch um Gerechtigkeit zu bitten. Ich habe ebenfalls einen Vater, der entehrt worden ist. Ihr verlangt von mir, dass ich Verbrechen auf mich nehme, die ich nicht nur nicht begangen habe, sondern zu deren Aufklärung ich mein Möglichstes beigetragen habe. Und ich kann beweisen, dass alles, was ich gesagt habe, wahr ist.«

»Das behauptest du seit Beginn der Verhandlung.« Nin Zong machte eine ungeduldige Handbewegung in Richtung der Wasseruhr.

»Dann erlaubt mir, dass ich Euch die schreckliche Vernichtungskraft dieser Waffe vorführe.« Ci hob seine Hände und bat darum, dass man ihn von den Ketten befreite. »Denkt daran, was geschehen würde, wenn eine so tödliche Erfindung in die Hand des Feindes fiele. Denkt daran, und denkt an unsere Nation.«

Ci wartete auf eine Reaktion des Kaisers.

»Befreit ihn«, rief Nin Zong missmutig.

Ci trat schwankend vor, sein Magen schmerzte vor Angst. Vor dem Thron kniete er nieder, richtete sich unsicher wieder auf und streckte den Arm aus. Der Kaiser legte die kleine Kanone in seine Hand.

Vor den Augen Nin Zongs zog Ci den kleinen runden Stein hervor, und das Säckchen mit Schwarzpulver, das er in Fengs Schreibtisch gefunden hatte.

»Das Projektil, das ich in den Händen halte, ist identisch mit jenem, das das Leben des Alchemisten beendete. Ihr könnt sehen, dass es nicht vollständig rund ist, sondern dass an einer Stelle ein Splitter herausgesprungen ist. Ein Bruch, der entstand, als es auf einen Wirbel des Alchemisten traf, und den ich fand, als ich einen Spieß in die Wunde stieß, um ihre Tiefe zu prüfen.«

Wie er es in den Abhandlungen über konventionelle Kanonen gelesen hatte, schüttete er das Pulver in das Feuerrohr, stopfte es mit Hilfe eines Pinselstiels fest und ließ die Kugel hineinfallen. Dann riss er sich einen Streifen Stoff aus dem Hemd und drehte ihn zu einer Lunte, die er in eine kleine seitliche Öffnung steckte. Schließlich reichte er Nin Zong die Kanone.

»Hier habt Ihr sie. Man muss nur noch die Lunte zünden und zielen.«

Der Kaiser betrachtete die Kanone, als halte er ein Wunder in der Hand.

»Majestät«, unterbrach ihn Feng. »Wie lange muss ich dieses groteske Schauspiel noch ertragen? Alles, was aus dem Mund dieses Mannes dringt, ist nichts als Lüge …«

»Lüge?« Ci wandte sich zu ihm um. »Dann erklärt mir mal, wie es möglich ist, dass die Scherben der Gussform, die Ihr mir gestohlen habt, das Schießpulver und die Kugel, die das Leben des Alchemisten beendete, versteckt in der Schublade Eures Schreibtisches lagen!«, rief Ci und wandte sich wieder an den Kaiser. »Denn dort habe ich sie gefunden, und dort werden Eure Männer, wenn Ihr sie hinschickt, noch mehr Projektile finden!«

Mit zusammengepressten Kiefern trat Feng auf den Thron des Kaisers zu.

»Wenn du sie aus meinem Zimmer geholt hast, dann kannst du sie ebenso gut selbst dort deponiert haben.«

Ci spürte, wie die Beine unter ihm nachgaben. Er schluckte und suchte verzweifelt nach einem Ausweg.

»Nun gut, dann beantwortet mir diese Frage«, brachte er schließlich statt einer Antwort hervor. »Strafrat Kan wurde im fünften Mond dieses Monats ermordet, wo hieltet Ihr Euch in jener Nacht auf? Bo bestätigte mir, dass eine der Wachen Euch erkannt hat, als Ihr im Sonnenuntergang den Palast betratet.« Ci wies auf Bo, der Kaiserliche Berater nickte. »Ihr hattet ein Motiv, Ihr hattet die Mittel … Und nach allem, was wir jetzt trotz Eurer Lügen herausgefunden haben, hattet Ihr auch die Gelegenheit.«

»Ist das wahr?«, fragte Nin Zong.

»Nein! Das ist es nicht!«, geiferte Feng. »Ich habe die Nacht zu Hause verbracht, zusammen mit meiner Frau ... Ich habe mich die ganze Nacht an ihr erfreut. Ist es das, was Ihr hören wollt?«

Feng log. Ci wusste, dass er log, denn in ebenjener Nacht war er selbst mit Blaue Iris zusammen gewesen.

»Du hingegen, wo warst du?«, schäumte Feng. »Wo warst du in der Nacht, als Kan ermordet wurde?«

Ci errötete. Er sah zu Blaue Iris, suchte vergeblich etwas in ihrem blinden Blick, an das er sich klammern konnte, um dem Strudel zu entkommen, der ihn in die Tiefe zog. Doch Blaue Iris saß mit unbeweglicher Miene da, ungerührt und stumm. Ci musste einsehen, dass sie Feng niemals verraten würde, und er konnte es ihr nicht vorwerfen. Würde sie ihn verraten, würde sie ihre Untreue enthüllen, wäre das Urteil nicht nur über ihren Ehemann gefällt, sondern auch über sie. Er hatte nicht das Recht, sie zu zerstören.

»Wir warten«, drängte Nin Zong. »Gibt es etwas, das du hinzufügen möchtest, bevor ich mein Urteil spreche?«

»Nein.« Ci senkte den Kopf.

»In dem Fall erkläre ich, Kaiser Nin Zong, Sohn des Himmels und Herrscher des Reiches der Mitte, die Schuld des Angeklagten Song Ci für bewiesen und verurteile ihn zu ...«

»Ich war mit ihm zusammen!«, rief jemand aus der Tiefe des Saals dazwischen.

Die Versammelten wandten sich um, und als sie die Person ausmachten, die gesprochen hatte, ging ein Aufschrei durch die Reihen.

»Ich habe nicht bei meinem Mann geschlafen«, erklärte

Blaue Iris mit fester Stimme. »In der Nacht, als Kan ermordet wurde, war ich mit Ci zusammen.«

Feng wurde totenbleich, er taumelte. »Das kannst du mir nicht antun!« Er machte Anstalten, zu fliehen, doch der Kaiser befahl, dass man ihn festnahm. »Lasst mich los! Verdammte Hure!«, schrie Feng wie von Sinnen. »Nach allem, was ich für dich getan habe!« Es gelang ihm, sich aus dem Griff der Wachen zu befreien und die kleine Kanone, die der Kaiser in den Händen hielt, an sich zu reißen.

»Zurück!«, warnte er. Bevor ihn jemand aufhalten konnte, griff er nach einer Kerze und zündete die Lunte. »Ich habe gesagt, ihr sollt zurückbleiben!«, brüllte er noch einmal und zielte auf den Kaiser. Die Soldaten wichen zurück. »Und du, du undankbares Stück …« Er hob den Arm und richtete die Waffe auf seine Frau. »Ich habe dir alles gegeben … Ich habe alles für dich getan …« Die Lunte brannte immer weiter ab.

Diejenigen, die bei Blaue Iris standen, duckten sich ängstlich. Keuchend hielt Feng die Kanone in seinen zitternden Händen. Die Lunte war beinahe bis zum Ende heruntergebrannt. Feng stieß einen wilden Schrei aus. Und plötzlich riss er die Waffe herum und legte sich den Lauf an die Schläfe.

Ein trockener Knall hallte durch den Saal, und Feng sackte leblos in einer Blutlache zusammen. Sofort warfen sich mehrere Wachen auf ihn, doch der Richter war bereits tot. Nin Zong erhob sich entsetzt, ordnete an, dass man Ci freiließ, und erklärte den Prozess für beendet.

EPILOG

Ci erwachte mit steifen Gliedern. Seit der Verhandlung war eine Woche vergangen, dafür verheilten seine Wunden schnell und gut. Er rieb sich die Augen und lauschte den Stimmen der aufgeregt durcheinanderredenden Studenten, die eilig in die Aulen strömten. Er war wieder zu Hause, zwischen seinen Büchern.

»Wie geht es dem Meister?«, fragte Ci den Arzt, der neben seiner Pritsche stand.

»Seine Beine heilen so gut wie die einer Eidechse. Und er hat mir gesagt, dass er dich sehen will … Ich glaube, es ist an der Zeit, dass du aufstehst.« Er klopfte ihm auf die Schulter.

Ci freute sich. Seit seiner Ankunft in der Akademie war er ans Bett gefesselt gewesen, und von Mings Zustand hatte er nur durch die Ärzte und Diener erfahren, die ihn pflegten. Er setzte sich mühsam auf und betrachtete die aufgehende Sonne. Sie leuchtete in einem kräftigen Orange, und in ihrem Strahlen glaubte er, seine Eltern und Geschwister zu erkennen.

Endlich hatte er seinen Frieden mit ihnen geschlossen. Er

ehrte sie mit einem Räucherstäbchen und sog den Duft tief ein.

Er verließ sein Zimmer, gestützt auf den roten Stock, den Blaue Iris ihm geschickt hatte. Er träumte jede Nacht von ihr, und auch jetzt, auf dem Weg zu Mings Gemächern, dachte er an ihre Schönheit und ihre Unergründlichkeit. Die Wärme dieses anbrechenden Tages tröstete ihn.

»Ci!«, rief Ming. »Du kannst schon wieder laufen …!«

Ci rückte einen Schemel an das Bett des Professors, er sah erschöpft aus, doch seine Augen sprühten vor Freude. Er bat einen Bediensteten, Ci eine Tasse Tee zu bringen, dann sah er seinen Schüler an.

»Ci, es gibt Dinge, die ich immer noch nicht verstehe … Welches Motiv hat Feng zu seinen Abscheulichkeiten getrieben?«

»Darüber habe ich mir auch den Kopf zerbrochen … Der Bronzefabrikant war ein Prahlhans, dessen Redefluss ebenso stetig war wie seine Selbstherrlichkeit. Ich vermute, er setzte Feng unter Druck. Der mongolische Diener sagte aus, dass der Fabrikant sich Zugang zur gesellschaftlichen Elite verschaffen wollte. Offenbar erpresste er Feng mit seinem Wissen um die Handfeuerwaffe und die Verbindungen des Richters zu den Jin. Feng muss daraufhin gefürchtet haben, dass ihn die Indiskretion und die Gier des Mannes gleichermaßen in Gefahr brachten, und er beschloss, ihn noch in derselben Nacht zu töten. Was den taoistischen Alchemisten und den Sprengmeister betrifft, so habe ich ja bereits in der Verhandlung dargelegt, dass Feng es vorzog, sie zu töten, anstatt zu riskieren, dass sie ihn wegen seiner Zahlungsschwierigkeiten verrieten. Offenbar hatte er ziemlich hohe Schulden, die er nicht begleichen konnte.«

»Aber warum tötete Feng den Strafrat? Er musste doch

wissen, dass dieses Verbrechen niemals unentdeckt und ungesühnt bleiben würde.«

Ci überlegte einen Augenblick. »Ich denke, er sah sich gezwungen, es zu tun. Kan schien besessen von der Idee, dass Blaue Iris hinter den Verbrechen steckte. Sein Argwohn hätte ihn früher oder später womöglich den wahren Täter entdecken lassen. Feng glaubte, das perfekte Verbrechen verübt zu haben, indem er einen Selbstmord vortäuschte. Eine perfide Idee, die ihn von jeglichem Verdacht befreit hätte, da er den Strafrat ja dazu gezwungen hatte, alle Schuld auf sich zu nehmen. Als ich dann ausgerechnet Feng meine Zweifel an einem Selbstmord enthüllte, versorgte er Grauer Fuchs mit den Informationen. Er kannte die Ambition des Grauen und wusste, dass es ihm ein Fest sein würde, mich anzuklagen.«

»Und die Sache mit dem Parfüm?«, fragte Ming. »Nach allem, was ich in der Verhandlung gehört habe, wurde das Parfüm verwendet, um den Verdacht auf Blaue Iris zu lenken. Doch wenn der Mörder ihr Ehemann war, welches Interesse konnte er daran haben? Soweit ich weiß, liebte Feng seine Frau.«

»Obwohl ich es nicht mit letzter Sicherheit weiß, gehe ich davon aus, dass Kan dafür verantwortlich war. Ich denke, es wäre ein Fehler, den Strafrat für vollkommen unschuldig zu halten, nur weil er am Ende ermordet wurde. Wie es scheint, hatte Kan einst um die Hand von Blaue Iris angehalten, und die Demütigung, die er durch ihre Abweisung erfuhr, muss in ihm einen solchen Groll ausgelöst haben, wie sie selbst ihn gegenüber dem Kaiser empfand. Ich glaube, dass Kan etwas suchte, um sie in die Enge zu treiben. Er hatte Zugang zu der Jade-Essenz, und ich vermute, dass er die Leichen mit ein paar Tropfen davon versah, nachdem man sie gefunden hatte.«

»Wie seltsam! Feng schien so ein kultivierter Herr zu sein. Ich verstehe nicht, welche Motive ihn dazu getrieben haben, derart grausame Verbrechen zu verüben.«

»Wie soll man das verstehen? Feng war ein Besessener … Bo erzählte mir, dass der mongolische Diener Fengs nach seiner Festnahme gestand, die Morde zusammen mit seinem Herrn begangen zu haben. Dem Mongolen zufolge hat der Richter aus Geldgier gehandelt – und aus fanatischer Liebe zu seiner Frau.«

»Aus Geldgier? Aber Feng war doch reich. Der Salzhandel seiner Frau …«

»Laut Bo liefen die Geschäfte seit einer Weile nicht gut. Wegen der Grenzkonflikte hatte Kaiser Nin Zong die Handelsbeziehungen zu den Jin, Fengs besten Kunden, abgebrochen. In Wirklichkeit stand er vor dem Ruin.«

»Aber was gewann Feng durch die Morde?«

»Geld und Macht. Vergesst nicht, dass Feng die Geschäfte in die Hand nahm, die vorher Blaue Iris geleitet hatte, und dass seine schlechte Führung sie in den Ruin getrieben hat. Soweit ich erfahren habe, begann Feng seine Beziehung mit Blaue Iris, während mein Vater noch für ihn arbeitete, und obwohl er die Beziehung wegen ihres Status als *Nüshi* geheim hielt, übernahm er schon damals die Leitung ihrer Geschäfte. Seine letzten Mittel verwendete Feng dann darauf, das Geheimnis einer tödlichen Waffe teuer an unsere Feinde zu verkaufen. Vielleicht stellte Feng sich in seinem Delirium vor, nach einem hypothetischen Sieg der Jin den gesamten Salzhandel des Reiches unter seine Kontrolle zu bringen. Doch all das ist nichts weiter als Spekulation. Bo und einige andere Richter untersuchen den Fall weiter …«

»Aber wie konnte Feng auf das Geheimnis einer so tödlichen Waffe stoßen?«

»Das habe ich mich auch gefragt, und ich glaube, dass die Antwort bei Blaue Iris liegt. Ihr Vorfahre Yue Fei war einer der berühmtesten Generäle unseres Reiches und ein Pionier im militärischen Gebrauch des Pulvers. Ich habe in Fengs Arbeitszimmer eine Kopie des *Ujingzongyao* gefunden, einer Abhandlung über militärische Techniken, in der die Grundlagen der Verwendung von Schießpulver beschrieben sind.«

»Und all das für eine schöne Frau … Eine Frau, die ihn am Ende betrog.«

Ci schwieg verlegen.

»Eine Frau, die mich gerettet hat«, sagte er dann und erhob sich. Er sehnte sich danach, Blaue Iris wiederzusehen. Ein Spaziergang an der frischen Luft würde seinem geschundenen Körper und seiner verletzten Seele sicher guttun.

Gestützt auf den Gehstock von Blaue Iris verließ er die Akademie in Richtung des Seerosenpavillons.

Als er die Mauer erreichte, freute er sich, dass das Siegel, das Kan ihm gegeben hatte, noch immer seine Funktion als Passierschein erfüllte. Er durchquerte mühsam die Gärten, bis er die Residenz von Blaue Iris erreichte.

Unterwegs malte er sich das Wiedersehen mit ihr aus. Er wollte ihr danken, ihr sagen, dass er nie an ihr gezweifelt hatte, ihr zeigen, dass er sie liebte. Doch als er sich dem Gebäude näherte, überkam ihn plötzlich eine düstere Vorahnung.

Der Pavillon war von Dutzenden Wachen umstanden. Als Ci die Treppe zum Eingang erreicht hatte, trat Bo aus dem Gebäude.

»Was ist passiert?«, fragte Ci keuchend.

»Es geht um Blaue Iris. Sie ist verschwunden, entgegen dem Befehl des Kaisers.«

»Verschwunden? Was heißt das?« Ci schob Bo zur Seite und betrat das Haus.

Ungläubig hinkte er durch die Räume. Überall lagen achtlos verstreut Gegenstände und Kleidung auf dem Boden. Es war offensichtlich: Hier hatte jemand in großer Eile für seine Flucht gepackt. Mit schwerem Herzen schleppte Ci sich in Fengs Arbeitsraum. Mehrere Beamte waren dabei, die Bibliothek zu untersuchen. Ci betrachtete zerstreut die Regale, bis sein Blick auf die Lücke in der Bücherreihe fiel. Es war das Brett, auf dem die Abhandlungen über das Salz standen. Zu seiner Überraschung fehlte das wertvolle, in Grün eingeschlagene Handbuch zu militärischen Techniken und dem Gebrauch des Pulvers: die seltene Ausgabe des *Ujingzongyao*.

Ci runzelte die Stirn und griff unwillkürlich in die Lücke. Er schrak zurück, als seine Finger auf einen kalten Gegenstand stießen. Dann streckte er neugierig seine Hand danach aus, bis er ihn zu fassen bekam. Als er den Gegenstand herauszog, traf es ihn wie ein Blitz. Es war die kleine Truhe seines Vaters. Die Truhe, die er zwischen den Trümmern des abgebrannten Elternhauses gesucht und nicht gefunden hatte. Er öffnete sie ängstlich, als befände sich in ihrem Inneren der Geist seines Vorfahren. Tatsächlich enthielt sie einige Papiere in der Handschrift seines Vaters, die die doppelte Buchführung und die von Feng veruntreuten Gelder dokumentierten.

Irritiert verließ Ci den Pavillon, unfähig, seine Gedanken zu ordnen. Er konnte nicht fassen, wie gutgläubig er gewesen war. Wie ein Gespenst wandelte er zurück in die Akademie. Dort informierte ihn der Pförtner, dass jemand im Hof auf ihn warte. Ci spürte, wie sein Herz einen Sprung machte bei dem Gedanken, es könnte sich um Blaue Iris handeln. Doch zu seiner großen Enttäuschung waren es zwei Bettler, die er nie zuvor gesehen zu haben glaubte.

»Erinnert Ihr Euch nicht an mich?«, fragte ihn der Jüngere. »Es war der Tag des Brandes in der Werkstatt. Ihr habt gesagt, wenn ich den Lahmen finde, kann ich mir mein Geld abholen.«

Ci musterte den Bettler von oben bis unten, und plötzlich erkannte er ihn. Es war der Junge, den er in der Nähe der Bronzewerkstatt befragt hatte. Der Mann, der ihn begleitete, hinkte heran. Es musste sich um den Zeugen handeln, von dem er gesprochen hatte.

»Du kommst zu spät, Junge. Der Fall ist bereits gelöst.«, sagte Ci.

»Aber Herr! Ihr habt versprochen, dass ich mein restliches Geld bekommen würde, wenn ich ihn Euch bringe …«, jammerte der Bettler.

Ci sah dem Jungen in die Augen.

»In Ordnung. Was hat dein Freund gesehen?«

»Los, sag's ihm!« Der Betteljunge gab dem anderen einen Stoß.

Der Lahme trat strauchelnd vor.

»Es kamen drei Personen«, erzählte er. »Ich war in meinem Versteck, aber ich konnte sie sehen und hören. Die Person, die die Anweisungen gab, wartete draußen, während die anderen etwas in dem Gebäude suchten. Dann besprengten sie alles mit Öl und zündeten es an.«

»Würdest du die Personen wiedererkennen?«, fragte Ci ohne große Überzeugung.

»Ich denke schon, Herr. Einen der Männer nannten sie Feng. Der andere sah aus wie ein Mongole.«

Ci fuhr zusammen. Er trat näher an den Jungen heran.

»Und der dritte Mann? Was kannst du über ihn sagen?«

»Es war kein Mann«, sagte er. »Die Person, der die beiden Männer gehorchten, war eine Frau.«

»Eine … Frau?«, stammelte Ci. »Was für eine Frau?« Er schüttelte den Jungen an den Schultern.

»Ich weiß es nicht! Ich habe nur gesehen, dass sie ungeschickt ging und sich dabei auf einen Stock stützte. Einen Stock wie Euren …«

⋆ ⋆ ⋆

Die nächsten drei Tage verbrachte Ci eingeschlossen in seinem Zimmer, ohne einen Bissen herunterzubekommen und ohne seine Wunden versorgen zu lassen. Er ließ einfach die Zeit verstreichen, während er darüber sinnierte, ob Blaue Iris wirklich so viel Schuld traf, wie es den Anschein hatte. War Feng nur ihre Marionette gewesen? Er fragte sich auch, warum sie Feng verraten und ihm, Ci, das Leben gerettet hatte.

Am Nachmittag des dritten Tages suchte Bo ihn auf. Er brachte keine Neuigkeiten, was Blaue Iris betraf. Doch sagte er mit gesenktem Blick, Ci könne sich glücklich schätzen. Er habe in Erfahrung gebracht, dass der Kaiser niemals vorhatte, Ci im Tausch gegen sein Geständnis ein ruhiges Leben in der Abgeschiedenheit zu ermöglichen. Die Hinrichtung war beschlossen – in jedem Fall. Das Einzige, was Ci gerettet hatte, war Fengs unerwarteter Selbstmord gewesen.

Ci musste schlucken. Er dankte dem Kaiserlichen Berater für sein Vertrauen, doch seine Laune hob das Gespräch nicht.

Am vierten Tag hörte er auf zu trauern und stand auf. Er war mit einem bestimmten Ziel nach Lin'an gekommen, und wenn er es erreichen wollte, musste er hart dafür arbeiten. Sein Körper hatte beinahe wieder zu seiner alten Stärke zurückgefunden, und seinen Geist dürstete es nach Wissen. Er nahm sich eine Tasse Reis und ging in die Bibliothek, wo seine Mitschüler lernten.

Noch am selben Nachmittag traf er sich mit Meister Ming. Der Professor hatte wieder zu laufen begonnen, wie Ci erfreut feststellte.

»Wieder am Studieren?«, fragte er Ci und konnte kaum verbergen, wie glücklich er war, seinen besten Schüler wieder zwischen seinen Büchern zu sehen.

»Ja. Ich habe noch einiges vor mir.« Er zeigte Ming die nagelneue forensische Abhandlung, an der er arbeitete.

Ming lächelte.

»Übrigens, Bo war hier.« Ming setzte sich neben Ci. »Er hat mich auf den neuesten Stand der Untersuchungen gebracht. Offenbar soll Xu hingerichtet werden. Er berichtete, dass Blaue Iris geflohen sei und dass der Kaiser sein Versprechen zurückgezogen habe, dich in das Richteramt aufzunehmen.«

Ci nickte.

»So ist es. Nin Zong hat sich darauf versteift, all meine Entdeckungen als Hexerei abzustempeln.« Er zuckte resigniert mit den Schultern. »Aber wenigstens hat er nicht meine Teilnahme an den Prüfungen verboten. Das ist das Einzige, was zählt.«

»Gut«, warnte Ming, »aber es wird nicht leicht werden: Es sind noch zwei Jahre bis zum nächsten Termin, und die Prüfungen sind schwer zu bestehen … Weißt du, ich glaube nicht, dass du weiter als Schüler hier bleiben solltest. Deine forensischen Kenntnisse sind außergewöhnlich, und wenn du wolltest, könntest du unterrichten. Dann müsstest du dich auch nicht weiter um etwas sorgen, das du vielleicht nicht erreichst.«

Ci sah Ming entschlossen an.

»Ich danke Euch, aber ich will lernen. Mein einziges Ziel ist es, die Prüfungen zu bestehen … Das schulde ich mir, das schulde ich meiner Familie, und das schulde ich Euch.«

Ming lächelte und nickte. Er stand auf, um sich zurückzuziehen, doch dann drehte er sich noch einmal um.

»Eine Sache interessiert mich noch, Ci. Warum hast du das Angebot des Kaisers ausgeschlagen? Bo hat mir erzählt, dass Nin Zong dir im Austausch gegen dein Schweigen alles angeboten hat, wovon du träumtest: eine großzügige Entschädigung, eine zukünftige Rehabilitation und einen Posten als Richter. Warum hast du abgelehnt?«

Ci betrachtete seinen alten Meister liebevoll.

»Blaue Iris hat mir einmal erzählt, dass Feng unendlich viele Todesarten kenne. Vielleicht stimmte das. Doch was ich sicher weiß, ist, dass es nur eine einzige Art gibt, zu leben.«

ANHANG

IM ALTEN CHINA

Leben und Gesellschaft

Seit der Zeit des Konfuzius war die chinesische Gesellschaft in vier Kategorien eingeteilt: An erster Stelle standen die Kaiserlichen Beamten, gefolgt von den Bauern, die wiederum höhergestellt waren als die Handwerker. Die letzte Kategorie bildeten die Händler. Im Gegensatz zu den Bauern, die ein hohes Ansehen genossen, da ihre Arbeit das Volk ernährte, wurden die Händler verachtet und als Parasiten betrachtet, die zum Wohlstand des Reiches so gut wie nichts beitrugen.

Die ersten Beamten

Die chinesischen Kaiser führten ein Herrschaftssystem ein, das auf dem Prinzip der Meritokratie basierte. Jeder Bürger, ungeachtet seiner Herkunft, konnte es zu einem hohen Posten bringen – vorausgesetzt, er bestand die dafür vom Kaiser vorgesehenen Prüfungen, die sehr schwer waren. Um die Rechtmäßigkeit der Prüfungen zu gewährleisten, mussten die Bewerber nackt antreten, wurden abgetastet und für die gesamte Dauer der Prüfung, drei Tage und drei Nächte, in eine von 7500 Einzelzellen gesperrt.

Verschiedene Wächter prüften die Nahrung der Bewerber und führten unangekündigte Kontrollgänge durch, in denen sie testeten, ob sich alle an die Regeln hielten.

Außerdem wurden extra »Verräter« bezahlt, die jegliche Art von Betrugsversuch aufdecken sollten.

Soziales Netz

Der Staat teilte das Einkommen seiner Bürger in die Klassen »hoch«, »mittel« oder »gering« ein. Für den Fall, dass ein Bürger zahlungsunfähig war, bestimmte der Kaiser eine Karenzzeit, in der es verboten war, Miete einzufordern. Für die höhere Klasse betrug diese Zeit zwischen drei und sieben Tagen, für die mittlere zwischen fünf und zehn Tagen und für die niedrige zwischen sieben und vierzehn Tagen.

Religion

Die chinesische Kultur war geprägt von einem friedlichen Nebeneinander mehrerer philosophischer und religiöser Anschauungen: dem Buddhismus, dem Taoismus und dem Konfuzianismus – die meisten Menschen richteten ihr Leben nach einer Mischung aus allen dreien aus. Ein Sprichwort beschreibt ihren praktischen Umgang mit dieser Vielfalt: »Ein Chinese ist Konfuzianer, wenn es ihm gutgeht, er ist Taoist, wenn es ihm schlecht geht, und er ist Buddhist im Angesicht des Todes.«

Auch die im Okzident verbreiteten Konzepte von Himmel und Hölle waren bekannt, allerdings war die Hölle nach der chinesischen Vorstellung besser organisiert als nach der christlichen: Anstelle einer einzigen Hölle gab es ganze fünf, in denen zehn Richter sechs Wochen lang streng über die geeigneten Strafen für den Verurteilten entschieden. Zusätzlich zum Höllenfeuer gab es in der Hölle nach chinesischer Vorstellung noch eine Vielzahl weiterer Folterarten: Wer die Götter nicht respektiert hatte, wurden in der Mitte durchgesägt. Räuber und Kindesmörder wurden geschlagen und mit dem Hals an eine Kette gelegt. Geizhälse mussten ein Joch tragen, so dass sie weder essen noch schlafen konnten. Wer Familienfeindlichkeiten provoziert hatte, wurde von Schweinen und Hunden angenagt, und wer das Gebot der kindlichen Pietät missachtet hatte, wurde geköpft. Ungerechte Beamte wurden ebenfalls in der Mitte durchgesägt – genau wie Ehefrauen, die ihren Mann beschimpft hatten. Kriminelle und Verbrecher wurden für gewöhnlich in einer Mühle zu Hackfleisch gemahlen.

Rechtsprechung

Grundsätzlich standen sich zwei gegensätzliche Positionen, was die Funktion der Strafe in der Gesellschaft betraf, gegenüber. Die Konfuzianer gingen davon aus, dass der Mensch grundsätzlich gut sei. Strafen seien ein notwendiges Übel und hätten lediglich eine abschreckende Funktion für Menschen, deren guter Kern noch nicht aktiviert werden konnte. Die Legisten hingegen gingen davon aus, dass der Mensch grundsätzlich schlecht sei und ausschließlich durch seine Angst vor Strafen von Verbrechen abgehalten werden könne. Strafe und

Belohnung dienten der Manipulation der Untertanen, um politische Ziele durchzuzusetzen – ethische Überlegungen spielten keine Rolle.

Heutige Rechtsgelehrte der chinesischen Akademie der Gesellschaftswissenschaften fassen die tatsächliche Handhabung mit einer Redewendung zusammen: »Konfuzianisch die Hülle, legistisch der Kern.«

Grundsätzlich galt die Kollektivstrafe. Anwendung fand diese wohl schon seit 2000 v. Chr. und wurde insbesondere von den Legisten sehr befürwortet. In unterschiedlichen Abstufungen – je nachdem, wie milde oder hart sich der Kaiser präsentieren wollte – umfasste die Kollektivstrafe die »drei Verwandten«: Eltern, Gattin/Kinder und Geschwister. In manchen Zeiten wurde die Gruppe jedoch bis auf die Nachbarn ausgeweitet. So wird berichtet, dass es in der Qin-Dynastie bei einem politischen Verbrechen zur Verbannung von über 4000 Familien kam. Sehr alte Menschen wurden zu fast allen Zeiten von der Kollektivstrafe ausgenommen. Frauen wurden in der Regel etwas milder behandelt und nicht hingerichtet, sondern zu Staatssklavinnen degradiert. Die Anwendung der Kollektivstrafe wurde seit der Han-Dynastie immer wieder diskutiert.

Darüber hinaus galt das konfuzianische Gebot der erlaubten Vertuschung der Verbrechen von Familienangehörigen. Verwandte durften einander nicht anzeigen. Eine Strafanzeige war in der Regel ein amnestieunfähiges, todeswürdiges Verbrechen. Diese Richtlinie diente der Verankerung der konfuzianischen Familienethik.

Straffreiheit wurde in bestimmten Fällen gewährt. Elterliche Gewalt bis hin zur Tötung von Nachkommen wurde beispielsweise nicht geahndet – es handelte sich hier um ein »Hausdelikt« und nicht um ein öffentliches. Selbstverständlich war eine Anklageerhebung gegen den Kaiser undenkbar. Auch Angehörige bestimmter privilegierter Schichten erhielten eine Sonderbehandlung.

Übrigens galt bei Untreue folgendes Recht: Wenn eine Frau zum ersten Mal beim Ehebruch erwischt wurde, bestrafte man ihren Verführer, da er die Unschuld der Frau ausgenutzt hatte. Beim zweiten Mal wurde die Frau selbst durch Schläge oder Auspeitschen bestraft, da sie ihr Verhalten nicht geändert hatte, obwohl sie sich des Vergehens bewusst war. Beim dritten Mal kam der Ehemann der Frau ins Gefängnis: Man befand ihn untauglich. Er hatte die ehrwürdige Institution der Ehe geschändet.

Medizin

Im alten China nahm man an, dass Götter, Dämonen oder Geister Krankheiten bringen. Im *Huang Di Nei Jing Su Wen*, dem »Klassiker des Gelben Kaisers«, werden sechzig Dämonen beschrieben, von denen jeder die Menschen an einem anderen Tag belästige. Um sie abzuwehren, musste man den Stuhl, auf dem sie saßen, verrücken, oder das Loch, durch das sie kamen, verstopfen und den jeweiligen Namen des Dämons rufen.

Mit dem großen Reichseiner Kaiser Qin Shiunangdi (259–210 v. Chr.) begann sich die politische Lage, die Jahrhunderte lang durch Streitereien und Kämpfe um Land geprägt war, zu beruhigen. Es wurden Land- und Wasserwege gebaut, um alle Regionen miteinander zu verbinden. Diese Veränderungen schufen ein Klima, in dem auch die Mediziner zu einer neuen Sichtweise auf den Körper gelangten. Man begann, die Funktionsweise des Körpers analog zur gesellschaftlichen Ordnung zu beschreiben. So wurden Energie-Leitbahnen (Meridiane) angenommen, die alle Teile des Körpers miteinander verbinden – ganz ähnlich den Verbindungswegen zwischen den Provinzen. Die Organe wurden in eine hierarchische Ordnung gebracht. Das Herz, sagte man, könne niemals erkranken, ebenso wie der Herrscher keine Schwäche haben dürfe. So ist es denn auch nicht verwunderlich, dass das chinesische Schriftzeichen für »heilen« und »regieren« dasselbe ist.

Als wesentlich für das Wohlbefinden galt die Lebensenergie, das *Qi*. Diese müsse ungehindert fließen können, um alle Teile des Körpers im Gleichgewicht zu halten, ansonsten erkrankten die Organe oder gar der ganze Mensch. Oftmals wurde dem Patienten selbst die Schuld an seiner Krankheit gegeben, etwa, weil er seine Emotionen nicht angemessen kontrollierte. Neben Akupunktur, Schröpfen und Abbrennen von Beifuß gab es also alternative Therapien: Entzog die Trauer der Lunge einer Patientin das *Qi*, musste man die Frau einfach ärgern!

Konkubinen

Einmal im Jahr veranstaltete der Kaiserliche Hof die »Wahl der Schönsten«, in deren Rahmen sich der Herrscher seine Dienerinnen und Konkubinen aussuchte. Mädchen im Alter zwischen dreizehn und sechzehn Jahren strömten aus allen Teilen des Reiches an den Hof, um sich zu bewerben. Von ihnen wählten die Eunuchen fünftausend in eine Vorauswahl. Diese Mädchen mussten dann in Hundertergruppen, eingeteilt nach Alter, am Hof erscheinen. Dort wurden etwa tausend von ihnen wieder weggeschickt, da sie nicht über die gewünschten Körperproportionen verfügten. Die übrigen wurden am Tag darauf gründlich von den Eunuchen inspiziert, dabei lag ein besonderer Fokus auf Ohren, Augen, Mund, Nase, Haar, Haut, Taille, Hals und Rücken der Kandidatinnen. Anschließend mussten diese sich selbst vor allen anderen vorstellen. Zweitausend von ihnen wurden wiederum aussortiert, weil sie beispielsweise zu nervös waren oder keine schöne Stimme hatten. Am dritten Tag wurden Hände und Füße der übriggebliebenen Bewerberinnen von den Eunuchen ausgemessen. Danach mussten sie sich in Reihen aufstellen, damit geprüft werden konnte, wie sie sich bewegten. So wurden weitere tausend Mädchen aussortiert. Die letzten tausend hatten sich dann einer sehr harten körperlichen Prüfung zu unterziehen, die nur dreihundert von ihnen bestanden – diese hatten dann einen weiteren Monat voller Tests zu ihren kulturellen Kenntnissen, ihrer Intelligenz, ihrem Charakter und ihrer Moral zu überstehen. Am Ende wurden fünfzig der jungen Damen zu Konkubinen des Kaisers, die weiterhin an Prüfungen zu den Themen Literatur, Mathematik, Poesie, Malerei und mündliches Ausdrucksvermögen teilnehmen mussten. Die besten drei von ihnen wurden mit einem hohen Titel ausgezeichnet. Einige von ihnen erlangten dank ihrer Liebeskünste sogar den Titel der Kaiserin.

China, Land der Erfindungen

Papier

Vor Erfindung des Papiers wurden Schriftzeichen in Ton, Tierknochen, Steine oder Bronze geritzt oder auf Bambus, Holz oder Seide geschrieben. Mit der Erfindung des Papiers vor rund 2000 Jahren entstand ein günstigeres, belastbareres und leichteres Medium, das auf Basis von Nebenprodukten der Seidengewinnung hergestellt wurde.

Die Erfindung des Papiers hatte insbesondere für die Entwicklung im Bereich des Drucks eine revolutionierende Bedeutung. So erfand Bi Sheng zwischen 1041 und 1048 n.Chr. den Druck mit beweglichen Lettern – also 400 Jahre, bevor Gutenberg ihn noch einmal erfand. Während in der Song-Dynastie Bücher bereits fünffarbig und in millionenfacher Auflage gedruckt werden konnten, kopierten Mönche in Europa sie noch handschriftlich.

Sogar militärisch wurde Papier genutzt – Rüstungen aus dicken, beweglich übereinander geschichteten Papierlagen boten selbst vor den stärksten Pfeilen Schutz.

Der Wert des Papiers wurde anfänglich jedoch nicht von allen erkannt. Es sind Dokumente überliefert, in denen sich der Verfasser ausdrücklich dafür entschuldigt, »nur« auf Papier zu schreiben und nicht auf edler Seide.

Navigation

Seit der Zeit der streitenden Reiche (476–221 v.Chr.) war bekannt, dass sich Magnetsplitter im Wasser in Nord-Süd-Richtung drehen – der »nasse Kompass«. Überliefert ist, dass es bereits in der Han-Dynastie (206 v.Chr.-220 n.Chr.) den *Si Nan*, den »Südweiser«, einen magnetischen Löffel auf einer Kupferplatte gab, dessen Stiel nach Süden zeigte. Detaillierte Beschreibungen eines »Süd-Zeiger-Wagens« finden sich um 1027. Dieses Gefährt war ein Symbol kaiserlicher Macht, das dem Kaiser auf seinen Ausflügen folgte.

Windrichtungsanzeiger gab es wohl schon in der Shang-Dynastie. Später, in der Han-Dynastie, wurde die weltweit erste Einteilung für Windgeschwindigkeiten erstellt. Sie reichte von 1 (»die Kraft des Windes wird die Blätter der Bäume bewegen«) bis 8 (»die Kraft des Windes wird Bäume entwurzeln«).

Außerdem erfanden sie um 130 n.Chr. den ersten Seismographen. Er bestand aus einem Bronzegefäß, an dem sechs Drachenköpfe angebracht waren. In jedem der sechs Drachenmäuler lag in sensiblem Gleichgewicht eine Kugel. Darunter befanden sich sechs Froschfiguren mit aufgesperrten Mäulern. Wenn eine oder sogar mehrere der Kugeln herunterfielen, wusste man, dass es eine seismische Welle gegeben haben musste.

Natürliche Pflanzenschutzmittel

Um die Zitrusernten zu schützen, begann man in China vor 1700 Jahren damit, Asiatische Weberameisen (Oecophylla smaragdina) einzusetzen, die die Orangen- und Mandarinenbäume vor Krankheiten bewahren sollten. Man schuf »Verbindungsbrücken« aus Seilen oder Bambushalmen, über die die Ameisen von Baum zu Baum laufen konnten.

In der westlichen Welt wird diese Methode erst seit einem Jahrhundert angewendet.

Im alten China kannte man Fußball unter dem Begriff *Cuju*, zusammengesetzt aus *Cu* = treten und *ju* = Ball. Während der Song-Dynastie war Fußball ein sehr populärer Sport, sowohl am Hof des Kaisers als auch auf der Straße. Der Kaiser Huizong war besonders bekannt für seine Vorliebe, diesen Sport selbst auszuüben und sich die Spiele anzusehen. An seinen Geburtstagen pflegte er, im Anschluss an das Empfangen der Glückwünsche, ein Fußballspiel mit den professionellen Teams seines Hofes zu organisieren. Während die Sieger belohnt wurden, bestrafte man die Verlierer mit Peitschenschlägen und bemalte ihr Gesicht gelb und weiß, um sie zu erniedrigen.

Der älteste Fußballclub der Welt wurde ebenfalls in China während der Song-Dynastie gegründet. Seine Mitglieder genossen ein ähnlich hohes Ansehen wie die heutigen Fußballstars. Die Spieler mussten sich einer Eignungsprüfung unterziehen, in der sie beispielsweise den Ball mit jedem Fuß mindestens einhundert Mal nach oben schießen sollten, ohne dass er zwischendurch den Boden berührte. Die äußere Schicht des Balls wurde damals aus zwölf Lederstücken gefertigt. Er wog 430 Gramm, was in etwa dem Gewicht des heute verwendeten Balls entspricht.

Am 15. Juli 2004 erklärte Joseph Blatter, Präsident der FIFA, China offiziell zum Erfinderland des Fußballs.

Es gab weitere nützliche und kuriose Erfindungen im alten China, so zum Beispiel die Stinkbombe. Sie beinhaltete sieben Kilo menschlicher Exkremente, gemischt mit Arsen, Eisenhut und spanischen Fliegen.

Auch die Idee der Identifikation von Personen anhand von Fingerabdrücken stammt von den Chinesen. Da sie wussten, dass jeder Fingerabdruck einzigartig ist, benutzten sie ihn als Signatur in wichtigen Dokumenten.

Eine sehr praktische Erfindung machten chinesische Frauen. Spätestens seit dem Jahr 950 benutzten sie Zündhölzer, um das Herdfeuer zum Kochen anzustecken. Nicht überliefert ist die genaue Zusammensetzung der Reibeköpfe der Hölzer – vermutlich waren es in Schwefel getunkte Kiefernhölzchen. In Europa vergingen etwa 1000 Jahre, bis Zündhölzer erneut erfunden wurden.

Auch die erste Zahnbürste, die nicht lediglich ein Kaustöckchen war, kam vor rund 500 Jahren aus China. Sie war eine Art Pinsel, dessen Borsten von Schweinenackenhaaren stammten, die an einem Stiel aus Bambus oder Knochen befestigt wurden. Kaufleute brachten diese Zahnbürste per Schiff nach Europa. Die festen Schweineborsten wurden hierzulande oftmals als zu hart empfunden, und nur reiche Leute konnten sie sich leisten.

GLOSSAR

ALCHEMIE Der Begriff *Jindanshu*, »Techniken des Goldes und des Zinnobers«, ist der am häufigsten gebrauchte zur Bezeichnung der äußerlichen taoistischen Alchemie oder *Waidan*. Die ältesten alchemistischen Techniken erscheinen in Werken wie dem *Huainanzi* unter dem Begriff *Huangbaishu*, »Techniken von Gelb und Weiß«, Farben, die Gold und Silber bzw. ihre Substitute meinen. Zinnober hat darüber hinaus eine große Bedeutung bei der Herstellung von Pillen oder Elixieren für ein langes Leben. Dieser Vorgang heißt *Liandanshu*, »Technik zur Verfeinerung des Zinnobers«, oder *Xiandanshu*, »Techniken des Unsterblichkeitszinnobers«. Bei der Anwendung dieser Verfahren wurden viele therapeutisch einsetzbare chemische und botanische Produkte entdeckt. Während der Han-Dynastie lösten taoistische Alchemisten, die nach einem Elixier für Unsterblichkeit forschten, bei ihren Experimenten mit Schwefel und Salpeter (Kaliumnitrat) zahlreiche Brände aus. Einer dieser Alchemisten, Wei Boyang, schrieb einen alchemistischen Text mit dem Titel *Buch von der Verwandtschaft der drei*, in dem er auf die explosiven Eigenschaften von Mischungen bestimmter Stoffe hinwies.

Viele der ersten Mischungen chinesischen Schießpulvers enthielten toxische Substanzen, etwa eine Kombination aus Quecksilber und Arsen, weshalb man in ihnen die Anfänge der chemischen Kriegführung sehen könnte. Seit der Song-Dynastie verwendet man den Begriff *Dandingpai*, »Zinnober und Schmelztiegel«, auch als allgemeine Bezeichnung für die Alchemie.

FLÜGELKAPPE Die Männer trugen stets eine Mütze, eine Kappe oder ein Barett, das einen kleinen Haarknoten bedeckte, während die Ärmeren sich einen alten Stoffstreifen um den Kopf wickelten. Die Kleidung und vor allem die Mütze spiegelten die soziale Stellung wider. Hatte die Mütze Flügel, so konnten diese, je nach dem Rang ihres Besitzers, horizontal, leicht gesenkt oder herabhängend über den Ohren stehen.

GEBURTSTAG Die Chinesen rechneten das Alter eines Menschen anders als die Europäer. Im Westen endet das Lebensjahr eines Menschen mit der Wiederkehr seines Geburtstages, in China aber werden alle Einwohner am selben Tag ein Jahr älter und zwar mit Beginn des neuen Jahres, der beim ersten Neumond des Monats Februar gefeiert wird. Ein im November geborenes chinesisches Kind wird also Anfang Februar ein Jahr alt, und trotzdem sind erst drei Monate vergangen, seit es auf die Welt gekommen ist. Das Geburtsdatum wurde nur für die Berechnung des Horoskops benutzt und nicht für die Zählung des Alters.

GEWALT Der Einsatz physischer Gewalt als Strafe war der mittelalterlichen chinesischen Gesellschaft wesenseigen. Tatsächlich wurden die meisten der im Strafgesetzbuch erwähnten Vergehen mit Stockschlägen geahndet. Das war zum einen der abschreckenden Wirkung des Schmerzes geschuldet, zum anderen der Unfähigkeit eines Großteils der

Bevölkerung, Geldstrafen zu bezahlen. Haftstrafen wurden nur angewendet, wenn sie mit Zwangsarbeit in den Salzminen oder bei der Armee verbunden waren. Die physische Strafe bildete daher das übliche und verbreitete Mittel, jede Art von Fehlverhalten, auch im privaten oder familiären Bereich, zu ahnden.

GIFTIGES WASSER Eine alte medizinische Enzyklopädie der Chin-Dynastie enthält vielleicht die erste schriftliche Erwähnung des fürchterlichen Denguevirus. Das Werk entstand zwischen 420 und 265 v. Chr., wurde im Jahr 610 n. Chr. unter der Tang-Dynastie in Buchform herausgegeben und 992 n. Chr. während der nördlichen Song-Dynastie neu aufgelegt. Die Krankheit wurde »giftiges Wasser« genannt und mit den über dem infizierten Wasser herumschwirrenden Insekten in Verbindung gebracht. Das Denguefieber ist eine schwere Viruserkrankung und wird von der Stechmücke *Aedes aegypti* übertragen, die sich im gesammelten Wasser in Behältern oder unbenutzten Gefäßen sowie in stehenden Gewässern vermehrt. Eine besonders gefährliche Form ist das hämorrhagische Denguefieber (DH), das mit Flüssigkeitsverlust und von Gerinnungsstörungen verursachten Blutungen einhergeht und innerhalb von vier bis acht Stunden zum Dengue-Schock-Syndrom (DSS) und zum Tod führen kann.

HANFU Der *Hanfu* ist die traditionelle Kleidung der Han, der Ethnie, die in der chinesischen Geschichte die Mehrheitsbevölkerung bildete. Er besteht aus einem weiten Kaftan mit breiten Ärmeln, die vor dem Körper übereinandergeschlagen und in der Taille zusammengebunden wurden. Die Männer benutzten darunter Hosen, die Frauen nicht. Die Armen trugen staubige Hanfjacken, zerlumpte Hosen und Turbane, die vornehmen Damen und Herren hingegen Kappen aus schwarzer Seide und langärmlige Seidenroben in

Türkis, Zinnober und Purpur, die von Gürteln mit Schnallen aus Jade, Gold oder Rhinozeroshorn zusammengehalten wurden. Die Gewänder richteten sich nach den Gesetzen des Luxus, Festlegungen, die die prächtigeren Kleidungsstücke – ebenso wie die Möbel und Häuser – den oberen Klassen vorbehielten. In der Praxis erwiesen sich diese Gesetze als unwirksam, denn die Moden des Kaiserlichen Hofes wurden von aufsteigenden Kaufleuten schamlos übernommen, was zur Folge hatte, dass die Regelung in neun von zehn Fällen nicht eingehalten wurde. Der *Hanfu* beeinflusste die traditionelle Kleidung anderer Länder wie den Kimono in Japan, den *Hanbok* in Korea und den *Áo tú thân* in Vietnam.

JIN, JURCHEN Die Jin, auch bekannt als Jurchen oder Dschurdschen, waren ein asiatisches Volk, das die Gegend am Fluss Amur, an der heutigen Ostgrenze zwischen Russland und China, bewohnte. Als Vorläufer der Mandschu überfielen sie im Jahr 1127 erfolgreich die damalige chinesische Hauptstadt Kaifeng und zwangen den Kaiser der nördlichen Song-Dynastie zur Abdankung. Nach der Flucht aus der Hauptstadt entstand im Süden eine neue chinesische Dynastie, die ihre Hauptstadt in Lin'an errichtete. Die Song des Südens setzten den Kampf gegen das Jin-Reich mehr als ein Jahrzehnt lang fort, bis sie schließlich einen Friedensvertrag unterzeichneten, der den Eindringlingen den gesamten Norden Chinas zugestand. Trotz zahlreicher Versuche gelang es den südlichen Song nicht, die verlorenen Gebiete zurückzuerobern.

KLEPSYDRA Wasseruhren oder Klepsydras wurden von den Chinesen bereits eintausend Jahre vor Christi Geburt verwendet. Im Jahr 1086 n. Chr. erfand der chinesische Wissenschaftler Song Su eine wasserbetriebene astronomische Uhr, die die Messgenauigkeit europäischer mechanischer Uhren jener Zeit übertraf. Die Uhr, ein sechs Meter hoher Turm, besaß einen Speicher, von dem ein Wasserstrahl auf die Schaufeln eines Rades lief. Das Rad betätigte mehrere Mechanismen, die ihrerseits verschiedene Figuren erscheinen ließen. Diese zeigten die Stunden an, welche, von Gong- und Trommelschlägen begleitet, eine Himmelskugel mit Darstellungen der Sterne und ihrer Konstellationen bewegten. Die tägliche Abweichung der Uhr war geringer als zwei Minuten.

KULI Arbeiter oder Diener aus den unteren Klassen, ungelernter Tagelöhner. Obwohl der Begriff Kuli sich im Westen als pejorative Bezeichnung für die asiatischen Arbeitskräfte, die im neunzehnten Jahrhundert nach Amerika auswanderten, verbreitete, wobei er mit dem englischen Wort *coolie* (»Stauer«) in Verbindung gebracht wurde, reicht sein Ursprung bis zu dem uralten chinesischen Begriff *gū lí* oder *kǔlì* zurück, was wörtlich »der bittere Gebrauch der rohen Kraft« heißt. Eine ähnliche Bedeutung findet sich im bengalischen *kuli* oder in dem Hindi-Wort *qūlī*.

LI Chinesische Meile. Längenmaß, das ungefähr 560 Metern entspricht. Die Verbannungen, mit denen einige Verbrechen bestraft wurden, bewegten sich zwischen einer Entfernung von 2000 und 3000 *Li*, das heißt etwa zwischen 1000 und 1500 Kilometern.

LIN'AN (heute **HANGZHOU**) Hauptstadt der südlichen Song-Dynastie. Nach der Invasion durch die Jin zogen sich die Song in den Süden von China zurück und ließen sich in Hangzhou nieder, einer Stadt, die sie in Lin'an umbenannten. Später bekam die Stadt ihren alten Namen wieder.

MOXIBUSTION oder **MOXA-THERAPIE** Methode der fernöstlichen Medizin unter Verwendung getrockneter, fein zerriebener Fasern von Beifußblättern (Moxa), die zu Zigarren oder Hütchen bzw. Kegeln geformt werden. Nachdem man sie entzündet hat, werden sie auf der Haut des

Patienten angewendet, wo sie kleine kontrollierte Verbrennungen hervorrufen. Oder aber sie werden an das stumpfe Ende der Akupunkturnadeln gehalten, um die Wärme zu übertragen.

MU Flächenmaß für die Größe eines Stücks Land, entspricht 666 Quadratmetern.

NEOKONFUZIANISMUS Während der Song-Dynastie existierten drei philosophische Lehren friedlich nebeneinander: der Konfuzianismus, der Taoismus und der Buddhismus. Innerhalb der Beamtenschicht setzte sich jedoch eine Neokonfuzianismus genannte Strömung durch, eine Rückbesinnung auf den Konfuzianismus, welche die traditionellen moralischen und politischen Normen bewahrte und sie mit taoistischen und buddhistischen Elementen verschmolz, darunter einigen Ideen aus dem *Buch der Wandlungen (I Ging)* sowie den mit dem Symbol *Taiji* verbundenen Theorien von Yin und Yang. Ein typisches neokonfuzianisches Motiv sind die Darstellungen von Konfuzius, Buddha und Laotse beim Trinken aus einem Krug Essig, die den Titel *Die drei Meister sind einer* tragen. Viele Neokonfuzianer waren aber auch erklärte Gegner dieser Strömungen, weil sie den Buddhismus als Glauben ablehnten und die Anbetung Buddhas verurteilten. Trotzdem passten die neokonfuzianischen Texte buddhistische Gedanken den konfuzianischen Interessen an. Seit seiner Entstehung unter der Song-Dynastie bis zum Beginn des zwanzigsten Jahrhunderts war der Neokonfuzianismus die offiziell anerkannte Lehre in China. Neben zahlreichen anderen Vorschriften untersagte er das Öffnen menschlicher Körper, gestattete jedoch die Untersuchung von Körpern, die, sei es als Ursache oder infolge des Todes, bereits geöffnet waren. Ebenso betrachtete er die Homosexualität als einen tadelnswerten Ausdruck wollüstigen Verhaltens.

PALANKIN Eine Art Tragsessel oder Sänfte, in der Regel geschlossen und abgedeckt, mit der man im Orient wichtige Personen beförderte.

PRÄFEKTUR Während der südlichen Song-Dynastie war China administrativ in sechzehn Bezirke oder Provinzen (*Lu* oder *Tao*) von der ungefähren Größe Irlands unterteilt, für die je ein Gouverneur zuständig war. Jeder Bezirk war in Präfekturen unterteilt (zehn bis zwanzig pro Bezirk), lokalen Verwaltungseinheiten, die durch eine bestimmte Zahl von den einzelnen Aufgabenbereichen zugeordneten Beamten und Assistenten regiert wurden. Jede Präfektur schließlich war in mehrere Unterpräfekturen oder Distrikte (*Hsien*) gegliedert (zwischen zwei und zwanzig pro Präfektur), die im Allgemeinen von zwei bis drei Beamten geleitet wurden: Der Unterpräfekt (*Chih-hsien* oder *Hsien-ling*) übte neben anderen Verwaltungsaufgaben die Funktion des Justizchefs und obersten Richters in seinem Gebiet aus. Ihm unterstanden ein Registerbeamter (*Chu-pu*), der sich um die Steuererhebung kümmerte, und ein Strafverfolger oder Polizeichef (*Hsien-wei*), der mit der Einhaltung von Gesetz und Ordnung betraut war.

QIAN Der Qian war das hauptsächliche Zahlungsmittel in China. Es handelte sich um eine hauchdünne Kupfermünze mit einem Loch in der Mitte, damit man sie auf eine Schnur fädeln konnte, die man sich dann um den Leib band. Daher der Name Kordel, der unterschiedslos verwendet wurde, um Schnüre mit einhundert oder eintausend Qian zu bezeichnen. Eine Kordel von tausend Qian wog etwa fünf Kilo und entsprach einem *Tael* (annähernd vierzig Gramm reines Silber). Während der Song-Dynastie existierten die Qian-Münzen neben dem Papiergeld. Anfangs bestand dieses Papiergeld aus Scheinen, die Schuldverschreibungen ähnelten und auf bei großen Kaufleuten hinterlegte Geldsummen ausgestellt waren, doch später beteiligte sich der Staat an der Herstellung derartiger Kreditbescheinigungen und setzte reguläres Papiergeld in Umlauf. Um Fälscher abzuschrecken, wurde ihnen die Todesstrafe angedroht. Gleichzeitig versprach man denjenigen, die Fälscher anzeigten, hohe Belohnung, wobei beide Hinweise direkt auf die Scheine gedruckt wurden, zusammen mit der Zeichnung eines erhängten oder zerstückelten Fälschers. Zur Verdeutlichung seines Wertes zeigte der Schein zehn Kordeln mit einhundert Qian.

RITEN UND KINDLICHER RESPEKT Die Riten sind Regeln, die eine streng hierarchisch aufgebaute Gesellschaft organisieren. In ihr bestimmt der Mensch sich nicht über seine Persönlichkeit, sondern durch die Beachtung der Riten, das heißt, durch das richtige, seiner Stellung in der Gesellschaft angemessene Verhalten. Wie ihren leiblichen Eltern schulden die Untertanen den kindlichen Respekt auch ihrem »Vater Kaiser«, einem tugendhaften und dazu mit der Eigenschaft des Wohlwollens ausgestatteten Wesen, das das Recht und die Pflicht hat, das Land zu regieren. In der traditionellen chinesischen Kultur und vor allem in der konfuzianischen Zeit bildeten sich unter den Mitgliedern des Hofes und der aristokratischen Familien ständig neue Zeremonien heraus. Sowohl im *Li Gi* als auch im *Bohtong* (*Buch der Riten*) wird gesagt, dass der Tod eines der beiden Elternteile eine dreijährige Trauer verlangt und dass die orthodoxeste Form dieser Trauer darin besteht, sich aus dem öffentlichen Leben zurückzuziehen, Kleidung aus Sackleinen zu tragen und in einer Hütte in der Nähe des Grabes zu wohnen. Die einfachen Leute, die es sich nicht leisten konnten, die Arbeit ruhen zu lassen, begnügten sich damit, keine Feste mehr zu besuchen, in den drei Jahren nicht zu heiraten und auf jegliche sexuelle Aktivität zu verzichten.

Bei den Bestattungsriten – ob nun taoistischen, buddhistischen, konfuzianischen oder einer Kombination daraus – brachten die Chinesen ihren Verstorbenen Opfer dar. Doch der Begriff »Opfer« besitzt hier nicht den westlichen Sinn der »Tötung eines Menschen oder eines Tieres als Gabe für einen Gott«, sondern bedeutet in Wirklichkeit, selbst ein Opfer zu bringen, das heißt, »etwas fortzugeben, um etwas anderes zu erlangen«. Wenn jemand zum Beispiel seinen Toten als Opfer einen Korb mit Früchten gab, stellte das für den Gebenden ein Opfer dar, weil er zugunsten seiner verstorbenen Angehörigen darauf verzichtete, sie selbst zu essen.

Bestattungen wurden als Verbrennungen oder als Begräbnisse durchgeführt. Wenn die Person begraben wurde, wurden die Knochen nach sieben Jahren rituell exhumiert, gereinigt und abermals beerdigt.

SAMPAN Der Sampan ist ein flaches Boot ohne Kiel von 3,5 bis 4,5 Metern Länge, das für den Transport von Passagieren oder Waren, für die Fischerei und sogar als Wohnung benutzt wird. Wörtlich bedeutet *sam pan* »drei Bretter« und bezieht sich auf das Grundmuster seiner Bauweise, die aus einem Brett für den Boden und zwei anderen für die Seiten besteht. Im weiteren Sinn verwendet man die Bezeichnung Sampan auch für die chinesische Dschunke, vielleicht das älteste bekannte Segelschiff, das seine ursprüngliche Form seit seinem ersten Auftauchen im Jahr 600 n.Chr. bewahrt hat.

STRAFEN Der *Lingchi* oder »Tod der tausend Schnitte« war die schrecklichste vom Gesetz vorgesehene Strafe. Aber sie war nicht die einzige. Zu den häufigsten gehörten die Serien von Stockschlägen mit glatten, keine Knoten aufweisenden Bambusstangen, deren Länge, Dicke und Gewicht genau festgelegt und klassifiziert waren. Der *Jia*, unpassenderweise »Joch« genannt, bestand aus einem quadratischen Stück Holz, ähnlich einer Tischplatte, das in zwei Hälften geteilt werden konnte und in der Mitte ein Loch hatte, durch das man den Kopf des Verurteilten steckte. Die Handfesseln oder Handschellen aus grobem Holz wurden nur bei Männern angewendet. Die Fußfesseln waren aus Metall und ketteten die Füße so aneinander, dass ihr Bewegungsspielraum eng begrenzt war.

UNIVERSITÄT Wie die Regierenden der Dynastien vor ihnen vertraten die Song die Ansicht, dass die öffentlichen Ämter von den zuverlässigsten und fähigsten Staatsbürgern besetzt werden sollten, ungeachtet ihrer wirtschaftlichen und sozialen Herkunft. Dieser Gedanke mündete in das, was unter dem Begriff »System von Prüfungen für den öffentlichen Dienst« bekannt wurde, ein Verfahren, nach dem jeder Staatsbürger an den ausgesprochen schwierigen Aufnahmeprüfungen teilnehmen und, abhängig von der erreichten Punktzahl, eine Beamtenlaufbahn bis hinauf zum Posten des Ersten Ministers einschlagen konnte.

In allen Distriktstädten schufen die Song Grundschulen und in allen Präfektursitzen höhere Schulen. Selbst die Dörfer auf dem Land besaßen einfache Bildungseinrichtungen, was – gemeinsam mit dem Sinken der Bücherpreise durch die Verbreitung des Buchdrucks – dazu führte, dass das Analphabetentum praktisch verschwand.

In der Hauptstadt Lin'an brachte es die Nähe der Universität zum Hof mit sich, dass viele Studenten politisches Interesse zeigten und Aktivitäten entfalteten, die den hohen Regierungsfunktionären missfielen und sie sogar zum Boykott des Unterrichts veranlassten. Die Situation verschärfte sich derart, dass Jia Sidao, der berühmte Kanzler des Kaisers Lizong (1225–1264), studentische Spione in die Universität einschleusen musste.

Die *Shu-yüan* genannten privaten Akademien stellten die einzige Möglichkeit dar, in bestimmten Fächern wie etwa der Medizin einen höheren Abschluss zu machen (u.a. gab es die Akademien Hanlin, Bailudong, Yuelu, Chongshan, Shigu und Yintianfu). Im Unterschied zu den staatlichen Schulen vermittelten die Lehrer an den Akademien nicht bloß das Wissen der Klassiker. Zu ihren Lehrmethoden gehörte ebenfalls die Forschung, weshalb sie in ihren Unterricht die Ergebnisse eigener Untersuchungen einbezogen und so deren Verständnis vertieften. Die einer Akademie zugeordneten Gelehrten erhielten zum Teil eine Wohnung und ein Stipendium, und viele Akademien verfügten über eigene Studentenunterkünfte. Finanziert wurden diese Einrichtungen von hohen Würdenträgern, reichen Kaufleuten und gelegentlich auch vom Staat.

Die angesehenste und einflussreichste Akademie, Hanlin, wurde zur Ausbildung von wichtigen Hofbeamten und von Archivaren gegründet. Allgemein hatten die wohlhabenden Klassen einen leichteren Zugang zur Bildung, und die Anzahl der gebildeten Frauen in der Oberschicht zeigt, dass die Mädchen in diesen Familien oft eine sorgfältige Erziehung genossen.

WU-TSO Bevor sich die Spezialisierung normaler Richter zu Forensikern oder Totenlesern allgemein ausbreitete, bedienten diese sich der Hilfe der *Wu-tso*, wenig gebildeter Assistenten, die die unangenehmsten Aufgaben wie das Reinigen und Öffnen der Körper, die Entnahme und Musterung der Organe erledigten, während der mit der Untersuchung beauftragte Richter abseits stand und Notizen machte. In der Regel übten die *Wu-tso* ihre Tätigkeit neben der des Wunderheilers, des Fleischers oder des Schlachthofarbeiters aus.

XYLOGRAPHIE Primitive Drucktechnik mit Hilfe von Holzblöcken, in die sowohl der Text als auch die Illustrationen geschnitten wurden. Der zu druckende Inhalt wurde seitenverkehrt von Hand als Relief herausgearbeitet und dann mit Wasserfarbe bestrichen. Durch starkes Reiben wurde die Farbe auf das davor über den Holzblock gelegte Papier übertragen. Das älteste auf diese Weise entstandene Buch ist das am 11. Mai 868 von Wang Jie in China gedruckte *Diamant-Sutra*.

Die erste Druckvorrichtung mit beweglichen Lettern auf der Grundlage komplizierter Keramikstempel wurde zwischen 1041 und 1049 von Bi Sheng in China gebaut.

ZEIT Während das Jahr 1 unserer westlichen Zeitrechnung mit der Geburt Jesu Christi zusammenfällt oder das der islamischen Länder auf den Tag abgestimmt ist, an dem Mohammed im Jahr 622 n.Chr. aus Medina floh, gab es im kaiserlichen China nicht nur einen einzigen Anfang, sondern die Zählung begann jedes Mal, wenn ein neuer Kaiser den Thron bestieg. Außerdem konnte es geschehen, dass nach dem Willen des Kaisers und den Vorgaben der Tierkreiszeichen innerhalb einer Regierungszeit verschiedene Ären ausgerufen wurden.

So rief der Kaiser Nin Zong während seiner Regierungszeit (1194–1224) vier Ären aus. Die erste von 1195 bis 1200 nannte er *Qingyuan*, die zweite von 1201 bis 1204 *Jiatai*, die dritte von 1205 bis 1207 *Kaixi* und die vierte von 1208 bis zu seinem Tod im Alter von sechsundfünfzig Jahren *Jiading*.

Was die Monate anlangte, so war das Jahr in zwölf unterteilt. Es begann mit dem Februar (Monat des ersten Mondes) und endete im Januar (Monat des zwölften Mondes). Außerdem gliederte sich ein Jahr in vierundzwanzig klimatische Phasen.

Der Tag zerfiel in zwölf Abschnitte namens *Shichen*. (Eine chinesische Stunde entspricht zwei westlichen Stunden.) Ein

Shichen unterteilt sich in acht *Ke* (fünfzehn Minuten), die aus je fünfzehn *Fen* bestehen, weshalb ein *Fen* einer Minute entspricht. Eine halbe Stunde (sechzig Minuten) heißt *tschuco*, und eine Viertelstunde (dreißig Minuten) *Jike*.

Dieser Unterschied ist besonders wichtig, um die Festsetzung der Todesfristen zu verstehen. Das Gesetz schrieb vor, dass zwischen der Anzeige eines Verbrechens und dem Zeitpunkt, da der verantwortliche Richter die Leiche untersuchte, nicht mehr als vier Stunden liegen durften. Da ich, der leichteren Lesbarkeit wegen, im Roman dem westlichen Begriff »Stunde« den Vorzug gegenüber seiner chinesischen Entsprechung *Shichen* gegeben habe, wäre die maximal zulässige Frist für den Beginn der Untersuchung einer Leiche in Wahrheit vier *Shichen*, das heißt acht westliche Stunden. Und da die Nachtstunden nicht mitgezählt wurden, verlängerte sich die Frist für den ersten Besuch am Tatort in der Praxis auf bis zu sechzehn westliche Stunden.

Die Bezeichnung der Stunden und ihre Einteilung war folgendermaßen:

Zi	Stunde der Ratte	23–1 Uhr
Chou	Stunde des Büffels	1–3 Uhr
Yin	Stunde des Tigers	3–5 Uhr
Mao	Stunde des Hasen	5–7 Uhr
Chen	Stunde des Drachens	7–9 Uhr
Si	Stunde der Schlange	9–11 Uhr
Wu	Stunde des Pferdes	11–13 Uhr
Wei	Stunde des Schafs	13–15 Uhr
Shen	Stunde des Affens	15–17 Uhr
You	Stunde des Hahns	17–19 Uhr
Xu	Stunde des Hundes	19–21 Uhr
Hai	Stunde des Schweins	21–23 Uhr

Bezeichnung der Monate:

Februar	*Erster Monat*
März	*Monat der Aprikose*
April	*Monat des Pfirsichs*
Mai	*Monat der Pflaume*
Juni	*Monat des Granatapfels*
Juli	*Monat des Lotus*
August	*Monat der Orchidee*
September	*Monat der duftenden Olive*
Oktober	*Monat der Chrysantheme*
November	*Guter Monat*
Dezember	*Monat des Winters*
Januar	*Letzter Monat*

Seit der Einführung des Buddhismus in China wird jedes Jahr mit einem Tierkreiszeichen benannt, das sich alle zwölf Jahre zyklisch wiederholt. Die chinesischen Tierkreiszeichen stimmen mit den Namen für die Stunden überein.

Die Monate bilden drei Gruppen: *Meng* (erste), *Zhong* (mittlere) und *Ji* (letzte) bzw. vier Jahreszeiten: *Chun* (Frühling), *Xia* (Sommer), *Qiu* (Herbst) und *Dong* (Winter). Die Monatsnamen leitet man nach einem analogen Schema ab: *Ki-tsin* ist zum Beispiel der letzte Monat des Herbstes. Schließlich können die aus drei Wochen mit je zehn Tagen bestehenden Monate auch genauso benannt werden wie die Stunden oder die Jahre.

BIOGRAPHISCHE DATEN ZU SONG CI

Song Ci wurde im Jahr 1186 in Jianyang, Unterpräfektur Fujian, geboren. Sein Vater Song Kung zeichnete sich beim Studium nicht sonderlich aus, aber dank der ihm von Kaiser Nin Zong gewährten Unterstützung gelang es ihm, die staatlichen Prüfungen zu bestehen. Da Kung an der Zukunft seines Sohnes sehr interessiert war, sorgte er dafür, dass Song Ci von einem Anhänger des Chu Hsi unterrichtet wurde, bevor er an die *T'ai-hsue*, die Kaiserliche Universität von Lin'an (dem heutigen Hangzhou) ging. 1217 schloss Song Ci seine Studien in Medizin, Jura und Kriminologie mit dem Doktortitel *Chin-shih* ab und wurde als Strafverfolger nach Yin in der Unterpräfektur Chekiang entsandt. Der plötzliche Tod seines Vaters hinderte ihn jedoch, die Stelle anzutreten, denn er musste sich zurückziehen und die übliche Trauerzeit einhalten. Knapp zehn Jahre später übernahm Song Ci den Posten des Registerbeamten von Hsin-feng in der Unterpräfektur Kiangsi. Seine Erfolge bei forensischen Untersuchungen weckten den Neid des Provinzgouverneurs, der ihn mehrmals degradierte, bis er die Beamtenlaufbahn an den Nagel hängte. Nach dem Tod des Gouverneurs kehrte Song

Ci auf seinen früheren Posten zurück und stieg von dort in verschiedene Verwaltungsämter auf, darunter das des Unterpräfekten, des Präfekten und des Provinzgouverneurs. Sein ganzes Leben lang widmete er sich rechtsmedizinischen Forschungen und Untersuchungen, überwand die herkömmlichen, auf Esoterik und Magie beruhenden Methoden und führte neue Techniken ein, von denen einige bis heute gültig geblieben sind. Er starb 1249, zwei Jahre nach Beendigung der ersten und bedeutendsten forensischen Abhandlung der Geschichte: des *Hsi Yuan Lu Hsiang i.*

NACHBEMERKUNGEN

Ich erinnere mich noch an den Tag, an dem ich mich mit einem starken Kaffee in der einen und einem Packen Papier in der anderen Hand in mein Arbeitszimmer setzte, um über das Thema meines neuen Romans nachzudenken. Zu diesem Zeitpunkt war ich mir nur über zwei Dinge im Klaren: Erstens, dass die Geschichte meine Leser genauso berühren musste wie mich selbst. Und zweitens, dass ich erst dann mit dem Schreiben beginnen würde, wenn ich sie gefunden hätte.

Ich habe mehr als zwei Monate nach einer lebendigen, fesselnden Geschichte gesucht, doch meine ersten Entwürfe waren nicht origineller als alles schon Dagewesene.

Glücklicherweise, und wie es fast immer in solchen Fällen geschieht, klopfte im Januar 2007 der Zufall an meine Tür, und zwar in Form einer Einladung zum VIII. ICFMT, dem alljährlich in Neu Delhi stattfindenden Indian Congress of Forensic Medicine and Toxicology. Obwohl ich kein Forensiker bin, habe ich mich aus literarischen Gründen stets ungemein für diesen Wissenschaftszweig interessiert und besuchte deshalb seit geraumer Zeit mehrere Foren zu Fragen der Rechtsmedizin, bei denen ich mich mit einigen ihrer

Mitglieder angefreundet hatte. Darunter Dr. Devaraj Mandal, der selbst als Vortragender an dem Kongress teilnahm und mir die Einladung zukommen ließ.

Aus verschiedenen Gründen konnte ich an den betreffenden Tagen nicht reisen, aber Dr. Mandal war so freundlich, mir ein umfangreiches Dossier mit einer Zusammenfassung der wichtigsten Vorträge zu schicken, die in ihrer Mehrheit von Toxikologie, Rechtspathologie, Kriminologie, Rechtspsychiatrie und Molekulargenetik handelten. Der Beitrag jedoch, der sofort mein Interesse auf sich zog, beschäftigte sich nicht mit den neuesten Fortschritten in der Spektrophotometrie oder mit den Entdeckungen im Bereich der Analyse mitochondrialer DNA, sondern konzentrierte sich auf die historischen Anfänge der Rechtsmedizin. Genauer, er widmete sich jener Person, die weltweit als Vorläufer und Vater dieser Disziplin angesehen wird, einem Mann aus dem asiatischen Mittelalter, dem Chinesen Song Ci.

Augenblicklich wusste ich, dass ich mein Thema gefunden hatte. Ich legte andere Projekte zur Seite und wandte mich ganz einem Roman zu, der die Mühe wirklich lohnen sollte: dem außergewöhnlichen Leben des ersten Forensikers der Geschichte, einem faszinierenden Schicksal im exotischen Alten China.

Doch die Recherche erwies sich als ausgesprochen schwierig. Song Cis Biographie umfasste nicht mehr als dreißig, aus einem Dutzend Bücher zusammengetragener Absätze, die, auch wenn sie der Fiktion Raum ließen, den Möglichkeiten einer streng biographischen Handlung Grenzen setzten. Zum Glück konnte man dasselbe nicht von seinem Werk sagen, denn die fünf Bände des *Hsi Yuan Lu Hsiang i*, seiner im Jahr 1247 publizierten forensischen Abhandlung, hatten dank ihrer Übersetzungen ins Japanische, Koreanische, Russische,

Deutsche, Holländische, Französische und Englische bis in unsere Tage überdauert.

Mit Hilfe meines Freundes Alex Lima, Schriftsteller und Dozent am Suffolk County Community College, bekam ich ein Faksimile dieser fünf Bände, herausgegeben von Nathan Smith vom Zentrum für Chinesische Studien an der Universität Michigan, genauer, eine Übersetzung von Prof. Brian McKnight, die auch das nützliche Vorwort der japanischen Ausgabe von 1854 enthielt.

Der erste Band des systematisch angelegten Werkes widmet sich der Auflistung von Gesetzen für die Arbeit der Ermittlungsrichter, den bürokratischen Verfahren einschließlich der Fristen, der Anzahl der bei einem Verbrechen durchzuführenden Untersuchungen und der dafür Verantwortlichen, den Gerichtsbezirken, den Aufnahmeprotokollen der Ermittler, der Ausarbeitung der rechtsmedizinischen Berichte und den Strafen, die den Forensikern bei einem Fehlurteil drohten. Außerdem empfahl es eine bestimmte Vorgehensweise bei der Untersuchung von Leichen, wozu auch die Verpflichtung gehörte, unter Verwendung schematischer Körperdarstellungen, auf denen die einzelnen Funde eingetragen werden mussten, die Ergebnisse graphisch festzuhalten.

Der zweite Band beschreibt die verschiedenen Zersetzungsphasen der Leichen, ihre Veränderungen in Abhängigkeit von der Jahreszeit, die Reinigung und Vorbereitung der Leichen, die Untersuchung unbestatteter Leichname, die Exhumierung von Leichen, die Untersuchung verwester Körper, die Methoden zum Auffinden von Beweisen an bereits stark verwesten Leichen, die forensische Insektenkunde, die Untersuchung in Fällen von Ersticken oder Entkräftung, die Besonderheiten weiblicher Leichname und die Untersuchung von Föten.

Der dritte Band beschäftigt sich ausführlich mit der Untersuchung von Knochen, mit ihrer Analyse durch den Einsatz bestimmter Chemikalien, mit den Spuren von Verletzungen an skelettierten Leichen, mit der Diskussion über lebenswichtige Stellen am Körper, die sogenannten Vitalpunkte, mit den Selbsttötungen durch Erhängen, mit den vorgetäuschten Selbsttötungen zur Verschleierung von Morden und mit den Todesfällen durch Untertauchen.

Der vierte Band handelt von durch Schläge und Tritte oder durch Stoß-, Stich- und Hiebwaffen herbeigeführten Todesfällen, von der Untersuchung von Selbsttötungen mittels scharfer Gegenstände, von Morden durch mehrfache Verletzungen, bei denen es darum ging, die eigentliche Todesursache zu ermitteln, von Enthauptungen (einschließlich jener, bei denen entweder der Rumpf oder der Kopf fehlte), von Todesfällen durch Verbrennungen oder durch das Übergießen mit kochenden Flüssigkeiten, von Vergiftungen, von Todesfällen durch verborgene Krankheiten und infolge der Behandlung mit Akupunktur oder Moxa-Therapie sowie von der Registrierung der natürlichen Todesfälle.

Der fünfte Band schließlich schildert die Untersuchungen beim Tod von Häftlingen, bei durch Folter verursachten Todesfällen, bei Todesfällen nach Stürzen aus großen Höhen, durch Zerquetschtwerden, Ersticken, ausbrechende Pferde oder Büffel, Überrolltwerden, Blitzschlag, Raubtierangriffe, Bisse von Schlangen oder Reptilien, durch Alkoholvergiftung, durch Überhitzung, durch innere Verletzungen infolge von Völlerei oder durch sexuelle Ausschweifungen. Außerdem wurden die einzelnen Schritte bei der Obduktion von Leichen erörtert sowie die Methoden zur Vertreibung des Gestanks und zur Wiederherstellung des Lebens in den Fällen, in denen der Tod nur scheinbar eingetreten war.

Am Ende erlaubte mir ein wahres Arsenal an Techniken, Verfahren, Instrumenten, Präparaten, Protokollen und Gesetzen sowie die zahlreichen von Song Ci selbst gelösten und in die Abhandlung aufgenommenen forensischen Fälle, eine nicht nur fesselnde, sondern auch sehr realitätsnahe Geschichte zu schreiben.

Nach der überraschenden Entdeckung meines Themas recherchierte ich weitere zwölf Monate, in denen ich Informationen aus den Bereichen Politik, Bürokratie, Kultur, Gesellschaft, Justiz, Ökonomie, Religion, Militär und Sexualität im mittelalterlichen China der Song-Dynastie zusammentrug. Bei der Auswertung des Materials stieß ich auf so interessante Dinge wie die angespannte Lage, in der sich der Hof des Kaisers Nin Zong angesichts des ständigen Drucks der Jurchen befand, jener barbarischen Völker im Norden, die nach der Eroberung des nördlichen China die Invasion fortzusetzen drohten, oder die komplizierten und strikten Verhaltensnormen innerhalb der Familie, wo die jüngeren Mitglieder den älteren nicht nur Respekt, sondern absoluten Gehorsam schuldeten. Ich las von der Bedeutung der Riten als Mittelpunkt und Antrieb des Lebens, von der Allgegenwart körperlicher Züchtigung und überhaupt von extremer Gewalt als Korrektiv für jede noch so geringe Verfehlung. Ich entdeckte das umfangreiche Strafgesetzbuch, in dem alle Aspekte des Lebens beschrieben waren, etwa das Fehlen monotheistischer Religionen und die Koexistenz von buddhistischer, taoistischer und konfuzianischer Philosophie. Auch die moderne und gerechte Regelung, wonach jedem Anwärter durch vierteljährliche Prüfungen der Aufstieg in die Machtelite ermöglicht wurde, war dort festgehalten. Ich erfuhr, dass die chinesische Gesellschaft zu dieser Zeit von einem stark verbreiteten Antimilitarismus geprägt war, hingegen erstaunliche Leistungen auf dem Gebiet von Wissenschaft und Technik hervorgebracht hat, die unter der Song-Dynastie eine neue Blüte erreichten: so wurden der Kompass und das Schießpulver erfunden, der Buchdruck mit beweglichen Lettern, das Papiergeld, Schiffe mit wasserdichten Schotten …

Nachdem ich die Grundzüge der Geschichte entworfen hatte, bestand meine erste Schwierigkeit darin, die Romanfiguren zu taufen.

Wenn wir ein Buch lesen, dessen Personen in einem fremden Land leben, können wir uns ihre Vor- und Zunamen einprägen und sie den Charakteren zuordnen, weil diese Namen im Allgemeinen hebräische, griechische oder lateinische Wurzeln haben, die uns trotz ihrer archaischen Anmutung in gewisser Weise vertraut sind. Deshalb werden heute wenig gebräuchliche Namen wie Jenofonte, Asdrúbal, Suetonio oder Abderramán schnell wiedererkannt, und es fällt uns leicht, sie zu unterscheiden. Das Gleiche gilt für die germanischen Namen, leider jedoch nicht für die orientalischen und noch weniger für die chinesischen.

Die chinesische Sprache – in Wahrheit eine Vielzahl von Sprachen – ist ungeheuer kompliziert. Die meisten ihrer Wörter sind Einsilber, mit der Besonderheit, dass die gleiche Silbe mit bis zu fünf verschiedenen Betonungen ausgesprochen werden kann. Stellen wir uns also einen Roman vor, dessen Protagonisten die folgenden Namen tragen: Song, Tang, Ming, Peng, Feng, Fang, Kang, Dong, Kung, Fong und Kong. Spätestens auf der dritten Seite würde jeder Leser das Buch aus der Hand legen.

Um dieses Problem zu umgehen, sah ich mich, obwohl ich die Namen der wichtigsten historischen Personen beibehielt, gezwungen, jene zu verändern, die wegen ihrer Ähnlichkeit mit bereits verwendeten Verwirrung stiften konnten.

Aus demselben Grund habe ich bei Nebenfiguren die Rufnamen durch sprechende Namen ersetzt, die typische Eigenschaften der von ihnen repräsentierten Personen zum Ausdruck bringen.

Doch die Schwierigkeiten gingen weiter. Das *Pinyin* ist ein nützliches phonetisches Transskriptionssystem, das es erlaubt, die komplizierten chinesischen Ideogramme in alphabetische Wörter umzuwandeln, die von jedem Europäer gelesen, gesprochen und geschrieben werden können. Allerdings hat die variierende Tonhöhe der chinesischen Aussprache dazu geführt, dass dasselbe Wort in unterschiedlichen Umschriften auftaucht, abhängig von der Wahrnehmung des jeweiligen Hörers. Daher finden wir die Hauptfigur Song Ci, je nachdem, welche Quelle wir benutzen, auch als Tsong Ci, Tsung Ci, Sung Ci, Sun Tzu oder Sung Tzu.

Des Weiteren wird in China der Familienname immer vor dem Rufnamen gesprochen, auch wenn Letzterer kaum vorkommt, da man allein den Familiennamen verwendet. Ci wäre von seinen Zeitgenossen in Wirklichkeit Song Ci oder einfach nur Song genannt worden.

Ich habe die Reihenfolge bisweilen vertauscht, um Verständnisprobleme zu vermeiden, die entstünden, wenn im selben Absatz von Kindern und Eltern mit voneinander nicht unterscheidbaren Namen die Rede wäre.

Als dieses Problem gelöst war, musste ich mich der wichtigsten Herausforderung für einen Autor stellen, der einen Roman mit historischem Hintergrund schreiben möchte. Es galt festzulegen, wie viel Wahrheit und wie viel Fiktion der Text enthalten sollte, um tatsächlich als historisch angesehen zu werden.

Der Semiologe und Romancier Umberto Eco stellte in diesem Zusammenhang drei verschiedene Kategorien auf:

zunächst den romantischen oder in einer phantastischen Welt angesiedelten Roman, in dem sowohl die Figuren als auch die erzählten Ereignisse und der historische Hintergrund fiktiv sind, aber einen Anschein von Wahrhaftigkeit besitzen (ein Beispiel für diese Gruppe wären die Romane des Arthus-Zyklus von Bernard Cornwell). An zweiter Stelle kommt das, was Eco »Mantel- und Degenstücke« nennt, Romane, in denen reale historische Personen dank der Einbildungskraft des Autors in fiktive Situationen geraten (in dieser Abteilung finden wir Schriftsteller wie Walter Scott, Alexandre Dumas oder Leo Tolstoi). Und zuletzt jene, die Eco »die eigentlichen historischen Romane« nennt und die fiktive Figuren in einer realen historischen Situation agieren lassen (und zu denen offenkundig sein paradigmatisches Werk *Der Name der Rose* gehört).

Meine Meinung ist, dass ein historischer Roman in erster Linie ein Roman sein sollte. Nur so erklären sich sein Zauber und seine Verführungskraft. Ein weiteres entscheidendes Kriterium sollten die Strenge und die Ehrlichkeit sein, mit denen der Autor die geschilderten historischen Ereignisse behandelt. Denn es ist genauso historisch, einen Roman über Julius Cäsar im Gallischen Krieg zu schreiben wie über einen anonymen Sklaven, der sein Leben beim Bau einer Kirche gelassen hat. Alles hängt von der Strenge ab. Im Fall von Cäsar ist die Figur historisch, doch das garantiert nicht, dass seine Taten, seine Gefühle oder seine Gedanken in unserer Erzählung es sind. Im zweiten Fall hat es den Sklaven bestimmt nicht gegeben, aber es hätte jemanden wie ihn geben können. Und wenn sich unsere fiktive Person so verhält wie dieser Sklave, den es möglicherweise gegeben hat, dann erscheint die Episode so lebendig und echt, als könnten wir in die Vergangenheit reisen und ihn beobachten.

Der große Historiker Jacques Le Goff war der Erste, der die Geschichte der alltäglichen Dinge ins Zentrum rückte: die der mittelalterlichen Jahrmärkte, der armen Leute, die in den Dörfern dahinvegetierten, die der Krankheiten, der Strafen und Foltermethoden, die Geschichte der Vergessenen im Gegensatz zum Glanz und Widerhall der Schlachten, die immer von den Siegern erzählt werden.

Im Fall von *Der Totenleser* ist der Protagonist Song Ci eine reale Person, deren Taten so gut wie unbekannt sind, an die man sich jedoch wegen ihres monumentalen Werkes erinnert. Deshalb habe ich in meinem Roman versucht, die Arbeitsweise des Helden, seine innovativen forensischen Methoden, die Schwierigkeiten seiner Anfänge, seine Verwegenheit, seinen intellektuellen Scharfsinn, seine Liebe zum Studium und sein Streben nach Wahrheit und Gerechtigkeit mit größter Sorgfalt wiederzugeben. Alle Prozesse, die Verfahren, Gesetze, Protokolle, Analysen und Methoden, das Instrumentarium und die beschriebenen Materialien bei den geschilderten Fällen entsprechen exakt der Wirklichkeit. Das Figurenensemble wird von weiteren realen Personen vervollständigt, zu denen der Kaiser Nin Zong mit seinem Gefolge, der Strafrat und der alte Professor Ming gehören. Daneben stützte ich mich auf historische Tatsachen wie die Existenz der berühmten Akademie, die politische Instabilität an der Grenze und besonders das weltweit erstmalige Auftauchen der sogenannten Handkanone oder Pistole (*handgun*), einer ebenso neuartigen wie todbringenden Waffe.

Darüber hinaus habe ich auch fiktionale Elemente eingebaut, die mir erlaubten, im Rahmen einer Atmosphäre der Wahrscheinlichkeit die Gesellschaft, den Grundkonflikt und die Entwicklung der damaligen Epoche wiedererstehen zu lassen. Zu diesem Zweck entwarf ich eine komplizierte

Handlung, in deren Verlauf ich darüber spekulierte, wie die Formel des Schießpulvers, die von den Chinesen wie ein erstrangiges Staatsgeheimnis gehütet wurde, in die Hände ihrer Feinde, der Mongolen, geraten konnte, um schließlich bis nach Europa zu gelangen.

Was die seltene Krankheit betrifft, an der Song Ci leidet, wissenschaftlich CIPA (Congenital Insensivity to Pain with Anhidrosis) genannt, die die normale Bildung der für die Übertragung von Schmerz- und Temperatursignalen ans Gehirn verantwortlichen Nervenzellen verhindert, so fällt sie in den Bereich der erzählerischen Freiheit. Ich habe sie hinzugefügt, um die Dramatik der Hauptfigur zu erhöhen. Doch diese Krankheit ist nicht bloß eine wunderbare Gabe, die Song Ci hilft, an Folter grenzende Schmerzen zu überstehen, sie zeigt auch ihre dunkle, negative Seite, die den Helden verändert, abhärtet, beschädigt und ihm das Gefühl gibt, ein fluchbeladenes Monstrum zu sein.

DANKSAGUNG

»Das Wichtigste zum Schluss.«

Wenn du endlich nach Jahren der intensiven Arbeit endlich das abgeschlossene Manuskript in Händen hältst, atmest du einen Moment durch, bevor dich eine schmerzliche Ungewissheit befällt. Du bist zufrieden, weil du das Beste gegeben hast, doch im Innern sagst du dir, dass es vielleicht nicht genug gewesen ist. Gern hättest du noch mehr recherchiert, mehr überarbeitet, deinen Text noch lebendiger und überraschender gemacht. Doch in diesem Moment denkst du auch an alle, die dir auf deinem Weg geholfen haben. An deine Eltern, deine Geschwister, an deine Tochter.

Du denkst an alte und neue Freunde. An die, die dich schon immer begleitet haben, und an die, die du kennenlernen durftest. Freunde wie Santiago Morata, Fernando Marías, Antonio Penadés, Alejandro Noguera, Lucía Bartolomé, Manuel Valente, Anika Lillo oder Carlos Aimeur. Freunde, denen du für ihre Hilfe, ihre Nähe und ihre Zuneigung danken möchtest. Du denkst an die heimischen und ausländischen Verlage, die Vertrauen hatten und auf dich setzten. Du denkst an Ramón Conesa, deinen Agenten bei Carmen Balcells, der stets bereit war, dir mit klugem Rat zur Seite zu stehen.

Mein besonderer Dank geht an Zhuang Lixiao, Kulturbeauftragte der chinesischen Botschaft in Spanien, für ihre uneigennützigen Bemühungen, mich mit den Direktoren des Chinesischen Nationalmuseums in Peking, des Museums für Alte Architektur in Peking, des Hu Qing Yu Tang Museums für Chinesische Medizin in Hangzhou, des Provinzmuseums von Zhejiang, des Museums für Geschichte in Hangzhou und des Mausoleums des Generals Yue Fei in Kontakt zu bringen. Nicht vergessen darf ich Dr. Phil A. R. Hill, Buchhändler in White City, London, der mich zu verschiedenen Texten und zu bibliographischen Fragen beriet, genauso wie ich dem schon erwähnten Forensiker Dr. Devaraj Mandal und dem namhaften Sinologen Jacques Gernet danken muss, ohne deren Wissen es mir unmöglich gewesen wäre, diesen Roman mit der notwendigen Glaubwürdigkeit auszustatten.

Ich danke meiner Frau Maite, sie ist mein Licht in den guten und in den schlechten Momenten. Sie ist das größte Geschenk meines Lebens.

Die letzten Worte schließlich möchte ich jemandem widmen, den wir alle, die ihn kannten, vermissen. Ein Mensch, der wenig sprach, aber von dem ich viel lernte. Mit seinen Taten, mit seiner Bescheidenheit und Ehrlichkeit lehrte er mich Dinge, die man nicht in den Büchern findet.

Für ihn und in seinem Angedenken.

Danke, Eugenio.

BIBLIOGRAPHIE

BAILEY, A.; KNAPP, R.G. NEVILLE-HADLEY, P. ROBERTS, J.A.G.u. STEINHARDT, N., *China*, Akal, Madrid, 2008.

BIRGE, B., *Women, Property and Confucian Reaction in Sung and Yüan China*, Cambridge University Press, New York, 2002.

CHAFFEE, J.W., *Branches of Heaven. A History of the Imperial Clan of Sung China*, Harvard University Asia Center, Massachusetts, 1999.

CONFUCIO Y MENCIO, *El Chu-King, El Ta Hio, El Lun-Yu, El Tchung-Yung, El Meng-Tseu. Los cinco grandes libros de política, moral y filosofía de la antigua China*, Clásicos Bergua, Madrid, 1969.

DAVIS, E.L., *Society and the Supernatural in Song China*, University of Hawai'i Press, Honolulu, 2001.

EBREY, P.B.u. GREGORY, P.N., *Religion and Society in T'ang and Sung China*, University of Hawaii Press, Honolulu, 1993.

FENBY, J., *Las setenta maravillas de China*, Blume, 2007.

FOLCH, D., *La construcción de China*, Península, Barcelona, 2001.

GARCÍA MENÉNDEZ, S.u. GONZÁLEZ HUERTAS, J.R., *Historia de China*, Libsa, Madrid, 2006.

GARCÍA-NOBLEJAS, G., *Mitología de la China antigua*, Alianza, Madrid, 2007.

GERNET, J., *Daily life in China on the Eve of the Mongol Invasion, 1250–1276*, Stanford University Press, California, 1962.

–, *El mundo chino*, Crítica, Barcelona, 1991.

GONZÁLEZ DE MENDOZA, FRAY J., *Historia del gran reino de la China*, Miraguano, Madrid, 2008.

HASKEW, M.E.; JÖRGENSEN, C.; McNAB, C.; NIDEROST, E.u. RICE, R.S., *Técnicas bélicas del mundo oriental, 1200–1860. Equipamiento, técnicas y tácticas de combate*, Libsa, Madrid, 2009.

HYMES, R., *Way and Byway. Taoism, Local Religion and Models of Divinity in Sung and Modern China*, University of California Press, Los Angeles, 2002.

LAYMA, Y., *China*. Lunwerg, Barcelona, 2008.

LEE, T.H.C., *Government Education and Examinations in Sung China*, The Chinese University of Hong Kong, Hong Kong, 1985.

McKNIGHT, B., *Village and Bureaucracy in Southern Sung China*, The University of Chicago Press, Chicago, 1971.
–, *Law and Order in Sung China*, Cambridge University Press, New York, 1992.
– u. LIU, J., *The Enlightened Judgments. Ch'ing-ming Chi. The Sung Dynasty Collection*, State University of New York Press, Albany, 1999.
MORETTI, M., *China, el reino del dragón*, Libsa, Madrid, 2008.
NANCARROW, P., *La antigua China y la Gran Muralla*, Akal, Madrid, 1990.
POLO, M., *Libro de las Maravillas*, Suma de Letras, Madrid, 2000.
–; RICCI; DAMPIER; HUNTER; HUC; CLAUDEL u.a., *Viaje por la China Imperial*, Abraxas, Barcelona, 2000.
PRECIADO IDOETA, J.I., *Antología de poesía china*, Gredos, Madrid, 2003.
QIZHI, Z., *Cultura tradicional china*, Editorial Popular, Madrid, 2008.
RÍOS, X., *China: de la A a la Z. Diccionario general de expresiones chinas*, Editorial Popular, Madrid, 2008.
SCARPARI, M., *Antigua China*, Folio, Barcelona, 2005.
SCHAFER, E.H., *La China Antigua*, Time Life, Amsterdam, 1972.
SHAUGHNESSY, E.L., *China. El mundo chino, Creencias y rituales. Creación y descubrimientos*, Blume, Barcelona, 2008.
SUNG TZU (SONG CI), *The Washing Away of Wrongs*, The University of Michigan Center for Chinese Studies, Michigan, 1981.
THEROUX, P., *En el gallo de hierro: Viajes en tren por China*, Ediciones B, Barcelona, 1997.
TIME LIFE BOOKS, *Vivir la historia de la China imperial, 960–1368*, Folio, Barcelona, 2008.
TSE, L., *Tao Te King*, Edicomunicación, Barcelona, 1994.
VAN GULIK, R.H., *La vida sexual en la antigua China*, Siruela, Madrid, 2005.
VERSCHIEDENE AUTOREN, *Ta-Tsing-Leu-Léeo. Las leyes fundamentales del código penal de la China*, Imprenta de la Revista de Legislación, Madrid, 1884.
VIRCHOW, R., *Técnica de las autopsias*, Administración de la Revista de Medicina y Cirugía Prácticas, Madrid, 1894.
WANG YINGLIN, *Sanzijing. El clásico de tres caracteres*, Trotta, Madrid, 2000.
WETZEL, A., *China*, RBA, Barcelona, 2008.
YOSHINOBU, S., *Commerce and Society in Sung China*, The University of Michigan Center for Chinese Studies, Michigan, 1970.